BASTEI
LÜBBE

JASON DARKS SONDERAUSGABEN IM TASCHENBUCH-PROGRAMM:

73 907 Geister, Zombies und Vampire
73 908 Gegen Tod und Teufel
73 909 Alptraum Atlantis
73 910 Im Bann der Schwarzen Magie
73 911 Vampir-Schrecken
73 912 Monster aus dem Schattenreich
73 914 Im Reich des Bösen
73 915 Grauen aus der Hölle
73 916 Sarggeflüster
73 917 Im Haus der Angst
73 918 Todesträume
73 919 Das Spiel der Dämonen
73 920 Schreckenswelten
73 921 Nächte des Wahnsinns
73 922 Werwolf-Grauen
73 923 Grabgespenster
73 924 Liebesgrüße aus dem Jenseits
73 925 Hexensabbat
73 926 Satans Welt
73 927 Jünger der Finsternis
73 928 Zeit des Horrors
73 929 Besuch aus der Dunkelwelt
73 930 Triumph der weißen Magie
73 931 Symphonie des Blutes
73 932 Herren der Nacht
73 933 Hexenpest

JASON DARK

JOHN SINCLAIR

Hexenpest

Acht spannende Grusel-Abenteuer

BASTEI LÜBBE

BASTEI LÜBBE TASCHENBUCH
Band 73 933

1. Auflage: November 2001

Vollständige Taschenbuchausgabe

Bastei Lübbe Taschenbücher
ist ein Imprint der
Verlagsgruppe Lübbe

Lektorat: Hans-Ulrich Steffan
Titelillustration: Maren/Bassols, Barcelona
Umschlaggestaltung: QuadroGrafik, Bensberg
Satz: QuadroPrintService, Bensberg
Druck und Verarbeitung:
AIT, Trondheim, Norwegen
Printed in Norge

ISBN 3-404-73933-7

Inhalt

Der Schädel des Hexers

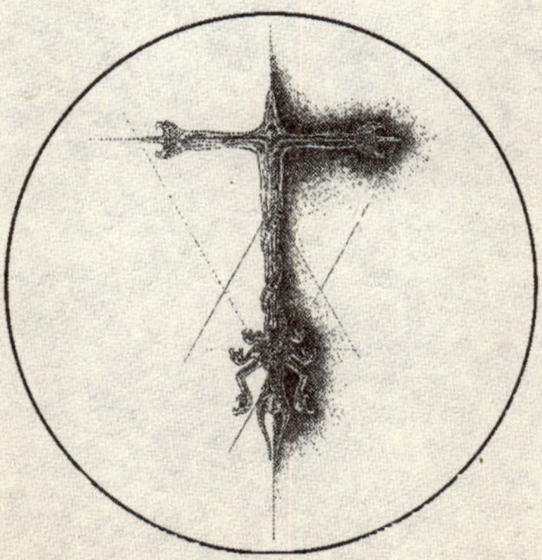

»Es ist unwahrscheinlich, Sir, wirklich unwahrscheinlich. Aber Sie werden es gleich selbst erleben. Folgen Sie mir!«

»Ja, ja«, drängte Suko, »gehen Sie schon!«

»Natürlich, Sir, natürlich. Sonst hätte ich Sie ja nicht angerufen. Warten Sie, Sie werden staunen. Wenn Sie noch nie das Grauen gesehen haben«, er senkte seine Stimme und sprach flüsternd weiter, »hier werden Sie es hautnah erleben.« Der Sprecher räusperte sich. »In den nächsten Minuten schon.«

Suko schwieg. Gegen den Redestrom des Knaben war sowieso kein Kraut gewachsen.

Der Mann hieß Andy Anderson. Er war aufgeregt bei Scotland Yard erschienen und hatte von einem unheimlichen Phänomen gesprochen. Sein Beruf war Maler.

Und wie man sich landläufig einen Maler vorstellt, sah er auch aus. Dünn, die Kleidung schlotterte um seinen Körper, auf dem Kopf trug er eine schief sitzende Baskenmütze, dunkel hingen die Bartfäden von der Oberlippe bis zum Kinn. Sie zitterten, wenn er sich bewegte.

Er wohnte im Londoner Westend. Eigentlich eine vornehme Gegend. So schlecht schien es ihm nicht zu gehen.

Sein Arbeitsraum befand sich in einem Schuppen, der hinter einem alten Patrizierhaus stand und dessen Tür er jetzt mit zitternden Fingern aufschloss.

Die Tür klemmte ein wenig. Deshalb musste er zweimal nachdrücken, um sie zu öffnen.

Wie ein Dieb schob er sich durch den Spalt, blieb auf der Schwelle stehen, schaute zurück und winkte.

Suko verstand das Zeichen und folgte ihm. So ganz traute er dem Braten nicht, aber er hatte nun einmal in den sauren Apfel gebissen.

Über seinen Rücken fuhr ein kalter Windstoß. Er blähte Sukos Jacke auf. Für kurze Zeit waren die Waffen des Chinesen zu sehen. Die im Gürtel steckende Dämonenpeitsche und auch die mit Silberkugeln geladene Beretta.

Im Schuppen war es dunkel. Es gab zwar Fenster, doch die waren mit schwarzer Farbe bestrichen worden, damit niemand von draußen hereinschauen konnte.

»Moment, Sir, ich mache Licht. Bleiben Sie nur stehen. Sie werden gleich die Überraschung erleben.«

Bisher hatte der Inspektor dem Maler nicht so recht geglaubt. Für ihn war der andere ein Spinner. Einen Augenblick später wurde er allerdings eines Besseren belehrt, als unter der mit Holz verkleideten Decke mehrere Punktstrahler aufleuchteten.

Sie gaben genügend Licht, sodass man im Raum alles erkennen konnte.

Es war ein Hammer. Und zum ersten Mal nahm Suko diesen Andy Anderson ernst, denn der Schuppen diente als Lager.

Es war ein Lager für Totenschädel!

So etwas hatte der Chinese noch nie gesehen. Er war schon verflixt weit herumgekommen, aber die mit Totenschädeln geschmückten Wände, das war einfach zu viel.

In Dreierreihen standen die Regalbretter übereinander. Und in jedem Regal lagen die Schädel dicht an dicht. Suko blieb nichts anderes übrig, als zu nicken.

»Nun, Sir, habe ich zu viel versprochen?« Andy Anderson war in der Mitte des Schuppens stehen geblieben und schaute in die Runde.

»Nein.«

»Das haben Sie noch nie gesehen, was?«

»Stimmt.« Suko war interessiert näher getreten, da er etwas Besonderes an den Schädeln entdeckt hatte.

Die Schädel links von ihm waren völlig normal. Das Licht strahlte sie an, und aus diesem Grunde sahen sie mehr weiß als gelb aus. Die Schädel an der anderen Wandseite des Schuppens jedoch stachen von den normalen ab. Sie waren bemalt.

Und auch so etwas hatte Suko noch nie gesehen. Bemalte Totenköpfe, sogar mit Namen versehen, die er lesen konnte, als er an der Reihe entlangschritt.

Judith, las er. Paula, Lena, Harriet. Das waren die Namen der Frauen. Aber auch Männernamen konnte er entdecken. Da stand der Schädel eines Roger, daneben der eines Jack und so weiter …

»Toll, nicht?« Stolz schwang aus der Stimme des Malers mit.

Suko drehte sich zu ihm um. »Sind Sie Sammler?«

»Eigentlich nicht.«

»Aber was sollen die ganzen Schädel hier?«

Da lachte der Maler. »Man hat sie mir gebracht. Ich bin ein Schädelmaler.«

»Noch nie gehört.«

»Es gibt Menschen, die lieben ihre Verstorbenen so sehr, dass sie deren Totenschädel aus dem Grab holen lassen und mir bringen, damit ich sie anmale.«

»Und davon leben Sie?«

»Ja, Sir. Sie jagen Verbrecher, ich Schädel. Obwohl ich kein Schädeljäger im herkömmlichen Sinne bin.«

»Das kann ich mir vorstellen.« Suko schüttelte den Kopf. »Und weshalb haben Sie mich gerufen? Um mir dies alles zu zeigen? Ich gebe zu, dass es eine ungewöhnliche Sammlung ist. Ich habe so etwas auch noch nicht gesehen, aber …«

Andy Anderson winkte ab und lachte, wobei sich sein Gesicht in Falten legte. »Nein, deshalb habe ich Sie nicht geholt, Sir. Es geht um ihn.« Als Anderson das gesagt hatte, streckte er seinen Arm aus, und mit dem Finger deutete er auf einen einsam auf dem Tisch stehenden Schädel, dessen leere Augen- und Mundhöhlen wie Fenster zum Jenseits wirkten. Der Schädel zeigte einen etwas anderen Ausdruck als die übrigen in den Regalen, denn sein Mund war nicht zugeklappt, sondern stand offen.

Suko ging so dicht an den Tisch heran, dass ihn die Kante an der Hüfte berührte. »Ich sehe nichts Besonderes an diesem Totenkopf. Er ist nicht bemalt wie ein Großteil der anderen, nur sein Mund steht offen, das ist alles.«

»Und genau das Entscheidende«, erklärte der Maler.

»Ein offener Mund?« Sukos Stimme klang skeptisch.

»Ja, genau das ist es. Oder die Folge davon.«

Allmählich näherte sich Sukos Geduld ihrem Ende. »Reden Sie, und spannen Sie mich nicht zu lange auf die Folter. Was ist mit dem verdammten Kopf?«

Da grinste der Maler wissend. Seine schmalen Hände verschwanden in den Taschen des Kittels, und er holte zwei schwarze Handschuhe hervor, die er überstreifte. »Die ziehe ich immer über, wenn ich an meine Arbeit gehe. Ist so eine Marotte von mir.«

»Schon gut.«

Mit dem Zeigefinger winkte der Maler. »Kommen Sie, Sir. Stellen Sie sich auf die andere Seite des Tisches. Sie werden es bestimmt nicht bereuen.«

Das tat Suko, wenn auch mit einem sauren Ausdruck im Gesicht. Aber er wollte endlich Gewissheit haben.

»Und jetzt geben Sie Acht!«, flüsterte der Maler. »Sie werden staunen.« So schnell, wie er sprach, so schnell waren auch seine Bewegungen. Arme und Hände schnellten vor. Letztere legten sich gedankenschnell um den Kopf. Von zwei Seiten packten sie zu, drückten gegen die Wangen, und da geschah es.

Zuerst zitterte der Schädel. Und dieses Zittern pflanzte sich fort. Es griff auf den Maler über, der durchgeschüttelt wurde, das Gesicht verzog und mit aller Kraft den Totenkopf festhielt.

Aber das war nicht das Schlimmste.

Etwas anderes schockte Suko viel mehr.

Der Schädel begann zu schreien!

Nein, so schrien keine Menschen.

Es war unwahrscheinlich, grauenhaft. Die Schreie gellten in Sukos Ohren. Sie überschlugen sich und wurden zu einem wilden Kreischen, das die Totenköpfe in den Regalen zum Schwingen brachte. Viele schlugen gegeneinander.

Suko stand vor dem Tisch wie eine Salzsäule. Er wusste nicht, auf wen er schauen sollte, auf den Schädel oder auf den Mann.

»Lassen Sie ihn doch los!«, brüllte Suko gegen das immense Schreien des Totenkopfes an, wobei er sich nicht sicher war, ob der Maler seine Worte auch verstanden hatte.

Er ließ trotzdem los.

Von einem Augenblick zum anderen verstummte das Schreien.

Stille breitete sich aus. Eine Stille, die Suko fast noch schlimmer empfand als das Schreien vorhin.

Die beiden so unterschiedlichen Männer sprachen kein Wort. Selbst der redebeflissene Maler hielt den Mund, und ihm war deutlich im Gesicht anzusehen, wie sehr ihn diese Schreie mitgenommen hatten. Schließlich fragte er: »Wissen Sie nun, Sir, aus welchem Grund ich Sie habe kommen lassen?«

»In der Tat, das weiß ich jetzt.«

»Ich habe mir sagen lassen, dass Sie sich mit übersinnlichen Phänomenen beschäftigen. Haben Sie eine Erklärung für dieses seltsame Verhalten des Schädels?«

»Nein.«

»Ich auch nicht.«

»Wie lange haben Sie dieses Phänomen bereits beobachtet?«, erkundigte sich Suko.

»Seit einigen Tagen.«

»Und Sie haben nichts unternommen?«

Anderson lachte. »Was denn, zum Henker? Wenn ich ihn anfasste, schrie er. Ließ ich ihn los, dann hörte das Geschrei auf. Das ist alles, Sir. Ich finde keine Erklärung.«

»Darf ich mal?«, fragte Suko und streckte bereits seine Hände nach dem Totenkopf aus.

»Bitte.«

Kaum hatte der Chinese ihn berührt, da fing der Schädel wieder an zu schreien. Suko allerdings konzentrierte sich nicht so sehr auf das Schreien, sondern auf den Schädel an sich. Er meinte damit die Knochen oder das Gebein.

Und da wunderte ihn etwas. Normalerweise hätte sich dieses Gebein kalt anfühlen müssen. Das war hier nicht der Fall. Die Knochen schienen von einem seltsamen Leben erfüllt zu sein, das Wärme abgab.

Mit diesem Schädel, mochte er noch so normal aussehen, stimmte etwas nicht.

Suko zog die Hände wieder zurück. Als er Andy

Anderson anschaute, sah er den Schweiß auf dessen Gesicht. Anderson war geschafft. Suko erlebte das Schreien zum ersten Mal; der Maler hatte es sicherlich öfter gehört. Das ging schon an die Nerven.

»Wo haben Sie eigentlich den Schädel her?«, erkundigte sich der Inspektor.

»Man hat ihn mir geschickt.«

»Was?«

Anderson nickte heftig. »Ja, das gibt es. Ich habe Aufträge aus aller Welt. Sogar von Australien werden Totenköpfe geschickt, damit ich sie bemale.«

Suko schüttelte den Kopf. »Unglaublich«, flüsterte er. »Wirklich unglaublich. Und was war mit diesem besonderen Schädel auf dem Tisch da?«

»Er ist, wie ich sagte …«

Suko schüttelte den Kopf. »Moment, Mr. Anderson. Ich meine, haben Sie den Namen des Absenders?«

»Ja, sicher. Der Schädel stammt aus Schottland. Die McLellans haben ihn mir geschickt. Ich sollte bestimmte Bannsprüche darauf malen. Aber das war ja nicht möglich, weil der Schädel sofort zu schreien begann, wenn ich ihn auch nur berührte.«

»Sie kennen die McLellans?«

»Nicht persönlich. Aber den Namen werden Sie sicher auch schon gehört haben. Die McLellans sind bekannt. Sie stehen für McLellan-Whisky und gehören nicht nur zu den größten Clans des Landes, sondern auch zu den berühmtesten Whisky-Destillateuren.«

»Und der Schädel? Ist das ein Vorfahr der McLellans?«

»Kann ich Ihnen nicht sagen.«

Suko schaute sich den Totenkopf noch einmal an. »Wissen Sie ungefähr dessen Alter?«

»Nein, so genau kann man das nicht sagen.«

»Aber schätzen.«

»Sicherlich.«

»Dann versuchen Sie es doch mal«, bat der Inspektor lächelnd. »Sie müssen doch Erfahrung haben.«

»Aber nageln Sie mich nicht fest.«

»Nein, keine Angst.«

»Gut.« Anderson nickte. »Die Sache ist nämlich die: Nach der Beschaffenheit des Knochenmaterials, der Festigkeit und der ...«

Er redete, wobei Suko kaum hinhörte, denn er hatte keine Lust, sich lange Fachvorträge anzuhören. Er wanderte innerhalb des seltsamen Arbeitsraums auf und ab. An den Regalen ging er vorbei und schaute sich die dort stehenden Totenschädel an.

Die Bemalungen waren in der Tat außergewöhnlich. Der Inspektor fragte sich, ob die alle Andersons Fantasie entsprungen oder Bestellungen waren.

Er sah viele Schädel, die Blumenmotive zeigten. Rosenähnliche Blüten, durch Girlanden miteinander verwoben und um den Schädel herumführend. Es gab aber auch andere Bemalungen. Wohlhabende Leute konnten sich eigene Wappen leisten. Die waren ebenfalls auf den Totenköpfen vertreten, damit die Fachleute erkannten, um wen es sich dabei handelte. Andere Totenköpfe waren einfach nur mit Namen bemalt worden. Zumeist las Suko die Vornamen, hin und wieder auch einen Spruch.

»Haben Sie verstanden, Sir?«, durchdrang Andersons Stimme seine Gedanken.

»Was sagten Sie denn?« Suko blieb stehen und wandte sich um. Der Tür drehte er dabei den Rücken zu.

»Der Schädel ist meiner Schätzung nach so an die fünfzig Jahre alt, Sir.«

»Man hat ihn also aus dem Grab geholt.«

»Ja. Und jetzt schreit er.«

Suko lächelte. »Das habe ich ja gehört. Und ich möchte gern wissen, was der Grund ist.«

»Den kann ich Ihnen auch nicht nennen«, erwiderte der Maler sofort. »Tut mir Leid, so etwas habe ich noch nie erlebt, ich bin jedoch überzeugt, dass in diesem Falle magische Kräfte eine sehr große Rolle spielen.«

»Das nehme ich auch an.«

»Was wollen Sie jetzt mit dem Schädel machen?«, erkundigte sich Andy Anderson.

»Ihn mitnehmen.«

Der Maler erschrak. »Aber das kann ich nicht zulassen.

Die Kunden vertrauten ihn mir an. Diese Totenköpfe sind für sie sehr wertvoll. Sie müssen, nein, Sie können den nicht ohne weiteres …«

»Doch, ich kann. Wir werden ihn untersuchen. Und zwar nicht mit naturwissenschaftlichen Methoden, sondern mit magischen. Wir finden bestimmt einiges heraus.«

Anderson wand sich. »Ich weiß nicht so recht …«

Suko dachte praktischer. »Haben Sie vielleicht einen Karton, in den ich den Schädel stellen kann?«

»Ja, aber …«

»Holen Sie ihn, bitte! Sie haben mich alarmiert. Jetzt müssen Sie auch die Folgen tragen, und die McLellans werden es mir bestimmt verzeihen. Davon bin ich überzeugt.«

»Da kennen Sie die Clans aus Schottland schlecht. Man soll sie nicht zum Feind haben …«

»Holen Sie bitte den Karton oder die Schachtel.«

Anderson war schließlich einverstanden. Er sah ein, dass es nicht anders möglich war. Kaum hatte er sich einige Schritte vom Tisch entfernt, als es geschah.

Auch Suko hatte mit dieser Überraschung nicht rechnen können, denn die Tür hinter ihm wurde mit einem heftigen Ruck aufgestoßen. Sie knallte gegen die Wand, und als dieses Geräusch ertönte, fuhr Suko herum, seine Hand am Griff der Beretta.

Er ließ ihn los, als wäre er glühend heiß, denn in der Tür sowie rechts und links daneben hatten sich drei Gestalten aufgebaut. Ein älterer Mann und zwei jüngere.

Alle drei hatten eins gemeinsam.

Sie waren mit schweren Revolvern bewaffnet!

»Wenn du nicht die Finger von dem Schädel lässt, schieße ich dir deinen in Stücke!«, drohte der ältere Kerl, der seine Waffe so auf Suko gerichtet hatte, dass die Mündung auf die Stirn des Chinesen deutete.

Suko hob sicherheitshalber die Hände. Die drei sahen aus, als würden sie keinen Spaß verstehen, und Andy Anderson, den Suko nicht sah, stöhnte auf.

»Wer sind Sie?«

»Können Sie sich das nicht denken, Mann? Woher haben Sie den Schädel?«

Der Mann, der gesprochen hatte, war der älteste des Trios, das zweifellos zu einer Familie gehörte. Der Alte war der Kleinste. Ein richtiger Grasbeißer-Typ, ein Rumpelstilzchen mit breiten Schultern, schwarzen Haaren, einem hageren Gesicht und einem Ausdruck der finsteren Entschlossenheit in den Augen.

»Das geht Sie gar nichts an!«, keifte Anderson. »Verlassen Sie mein Haus!«

Einer der jüngeren Männer, die den Alten um Haupteslänge überragten, trat einen Schritt vor und stieß dem Maler den Revolver in den Leib.

»Halts Maul, Mister! Wir sind die McLellans, uns gehört der Schädel. Und nun verraten Sie uns, woher Sie ihn haben.«

Andersons Augen wurden groß. »Aber – aber Sie haben ihn mir doch geschickt!«, keuchte er.

Jetzt war die Überraschung auf Seiten der McLellans. Sie sahen sich gegenseitig an, und Suko schien es, als wüssten sie plötzlich Bescheid.

»War kein Brief dabei?«, fragte der Alte lauernd. »Sie mussten doch schließlich wissen, was Sie mit dem Schädel tun sollten.«

Anderson nickte. »Ich hole ihn«, sagte er hastig. Er drehte sich um und trat an einen Schreibtisch. Einer der McLellan-Söhne folgte ihm und bedrohte ihn weiter mit dem Revolver. Der Maler holte einen Briefbogen hervor und reichte ihn dem Burschen. Der brachte ihn zu seinem Vater.

Der alte McLellan warf einen kurzen Blick darauf. Sein Gesicht verzerrte sich und lief vor Wut rot an. Keuchende Laute drangen über seine Lippen.

»Diese Hunde!«, zischte er, und dann zerfetzte er den Brief in einem Wutanfall. Sein Kopf ruckte plötzlich zu Suko herum. In seinen Augen glitzerte es gefährlich. »Verschwinde nach hinten, Chinese!«

»Weshalb?«

»Weil ich es sage.«

»Ist das ein Grund?«

»Und wie, Gelber. Das ist ein Grund. Ich bin der Chef des Clans. Und nach meinen Befehlen richtet man sich.«

»Ich gehöre nicht zu Ihrem Clan, Mister.«

»Das ist mir egal. Wenn ein McLellan befiehlt, haben andere zu kuschen.«

»Das finde ich nicht«, erwiderte Suko. »Zudem möchte ich Sie darüber aufklären, dass Sie einen Scotland-Yard-Beamten bedrohen. Haben Sie verstanden?«

»Und wie.« Der Alte verzog sein Faltengesicht. »Habt ihr gehört, Jungs, was er gesagt hat?«

»Klar.«

»Und – haben wir McLellans Angst?«

»Nie.«

»Da sehen Sie es, Mister. Die McLellans kennen keine Angst. Und wenn hier die Queen persönlich stünde, würden wir unsere Forderungen durchsetzen. Wir wollen den Schädel!«

Suko gab sich weiterhin gelassen. »Ohne Bemalung?«

»Ihr Glück, dass Sie es noch nicht getan haben!« Der Alte starrte Andy Anderson böse an. »Los, du Witzfigur, bring uns irgendetwas, in das wir den Schädel einpacken können. Wir haben nicht viel Zeit und sind bereits viel zu lange aufgehalten worden.«

»Natürlich, Sir, selbstverständlich, sofort.« Anderson entfernte sich. Suko konnte ihn nicht sehen, da sich dessen Tätigkeiten in seinem Rücken abspielten. Er hörte nur, wie etwas über den Boden schleifte. Wahrscheinlich ein Karton, den Suko ebenfalls gern gehabt hätte, um den Schädel einzupacken.

»Und du, Chinese, geh ein wenig zur Seite!«, befahl der Alte. »Ich brauche Platz.«

Der Inspektor war Menschenkenner genug, um festzustellen, dass dieser Mann nicht spaßte. Wäre er allein gewesen, hätte er es vielleicht versucht. So aber dachte er auch an den Maler. Anderson sollte nicht in ein Kreuzfeuer geraten. Deshalb tat er, was man ihm befohlen hatte.

Der Alte bewegte seine Mundpartie wie die Comicfigur Popeye vor dem großen Spinatessen. Die Söhne setzten sich ebenfalls in Bewegung. Von zwei Seiten schoben sie sich auf Suko zu, und der Chinese befand sich immer vor den Mündungen ihrer Waffen.

Diese Knaben reagierten fast wie Profis, wie Suko feststellen musste. Beide waren gleich gekleidet. Schwarze Lederjacken, innen gefüttert, die Hosen ebenfalls schwarz, wie auch die Schals, die sie um die Hälse geschlungen hatten.

Suko lehnte mit dem Rücken gegen eine Regalwand. Die beiden Männer standen vor ihm. Hinter ihnen befand sich der Tisch mit dem Schädel. Anderson hatte inzwischen einen Karton herbeigeschafft, in den er den Kopf einpacken konnte.

Der alte McLellan schaute ihm dabei zu und gab die entsprechenden Anweisungen. »Sei vorsichtig, Kleckser. Wenn dem Kopf irgendetwas geschieht, bist du dran.«

»Ich gebe Acht, Sir.«

»Hast du den Bullen geholt?«

»Sir, ich ...«

»Ha!«, schrie McLellan. »Habe ich es mir doch gedacht.«

»Ich konnte nicht anders. Der Schädel begann plötzlich zu schreien, als ich ihn anfasste.«

»Na und?«

»So etwas habe ich noch nie in meinem Leben gehört oder gesehen. Wirklich, Sir. Ich wusste mir keinen Rat mehr. Tut mir Leid, aber ich musste die Polizei ...«

»Gar nichts hätten Sie gemusst. Und jetzt nehmen Sie den Schädel und legen ihn vorsichtig in den Karton.«

»Ja, Sir.«

Suko konnte die Bewegungen des Malers nicht sehen. Die beiden Männer nahmen ihm einen Großteil der Sicht, aber er ahnte, was gleich passieren würde.

Der Inspektor hatte sich nicht getäuscht.

Plötzlich begann der Schädel zu schreien.

Es war ein kreischendes, ein wildes Geräusch, eine Stimme, die sich überschlug, zitterte, widerhallte, und auch die Typen, die Suko bedrohten, bewiesen, dass sie nicht so abgebrüht waren, wie sie sich gaben.

Sie zuckten zusammen, erstarrten danach für einen Moment und drehten die Köpfe.

Das war Sukos Chance.

Diese Leute wussten eben nicht, dass sie keinen heurigen Hasen vor sich hatten, sondern einen mit allen Wassern gewaschenen Kämpfer. Suko reichte der Moment der Unachtsamkeit, um gedankenschnell seine Kraft einzusetzen und auszuspielen.

Aus dem Stand griff er an. Und er kämpfte nicht mit den Armen, sondern mit den Füßen. Innerhalb einer Sekunde brachte er seinen Körper in die Höhe, wobei sich die Beine zu einer Schere öffneten und die Füße haargenau trafen.

Die beiden McLellan-Brüder bemerkten den Angriff zwar aus den Augenwinkeln, wollten ihre Waffen auch noch herumschwenken, als Suko bereits über ihnen war.

Zuerst flogen die Revolver aus ihren Händen, dann prasselten die ersten Schläge auf sie nieder.

In das Schreien des Schädels mischte sich ihr wütendes Brüllen. Der erste kassierte einen Hieb in den Nacken, der ihn zu Boden schickte, dem zweiten drückte Suko seine Handkante quer gegen die Brust, und diesem Hieb konnte der Kerl nichts mehr entgegensetzen. Er taumelte zurück, gelangte in die Nähe des Tisches und prallte dagegen, wobei der Schädel ins Rutschen geriet und fast von der Platte gerollt wurde.

Sein Bruder war schon wieder auf den Beinen. Den Revolver hatte er verloren, deshalb musste er sich auf seine Fäuste verlassen, und er stürmte auf Suko zu wie ein Gladiator, der gegen einen Löwen anrennt.

Suko war in diesem Fall nicht schnell genug. So kam es, dass der Kerl ihm den Schädel in den Leib wuchtete und der Inspektor bis gegen die Wand geworfen wurde.

Dort griff Suko dann zum sicheren Mittel. Bevor der junge McLellan seinen Kopf noch zurückziehen konnte, hieb Suko seine Hände nach unten und traf den ungeschützten Nacken.

Der Schotte stieß einen Laut aus, der unbeschreiblich war. Dann sackte er zusammen.

Im nächsten Augenblick feuerte der Giftzwerg.

Der Alte wollte es tatsächlich hart haben, und Suko tauchte mit einem panterartigen Sprung zu Boden, überrollte sich dort, zog noch in der Bewegung seine Waffe, hatte aber das Pech, gegen das Regal zu prallen, sodass einige der Totenschädel herunterfielen und auf seinen Körper klatschten.

Dadurch geriet Suko aus dem Konzept.

Ein paar Köpfe trafen auch seinen Schädel. Suko musste sich erst orientieren – was Zeit kostete – und dann noch einen Treffer hinnehmen.

Ausgerechnet der Alte hatte zugetreten.

Etwas explodierte an Sukos Kinn. Vor seinen Augen wirbelten Sterne, und er sah noch, dass der Alte bereits zu einem zweiten Tritt ausgeholt hatte.

Bevor ihn der Fuß treffen konnte, hieb Suko mit der Handkante gegen das Schienbein des Clan-Führers. Jetzt tanzte McLellan tatsächlich wie Rumpelstilzchen, aber ausschalten konnte der Chinese den Knaben auf diese Art und Weise nicht. Dazu war er zu langsam. Der Tritt hatte ihn doch sehr geschwächt.

»Haut ihn um!« Der alte McLellan kreischte wie ein Marktweib.

Sukos Bewegungen schienen allmählich einzufrieren. Er wollte an seinen Stab, um die Zeit anzuhalten, doch das gelang ihm nicht. Auf halbem Weg blieb seine Hand stehen, denn etwas verdunkelte seinen Blick, und dann knallte etwas Hartes gegen seinen Hals, das sich nach einem Revolverkolben anfühlte.

Diesen Schlag überstand der Chinese nicht. Er wurde brutal in den Tunnel der Bewusstlosigkeit gerissen und vernahm als letzten Satz noch den Befehl des Clan-Chefs.

»Los, nehmt den Schädel! Und dann nichts wie weg!«

Jemand kippte Wasser in sein Gesicht.

Suko prustete, öffnete den Mund, schluckte ein paar Tropfen und schlug die Augen auf.

Nebel!

Jedenfalls hatte er das Gefühl, inmitten eines Nebelfeldes zu stehen, aus dem sich allmählich ein Gesicht schälte, das er kannte. Es gehörte dem Maler Anderson.

»Sir, Sir, sind Sie wieder okay?«

»Kaum«, brummte Suko.

»Warten Sie, ich hole noch mehr Wasser ...«

»Nein, nein, lassen Sie mal. Ich werde es schon schaffen. Unkraut vergeht nicht.«

»Aber Sie haben einen ...«

»Helfen Sie mir mal auf die Beine«, krächzte der Inspektor und hob seinen Arm, was ihn Kraft kostete.

Anderson zog den Chinesen hoch. Suko spürte ein Brummen in seinem Schädel und hatte gleichzeitig das Gefühl, sein Hals wäre angeschwollen.

»Man hat Sie mit dem Revolver niedergeschlagen«, erklärte der Maler. »Diese Mistkerle.«

»Ja, das können Sie laut sagen ...«

»Soll ich nicht doch Wasser ...?«

»Nein, nein.« Suko stand endlich. Er schwankte, begann sich zu drehen, und die in den Regalen stehenden Totenschädel veränderten sich zu einem furiosen Wirbel. Die Schädel kreisten. Sie vermischten sich zu einem makabren Bild, das wie auf einer großen Leinwand vor dem Chinesen ablief.

Suko wankte vor, bis er den Tisch erreicht hatte, auf dessen Platte er sich abstützen konnte. In dieser Haltung blieb er vorerst und holte ein paarmal tief Luft.

Allmählich ging es ihm besser. Die Schmerzen in seinem Kopf waren zwar nach wie vor existent, und sein Nacken fühlte sich noch taub an. Ansonsten hielt er sich gut, denn nichts anderes tat ihm mehr weh.

Der Schädel war verschwunden. Also hatten die drei McLellans ihr Ziel erreicht.

»Wie lange bin ich eigentlich bewusstlos gewesen?«,

fragte der Inspektor.
»Vielleicht eine halbe Stunde.«
»Und die McLellans?«
»Sind weg.«
»Klar, das sehe ich auch«, krächzte Suko, wobei er den Rücken durchbog. »Aber wie sind sie gefahren? Was hatten sie für einen Wagen? Haben sie über ihr Ziel gesprochen?«
»Nein, nicht ...«
»Und die Automarke? Das Nummernschild ...?«
»Sir, ich habe nichts gesehen. Man hat mich zwar nicht bewusstlos geschlagen, mir aber befohlen, drinnen zu bleiben, und das habe ich getan.«
Suko nickte. »Sicher, mein Lieber. Ich mache Ihnen auch keinen Vorwurf. Aber ich finde den Schädel und auch die McLellans, darauf können Sie Gift nehmen.«
»Das hoffe ich.«
»Und Sie kennen wirklich nicht die genaue Anschrift dieses Clans?«
»Nein, Sir, aber das dürfte nicht schwer herauszufinden sein.«
»Na denn.« Suko hob die Schultern und gleichzeitig die Arme. Mit den Händen berührte er seinen Nacken und zuckte zusammen, als er die geschwollene Stelle ertastete. Suko schwor sich, diesen heimtückischen Burschen den Schlag zurückzuzahlen.
Dann ging er.
Andy Anderson folgte ihm. Der Inspektor schritt, als hätte er Eier unter den Füßen. Sein Gang war ziemlich wacklig.
Die Kälte draußen tat ihm gut. Sie traf ihn wie ein Guss eiskalten Wassers.
Tief holte er Luft und atmete langsam wieder aus.
Er war nicht mit seiner Harley gekommen, sondern mit einem Dienstwagen des Yards.
Als er die Tür des Fahrzeugs aufschloss, ließ er sich auf den Sitz fallen und ruhte sich kurz aus. Anderson stand in der offenen Haustür. Sein Gesicht drückte Sorge aus.
Suko ging es wirklich nicht besonders, aber er musste

sich zusammenreißen. Zudem wusste er nicht, ob sein Freund und Kollege John Sinclair schon im Büro eingetroffen war. John war in Germany gewesen, wo er einen Fall zusammen mit Kommissar Mallmann in Trier gelöst hatte. Er musste mit in den Fall einsteigen.

Nach zehn Minuten fühlte sich Suko wieder so fit, dass er fahren konnte. Der Chinese war ein Mann, der es gelernt hatte, Schmerzen oder andere Wehwehchen zu unterdrücken. Das stellte er auch in diesem Fall wieder unter Beweis.

Als er die Tür zuknallte, zuckte der Maler zusammen. Er lief herbei und fragte: »Wollen Sie wirklich fahren?«

»Ja, ich muss.«

»Aber ...«

Suko winkte ab. »Machen Sie es gut, Anderson. Und falls Sie noch einmal so einen Schädel in den Händen halten, rufen Sie wieder an. Wir kümmern uns um den Fall.«

»Natürlich, Sir, aber wenn ich ehrlich sein soll, auf schreiende Schädel kann ich verzichten.«

»Ich auch«, erwiderte Suko und startete.

»Na?«, fragte mich Glenda Perkins, meine Sekretärin, zur Begrüßung. »Hat dir Trier gefallen?«

»Ja, es war sehr nett.«

»Und die Mädchen vom Rhein sollen ja etwas ...«

Ich winkte ab. »Du vertust dich, Glenda. Trier liegt nicht am Rhein, sondern an der Mosel.«

»Aber da kommt doch auch Wein her.«

»Sicher. Ich habe ihn nach dem Fall zusammen mit Will Mallmann getrunken und dabei nur von deinem Kaffee gesprochen, meine Liebe.«

»Willst du mich auf den Arm nehmen?«

Ich drehte mich um und ging auf sie zu. »Gern.«

Glenda streckte die Arme aus. »Keine unsittlichen Berührungen im Büro, Herr Oberinspektor. Das ziemt sich nicht.«

Ich zog ein langes Gesicht. »Habe ich dich unsittlich berührt?«

Da lachte Glenda und ging.

Ich ging ebenfalls. Allerdings in mein Büro, das ich mit Suko, dem Chinesen, teilte.

Der alte Haudegen war nicht da.

Nachdem ich meinen Mantel auf den Haken geschleudert hatte, begann ich mich zu wundern. Ich wusste nicht Bescheid. Wenn mir jemand weiterhelfen konnte, dann Glenda. In der offenen Tür zu ihrem Büro lehnte ich mich gegen den Pfosten und schaute ihr zu, wie sie die Kaffeemaschine anstellte. Glenda trug an diesem Morgen einen zweifarbigen Pullover. Eine Hälfte war gelb, die andere zeigte ein tiefes Blau. Dazu trug Glenda den passenden blauen Rock aus Cord. In ihr schwarzes Haar hatte sie gelbe Spangen gesteckt.

»Schick«, sagte ich, »schick …«

»Stehst du schon wieder hinter mir und beobachtest mich?«

»Ich gestehe.«

»Schäm dich.«

»Ist der Pullover schon für Rom?«, wollte ich wissen.

»Vielleicht nehme ich ihn mit.« Glenda drehte sich um und lächelte mich an.

»Da werden sich die Römer aber freuen.«

»Sollen sie auch.«

Glenda war von Sarah Goldwyn eingeladen worden, mit ihr für eine Woche in die Ewige Stadt zu fahren. Die Horror-Oma hatte diese Reise in einem Preisausschreiben gewonnen, suchte einen Partner und hatte ihn in Glenda Perkins gefunden.

»Gibt es eigentlich etwas Neues vom Todesnebel?«

Glenda schüttelte den Kopf. »Suko hat zwar alles versucht, aber ein Mittel gegen den Nebel zu finden, erscheint in diesem Fall unmöglich.«

Ich nickte. So sah es leider aus. Fast wäre es uns gelungen, eine Waffe gegen diesen zerstörerischen Nebel zu finden. Im letzten Augenblick hatten wir leider Pech gehabt.

»Und wo Suko jetzt steckt, weißt du auch nicht?«

»Doch. Er wollte zu einem Maler fahren.«

Ich lachte auf. »Will er sich in Öl verewigen lassen?«

»Unsinn, das ist ein Fall. Suko hat davon erzählt, dass dieser Maler irgendetwas mit Totenschädeln zu tun haben soll. Genaueres weiß ich allerdings auch nicht.«

»Er wird es ja berichten.«

»Wie war es eigentlich bei dir?«

»Bescheiden«, antwortete ich. »Fast hätte es Will und mich erwischt.« Ich erzählte in knappen Worten, was wir in dem unheimlichen Kerkerschloss erlebt hatten.

»Und da waren tatsächlich Fäden, die mordeten?«, fragte Glenda Perkins flüsternd.

»Ja.«

Sie schüttelte sich. »Das möchte ich nicht erleben, John.«

»Ich auch nicht mehr«, erwiderte ich und deutete auf die Kaffeemaschine. »Die Suppe ist fertig.«

»Suppe?«, wiederholte Glenda mit verächtlich klingender Stimme. »Suppe, sagt er dazu. Meine Güte, Suppe …«

»Aber eine gute.«

»Du hast mich beleidigt.« Glenda setzte sich. »Nimm dir deinen Kaffee selbst.«

»Das tue ich auch.«

Glenda schaute zu, wie ich mir Kaffee einschenkte. »Wie du das kannst«, murmelte sie. »Toll, wirklich. Du bist ein Ass, John Sinclair. Der große Einschenker vom Dienst. Ich schlage dich …«

Zu was sie mich ernennen wollte, verschluckte sie, denn mit einem heftigen Stoß flog die Bürotür auf, und über die Schwelle trat ein Mann namens Suko, der aussah, als wäre er in eine Schlägerei geraten und hätte die letzten beiden Nächte durchgemacht.

Ich fing natürlich an zu lachen. Auch Glenda konnte sich ein Lächeln nicht verkneifen, doch Suko zog ein bitterböses Gesicht, und als ich näher hinschaute, da stellte ich fest, dass mein Freund wohl einiges abbekommen hatte.

Schwer ließ er sich auf den Besucherstuhl fallen. Sein Kinn schimmerte bläulich, und am Nacken glaubte ich einige geschwollene Stellen erkennen zu können.

»Verdammt, was ist passiert?«

»Mich hat es erwischt.«

»Wer war es?«

»Der McLellan-Clan.«

Ich zog ein verdutztes Gesicht. Auch Glenda wusste mit dieser Antwort nichts anzufangen. Sie hob nur die Schultern, fragte aber besorgt, ob sie für Suko etwas tun könne.

»Ja, bring mir bitte einen feuchten Lappen – und wenn es geht, auch einen Schluck Wasser.«

»Natürlich.«

Als Glenda aus dem Büro war, fragte ich Suko nach den Einzelheiten. Er berichtete, und so erfuhr ich von dem seltsamen Maler und den Folgen des Besuchs bei ihm.

»Ein schreiender Totenschädel«, murmelte ich. »Wo gibt es denn so etwas?«

»Bei den McLellans.«

Glenda war zurückgekommen und legte Suko einen feuchten Lappen in den Nacken. »Hast du denn schon eine Erklärung für dieses Schreien?«, erkundigte sie sich.

»Nein.«

»Ich auch nicht«, gab ich ehrlich zu. »Dieser Schädel scheint aber sehr wichtig zu sein, sonst hätte dieser Clan nicht Waffengewalt gegen dich angewendet.«

»Ja, das stimmt.«

»Und wo könnt ihr ihn finden?«, fragte Glenda, wobei sie zuschaute, wie Suko sich zurücklehnte.

»In Schottland«, erwiderte ich. »Da regieren doch die Clans.« Ich hob meine Hand und presste den Finger gegen die Stirn. Eine automatische Bewegung, die oft dann erfolgte, wenn ich nachdachte. »Den Namen McLellan habe ich auch schon gelesen oder gehört.«

»Wahrscheinlich auf Etiketten der Whiskyflaschen.«

»Richtig, Suko, genau da.«

»Wann fahren wir denn nach Schottland?«, erkundigte sich mein Freund grinsend.

»So schnell wie möglich. Vorher jedoch möchte ich meinen Vater anrufen. Wenn sich jemand mit Schottland-Clans auskennt, dann ist es der alte Horace F. Sinclair.«

»Das glaube ich auch«, sagte Suko und schaute Glenda bittend an, während ich aus dem Vorzimmer in unser Büro ging. Suko bat Glenda um eine Tasse Tee, die sie ihm sofort kochte.

Ich telefonierte. Meine Mutter war am Apparat.

Diese Gespräche wurden immer sehr teuer. Sie wollte natürlich wissen, wie es mir ging und wann ich sie endlich mal wieder besuchen würde …

»Vielleicht sogar in den nächsten Tagen, Mum«, sagte ich. »Denn ich muss nach Schottland.«

»Beruflich, nicht?«

»Ja, ich …«

»Dann wird es sowieso nichts, wie ich dich kenne. Aber ich gebe dir mal Dad.«

Mein Vater reagierte nicht so gefühlsbetont. Auch er freute sich natürlich über meinen Anruf, doch ich kam ziemlich schnell zur Sache. Natürlich waren ihm die McLellans ein Begriff. Angeblich sollte diese Familie den drittgrößten schottischen Clan darstellen, und ich erfuhr so einiges über die Whisky-Fabrikanten.

Es waren ziemlich raue Gesellen. Ich machte mir Notizen, und als ich auflegte, war ich doch um einiges schlauer.

»Können wir?«, rief Suko aus dem Nebenraum.

»Und wie«, antwortete ich.

Gilda McLellan fiel aus dem Rahmen.

Waren alle McLellans schwarzhaarig, so zeigte ihre wuschelige Haarflut eine rötlich blonde Farbe. Es war wirklich eine Flut, denn die Haare ließen sich kaum bändigen, sodass Gilda sie im Nacken zu einem Pferdeschwanz geflochten hatte. Ihr Gesicht zeigte eine natürliche Frische, und auf die zahlreichen Sommersprossen war sie stolz.

Sie war ein ganz anderer Typ als ihre Brüder und ihr Vater. Sie war ein regelrechter Vulkan!

Da vibrierte sie, und die Wutausbrüche dieser kleinen Person waren nicht nur in der Familie gefürchtet, sondern auch bei den zahlreichen Arbeitern und Angestellten der Firma.

Gilda hielt nach dem Tod ihrer Mutter die kaufmännischen Fäden der Firma in der Hand, und sie dachte nicht daran, weicher zu sein als einer der Männer.

So wussten ihr Vater und die beiden Brüder die Firma in guten Händen und konnten nach London fliegen, denn dort mussten sie etwas sehr Wichtiges abholen.

Wenn sie durch die breite Scheibe des rustikal eingerichteten Wohnraums schaute, fiel ihr Blick bis hoch zu den Highlands, dieser berühmten schottischen Bergkette, die so typisch für das Land war wie seine Burgen oder die geheimnisvollen, oft sehr tiefen Seen, auch Lochs genannt. Wandte sie ihren Blick nach rechts, erkannte sie die Gebäude der Fabrik. Es waren große Hallen. Zumeist dienten sie als Lagerhäuser, wo die gewaltigen Fässer standen, in denen der Whisky reifte, bevor er für den Transport in Flaschen abgefüllt wurde.

Grau senkte sich der Abend über das Land. Auf den Bergen lag Schnee. Auch an einigen Hängen talabwärts schimmerte die weiße Pracht, und die Straßen in den höheren Regionen waren unpassierbar. Gilda liebte es, wenn der Abend den Tag ablöste. Sie saß oft am Fenster und schaute hinaus in die Natur, doch an diesem Abend wollte keine richtige Stimmung aufkommen.

Irgendetwas war anders als sonst.

Es hing ursächlich mit dem Schädel zusammen, dem Totenkopf des alten Gideon McLellan. Ihn hatte man gestohlen und nach London geschickt, das hatten Gildas Brüder herausgefunden.

Als Dieb kam eigentlich nur die Konkurrenz in Frage. Der Clan der McLions.

Die Löwen, wie sie sich nannten. Seit Mary Stewart lebten sie mit den McLellans in Feindschaft. In der Vergangenheit hatte es blutige Fehden gegeben. Der letzte Tote hatte Gideon McLellan geheißen, und um sein Ableben rankte sich Rätselhaftes. Er hatte geschworen, die McLions zu vernichten, und diesen Schwur würde er über das Grab hinaus einhalten.

Denn Gideon McLellan war ein besonderer Mann gewesen, wie die Familie immer sagte.

Seine Feinde behaupteten, in ihm einen Hexer zu sehen, weil er sich mit finsterer Magie beschäftigte, und man hatte den damals von den McLellans produzierten Whisky als Teufelszeug bezeichnet.

Das Erbe des alten Gideon lebte weiter, und er würde auch weiterleben, solange noch jemand aus dem Clan existierte.

Vor dem Waffenschrank blieb Gilda stehen. Ihr Gesicht spiegelte sich im Glas der Scheiben. Gildas Züge zeigten einen verkniffenen Ausdruck, ein Beweis dafür, dass sie sich zu etwas Wichtigem entschlossen hatte.

Sie wollte in die Gruft!

Nicht umsonst hatte sie schon seit Stunden die Unruhe verspürt. Das musste etwas zu bedeuten haben.

Berühmt war die Familiengruft der McLellans. Es gab nur wenige Fremde, die sie gesehen hatten, und die schwiegen lieber, denn man flüsterte sich zu, dass durch diese Gruft der Atem des Höllenfürsten wehen würde.

Der Höllenfürst.

Gilda dachte an ihn und musste lachen. Er stand auf ihrer Seite, das hatte Gideon damals versprochen. Sie schüttelte sich, als sie die Gewehre sah, die hinter der Scheibe schimmerten. Es waren Jagdwaffen darunter, aber auch Revolver und sogar eine Maschinenpistole. Der Vater hatte immer darauf geachtet, gut bewaffnet zu sein, falls es den McLions einfiel, einen Überfall zu starten. Und in die Gruft waren sie schon eingedrungen.

Eine Todsünde, ein Vergehen, das man schon als Verbrechen bezeichnen konnte, aber die McLions würden sich wundern. Verdammt wundern sogar, denn diesen Raub hatten sie nicht umsonst durchgeführt.

Wie jedes Clan-Mitglied besaß auch Gilda einen Schlüssel zum Waffenschrank. Sie schloss die rechte der beiden Türen auf und griff nach der Maschinenpistole. Es war ein kleines Modell, eine tschechische Waffe, sehr leicht zu bedienen und treffsicher.

Als Gilda die Waffe entnahm, da streichelten ihre

Hände das Metall, und sie bekam ein Gefühl der Sicherheit. Sollten die anderen kommen, sie würde schon aufräumen!

Für einen Moment zögerte sie noch. Sollte sie warten, bis der Vater und ihre beiden Brüder zurückgekehrt waren? Nein, jeder McLellan, ob Mann oder Frau, hatte hier eine Aufgabe zu erfüllen, und einen Unterschied gab es nicht.

Gilda schloss den Schrank sorgfältig wieder ab und schritt auf die Tür zu. Sie passierte den rustikalen Kamin, wo ihre Schritte durch das echte Bärenfell gedämpft wurden, und durch einen offenen Rundbogendurchgang erreichte sie einen kleinen Vorraum, in dem ein hoher Geschirrschrank seinen Platz gefunden hatte.

Die Tür befand sich direkt daneben.

Gilda öffnete sie und wäre fast mit Anny, der alten Haushälterin, zusammengestoßen. Irritiert presste sie ihre Hände gegen den wogenden Busen.

»Himmel, Miss Gilda, haben Sie mich erschreckt!« Sie warf einen Blick auf die Waffe. »Wollen Sie weg?«

»Ja, Anny, in die Gruft.«

Hastig schlug die Frau ein Kreuzzeichen. »Allein?«, flüsterte sie und wurde blass.

»Warum nicht?«

»Aber Miss Gilda, da …!«

»Mach dir mal keine Sorgen. Wir McLellans sind nicht so leicht unterzukriegen.«

Anny lachte. »Das weiß ich. Trotzdem habe ich Angst.«

Gilda streichelte die Wangen der Haushälterin. »Es klappt schon alles.« Gilda schaute auf die Uhr. »Ich an deiner Stelle würde mich um das Abendessen kümmern.

»Ist es schon soweit?«

»Die Männer werden bald hier sein. Hattest du ihnen nicht Hammelbraten versprochen?«

»Ja, ja …«

»Na denn.« Gilda nickte Anny zu und ging. Sie hörte noch, wie die Haushälterin irgendetwas murmelte, dann öffnete sie schon die breite Eichenholztür, die nach draußen führte.

Es war zwar nicht kälter geworden, von den Bergen jedoch drängten Fallwinde. Und sie brachten Kälte mit, sodass Gilda ein wenig fror. Sie hatte nicht weit zu laufen, denn die seltsame Gruft befand sich auf dem Grundstück.

Gilda musste an den Garagen vorbeigehen, erreichte einen schmalen asphaltierten Weg, und der endete genau vor der Gruft, zu der eine Treppe hinabführte.

Rechts und links der Treppe war die Erde durch Beton abgestützt worden, sodass man das Gefühl haben konnte, in einen schrägen Tunnel hineinzulaufen.

Da die Stufen gestreut wurden, hatte das Salz Eisklumpen aufgetaut, und Gilda konnte ungefährdet in die Tiefe steigen, um vor der Grufttür stehen zu bleiben.

Es war ein prächtiges Portal.

In das Holz war nicht nur das Wappen der McLellans eingeschnitzt, es zeigte auch ein Schwert mit einem stilisierten Gesicht dahinter und den Namen.

Die Tür war sehr wertvoll. Ein Schreiner hatte bestimmt sehr lange daran gearbeitet, und von einem Kunstschmied waren das Schloss und die Türklinke hergestellt worden.

Gilda McLellan hatte den Schlüssel mitgenommen. Sie schob ihn in das Schloss, drehte ihn zweimal herum und hatte die Tür damit geöffnet. Nicht ein Laut entstand, als sie sie bis zum Anschlag aufzog. Und die Stille des Todes lag auch vor ihr.

Trotzdem hatte sie das Gefühl, dass sie in die Gruft hineingehen musste. Es war wie ein Ruf gewesen, der nur sie erreicht hatte. Ein lockender Ruf, und deshalb hatte sie ihre Schritte automatisch zu diesem Ziel gelenkt.

Wie es sich für eine Gruft gehörte, gab es natürlich kein elektrisches Licht innerhalb des Gewölbes. Um dennoch etwas erkennen zu können, standen den Besuchern Pechfackeln zur Verfügung. Sie brauchten nur aus einem Behälter herausgenommen zu werden. Zündhölzer lagen daneben.

Erst als das Pech an der Fackel brannte, zog Gilda die Tür zu. In der linken Hand hielt sie die Fackel, in die rechte hatte sie die leichte Maschinenpistole genommen.

Vor den Toten fürchtete sie sich nicht. Sie wollte nur gewappnet sein, falls Einbrecher die Gruft betraten und die wertvollen Clan-Reliquien stehlen wollten.

Gilda schritt tiefer in das Gewölbe hinein.

Kaum jemand hätte diese Ausmaße unter der Erde vermutet. Der McLellan-Clan hatte die Gruft nicht mit modernen Betonwänden ausgestattet, sondern große Steine herbeischaffen lassen und sie aufeinandergeschichtet. Sie waren dick und fachmännisch gestapelt, damit sie auch dem gewaltigen Erddruck widerstehen konnten.

Die Stille des Todes lag über der Gruft. Es war unheimlich, denn das Fackellicht schuf eine seltsame Helligkeit, in der die tanzenden Schatten noch überwogen. Sie fanden ihren Weg auf den Boden, glitten über die Wände und eilten dem dreiundzwanzigjährigen Mädchen schon voraus, sodass sie wie lautlose Geisterfinger in Nischen hineintasteten, um diese auszuleuchten.

Die Nischen waren das Besondere an den Wänden. In ihnen wurde das aufbewahrt, was dem McLellan-Clan so heilig war. Die Schädel der Ahnherren!

Jede Nische enthielt einen solchen Schädel. Er stand etwa in Brusthöhe auf einer gusseisernen Platte, die fest in das Mauerwerk verankert war. Und über den Schädeln war ein Schild angebracht, auf dem der Name des jeweiligen McLellan stand sowie sein Geburts- und Sterbetag.

Die Totenköpfe waren gut erhalten. Im vorderen Teil der Gruft gab es noch einige leere Nischen, zur Mitte hin waren sie bereits auf beiden Seiten belegt.

Die Schädel sahen unterschiedlich aus. Es gab welche, denen man den Zahn der Zeit überhaupt nicht ansah. Bei anderen, vor allen Dingen den älteren, fehlten oft Stücke, die herausgebrochen waren.

Etwas hatten sie alle gemeinsam.

Jeder Schädel zeigte einen bestimmten Ausdruck, denn bei jedem stand der Mund offen.

Zur Hälfte war er aufgeklappt worden, wie zu einem gellenden Schrei erstarrt, der irgendwann einmal aus diesem hässlichen Maul hervorgedrungen war.

Ein makabres Bild, dennoch ein Bild, an das sich Gilda längst gewöhnt hatte. Und auch sie veränderte sich auf eine seltsame Art und Weise. Ihre Gesichtszüge nahmen eine andere Form an. Es sollte eigentlich ein Lächeln werden, was da um ihre Lippen spielte, doch es wurde nur ein verzerrtes Grinsen.

Und der Blick ihrer Augen strafte plötzlich all diejenigen Lügen, die ihn als normal angesehen hätten. Er war kalt, nahezu brutal. Ein Glanz wie Fieber, und die Lippen der Gilda McLellan bewegten sich, wobei jedoch kein Wort aus ihrem Mund drang, denn sie redete unhörbar mit sich selbst oder versuchte, gedanklich mit den in dieser Gruft vereinten Schädeln Kontakt aufzunehmen.

Langgezogen war die Gruft. Gildas Vater, Isaak McLellan, hatte für die Fertigstellung gesorgt, und die Söhne hatten die Gräber auf dem Familienfriedhof aufgebuddelt, um die Gebeine der Vorfahren aus der feuchten Erde zu holen.

Eine unheimliche Tat, vollzogen im Licht eines fahlen Vollmondes, und auch heute noch war der einsam liegende Friedhof der McLellan-Sippe ein Ort, den niemand gern besuchte.

Nische für Nische leuchtete Gilda aus. Sie überzeugte sich davon, dass alle Schädel vorhanden waren, denn nach dem Diebstahl des wichtigen Kopfes waren sie alle vorsichtig geworden.

Ein Platz war leer!

Dort hatte der Totenkopf von Gideon McLellan gelegen, des Mannes, den gewisse Leute als Hexer bezeichneten. Gilda kicherte leise, als sie daran dachte, denn die Menschen hatten gar nicht mal so Unrecht. Mit einem Hexer hatte der alte Gideon viel gemein gehabt, und sein Schädel gab jetzt noch die Kraft ab, auf die seine Nachkommen so sehr angewiesen waren.

Er hatte nicht in einer Nische gelegen, sondern auf einer brusthohen Steinsäule gestanden, die an ihrem Ende eine viereckige Platte aufwies. Jetzt war sie leer.

Gilda zischte einen Fluch durch die Lippen, als sie auf die leere Stelle schaute. Sie hätte den Schädel gern gestreichelt und liebkost, doch das war nicht möglich. Man hatte ihn gestohlen und sogar nach London geschickt. Das wusste sie, denn einen aus dem McLion-Clan hatten sie sich vorgenommen, und der hatte geplaudert.

Eine Strafe hatte er auch erhalten. Wenn sie daran dachte, hüpfte ihr das Herz vor Freude im Leib. Aber ein Lächeln darüber wollte ihr nicht gelingen. Nach wie vor starrte sie auf die leere Platte der Säule, auf der einmal der Schädel gelegen hatte.

Es war zum Weinen!

Trotz aller Sicherungen war es diesen verfluchten McLions gelungen, in die Gruft einzudringen. Wie sie das geschafft hatten, war Gilda unklar, denn das hatten ihre Brüder trotz aller Drohungen nicht aus dem Gefangenen herauspressen können.

Plötzlich hörte sie etwas.

Es war ein Geräusch, das sie kannte, denn sie hatte es bereits im Haus vernommen, und es war angetan, sie zu locken. Nur nahm sie es diesmal viel intensiver wahr, und wenn sie genauer darüber nachdachte und lauschte, dann erinnerte sie es an ein fernes Singen.

Klagegesang.

Trotzdem befand sich außer ihr niemand in der Gruft, der sich für diesen Gesang hätte verantwortlich zeigen können, deshalb blieb nur eine Möglichkeit.

Es waren die Schädel!

Sie sangen dieses Lied. Eine schaurige Melodie, jammernd und wimmernd, das Lied der Toten, der gequälten Seelen, und es hinterließ innerhalb der Gruft ein dumpfes Echo, das an Gilda nicht spurlos vorüberging, denn über ihren Körper rann eine Gänsehaut.

Langsam drehte sie sich um.

Die Fackel machte diese Bewegung zwangsläufig mit. Der Schein veränderte sich, er begann zu tanzen, huschte zuckend über die Wände und drang abermals in die Nischen ein, wo er über das bleiche Gebein der Totenschädel strich.

Gilda hatte das Gefühl, diese Schädel würden leben. Sie wirkten mit ihren aufgerissenen Mündern so, als zitterten die lippenlosen Ränder. Und als sich das Mädchen konzentrierte, da stellte es fest, dass dieser Gesang tatsächlich aus den Nischen drang.

Das Erbe des alten Hexers Gideon McLellan machte sich bemerkbar. Die Schädel jammerten, weil sie ihn wollten. Ihn und seine Magie, die er ausströmte, damit sie auf andere übergreifen konnte, denn er selbst war als Schädel harmlos.

Man hatte ihn kurzerhand stehlen können, ohne dass er sich gewehrt hätte.

»Jaaaa!«, brüllte Gilda plötzlich. »Jaaa! Ihr kriegt ihn zurück. Noch in dieser Nacht! Es wird nicht mehr lange dauern, dann habt ihr ihn wieder, euren Schädel …« Sie lachte laut und hallend. »Und dann werden die McLellans wieder mächtig sein. Wehe demjenigen, der sie dann noch anzugreifen versucht. Tod den McLions! Tod, Tod!«

Sie schwang bei jedem Wort die Fackel wie eine Fahne, und das zuckende Licht tauchte ihr Gesicht in einen roten Schein, der ihrer Haut ein blutiges Aussehen gab.

Dann wurde sie wieder ruhig. Ruckartig drehte sie sich um, lief den Weg zurück und wurde von den jammernden Schreien der bleichen Schädel begleitet.

Eine Fluchtmelodie, die von Gilda als Siegesfanfare empfunden wurde.

Schon sah sie die Tür. Als der Fackelschein das Holz erreichte, schien sich die Tür zu bewegen. Das Wappen und der Name waren ebenfalls von innen eingeschnitzt worden. Beides bekam ein geisterhaftes Leben.

Gilda löschte die Fackel, bevor sie sie wieder in den Ständer stellte.

Die Dunkelheit fiel über ihr zusammen wie ein lichtundurchlässiges Tuch.

Es machte Gilda nichts aus. Die Gruft kannte sie. Sie war praktisch ihr Zuhause oder gehörte zumindest dazu.

Kaum hatte sie den Arm ausgestreckt, um nach der Klinke zu greifen, da spürte sie den Hauch.

Gefahr!

Augenblicklich vibrierten ihre Nervenstränge. Gilda

wollte die Maschinenpistole in die Höhe reißen, doch der Gegner war bereits zu nah. Er hatte im Dunkeln gelauert und schlug zu.

Die Waffe entfiel ihren Händen. Gilda wurde nach hinten geschleudert, und einen Augenblick später war der Gegner über ihr, wobei seine Hände ihren Hals fassten, Gilda zu Boden drückten und die Kehle allmählich zupressten …

Schottland hatte mich wieder.

In der Einzahl zu sprechen, wäre ungerecht, denn Suko befand sich an meiner Seite. Gemeinsam wollten wir das Rätsel dieses schreienden Totenkopfs lösen und hofften, dass wir es auch schafften, denn in meinen Ohren klangen die Worte meines alten Herrn noch nach. Er hatte mich vor den Clans gewarnt. Die ließen so leicht keinen Fremden an sich heran und waren untereinander zudem meist stark verfeindet, was bis auf die Glaubenskriege zurückging.

Bis Glasgow waren wir geflogen. Von dort aus ging es mit dem Leihwagen weiter. Wir hatten einen dunkelroten Ford Escort erwischt, ein zuverlässiges Auto.

Unser Ziel lag nördlich von Glasgow, und wir konnten die gut ausgebaute Straße Nr. 81 nehmen, die in die Provinz Stirling führte.

Es war uns klar, dass wir das Nachsehen hatten, denn unsere Gegner hatten einen nicht mehr aufzuholenden Vorsprung. Vor unserem Abflug hatten wir noch herausgefunden, dass die McLellans mit der claneigenen Maschine gestartet und damit von den normalen Flugverbindungen unabhängig waren.

Schon bald hatten wir den Geruch der Großstadt hinter uns gelassen und fuhren in eine noch intakte Naturlandschaft.

Es war ein klarer Wintertag. Überall sahen wir noch den Schnee. Zum Glück war die Straße frei.

Zwei Stunden waren wir bereits unterwegs, hatten Loch Ard Forest, ein großes Waldgebiet, passiert und mussten nun von der gut ausgebauten Straße herunter und in eine Gegend, die ziemlich einsam war.

Sie war von Flüssen und kleinen Bächen durchzogen, bedeckt von zahlreichen Seen. Majestätisch grüßten die Berge mit ihren weißen Mützen, und auf der Straße lag jetzt auch Schnee, denn wir hatten an Höhe gewonnen.

Die McLellans wohnten nahe einer Ortschaft. Ihre Whisky-Fabrik nebst Wohnhaus stand allerdings außerhalb. Das hatte uns ein schottischer Kollege berichtet, den wir von unterwegs aus anriefen.

Je mehr wir uns von der Zivilisation entfernten, um so schmaler wurde der Weg. Typisch schottisch, zwei Wagen konnten nicht aneinander vorbei. Es gab an den Seiten Ausweichbuchten, und flankiert wurde der Weg an einer Seite von einer kniehohen Steinmauer, die hin und wieder unterbrochen war. Jenseits der Mauer fiel das Gelände ab. Manchmal sehr tief, dann wieder flacher und an einen Hang erinnernd.

Der Himmel zeigte kaum Wolken. Ein paar graue Schleier lagen über uns, als hätte sie eine Riesenhand verstreut. Ansonsten zeigten wir uns von der Klarheit des Firmaments beeindruckt.

Und wir sahen, wie die Sonne allmählich tiefer sank, sodass unser Vorhaben, vor Einbruch der Dunkelheit das Ziel zu erreichen, immer unsicherer wurde.

Das sagte auch Suko.

Ich hob die Schultern. »Wenn die Wege hier ohne Glatteis gewesen wären, hätten wir es sicherlich geschafft.«

»Möglich.«

Mit Kartenmaterial waren wir ausgerüstet, und wie immer diente mir Suko als Führer.

Einmal sah ich, wie er sich die Hände rieb und dabei noch kalt grinste.

»Was hast du?«

»Ich denke gerade daran, wie ich den McLellans die Rechnung präsentieren werde. Die haben noch etwas bei mir im Salz liegen. Vater und auch Söhne.«

Als ich das hörte, musste ich grinsen. Ich kannte meinen Freund schließlich. Er vergaß so leicht nichts.

Die Landschaft änderte sich ein wenig. Die Täler wurden weiter, die Hänge flacher. Einmal kamen uns drei Motorräder entgegen. Wie Schatten huschten sie vorbei.

Wir konnten auch über den Steinwall hinwegschauen, sahen die weiten Kurven, die die Straße einmal nach links, dann wieder nach rechts beschrieb, und ich wurde das Gefühl nicht los, dass wir unser Ziel erreicht hatten.

Ich fragte Suko danach.

»Du hast Recht. Eigentlich müssten wir schon die kleine Ortschaft sehen, zu der das Haus und die Fabrik gehören.«

Das geschah fünf Minuten später, nachdem wir einen flachen Berg umfahren hatten.

Häuser mit teilweise dunklen Dächern sahen wir. Andere leuchteten rot. Es gab auch einen Weg, der von unserer Straße links abzweigte und zum Dorf führte. Den nahmen wir nicht, sondern fuhren weiter geradeaus.

Die Sicht wurde besser. Links der Straße war das Gelände fast eben. Hin und wieder entdeckten wir ein paar Bauminseln, dann stach uns im letzten Licht der verschwindenden Sonne etwas Seltsames ins Auge. Genau konnten wir es noch nicht erkennen, und ich ging noch weiter vom Gas.

»Das wollte ich dir gerade vorschlagen«, sagte Suko.

»Was?«

»Langsamer zu fahren.«

»Ach so.«

Wir rollten allmählich an den Gegenstand heran, und als wir uns mit ihm auf einer Höhe befanden, stoppte ich. Zur selben Zeit verließen Suko und ich das Fahrzeug.

Diesmal wuchs kein grauer Steinwall am Wegrand hoch. Unser Blick war frei.

Wir erkannten ein Gitter mitten im Gelände. Und hinter dem Gitter, zudem noch von Büschen verdeckt, Grabsteine.

Ein Friedhof also.

Sehr klein. Fast für eine Familie oder einen Clan gedacht. Ich schaute nach rechts und sah vom Friedhof her einen schmalen Weg, der sich wie ein graues Band durch das Gras zog und an dessen Ende ich die Umrisse einiger Schuppen, Hallen oder Häuser sah. Auch ein Schornstein stach wie ein riesiger Finger in den Himmel.

»Da wohnen sie«, sagte Suko, der meinem Blick ebenfalls gefolgt war. »Das muss das Haus der McLellans sein.«

Auch ich war dieser Meinung. Bevor wir uns das weitere Vorgehen zurechtlegen konnten, wurden uns die Ereignisse aus der Hand gerissen.

Durch einen gellenden Schrei!

Es war ein verzweifelter Hilferuf, der uns da entgegenhallte. Wahrscheinlich hatte uns die Person bei der Ankunft gesehen und deshalb so geschrien.

Er war nicht aus der Richtung des Hauses aufgeklungen, sondern von diesem seltsamen, mitten in der Landschaft stehenden und eingezäunten Friedhof her.

Dort musste sich etwas Schreckliches abspielen.

Wir zögerten nicht eine Sekunde und rannten los. Ein wenig steif, wie ich zugeben muss, denn vom langen Sitzen waren unsere Glieder müde geworden. Beide mussten wir uns erst einlaufen.

Ein seltsames Bild bot sich unseren Augen. Der allmählich grau werdende Himmel, das letzte Tageslicht, das die Konturen der Gegenstände noch einmal klar und deutlich hervorhob, dazu der Friedhof auf diesem flachen, leicht geneigten Gelände, auf dem hier und da Schneeinseln lagen, dies alles war für mich irgendwie befremdlich und auch seltsam anzuschauen.

Als wir näher heranliefen, erkannten wir, dass dieser Friedhof nicht so klein war, wie es zuerst den Anschein gehabt hatte. Nur den Mann, der um Hilfe schrie, sahen wir nicht.

Zudem waren seine Schreie verstummt. Wir vernahmen mehr ein leises Wimmern sowie hin und wieder hastig hervorgestoßene Worte.

»Trennen wir uns«, schlug ich keuchend vor, denn den Eingang zu diesem seltsamen Friedhof entdeckten wir nicht.

Suko war einverstanden, verschwand nach rechts,

während ich mich nach links wandte und wir beide die Grabstätte umrundeten.

Ein schmiedeeiserner Zaun friedete sie ein. Er reichte mir bis über den Kopf. Die einzelnen Stäbe standen ziemlich dicht nebeneinander. Durch die Zwischenräume hatten sich wie vorwitzige dünne Arme die Zweige der Büsche geschoben, und dahinter sahen wir die hohen Grabsteine.

Sukos Ruf erreichte mich. »Hier, John!«

Ich achtete nicht mehr auf ein Tor, mein Freund hatte es gefunden.

»Wir müssen drüberklettern, es ist mit einer Kette gesichert.«

»Okay.« Ich sah zu, wie mein Freund auf der anderen Seite zu Boden sprang, und machte mich daran, über das Tor zu steigen. Es war nicht so hoch wie das Gitter, hatte auch keine Stäbe, die oben spitz wie Lanzen zuliefen.

Das Tor war kein Problem. Ich kletterte hinüber und folgte Suko, der bereits durch die Grabreihen ging und seinen Blick suchend nach rechts und links schweifen ließ.

Schon beim zweiten Hinsehen bekam ich bestätigt, was ich angenommen hatte. Vor uns lag ein Familienfriedhof. Auf den wuchtigen Steinen entdeckte ich immer nur einen Nachnamen.

McLellan!

Wir waren also genau richtig, aber den schreienden Mann sahen wir noch nicht.

»Wo sind Sie?«, rief Suko, der stehen geblieben war.

Ein schwaches »Hier« wehte uns entgegen.

Ich schaute Suko an. »Das kam von links.«

Mein Freund nickte. Da es in diese Richtung keinen Weg gab, liefen wir quer über die Gräber.

Diesmal hatten wir Glück. Wir fanden den Mann. Beide sahen wir ihn zur selben Zeit, und wir blieben stehen wie vor die berühmte Wand gelaufen.

Der Mann befand sich zwischen zwei Gräbern. Er war auf eine grausame Art und Weise gefangen.

Man hatte ihn eingegraben!

Nur noch sein Kopf schaute hervor. Das Gesicht leuchtete weiß. Es war verzerrt. Wir lasen in den Zügen all die Qualen, die der Mensch durchgemacht hatte.

»Mein Gott«, flüsterte Suko, »wer hat das getan?«

Eine Antwort konnte ich ihm leider nicht geben. Die gab uns der Gefangene. »McLellan«, keuchte er und spie gleichzeitig Erdkrumen aus. »Diese verdammten Schufte!«

»Haben die Sie hier eingegraben?«

»Ja.«

»Und wer sind Sie?«

»Ich heiße Broderick McLion. Wir sind mit den McLellans verfeindet.«

Diese wenigen Worte hatten uns bereits einen Teil des Problems offenbart. Für uns war jetzt allein wichtig, dass wir den Ärmsten befreiten.

»Gibt es hier irgendwo Schaufeln?«, fragte Suko. Er hatte denselben Gedanken gehabt wie ich.

»Ja, weiter hinten.«

Der Inspektor flitzte schon los. Er wühlte sich durch die sperrigen Büsche und brach die Zweige kurzerhand ab.

Ich ging in die Hocke, sodass mir der eingegrabene Mann direkt ins Gesicht schauen konnte. Er musste Höllenqualen ausgestanden haben. Seine Züge waren verquollen. Dreck bedeckte seine Wangen. Die Augen schimmerten rot, die Lippen waren gerissen, zudem sah er so aus, als wäre er geschlagen worden.

Danach fragte ich ihn. »Klar!«, keuchte er. »Klar. Diese verdammten Schweine haben mich geschlagen.«

»Aber wie kommt es?«

»Feindschaft der Sippen. Ich kann Ihnen sagen, wir werden zurückschlagen! Das sollen sie büßen. Ich hätte verrecken können. Ich …« Er verstummte, hustete und fragte danach schwer atmend: »Wer sind Sie überhaupt? Ich erzähle Ihnen hier alles …«

Ich schaute auf das dunkelblonde, schmutzverklebte Haar des Mannes und schüttelte den Kopf. »Keine Bange, wir gehören nicht zu den McLellans. Wir kommen aus London.«

»Wieso?«

»Weshalb nicht?«

Suko kehrte zurück. Er hatte zwei Schaufeln und einen Spaten besorgt. Den Spaten brauchten wir auch, denn der Boden war hart. Wir mussten die obere Schicht erst lockern.

»London. Wie kommen Sie ausgerechnet hierher? Oder haben Sie meinen Onkel verfolgt?«

»Den kennen wir nicht.«

»Er war auch in London.«

»So?«, sagte ich und nahm eine Schaufel in die Hand, während Suko die Erde um das Grab herum aufstach. »Was hat er denn in London gewollt?«

»Damit fing doch alles an.« Er lachte und atmete schnell und hastig. »Wir wollten den McLellans endlich mal den Wind aus den Segeln nehmen und stahlen den Schädel.«

»Den schreienden?«, fragte Suko.

Broderick McLions Mund klappte zu. »Sie kennen den Totenkopf?«

»Ja – und auch den Maler Anderson.«

»Oh, verdammt!«, fluchte McLion. »Dann haben Sie mich reingelegt und gehören doch zu den McLellans.«

»Dazu gehören wir nicht.«

McLion schwieg. Er suchte wohl erst einmal nach einer Antwort, während wir verbissen schufteten. Die Erde, die Suko mit dem Spaten gelockert hatte, beförderte ich mit der Schaufel zur Seite, und wir hatten bereits die Schultern des eingegrabenen Mannes freigelegt.

»Wieso kommen Sie dann?«

»Weil wir den Fall verfolgen«, erklärte Suko. »Die Spur des schreienden Schädels hat uns von London aus nach Schottland geführt. Verstehen Sie jetzt, Mr. McLion?«

»Nein.«

»Ist auch nicht so wichtig«, sagte ich und räumte weiterhin Erde zur Seite.

»Verdammt, ich bin steif bis in die Zehen!«, fluchte McLion. »Aber das werden mir die Schweine büßen, das kann ich Ihnen sagen. Ich mache sie fertig, alle ...«

»Lassen Sie es bleiben«, beruhigte ich ihn. »Es führt zu nichts. Außerdem sind wir nicht im Wilden Westen und in einem Kampf zwischen Farmern und Rinderzüchtern.«

»Das hier ist ebenso schlimm. Der Fluch der McLellans muss gebrochen werden. Solange der Schädel des Hexers existiert, werden wir keine Ruhe finden.«

»Welcher Hexer?«, fragte ich.

»Das ist es doch. Der tote Gideon McLellan, dessen Schädel wir gestohlen haben, war als Hexer bekannt. Er stand mit dem Teufel im Bunde und war ein menschlicher Satan. Glauben Sie mir, das ist schlimm.«

Suko und ich tauschten Blicke aus. Wir schienen tatsächlich in ein Wespennest gestochen zu haben.

»Und wer liegt auf diesem Friedhof?«, fragte ich.

»Kopflose Leichen«, flüsterte Broderick McLion. »Wenn die Körper verwest sind, werden die Gräber aufgebrochen, und man nimmt die Schädel raus.«

Mir wurde ein wenig seltsam zu Mute. Die McLellans hatten verdammt komische Familienbräuche. So etwas hatte ich noch nie gehört.

»Was geschieht denn mit den Schädeln?«, wollte mein Freund wissen.

»Sie werden aufbewahrt.«

»Wo?«

McLion war jetzt soweit, dass er schon die Arme bewegen konnte. Sein Kreislauf spielte verrückt. Ich konnte mir vorstellen, dass es schmerzte, wenn das Blut wieder normal durch seine Adern floss, und er stöhnte dementsprechend. Wir ließen ihm Zeit. Als er sich wieder einigermaßen gefangen hatte, antwortete er uns.

»Die McLellans besitzen eine große Gruft an ihrem Haus. Dort bewahren sie all die Schädel ihrer Verstorbenen auf.«

»Wieso das?«

McLion schaute mich an. »Weil es der Hexer so wollte. Sein Schädel hat alle anderen angesteckt.«

»Dann können sie auch schreien?«, vermutete ich.

»Möglich. Wir haben nur den einen gestohlen, und dieser Maler sollte Bannzeichen auf ihn malen, damit der verdammte Fluch endlich gestoppt wird. Alle haben Angst vor den McLellans. Der Fluch des Alten schwebt wie eine Riesenhand über uns.«

»Liegt er auch hier auf dem Friedhof?«, wollte ich wissen.

»Ja.«

»Und wo?«

»Das Grab kann ich euch gleich zeigen.«

»Heben Sie mal die Arme!«, verlangte Suko und ließ seinen Spaten fallen.

Broderick McLion tat, was mein Freund wollte, und Suko schob seine Hände unter die Achseln des Mannes. Noch hatten wir ihn nicht völlig befreit, und der Inspektor musste schon Kraft einsetzen, um McLion aus der Erde zu ziehen.

Der Schotte fluchte und jammerte. Ein paarmal hörten wir seine Gelenke knacken. Ich half meinem Freund, und in gemeinsamer Arbeit schafften wir es, den Mann aus der Erde zu ziehen.

Wir stellten ihn hin.

Als wir ihn losließen, um einen Test durchzuführen, da brach er vor unseren Augen zusammen. Er schaffte es einfach nicht, auf den Füßen zu bleiben. Die Knie gaben nach. Er kippte nach vorn und wäre gefallen, wenn wir ihn nicht aufgefangen hätten.

Sein Fluchen glich schon mehr einem Heulen. »Verdammter Mist, verfluchte Scheiße! Ich …«

»Beruhigen Sie sich«, sagte ich. »Es dauert eine Weile, bis Sie wieder auf dem Damm sind.«

»Ach, Mist …«

Wir schauten uns inzwischen auf dem Friedhof um. Ich wollte wissen, wo das Grab dieses seltsamen Hexers lag.

McLion erklärte es mir. Es war das übernächste. Während Suko bei dem Geretteten blieb, ging ich hin und schaute mir die Stätte einmal an.

Auf den ersten Blick unterschied sie sich in nichts von den anderen. Ein Grab normaler Größe mit einem grauen Stein, der bereits Ansätze der Verwitterung aufwies.

Auch die persönlichen Daten des Verstorbenen waren in den Stein eingemeißelt worden.

Gepflegt wirkte das Grab nicht. Braune Erde bedeckte es. Keine Blume stach daraus hervor, und ich entdeckte darauf auch kein christliches Symbol.

Das Grab des Hexers …

Mir kam eine Idee. Dieser Verstorbene musste ja mit den finsteren Mächten im Bunde stehen. Sein Schädel hätte sonst nicht so laut geschrien, und deshalb wollte ich einen Test machen. Wenn innerhalb des Grabes Unheil lebte und wohnte, dann würde ich es herausfinden.

Deshalb nahm ich mein Kreuz hervor. Als ich die Kette über den Kopf streifte, merkte ich bereits das Glühen des geweihten Metalls.

Es war ein schwacher Schein, ein wenig fahl, vergleichbar mit Mondlicht, und dieser Schein fiel auf die Graberde. Dort lauerte das Böse!

Unheil musste unter der feuchten Erde liegen. Ich trat vor und legte mein Kreuz auf das Grab.

Da geschah es!

Innerhalb des Grabes hörte ich ein seltsames Geräusch. Es waren keine menschlichen Laute, die mir entgegenschwangen, auch nicht zu vergleichen mit den stumpfen oder abgehackten Schreien irgendwelcher Zombies, sondern ein dumpf klingendes Brodeln oder Grollen, das in den Tiefen dieser Ruhestätte begann.

Und noch etwas geschah.

Das Grab entließ sein Grauen.

Die Erde war nicht festgebacken, sondern durchlässig und porös. Genau das kam dem Schrecken, der innerhalb des Grabes lauerte, zugute. Er machte sich auf eine Art und Weise bemerkbar, womit ich nicht gerechnet hatte.

Dämpfe stiegen hoch.

Zuerst waren es nur dünne Rauchschwaden, die ihren Weg fanden. Nicht viel dicker als der Qualm einer Zigarre, der vielleicht armhoch stieg, danach vom Wind erfasst wurde und sich auflöste.

Aber der Qualm erhielt aus der Tiefe Nachschub. Und der Wind drehte sich so, dass ich diesen Rauch in die

Nase bekam. Er stank widerlich und erinnerte mich an Schwefel und Moder.

Geruch des Satans!

Ich bewegte mich ein wenig zurück, stand auf und schaute aus sicherer Entfernung auf das Grab des Hexers.

Immer mehr Qualm stieg aus der Tiefe. Mittlerweile hatte auch Suko bemerkt, dass etwas nicht stimmte. Wahrscheinlich war er von dem Gestank angelockt worden, denn er kam zu mir.

»Sieh dir das an!«, flüsterte ich.

»Der Hexer?«

»Ja.«

Wir schwiegen einen Moment und schauten den grüngrauen Dämpfen hinterher.

Suko meinte: »Wo wir schon mal dabei sind, sollen wir das Grab direkt mit ausheben?«

»Wäre nicht übel.«

»Ich hole das Werkzeug.«

Suko verschwand wieder. Ich hörte, wie er mit Broderick McLion sprach, und vernahm die Stimme des Geretteten. Sie klang ein wenig schrill. Trotzdem waren die Worte gut zu verstehen. »Sie sind verrückt! Sie dürfen das Grab nicht öffnen.«

»Und weshalb nicht?«

»Der Hexer wird uns vernichten.«

»Aber Sie wollten den Schädel doch auch zerstören«, hielt ihm Suko entgegen.

»Nicht auf normale Art und Weise, sondern durch einen Bannspruch. Glauben Sie mir, wir hätten den Schädel überhaupt nicht zerschlagen können. Er widersteht einer Axt und einer Säge. Der Satan hat ihn geweiht, und seine Kraft geht auch auf die anderen über.«

»Lassen Sie uns mal machen.«

»Ich beschwöre Sie ...«

Suko hörte nicht hin. Wenn er einmal einen Entschluss gefasst hatte, war er durch nichts davon abzubringen. Mit dem Werkzeug kehrte er zu mir zurück, reichte mir eine Schaufel und nahm selbst wieder den Spaten in die Hand.

Wir arbeiteten gemeinsam. Die Wolken hüllten uns manchmal ein, denn der magische Vorgang, ausgelöst von meinem Kreuz, war nicht zu stoppen. Aus der Grabtiefe drang weiterhin Qualm in die Höhe und breitete sich aus wie Nebel.

Diesmal arbeiteten wir noch schneller. Schließlich hatten wir inzwischen Routine.

Die Zeit war rasch vergangen. Dunkelheit hatte sich längst über das Land gesenkt. Sie war wie ein graues Tuch, das sich allmählich schwarz färbte. Es war unheimlich, denn auf dem sternenklaren Firmament sahen wir die Mondsichel.

Der Hügel neben dem Grab wurde immer größer. Auch der Qualm stank intensiver. So manches Mal mussten wir husten, und dann hielten wir lieber die Luft an.

Schließlich wurden wir fündig. Es waren keine Knochen, auf die wir stießen, sondern verfaulte Holzteile, die einmal zu einem Sarg gehört hatten.

Suko sprang hinunter, bückte sich und schleuderte die ersten Reste aus dem Grab.

Ich blieb am Grabrand stehen. Diese Arbeit konnte auch ein Einzelner erledigen.

Mein Freund war eingehüllt von den widerlichen Schwaden. Er hustete ein paarmal, arbeitete jedoch weiter, wobei er sich bückte und die Reste des Sargs aus dem Grab schleuderte.

»Siehst du schon die Knochen?«, fragte ich ihn.

»Nein, da müssen wir noch tiefer.«

»Vielleicht haben sie sich auch aufgelöst.«

Suko hob den Kopf und gleichzeitig die Schultern. »Möglicherweise, John.«

Er hatte die Worte kaum ausgesprochen, da sah ich ihn fallen. Mein Freund ruderte noch mit den Armen, bevor er kippte und auf die weiche Erde des Grabs fiel.

»Verdammt, Suko, was ist …?« Mir blieben die nächsten Worte im Hals stecken, denn ich sah selbst, was geschehen war. Um Sukos Fußgelenke hatten sich zwei knöcherne Klauen geklammert, und die hielten eisern fest …

Er hatte kalte Hände, die Gilda McLellan an Schlangenarme erinnerten, und sie saugten sich förmlich an ihrem Hals fest.

Für Sekunden lag die Frau starr da. Sie musste die Überraschung erst verdauen, denn mit einem Angriff in der Gruft hatte sie nie im Leben gerechnet.

So blieb sie steif liegen und rührte sich erst einmal nicht. Sie erschlaffte sogar, denn der Gegner über ihr sollte merken, dass sie ihren Widerstand aufgegeben hatte.

Eine gute Taktik, wie sich herausstellte, denn der Druck um ihren Hals lockerte sich. Wenn die Hände auch weiterhin an ihrer Kehle blieben, so gelang es ihr dennoch, erst einmal Luft zu holen.

»Okay, Süße, verhalte dich nur ruhig, dann wird dir vorerst nichts passieren.«

Sie gab keine Antwort.

»Wo ist der Schädel?«, zischte ihr Gegner.

Jetzt erst wusste sie, wer der Mann war, der ihr aufgelauert hatte.

Einer aus der McLion-Sippe, und zwar Archer McLion, der älteste Sohn. Wahrscheinlich war er auch für den Diebstahl des Schädels verantwortlich.

»Ihr habt ihn doch, verdammt!«

»Nicht mehr.«

Gilda lachte. »Pech. Ihr hättet eben besser auf ihn aufpassen sollen.«

»Das haben wir auch, aber man hat ihn dem Maler gestohlen. Als wir den Schädel abholen wollten, war er schon weg, wie uns der Knabe erzählte.«

»Wieso? Warst du dabei?«

»Nein, aber meine Familie hat mich telefonisch informiert. Ich werde mir den Schädel zurückholen, das verspreche ich dir. Du wirst ihn mir zeigen.«

»Er ist nicht hier.«

»Das wollen wir erst noch sehen.«

Gilda atmete heftig. Sie pumpte Luft in ihre Lungen, und sie wollte erst einmal Zeit gewinnen. Nur Zeit war wichtig in diesen Augenblicken, alles andere konnte man vergessen. Zudem hatte sie nicht vor, sich kampflos zu ergeben. Sie war als eine Wildkatze bekannt und würde ihrem Namen alle Ehre machen.

»Wie bist du hier reingekommen?« Eine Antwort auf die Frage wollte sie unbedingt haben, und Archer, der sich als der große Sieger fühlte, gab ihr auch eine.

»Wir haben einen Nachschlüssel hergestellt. Ganz einfach, nicht wahr?«

»Ja, wenn man es weiß.«

»Und jetzt will ich den Schädel sehen. Komm mir nur nicht mehr mit irgendwelchen Ausreden. Davon habe ich die Nase gestrichen voll, Gilda McLellan.«

»Keine Sorge, ich zeige dir, wo es langgeht.« Das tat Gilda auch, allerdings auf eine Art und Weise, mit der Archer McLion nicht gerechnet hatte.

Die Bewegungen des Mannes waren von Gilda genau registriert worden. Am Anfang hatte er hart zugepackt, während sich im Laufe des Gesprächs sein Griff lockerte.

Und das nutzte sie aus.

Da Archer McLion nicht mehr so dicht auf ihr lag, konnte sie die Beine anziehen, und im nächsten Augenblick rammte sie die Knie in die Höhe.

Es war ein Volltreffer!

Beide Kniescheiben trafen den Leib des Mannes. Gilda hörte, wie er stöhnend die Luft ausstieß und einen Augenblick später nach hinten katapultiert wurde.

Sein Aufprall glich einem Klatschen. Er würgte, und Gilda nutzte die Gunst der Sekunden aus.

Sie kümmerte sich nicht um den Typ, sondern robbte zur Seite, da sie ihre Maschinenpistole zurückhaben wollte.

Das Mädchen steckte voller Hass. Man hatte sie heimtückisch überfallen, und das wollte sie Archer McLion zurückzahlen.

Durch seinen Tod!

Ungefähr hatte sie sich gemerkt, wo die Maschinenpistole hingefallen war. Deshalb kroch sie in diese Richtung. Sie schleifte mit Knien und Händen über den Boden, hörte das Ächzen des Mannes und auch seine Stimme.

»Das zahle ich dir heim, du verfluchte Hexe! Ihr taugt alle nichts, ihr miesen McLellans!«

Gilda grinste. Sollte er nur geifern. Gewinnen würde sie, das stand fest, denn sie spürte plötzlich Metall an den Fingern ihrer rechten Hand.

Die Waffe!

Und der andere schien nichts bemerkt zu haben, weil er den harten Stoß noch verdauen musste.

Gilda riss die Maschinenpistole an sich. Sie schleifte dabei über den Boden, und dieses Geräusch erschreckte sie, denn auch McLion könnte es hören und die richtigen Schlüsse ziehen.

Gilda wollte nicht länger zögern. Ein Ziel sah sie nicht. Sie war allerdings so besessen von ihrem Hass, dass sie noch in der Bewegung feuerte.

Sie drehte sich dabei nach rechts, die Arme mit der handlichen Maschinenpistole hatte sie vorgestreckt, hörte das peitschende Hämmern der Waffe und sah auch das fahle Mündungsfeuer, das die unmittelbare Umgebung vor dem Lauf erhellte.

Die Geschosse sirrten durch die Gruft. Gilda vernahm die Einschläge. Sie hieben gegen die Wände, rissen dort Steinsplitter heraus und wurden zu gefährlichen Querschlägern.

Nur einen Todesschrei hörte sie nicht, obwohl sie dicht über den Boden gehalten hatte, um auch zu treffen.

Nach wenigen Sekunden nahm sie den Finger vom Abzug.

Kein Mündungsfeuer mehr. Schlagartig hielt sie wieder die Dunkelheit umfangen.

Die Echos verstummten. Sie konnte sich wieder auf die nächste Umgebung konzentrieren.

Gilda McLellan lauschte. Dabei hoffte sie, dass sich der andere durch sein Atmen verraten würde; sie jedoch hörte nur den eigenen Atem, der, von Anstrengung gezeichnet, pfiff.

Archer McLion war kein Dummkopf. Schlauerweise hielt er sich zurück und überließ seiner Gegnerin die Initiative, denn sie war es ja, die kommen musste.

Gilda wagte nicht, sich zu bewegen. Sich nur keine Blöße geben, so lautete ihre Devise. Deshalb blieb sie in der angespannten Haltung auf dem Rücken liegen und konzentrierte sich auf die unmittelbare Umgebung.

Zu hören war nichts.

Der andere gab ebenso Acht wie sie. Da schenkten sich beide nichts, und vor Grauen wurde ihr kalt. Die Schädel flößten ihr keine Furcht ein, diese Lage aber konnte schon an den Nerven zerren.

Trotz ihrer Konzentration wurde sie überrascht. Archer McLion legte sie rein, und er benutzte dabei keine Waffe, sondern eine Taschenlampe. Urplötzlich schoss der helle Tunnel durch die Finsternis, und der Strahl traf haargenau das Gesicht von Gilda McLellan. Er blendete sie, und Gilda war so perplex, dass sie vergaß, sich herumzuwerfen und abzudrücken.

Im nächsten Augenblick schlug der andere mit seiner Lampe zu. Es war ein wuchtiger Hieb. Gilda bemerkte noch das Zucken des Lichtstrahls, dann traf die mit Gummi verkleidete obere Umrandung der Lampe ihre rechte Schläfe.

Es war ein Treffer, der ihr zu schaffen machte.

Gilda verlor die Übersicht. Sterne tanzten vor ihren Augen, und sie merkte nicht, dass ihr die Maschinenpistole aus den Händen gerissen wurde, weil sie zu sehr mit sich selbst beschäftigt war.

Archer McLion blieb nicht untätig. Er hatte dosiert zugeschlagen, denn er wollte auf keinen Fall, dass Gilda bewusstlos wurde. Das hätte ihm nichts genutzt.

Seine Hand wühlte sich in ihre dichten Haare. Er kniete hinter ihr und zog den Kopf zurück, während er zischte: »Du hast keine Chance, Gilda, gib endlich auf!«

Der Schmerz raubte ihr fast den Atem. Gilda hatte ihre Hacken eingestemmt, und der Oberkörper bildete eine Brücke, weil sie den Rücken durchbog.

Das Lampenlicht traf sie, riss ihr Gesicht aus der Dunkelheit und zeigte einen dunklen Streifen an der Schläfe. Dort war die Haut aufgeplatzt, und aus der Wunde quoll ein wenig Blut.

»Ich hätte es auch härter machen können, Gilda!«, flüsterte der junge McLion. »Sogar viel härter, weil ihr es nicht anders verdient habt. Aber ich gebe dir eine Chance.«

»Darauf schei…«

»Hör lieber zu«, unterbrach Archer sie. »Vergiss für einen Moment deinen verdammten Hass und zeig mir, wo sich der Schädel befindet.«

»Der ist nicht da!«

»Davon will ich mich selbst überzeugen, denn dir glaube ich kein Wort. Man kann euch McLellans nicht trauen. Und jetzt hoch mit dir!«

Gleichzeitig löste er den Griff. Gilda war wieder frei, sackte zusammen und versuchte, sich danach auf die Füße zu stemmen.

Archer McLion schaute ihr dabei zu, während er sie anleuchtete. Die Bemühungen der jungen Frau nahm er mit einem Stirnrunzeln zur Kenntnis. Er dachte nicht daran, ihr behilflich zu sein, und Gilda hatte schwer zu kämpfen.

Schließlich stand sie. Tief atmete sie durch, stellte ihre Beine breit hin, denn so hatte sie einen besseren Halt.

»Den Weg kennst du ja«, sagte Archer McLion. »Mach keinen Unsinn, denn ich habe deine Waffe!«

»Du irrst dich. Der Schädel ist nicht hier!« Gilda versuchte noch einmal, ihren Bewacher von seinem Vorhaben abzuhalten.

Der ließ sich nicht beirren. Seine Stimme klang kalt, als er sagte: »Geh weiter!«

Gilda blieb nichts anderes übrig. Sie hielt den Kopf gesenkt, wirkte in dieser Haltung noch kleiner, wurde auch vom Schein der Lampe getroffen, und ihr Körper malte einen übergroßen Schatten auf den Boden.

Sie passierten die ersten Nischen, in denen noch keine Schädel standen.

McLion war auf der Hut. Er hatte die jüngste McLellan kennen gelernt und wusste genau, dass sie so leicht nicht aufgeben würde. Wahrscheinlich erschreckte sie nicht einmal eine geladene Waffe, wobei Archer McLion sich fragte, ob er überhaupt schießen würde, wenn es wirklich hart auf hart ging.

»Schneller!«, forderte er. »Ich will hier nicht anwachsen!«

Das Mädchen hob die schmalen Schultern. Noch immer war Gilda nicht sehr sicher auf den Beinen. Ihr Gang glich mehr einem Taumeln. Den Kopf hielt sie gesenkt, die Beine zitterten, und sie schüttelte sich mehrmals, als hätte man ihr kaltes Wasser über den Kopf gegossen.

Da Archer über den Kopf der vor ihm gehenden Gilda hinwegschauen konnte und er weiterhin den Strahl der Lampe an ihr vorbeischickte, erkannte er auch die Säule.

Sie war leer!

Archer wusste genau, wo der Schädel immer gelegen hatte. Schließlich war er dabei gewesen, als man ihn stahl. Nun musste er einsehen, dass ihn Gilda nicht angelogen hatte.

Sie blieb ebenfalls stehen. »Da siehst du es selbst, er ist nicht da!«

»Und wo steckt er dann?«

»Sie bringen ihn noch!«

»Verdammt, deine miese Clique hat den Schädel aus London gestohlen. Normalerweise müssten sie längst hier sein. Ich will wissen, wo …« Er verstummte, denn wie das Mädchen, so hatte auch er das seltsame Jammern gehört.

Die Schädel begannen zu singen …

Das Geräusch war schlimm. Jaulende Töne, manchmal ein helles Kreischen, aber nur für einen Moment, dann wieder dieses langgezogene Stöhnen und Ächzen, das die gesamte Gruft erfüllte.

Das Grauen schlich herbei.

Auch Archer McLion merkte es. Bisher hatte er sich nicht gefürchtet, doch als die Schädel mit ihrem schauerlichen Gesang begannen, lief es ihm kalt über den Rücken.

Er hatte gewusst, dass es in der Gruft nicht mit rechten Dingen zuging. Schließlich war der alte Gideon ein Hexer gewesen, der sich mit dem Teufel verbündete, aber dass die anderen Schädel ebenfalls auf schwarzmagische Art und Weise aufgeladen waren, das hätte er nicht für möglich gehalten.

Die Schädel der McLellan-Sippe reagierten auf ihre besondere Weise. Sie wussten einen Fremden in der Gruft, eine Person, die nicht dorthin gehörte, und sie wollten sie vertreiben.

Das merkte auch Gilda.

Plötzlich verspürte sie keine Furcht mehr. Sie wusste sich in Sicherheit, denn Kräfte, die kaum erklärbar waren, standen auf ihrer Seite und würden sie schützen.

Beinahe lässig wandte sie sich um.

Und Archer McLion ließ dies geschehen. Er kümmerte sich nicht um sie; sein Blick glitt an ihr vorbei. Den Kopf hatte er gedreht, denn die Schädel interessierten ihn mehr als das Mädchen vor ihm.

Sie hatten noch nicht ihre gesamte Kraft ausgespielt. Zwar stöhnten und jammerten sie, dennoch war da etwas anderes, das zwar niemand greifen konnte, das aber von den Schädeln allmählich Besitz ergriff.

Ein geisterhaftes, unheimliches Licht, das türkisfarben glühte, fand seinen Weg in die Totenköpfe hinein.

Selbst Gilda konnte nicht sagen, wo sich die unheimliche Lichtquelle befand. Möglicherweise steckte sie innerhalb der Schädel, sodass sie zu einem bestimmten Zeitpunkt frei werden und die beinernen Köpfe ausfüllen konnte.

Auf einmal steckte Leben in ihnen.

Ein unheimliches, geheimnisvolles Leben. Ausgehend von dem türkisfarbenen Licht, das vor allen Dingen die sonst leeren Höhlen der Augen mit seinem geisterhaften Schein erfüllte.

Unheimlich war es anzusehen. Hinzu kam der Gesang. Das große Jammern und Raunen, das Wehklagen und leise Schreien. Es erfüllte nicht nur die Gruft, sondern auch die Ohren der Zuhörer. Gilda McLellan begann zu lächeln.

Dieses Lächeln sah auch Archer.

Er schaute in ihr Gesicht, das ebenfalls von einem

grünlichen Schein umfangen wurde. Die Haut wirkte deshalb so geisterhaft bleich.

Doch Gilda lebte. Und sie würde weiterhin leben, denn mit dieser seltsamen Magie spürte sie gleichzeitig einen Kraftstrom, der ihren Körper erfasst hatte.

»Das ist dein Ende, Archer!«, hauchte sie. »Das Ende eines McLion …« Sie kicherte hohl und behielt dieses Lachen auch bei, als sie sah, wie McLion die Maschinenpistole in die Höhe riss und die Mündung gegen ihren Körper drückte.

»Nein!«, keuchte er. »So leicht erledigt ihr mich nicht. So leicht nicht, das schwöre ich euch. Ich werde kämpfen. Ein McLion hat vor einem McLellan noch nie die Knie gebeugt.«

»Du wirst es tun!«

»Niemals!«

»Siehst du nicht die Schädel?«, raunte Gilda mit einer Stimme, die ebensogut einem Geist hätte gehören können. »Schau sie dir genau an. Sie wissen, wer du bist. Sie haben sich genau gemerkt, wer in diese Gruft eingedrungen ist und ihnen den Anführer wegnahm. Sie erkennen dich, Archer, und sie werden dich vernichten. Glaub es mir, du hast keine Chance mehr …«

Längst hatte McLion seine alte Sicherheit verloren. Die Worte des Mädchens waren ihm unter die Haut gegangen. Hinzu kam die Reaktion der bleichen Köpfe, und so war er in einen höllischen Kreisel hineingeraten, dem er allein kaum entrinnen konnte.

Wie ein Kind schluchzte er auf.

Das war ein Zeichen. Die Schädel hielt es nicht mehr auf ihren Plätzen. Von der in der Gruft wohnenden Kraft des Hexers getrieben, machten sie sich selbstständig und flogen auf ihren Gegner zu …

Die Hände hatten sich an Sukos Gelenken festgekrallt. Es waren knöcherne Totenklauen, in denen eine kaum zu begreifende Kraft steckte, der Suko auch nichts entgegenzusetzen hatte, obwohl er sich bemühte.

Er schüttelte seinen Körper. Erfolg stellte sich nicht ein. Das untote Wesen, dessen Körper noch im Lehm steckte, ließ nicht los.

Ein Normalbürger wäre in Panik verfallen. Suko nicht. Er hatte zu viel hinter sich, behielt auch hier die Übersicht und streckte mir seine Arme entgegen.

Sofort fasste ich die Hände meines Freundes. Ich umspannte sie an den Gelenken, stemmte mich selbst in den Boden und zog mit aller Kraft. So wollte ich Suko aus dem Grab ziehen.

Das schaffte ich auch.

Mein Partner glitt allmählich in die Höhe, aber die Klauen ließen nicht los. Die zog ich ebenfalls mit aus dem aufgeworfenen Grab.

Suko taumelte an mir vorbei, fing sich nach einigen Schritten wieder, senkte seinen Blick und sah dasselbe wie auch ich.

Die Knochenklauen hatten nicht losgelassen!

Sie umklammerten nach wie vor die Fußgelenke meines Freundes. Eine schlimme Tatsache. Was sie jedoch noch schlimmer machte, waren die Klauen an sich, denn an ihnen hingen Arme.

Nicht in einer Normallänge. Sie erreichten weder die Schultern noch Ellenbogen, sondern nur die Hälfte davon. Wo die Knochenspeichen aufhörten, waren sie gesplittert und standen wie Zacken vor.

Ich wollte das Kreuz nehmen. Suko schüttelte den Kopf. »Lass es, John, das erledige ich!«

Suko zog die Dämonenpeitsche. Sein Gesicht sah glatt aus, obwohl er sicherlich Schmerzen haben musste, aber er ließ sich nichts anmerken und schlug einmal einen Kreis über den Boden.

Die drei Riemen fielen heraus.

Eigentlich sahen sie harmlos aus. In ihnen jedoch steckte eine gefährliche schwarzmagische Kraft, die der Dämon Nyrana in sich getragen hatte, denn aus Streifen seiner Haut bestanden die drei Riemen.

Da die knöchernen Klauen die Fußgelenke des Inspektors an der hintersten Seite umklammerten, musste

Suko sich zurückbeugen und mit der Peitsche schräg von oben nach unten schlagen.

Die drei Riemen pfiffen durch die Luft, und sie trafen zielsicher die Klauen.

Ich hörte das Klatschen und sah, dass sich die Riemen um das gelblich schimmernde Gebein der Knochenklauen wickelten und die Hände buchstäblich zerfetzten.

Als Suko seinen Arm wieder in die Höhe brachte, da lösten sich die Knochensplitter, die nach allen Seiten davonflogen und in der feuchten Erde stecken blieben.

Geschafft!

Mit beiden Händen streifte Suko kleine Restsplitter ab und schaute zu Broderick McLion hin, der wie ein Denkmal dastand, seine Arme um einen Grabstein geklammert hatte und mit weit aufgerissenen Augen auf die sich allmählich auflösenden Knochen starrte.

Er konnte es nicht fassen.

»Das war erst ein Teil«, bemerkte Suko trocken. »Wahrscheinlich liegt der größere Rest noch im Grab.«

»Schauen wir nach.«

Als wir am Grabrand standen, fragte mich Suko: »Sag mal, John, wie kann das Skelett leben? Ich meine, es ist doch zerrissen.«

Die Antwort gab nicht ich, sondern McLion. »Der Geist des Hexers wohnt ebenfalls hier.«

Ich drehte mich zu ihm um. Sein Gesicht leuchtete bleich und ängstlich verzogen. »Da können Sie Recht haben!«

»Fliehen«, flüsterte er mit einer Stimme, die allmählich versiegte, »wir müssen fliehen …«

Ich winkte ab. »Später.«

Suko sprang wieder in das Grab. Diesmal mit schlagbereiter Peitsche. Er blieb für einen Moment stehen und schaute nach, ob sich der Boden bewegte.

Das geschah nicht.

Er steckte die Peitsche in den Gürtel und griff zur Schaufel. Nach und nach förderte er die Gebeine zu Tage. Manche Knochen zuckten, und Suko schlug jedesmal zu.

Er zerstörte die Überreste, die nach den Treffern zu Asche wurden.

Nur den Schädel hatten wir nicht gefunden. Es war tatsächlich der, der geschrien hatte, als Suko ihn im Atelier des Malers Anderson anfasste. Kaum zu glauben.

»Und jetzt werden wir den Schädel auch noch zerstören«, erklärte er, während er aus dem Grab kletterte.

»Das schaffen Sie nicht!«

»Warten Sie es ab.« Ich lächelte dem Zweifler McLion zu. »Und Sie kommen mit.«

»Wohin?«

»Wir wollen Ihren Freunden gern einige Fragen stellen. Sicherlich warten die McLellans schon auf uns.«

»Nein!«, schrie er. »Nein, da setze ich keinen Schritt hin.« Er wich vor uns zurück und streckte dabei seine Arme aus, als hätte er Furcht vor einer Gewaltanwendung.

Daran dachte keiner von uns. Wenn er nicht mitwollte, sollte er seinen eigenen Weg gehen. Danach fragten wir ihn.

»Ich bin bei den McLions zu Hause. Sicherlich haben sie mich schon gesucht. Meine Familie wartet …«

Ich nickte. »All right, gehen Sie. Nur eines möchte ich Ihnen sagen, Broderick. Keine Rachegedanken!«

»Wie kommen Sie denn darauf?«

Ich lächelte süffisant. »Nur so, mein Lieber. Könnte doch sein – oder nicht?«

Er senkte den Blick, ballte die Hände und erwiderte: »Ich werde jetzt gehen.«

Wir hielten ihn nicht auf. Durch das Buschwerk wühlte er sich in Richtung Friedhofstor. Schon bald war er aus unserem Blickfeld verschwunden.

Suko fragte mich: »Traust du dem Braten?«

»Nein. Der Mann hegt Rachegedanken. Wie alle aus den Clans. Ich habe das Gefühl, in eine regelrechte Western-Fehde hineingeraten zu sein.«

»Aber mit Horror«, ergänzte Suko.

»Leider.«

Wir hatten ebenfalls auf diesem kleinen Friedhof nichts

mehr zu suchen und gingen denselben Weg zurück, den wir gekommen waren. Von Broderick McLion sahen wir nichts mehr. Die Dunkelheit hatte ihn verschluckt.

»Bleibt es bei unserem Plan?«, fragte Suko.

»Sicher.« Ich grinste. »Wolltest du den McLellans nicht noch einen guten Abend wünschen?«

Suko nickte entschlossen. »Und ob.« Er stapfte neben mir her. Der Inspektor war wütend. Er hatte nicht vergessen, wie übel ihm von den McLellans mitgespielt worden war. Diese Rechnung wollte er dem Clan noch präsentieren.

Als wir den Wagen erreichten, blieben wir für einen Moment stehen, denn etwas hatte sich verändert.

Genau dort, wo die Fabrik und auch das Haus der McLellans liegen mussten, war etwas geschehen.

Wir sahen Licht.

Da schimmerten hellgelbe Flecken durch die grauschwarze Dunkelheit. Leider waren wir zu weit entfernt, um erkennen zu können, ob sich hinter den Fenstern des Hauses jemand bewegte. Schatten sahen wir jedenfalls nicht.

»Los, Suko, steig ein!«

»Sehr gern, Sheriff.«

Ich schaute ihn überrascht an. »Wieso Sheriff?«

»Hast du nicht vorhin selbst behauptet, dich wie in einem Western zu fühlen?«

»Genau. Wie Lassiter, der härteste Mann seiner Zeit ...«

Archer McLion spürte die Kraft der unheimlichen Schädel.

Zuerst war es nur dieses türkisfarbene, nicht erklärbare Licht gewesen, was ihn in so großes Erstaunen versetzte, jetzt aber traf ihn die wahre Magie der Schädel.

Denn sie griffen an.

Leicht, fast schwerelos lösten sie sich aus ihren Nischen und zielten auf den wie erstarrt dastehenden Archer McLion.

Sekundenlang wusste er nicht, was er unternehmen sollte, und er hörte das wilde, böse Lachen der Gilda

McLellan, während der erste Schädel gegen seine Schulter hieb. Der Stoß war sehr heftig. Er schleuderte ihn herum, und McLion taumelte.

Weitere Schädel prallten gegen ihn, und Archer begriff, dass diese fliegenden Totenköpfe durchaus in der Lage waren, etwas zu zerstören.

Sie bissen zu.

Einer fügte ihm eine Wunde an der rechten Wange zu. Sofort schoss Blut aus der Wunde, das über den Schädel hinweglief, der sich festgebissen hatte. Ein zweiter hackte in seine rechte Wade, ein dritter, vierter und fünfter Schädel waren plötzlich da. Sie verletzten, bissen, waren gnadenlos, kämpften und wollten nur vernichten.

Innerhalb weniger Sekunden hatten die Totenköpfe den Mann eingekreist, und sie umschwirrten ihn wie gewaltige Insekten, nur dass die Schädel eben wesentlich gefährlicher waren als Bienen oder Wespen.

Sie wollten ihn rasch vernichten.

Und sie schafften es.

Die Schmerzen waren wie Feuer. Scharf die Bisse. Er spürte sie überall. Seine Kraft würde ihn bald verlassen, dessen war er sicher, und schon jetzt bereitete es ihm Mühe, sich auf den Beinen zu halten.

Das Leuchten hatte nicht gestoppt. Nach wie vor waren die fliegenden Schädel von innen her mit dem seltsamen türkisfarbenen Licht erfüllt, und auch das Singen hatte nicht nachgelassen. Es erfüllte die Gruft mit seinen unheimlich klingenden Lauten.

In das schaurige Singen mischten sich die grellen Schreie von Archer McLion. Er war völlig geschockt, wusste nicht mehr, wie viele Schädel er noch zählen sollte, denn er hatte mittlerweile die Übersicht verloren. Sie waren einfach zu schnell, umkreisten ihn, stießen vor, flogen einen Zickzackkurs, und Archer konnte sie nicht greifen, obwohl er es immer wieder versuchte.

Sein Ende bahnte sich etappenweise an.

Zuerst entfiel ihm die Maschinenpistole. Als sie mit einem scheppernden Geräusch zu Boden prallte, hatte er bereits einen großen Trumpf verloren.

Er hatte nämlich vorgehabt, auf die Schädel zu feuern, sie regelrecht zu zerblasen, doch dazu war es nicht gekommen, weil die anderen zu schnell für ihn waren und er plötzlich die Schmerzen an den Armen spürte. Und zwar nicht nur dort, wo ihm die Schädel Wunden zugefügt hatten, sondern überall.

Seine Kleidung war zerrissen, zum Großteil mit Blut befleckt. Er schlug um sich, keuchte und schrie, kämpfe verbissen und taumelte von einer Seite zur anderen.

Gilda, dieses eiskalte Weib, schaute dem Mann gnadenlos zu. Sie hatte die Lampe an sich genommen. Um besser sehen zu können, richtete sie den Strahl auf den um sein Leben kämpfenden Archer McLion. Mitleid hatte sie nicht mit ihm. Er war dabei gewesen, als die anderen den Schädel des Hexers stahlen. Dafür sollte und musste er büßen.

Als ihm die Waffe entfiel, griff sie sofort nach der Maschinenpistole und hob sie auf.

Jetzt fühlte sie sich besser, und in das hohle Singen der unheimlichen Schädel gellte ihr böses Lachen.

Phase zwei der Vernichtung begann.

Archer McLion fiel auf die Knie. Bisher hatte er sich noch halten können, nun war alles vergebens. Die Schädel hatten eine ungeheure Kraft, und die ließ auch nicht nach, wenn sie sich festgebissen hatten. Im Gegenteil, dann setzten sie noch härter zu, drückten und stießen, sodass der Mann ihnen nicht mehr ausweichen konnte.

Er schlug um sich.

Manchmal erwischten seine blutigen Hände einen Knochenkopf. Dann riss er ihn von seiner Kleidung ab, schmetterte ihn zu Boden und musste mit ansehen, dass die bleichen Totenköpfe so nicht zu vernichten waren. Er konnte sich bemühen, wie er wollte, die Schädel waren nicht zu zerstören.

Phase drei!

Es war erschreckend, wie die Kraft allmählich aus dem Körper des Mannes strömte. Die Schädel schafften es, dass sich Archer McLion nicht mehr auf den Knien halten konnte, sondern so zu Boden gedrückt wurde, dass er mit dem Gesicht hart aufschlug.

Ein Schrei zitterte durch das Gewölbe.

Archer McLion hatte ihn ausgestoßen, und er schrie so lange, bis seine Stimme erlahmte.

Gilda, dieses eiskalte Weibsstück, schaute gelassen zu. Nur ihre Lippen hatten sich ein wenig verzogen, und im Licht der Taschenlampe verfolgte sie den Todeskampf des Feindes.

»Ihr wolltet uns McLellans reinlegen!«, flüsterte sie scharf. »Ihr wolltet es tatsächlich. Jetzt müsst ihr dafür den Tribut zollen. Dich trifft es zuerst. Warte es nur ab, wir kriegen euch. Wir bekommen euch alle!«

Der Schrei erstickte.

Und dann stürzten sich gleich drei mit Magie angereicherte Schädel auf den Wehrlosen.

Abwehren konnte Archer McLion sie nicht. Diese Schädel tauchten in seinem Rücken auf und waren zu stark.

Sie bissen sich durch die Reste und Fetzen seiner Kleidung, und sie löschten sein Lebenslicht.

Gilda schaute weiterhin zu. Sie wartete ab. Angst, dass die beinernen Köpfe auch sie angreifen würden, hatte sie nicht. Sie gehörte schließlich zu den McLellans, und all die Schädel waren Überreste ihrer so verehrten Ahnherren.

Während die Gebeine in der feuchten Graberde vermoderten, hatten sie die Totenschädel geholt.

Sie beendeten ihre Aufgabe. Der Frevler war bestraft, und die Schädel zogen sich zurück.

Lautlos, wie sie sich von ihren Plätzen gelöst hatten, so segelten sie auch wieder auf die Nischen zu und nahmen dort Platz, wo sie zuvor gesessen hatten.

Das Singen verstummte.

Stille breitete sich allmählich wieder aus.

Gilda hatte gewonnen.

Sie dachte darüber nach, wo sie die Leiche hinschaffen sollte. Das sollten ihre Brüder entscheiden. Auf dem Grundstück der McLellans gab es für Gräber genügend Platz.

Und dann hörte sie ein Geräusch.

Es war an der Tür der Gruft aufgeklungen.

Bekannte Laute, die entstanden, wenn jemand einen Schlüssel in ein Schloss schob, um aufzuschließen.

Gilda löschte sofort die Lampe und huschte vor. Als sie die Hälfte der Strecke hinter sich gelassen hatte, blieb sie stehen und richtete die Mündung der Maschinenpistole auf den Eingang.

Wenn jetzt ein Feind erschien, dann würde sie die Arbeit nicht den magischen Totenköpfen überlassen …

Langsam nur schwang die schwere Tür auf.

Deutlich waren das Quietschen und Kratzen zu vernehmen, als sie über den Boden scheuerte.

Der Spalt vergrößerte sich in Sekundenschnelle und wurde schließlich so groß, dass Gilda McLellan auf der Schwelle die Schatten erkannte.

Und sie hörte Stimmen.

Sofort ließ sie den Lauf der Maschinenpistole sinken, denn für ihren eigenen Clan brauchte sie keine Kugeln.

Ihr Vater und die beiden Brüder kehrten zurück.

»Hier bin ich«, sagte sie mit einem dumpfen Unterton in der Stimme.

Die drei Männer erstarrten. Dann erklang die Stimme Isaak McLellans. »Bist du es tatsächlich, Tochter?«

»Ja, Dad.«

»Aber was tust du in der Gruft?«

»Kommt her, dann seht ihr es!«

Die übrigen Mitglieder der Familie waren von nun an nicht mehr so vorsichtig. Sie drängten in die Gruft hinein und blieben trotzdem bereits nach wenigen Schritten stehen, denn sie hatten die Waffe in den Händen der jungen Frau erkannt.

»Hast du geschossen?«, fragte der Alte.

»Ja.«

»Jemanden erschossen?« Jetzt klang seine Stimme lauernd.

»Nein, aber es hat trotzdem einen Toten gegeben, Dad.«

»Und wer ist es?«

»Archer McLion.«

Als Gilda McLellan diesen Namen erwähnte, schwiegen die drei Männer. Sie starrten sich an, schauten auf das Mädchen, und Gilda hob nur die Schultern.

»Er hat die Gruft geschändet, und die Schädel nahmen Rache dafür.«

»Wo ist er denn?«, wollte Ronald, der älteste Bruder, wissen.

Gilda deutete mit dem Daumen über ihre Schulter nach hinten. »Da kannst du ihn finden.«

Ronald lief nicht allein. Er nahm Irvin, den zweiten Bruder, mit. Nur der Vater blieb zurück. Er hielt das in der Hand, was die Sippe nach London geführt hatte.

Den Schädel des Hexers!

»Ihr habt ihn wieder?«, fragte Gilda, kam näher und strich mit einer Hand über das Gebein, während ihre beiden Brüder die mitgebrachten Lampen einschalteten und die Nischen sowie den Toten damit anleuchteten.

»Ja, so musste es sein.«

»Und?«

»Es hat alles gut geklappt. Nur ist uns so ein Chinese in die Quere gekommen.«

»Habt ihr ihn erschossen?«

»Nein.«

»Dann ist er ein Zeuge!«

Der Alte hob die Schultern. »Keine Bange, Kind. Er wird sich wegen eines alten Totenschädels kaum Gedanken machen. Außerdem war er Polizist. Und da bin ich vorsichtig.«

»Das wäre ich auch gewesen«, gab Gilda zu und nickte heftig.

»Daddy, komm doch mal her«, hörten die beiden Ronald aus dem Hintergrund rufen.

Gilda ging mit. Sie hielt sich neben ihrem Vater, der zuerst den Schädel auf die Säule stellte und sich dann den toten Archer McLion anschaute.

»Was sagst du dazu?«, fragte Gilda.

»Er ist selbst schuld«, antwortete das Clan-Oberhaupt.

»Neugier macht sich eben nicht bezahlt.« Der alte Mann lachte. »Wieder einer aus der McLion-Sippe weniger.«

»Stellt sich die Frage, was wir mit ihm machen«, meinte Irvin und strich sein dunkles Haar zurück.

»Wir begraben ihn. Das habe ich mir bereits alles überlegt.« Gilda sprach die Worte.

»Aber erst später!«, ordnete ihr Vater an. »Lasst uns zuvor ins Haus gehen und einiges besprechen. Hier liegt der verfluchte McLion erst einmal gut.« Isaak grinste wölfisch und drehte sich hastig um, um die Familiengruft zu verlassen.

Seine Kinder folgten ihm langsamer. Ronald hatte an Gilda eine Frage. »Sag mal, Schwester, wie ist der Kerl überhaupt in unsere Gruft gekommen? Hast du ihn reingelassen?«

»Wie käme ich dazu? Nein, dieser Lump hatte einen Nachschlüssel. So ist es ihm auch gelungen, den Schädel zu stehlen und nach London zu schaffen. War eine haarige Sache. Er lauerte mir auf und hätte mich fast geschafft, aber«, sie lächelte plötzlich, »ich habe ja Freunde, auf die ich mich verlassen kann.«

»Zum Glück, Schwester, zum Glück ...«

Auch sie verließen die Gruft. Ihr Vater stand schon fast an der Haustür. Er winkte. »Beeilt euch, wir haben noch einiges zu tun.«

Wenn der Alte etwas sagte, war das für seine Kinder wie das Evangelium. Sie rannten alle drei, und niemand dachte mehr daran, die Tür der Gruft abzuschließen ...

Anny, die Haushälterin, erwartete sie in der Diele. »Sie kommen aber spät«, erklärte sie in einem vorwurfsvollen Tonfall. »Das Essen ist fast verschmort.«

»War jemand da?«, fragte der alte McLellan, ohne auf die Vorwürfe seiner Haushälterin einzugehen.

»Nein. Und überhaupt. Weshalb sind Sie so grantig, Isaak?« Anny konnte sich diesen Tonfall erlauben. Als junges Mädchen hatte sie bereits bei den McLellans gearbeitet. Sie gehörte praktisch zur Familie und hatte auch mitgeholfen, die Kinder von Isaak McLellan aufzuziehen.

»Ich bin nicht grantig, ich muss nur aufpassen, dass unsere Feinde uns nicht überrollen.«

Annys Augen wurden groß. »Die McLions?«

»Ja, sie waren da, und du hast nichts gesehen.«

Anny kriegte einen roten Kopf. Jetzt wogte ihr Busen noch heftiger. »Aber ich konnte doch nicht. Ich musste ...«

»Schon gut, schon gut.« Isaak winkte ab.

»Gedeckt habe ich im Esszimmer.«

»Räum es wieder ab!«, knurrte der Mann. »Wir werden nichts essen.«

Diesmal erwiderte die Haushälterin nichts. Auch sie wusste, wann sie den Mund zu halten hatte.

Die Familie versammelte sich im großen Wohnraum. Der Alte trat sofort an den Waffenschrank und schloss ihn auf. »Nehmt euch, was ihr braucht«, sagte er zu seinen Kindern.

Ronald erkundigte sich, ob er einen Angriff erwartete.

»Nicht direkt, aber die McLions werden natürlich Nachforschungen anstellen und bei uns beginnen.«

Diesem Argument hatte niemand etwas entgegenzusetzen, und so holten die Brüder Gewehre aus dem Waffenschrank, während Gilda bei ihrer Maschinenpistole blieb.

Eine Weile wurde nicht geredet. Man trank Whisky. Isaak schenkte aus einer Karaffe ein. Sein Gesicht hatte einen finsteren Ausdruck angenommen. Er wälzte schwere Gedanken und dachte an die Folgen des Mordes.

»Falls die Polizei kommt«, sagte er und drehte das Glas zwischen den Händen, »ist es klar, dass keiner von uns etwas gesehen oder gehört hat.«

Seine Kinder nickten.

Das war ja das Gute an dem Clan. Da konnte sich jeder auf den anderen verlassen. Einer für alle – alle für einen, so lautete die Devise der großen schottischen Clans. Und hier im Haus hatte sich nur der harte Kern versammelt.

Draußen war es dunkel geworden. Fast schwarz war der Himmel. Es gab kaum Wolken. Vereinzelt blinkten Sterne. Und die Berge sahen noch dunkler aus.

»Das ist seine Zeit gewesen«, murmelte der alte McLellan.

»Wessen Zeit?«, fragte Gilda.

»Die des Hexers.« Isaak nahm einen kräftigen Schluck. »Gideon ist immer nachts losgegangen. Er führte seine Beschwörungen nie im Haus durch, sondern in der Natur. Dort wollte er mit den Geistern der Erde und denen der Hölle Kontakt aufnehmen. Er hat es sogar geschafft, und selbst der Tod konnte ihn nicht besiegen.« Er drehte sich um und schaute seine Kinder an. »Als ich das Testament las, da wusste ich genau, dass ich meine mir übertragenen Verpflichtungen auch einhalten würde.«

»Ist er unsterblich?«, fragte Irvin.

»Ja und nein.«

»Das verstehe ich nicht.«

Isaak ärgerte sich ein wenig. »Ich habe es euch doch schon einmal gesagt. Er hat den Satan beschworen. Es ist ihm gelungen, aber der Teufel konnte ihm keine Unsterblichkeit geben. Wenigstens nicht die, die wir meinen.«

»Dafür lebt sein Geist«, wandte das Mädchen ein.

»Ja, der lebt. Und sein Schädel. Es war wichtig, dass wir ihn aus der Erde holten.«

»Wussten die McLions davon?«

Isaak schaute seine Tochter an und nickte. »Leider haben sie Wind davon gekriegt. Deshalb ist es ihnen ja auch gelungen, den Schädel zu stehlen. Aber sie werden sich noch wundern. Die Rache trifft sie voll.«

»Was hatten sie nur vor?«, dachte Irvin laut nach.

»Sie wollten dem Kopf die Magie nehmen. Ist doch ganz einfach«, erklärte sein Vater.

»Geht das denn?«

»Vielleicht …«

»Und die anderen Köpfe?«, fragte Gilda.

»Stehen alle unter dem magischen Befehl des Hexers. Er manipuliert sie. Diese Köpfe tun genau, was er will.« Isaak schaute seine Kinder der Reihe nach an. »Auch eure Schädel werden irgendwann einmal in der Gruft stehen und morden, wenn der Hexer es will. So sieht es die Geschichte der Familie vor.«

Gilda konnte nicht vermeiden, dass ihr eine Gänsehaut über den Rücken lief. Und auch ihre Brüder schauten betreten zu Boden. Wohl war ihnen bei der Sache nicht. Sie wagten nicht zu widersprechen, denn ihr Vater hatte das große Sagen.

»Mir macht der Chinese Sorgen«, sagte Irvin. »Er war Polizist, und er wird bestimmt nachforschen.«

»Ein Gelber«, erklärte Isaak verächtlich. »Was kann er uns schon anhaben?«

»Wenn er bei Scotland Yard ist ...«

»Das kann auch ein Bluff gewesen sein. Ich glaube nicht, dass Scotland Yard Chinks einstellt. Kann ich mir nicht vorstellen.« Er schüttelte den Kopf.

Da schellte es.

Isaak, der noch etwas hatte sagen wollen, verstummte. Die vier schauten sich an.

»Ob das die McLions sind?«, hauchte Gilda.

Sie erhielt keine Antwort. Bis sich der Alte straffte und seinem ältesten Sohn befahl, nachzuschauen.

»Und dann?«, erkundigte sich Ronald schon im Wegdrehen.

»Bittest du sie herein.«

Wir hatten ein Flugzeug gesehen, das nicht in einen Hangar geschleppt worden war, und wussten nun, wie die McLellans nach Schottland gekommen waren.

Ihr Landbesitz war schon gewaltig, und das Haus des Clans stand nicht weit von der Fabrik entfernt.

Mit dem Leihwagen waren wir bis zu den Garagenkomplexen gefahren und hatten den Escort dort abgestellt. Ganz offiziell wollten wir das Haus betreten, denn es lag nichts gegen die Familie vor, was ein heimliches Eintreten berechtigt hätte.

Eine breite Eingangsfront präsentierte sich uns. Das Haus war aus Steinen und Holz gebaut. Eine gesunde Mischung. Rechts und links neben der breiten Eingangstür pendelten Lampen. Sie hingen an dicken Ketten vom Dach herab.

Mit Suko hatte ich den Plan besprochen. Der Chinese sollte sich ein wenig zurückhalten und praktisch als Joker in Erscheinung treten. Erst einmal wollte ich mir die Familie anschauen und mir einen Eindruck verschaffen.

Suko fand Deckung in einem von außen angebrachten Windfang. Soeben konnte er seinen Körper noch hineinquetschen, dann legte ich meinen Zeigefinger bereits auf die Klingel.

Ich war nicht nur gespannt, sondern hatte auch ein ungutes Gefühl.

Die Familie McLellan war mir zwar nicht gerade als gewalttätig geschildert worden, doch Sukos Erlebnisse rieten zur Vorsicht dem Clan gegenüber.

Zu Hause waren sie. Ich hatte Licht im Haus gesehen und vernahm schon bald Schritte. Dann wurde die Haustür aufgezogen, und ich sah mich einem noch jungen Mann gegenüber, der mir allerdings nur aus Sukos Beschreibungen bekannt war.

Das musste einer der Söhne sein.

Scharf musterte er mich, blickte auch an mir vorbei, doch Suko stand in einer so guten Deckung, dass er von ihm nicht gesehen werden konnte.

»Wer sind Sie?«

»Mein Name ist John Sinclair.«

Er war überrascht. »Vom Sinclair-Clan?«

Gab es den auch? Das hatte ich nicht gewusst.

Na ja, wir waren schließlich Schotten, und in diesem Land liefen noch mehr Sinclairs herum.

»Nein, nicht vom Sinclair-Clan. Ich komme aus London zu Ihnen.«

»Wieso?«

»Können wir das nicht drinnen besprechen?«

Er zögerte einen Moment. Ich hörte aus der Tiefe des Hauses eine dunkle Stimme. »Wer ist es denn, Ronald?«

»Ein Mann aus London.«

»Rein mit ihm!«

Der junge McLellan hob die Schultern und trat zur Seite, sodass ich ihn passieren konnte.

Alles in diesem Haus war groß. Das sah ich bereits bei

meinem Eintritt. Man hatte hier Wert auf Repräsentation gelegt, was mein Fall nicht so sehr war.

Vor allen Dingen fielen mir die Jagdtrophäen auf, die an den Wänden hingen, und ich wurde von Ronald McLellan durch die geflieste Halle in Richtung Wohnraum geführt.

Dort erwartete mich dann der Rest der Familie.

Und eine Überraschung, denn die McLellans waren allesamt schwer bewaffnet.

Die Mündungen der Gewehre und einer Maschinenpistole zeigten zwar nicht direkt auf mich, doch ich würde mich bei einer Eskalation der Auseinandersetzung sofort im Kreuzfeuer befinden, was mir überhaupt nicht gefiel.

»Ich bin Isaak McLellan.« Der Älteste trat vor. Er war gleichzeitig der Kleinste.

Suko hatte von einem Giftzwerg gesprochen, und so kam mir der Typ auch vor. Da hatte mein Freund ins Schwarze getroffen. Dieser Schuft steckte voller Aggressionen. Nur mühsam hielt er sich zurück, und auch auf den Gesichtern der anderen las ich die gespannte Erwartung.

Sie hatten die Augen leicht verengt, starrten mich an, sodass ich mir wie auf dem Präsentierteller vorkam.

Ich hatte das Gefühl, diese Familie verbarg einiges vor mir, und ich durfte mir nicht den geringsten Fehler erlauben.

Platz bot man mir nicht an. Das hatte ich auch nicht erwartet, und so blieb ich stehen.

»Zum Sinclair-Clan gehören Sie also nicht«, stellte Isaak fest. »Was wollen Sie dann hier?«, erkundigte er sich lauernd.

»Ich komme aus London!«

Keine Regung in den Gesichtern. Sie hatten sich ausgezeichnet in der Gewalt, obwohl sie sicherlich ahnten, aus welchem Grund ich sie aufgesucht hatte.

»Was verschafft uns denn die Ehre?« Die Stimme des Clan-Führers klang spöttisch.

»Lassen Sie mich ausreden«, sagte ich lächelnd. »Ich

bin nicht privat hier, sondern aus beruflichen Gründen. Mein Job ist es, Verbrechen aufzuklären. Ich bin Oberinspektor bei Scotland Yard, und ein Fall hat mich zu Ihnen geführt.«

McLellan nickte. Seine Söhne sagten nichts. Sie standen da und schwiegen.

»Und?«, fragte der Alte schließlich nach einer Weile. »Was haben wir damit zu tun? Wir sind uns keiner Schuld bewusst.«

»Aber Sie waren in London.«

»Sicher.«

»Und genau um den Besuch geht es, Mister.«

»Rücken Sie schon mit der Sprache heraus. Bisher haben wir Sie geduldet, aber denken Sie nicht, dass Sie sich in meinem Haus unbegrenzt aufhalten können.«

»Das hatte ich auch nicht vor, Mr. McLellan. Ich möchte Sie nur fragen, was mit dem Schädel geschehen ist.«

»Welcher Schädel?«

»Wissen Sie das wirklich nicht?«

»Nein.«

»Dann muss ich die Aussagen eines Kollegen zitieren, den Sie bedroht und niedergeschlagen haben. Sie erinnern sich bestimmt an den chinesischen Inspektor.«

McLellan schwieg. Er suchte fieberhaft nach einem Ausweg, und die Gedanken las ich von seinem Gesicht ab. Es waren keine guten, sondern sehr böse. Die Lippen zuckten. Auch das Spiel der Wangenmuskeln war hektisch, und die Söhne des Alten hatten bereits eine gespannte Haltung eingenommen.

»Gehen Sie!«, sagte Isaak McLellan scharf. »Verschwinden Sie aus meinem Haus. Ich will Sie nicht mehr sehen!«

»Natürlich gehe ich«, erklärte ich. »Allerdings möchte ich von Ihnen eine klare Antwort. Ich werde Sie erst verlassen, wenn ich genau weiß, was mit dem Schädel los ist. Sollte er tatsächlich schwarzmagisch aufgeladen sein, dann …«

»Was ist dann?«, schrie Isaak.

»Dann muss ich ihn zerstören!«

Schwer fielen meine Worte in die erwartungsvolle

Stille. Ich wusste, dass ich damit an etwas Heiliges gerührt hatte, was die Familie beschäftigte. Der Schädel musste für sie ungemein wichtig sein. Ich hatte voll ins Schwarze getroffen, denn an ihm schien die Existenz des Clans zu hängen.

Isaak drehte sich langsam um, streckte seinen Arm aus und nahm das Whiskyglas von der Schreibtischplatte. Er trank es leer, setzte es ruckartig ab und wandte sich wieder um. »Sie sind aus London gekommen, um uns zu besuchen«, murmelte er. »Also gut, das alles nehme ich hin. Sie haben Fragen gestellt und entsprechende Antworten erhalten, aber eine Antwort auf den Schädel werde ich Ihnen nicht geben. Es gibt ihn, das stimmt in der Tat, und er wird auch bleiben. Sie, Sinclair, werden ihn nicht zerstören. Niemals!«

»Dass Sie so reagieren würden, habe ich mir gedacht, Mr. McLellan. Aber hier stehen Dinge auf dem Spiel, die ihren Ursprung in der schwarzen Magie gehabt haben, und ich bin angetreten, um diese Kräfte zu bekämpfen. Haben Sie mich verstanden?«

»Ja, sehr gut.«

»Dann hindern Sie mich nicht!«

McLellan starrte mich an. Seine Augen verengten sich. Er stand dicht vor einer Entscheidung, und ich schielte auch zu seinen Kindern hinüber, die ihre Waffen angehoben hatten.

Der Alte nickte. »Nehmt ihn fest!«, befahl er.

Darauf hatten die beiden Söhne und das Mädchen nur gewartet. Plötzlich zielten die Mündungen der Gewehre direkt auf mich. Man hatte mich eingekesselt.

Von drei Seiten konnte das tödliche Blei in meinen Körper fahren und mich töten.

Ich hielt den Atem an. Noch hatte der Alte keinen Schießbefehl gegeben, schonen würde er mich aber nicht. Da brauchte ich nur in seine Augen zu blicken, die kalt wie gefrorenes Wasser wirkten.

»Sie haben den Bogen überspannt, Polizist!«, zischte er mir entgegen. »Sie hätten in London bleiben und alles auf sich beruhen lassen sollen. Jetzt ist es zu spät. Wer sich mit den McLellans anlegt, kriegt dies zu spüren. Das haben schon andere als Sie gemerkt. Wir waren bisher immer die Gewinner und werden es auch weiterhin bleiben. Haben wir uns verstanden?«

»Sie haben laut genug gesprochen.«

»Der Spott wird Ihnen vergehen, Junge!«

»Glauben Sie eigentlich im Ernst, dass ich ohne Rückendeckung zu Ihnen gefahren bin?«

»Nein.«

»Dann werden Sie keinen Spaß an meinem Tod haben.«

Er winkte ab. »Sie geben sich zwar gelassen, Sinclair, aber innerlich vibrieren Sie. Machen Sie hier nicht die Schau. In diesem Haus bestimme ich, was geschieht. Verstanden?«

»Natürlich. Nur wird man Ihnen nach meinem Tod einige unangenehme Fragen stellen.«

»Sie waren nie hier. Und auf meinem Land ist Platz genug für ein zusätzliches Grab. Wir können Ihre Leiche auch aus dem Flugzeug ins Meer werfen. Da gibt es viele Möglichkeiten, um einen Typ verschwinden zu lassen.«

Da hatte er Recht. Ich vertraute auf Suko und hoffte, dass mein Freund merkte, in welch einer Lage ich mich befand. Wir hatten ja damit gerechnet, und Suko wollte, während ich mit den McLellans redete, um das Haus herumgehen. Wahrscheinlich kauerte er irgendwo vor der breiten Fensterscheibe im Dunkeln und schaute in das Zimmer hinein. Deshalb war meine Angst überhaupt nicht groß.

Sie steigerte sich in den nächsten Sekunden deutlich, denn McLellan machte ernst.

»Schießt ihn zusammen!«, befahl er.

Suko hatte seinen Freund John Sinclair ins Haus gehen sehen. Sehr wohl war ihm bei dem Plan nicht, das gab er ehrlich zu, aber sie hatten sich nun einmal abgesprochen, und es würde auch dabei bleiben. Der Chinese sah ein, dass er nicht auf eigene Faust etwas versuchen sollte, sondern er agierte gewissermaßen als Rückendeckung.

Nach ungefähr zwei Minuten verließ der Inspektor seine Nische. Er wandte sich nach rechts, weil er erst einmal das Haus umrunden wollte. Es gab da einen schmalen Weg, der eine kleine Rasenfläche zweiteilte.

Still war es.

Suko hörte nur die Geräusche der Nacht. Von den Bergen fiel ein leichter Wind. Er bewegte die Gegenstände, die nicht fest im Boden oder anderswo verankert waren.

Das Dach des Hauses war ein wenig vorgezogen. Es schaute schräg über die Mauern hinweg und warf einen Schatten auf den Boden, sodass Suko gute Deckung hatte.

Etwas fiel ihm auf.

Der Weg, auf dem er bisher weitergegangen war, teilte sich wie die Zunge einer Schlange. Einer führte nach links, der andere nach rechts weiter.

Suko blieb stehen. Schon bald hatte er erkannt, dass der linke Weg um das Haus herumkurvte, während der rechte woandershin führte. Und das machte Suko neugierig.

Er dachte zwar an den gemeinsamen Plan, doch im Augenblick war er unwichtig. Suko wollte dem Weg folgen, um herauszufinden, wo er ihn hinbrachte. Nicht sehr schnell ging er weiter, sondern setzte seine Schritte vorsichtig. Er war stets darauf gefasst, angegriffen zu werden. Einmal blieb er stehen, denn er glaubte, Stimmen gehört zu haben. Da sie sich nicht wiederholten, rechnete er mit einer Täuschung und ging weiter.

Der Weg verbreiterte sich, und Suko sah bereits im schwachen Schein des Mondes sein Ziel.

Es war eine Treppe!

Mit allem hatte er gerechnet. Damit allerdings nicht. Die Treppe führte in die Tiefe. Sie stach dabei schräg und sehr gerade in die Erde hinein. Allerdings konnte er nicht erkennen, wo sie endete. Suko dachte dabei an einen Bunker. Diese schützenden Räume baute man ähnlich in die Erde hinein.

Der Inspektor hatte die Treppe noch nicht erreicht, als er stoppte, denn diesmal konnte er das Geräusch, das an seine Ohren gedrungen war, genau lokalisieren.

Es war am Ende der Treppe aufgeklungen. Und es hatte sich angehört wie das Knarren einer Tür. Im nächsten Augenblick glaubte der Chinese, einen schwachen, bläulich grünen Schein zu sehen, der die letzten Stufen überflutete.

Dort kam jemand!

Aus dem Bunker hatte sich eine Gestalt geschoben. Suko konnte den Umriss sehen, da er weit genug vorgegangen war.

Und er hörte Schritte.

Sie klangen seltsam. Es waren keine normalen Schritte, sondern Geräusche, die dem Chinesen abgehackt entgegenschallten, unterbrochen durch Pausen oder schleifende Geräusche, als würde die Person es nicht schaffen, ihre Füße richtig vom Boden hochzuheben.

Sicherheitshalber zog sich der Inspektor zurück. Eine richtige Deckung gab es für ihn nicht. Deshalb kauerte er sich auf den Boden.

Er hoffte, dass derjenige, der den Bunker verlassen hatte, nicht sofort nach links schaute, dann hätte er nämlich Suko auf dem Rasen entdeckt.

Die Laufgeräusche wurden auf der Treppe von Sekunde zu Sekunde lauter. Der Unbekannte näherte sich.

Schon erkannte der Inspektor einen Kopf, der sich zuerst über die Umrandung aus Beton schob.

Ein Körper folgte.

Ungelenk waren die Bewegungen, gleichzeitig unkontrolliert. Suko sah einen Arm, der durch die Luft geschwenkt wurde.

Ihm kam eine Idee. Das konnte ein Zombie sein!

Hatte er ihn entdeckt?

Suko wusste es nicht genau. Jedenfalls hatte er bei dem anderen keine Anzeichen dafür entdeckt, dass dies so war, und so blieb der Inspektor erst einmal in seiner Haltung.

Der andere gab sich einen Ruck.

Es ging wie ein Stromstoß durch seine Gestalt. Er richtete sich auf, breitete die Arme aus und wandte dem lauernden Suko danach den Rücken zu, wobei er sich tapsig in Bewegung setzte und sein neues Ziel ansteuerte.

Es war das Haus der McLellans!

Was wollte er dort?

Die Spannung wuchs. Suko sah, wie die Gestalt von der Dunkelheit verschluckt wurde. Für ihn wurde es Zeit, die Verfolgung aufzunehmen.

Der Inspektor schraubte sich in die Höhe, blieb aber in geduckter Haltung und verließ auch den Weg, denn der andere hatte sich ebenfalls nicht daran gehalten.

Er nahm eine Abkürzung, lief quer über den Rasen und breitete dabei seine Arme aus, um das Gleichgewicht zu halten.

Suko blieb ihm auf den Fersen. Der andere schien ihn doch nicht gesehen zu haben, denn er machte keinerlei Anstalten, sich umzudrehen und nach seinem Verfolger Ausschau zu halten.

Suko war gespannt auf das Ziel der Gestalt. Was hatte sie vor? Wo wollte sie hin? Denn die Haustür interessierte den unheimlichen Wanderer nicht. Er schlug die Richtung ein, die ihn zum großen Garten der McLellans brachte.

Schon erschien vor ihm die Begrenzung. Es waren angepflanzte Sträucher. Zu dieser Zeit trugen sie noch keine neuen Blätter oder Knospen. Der Zombie – Suko glaubte fest, dass es einer war – brach die Zweige einfach ab und schaffte sich so freie Bahn.

Der Garten gehörte nicht zu denen, die großartig geplant waren. Hier wuchs alles durcheinander. Es waren Beete angelegt, es gab Bäume, Sträucher, Buschwerk und düstere Ecken, in denen man Deckung finden konnte.

Es war deshalb leicht für Suko, dem anderen auf der Spur zu bleiben, ohne selbst gesehen zu werden.

Um den Garten zu betreten, sprang er über eine Hecke und kauerte sich hinter ihr hin.

Ein breiter Lichtstreifen fiel in den Garten. Er drang

aus dem großen Fenster des Wohnraums, und Suko, der sich ein paar Schritte zur Seite bewegte, bevor er abermals stehen blieb, konnte nun durch die helle Scheibe in das Zimmer hineinschauen.

Er achtete jetzt nicht mehr auf den Zombie, sondern auf die Personen im Zimmer.

John Sinclair entdeckte er sofort. Auch die anderen. Es waren die McLellans. Suko hatte sie noch sehr gut aus London in Erinnerung. Und er sah auch, dass es John ähnlich erging wie ihm damals in der Baracke des Malers Anderson.

Der Geisterjäger wurde bedroht.

Die Mündungen zweier Gewehre und die einer Maschinenpistole waren auf ihn gerichtet. Die besonders gefährliche Maschinenpistole wurde von einem jungen Mädchen gehalten. Das musste die Tochter sein. Sie war in die Fußstapfen der männlichen Personen getreten.

Den Haltungen dieser Personen war anzusehen, dass sie keinen Spaß verstanden.

John Sinclair befand sich in echten Schwierigkeiten. Die Waffenmündungen waren von drei Seiten auf ihn gerichtet. Er stand im Kreuzfeuer und würde nichts unternehmen können.

Suko musste sich zwischen dem Zombie und seinem Freund John Sinclair entscheiden.

Wer war wichtiger?

John! Ohne Zweifel. Der Zombie lief ihm nicht weg. Er würde sich immer in der Nähe von Menschen aufhalten, aber John befand sich in Lebensgefahr.

Seine Gegner waren keine Chorknaben. Die würden eiskalt zur Sache gehen und auch vor einem Mord nicht zurückschrecken, um ihre Ziele zu erreichen. So schätzte Suko sie ein.

Danach handelte er auch.

Bisher hatte er sich noch in Deckung gehalten, kauernd im flachen Wintergras, wobei sich hinter ihm dicke Bäume und Sträucher befanden.

Er kam hoch.

Und da hörte er die Stimme.

»Rühr dich nicht, Freund, sonst jagen wir das Blei in deinen Schädel! Bleib so, wie du warst!«

Suko glaubte zu träumen. Reingelegt hatte man ihn. Er war zu stark auf den Zombie konzentriert gewesen, auf die Umgebung hatte er zwangsläufig nicht achten können. Jetzt kriegte er die Quittung.

In seinem Rücken hielten sie sich versteckt. Er wusste nicht, wer die Personen waren. Vielleicht gehörten sie zum Clan. Seine Überlegungen wurden unterbrochen, denn die Ereignisse vor ihm überstürzten sich …

Ich hatte gewusst, wie hart die McLellans sein konnten, doch ich hatte nicht damit gerechnet, dass sie es bis zum Mord kommen lassen würden. Das war eine bittere Erfahrung für mich.

Sie schossen noch nicht, denn der alte McLellan hatte seinen Mund geöffnet, weil er etwas sagen wollte. »Sie hätten verschwinden sollen, Polizist, jetzt ist es zu …«

Da zerbrach die große Scheibe. Es gab einen Knall. Wir hörten das Bersten und Splittern von Glas. Ein wahrer Regen wurde in den Raum geschleudert, und dazwischen vernahm ich ein wildes Brüllen.

Jemand kam.

Ein Zombie!

Innerhalb von Sekundenbruchteilen nahm ich das Bild in mir auf, und ich hatte schon oft genug Untote gesehen, um genau zu wissen, wen ich da vor mir hatte.

Eine grauenerregende Gestalt. Blutüberströmt, die Kleidung zerfetzt und vollgesaugt mit dem roten Lebenssaft. Die Arme hatte der Zombie vorgestreckt. In seinem Gesicht klebten die Splitter wie kleine, spitze Dolche. Der Mund war aufgerissen, die Augen verdreht. Er torkelte in den Raum, während ich mich gedankenschnell zu Boden warf.

Zwar hatte der alte Isaak McLellan den Befehl gegeben, mich niederzuschießen, doch seine Kinder hatten nun andere Sorgen. Das Auftauchen des Zombies warf auch sie aus dem Rhythmus.

Das Mädchen schrie: »Verdammt, das ist Archer McLion!«

»Aber er ist tot!«, brüllte Ronald dagegen.

Ich rollte mich aus der unmittelbaren Gefahrenzone und wollte hinter einem schweren Ledersessel Deckung finden, denn es wurde geschossen.

Kaum hatte ich den Sessel erreicht, als die ersten feuerten. Aus meiner Froschperspektive bekam ich mit, was geschah.

Die Söhne drückten ab.

Vor den Mündungen der Gewehre schien die Luft zu zittern, als die Waffen ihre Kugeln ausspien, und sie hieben wie Schläge in den Körper des Untoten.

Der Zombie hatte sein Gleichgewicht kaum gefunden, als die Geschosse ihn trafen und wieder zurückwuchteten. Er fiel halb auf den Rücken und blieb liegen.

Die Schüsse verstummten.

Plötzlich war es wieder ruhig, und in diese Stille schallte das leicht hysterisch klingende Lachen von Gilda McLellan. »Wir haben ihn geschafft, endgültig!«

Davon war ich nicht überzeugt, hielt mich allerdings zurück und schielte auf meine Beretta, die ich inzwischen gezogen hatte.

Gilda wurde von ihrem Vater angebrüllt: »Überzeuge dich beim nächsten Mal, ob die Person auch wirklich tot ist, die du erledigen willst. Verstanden?«

»Ja, Dad, ich …«

»Der lebt noch!« Dieser Satz war ein Aufschrei, ausgestoßen von Irvin McLellan.

Als ich über die Sessellehnen schielte, da sah ich den jungen Mann in einer verkrampften Haltung stehen. Mit einer Hand zeigte er auf den Zombie.

Der bewegte sich in der Tat. Aus seinem Mund drang ein Röcheln, während er sich zur Seite drehte, den rechten Arm anzog und sich mit der Hand auf dem Holzboden abstützte. Er stieß dabei einen Laut aus, der an das Fauchen eines Tieres erinnerte.

Der Clan war erstarrt!

Die McLellans konnten in diesen Augenblicken nicht

begreifen, wie so etwas möglich war, obwohl sie oder ihr Ahnherr sich auch mit schwarzer Magie beschäftigt hatten, aber in diesem Augenblick nagelte sie das Entsetzen auf der Stelle fest.

Der Zombie nutzte die Gunst der Sekunden. Obwohl von zahlreichen Kugellöchern gezeichnet, gelang es ihm, sich auf die Füße zu stemmen. Und er tat dies langsam, fast bedächtig, als wollte er den Schrecken der anderen noch genießen.

Eine Gesichtshälfte war blutbespritzt, die andere schimmerte kalkig. Über seine Lippen drang abermals ein wildes Ächzen, und der Griff seiner linken Hand war wie eine Klammer, als sie sich um den Stab einer Stehlampe legte.

Seine Stütze, um endgültig auf die Füße zu kommen.

Er befand sich noch in der Bewegung, als Gilda McLellan ihren ersten Schrecken überwand.

Sie schoss.

Aus der Hüfte feuerte sie. Die Garbe der Maschinenpistole erschütterte den Zombie, sie riss weitere Löcher, aber die Geschosse brachten ihn nicht um.

Er fiel zusammen mit der Stehlampe zu Boden und wollte wieder hochkommen.

»Wahnsinn!«, brüllte Gilda. »Das ist Wahnsinn!« Sie fuhr herum und stierte ihren Vater an.

Das war meine Zeit. Bisher hatte ich abgewartet. Ich wollte irgendwie sicher sein, dass die anderen mich vergaßen. Nun kam ich hoch, legte mein rechtes Handgelenk auf die Sessellehne und zielte genau.

Langsam krümmte ich den Finger.

Der Schuss!

Er bellte durch die Stille, und die geweihte Silberkugel saß genau ins Ziel. Sie riss den Zombie nicht nur herum, sondern schleuderte ihn auch wie einen leblosen Gegenstand zu Boden, wo er dumpf aufschlug und liegen blieb.

Er würde nicht mehr hochkommen.

Ich jedoch hatte mit dieser letzten Attacke die Lage grundsätzlich gedreht.

Zu meinen Gunsten!

Nun standen sie vor mir. Obwohl sie noch ihre Waffen in den Händen hielten, befand ich mich in einer besseren Situation, denn ich hatte sie alle vor der Mündung meiner Beretta und bewegte die Pistole auch in einem Halbkreis, sodass innerhalb einer kurzen Zeitspanne jeder das schwarze Loch auf sich gerichtet sah.

»Die Gewehre und die Maschinenpistole weg!«, befahl ich scharf.

Es waren konsternierte Blicke, die mich trafen. Selten habe ich Menschen so überrascht gesehen wie diese Familie. Plötzlich verlor der Zombie für sie das Interesse. Wie auf ein geheimes Kommando hin drehten sie die Köpfe und schauten mich an.

Ich konnte mir ein Lächeln nicht verkneifen. Die Spannung löste sich bei mir allmählich. Es war in den letzten Minuten um Kopf und Kragen gegangen. Jetzt hatten die Karten gewechselt. Ich sorgte von nun an für die Regie.

Entweder hatten sie meinen Befehl nicht gehört, oder sie wollten nicht. Jedenfalls blieben sie regungslos stehen. Nur ihr Atem zeigte an, dass sie lebten, ansonsten erinnerten sie mich an Steinfiguren.

»Die Gewehre weg, hatte ich gesagt!« Diesmal klang meine Stimme noch schärfer.

Da gehorchten sie endlich. Der Reihe nach polterten die Waffen zu Boden. Zuletzt schleuderte das Mädchen seine Maschinenpistole fort. Sie blieb dicht neben dem großen Tisch mit der dunklen Steinplatte liegen.

»Das wirst du bereuen, Polizist«, flüsterte der Alte und schaute mich giftig an.

Ich ignorierte seine Worte und dachte an Sukos Bericht, als er in London überfallen worden war. Man hatte meinen Freund nicht mit Gewehren bedroht, sondern mit Revolvern. Somit konnte ich davon ausgehen, dass die Mitglieder des Clans ähnliche Schießeisen bei sich trugen.

»Öffnet die Jacken!«

Kaum hatte ich den Befehl gegeben, als sich ihre Gesichter verzogen. Ich musste einen wunden Punkt bei ihnen getroffen haben. Zähneknirschend kamen sie meiner Aufforderung nach, sodass ich meine Vermutung bestätigt sah.

Es steckten in der Tat noch Revolver oder Pistolen in den entsprechenden Halftern.

Bloß das Mädchen hatte sich nur auf die Maschinenpistole verlassen. Was mir Sorgen bereitete, war das Fernbleiben meines Freundes Suko. Die letzten Aktionen waren mit einem großen Krach über die Bühne gelaufen. Suko hätte ihn hören und eingreifen müssen. Von ihm sah ich jedoch nichts.

Sollte er auf den Zombie getroffen sein und einen Kampf gegen ihn verloren haben?

Den vernichteten Untoten konnte ich nicht mehr fragen. Nach Suko rufen wollte ich auch nicht, denn vorerst musste ich mir ein anderes Problem vom Hals schaffen.

Es hieß McLellan!

Wohin mit ihnen?

Die große Frage stellte sich mir. Sie kannten sich im Haus aus. Es würde wohl kaum einen Raum geben, der sicher genug war, um sie einzuschließen. Deshalb musste ich zu einer harten Methode greifen. Durch Bewusstlosigkeit konnte ich sie erst einmal aus dem Verkehr ziehen.

»Umdrehen!«

Sie zögerten. Der alte McLellan hatte sich wieder gefangen und seine Sprache zurückgefunden. »Wollen Sie uns in den Rücken schießen, Polizist?«

»Bin ich ein McLellan?«

Da lief er rot an, knirschte mit den Zähnen und schaute zu seinen Söhnen hin, die wie Ölgötzen dastanden.

»Wagt es nicht!«, drohte ich. »Es sei denn, ihr wollt Selbstmord begehen.«

Isaak McLellan nickte. Das genau war auch das Zeichen für seine Kinder. Sie drehten sich um und gingen los. Die Wand, vor der ein großer Schrank aus Eichenholz stand, war ihr Ziel.

Von Gilda fing ich noch einen Blick auf. Kalt und gefühllos war er. Wie von meiner Todfeindin Lady X.

Sie schritten auf den Schrank zu. Als sie ihn fast erreicht hatten, befahl ich ihnen, anzuhalten.

Die vier blieben stehen.

»Und jetzt lehnt euch nach vorn. Die Arme dabei vorstrecken und mit den Händen abstützen!«

Sie gehorchten.

Als Letzte reagierte Gilda. »Wollen Sie mich auch fertigmachen?«, fragte sie.

»Das hat keiner behauptet.«

Sie hob die Schultern und ließ sich nach vorn fallen. Ich hatte es jetzt eilig, denn Sukos Fernbleiben bereitete mir immer größere Sorgen. Und wo ein Zombie war, da konnten sich auch mehrere von ihnen aufhalten.

Der Reihe nach wollte ich sie ›schlafen legen‹. Als ich die richtige Distanz zu ihnen hatte, blieb ich stehen und hob meinen Waffenarm.

Sie würden die Schläge kaum spüren, mit denen ich sie in das Reich der Bewusstlosigkeit schickte. Das alles lief blitzschnell über die Bühne. Ich kannte mich da aus.

Alles lief glatt, bis ich vom Fenster her eine Stimme hörte. »Lass sie uns, Bulle! Wir erledigen sie richtig.«

Ich drehte mich um und starrte auf drei Männer, die ebenfalls mit Gewehren bewaffnet waren.

Einen der Kerle kannte ich. Wir hatten ihn aus der Erde befreit. Es war Broderick McLion.

Er hatte seine Chance genutzt, den harten Kern des Clans alarmiert, und nun waren die McLions gekommen, um mit dem McLellan-Clan abzurechnen …

Es war nicht nur einer, der in Sukos Rücken hockte. Vier Gegner zählte der Chinese, die sich aus Deckungen in seiner unmittelbaren Umgebung lösten und sich so aufbauten, dass sie ihn ins Kreuzfeuer nehmen konnten. Die kalt schimmernden Läufe der Gewehre zeigten auf Suko, der keine Chance hatte.

Außerdem wurde er von den anderen Ereignissen im Haus zu sehr abgelenkt. Der Zombie hatte sich kurzerhand durch die Scheibe geworfen. Suko sah, dass sein

Freund John Sinclair wegtauchte, und noch im selben Moment begann der Schusswechsel.

Da peitschten plötzlich die Gewehre, da flogen die Kugeln, der Zombie wurde mehrmals getroffen und auch nicht von einer Salve aus der Maschinenpistole verschont.

Der Zombie tanzte im Kugelregen. Er wurde zu Boden geschleudert, aber er war nicht erledigt, sondern kam wieder auf die Füße, wie Suko feststellen musste.

John Sinclair und er waren so etwas gewohnt, doch die Familie McLellan nicht.

Sie zeigte sich entsetzt.

Es spielten sich Szenen ab, die unbegreiflich waren, und schließlich griff der Geisterjäger ein, denn ihm war es gelungen, sich in Deckung zu rollen.

Aus dieser sicheren Lage heraus feuerte er.

John erledigte den Untoten!

Auch Suko atmete auf, obwohl seine Probleme damit nicht gelöst waren. In seinem Rücken hörte er das erregte Atmen. Sein Nacken wurde von der warmen Atemluft gestreift. Er konnte sich gut vorstellen, dass auch die andere Seite hier mehr als entsetzt war, denn die McLions hatten ebenfalls den Horror mitbekommen.

Sie gaben jedoch keinen Kommentar ab und beobachteten, wie auch Suko, die weiteren Vorgänge.

John Sinclair ging so vor, wie es auch der chinesische Inspektor getan hätte.

Nahezu schulmäßig sorgte er dafür, dass die Gegner entwaffnet wurden und sich so aufstellten, dass sie dem Geisterjäger nicht mehr gefährlich werden konnten.

Das sahen ebenfalls die McLions. Und sie hielten den Zeitpunkt für gekommen, um einzugreifen.

Jemand zischte einen Befehl. Suko konnte nicht erkennen, wer es gewesen war, aber die übrigen Mitglieder des Clans reagierten und verließen ihre Stellungen.

Nur der Kerl hinter Suko blieb sitzen, was dem Inspektor überhaupt nicht gefiel.

Mit seinen Blicken verfolgte er die anderen. Sie liefen in einer Linie auf das hell erleuchtete und jetzt zersplitterte Fenster zu. Dabei brauchten sie keine Furcht zu haben, dass man sie zu früh entdeckte, denn es ist immer schwer, vom Hellen ins Dunkel zu schauen und dort etwas zu sehen.

Wie gern hätte Suko seinen Freund gewarnt, der von alldem nichts ahnte, denn er sah in den McLellans die große Gefahr und nicht in dem verfeindeten Clan, der sich immer weiter anschlich.

Schon bald erreichten sie den nach draußen fallenden Lichtstreifen. Es war Broderick McLion, der seinen rechten Arm hob und somit ein Zeichen gab.

Die anderen verstanden ihn.

Blitzschnell waren sie aufgestanden. Wenige Schritte brachten sie bis an das zerstörte Fenster, wo sie stehen blieben. Einer sagte: »Lass sie uns, Bulle. Wir erledigen sie richtig!«

Was John Sinclair daraufhin tat, bekam Suko nicht mit, denn er musste sich auf seinen hinter ihm hockenden Gegner konzentrieren, dessen Atem noch heftiger wurde.

»Jetzt packen wir die Hunde!«, hörte Suko die flüsternde Stimme. Er spürte am Druck und am Wandern der Gewehrmündung, dass der Kerl hinter ihm seinen Platz veränderte. Der Druck befand sich nun im Nacken des Inspektors.

Keine Chance für ihn.

Suko versuchte es trotzdem. Er wollte den Mann mit Worten nicht nur ablenken, sondern ihn auch überzeugen. »Hör zu, Freund, ich weiß ja nicht, wer du bist, aber was deine Familie da vorhat, das ist Mord. Hast du gehört? Mord!«

»Na und?«

»Du hast Nerven«, wisperte der Chinese. »Weißt du nicht, für wie lange du hinter Gittern landest, wenn du bewusst ein Menschenleben auslöschst? Auch wenn du selbst nicht schießt, denn du hast das Verbrechen nicht verhindert, und das kostet dich ebenfalls einige Jährchen. Verschwinde lieber.«

»Klar, aber nur über deine Leiche!«

»Junge, sei vernünftig.« Sukos Stimme klang drängend. »Hier sind Parteien in ein Spiel eingestiegen, das du nicht überblicken kannst. Glaub es mir.«

»Du hast Angst, wie?«

»Ja.«

»Dachte ich es mir doch.«

»Nur um dich, mein Junge. Ich sage es nicht gern, doch dein Bruder hat meinem Freund und mir sein Leben zu verdanken. Er wäre irgendwann erfroren!«

»Das wissen wir, und wir sind euch auch dankbar. Normalerweise hätten wir euch schon erschossen. Es gilt die alte Regel, dass sich keine Fremden in die Angelegenheiten der Familien einmischen dürfen. Hast du begriffen? Keine Fremden. Wir regeln das unter uns.«

»Mit Mord und Totschlag?«

»Auch das.«

Der junge Mann war unbelehrbar. Fast hatte er noch die Stimme eines Kindes und war doch in so eine verabscheuungswürdige Auseinandersetzung mit hineingezogen worden.

Mit Worten hatte Suko es nicht geschafft, den Knaben von seinem Vorhaben abzubringen. Also musste er zur Gewalt greifen, doch das war nicht einfach. Der Junge hinter ihm war kein Profi. Man konnte bei ihm nicht sicher sein, wie er reagierte. Der war übernervös und tat unter Umständen Dinge, die er nicht wollte.

Suko hockte am Boden, der andere auch. Das merkte der Inspektor daran, in welch einem Winkel die Waffe gegen seinen Nacken gedrückt wurde. Und der änderte sich laufend. Ein Zeichen, dass der andere nicht ruhig hinter Suko saß.

Der Inspektor spürte die Bewegungen des Feindes sehr genau. Der junge Mann war unruhig geworden. Er konzentrierte sich auch auf die Ereignisse im Haus. Dabei wechselte er noch die Stellung. Wahrscheinlich war eines seiner Beine eingeschlafen, sodass der die ehemalige Haltung nicht mehr einhalten konnte.

Auf so etwas hatte Suko gewartet.

Und er war schnell. Er konnte sich dabei mit einem Blitz vergleichen, und der junge McLion hatte so etwas sicherlich noch nicht erlebt, denn plötzlich wirbelte Suko so rasch herum, dass er nicht einmal die Zeit hatte, den Finger zu krümmen.

Dafür erhielt er einen Schlag, der sich gewaschen hatte und der ihm das Gewehr aus den Händen prellte.

Es flog im hohen Bogen davon, landete irgendwo, und als McLion ihm nachschaute, beging er seinen zweiten Fehler.

Sukos Arm kam wie eine Ramme. Voll traf sie ins Ziel. McLion kippte fast aus den Pantinen. Er überschlug sich in der Rückwärtsbewegung, bevor er liegen blieb und sich nicht mehr rührte.

Suko hatte erreicht, was er wollte. Durch einen Schlag war sein Gegner bewusstlos geworden.

Der Inspektor atmete auf. Um die Waffe des Bewusstlosen kümmerte er sich sofort. Er nahm das Gewehr an sich, überzeugte sich, dass es schussbereit und geladen war, und drehte sich dann um, um John Sinclair beizustehen, der sich zwischen die beiden feindlichen Clans gestellt hatte und gewissermaßen als Kugelfang diente.

Der Chinese befand sich noch mitten in der Bewegung, als er abgelenkt wurde. Er drehte sich nicht mehr weiter, denn seine Ohren hatten ein feines Singen vernommen.

Wie Sirenenklang schwang es ihm aus der Richtung entgegen, wo der Bunker liegen musste.

Sirenen waren es nicht, die Suko entgegenschwebten, sondern außen bleiche und innen mit einem seltsamen Licht erfüllte Schädel.

Angeführt wurden sie vom Totenkopf des Hexers!

Nicht nur der verfluchte Zombie hatte in das Spiel eingegriffen, jetzt stand ich auch noch einer anderen Gefahr gegenüber. Vielmehr befand sie sich in meinem Rücken, und ich wusste genau, wer diese Leute waren, obwohl ich sie nicht zu Gesicht bekommen hatte, denn Gilda McLellan sprach flüsternd den Namen aus.

»Die McLions …«

Genau, sie waren es, und sie hatten Waffen, um den Spieß nun umzudrehen.

Sekundenlang geschah nichts. Die eine Sippe hinter mir, die andere vor mir. Wie sollte ich da wieder herauskommen? Es war wie eine Zange, deren Backen immer mehr zudrückten.

Für mich gab es kaum eine Chance. Ich würde, wenn ich nicht aufpasste, zerquetscht werden. Und einen Mord oder mehrere Morde durfte ich auf keinen Fall zulassen.

Jemand heulte hinter mir auf. Ich kannte die Stimme. Sie gehörte dem Mann, den wir befreit hatten.

Broderick McLion!

»Das ist doch Archer!«, stöhnte er. »Verdammt, dieser Bulle hat ihn umgebracht!«

Mit Archer konnte nur der Zombie gemeint sein. Demnach hatte es einen lebenden Toten in dem Clan der McLions gegeben.

Verdammt auch!

Wie das möglich gewesen war, wusste ich nicht. Es war mir im Augenblick auch egal. Die Zusammenhänge würde ich sicherlich später erfahren. Wichtig war nur, dass ich eine Eskalation der Gewalt in den nächsten Minuten vermeiden musste.

Und die Luft roch nach Tod und Mord …

Schritte und schweren Atem hörte ich hinter mir. Die Sippe der McLions kam näher.

»Geh zur Seite, Bulle!«, vernahm ich Brodericks Stimme. »Hau ab! Wir werden dich nicht erschießen, denn du hast mir das Leben gerettet, aber verschwinde!«

Ich ging. Allerdings einen Schritt zurück und gleichzeitig zur Seite, sodass ich beide Parteien im Auge behalten konnte und mich trotzdem noch zwischen ihnen befand.

Von den McLellans rührte sich keiner. Sie schienen an der breiten Schrankwand festgewachsen zu sein. Der kalte Wind fuhr durch die zerstörte Scheibe in das Zimmer hinein und wirbelte kleine Splitter in die Höhe, die sich wie ein Regen aus Glas wieder auf dem Holzboden absetzten.

Angst diktierte das Geschehen.

Keiner wusste so recht, wie es weitergehen sollte. Noch stand die Drohung der McLions im Raum. Ich hatte mich nicht gerührt und fragte mich, ob sie tatsächlich schießen würden.

Einen Polizisten umzubringen, ist etwas anderes als ein ›normaler‹ Mord.

»Verschwindet!«, flüsterte ich. »Es hat genug Gewalt gegeben. Es soll niemand mehr sterben!«

»Das sagst du uns, Bulle?«

Der Mann, der gesprochen hatte, musste der alte McLion sein. Ich schätzte ihn auf sechzig. Ein hoch gewachsener Mensch mit blondgrauen Haaren, einem Wikingergesicht und kalten, blauen Augen. Seine fleischigen Lippen waren verzogen, die Mundwinkel zeigten nach unten, und zwischen ihnen sprang eckig das Kinn vor, das genau in der Mitte eine Kerbe zeigte.

Dieser Mann war hart. Man konnte ihn mit Stahl vergleichen. Er würde sich nicht beugen.

Wir hielten die Waffen in den Händen. Und ich entschloss mich zu einem verdammt riskanten Spiel, wobei ich immer noch hoffte, dass Suko irgendwann eingriff.

»All right«, sagte ich, »ihr wollt mich erledigen. Das könnt ihr. Doch rechnet damit, dass ich zurückschieße. Einen von euch nehme ich immer mit. Ist das klar?«

»Sicher«, antwortete der Alte.

»Wollen Sie noch mehr Tote in Ihrer Familie haben? Reicht Ihnen einer nicht?«

»Sie haben ihn getötet!«

»Er war schon tot, als ich auf ihn schoss!«

Als ich dies sagte, da erstarrten die Gesichter der McLions. In den Augen des Alten flammte eine ungeheure Wut auf. »Sind Sie wahnsinnig?«, zischte er. »Wollen Sie uns in den letzten Sekunden Ihres Lebens noch belügen?«

»Keine Lüge. Ich hatte es mit einem Zombie zu tun. Mit einem lebenden Toten. Ihr Sohn oder was immer er zu seinen Lebzeiten sein mochte, war bereits tot. Nur eine schwarzmagische Kraft gab ihm noch ein seelenloses Leben, das müssen Sie begreifen!«

Ich hatte sehr hart gesprochen und gleichzeitig bei ihm auch die Unsicherheit während meiner Worte bemerkt. Er zuckte zusammen, schüttelte sich und schaute die beiden jüngeren Männer an.

»Wer hat ihn dann ermordet?«, fragte mich einer der McLions-Söhne.

Er stand links von seinem Vater, trug eine gefütterte Parka-Jacke und derbe Stiefel, deren Schäfte fast bis zu den Knien reichten.

»Keine Ahnung.«

»Wisst ihr es?«, wandte sich der alte McLion an die McLellan-Sippe.

Deren Oberhaupt fühlte sich angesprochen. Isaak hatte den Kopf gebeugt und gleichzeitig gedreht, sodass er unter seiner Achsel hinwegschielen konnte. »Ich habe Archer nicht erledigt. Als wir eintrafen, fanden wir ihn tot.«

»Wo?«

»In unserer Familiengruft!«

»Wie sollte mein Sohn in die Gruft gekommen sein?«

»Das müsstest du doch wissen, Hundesohn. Du warst dabei, als man den Schädel stahl.«

McLion lachte nur.

Isaak fuhr fort. »Ihr habt euch einen Nachschlüssel machen lassen. Daher war es kein Problem, die Tür zu öffnen. Alles ganz einfach, nicht wahr?«

»Sicherlich. Bleibt nur die Frage offen, wer meinen Sohn umgebracht hat. Und das will ich wissen!«

»Vielleicht die Schädel!«

»Auf den Arm nehmen kann ich mich selbst. Die Schädel können nicht killen.«

»Hast du eine Ahnung.«

»Die wollen sich nur herausreden, Dad«, mischte sich Broderick, der zweite McLion-Sohn, ein. »Machen wir ein Ende. Erschießen wir sie alle, und damit hat sich die Sache. Außerdem wird Jimmy den Chinesen draußen erledigen, und wir können ...«

Ich hörte nicht mehr, was er sagte, denn mein Augenmerk war zum Fenster hin gerichtet.

Von einem Chinesen hatte er gesprochen. Vom Garten her waren sie gekommen. Demnach konnte sich Suko nur in der dort lauernden Dunkelheit befinden.

»Es ist wirklich das Beste. Betet noch einmal, ihr verfluchten McLellans. Auge um Auge, Zahn um Zahn, so steht es geschrieben, und daran werden wir McLions uns halten.«

»Wenn Sie die McLellans erschießen wollen, werde ich es zu verhindern wissen«, sagte ich kalt.

Diese Worte brachten den Alten auf die Palme. Er sprang vor, tat nur einen Schritt, doch der reichte aus, um meine Position zu verbessern, denn jetzt befand er sich zwischen mir und seinen Söhnen. Der Schusswinkel für sie hatte sich dramatisch verschlechtert.

Ich schoss als Erster.

Töten wollte ich ihn nicht. Er verließ sich, das hatte ich gesehen, sehr auf seine rechte Hand, und deshalb setzte ich ihm das geweihte Silbergeschoss in den Arm.

Ich habe selten einen so überraschten Menschen gesehen. In seinem Schock ließ er sein Gewehr fallen.

Das war günstig.

Bevor seine Söhne begriffen, was überhaupt los war, sprang ich vor und presste Broderick meine Beretta gegen die Schläfe, wobei ich seitlich von ihm stehen blieb und mich die anderen auf keinen Fall erwischen konnten.

Er wurde zu Eis.

»Lass fallen!«

Ein Gewehr polterte zu Boden.

»Auch du!«, wies ich den anderen an.

Die Waffe hatte den Boden noch nicht berührt, als ich Sukos Warnschrei aus dem Garten vernahm.

Ich drehte meinen Kopf, schaute durch die Scheibe und glaubte mich in einen Albtraum versetzt.

Was da auf das Haus der McLellans zukam, war der blanke Horror.

Fliegende Schädel!

Suko sah die Schädel, und er hörte den Schuss. Da er selbst nicht gefeuert hatte, musste der Schuss im Haus abgegeben worden sein.

Der Inspektor schaute hin. Er stand noch in guter Deckung. Die Dunkelheit sorgte für seinen Schutz, während das große Zimmer vor ihm wie auf dem Präsentierteller lag.

John Sinclair befand sich in Bewegung. Er hatte sich aus seiner Zwangsstarre lösen können und das Ruder an sich gerissen. Trotzdem hatte er noch zu viele Feinde gegen sich, und Suko hätte ihm gern geholfen, doch er musste sich um die Schädel kümmern.

Sie waren zwar nicht wichtiger, dafür gefährlicher. Wo sie herkamen, wusste der Inspektor nicht. In diesen Augenblicken zählte nur, dass sie auf das Haus zuflogen und von dem Schädel des Hexers angeführt wurden.

Suko kannte ihn genau. Trotz der Dunkelheit und der noch ziemlich großen Entfernung identifizierte er den ersten Knochenkopf als den des Hexers. Außerdem vernahm Suko die spitzen Schreie, die ihm entgegenklangen. Sie hatte er bereits in London gehört, und er erinnerte sich gut daran.

Der Chinese wusste nicht, ob ihn die Schädel entdeckt hatten. Suko stand allein im Garten und verfolgte die unheimliche Kette der außen bleichen und innen leuchtenden Totenköpfe, die sich allmählich auflöste und in verschiedene Richtungen davonflog.

Wie kleine Kometen stachen sie in den dunklen Himmel. Suko hatte seine Beretta gezogen. Wenn es eben möglich war, wollte er mindestens einen Schädel aus der Luft holen. Ein schneller Schuss, ein Treffer, und die Sache war erledigt.

Der Wunsch blieb Vater des Gedankens. Die Schädel schienen die Absicht des Inspektors erkannt zu haben. Sie wurden plötzlich noch schneller und stoben nach allen Seiten davon.

Da schwebten einige von ihnen über das Haus, andere umkreisten den Garten, und den Schädel des Hexers sah Suko nicht.

Einer griff ihn an.

Er kam wie eine Kugel. Dabei fiel er schräg von oben auf den Inspektor zu. Sein Maul war weit aufgerissen. Das Flimmern in seinem Innern war vergleichbar mit einem glühenden Auge, und Suko ließ sich auf die Knie fallen, wobei er gleichzeitig die Waffe hob und zielte.

Er besaß noch die Nerven, den Schädel so dicht wie möglich herankommen zu lassen.

Dann drückte er ab. Volltreffer!

Suko wusste nicht, ob das geweihte Silbergeschoss genau in das Maul gefahren war. Jedenfalls wurde der rasante Flug des Totenkopfs beendet; er geriet ins Torkeln und platzte plötzlich auseinander, als wäre in seinem Innern ein Feuerwerkskörper explodiert.

Kaum hatte Suko den fliegenden Kopf erledigt, als er herumfuhr, denn er suchte weitere Köpfe.

Diesen Plan musste er aufgeben, denn die Schädel hatten den Garten bereits überflogen und ihre Ziele erreicht. Suko ließ die Waffe sinken.

Hier draußen hatte er nichts verloren. Wenn er etwas erreichen wollte, musste er ins Haus, denn dort brauchte John Sinclair sicherlich Unterstützung …

Ich stand noch immer neben Broderick McLion und presste die Mündung der Beretta gegen seinen Kopf. Im Augenblick jedoch waren er, seine Familie und der andere Clan für mich nicht wichtig, denn die Hauptaktionen spielten sich draußen ab.

Dort griff das Grauen an. Ich brauchte nur ein wenig den Kopf zu drehen, um die Schädel sehen zu können, die ihren Zickzackkurs durch die Luft flogen.

Ein schauriges Bild.

Sie erinnerten mich an türkisfarbene Bälle, als sie wie Kometen durch die Nacht wischten. Die unheimliche Magie der Schädel war nicht mehr aufzuhalten, und sie waren hier, um die Familie McLellan zu unterstützen.

Bisher waren die McLions diejenigen gewesen, die das Geschehen diktierten. Nun änderte es sich.

Es begann mit dem Lachen des alten Isaak McLellan.

Er drehte sich um. Seine Augen leuchteten, und er streckte seinen Arm aus, wobei der Zeigefinger auf das zerstörte Fenster wies.

»Ich werde euch lehren, einen McLellan fertigmachen zu wollen!«, kreischte er. »Das kommt nicht in Frage. Die Schädel stellen sich auf unsere Seite. Die McLellans werden leben, der Hexer hat seine schützende Hand über uns gelegt.«

Da konnte er Recht haben. Die McLions dachten nicht mehr daran zu schießen. Auch sie waren von den draußen ablaufenden Ereignissen gefesselt worden.

Und ich sah Suko.

Zum ersten Mal nach meinem Eindringen in das Haus konnte ich meinen Freund erkennen. Soweit zu sehen war, schien es ihm ausgezeichnet zu gehen, denn Suko griff aktiv in die Auseinandersetzung mit ein. Er kniete und hatte seinen rechten Arm ausgestreckt.

Als er schoss, zerblies er mit der Kugel einen der Knochenköpfe.

Nicht nur ich hatte es gesehen, auch die anderen. Besonders den McLellans war dieser Treffer unter die Haut gefahren. Sie schrien gleichzeitig, fluchten, und der Alte drohte meinem Freund, der allerdings nichts sah.

Gilda McLellan hatte es an ihrem Platz nicht mehr ausgehalten. Sie bewegte sich zur Seite, drückte sich an dem stöhnenden und verletzten Clanchef der McLions vorbei, der sich in einen Sessel hatte fallen lassen, und wollte ihre Waffe aufheben.

»Bleiben Sie stehen!« Scharf fuhr ich sie an.

Gilda McLellan zuckte zurück. Sie schaute mich an. Ihr Gesicht wurde durch ein Grinsen breit, und sie schüttelte den Kopf.

»Nein, Polizist, nein. So einfach wird es nicht sein, glaub mir. Ihr kommt hier nicht weg!«

»Gehen Sie wieder zu den anderen!«

»Sicher, Polizist, sicher!«

Während sie die paar Schritte zurückging, tauchte Suko auf. Er duckte sich, als er den Raum durch das zerstörte Fenster betrat, da er einem langen Splitter ausweichen musste.

Kurz winkte er mir zu. Die Beretta hielt er in der Hand und richtete die Mündung dorthin, wo auch die meiner Waffe hinzeigte.

»Ist alles okay, John?«

»Fast.«

Suko nickte den McLellans zu. »Na, Freunde. So sieht man sich wieder, nicht wahr?«

Die Gesichter der McLellans verzogen sich. In ihren Augen leuchtete der Hass, während ihre Blicke ähnlich wie Dolche den Chinesen durchbohren wollten.

»Wo sind die Köpfe?«, fragte ich meinen Freund.

»Keine Ahnung, John. Sie flogen weg; ich konnte zwar einen erledigen, doch die anderen nahmen ihren Weg und verschwanden irgendwo in der Dunkelheit.«

Da meldete sich der alte McLellan.

»Ihr werdet euch wundern, ihr Bastarde. Wundern werdet ihr euch. Die Köpfe kommen zurück, und dann vernichten sie alle.«

»Dann können sie ja bei Ihnen anfangen«, erwiderte ich kalt. »Wo stecken sie?«

»Keine Ahnung.«

»Los, rücken Sie mit der Sprache raus!« Ich war ungeduldig. »Was hat das zu bedeuten?«

»Der Hexer führt sie an!«, flüsterte der Alte. »Wir haben nur sein Testament erfüllt.«

»Ein Testament?«

Der Mann schaute mich an, als hätte er einen Geisteskranken vor sich. »Wollen Sie mich auf den Arm nehmen, Bulle?«

»Bestimmt nicht.«

»Es war das Testament der Totenkopf-Brigade«, flüsterte McLellan. »Hören Sie, die Totenkopf-Brigade!«

»Sicher, ich habe verstanden. Und?«

»Gideon McLellan war einer von ihnen. Er gehörte der Brigade an. Wie viele andere auch.«

»Und wo finden wir diese Brigade?«, fragte ich.

»Überall, Sinclair. Überall und nirgends. Ihr müsst

schon sehr lange suchen, denn die Totenkopf-Brigade ist unsterblich. Sie führt ein gewaltiges Erbe fort.«

»Wessen Erbe?«

Da wurde der Alte wirklich zum Rumpelstilzchen, denn er trat mit einem Fuß heftig auf. »Das möchtest du gern wissen, wie?«, schrie er und deutete mit seinem mageren Finger auf mich. »Gut, ich will es dir sagen. Die Totenkopf-Brigade setzt sich aus Menschen zusammen, die sich einem mächtigen Dämon unterworfen haben, der schon vor Urzeiten gelebt hat.«

Ein sehr böser Verdacht keimte in mir auf. Ich sprach ihn allerdings nicht aus, sondern wollte Gewissheit haben. »Rede!«

»Es ist der Schwarze Tod!«

Verflucht, das war ein Ding!

Der Schwarze Tod! Mein alter Erzfeind, den ich am Südpol mit Hilfe meines Kreuzes und des Bumerangs getötet hatte. Vergessen hatte ich ihn nicht, nur die Erinnerung an ihn verdrängt. Jetzt aber stand sie plastisch wieder auf.

Der Schwarze Tod!

Er hatte noch Diener. Es gab welche, die sich an ihn erinnerten und ihm huldigten.

Totenkopf-Brigade!

Noch nie hatte ich davon gehört, doch jetzt wusste ich Bescheid. Das Erbe des Schwarzen Tods existierte weiter. Es musste eine schreckliche Magie hinterlassen haben, und hier bei den McLellans hatten wir den Anfang eines roten Fadens gefunden.

»Nun ja«, sagte ich und lächelte mokant. »Ihr dient also dem Schwarzen Tod.«

»Nein, nicht wir. Er hat ihm gedient. Er, der Hexer, und auch andere. Du wirst es erleben.«

Ich schüttelte den Kopf. »Zunächst einmal werden wir die Schädel suchen und zerstören. Es wird keine Totenkopf-Brigade mehr geben, Isaak McLellan!«

Der Alte lachte. Weit riss er den Mund auf. Die Augen

leuchteten wie im Wahn. »Das ist ein Fehler, Bulle. Ein großer Fehler. Keiner hat die Brigade besiegt, und mein Ahnherr ist nur einer von vielen, Polizist. Auch du schaffst es nicht, niemand! Die Totenkopf-Brigade vernichtet alle.«

Er hatte die Worte so überzeugt ausgestoßen, dass mir Angst und Bange wurde. Was dieser Mann da gesagt hatte, war Zukunftsmusik. Mich interessierten die Gegenwart und damit die magisch aufgeladenen Schädel der Toten.

Sie befanden sich irgendwo im Haus. Oder sie hielten sich außerhalb der Mauern verborgen.

Warteten sie auf einen günstigen Zeitpunkt zum Angriff?

Während ich mich unterhalten hatte, sammelte Suko die Waffen der Sippenmitglieder ein. Er entlud die Gewehre und Revolver, wobei er die Patronen in den Garten schleuderte.

Dann ging er selbst nach draußen.

Ich sah, wie er zum Haus hochschaute. »Da sitzen sie, John«, meldete er. »Auf dem Dach.«

»Kannst du sie erledigen?«

»Schlecht. Der Schusswinkel ist einfach unmöglich.«

Isaak McLellan mischte sich ein. »Man kann sie nicht töten!«, kreischte er. »Man kann ihnen nichts tun. Sie sind schneller als ihr. Sie werden euch vernichten.«

Obwohl wir die feindlichen Clans entwaffnet hatten, besaßen sie die besseren Karten, denn wenn wir die Schädel suchten, würden sie uns nicht unterstützen, sondern uns in den Rücken fallen.

Suko kehrte zurück. Er hatte das Gewehr noch bei sich, das er Broderick McLion abgenommen hatte. Ich hatte eine Idee. Wenn wir sie außer Gefecht setzen wollten, mussten wir sie in einen Raum sperren, aus dem sie sich so leicht nicht befreien konnten.

Das war der Keller.

Ich ließ sie regelrecht antreten.

Suko stand mir dabei zur Seite. Hasserfüllte Blicke streiften uns, und wir beide dirigierten alle in den Keller.

»Das wird euch noch Leid tun!«, knirschte Isaak McLellan.

Wir schwiegen. Als wir den großen Heizungsraum entdeckten und feststellten, dass er sich abschließen ließ, waren wir zufrieden und scheuchten die McLellans sowie die McLions in den Raum hinein. Von außen schlossen wir ab.

Ich hatte noch nachgesehen. Im Raum gab es nur ein schmales Fenster. Darüber begann ein gesicherter Lichtschacht. Eine Flucht war kaum vorstellbar.

Auf dem Weg nach oben blieben wir sehr wachsam, obwohl wir uns unterhielten. Natürlich sprachen wir über den Schwarzen Tod.

Es war schwer zu begreifen, dass wir noch immer auf eine Erblast dieses Dämons stießen, der doch so lange schon vernichtet war.

Von einer Totenkopf-Brigade hatte auch Suko bisher noch nichts gehört. Wir waren jedoch davon überzeugt, dass wir sie finden mussten, und der Schädel des Hexers konnte uns dabei den Weg zeigen.

Im Flur blieben wir stehen.

Eine schwere Holztreppe führte in die erste Etage. Breite Stufen schwangen hoch, und wenn wir die Schädel packen wollten, mussten wir auf das Dach, wo Suko sie gesehen hatte.

»Los, Alter«, sagte ich und nickte meinem Freund zu, »holen wir uns wenigstens den Kopf des Hexers.«

»Und dann?«

»Zerschießen wir ihn.«

Suko wiegte den Kopf. »Hoffentlich ist das so einfach, wie du es dir vorstellst«, gab er zu bedenken und lächelte knapp, bevor er die Stufen nahm.

Ich folgte ihm langsamer.

In der ersten Etage, wo sich ebenfalls große Räume befanden, hörten wir die Geräusche.

Die Schädel sangen.

Es waren unheimliche Laute, die über uns erklangen und durch die Isolierung des Dachs gedämpft wurden. Ein Singsang geisterhafter Wesen, ein schauriges Geheul, mit dem sich die Schädel wahrscheinlich selbst Mut machten.

Das Haus hatte nicht nur eine erste Etage, sondern auch einen Speicher. Zudem führte eine schmale Treppe ohne Geländer hoch. Vor einer Tür mussten wir stoppen.

Das Singen war lauter geworden, und Suko sprach das aus, was ich dachte.

»Die sitzen überhaupt nicht mehr auf dem Dach. Wahrscheinlich hocken sie hinter der Tür.«

Er sprach in meinem Sinne, und ich legte die Hand auf die Klinke, während Suko die Dämonenpeitsche zog und das Beutegewehr dafür wegstellte.

Dann drückte ich die Klinke nach unten und rammte die Tür mit einem Stoß auf. Kalt wehte es uns entgegen. Die Scheiben der schrägen Fenster waren zerstört, und so konnte die Luft auf den Speicher dringen.

Wie angenagelt blieben wir auf der Stelle stehen, denn das Bild, das sich uns hier oben bot, hatten wir beide nicht erwartet.

Wir sahen den Schwarzen Tod!

Nicht den echten, nein, den hatte ich vernichtet, sondern ein Abbild von ihm.

Auf den Boden war ein fast pechschwarzer Totenschädel gezeichnet. Er befand sich inmitten eines Kreises. Seine Augenhöhlen schillerten weiß, und die Umrandung des Kreises schimmerte blutrot.

Die von innen her leuchtenden Schädel hatten um den Kreis herum Platz genommen. Sie standen auf dem Boden. Die leuchtenden Augen waren auf das Abbild dieses gewaltigen Dämons gerichtet, in dessen Mitte der Schädel des Hexers hockte.

Er stand genau auf dem offenen Maul. Sein Knochenmund war ebenfalls geöffnet, und aus ihm drangen hohe, schrille Laute, die uns entgegenwehten.

Sie riefen ihn!

Wir verstanden ihren Singsang natürlich nicht, konnten uns jedoch gut vorstellen, dass sie mit dem Schwarzen Tod Kontakt aufnehmen wollten. Das mussten wir verhindern.

In den nächsten Sekunden dachte ich darüber nach, wo sich die Seele dieses Super-Dämons unter Umständen befinden konnte. Wahrscheinlich war sie in das Reich des Spuks eingegangen, doch der ließ keinen frei, trotz einer Beschwörung.

Konnte ich da wirklich sicher sein?

Suko schob sich an mir vorbei. Die Peitsche hielt er schlagbereit, die Beretta war schussfertig. Ich hatte mein Kreuz genommen und wollte versuchen, den Schädel des Hexers damit zu vernichten.

»Kümmere du dich um die anderen«, sagte ich, und Suko nickte.

Im nächsten Augenblick gerieten die Schädel, die so ruhig dagesessen hatten, in Bewegung.

Und wir erlebten einen Horror ohnegleichen …

Als hätten sie einen zentralen Befehl erhalten, so zischten sie in die Höhe. Alle lösten sich innerhalb einer Sekunde von ihren Plätzen und schwebten plötzlich unter der Decke. Sie schrien dabei, sie kreischten, und nur der Schädel des Hexers blieb an seinem Platz.

Mit Suko war abgesprochen, dass er sich um die normalen Köpfe kümmerte, ich wollte den Hexer.

Während Suko sich den Schädeln entgegenwarf, mit der Peitsche und seiner Beretta kämpfte, lief ich auf den Kreis zu, wo der Totenkopf des Hexers anfing zu schreien.

Ich erlebte den schreienden Schädel in voller Aktion. Dabei bewegte er sich. Er riss beide Kiefernhälften so weit auf, dass sie fast brachen.

Für mich war es ein unheimliches, nervenzerfetzendes Schreien, und ich konnte mir sehr gut vorstellen, dass der Maler in London vor Angst fast verrückt geworden wäre.

Das Brüllen hörte nicht auf. Der Schädel schrie und schrie, und dieses Geräusch übertönte sogar noch das Krachen der Schüsse.

Suko kämpfte.

Er hatte eine gute Deckung gefunden, denn auf dem Speicher stand eine ziemlich stabile Kommode dicht an der Wand. Dahinter kniete der Inspektor und feuerte auf die fliegenden Totenköpfe, die deutlich zu erkennen waren, weil sie von innen her leuchteten.

Drei hatte Suko bereits erledigt.

Sie waren unter den geweihten Silbergeschossen regelrecht zersprungen, und die Reststücke der bleichen Knochen fielen wie glühende Regentropfen zu Boden, wo sie allmählich verlöschten.

Radikal zerstörte der Inspektor das teuflische Machwerk des Hexers. Sein Erbe wurde ausradiert, und Suko setzte auch die Peitsche ein. Schädel, die zu nahe an ihn herankamen, wurden von den drei Riemen getroffen und vernichtet.

Ich aber kümmerte mich um den schreienden Totenkopf.

Und ich betrat den Kreis!

Er war mit schwarzer Magie aufgeladen. Ich spürte den Ansturm dieser unheimlichen Kräfte und glaubte, ein Zittern des Bodens wahrzunehmen, so stark konzentrierte ich mich auf meinen Gegner. Die äußeren Knochen sowie die Platte des Totenschädels hatten einen gelblich weißen Schein. Nur innen leuchtete er, und als ich mich zu ihm hinunterbeugte, da merkte ich, wie sich der Kreis allmählich auflöste.

Nicht nur das.

Auch die Fratze des Schwarzen Tods verschwand, sodass der normale Boden unter mir lag.

Von meinem Kreuz führten die unsichtbaren Schwingungen weiter. Sie sorgten dafür, dass die andere, sehr starke Magie vernichtet wurde, und mit diesem Verschwinden wurden auch die Schreie des Totenkopfs leiser.

Es waren nur erstickt klingende Rufe, die mich zuletzt erreichten. Das Maul des Totenkopfs schloss sich allmählich, sodass die Schreie immer leiser wurden und schließlich verstummten.

Wir hatten ihn geschafft!

Noch sah ich den Schädel vor mir. Und mir fiel gleichzeitig die Stille auf, die sich in diesem Speicher ausgebreitet hatte. Ich drehte den Kopf, sah, wie Suko sich erhob, und erkannte an seinem Blick, dass er kaum etwas begriff.

»Was ist los, John?«

»Keine Ahnung.«

»Die Schädel sind weg.«

»Und wohin?«

»Sie haben sich aufgelöst. Ich habe nicht alle vernichten können, tut mir Leid.«

Das war wirklich ein Problem. Ich hatte plötzlich das Gefühl, als wären wir bei diesen Vorgängen nur Statisten, wobei die andere Seite sowieso tat, was sie wollte.

Seltsam ...

»John!« Suko warnte mich.

Ich drehte den Kopf und glaubte, mich in einem Irrenhaus zu befinden. Der schreiende Schädel vor mir war verschwunden!

»Das gibt es doch nicht«, flüsterte ich und schüttelte den Kopf. »Der kann doch nicht weg sein.«

Suko hatte meine Worte gehört und trat näher. »Sicher«, murmelte er. »Du hast ihn vernichtet.«

»Unsinn, dann müsste ich Reste sehenn. Staub und so ...«

»Da kann ich dir auch nicht weiterhelfen«, sagte mein Freund und deutete in die Runde. »Aber die anderen Schädel sind auch weg«, erklärte er. »Dabei weiß ich genau, dass ich nur etwa die Hälfte erledigt habe.«

»Suko.« Ich schlug meinem Freund auf die Schulter. »Man hat uns ganz saftig reingelegt.«

»Und wer?«

»Da gibt es drei Möglichkeiten«, erklärte ich nach kurzem Überlegen. »Entweder der Schwarze Tod, vielmehr sein Geist, dann der schreiende Schädel oder Isaak McLellan.«

»Wie kommst du denn auf den?«

»Nur so.«

Suko schüttelte den Kopf. »Das kann ich nicht glauben, John. Dein Kreuz ist so stark. Der Schwarze Tod oder was immer es gewesen sein mag, kommt nicht dagegen an. Wir haben es schließlich schon erlebt.«

Ich atmete tief ein und stand da wie ein begossener Pudel. Ein völlig normaler Raum lag vor uns. Nichts wies mehr darauf hin, dass sich hier die schwarze Magie etabliert hatte.

Was sollten wir jetzt unternehmen?

»Man könnte den McLellans diesbezüglich Fragen stellen«, schlug der Inspektor vor. »Sicherlich wissen sie mehr.«

»Das wäre eine Möglichkeit«, gab ich zu.

»Komm, dann lass uns so rasch wie möglich nach unten in den Keller gehen«, erklärte Suko und war schon an der Tür. Mein Freund überwand die Treppe mit großen Sätzen. Er hatte es plötzlich eilig, und auch ich wollte gern eine Erklärung.

Als wir den Keller betraten, wurden wir auf eine gewisse Art und Weise enttäuscht. Wir hatten damit gerechnet, Lärm zu hören. Das war nicht der Fall. Die beiden verfeindeten Clans hielten sich seltsamerweise sehr zurück.

Suko blickte mich an. »Da stimmt doch einiges nicht«, murmelte er. »Ob die sich gegenseitig …?«

»Mal den Teufel nicht an die Wand.« Ich dachte an den Verletzten und hatte plötzlich ein schlechtes Gewissen, weil ich dessen Wunde nicht behandelt hatte.

Den Schlüssel hatten wir nicht mitgenommen, sondern auf die Rippen einer Heizung gelegt. Suko hielt ihn bereits in der Hand, steckte ihn ins Schloss und drehte ihn herum.

Die Tür war offen.

Zwei Sekunden später schauten wir in die bleichen Gesichter der beiden Sippen.

Unsere Sorgen waren unbegründet. Alle lebten noch. Da hatte sich niemand zerfleischt, aber die Gesichter sahen seltsam blass und bleich aus. Angst schimmerte in den Augen der Menschen.

Irgendetwas war geschehen …

Ich stellte eine diesbezügliche Frage, erhielt keine Antwort, sondern wurde nur angestarrt.

»Was ist denn los?«

»John!« Suko stieß mich an, und ich drehte den Kopf zu ihm. »Fällt dir nichts auf?«

»Ja, eigentlich …«

»Also nicht. Dann such mal den Anführer, diesen kleinen Giftzwerg, Isaak McLellan.«

Jetzt, wo mein Freund es gesagt hatte, wurde ich misstrauisch. Ich sah sie alle – bis auf Isaak McLellan.

Er war nicht da!

»Wo ist er?« Zwei Schritte ging ich vor und sprach Gilda McLellan dabei an.

Sie hob nur die Schultern.

»Verdammt, ich will wissen …«

Ihr Gesicht verzog sich. Sie schrie mich an und spie mir Speichel gegen die Wange. »Ich weiß es doch nicht, zum Henker! Er hat sich plötzlich aufgelöst!«

»Und dann?«

»Dann schrie er nur: Der Hexer holt mich! Ich werde sein Erbe übernehmen. Ich habe das Testament gelesen. Ich kenne es. Die Totenkopf-Brigade nimmt mich auf!«

»Und das war alles?«

Sie senkte den Kopf. Ihr Atem ging stoßweise.

»Danach verschwand er plötzlich vor unseren Augen.«

Ich drehte mich zu Suko um und gab ihm ein Zeichen. Mein Freund verstand. So hastig wie ich verließ er den Keller. Wir ließen uns trotzdem die Zeit und schlossen ab.

Dann jagten wir nach oben. Nach wenigen Sekunden schon standen wir in dem großen Wohnraum und schauten durch die Scheibe in den Garten.

Er lag in der Dunkelheit. Auch der Himmel hatte sich mittlerweile bedeckt, sodass weder Mond- noch Sternenlicht auf die Erde niederfielen. Deshalb konnten wir den hellen Fleck genau erkennen.

Es war der Schädel des Hexers!

Nur saß er in diesem Fall auf einem Körper. Er hatte ihn gefunden, den Erben, den Nachfolger.

Isaak McLellan!

Sein Lachen schallte uns entgegen, bevor er schrie: »Ich habe euch doch gesagt, dass ihr die Verlierer seid. Was ihr bis jetzt erlebt habt, war erst der Anfang. Jetzt geht es richtig los, darauf könnt ihr euch verlassen. Denkt an die Totenkopf-Brigade. Sie wird zuschlagen und das Erbe eines mächtigen Dämons verwalten …«

Wir waren beide sprachlos und fühlten uns mies, denn wer lässt sich schon gerne verhöhnen?

McLellan hatte von der Totenkopf-Brigade gesprochen. Ich war sicher, dass der Fall nun erst richtig begann …

Die Totenkopf-Brigade

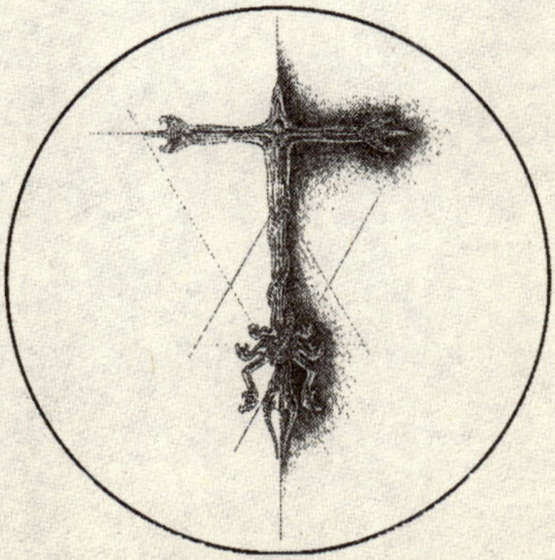

Wir standen in dem großen Wohnraum, schauten durch die zerstörte Fensterscheibe in einen dunklen Garten und fühlten uns als die großen Verlierer.

Der Schädel des Hexers hatte uns überlistet. Als ich ihn mit meinem Kreuz töten wollte, war er plötzlich verschwunden. Er hatte sich aufgelöst, war weg, und wir hatten das Nachsehen.

Noch deutlicher schwangen mir die Worte Isaak Mc Lellans in den Ohren nach. Dieser Mann hatte die Nachfolge seines Ahnherrn, des Hexers, angetreten, und auf seinen Schultern saß nun der schreiende Totenschädel, mit dem alles begonnen hatte.

Von der Totenkopf-Brigade war gesprochen worden, von den Erben des Schwarzen Tods, und McLellan fühlte sich dazugehörig.

Wie groß war die Entfernung zwischen ihm und mir?

Ich konnte nur schätzen. Vielleicht zwanzig Yards oder mehr? Konnten wir ihn mit einer Kugel stoppen?

Suko, der neben mir stand, flüsterte: »Ich versuche es mit dem Stab.«

Das war gut. Wenn er das magische Wort *Topar* rief, dann hielt er die Zeit für fünf Sekunden an. Und diese Spanne musste uns reichen, um Isaak McLellan zu erwischen.

Die Hand meines Freundes war bereits in der Innentasche verschwunden. Dort hielt er den Stab fest, und wenn er das Wort rief, wurde auch ich zum Statisten degradiert.

Ich drückte meinem Freund beide Daumen. Falls wir den anderen zu packen bekamen, war das die halbe Miete. Dann konnte er uns den Weg zu dieser geheimnisumwitterten Totenkopf-Brigade weisen.

»Topar!«

Suko schrie das Wort, so laut er konnte. Alles Leben, das sich in Rufweite befand, erstarrte, wurde bewegungsunfähig.

Auch McLellan würde es so ergehen.

Doch wir hatten Pech!

Vielleicht war es Zufall oder Instinkt, doch als Suko die

erste Silbe rief, da bewegte sich McLellan. Bevor ich erstarrte, sah ich ihn noch. Er wischte nicht nach links oder rechts weg, sondern schoss wie eine Rakete in die Höhe.

Auch Suko hatte dies mitbekommen. Als er startete, stieß er eine Verwünschung aus. Er sah den hellen Schädel jetzt in einer für ihn fast unerreichbaren Höhe, während der Körper von der Dunkelheit verschluckt blieb, weil ihn auch der aus dem zerstörten Fenster fallende Lichtschein nicht mehr erreichte.

Suko versuchte es trotzdem.

Er war schnell wie ein Schatten, huschte durch die breite Öffnung und jagte auf direktem Weg seinem Ziel zu.

Die Zeit verging …

Eine Sekunde, die zweite, die dritte …

Der Inspektor gab sich noch mehr Schwung und hatte, als die fünfte Sekunde soeben angebrochen war, genau die Stelle erreicht, wo unser Gegner zuvor gestanden hatte.

Aus vollem Lauf wuchtete sich Suko in die Höhe. Sein Körper schien zu einer Spirale zu werden, er hatte den linken Arm gestreckt, die Hand war griffbereit, und er schaffte es tatsächlich, seinen Gegner zu berühren.

Mehr aber auch nicht.

Die Finger klatschten gegen den Schuh McLellans und rutschten ab.

Im selben Augenblick war die Zeit um!

Während Suko zu Boden prallte, in den Knien dabei federte, merkte auch ich, dass ich mich wieder bewegen konnte.

Ich startete von meinem Platz aus und sah, dass es meinem Freund nicht gelungen war, Isaak McLellan zu fassen. Dieser Kerl war zu schnell gewesen, und er setzte seine Bewegung nach Ablauf der Zeit fließend fort, denn er stieg in die Höhe.

Unwillkürlich stellte ich den Vergleich mit einer Rakete an, so schnell war er, und das hatte sicherlich keinen normalen Ursprung, sondern war auf schwarze Magie zurückzuführen.

Suko war wieder zurück auf den Boden gefallen.

Es gelang ihm nur mit großer Mühe, sein Gleichgewicht zu halten, er musste sich zweimal drehen, bevor er stehen konnte.

Wir schauten uns an, dann hoben wir gemeinsam die Köpfe und sahen über uns den Schädel!

Wieder schimmerte er von innen. Dieses türkisfarbene Leuchten war uns ja bekannt, und als es jetzt den Kopf wieder ausfüllte, da glaubte ich sogar, hinter den Augenhöhlen, den Löchern der Nase und dem Mund das Gesicht des normalen McLellan zu sehen.

Täuschung? Wunschdenken?

Gleichzeitig zogen wir unsere Waffen. Es sah wie abgesprochen aus, denn wir beide wollten diesen verfluchten Schädel nicht entkommen lassen.

Es stand zu viel auf dem Spiel. Unter anderem war ein Begriff gefallen, der mir einen Schauder über den Rücken getrieben hatte, wobei ich davon ausging, dass es bei Suko ähnlich war. Es war vom Schwarzen Tod die Rede gewesen.

McLellan hielt uns unter Beobachtung. Wir hörten sein Lachen, als wir die Waffen festhielten, und dann bewegte er sich gedankenschnell zur Seite, ähnlich schnell wie eine Kugel.

So erwischten wir ihn nie.

Synchron sanken unsere Arme nach unten. Beide fluchten wir, denn damit hatten wir nicht gerechnet, aber das Spiel ging weiter, das merkten wir bald.

Der auf McLellans Schultern sitzende Schädel des Hexers gab sich nicht damit zufrieden, uns zum Narren zu halten, nein, er verfolgte dabei bestimmte Pläne. Schattenhaft sahen wir den Körper des alten Isaak durch die Luft einem neuen Ziel entgegenwehen.

Es lag abseits des Hauses. Wie ich den Erzählungen der beiden verfeindeten Sippen entnommen hatte, musste es sich dabei um ein Grabmal handeln, in dem nicht nur der schreiende Schädel gestanden hatte, sondern auch die anderen Totenköpfe, die uns ebenfalls schon in Schwierigkeiten gebracht hatten.

Leider konnten wir nichts anderes tun, als diesen Schädelmenschen mit unseren Blicken zu verfolgen. Er hielt uns einfach zum Narren, und als er sein Ziel erreichte, da erlebten wir den zweiten Teil dieses unerklärbaren Vorgangs.

Aus dem Nichts erschienen seine Begleiter!

Suko hatte mir oben im Haus erzählt, dass er nicht alle Schädel hatte erledigen können.

Dies wurde mir jetzt bestätigt!

Auf einmal waren sie da. An den Stellen, wo sie erschienen, flammte es für winzige Augenblicke hell auf, dann konnten wir die Schädel sehen.

Gelbliche, runde Köpfe. Fratzen, in deren Innern es türkisfarben glühte und die über uns schwebten wie bizarre Figuren, denn sie führten einen wilden Tanz auf, als wollten sie uns verhöhnen.

»Welches Ziel haben sie?«, murmelte ich. »Verdammt, wo wollen die nur hin?«

»Zur Totenkopf-Brigade«, erwiderte Suko lakonisch kurz und treffend.

»Ja, natürlich. Fragt sich nur, wo wir die finden.«

Suko schaute in den dunklen Himmel. »Wir müssten sie eigentlich verfolgen.«

»Und dann?«

»Werden wir sehen, wo sie landen.«

»Kannst du fliegen?«, erkundigte ich mich spöttisch.

»Ich nicht, aber ein Flugzeug.«

»Willst du dir eine Maschine malen?«

»Nein.« Der Inspektor grinste, und dieses Grinsen brachte meinen Gedankenapparat in Gang.

»Verdammt, die Maschine der McLellans!«

»Genau. Wenn wir sie kapern können, müsste es uns gelingen, den Schädeln auf der Spur zu bleiben.«

Die Idee meines Freundes war irre, verrückt, fantastisch. Aber waren es nicht immer die verrücktesten Ideen gewesen, die uns schließlich zu einem Ziel gebracht hatten? Hatten wir uns nicht oft genug auf unkonventionelle Dinge verlassen und Erfolg gehabt?

Ja, so war es, so würde es auch hier sein.

Mein Nicken fiel heftig aus. »Wir machen es, Alter. Wir holen uns die Maschine.«

Einen Einwand hatte Suko noch, der den verletzten McLion betraf. Seine und die Sippe der McLellans hatten wir in dem fensterlosen Heizungskeller eingesperrt. Einer der Menschen war von mir angeschossen worden. Wahrscheinlich brauchte er dringend Hilfe, und die wollten wir ihm nicht verweigern.

Suko jagte zurück. Ich konnte mich auf meinen Partner verlassen. Er würde alles in die Wege leiten, während ich die Schädel nicht aus den Augen ließ.

Sie waren noch da, aber sie entfernten sich. Ihre Kreise, die sie flogen, verschoben sich immer mehr nach Norden und wurden gleichzeitig größer.

Wenn wir uns nicht beeilten, hatte alles keinen Sinn mehr. Mir brannte die Zeit auf den Nägeln. Ich schaute zurück. Das erleuchtete Wohnzimmer lag dort wie eine Lichtinsel. Ein Schatten erschien in der Tür, und im nächsten Augenblick hatte Suko den Raum durchquert und ließ dann den Garten mit goßen Schritten hinter sich.

Er hatte mich noch nicht erreicht, als ich ebenfalls losrannte. Jetzt kam es auf jede Sekunde an. Wir mussten uns beeilen, wollten wir die Schädel nicht aus den Augen verlieren.

Auf der Herfahrt in unserem Leih-Escort hatten wir gesehen, wo das Flugzeug abgestellt war. Keine kleine Maschine, sondern eine zweimotorige Piper.

»Kannst du den Vogel überhaupt fliegen?«, erkundigte sich Suko mit keuchender Stimme.

Ich nickte nur. »Hoch kriege ich ihn immer.«

Das Grinsen meines Freundes fiel frech aus. »Na ja, dann mach mal, du kleiner Hochkrieger.«

Ich erwiderte nichts mehr auf seine Bemerkung, sondern strengte mich noch mehr an. Wir liefen eine weite Senke hoch, denn wir hatten den Wagen abseits des Wohnhauses geparkt, weil unsere Ankunft nicht unbedingt gleich bemerkt werden sollte.

»Hoffentlich ist die Maschine nicht abgeschlossen«, sagte ich, als ich die Autotür öffnete.

Suko griff in die Tasche und holte einen Schlüssel heraus, den er mitgebracht hatte. »Hier ist er. Wir kommen ohne weiteres in die Maschine hinein. Den hab ich einem McLellan abgenommen.«

»Fantastisch.« Ich lächelte und warf mich auf den Sitz.

Auch Suko rammte die Tür zu. »Wenn du mich nicht hättest.«

Bevor ich startete, warf ich noch einen Blick in den Rückspiegel. Ich kauerte mich dabei ein wenig zusammen, um einen besseren Winkel zu haben.

Ja, sie befanden sich noch in der Luft. Sie bewegten sich noch immer und trafen keinerlei Anstalten, abzudrehen. Mir schien es, als wollten sie uns locken.

Der Motor war kalt, deshalb hoppelte der Wagen ein wenig, als ich anfuhr. Zum Glück hatten wir uns beide ungefähr gemerkt, wo wir die Piper finden konnten. Zunächst einmal fuhren wir quer durch das Gelände. Die Reifen drehten auf dem Boden durch, sie wirbelten Grasbüschel auf, und als wir einen schmalen Weg erreichten, der in westlicher Richtung vom Haus wegführte, hatten wir bereits die halbe Strecke hinter uns gebracht.

Suko spähte nach der Maschine. Bis zu dem seltsamen Friedhof brauchten wir nicht mehr, denn es erschien rechts von uns das flache Stück Land, wo die Piper gelandet war.

Sie stand dort wie ein gewaltiger Vogel.

Mit dem Ford Escort fuhren wir dicht an die Maschine heran und stiegen aus. Suko schwang sich auf eine Tragfläche und öffnete den Einstieg.

Als ich den Einstieg erreichte, hatte mein Partner bereits auf dem Sitz des Co-Piloten Platz genommen. Ich nahm den des Piloten.

Suko schaute mir zu, wie ich die Instrumente ablas. Dann ließ ich die beiden Motoren an. Mich interessierte vor allen Dingen die Treibstoffanzeige. Wenn wir nicht genügend Saft hatten, war alles umsonst.

Die Propeller begannen sich zu drehen, die Nadel des Tankanzeigers zitterte auf ›Halbe Füllung‹, das musste reichen.

»Dann schnall dich mal fest«, sagte ich, spielte mit dem Gas und sah zu, dass die Piper allmählich in Bewegung geriet. Höhen- und Seitenruder waren okay. Suko wurde blass, als ich etwas unsicher die Instrumente bediente.

»Keine Angst!«, knirschte ich. »Runter kommen wir immer ...«

»Klar. Fragt sich nur wie.«

»Das allerdings.«

Wir rollten zwar nicht auf einer betonglatten Landebahn, doch die Piper fing die Bodenstöße gut ab. Ich bekam sehr schnell ein Gefühl für den Vogel und konnte ihn allmählich in die Höhe ziehen.

Es war riskant. Die Piper sprang hoch, dann hüpfte sie wieder nach unten, wurde geschüttelt, bekam mehr Saft, kippte kurz nach links, doch ich glich diese Torkelbewegung schnell aus.

Auf meiner Stirn glitzerten kleine Schweißperlen. Ich schaute durch die Scheiben nach vorn, sah die Propellerräder und ihren rasenden Wirbel.

»Heb ab!«, sagte Suko.

Er brauchte sich nicht zu wiederholen, denn im nächsten Augenblick verlor die Maschine den Bodenkontakt.

Wir flogen.

Ich schaute zu Suko hin und grinste. »Na, wie habe ich das gemacht, Alter?«

»Fast wie ein Profi.«

»Eine meiner leichtesten Übungen«, erwiderte ich und zog die Piper in eine Linkskurve, wobei ich ungemein Acht geben musste, dass sie nicht abschmierte.

»Hoffentlich kannst du auch landen«, sagte der Inspektor.

»Ja, das hoffe ich auch.«

»Optimist.« Suko lachte.

Danach wurden wir ernst, denn wir flogen ja nicht zum Vergnügen durch die Gegend.

Unter uns sahen wir das Haus. Der Lichtschein fiel aus dem zerstörten Fenster, und wir erkannten ihn als eine gelbe, schillernde Fläche vor dem Gebäude.

Auch die Schädel entdeckten wir. Aber verdammt, sie

befanden sich ziemlich weit weg. Wie seltsam grün leuchtende Sterne schwebten sie unter dem schwarzen Himmel und entfernten sich immer mehr von dem eigentlichen Ziel. Da die Distanz zwischen ihnen und uns sehr groß geworden war, konnten wir nicht einmal den Schädel des Hexers genau ausmachen.

»Ich bin gespannt, wo sie hinwollen«, sagte Suko und wurde wie ich in den Sitz gepresst, da ich ein wenig mehr mit dem Gas gespielt hatte.

Suko entdeckte Kartenmaterial. Im grünen Licht der Cockpitbeleuchtung faltete er es auseinander und beugte sich vor, wobei er noch eine kleine Leselampe einschaltete.

Ein Blick auf den Kompass sagte ihm, welchen Kurs wir im Augenblick flogen.

Nordnordwest!

»Wenn wir so weiterfliegen, müssten wir Loch Vail bald erreichen«, meldete er.

»Wie sieht das Gelände aus?«

»Ziemlich mies.«

»Wieso?«

»Die Berge sind relativ hoch. Über dreitausend Fuß.«

Das gefiel mir überhaupt nicht. Dort standen sie dann wie eine Wand, die wir überklettern mussten, und in dieser Höhe würde auch die Temperatur fallen.

Trotz der Höhe und der herrschenden Dunkelheit konnte ich relativ viel erkennen. Da waren die unter uns liegenden Berghänge. Auf ihnen lag dicker Schnee, sodass dieses Gebiet heller schimmerte.

Ich achtete auf den Lauf der Motoren und konnte zufrieden sein. Sie liefen ruhig, da war nichts, was sie störte. Die McLellans hatten den Vogel gut in Schuss gehalten. Sicherlich war er regelmäßig gewartet worden.

»Ich sehe die Schädel nicht mehr«, sagte Suko.

Ich wurde hellhörig und schaute selbst nach.

In der Tat war von den schimmernden Köpfen nichts mehr zu entdecken. Nur die düsteren Schatten der Berge, deren Kämme ein wellenförmiges Muster in die Finsternis zeichneten.

»Die müssen hinter dem Kamm verschwunden sein«, sagte Suko.

Darin stimmte ich mit ihm überein.

Da wir ziemlich schnell flogen, rückten auch die Bergrücken entsprechend rasch näher. Nicht mehr lange, und ich musste mit der Piper über sie hinwegsetzen.

Ich betätigte das Höhenruder, und wir gewannen wieder an Höhe. Wenn ich die Sachlage richtig einschätzte, schwebten wir bereits über dem welligen Bergkamm.

Ich hatte mir einen Einschnitt ausgesucht, der auf dem Bergrücken wie der Längsschnitt einer Schüssel wirkte. Über ihn wollte ich hinweg. Eis und Schnee glitzerten unter uns. Ich stellte fest, dass dieses Feld ziemlich lang und auch breit war.

Eine weite Senke befand sich unter uns. Auch als großes Tal anzusehen. Umrahmt wurde es von zahlreichen Bergen, die wie stumme Wächter dastanden und dicke, weiße Hauben trugen.

Wenn die Schädel diesen Kurs genommen hatten, was wir beide hofften, dann mussten wir sie sehen.

»Verdammt, wo können die nur stecken?« Suko hatte sich nach rechts gebeugt, um aus dem Fenster zu blicken.

Ich konzentrierte mich auf den Flug. Die Piper verlor etwas an Höhe, ich ließ sie noch weiter sacken, um meinem Freund eine bessere Sicht zu ermöglichen, und hörte einen Augenblick später seinen wütend klingenden Schrei.

»Verdammt, die greifen uns an, John! Sie kommen von unten! Jetzt zeig mal, was du kannst ...«

Suko hatte gut reden. Ich war kein Pilot. Ein Flugzeug dieser Größe konnte ich zwar fliegen, mehr aber auch nicht. Kapriolen oder riskante Ausweichmanöver waren nicht drin. Da wurden meine bescheidenen Kenntnisse und Kräfte überfordert.

Es hätte mich zudem gewundert, wenn es anders gekommen wäre. Bisher war alles zu glatt gegangen. Die Schädel hatten sich auf eine gewisse Art und Weise kooperativ gezeigt, nur hatten sie eben den günstigsten Zeitpunkt abgewartet und uns zudem in dieses weite Tal gelockt.

Die Warnung meines Freundes traf mich unvorbereitet. Vor Schreck zog ich die Maschine in die Höhe, und wir hatten Glück, dass der Winkel nicht zu steil wurde.

»Willst du einen Looping probieren?«, fragte mich Suko.

»Später, Dicker, später …« Ich konzentrierte mich stark auf das Ausweichmanöver. Ich musste einfach weg, aber die Schädel würden uns kaum die Chance lassen. Sie waren schneller, sie waren beweglicher, und sie tauchten vor den Scheiben der Piper auf.

Zwei waren es, die mich an verzerrte und angemalte Ballons erinnerten. Die Schädel tanzten, sie schoben sich einmal nach links, dann wieder nach rechts, bewegten sich so hin und her, als hingen sie beide an einem Faden zusammen.

Ich hielt auf sie zu!

Die beiden Köpfe wischten gedankenschnell zur Seite. Fast hätte ich sie mit den Tragflächen berührt, dann waren wir vorbei, doch schon erschien der Nächste.

Wie ein makabrer Kasper hing und bewegte sich der schreiende Totenkopf vor uns in der Luft. Er hatte sein Maul aufgerissen, vielleicht brüllte er auch, wir hörten es im Lärm der Motoren nicht, spürten dafür allerdings den Schlag gegen die Außenhaut des Flugzeugs. Dem Hieb folgte ein dumpfes Echo. Die Schädel versuchten, die Piper aus der Luft zu holen.

Diese Befürchtung teilte auch Suko. Er schaute mich an. Ich las die Sorge auf seinem Gesicht und winkte ab. »Ja, ich weiß, wir werden zusehen, dass wir landen.«

Als ich diese Sätze sprach, hatte ich den schreienden Totenschädel nicht aus den Augen gelassen. Von ihm war nur der Kopf zu sehen. Den Körper konnte ich nur ahnen.

Er bewegte sich so hastig, als würde er an einem Band hängen. Einmal rauf, einmal runter, und er war nicht allein, denn er schickte die anderen Köpfe vor.

Sie kamen nicht von oben, sondern aus der Tiefe. Dort

schossen sie hoch und befanden sich im Nu neben den Scheiben der Maschine. Es war für mich klar, was sie vorhatten. Und im nächsten Moment wurde mein schrecklicher Verdacht bestätigt.

Gegen die Scheibe hieb ein Kopf.

Für Bruchteile von Sekunden sah es so aus, als würde er festkleben. Ich konnte die hässlichen Züge genau sehen, das Leuchten in den Öffnungen, und im nächsten Moment wurde der widerliche Schädel zur Seite gefegt.

Die Scheibe hatte gehalten.

Doch wie würde es beim nächsten Angriff aussehen? Konnte sie dem Ansturm dann noch widerstehen?

Sie versuchten es zu zweit. Diesmal an Sukos Seite. Der Inspektor saß angespannt auf dem Sitz des Co-Piloten. Seine Augen waren starr und weit aufgerissen, und er zuckte zusammen, während die beiden Köpfe gegen die Scheibe hieben.

Ich biss die Zähne zusammen. Von einer Landung hatte mein Freund gesprochen.

Okay, das war einfach gesagt, aber wie sollte ich, ein unerfahrener Pilot, in der Dunkelheit auf diesem Boden einen Landeplatz finden?

Das konnte nur eine Bruchlandung geben.

Die Frontscheibe kriegte plötzlich Risse, die ein verworrenes Muster bildeten.

Ich fragte mich, ob die Scheibe der nächsten Attacke standhalten konnte. Wahrscheinlich nicht, so blieb mir nichts anderes übrig, als die Nase der Piper zu senken und nach einer Landemöglichkeit Ausschau zu halten. Irgendwo in diesem Tal musste es eine freie Strecke geben, auf der ich die Maschine einigermaßen heil nach unten bringen konnte.

»Du bist zu schnell!«, rief Suko. »Verdammt, geh doch nicht so steil nach unten …«

Ich sagte nichts, obwohl er Recht hatte. Zudem musste ich mit der Geschwindigkeit heruntergehen, sonst würden wir das weite Tal durchrasen und irgendwo an einem Hang zerschellen.

Begleitet wurden wir von den Schädeln. Manchmal

streifte das türkisfarbene Licht die Scheiben der Piper und drang auch in das Innere der Maschine, wobei es über unsere Gesichter glitt und diese seltsam fahl aussehen ließ.

Noch liefen die Motoren. Meine große Befürchtung, dass sich die Schädel in die Propeller werfen würden, hatte sich bisher nicht bestätigt. Vielleicht hatten sie Angst, von den messerscharfen Flügeln zerstört zu werden.

Bestimmt war die Piper mit einem Landescheinwerfer ausgerüstet. Wo der allerdings einzuschalten war, wussten weder Suko noch ich.

Dann erfolgte ein so wuchtiger Angriff, dass die Scheibe vor uns zerstört wurde.

Das Splittern des Glases hörten wir nicht. Der Flugwind jaulte in das Cockpit und nahm mir für einen Moment die Luft. Der Splitterregen traf zum Glück nicht unsere Gesichter, sondern wischte über unsere Köpfe hinweg, wobei er gegen die Innenverkleidung an der Decke stieß.

Augenblicklich begannen meine Augen zu tränen. Ich konnte nichts sehen und vollführte auf makabre Art und Weise einen Blindflug.

Unsere Chancen sanken! Und die Schädel ließen uns nicht in Ruhe.

Sie hatten sich meinen Freund als Angriffsziel ausgesucht, wirbelten durch die zerstörte Scheibe und wollten dem Inspektor an den Kragen. Losschnallen konnte sich Suko nicht. Es wäre zu gefährlich gewesen, und so war mein Partner behindert, als er seine Waffe ziehen wollte.

Der Schädel hieb gegen seine Brust, auch ein zweiter war schon da, und Suko befand sich innerhalb weniger Lidschläge in einer gefährlichen Lage.

Das bekam auch ich mit.

Leider konnte ich meinem Freund nicht direkt helfen, da ich mich auf den Flug konzentrieren musste, aber ich wollte etwas tun und zog meinen Dolch, den ich Suko nach rechts reichte. »Nimm ihn!«, brüllte ich gegen den brausenden Wind.

Mein Freund nickte. Das jedoch sah ich nicht, denn ein Windstoß schüttelte die Piper durch. Zudem drang er in das Innere der Maschine. Er riss wieder Splitter los, erfasste auch einen der Schädel und schleuderte ihn in meine Richtung.

Suko kümmerte sich um den zweiten. Der hatte sich tatsächlich bei ihm festgebissen.

Das Leuchten innerhalb der makabren Hülle schien noch intensiver geworden zu sein.

Mit dem geweihten Dolch stieß er zu.

Er hatte Glück, denn die Klinge glitt durch eine Augenhöhle in das Innere des Schädels. Der Magie des geweihten Silberdolchs hatte auch der Schädel nichts entgegenzusetzen. Die Klinge riss ihn auf, zerstörte seine Kopfplatte, und die Reste dieses makaber aussehenden Totenkopfs rutschten von Sukos Schoß zu Boden.

Ich hatte noch mehr Geschwindigkeit zurückgenommen. Die Motoren liefen jetzt im unteren Bereich. Ihre Lautstärke hatte sich verringert, sodass das Pfeifen des Windes jetzt lauter zu hören war. Der Sturm heulte in das Cockpit, ich machte meinen Hals lang und schaute schräg nach unten, wo ich bereits den Boden sah.

So tief waren wir mittlerweile schon.

Bisher hatte ich immer das Gefühl gehabt, innerhalb einer schwarzen Watte zu fliegen, nun sah ich den Grund, wobei ich allerdings nicht erkennen konnte, ob er nun flach, schräg oder gewellt war.

Einfach nur schwarz ...

Die Schädel umkreisten uns. Sie griffen nicht mehr an. Vielleicht wollten sie abwarten, ob wir es schafften. Unter Umständen rechneten sie auch damit, uns nach der Landung völlig wehrlos zu sehen, das alles konnte passieren.

Und wie weit war das Ende des Tals noch entfernt?

Ich strengte meinen Blick an, konzentrierte mich dabei auf die schwarze Wand, und mir kam sie vor wie eine gefährliche, alles zerstörende Mauer. Würde es mir gelingen, die Maschine noch vor Erreichen dieser Wand aufzusetzen?

Ich zitterte und bebte innerlich. Die Angst, es nicht zu schaffen, raste in mir hoch. Mein Hals war trocken. Dafür lag der Schweiß auf meinem Gesicht wie eine dicke Schicht.

Das Herz klopfte wild.

Trotz des rauschenden Fahrtwindes spürte ich die Echos der Schläge hinter meiner Stirn.

Obwohl ich die Fluggeschwindigkeit stark zurückgenommen hatte, kam sie mir weiterhin mörderisch vor.

Wann musste man landen – wann konnte man landen?

Verdammt, ich hatte keine Ahnung. Sehen konnte ich auch nicht mehr viel. Der kalte Wind biss in mein Gesicht und ließ die Augen tränen.

Ich senkte die Maschine noch tiefer.

Die nächsten Sekunden würden alles entscheiden.

Weiter mit der Geschwindigkeit zurück.

Suko saß gespannt neben mir. Seine rechte Hand umklammerte den Dolchgriff, seine Gesichtszüge schienen zu einer Maske eingefroren zu sein. Starr war sein Blick nach vorn gerichtet, die Mundwinkel zuckten.

»Jetzt!«

Obwohl ich Sukos Stimme nicht hörte, las ich die Worte von seinen Lippen ab.

War es soweit?

Ja, ich bekam Kontakt.

Plötzlich berührten die Räder den Grund; sie rumpelten über eine Fläche. Die Maschine wurde geschüttelt, sie reagierte wie ein störrisches Tier, eine andere Kraft drückte sie wieder in die Höhe, dann fiel sie auf die Landeräder zurück, und die Geschwindigkeit war noch immer so groß, dass die Piper weitergetrieben wurde.

Wohin?

Vielleicht gegen die Wand?

Mein Blut war in Wallung geraten. Steif und nach hinten gedrückt saß ich auf dem Pilotensitz. Inzwischen hatte ich mich an die neue Geschwindigkeit gewöhnt, die noch immer so hoch war, als würde ich in einem Rennwagen sitzen.

Wahnsinn! Das war der totale Wahnsinn. Und meine

Gedanken wurden unterbrochen, als die Maschine von einem Schlag geschüttelt wurde, der die Piper nicht nur tanzen ließ, sondern auch herumriss und dabei zur rechten Seite drückte, wobei sie mit der Spitze ihrer Tragfläche den Boden berührte.

Wie eine Rakete wischte ein Teil der Fläche davon. Ich sah sie nicht mehr und auch keinen Propeller an der rechten Seite. Plötzlich war alles anders.

Wir jagten nicht mehr nach vorn auf die düstere Bergwand zu, sondern drehten uns.

Wie ein Kreisel wurde die Piper um die eigene Achse gewirbelt, schwankte dabei, schlug auch mit der linken Tragfläche auf den Boden, und beide hörten wir das Knirschen und Splittern, das unsere Nervenstränge strapazierte.

Allmählich ging die Piper zu Bruch.

Diese Landung hatte sie nicht überstanden. Wir konnten auch nichts tun, um die Bewegung zu stoppen, sondern saßen nur da und hörten, wie das nächste Teil an der Piper brach.

Die Räder knickten weg wie Attrappen.

Urplötzlich sackten wir zusammen. Wir hatten das Gefühl, in einem nach unten rasenden Lift zu sitzen, aber nur für den Bruchteil einer Sekunde, dann erfolgte der Aufschlag, und der schüttelte die Maschine durch.

Grauenhaft …

Von einer Seite zur anderen flogen wir. Ich konnte mich nicht mehr halten, verlor jetzt die Kontrolle über meinen Körper, denn die Maschine drehte sich noch schneller.

Sehen konnte ich ebenfalls nichts mehr, denn sie wirbelte Staub und Dreck auf.

Es war aus.

Was nun folgte, konnten wir nicht mehr beeinflussen. Da hatten andere Kräfte die Regie übernommen, und die machten mit uns, was sie wollten.

Wo es bei dieser wilden Bewegung überall krachte und splitterte, bekamen wir nicht mit. Die metallene Außenhaut riss, als bestünde sie aus dünnem Papier. Überall gab es plötzlich Lücken. Glasscherben wurden wie von gewaltigen Händen gepackt und zur Seite geweht oder in die Maschine geschleudert, wobei auch wir nicht verschont blieben und von dem Splitterregen getroffen wurden.

Es war nicht mehr zum Aushalten.

Ich dachte nur noch daran, dass es irgendwann aus sein müsste.

Zudem hatte ich das Zeitgefühl verloren. Ich wusste nicht, wie lange wir diese Tortur schon durchstanden.

Wieder brach etwas zusammen. Die Streben und Verankerungen knirschten, bogen sich durch.

Ich hatte instinktiv meine Hände über den Kopf geschlagen, um mich zu schützen, und dann erhielt das Flugzeug noch einen regelrechten Schub nach vorn, als hätte jemand hinter der Maschine gestanden und sie nach vorn geschoben.

Ein Krach, ein Bersten, das Kreischen von Metall, das sich fast menschlich anhörte, die Schnauze, die plötzlich platt wurde und wie ein Meißel in die Erde jagte.

Das war das Ende.

Ich selbst wusste nicht, wo oben, unten oder rechts und links war. Alles in meiner Umgebung verschwamm, wurde seifig, irgendwie träge, und ich fühlte mich wie ein Mensch, den man durch eine Mangel gedreht hatte.

War es das Ende?

Wenn sich das Ende in einer lastenden und drückenden Stille bemerkbar machte, dann schien es nicht schlimm zu sein. Jedenfalls dachte ich dies. Und da ich denken konnte, bewies es mir, dass ich noch lebte.

Jemand stöhnte.

Ich hörte es zwar, registrierte es nur nicht so genau. Als sich das Stöhnen zweimal wiederholte, da stellte ich fest, dass ich es gewesen war, der diesen Laut ausgestoßen hatte.

Ich öffnete die Augen.

Sehen konnte ich nichts. Das hatte seinen Grund, denn

ich selbst deckte meinen Kopf mit den Armen ab, und erst als ich die Hände nach unten fallen ließ, da erkannte ich meine Umgebung.

Noch immer saß ich festgeschnallt auf dem Pilotensitz. Die Gurte hatten gehalten.

Mein Blick fiel nach vorn. Er tastete über die Instrumentenanlage, und nichts war wie beim Start.

Verbogenes Metall, herausgefetzte Armaturen, dazu ein widerlicher Gestank von verschmorten Kunststoff, all das registrierte ich in den nächsten Sekunden, wobei ich mich gleichzeitig freute, es überstanden zu haben.

Mein Blick glitt nach links. Suko saß rechts von mir, deshalb nahm ich seine Bewegung aus den Augenwinkeln wahr, denn mein eigentlicher Blick ging in die andere Richtung.

Dort war nichts mehr wie zuvor.

Die linke Seite der Maschine war völlig eingedrückt worden, und dazu zählte ich auch den Ausstieg. Die Tür hing wie ein Fetzen Blech verklemmt im Rahmen, und das Dach über mir war eingedrückt, verkantet, wobei Streben frei wie dicke Finger in das Innere wiesen.

Diese Maschine hatte nur noch Schrottwert. Ich hatte eine perfekte Bruchlandung hingelegt, aber wir lebten!

Suko sagte soeben: »Im Himmel bin ich nicht. Da stinkt es nicht nach verbrannten Kabeln, und auch dich würde ich da nicht sehen, John.«

Ich hustete. »Da denke ich ähnlich, Alter.«

»Und jetzt?«

»Kannst du dich bewegen?«

»Nur wenn ich mich losschnalle.«

»Versuch es.«

Suko drehte sich auf die Seite, und auch ich probierte es, das Schloss des Sicherheitsgurtes zu lösen.

Es klappte.

Innerhalb weniger Sekunden waren wir frei und dennoch gefangen, denn durch den normalen Ausstieg würden wir nie gelangen. Da brauchten wir schon Schweißbrenner, um die Tür aufzubekommen.

Suko fluchte ebenso wie ich. Diese zerstörte Piper war

für uns wie ein Grab aus Metall. Nach einem ersten Rundblick blieb nur eine Möglichkeit für uns.

Wir mussten durch die zerstörte Frontscheibe klettern. So gut es ging, tastete ich meinen Körper ab.

Bewegen konnte ich mich unter großen Schmerzen, aber verletzt war ich nicht. Und so schob ich mich hoch.

Wie ein Schlangenmensch glitt ich über die zerstörten Cockpitarmaturen, und es gelang mir, meinen Kopf nach draußen zu schieben. Dann musste ich die Beine anziehen, irgendwo stemmte ich die Füße ein und gab meinem Körper neuen Schwung.

Die rechte Tragfläche sah ich überhaupt nicht mehr, als ich den Kopf drehte. Wahrscheinlich lagen Stücke von ihr irgendwo im Gelände herum. Ihr Gegenstück an der anderen Seite ragte wie ein Stummel in den nachtdunklen Himmel. Wo er aufhörte, erinnerte er mich an die Zacken eines Kamms.

Noch ein kleines Stück schob ich mich vor, dann konnte ich zu Boden springen.

Ich landete sicher und sah zum ersten Mal, wo wir überhaupt runtergekommen waren.

Selbst ein erfahrener Pilot hätte bei den Bodenwellen und Löchern wohl keine astreine Landung hinlegen können.

Ich schaute zurück und sah meinen Freund Suko, der meinem Beispiel folgte. Er verließ die Maschine auf dieselbe Art und Weise wie ich, sprang nach unten und stand aufatmend neben mir.

»Alles klar?«, fragte er.

»So einigermaßen.«

Der Chinese nickte. »Dann können wir ja.« Er reichte mir meinen Dolch. »Der ist bei dir besser aufgehoben. Wo sind die Schädel?«

Ich deutete in die Luft. »Bisher habe ich nichts von ihnen zu Gesicht bekommen.«

Auch Suko schaute nach oben, wobei er den Kopf drehte und die Schultern hob. »Tatsächlich.« Er grinste. »Die scheinen sich auf deine Flugkünste verlassen zu haben.«

»Meckern auch noch, wie?«

»Sag bloß, du hast die Maschine glatt gelandet ...«

Als ich die Hand zur Faust ballte, hörte Suko auf und lachte. Schnell wurde er wieder ernst. »Suchen wir die Schädel?«

»Ja, denn sie können sich ja nicht in Luft aufgelöst haben.«

»Das sagst du so einfach. Manchmal glaube ich, dass bei denen alles möglich ist.«

Ich wollte auch von der Maschine weg. Wir hatten zwar kein Feuer gesehen, dennoch den schmorenden Kunststoff gerochen. Dies deutete auf einen Schwelbrand hin, der leicht in ein Feuer ausarten konnte.

Trotz der Dunkelheit war leicht zu erkennen, dass wir innerhalb eines großen Tals gelandet waren. Soweit wir sehen konnten, wurde es von den Bergen umrahmt. Sie waren ziemlich hoch. Auf ihren Spitzen schimmerte hell der Schnee.

Und Schnee lag auch an einigen Stellen des Tals. Lange, weiße Flächen, die irgendwann aufhörten.

Wir blieben nicht mehr stehen, sondern machten uns auf den Weg. Es spielte keine Rolle, in welche Richtung wir liefen, denn die Schädel konnten überall lauern.

Der Boden war mit natürlichen Stolperfallen übersät. Da lagen ziemlich viele Steine herum, dazwischen wuchs karges Gras. Dann mussten wir durch Schnee gehen und sanken manchmal bis zu den Schienbeinen ein.

Ich wurde sauer. »Die haben uns ganz schön kaltgestellt!«, fluchte ich.

»Meinst du, dass die Schädel wieder zurückgeflogen sind?«

»Ja.«

»Ich bin mir da nicht so sicher.«

»Wieso?«

Suko hob die Schultern. »Vielleicht war dieses Tal hier das Ziel der Köpfe.«

Ich blieb stehen. »Welch einen Grund sollten sie gehabt haben?«

»Den müssen wir herausfinden.«

»Ja, wenn sie sich zeigen würden.«

Nach diesen meinen Worten drehte sich Suko um, und sein Arm schnellte nach vorn. »Da, John, die Maschine.«

Auch ich schaute jetzt hin. Nur gut, dass wir uns von der Piper entfernt hatten, denn wir sahen beide die kleinen Flammen, wie sie über die abgebrochene Tragfläche tanzten.

»Die fliegt gleich in die Luft!«

Suko hatte die Worte kaum ausgesprochen, als es schon geschah. Der Treibstoff stand in Flammen, und es kam zu der von uns befürchteten Explosion.

Plötzlich zerplatzten die Reste der Piper wie eine reife Frucht. Eine gewaltige Stichflamme fuhr lodernd in den dunklen Himmel und erhellte die unmittelbare Umgebung der Maschine mit ihrem rötlichen Schein. Ein irres Schauspiel, auf eine gewisse Art und Weise faszinierend, und glühende Blechteile wurden himmelan geschossen, sodass sie wie kleine Raketen wirkten.

Als sie zurückfielen und auf den Boden prallten, da glühten sie nicht mehr.

Wir hatten uns unwillkürlich geduckt. Es war unnötig, denn wir befanden uns so weit vom Schauplatz des Geschehens entfernt, dass wir von den Trümmern nicht erreicht werden konnten.

Der Wind allerdings trieb uns die Wärme entgegen, die von dem brennenden Wrack ausging.

Für wenige Minuten fanden die Flammen genügend Nahrung, um hoch auflodern zu können, danach sanken sie zu einem Schwelbrand zusammen, sodass nur schwarzer, fetter Rauch träge durch das weite Tal zog.

Die Schädel hatten sich vornehm zurückgehalten. Meiner Ansicht nach mussten sie in irgendwelchen Verstecken lauern, falls sie nicht doch zurückgeflogen waren.

Wir diskutierten miteinander und entschieden uns, auf einen Berg zu klettern, falls dies möglich war. Wir mussten einen Übergang aus diesem Tal finden, denn mit einer Straße konnten wir in dieser Gegend nicht rechnen.

Vor uns lag ein beschwerlicher Weg. Zudem besaßen

wir nicht das richtige Schuhwerk. Meine Füße steckten zwar nicht in Tangoslippern, dennoch erwies es sich als mühselig, mit den Halbschuhen über den Steinboden zu laufen.

Mit allem hatte ich gerechnet, nur nicht damit, dass wir uns in einem einsamen Tal des schottischen Hochlandes wiederfinden würden. Wer hätte das voraussehen können? Ich auf keinen Fall.

Und wir gingen weiter. Der Weg führte ein wenig bergan, wir näherten uns den Hängen. Hin und wieder warfen wir einen Blick zurück.

Die Piper verkohlte. Sie glühte noch nach, wir rochen manchmal die Schwaden, wenn sie vom Wind in unsere Richtung getrieben wurden.

Das Leuchten entdeckte ich.

Türkisfarben glühte es vor uns auf, etwa in halber Höhe des Hanges. Da hockte ein Schädel.

»Sie sind also doch noch da«, flüsterte Suko und atmete scharf ein. »Habe ich mir fast gedacht.«

Ich war stehen geblieben, beobachtete den Schädel und lud meine Beretta nach. »Okay«, erwiderte ich, »ihn haben wir gesehen, die anderen werden auch noch da sein, aber was ist mit dieser Totenkopf-Brigade? Oder mit dem Schwarzen Tod?«

»Der ist vernichtet.«

Ich verzog den Mund. »Der Meinung war ich bisher auch, aber die anderen haben so überzeugend gesprochen, dass es mir einfach nicht in den Kopf will. Da muss noch ein Rest vorhanden sein.«

»In diesem Tal?«

»Warum nicht?«

Mein Freund hob die Schultern. »Ich weiß nicht so recht. Vielleicht kommt es auch daher, dass ich bei allem, was mit dem Schwarzen Tod zusammenhängt, allergisch reagiere. Wenn das Tal mit schwarzer Magie gefüllt ist, müsste dein Kreuz reagieren.«

Da hatte mich Suko auf eine Idee gebracht. Ich streifte mir die Kette über den Kopf, ließ das Kreuz auf meiner Handfläche liegen und schaute es mir an.

Es hatte sich leicht erwärmt, sah allerdings ansonsten so aus wie immer. Nein, da tat sich nicht viel.

»Jetzt ist der Schädel wieder weg«, erklärte Suko.

»Vielleicht war er ein Wegweiser.«

»Für uns?«

»Ja. Gehen wir also in diese Richtung, wo wir ihn gesehen haben. Liegt ja fast auf dem Weg.«

Da hatte ich Recht, denn wir brauchten uns nur ein wenig nach rechts zu wenden, um den Punkt ansteuern zu können, wo wir den Schädel gesehen hatten.

Ich fragte mich, welche Überraschungen dieses Tal noch bereithalten würde, und die erste erlebten wir in den nächsten Sekunden, denn vor uns wurde es allmählich hell.

Es war kein weißes Licht, sondern ein rötliches, und es wurde auch nicht von irgendwelchen Lampen ausgestrahlt.

Steine zeigten sich dafür verantwortlich.

Sie glühten auf einmal in dieser magischen und ein wenig unheimlich wirkenden Farbe.

Dabei blieben sie nicht in ihrem normalen Zustand, denn auf ihren uns zugewandten Flächen erschienen Gesichter.

Dämonische Fratzen.

Fratzen, die ich kannte, und ich hatte plötzlich das Gefühl, am Eingang zur Hölle zu stehen …

Glenn Kelly arbeitete als Product Manager einer großen Reifenfirma und gehörte zu den Leuten, die Erfolg im Beruf hatten.

Mit zwanzig in die Firma eingestiegen, war er jetzt mit vierzig so gut wie an der Spitze und räumte ab, wie er das Kassieren immer nannte. Hinzu kam sein gutes Aussehen, sodass er bei den Frauen Hahn im Korb war, denn er erinnerte irgendwie an den Schauspieler Alain Delon.

Sein Büro lag in der City von Glasgow. Er residierte im obersten Stockwerk und hatte von dort einen prächtigen Ausblick. Bei klarem Wetter sogar bis hin zu den Bergen.

Glück, Erfolg, Geld, Frauen – das alles war ihm in den Schoß gefallen. Er stand oben.

Auch an diesem Tag betrat er wie immer gegen neun sein Vorzimmer, nickte den beiden Chefsekretärinnen zu und schloss wenig später die schalldichte Tür seines Büros hinter sich.

Der Schreibtisch bestand aus Palisanderholz, der Stuhl dahinter war mit weichem Leder überzogen, und die Wände des Zimmers präsentierten sich ebenfalls holzgetäfelt.

Jeden Morgen genoss er es, in diesem Zimmer zu sitzen und über seinen Erfolg nachzudenken. Für diesen Tag konnte er sich sogar länger Zeit nehmen. Die erste Besprechung stand erst um zehn an und würde nicht lange dauern, sodass er noch den Aerobic-Kurs besuchen konnte, um danach mit einem Kunden essen zu gehen.

Ein tolles Leben, das er führte, und all die Jahre hatten eigentlich das verdrängt, was in seinem Unterbewusstsein jedoch weiterschlummerte.

Er hatte den Erfolg nicht sich selbst zu verdanken, sondern einer Kraft, die kaum zu erklären war, die man jedoch mit dem Begriff schwarze Magie umschreiben konnte.

Am Beginn seiner Karriere hatte er mit drei Freunden zusammen okkulten Praktiken gefrönt. Sie hatten sich zu einem Bund zusammengeschlossen und diesem einen Namen gegeben.

Totenkopf-Brigade!

Aus vier Personen bestand diese Brigade. Vier Freunde, vier Gleichgesinnte, die nur ein Ziel hatten.

Dem Dämon zu dienen, der sie groß gemacht hatte.

Der Schwarze Tod!

Sie hatten von ihm gehört, in alten Schriften etwas über ihn gelesen, und Glenn Kelly war, wie die anderen drei auch, von ihm fasziniert gewesen. Dieser Schwarze Tod war ein so mächtiger Dämon, dass er in der Höllenhierarchie ganz oben stand.

Er war ihnen erschienen.

In einer sturmgepeitschten Nacht hatten sie ihn in

einem einsamen Tal des schottischen Hochlandes beschworen und ihn gebeten, ihnen Macht und Einfluss zu verleihen.

Der Schwarze Tod hatte sich einverstanden erklärt. Allerdings nur unter einer Bedingung, dass er, wenn er die vier einmal brauchte, auf sie zurückgreifen konnte.

Sie waren alle einverstanden!

Und sie hatten den Blutpakt mit dem Schwarzen Tod geschlossen. Von diesem Zeitpunkt an ging es mit jedem von ihnen bergauf. Sie alle machten Karriere.

Ob es nun Harry Gold war, Lionel Linton oder Jim Ecclow, sie gehörten zur Spitze. Jeder wusste über den anderen Bescheid, denn sie standen immer miteinander in Verbindung.

Anfangs dachten sie auch noch an ihr Versprechen. Je mehr Zeit verging, umso größer wurde das Vergessen. Sie hatten dem Dämon zwar einiges versprochen, aber der Mantel der Zeit deckte alles zu. Außerdem war die Karriere wichtiger.

Die anderen drei heirateten, während Glenn Kelly lieber Junggeselle blieb. Wenn er eine Frau haben wollte, nahm er sie sich. Ansonsten verschwendete er keinerlei Gefühle an das weibliche Geschlecht. Für ihn gab es nur das Geschäft und die Karriere.

Jetzt saß er auf dem Chefsessel und fühlte sich sauwohl. Die Vergangenheit hatte er vergessen. Zwanzig Jahre sind eine lange Zeit. Eine sehr lange sogar, da vergaß man sogar wichtige Dinge.

Die Sprechanlage summte. Da der grüne Knopf aufflammte, wusste er, dass ihn Molly, die Chefsekretärin ersten Ranges, sprechen wollte. Er hatte die beiden Hübschen eingestellt.

»Was ist denn, Molly?«

»Möchten Sie Ihren Kaffee?«

»Sicher.«

»Wie immer?«

»Ja, heute kann er ruhig stark sein. Ich verschwinde sowieso gleich zum Aerobic-Kurs.«

»Überanstrengen Sie sich nicht.«

»Keine Sorge, ich schaffe das schon.« Er unterbrach den Kontakt und lehnte sich zurück.

Molly kam eine Minute später. Auf einem Tablett stand die Tasse. Zucker und Milch standen ebenfalls bereit. Molly war knapp über dreißig. Sie hatte ihr kurzes Haar rötlich färben lassen. An diesem Tag trug sie eine hellblaue Thermohose und einen weiten Kittel, der bis zur Hüfte reichte.

»Sind Sie in Umständen?«, fragte Glenn Kelly grinsend.

»Wüsste nicht, von wem.«

Kelly lachte. »An Ihnen kann doch keiner vorbeigehen«, erklärte der Manager.

»Das sagen Sie so.«

»Vielleicht stoppe ich auch mal.« Er lächelte sein Anmachlächeln, und Molly wurde verlegen.

Glenn Kelly wusste genau, dass sie auch bei ihm schwach werden würde, aber er hatte da gewisse Prinzipien. Wenn er sich mit einer von ihm abhängigen Person in eine Situation begab, die man als verfänglich bezeichnen konnte, war das leicht von dieser anderen Person auszunutzen. Aus diesem Grund ließ er solche Eskapaden bleiben.

»Ich danke Ihnen, Molly.«

Sie nickte und ging. Wahrscheinlich führte sie dicht an der Tür bewusst diesen Hüftschwung aus, den sie so perfekt beherrschte. Jedenfalls war der Chef sehr angetan.

Er nahm zwei Stücke Würfelzucker, ein wenig Milch und rührte um. Seine Gedanken beschäftigten sich mit dem Abend. Da wollte er zu seiner Mutter fahren, die am gestrigen Tag fünfundsechzig geworden war. Er hatte da nicht kommen können, und deshalb wollte er den Geburtstag nachholen.

Langsam und genussvoll schlürfte er das heiße Getränk. Es tat gut, wenn der Kaffee von seinem Magen aus ein Frischegefühl ausbreitete.

Bei den amerikanischen Managern hatte er sich die lässige Haltung abgeschaut, als er die Beine auf den Tisch legte.

Diese Haltung entspannte, und er stellte die Kaffeetasse nebst Unterteller auf seinen Schoß.

Urplötzlich traf ihn der Schmerz!

Ein für ihn nicht sichtbarer Meißel schien sich seinem Kopf genähert und zugeschlagen zu haben. Es war ein Stich, der ihn so hart traf, dass er den Kaffee verschüttete und sich auf dem beigefarbenen Teppichboden ein dunkelbrauner Fleck ausbreitete.

Glenn Kelly fiel nach vorn. Dabei wollte er sich noch abstützen, doch das Gewicht war zu stark. Mit der Stirn berührte er die Platte des Schreibtisches und räumte mit dem linken Ellbogen das Milchkännchen zur Seite, sodass es umkippte.

So blieb er sitzen.

Und er spürte die Gedanken in seinem Kopf. Es waren fremde Gedanken, eingefasst in eine Stimme.

Kannte er sie?

›Erinnere dich, Glenn Kelly. Denke zwanzig Jahre zurück, was du damals versprochen hast! Weißt du es noch? Ich habe dir die Macht gegeben. Deine Freunde und du, ihr konntet schalten und walten. Ihr habt das erhalten, was ihr wolltet, nun fordere ich meinen Preis …‹

Glenn Kelly stöhnte.

Die Stimme war plötzlich verschwunden. Eine erste Warnung war sie gewesen, und als der Mann den Kopf hob, da zeigte sein Gesicht eine kalkige Blässe.

Es war so weit. Die Vergangenheit hatte ihn nach zwanzig Jahren eingeholt, und er wusste genau, was er zu tun hatte.

Glenn Kelly gehörte zu den Menschen, die sich nie in ihrem Leben gefürchtet hatten. Er war seinen Weg über Leichen gegangen, der Erfolg hatte ihm Recht gegeben, nun aber spürte er, dass sein Herz anfing, schneller zu schlagen.

Zwar breitete sich keine Angst in ihm aus, sondern eher ein dumpfes Gefühl, denn er wusste nicht, was ihn noch alles erwartete.

Konnte er wirklich die Dinge so in den Griff bekommen, die man von ihm verlangte?

Er stand nicht auf, sondern stemmte sich regelrecht in die Höhe. In diesen Augenblicken wirkte er wie ein gebrochener Mann, und als er auf den Füßen stand, da stellte er fest, dass seine Knie zitterten. Sie waren weich geworden, vor seinen Augen drehte sich das Zimmer, ihn schwindelte, und er musste erst einmal tief Luft holen.

›Du hast den ersten Schock überwunden, nehme ich an?‹ Wieder war die Stimme zu hören.

»Ja, verdammt, das habe ich.« Glenn Kelly blieb stehen und bog sein Kreuz durch.

›Dann weißt du, was du jetzt zu tun hast. Oder hast du meine Bedingungen vergessen?‹

»Nein.«

›Erfülle sie. Ich werde mich wieder melden. Und die anderen drei wissen auch Bescheid.‹

Es waren die letzten Worte des Dämons, denn die Stimme klang allmählich aus und verstummte.

Ein paar Mal atmete Glenn Kelly tief durch. Er schüttelte den Kopf, fühlte an seine Stirn und spürte den Schweiß, der zwischen seinen Fingern klebte. In all den langen Jahren hatte ihn selten etwas aus der Bahn werfen können. Nun aber war er geschafft, denn mit dieser Meldung hatte er nicht gerechnet.

Er blieb in seiner Haltung stehen, senkte den Kopf und schaute auf das Telefon.

Die Stimme hatte zwar davon gesprochen, dass auch die anderen drei informiert waren, doch Kelly wollte Sicherheit haben.

Er rief selbst an. Molly brauchte er nicht einzuschalten. Es gab da eine Freileitung, und die Telefonnummer kannte er auswendig.

Gold betrieb eine Autoreparaturwerkstatt und war zudem Besitzer eines Autosalons. Er führte nur exklusive Modelle und gehörte in Glasgow zur allerersten Gesellschaft.

Nach zweimaligem Verbinden bekam Kelly seinen Freund an den Apparat. Golds Stimme klang gepresst. Es schien so, als stünde er Höllenqualen aus, und Kelly wusste Bescheid.

»Du hast es also auch schon erfahren?«

»Ja, verdammt.« Gold atmete stöhnend. »Und ich hatte schon alles wieder vergessen.«

»Frag mich mal.«

»Was machen wir denn jetzt?«, erkundigte sich Harry.

»Wir müssen unser Versprechen lösen.«

»Aber das ist unmöglich. Denk doch mal daran, welche Positionen wir mittlerweile erreicht haben ...«

»Und wem hast du das zu verdanken?«, unterbrach Glenn seinen Freund.

»Verdammt, ich ...«

»Keine Ausflüchte, Harry. Beiß in den sauren Apfel und fertig. Wir können nicht anders.«

»Was sollen wir denn tun?«

Glenn Kelly lachte. »Sag bloß, du weißt es nicht«, erwiderte er. »Was haben wir uns damals in der Höhle versprochen?«

»Dann willst du dorthin?«

»Natürlich«, erwiderte Glenn Kelly. »In dem Tal hat alles begonnen, dort müssen wir uns stellen.«

»Was kann er nur von uns wollen?« Harrys Stimme flatterte.

»Keine Ahnung.«

»Meine Güte, Glenn, ich werde noch verrückt. Vielleicht hat uns einer auf den Arm genommen ...«

»Nie, die Stimme war echt.«

»Woher willst du das nach so einer langen Zeit wissen?«, fragte der Autohändler. »Ich denke da anders drüber. Da hat sich einer einen Scherz erlaubt.«

»Und wer?«

»Keine Ahnung.«

»Hast du unser Gelöbnis gebrochen?«, erkundigte sich Glenn Kelly mit lauernder Stimme.

»Wie ...?«

»Wir haben uns damals versprochen, mit keinem Menschen je darüber zu reden. Du bist verheiratet, Harry, deine Frau ...«

»Sie weiß nichts.«

»Dann ist es gut.«

Harry Gold stöhnte tief auf.

»All right, Glenn, ich werde kommen.«

»Gut, ich schlage vor, dass wir in einem Wagen fahren. Welchen sollen wir nehmen?«

»Meinen Bentley. Der bietet am meisten Platz.«

»Wir treffen uns bei dir. Und vergiss die beiden wichtigen Dinge nicht.«

»Welche …«

»Jetzt stell dich nicht dümmer an, als du bist!«, zischte Glenn Kelly böse. »Du weißt genau, wovon ich spreche.«

»Ja, ich habe verstanden. Wann bist du bei mir?«

»Am frühen Nachmittag. Dann können wir unser Ziel am Abend erreicht haben.«

»Gut, bis dann.« Harry Gold legte auf.

Glenn Kelly schaute auf das Telefon. Er hatte seine Stirn in Falten gelegt. Wohl war ihm auch nicht bei der ganzen Sache, aber dass er so gehandelt hätte wie Harry, das wäre ihm nicht in den Sinn gekommen. Aus dessen Worten hatte die Angst geklungen, und Angst brauchten sie wirklich nicht zu haben. Schließlich stand ihnen der Dämon nicht als Feind, sondern als Freund gegenüber.

Er hatte ihnen damals geholfen, war ihnen zur Seite getreten und hatte dafür gesorgt, dass sie ein Leben ohne finanzielle Belastungen führen konnten. Was sie anpackten, das lief. Da gab es keinen Ärger, keine Rückschritte, alles war in Ordnung. Und sie hatten gewusst, dass nichts umsonst war. Auch ein mächtiger Dämon wie der Schwarze Tod forderte seinen Preis.

Ob er noch in der Höhle steckte?

Plötzlich lachte Glenn Kelly. Er erinnerte sich sehr deutlich daran, wie sie zusammengesessen und den Dämon beschworen hatten. Sein Bild war ihnen bereits des öfteren aufgefallen, sie hatten es auf alten Zeichnungen gesehen, und eigentlich war Jim Ecclow die treibende Kraft gewesen. Er hatte vorgeschlagen, es doch einmal mit einer Beschwörung zu versuchen. Man sollte die Kräfte der Hölle für sich gewinnen. Sie mussten für die Menschen arbeiten und nicht umgekehrt.

Glenn Kelly verließ seinen Schreibtisch und ging dorthin, wo die lange Schrankwand eingebaut war. Sie hatte mehrere Türen, und es gab ein Fach, zu dem er allein den Schlüssel besaß.

Glenn griff in die Tasche, holte seine Geldbörse hervor und zog den Reißverschluss an der Seite auf. In einem kleinen Fach steckte der flache Schlüssel, den Kelly herausnahm und in das passende Schloss steckte.

Dreimal drehte er ihn.

Die kleine Tür klappte auf. Er konnte in das Fach hineinsehen und lächelte.

Ja, da lagen die Utensilien. Und sie sahen noch so aus wie vor zwanzig Jahren.

Da war das gelblich schimmernde Gebein der beiden Totenschädel. Sie lagen genau auf der gelben Kutte. Er und seine Freunde hatten diese Kutten bei der Beschwörung getragen.

Jetzt würden sie sie abermals überstreifen.

Nach zwanzig langen Jahren …

Kaum zu glauben. Seine Hände zitterten, als er die Schädel und anschließend die Kutte hervornahm. Behutsam trug er sie zum Schreibtisch und legte sie dort nieder.

Das waren ihre Utensilien. Jeder von ihnen besaß zwei solche Schädel und auch eine gelbe Kutte.

Wegen der Schädel hatten sie sich Totenkopf-Brigade genannt.

Plötzlich spielte ein Lächeln um seine Lippen, das allerdings erstarrte, als ihn wieder dieser Stich traf, der quer wie ein Blitz durch seinen Kopf fuhr und ihn von einer Seite zur anderen ausfüllte.

Er ächzte.

Der Dämon war da, und Glenn Kelly wartete darauf, dass er sich meldete.

›Hast du alles erledigt?‹

»Ja.«

›Dann lass deine Arbeit liegen. Ich brauche dich jetzt, denn du darfst nicht vergessen, was du einmal geschworen hast.‹

»Ich weiß.«

›Bis später …‹

Kelly atmete tief durch. Er merkte, dass ihm ein wenig zittrig in den Kniekehlen geworden war und er sich hart zusammenreißen musste. Dann schüttelte er den Kopf, räusperte sich und holte seinen Pilotenkoffer unter dem Schreibtisch hervor. Er klappte ihn auf, verstaute dort die Utensilien und verließ sein Büro.

Molly war allein im Raum. »Wo kann ich Sie erreichen, Mr. Kelly, wenn etwas Dringendes anliegt?«

Kelly blieb stehen. »Überhaupt nicht, meine Liebe. Ich muss in einer privaten Angelegenheit weg. Ich bin für niemanden zu sprechen.«

»Dauert es länger?«

»Kann ich nicht sagen. Vielleicht bin ich morgen früh wieder da. Bis dann.«

Glenn eilte durch das Vorzimmer und verließ es. Die Tür schlug ziemlich heftig hinter ihm zu, und er ließ eine staunende Molly zurück, die ihren Chef und dessen Reaktionen nicht mehr verstand …

Die Steine zeigten Gesichter!

Wir erlebten wieder etwas Neues, etwas Unheimliches und Unerklärliches, und wir hatten das Gefühl, gefangen zu sein, denn die seltsamen Fratzensteine umgaben uns von allen Seiten. Dabei schlossen sie uns regelrecht ein, sodass wir uns im Mittelpunkt eines Kreises befanden.

Suko und ich waren stehen geblieben.

Beide fanden wir keine Erklärung. Es war ein Bild, das wir erst richtig in uns aufnehmen und begreifen mussten.

Vor uns sahen wir die Steine leicht ansteigen.

Die Gesichter waren auf uns gerichtet.

Starr, stumm und dennoch voller Hass und Grauen, denn die Dämonen, die wir auf den Steinflächen sahen, kannten wir.

Es waren die Wesen, die wir im Laufe der langen Jahre vernichtet hatten.

Und hier in diesem Tal sahen wir sie.

Als ich das erfasste, verspürte ich ein Schwindelgefühl.

Ich wollte es eigentlich nicht glauben und stieß Suko in die Seite, der zusammenzuckte.

»Träume ich?«

»Nein«, gab er leise zurück. »Du hast Recht, John. Das sind Gesichter, die wir kennen. Du müsstest sie alle schon mal gesehen haben, ich bin erst später zu dir gestoßen …«

Und wie ich sie gesehen hatte. Ich sah in meiner unmittelbaren Nähe Dr. Satanos. Das Gesicht der Asmodina war vertreten, die Fratze des Solo Morasso starrte mich ebenso an wie das Frauengesicht eines jungen Mädchens namens Damona, die einmal dem Satan sehr zugetan war. Die Vampire waren ebenfalls vertreten.

Bleich leuchtete das Gesicht des Dämons Fariac, ich sah schräg dahinter und schon halb auf dem Hang Maddox, den unheimlichen Richter, und auch Mr. Mondo konnte ich erkennen.

Sie alle starrten uns an.

Sie alle brannten ihre bösen Blicke gegen uns.

Und sie alle wollten etwas von uns!

So etwas hatten wir noch nie erlebt.

Ich war ehrlich genug, um meine Angst zuzugeben. Suko hatte ebenfalls ein ungutes Gefühl, denn auch er war blass geworden.

»Was hat das zu bedeuten?«, murmelte mein Freund. »Ich verstehe es nicht.«

Eine konkrete Antwort konnte ich ihm auch nicht geben, aber mir war eine Idee gekommen. »Es sind die Gesichter der von uns getöteten Dämonen. Der mächtigen Dämonen. In Stein hat man sie uns gezeigt. Sie sind nicht wirklich existent, können es auch nicht mehr, aber man kann die Materie manipulieren, wenn man sehr mächtig ist. So mächtig wie …«

»… der Spuk!«, vollendete Suko.

»Genau!«

Da hatten wir es. Für uns kam nur der Spuk in Frage, der uns diesen Streich gespielt hatte. Sofort jedoch überlegten wir weiter. Wenn der Spuk tatsächlich hinter diesem unheimlichen Phänomen steckte, wie kam es dann zu der Verbindung mit dem Schwarzen Tod und dieser seltsamen Totenkopf-Brigade sowie zu den fliegenden Schädeln?

Das war uns noch nicht klar, doch beide konnten wir uns darauf verlassen, irgendwann eine Antwort darauf zu erhalten.

»Sind der Spuk und der Schwarze Tod nicht Feinde?«, fragte mein Freund leise.

»Sie waren nie Freunde, sagen wir mal so. Und die Seelen der getöteten Dämonen leben im Reich des Spuks.«

»Auch die des Schwarzen Tods!«, stellte Suko fest.

Da hatte er etwas ausgesprochen, das ich nicht zu sagen gewagt hatte. Nur einmal hatte der Spuk eine Seele freigelassen. Es war die des Solo Morasso gewesen.

Auf Betreiben der Teufelstochter Asmodina hin hatte er sie freigegeben. Es war die große Ausnahme gewesen, aber was sollte den Spuk daran hindern, auch die Seele des Schwarzen Tods auf irgendeine Art und Weise wieder mit ins Spiel zu bringen?

Er war ein mächtiger Dämon. Ein Wesen, das man als Schatten bezeichnen konnte. Nicht fassbar, nicht greifbar. Den Menschen zeigte er sich als Schatten, doch er besaß auch eine andere Gestalt und einen dämonischen Namen, den kaum jemand aussprechen konnte.

Und er hatte noch mehr.

Kara, die Schöne aus dem Totenreich, suchte den Trank des Vergessens. Lange Zeit hatte sie danach geforscht, war immer wieder auf falsche Spuren gelockt worden und hatte schließlich erfahren müssen, dass sich der wertvolle Trank in den Händen des Spuks befand. Und was der einmal besaß, das gab er nicht her.

Das wusste auch Kara, denn sie war, um den Trank in ihren Besitz zu bringen, sogar zu einer Verräterin geworden.

Doch der Trank spielte in diesem Fall keine Rolle, deshalb beschäftigten sich meine Gedanken auch wieder mit den naheliegenden Problemen.

Und das waren die Steine.

Sie standen da, und nichts bewegte sich. Wir sahen die

Gesichter in ihnen, und wir entschlossen uns trotz allem, den Weg fortzusetzen.

»Bleiben wir dicht beieinander«, hauchte ich Suko zu, und mein Partner war einverstanden.

Die ersten Schritte setzten wir zögernd, denn jeder von uns hatte ein ungutes Gefühl.

Zwar hatte sich der Talkessel äußerlich nicht verändert, die Landschaft war gleich geblieben, dennoch spürten wir eine Atmosphäre der Gefahr, die uns umgab.

Sie war wie ein gewaltiges Dach, das über uns lag. Kaum zu fassen, so gut wie nicht zu durchdringen und dennoch vorhanden. Jemand hatte ein unsichtbares Netz aus schwarzer Magie hoch über unsere Köpfe gelegt, und dieses Netz schirmte das Tal ab.

Wie ferne, bläulich schillernde Sterne erschienen uns die Schädel, die in der Luft schwebten. Sie hatten sich wieder gesammelt.

Vier Schädel und ein fünfter, ein größerer, der sogar lachen konnte.

Das war McLellan!

Sein Gelächter schallte uns entgegen. Es wurde lauter, je näher er zu uns heranflog.

Wir waren stehen geblieben, weil wir ihn genau sehen wollten. Innerhalb weniger Sekunden befand er sich über unseren Köpfen und huschte vorbei.

Dann hörten wir seine Stimme: »Die Totenkopf-Brigade!«, schrie er. »Die Totenkopf-Brigade kommt. Sie wird dem Schwarzen Tod huldigen, denn er ist unser Herr!«

Allmählich wurde mir doch mulmig zu Mute, wenn ich solche Worte hörte. Er sprach so direkt vom Schwarzen Tod, dass wir das Gefühl bekommen konnten, dieser Dämon würde noch leben. Aber das stimmte nicht. Ich hatte ihn vernichtet, und er war auch nie wieder aufgetaucht. Der Spuk hatte seine Seele nicht freigegeben.

In meinem Innern brodelte es. Ich schaute dem schreienden Schädel nach, der wie ein Hauch entschwand und ein letztes Lachen hören ließ, das uns entgegenschallte.

»Der verhöhnt uns noch!«, knirschte Suko. »Ob er

weiß, was wir mit dem Schwarzen Tod ausgefochten haben?«

»Vielleicht.«

»Dann müsste er es vom Spuk wissen.«

Ich nickte. »Das hier ist doch das Werk des Spuks. Einen anderen kann ich mir nicht vorstellen.«

Die Schädel lauerten weiter. Zusammen mit den veränderten Steinen bildeten sie eine makabre Kulisse und gleichzeitig eine magische Front, die sich gegen uns stellte.

Unser Ziel waren die Berghänge. Und das ließen wir auch jetzt nicht aus den Augen, da konnten Steine und Schädel versuchen, was sie wollten, wir blieben jedenfalls am Ball.

Da sich mein Kreuz mit einer Reaktion zurückhielt, gingen wir davon aus, nicht in einer akuten Gefahr zu schweben. Man konnte sogar sagen, dass die feindlichen Kräfte uns in Ruhe lassen würden, bis zu einem gewissen Zeitpunkt, aber der war noch nicht erreicht.

Vielleicht wollte man uns an einen bestimmten Ort oder eine sichere Stelle locken, um ungefährdet zuschlagen zu können.

Mich überfiel ein kaum zu beschreibendes Gefühl, als ich die Gesichter in den Steinen näher anschaute. Wir passierten sie so nahe, dass wir die Einzelheiten erkannten. Jede Falte, jeden grimmig verzogenen Mund, den Hass in den Augen, die Wut und den Vernichtungswillen.

Was spielte man uns hier vor?

Im nächsten Augenblick erlebten wir, dass die Steine nicht stumm waren, sondern reden konnten.

Natürlich nicht die Steine, sondern die Gesichter in ihnen. Sie sprachen zu uns, öffneten ihre Mäuler, wir sahen seltsame Dämpfe aus ihnen dringen, und sie formulierten gleichzeitig Worte.

»Rache …«, so hörten wir. »Rache müssen wir nehmen. Ihr werdet getötet. Rache …«

Flüsternd nur war es zu vernehmen.

Gerade dieses Flüstern war so ungewöhnlich schaurig, und nicht nur ich bekam eine Gänsehaut, auch Suko fühlte sich nicht wohl.

Seine Hand lag auf dem Griff der Dämonenpeitsche, und mit einem Ruck zog er die Waffe aus dem Gürtel. Einmal schlug er den Kreis über den Boden.

Die drei Riemen rutschten hervor.

Ich wollte Suko nicht am Schlag hindern und blieb stehen, um ihm zuzuschauen. Er nahm sich das Gesicht des Vampirs Fariac vor.

»Rache …«, hörten wir, und Suko drosch zu.

Es war ein gedankenschnell ausgeführter Hieb, aber noch schneller war die Gegenmagie.

Bevor einer der drei Riemen auch nur mit der Spitze den Stein berühren konnte, war das Gesicht verschwunden.

So wie er von Natur aus war, sahen wir den Stein wieder vor uns.

Suko war konsterniert. »Verstehst du das?«, fragte er.

»Kaum.«

Voller Zorn schlug der Inspektor gegen den Stein.

Es geschah nichts. Der Stein blieb, wie er war. Er löste sich nicht auf, eine Magie war in seinem Innern nicht feststellbar.

»Weiter!«, drängte ich, denn ich wollte mich von den magischen Spielereien nicht aufhalten lassen. Unser eigentliches Ziel war wichtiger, und ich dachte dabei an meinen ehemaligen schlimmen Gegner, den Schwarzen Tod.

In diesem Talkessel musste etwas von ihm lauern. Nicht umsonst hatten wir zahlreiche Hinweise auf ihn erhalten, und während wir gingen, verblassten die Gesichter auf den Steinen allmählich.

Man kümmerte sich nicht mehr um uns.

Die Berge rückten näher. Auch der Weg wurde ein wenig steiler. Wir beugten unsere Körper vor. Der Bodenbelag veränderte sich. Auf der Oberfläche war der Schnee gefroren und hatte dort eine Kruste gebildet, die unter unserem Gewicht schnell zerbrach. Wir traten in den Matsch!

Suko und ich waren schon des Öfteren in anderen Dimensionen gelandet und dort gefangen genommen worden. Und wie in einer anderen Dimension fühlten wir uns auch in dieser Nacht, denn der Talkessel, in dem wir uns bewegten, war mit schwarzer Magie prall gefüllt, sodass man überhaupt nicht mehr glauben konnte, auf heimatlicher Erde zu sein.

Dann traf uns ein seltsam kalter Wind.

Es war nie windstill gewesen, doch plötzlich frischte der Wind auf, wir spürten seinen arktischen Atem in den Gesichtern und blieben beide stehen, ohne uns zuvor abgesprochen zu haben.

Wie zwei Statuen hielten wir uns an dem schräg laufenden Hang auf, schauten nach vorn und sahen abermals die Totenschädel, die sich tanzend in der Luft bewegten.

»Wenn sie jetzt näher kommen, schieße ich«, sagte ich.

»Du kannst ja auf den zielen«, erwiderte Suko lakonisch, während sein Arm nach vorn schnellte.

Auch ich schaute.

Wir sahen ihn beide.

Eine Gestalt, die man kaum als solche bezeichnen konnte, die noch schwärzer als die Nacht war, wobei sie wallte, als wäre sie ein Gebilde aus dunklen Wolken.

Und das kannten wir.

Schon des öfteren hatte er sich uns so gezeigt. Ob auf der Erde oder in seiner Dimension, es spielte überhaupt keine Rolle. Vor uns stand ein alter Bekannter.

Der Spuk!

Die Werkstatt Harry Golds lag in einem Prominentenvorort der Stadt Glasgow. Hier lebten auch die meisten Kunden, die sich die Nobelkarossen des Autohändlers leisten konnten. Gold wartete vor dem flachen Bürohaus, als Glenn Kelly seinen Wagen auf den Hof lenkte.

Gold winkte nach rechts, wo sich einige Parktaschen befanden. Glenn verstand. Er stellte sein Fahrzeug dort ab und stieg aus. Schon beim ersten Blick erkannte er, dass Harry Gold die Nachricht nicht so gut verkraftet hatte wie er.

Der Kumpel aus alten Tagen wirkte blass wie eine

Kinoleinwand. Er war auch kein Schautyp wie Kelly, sondern eher das Gegenteil. Gold hatte Fett angesetzt, einen Teil seiner Haare verloren, und sie wuchsen jetzt nur noch als blonder Kranz am Hinterkopf. Unter seinen Augen lagen Ringe, als hätte er schlecht geschlafen, die Wangenmuskeln zuckten, und er schluckte, obwohl sich gar nichts in seinem Mund befand.

»Dir geht es schlecht, nicht?«, sagte Glenn zur Begrüßung.

»Dir denn nicht?«

Kelly grinste schief. »Zumindest versuche ich, es mir nicht so anmerken zu lassen.«

»Ich kann eben nicht anders.«

»Und deine Frau weiß nichts?«

»Nein.«

Kelly nickte, holte eine Zigarette hervor und zündete sie an. »Wo sind Lionel Linton und Jim Ecclow?«

»Noch nicht da.«

»Sollen wir hier warten?«

»Entschuldige, aber ich vergaß, dich in mein Büro zu bitten. Verdammt, ich bin durcheinander.«

»Kann ich verstehen.«

Die beiden Männer schritten auf die Glastür zu. »Was kann der Grund für unser Treffen sein?«, fragte Gold. »Ich weiß überhaupt nichts. Kann mir nichts vorstellen.«

»Denk mal zurück.«

»Wieso?«

Glenn Kelly lachte, während die Glastür vor ihnen auf einen Kontakt hin zurückschwang. »Was haben wir denn dem Schwarzen Tod vor zwanzig Jahren versprochen, als wir ihn beschworen und sogar ein Abbild seiner Person herstellten?«

»Das war doch Kinderkram.«

Kelly blieb dicht hinter der Tür stehen. »Dass du Millionär geworden bist, ist das auch Kinderkram?«

»Nein, aber ich habe gearbeitet. Ich habe …«

»Das Glück der Hölle gehabt«, erklärte Kelly eiskalt und ging schon zur Treppe. Er kannte sich aus. Harrys Büro war in der ersten Etage. Dort hatten die Freunde schon öfter gesessen und sich unterhalten. Harry Gold hatte seine Sekretärin nach Hause geschickt, deshalb war das Vorzimmer leer, und die Türen zum Chefraum standen offen.

Glenn Kelly ließ sich in einen Sessel fallen. Sein Freund blieb an der Tür stehen. »Möchtest du etwas trinken?«, fragte er.

»Wer fährt denn?«

»Wenn wir schon meinen Wagen nehmen, ich.«

»Gut, dann gib mir einen Whisky. Aber von der Spezialsorte, okay?«

»Klar.«

Kaum hatte Harry Gold eingeschenkt, als das Telefon klingelte. Gold schob seinem Freund das Glas rüber und nahm ab.

Glenn Kelly trank langsam. Aus den Augenwinkeln beobachtete er Harry. Dieser nickte ein paarmal und legte schließlich auf, nachdem er den Anrufer gebeten hatte, hochzukommen.

»Waren es die beiden?«, fragte Kelly.

»Ja. Lionel rief an. Er bringt Jim Ecclow gleich mit.«

»Auf die bin ich gespannt«, sagte Kelly grinsend.

»Wieso?«

»Ich habe die beiden mindestens zwei Jahre nicht gesehen. Ist der gute Lionel immer noch so dünn?«

»Ja.«

Wenig später konnte sich Kelly von dieser Behauptung selbst überzeugen, als Lionel Linton zusammen mit Jim Ecclow das Büro betrat.

Linton war tatsächlich dürr wie eine Bohnenstange. Sein dünnes Haar war nach hinten gekämmt. In dem schmalen Gesicht fiel die dunkle Hornbrille besonders auf, und die Wangenhaut mit den bläulichen Bartschatten befand sich in ständiger Bewegung, ein Zeichen, wie nervös dieser Mann war. Kaum zu glauben, dass Linton als einer der fähigsten Anwälte Schottlands galt. Auch seine Begrüßung fiel fahrig aus. Der Händedruck war überhaupt keiner, und hinter den Gläsern der Brille zwinkerte er nervös mit den Augen.

Jim Ecclow konnte man als das glatte Gegenteil bezeichnen. Breit, wuchtig, ein Typ, der alle Blicke auf sich zog und eine Gesellschaft sofort für sich einnahm. Seine Stimme überschallte alles. Er war der geborene Marktschreier. Als Beruf gab er Kaufmann an, doch es gab gewisse Stellen im Geheimdienst, die ihn auch als illegalen Waffenhändler bezeichneten. Nur hatte man ihm bisher nichts nachweisen können.

»Da wären wir mal wieder!«, rief er und breitete die Arme aus. Er trug einen braunen Anzug und darüber einen offenstehenden Fellmantel. »Na, wie geht es euch?«

»Der Whisky ist gut«, sagte Kelly.

»Dann gib mir auch mal einen Schluck, Harry.«

Gold deutete auf die Flasche. Er selbst holte noch Gläser.

Jim Ecclow schenkte sich ein. »Ist ja ein Ding«, kommentierte er, als der Whisky in das Glas gluckerte. »Wir sind in der Tat wieder einmal zusammengekommen. Na, wenn das kein Grund zum Trinken ist, Freunde. Cheerio!« Er hob sein Glas, und Glenn Kelly tat es ihm nach.

»Ich kann dem Ereignis keine Freude abgewinnen«, erwiderte Lionel Linton.

»Wieso?«

»Du bist gut«, fuhr der Anwalt seinen Freund an. »Nach zwanzig Jahren soll da wieder ein Jugendscherz aufgewühlt werden ...«

»Es ist kein Scherz.« Kelly hatte Linton nicht ausreden lassen. Und als er die Blicke der anderen drei auf sich gerichtet sah, meinte er: »Wir müssen uns stellen, Freunde.«

»Wem?«

»Jim, ich bitte dich. Dem Schwarzen Tod.«

Ecclow schüttelte den Kopf. »Ich habe darüber nachgedacht. So schlimm ist das alles nicht.«

»Da wirst du dich wundern«, sagte Gold. »Sogar sehr wundern. Ich habe ein komisches Gefühl. Wir müssen jetzt für unseren Erfolg zahlen, der uns in den Schoß gefallen ist.«

Ecclow protestierte. »Mir ist nichts in den Schoß gefallen. Ich habe hart gearbeitet. Wobei ich natürlich nicht weiß, wie es euch ergangen ist, aber ich für meinen Teil …«

»Stopp!« Kelly hob die Hand. »Denk mal nach, Alter. Hattest du echte Schwierigkeiten?«

»Nein, eigentlich nicht.«

»Ich auch nicht. Und ihr?«

Die anderen beiden Männer waren Kellys Meinung.

»Da hat schon jemand dran gedreht«, erklärte Glenn Kelly überzeugt. »Das kann ich euch sagen.«

»Aber was ist jetzt?«, fragte Lionel Linton. Seine Stimme klang ängstlich.

»Werden wir uns das Tal einmal ansehen«, erwiderte Glenn Kelly und stand auf. »Freunde, wir haben keine Zeit mehr. Harry wird uns seinen Bentley zur Verfügung stellen …«

»Und auch die Flasche«, fiel ihm Ecclow ins Wort.

»Ja, ja.« Gold winkte ab.

»Habt ihr denn eure Sachen mitgebracht?«, erkundigte sich Glenn Kelly.

Die Männer schauten sich an. Für einen Moment herrschte zwischen dreien von ihnen Unsicherheit. Bis Jim Ecclow laut loslachte. »Meinst du die Schädel und die Kutten?«

»Klar.«

»Ich habe meine.«

»Und ihr?«

Die anderen beiden nickten.

»Okay, dann können wir ja abhauen.« Kelly war zufrieden. »Bin gespannt, was der Schwarze Tod nach zwanzig Jahren von uns will.«

»Hoffentlich nicht unser Leben«, sagte Lionel Linton leise und senkte den Kopf.

Nach diesen Worten herrschte ein betretenes Schweigen. Selbst Ecclow sprach nicht mehr. Er schluckte ein paarmal, bevor er die Schulter hob und sich abwandte.

Die anderen folgten ihm. Harry Gold bildete den Schluss. Er schloss die Tür ab.

Wohl war ihm bei der Sache nicht. Und er hatte plötzlich das Gefühl, dass er all das, was er in zwanzig Jahren aufgebaut hatte, auf einmal aufs Spiel setzte …

Man konnte diesen Dämon nicht beschreiben, man konnte ihn nicht begreifen, man konnte ihn nicht erklären, er war kein naturwissenschaftliches Phänomen und nur mit Mitteln der Magie zu erfassen.

Der Spuk war einmalig! Auf eine böse und schreckliche Art. Er wollte zudem nur eins.

Das Chaos!

Darin unterschied er sich in nichts vom Schwarzen Tod. Auch der Spuk gehörte zu der Kategorie Dämonen, die nur das Grauen kannten, die nichts anderes zuließen, denn er gehörte zur Spitze.

Gleichzeitig war er auch ein Wesen mit festen Regeln. Wer von den Schwarzblütern vernichtet worden war, dessen Seele gelangte in das Reich des Spuks, wo für alle Zeiten das Grauen, das Elend und der Schrecken auf die Dämonenseelen lauerten.

Der Spuk ließ keinen frei. Die Seelen bewegten sich innerhalb einer magischen Barriere, und wenn ihr Herrscher es nicht wollte, dann kamen sie auch nicht heraus.

Früher hatte es noch einen Dämonenrichter gegeben. Maddox hieß er. Bevor ein Dämon für immer verschwand, wurde noch auf eine hinterlistige Art und Weise über ihn Gericht gesessen. So etwas hatte Maddox übernommen, doch der existierte nicht mehr, und seit diesem Tag hatte der Spuk alles an sich gerissen.

Nur einmal hatte er eine Ausnahme gemacht. Auf Drängen der Teufelstochter hatte er die Seele des Dr. Tod freigelassen, die in den Körper des Mafioso Solo Morasso hineingeglitten war. Das lag allerdings auch schon lange zurück, und Dr. Tod war inzwischen nur eine Episode für seine Gegner.

Der Spuk jedoch existierte nach wie vor. Und er war unser Feind, daran gab es nichts zu rütteln. Er hatte es oft genug bewiesen, aber bisher war es ihm nicht gelungen, uns auszuschalten. Zudem hielt er noch immer einen großen Trumpf in der Hand. Es war der Trank des Vergessens, den Kara, die Schöne aus dem Totenreich, so sehr suchte.

Über die genaue Rolle des Spuks war ich mir nicht im Klaren. Er schwebte irgendwo über allem, und er hatte unter den Dämonen nicht nur Freunde, denn mittlerweile wussten es auch die anderen mächtigen Mitglieder der Dämonensippe, dass der Spuk oft genug gegen sie intrigierte.

Und nun standen wir ihm gegenüber. Ich war nicht überrascht, dass er hinter den Vorfällen steckte, nur wusste ich nicht, wie ich die Schädel, den Schwarzen Tod und ihn in eine Kiste packen sollte.

Das Grauen wehte uns entgegen.

Wo er auftauchte, da verbreitete er ein Gefühl der Angst, der Beklemmung. Man konnte meinen, dass sich die Luft veränderte, so schlimm war es. Der Spuk sonderte das Grauen ab, es gehörte einfach zu ihm.

Noch hatte er nichts gesagt, sondern verhielt sich ziemlich gelassen, und auch wir taten nichts.

Eins stand jedoch fest: Er würde uns mit allen Kräften daran hindern, unserer Aufgabe nachzukommen, und es lag praktisch eine Entscheidungsschlacht in der Luft.

Früher hatte ich dem Spuk mit anderen Gefühlen gegenübergestanden. Heute dachte ich etwas positiver, da es mir gelungen war, mein Kreuz zu aktivieren.

Ich hoffte darauf, dass ich ihn mit der magischen Formel bannen konnte, denn sie, die die Weisheit des Altertums enthielt, sollte auch dem Spuk Einhalt gebieten.

»So sieht man sich wieder«, hörten wir plötzlich seine Stimme und danach das laute Lachen.

Es schien aus einer Stereoanlage zu dringen, denn es umwehte uns von allen Seiten.

»Ich gebe zu, dass ich damit nicht gerechnet habe«, erklärte ich.

Er lachte erneut. »Sicher, die anderen waren so dumm, dich auf die Spur zu führen.«

»Auf wessen Spur?«

»Auf die des Schwarzen Tods.«

»Den habe ich vernichtet!«

Nach dieser Feststellung herrschte erst einmal Schweigen zwischen uns. Bis der Spuk fragte: »Bist du dir da ganz sicher, John Sinclair?«

»Natürlich.«

Der Schatten vor uns bewegte sich. »Da wirst du dich wundern, Geisterjäger. Der Schwarze Tod existiert. Man kann ihn zwar töten, aber er hat überall seine Spuren hinterlassen.«

»Wie die Totenkopf-Brigade?«

»Stimmt.«

Ich winkte ab. Das tat ich bewusst, denn ich wollte ihn aus der Reserve locken. »Dieser schreiende Schädel ist für uns kein Problem. Der McLellan-Clan ist nicht besonders stark. Mit ihm werden wir fertig, das kannst du mir glauben.«

»Ich weiß nicht so recht. Denn es ist ja nicht nur McLellan. Andere werden kommen. McLellan hat nur durch Zufall das Tal hier entdeckt. Sein Ahnherr aber hat hier eine Gedenkstätte für den Schwarzen Tod errichtet, und sie wurde von Menschen gefunden, die sich in die Dienste des Dämons gestellt hatten. Was Gideon McLellan bewusst errichtet hat, eine Stätte der Magie für den Schwarzen Tod, wurde von der Totenkopf-Brigade übernommen.«

»Und was tust du hier?«

»Ich habe die oberste Kontrolle, daran solltet ihr immer denken. Die Schädel sind schmückendes Beiwerk, das richtige Grauen wird euch noch treffen.«

Große Worte, denen ich durchaus Glauben schenken konnte, aber ich wollte jetzt die Entscheidung. Langsam hob ich den rechten Arm. In der Hand hielt ich mein Kreuz. Wenn ich es dem Spuk entgegenschleuderte und dabei den Bannspruch rief, dann …

Es kam nicht so weit. Abermals spürten wir den eisigen Hauch. Für die Länge einer Sekunde raubte uns etwas den Atem, dann war der Spuk plötzlich verschwunden.

Vor uns stand die Finsternis. Nichts bewegte sie mehr. Kein Schatten war dunkler als sie. Der Spuk hatte sich ebenso rasch zurückgezogen, wie er erschienen war.

»Verstehst du das?«, fragte Suko.

Ich schüttelte den Kopf. »Nein. Aber wer hat diesen Dämon schon je verstanden?«

»Verdammt, ich hätte ihm so gern den Trank des Vergessens abgenommen.« Suko drehte sich bei dieser Antwort auf der Stelle und schaute im Kreis herum. »Die sind auch nicht da«, sagte er.

»Wer?«

»Seine komischen Diener. Die Echsenköpfigen.«

Damit hatte Suko die Schatten gemeint, die sich zumeist in der Nähe des Spuks aufhielten. Es waren Wesen, die aus seinem Reich in einer anderen Dimension kamen. Wenn sie sich auf der Erde zeigten, dann als echsenköpfige Monster. Widerliche Gestalten, grausam anzusehen und in der Regel mit gefährlichen Lanzen bewaffnet. Wir hatten schon oft mit ihnen zu tun gehabt, gegen sie gekämpft und zahlreiche von ihnen vernichtet. Allerdings verfügte der Spuk über ein unerschöpfliches Reservoir dieser Diener. Wo er sie herholte, wusste ich nicht.

»Wenn ich seine Rede richtig verstanden habe«, sagte Suko, »wird er noch einiges an Nachschub holen, oder nicht?«

Ich nickte. »Sieht so aus.«

»Die Totenkopf-Brigade«, murmelte mein Freund. »Wer kann das nur sein?«

Ich hob die Schultern. »Vielleicht lernen wir sie kennen. Mich jedenfalls würde es freuen.«

Suko deutete nach vorn. »Und diese Schädel?«

»Sollten wir aus dem Weg schaffen, wenn es geht. Ich möchte unter allen Umständen das finden, was unmittelbar mit dem Schwarzen Tod zusammenhängt. Hier muss es einfach etwas geben, das auf ihn hinweist.«

»Das Tal ist groß.«

Ich grinste. »Optimist bist du nicht gerade.«

»War ja auch nur so gesagt«, erklärte Suko. Er wurde

schnell wieder ernst. »Da ist noch etwas, John. Schau dir mal an, wo sich unsere Freunde aufhalten. Die befinden sich allesamt nahe der Felswand. Wenn das kein Hinweis ist …«

»Du meinst, dass wir dort den Spuren des Schwarzen Tods nachgehen sollten?«

»Richtig.«

Ich nickte. »Wir wollten den Weg sowieso nehmen. Komm, sonst wachsen wir hier an.«

Da wir den Spuk nicht mehr entdeckten, konnten wir unbelasteter unser Ziel ansteuern.

Ein seltsames Gefühl blieb trotzdem zurück. Ich traute diesem Dämon nicht. Er war grauenhaft, er war hinterlistig und böse. Irgendwann würde er zuschlagen, und wir mussten jeden Moment damit rechnen und immer auf der Hut sein.

Im Augenblick jedoch hatten wir Ruhe. Wahrscheinlich war für den Spuk die Totenkopf-Brigade wichtiger.

In unserer Richtung war sie der unbekannte Faktor. Ich wusste nicht, mit wie vielen Mitgliedern wir es bei ihr zu tun hatten.

Bestimmt befand sich eine nicht zu unterschätzende Anzahl auf dem Weg, und da war es nur normal, wenn wir versuchten, die ersten Schwierigkeiten aus dem Weg zu räumen.

Das waren die Schädel. Mit McLellan, dem schreienden Totenkopf, an der Spitze.

Sie erinnerten uns an kleine Lichter. Bisher hatten sie sich zurückgehalten, und auch die Steine reagierten nicht mehr. Der Schrecken, den uns der Spuk mit ihnen eingeflößt hatte, verstärkte sich nicht. Es war aus seiner Sicht nur eine Demonstration der Macht gewesen. Er ließ die Seelen nicht frei.

Und das wiederum gab mir zu denken. Sollte es uns tatsächlich einmal gelingen, den Spuk zu erledigen, was geschah dann mit den gefangenen Dämonenseelen?

Ich wagte kaum an die Folgen zu denken. Schrecklich würden sie aussehen, wenn es den Seelen gelänge, sich tatsächlich zu befreien. Wenn der Spuk nicht mehr war, wenn sein Imperium zusammenbrach, kamen die Seelen dann frei, und würde unser Kampf gegen längst erledigte Gegner wieder von vorn beginnen, oder hatten sie nicht mehr die Kraft, um uns gefährlich zu werden?

Es waren existentielle Fragen, die mir durch den Kopf schossen, und ich muss ehrlich zugeben, dass sie meine Laune nicht gerade hoben, denn so etwas konnte leider zu einer Eskalation des Schreckens werden. Dann würde uns die schwarze Magie überrollen.

Ich schüttelte mich, als ich daran dachte, und ich warf den Gedanken weit von mir.

»Sie kommen näher«, erklärte Suko.

Sofort steckte ich wieder in der Realität. Suko hatte die Schädel gemeint.

In der Tat bewegten sie sich.

Da der Spuk nicht mehr vorhanden war, gehörte das Tal wieder ihnen.

»Wir nehmen keine Rücksicht mehr«, sagte Suko. »Wenn sie sich in unsere Nähe wagen, zerstöre ich sie.«

Ich schüttelte den Kopf und nickte gleichzeitig. »Denk an Isaak McLellan. Ihn will ich haben.«

»Wieso?«

»Er soll mir noch einiges erzählen. Wir müssen ihn finden, die anderen kannst du ja erledigen.«

Suko zeigte sich einverstanden. Abermals fiel mir der Vergleich mit kleinen Kometen ein, denn die Totenköpfe waren pfeilschnell. Zudem zirkulierten sie. Sie blieben nicht nur auf einer Strecke, sondern bewegten sich wie Blitze.

Einmal nach rechts, dann wieder nach links. Gedankenschnell geschah dies. Ein Ziel boten sie uns nicht, und hinter dem bleichen Gebein sahen wir das türkisfarbene Glühen.

Suko hatte die Beretta gezogen und sich von mir entfernt. Er kniete am Boden, mit dem Lauf der Pistole versuchte er, den Bewegungen der Köpfe zu folgen, was bei der Schnelligkeit sehr schwer war. Mein Freund fand nie ein richtiges Ziel.

Ich konzentrierte mich auf McLellan!

Diesen verdammten Schuft musste ich packen. Er hatte das Erbe seines Ahnherrn übernommen und seine Familie mit in den Abgrund gezogen.

Leider hielt er sich zurück. Nur der Kopf führte tanzende, wilde Bewegungen aus. Ab und zu gelang es mir auch, seinen Körper zu entdecken, der wie ein Schatten wirkte.

Eine magische, nicht erklärbare Kraft hielt ihn in der Luft, und als ein Schuss peitschte, da zuckte ich zusammen.

Suko hatte gefeuert – und getroffen!

Den Einschlag hörte ich nicht, ich sah nur die Folgen. Die geweihte Silberkugel schaffte es, den Totenkopf zu zerreißen. Ein glühender Splitterregen ergoss sich wie ein kleines Feuerwerk in die Schwärze der Nacht, fiel zu Boden und verglühte. Einer weniger.

Auch McLellan hatte bemerkt, was geschehen war. Er stand plötzlich in der Luft und schien zu überlegen, wie er reagieren sollte, denn mit einer Vernichtung hatte er wohl nicht gerechnet.

Die Chance nutzte ich.

Es war schwer, auf dem matschigen Boden zu starten. Dennoch kam ich gut weg, beschleunigte meine Schritte und rannte rasch dorthin, wo sich der Schädel befand.

Wieder krachten hinter mir Schüsse. Zwei zählte ich, und Suko traf auch; die Köpfe zerplatzten. Mein Partner musste sich eine hervorragende Schussposition ausgesucht haben, denn bisher hatte er jedesmal getroffen.

Der Schädel des Hexers schrie.

Es konnte auch die Stimme des alten McLellans sein, so genau wusste ich das nicht. Jedenfalls war er sauer, denn er brüllte sich fast die Kehle heiser.

Auf mich achtete er nicht. Das gab mir Gelegenheit, ziemlich nahe an ihn heranzukommen.

Längst hatte ich mich ihm auf Schussweite genähert, aber ich wollte ihn nicht so einfach vernichten, er sollte mir die Spur zum Schwarzen Tod zeigen, denn durch ihn hatten wir erst vom Wirken dieses alten Superdämons erfahren.

Mit dem Gelände hatte ich Schwierigkeiten. Der Hang war ziemlich steil, zudem mit Schnee bedeckt, sodass ich ab und zu ausrutschte und Mühe hatte, mich zu fangen.

Die Bergwände sah ich jetzt deutlich.

Sie erhoben sich doch steiler, als ich angenommen hatte. An einigen Stellen klebte schmutziger Schnee. Ich sah regelrechte Löcher, gewaltige Spalten und vorstehende Kanten.

Hinter einer fand ich Deckung.

So nahe wie jetzt war ich dem Schädel des Hexers noch nie gewesen. Ich blieb stehen und sorgte erst einmal dafür, dass ich Luft bekam und sich mein Atem normalisierte.

Suko befand sich unter mir.

Sehen konnte ich ihn nicht, dafür war es zu dunkel, aber ich entdeckte seinen Standort trotzdem, denn dort, wo er hockte, flammte plötzlich Mündungsfeuer auf.

Außer dem Schädel des Hexers war noch einer übrig geblieben. Und den verfehlte Suko! Als er abdrückte, wischte der Knochenkopf zur Seite.

Das hatte nicht nur ich gesehen, sondern auch McLellan. Ich hörte, wie der Schädel lachte. Er befand sich ziemlich dicht in meiner Nähe. Vielleicht fünf, sechs Schritte musste ich laufen, um ihn zu erreichen, keine große Distanz, die ich ohne weiteres schaffen konnte.

Ich hoffte darauf, dass Suko noch einmal schoss, dann war McLellan abgelenkt, sodass ich ungesehen an ihn herankommen konnte.

Behutsam drehte ich mich zur Seite und löste mich gleichzeitig von der Felsecke.

Freie Sicht!

Noch stand McLellan bewegungslos. Allerdings berührte er nicht den Boden, sondern schwebte darüber und war zwangsläufig größer als ich. Das Innere des Kopfes glühte, strahlte das türkisfarbene Licht ab und erhellte die unmittelbare Umgebung.

Auf Zehenspitzen bewegte ich mich weiter.

Leider konnte ich auf dem Boden nicht lautlos gehen, und es bestand die Gefahr, dass der andere mich hörte.

Plötzlich wirbelte er herum.

Er musste die Gefahr geahnt haben, und da ich mich aus der Deckung gelöst hatte und auf ihn zulief, entdeckte er mich zwangsläufig.

Eine Reaktion konnte ich in seinem hässlichen Knochengesicht nicht erkennen. Das war mir auch egal, ich wollte ihn und griff an.

Meinen Körper wuchtete ich vor. Es war ein gewaltiger Satz. Ich hatte die Arme ausgestreckt, gleichzeitig erhoben und bekam McLellan trotz der Höhe zu fassen.

Als wären meine Hände die Klauen eines Panthers, so hart packte ich zu, und es gelang mir tatsächlich, die Gestalt nach unten zu zerren.

Plötzlich lag er am Boden.

Ich war in derselben Sekunde über ihm, riss meine rechte Hand hoch und hielt ihm das Kreuz dicht vor den Schädel, dass er es ansehen musste.

McLellan wollte sich aufbäumen, gegen mich angehen, doch das Kreuz hinderte ihn.

Es hätte ihn vernichtet.

Und deshalb blieb er ruhig.

Die erste Runde war an mich gegangen!

Wir lagen zwar in einer für mich unbequemen Haltung, trotzdem löste sich allmählich meine Spannung. Ich hatte einen Erfolg errungen, und das gab mir Mut.

McLellan rührte sich nicht. Es schien so, als hätte er aufgegeben, doch das war eine Täuschung. Ich kannte ihn gut genug. Meist versuchen Dämonen, andere in Sicherheit zu wiegen, um dann umso gnadenloser zuschlagen zu können.

»Rühr dich nur nicht!«, flüsterte ich ihm zu. »Ich werde dich erledigen, und du wirst es nicht verhindern können. Verstanden?«

Ein ächzendes Geräusch drang aus dem offenen Maul des Schädels. Ich wertete es als Zustimmung.

Zum erstenmal hatte ich Gelegenheit, den Schädel aus dieser unmittelbaren Nähe zu sehen. Er bot ein schreckliches Bild. Der beinerne Glanz, die leeren Augenhöhlen, in denen ein türkisfarbenes Licht schimmerte, das mein Gesicht streifte.

Seine eigentlichen Züge sah ich nicht mehr, sie waren von der Maske völlig verdeckt, wobei ich mich fragte, ob es überhaupt noch eine Maske war. Oder waren die beiden Köpfe, der echte und der Totenschädel, eine Symbiose eingegangen?

Auf jeden Fall war es schaurig, was ich zu sehen bekam, und ich hörte die seltsamen Geräusche, die er mir entgegenkrächzte. Es waren Laute der Angst, doch ich ließ mich durch sie nicht von meinem Vorhaben abbringen. Er sollte und würde mit der Sprache herausrücken, dafür sorgte schon mein Kreuz.

Er zitterte unter mir. Angst peitschte durch seinen Körper, und ich würde ihm auch keine Chance lassen, wenn er nicht so reagierte, wie ich es wollte.

Leider war ich mir nicht sicher, ob ich es mit einem echten Dämon oder mehr einem Menschen zu tun hatte. Im zweiten Fall wollte ich nur im äußersten Notfall hart gegen ihn vorgehen.

»Du bist Isaak McLellan«, stellte ich fest.

»Nein, nein ...« Das Echo der Antwort war furchteinflößend. »Ich bin es nicht mehr. Ich bin Gideon!«

»Der Hexer?«

»Ja. Ich habe sein Erbe übernommen. Und nicht nur das. Ich bin ein Teil seiner Persönlichkeit geworden. Der Hexer ist durch mich zurückgekehrt. Er ist unsterblich, ich wusste es.«

»Und wenn ich dich erledige?«, fragte ich höhnisch.

»Dann hast du ihn noch nicht getötet!«

Das konnte stimmen.

Der Geist dieses Hexers musste weiterleben, aber ich wollte den Grund erfahren, und vor allen Dingen wissen, wie alles begonnen hatte.

»Was war mit dem Hexer?«

»Er ist ein Diener des Schwarzen Tods.«

»Den gibt es nicht mehr!«

Da lachte der andere. »Man kann ihn nicht töten. Er

lauert, er wartet auf die Totenkopf-Brigade. Es ist genau zwanzig Jahre her, dass die vier Männer sein Versteck fanden.«

»Das des Schwarzen Tods?«

»Ja, genau. Dieses Versteck befindet sich in einer Höhle. Mein Ahnherr Gideon hat ihm ein Denkmal errichtet. Er hat ihn beschworen und für ihn einen Platz geschaffen, zu dem er immer hinkommen kann. Das ist seine Fluchtburg, mein Ahnherr hat sie ihm ermöglicht.«

»Und was hast du damit zu tun?«, forschte ich.

»Ich bekam das Testament des Henkers zufällig in die Hände. Und ich studierte seine Aufzeichnungen. Ich wusste plötzlich, was ich hier finden würde, und ich las noch mehr. Der Hexer berichtete in seinem Testament von einer Höhle. Er beschrieb auch den Weg und machte klar, dass jemand, der die Magie genau befolgte, unsterblich werden würde. Ich wurde neugierig und begab mich auf die Suche. Alles traf so ein, wie ich es gelesen hatte. Wir gruben die Gebeine unserer Ahnherren aus, bauten eine Familiengruft und stellten dort die Schädel auf. Dann machte ich mich auf den Weg. Das Tal hier fand ich nach langem Suchen, und mir gelang es auch, die Höhle zu entdecken. Ich hatte ebenfalls die alten Beschwörungen in dem Testament gelesen. Jetzt war mir auch klar, wie ich die Magie des Hexers wieder zum Leben erwecken konnte. Vor dem Schädel führte ich die Beschwörungen durch. Ich beschwor den Schwarzen Tod, und dessen Magie ging auf den Schädel über. Er lebte. Er konnte schreien, er schrie, wenn man ihn anfasste. Da war mir klar, dass ich es geschafft hatte. Die längst verstorbenen, bleichen Gebeine der McLellans würden nicht verfallen, sie lebten weiter, und es wäre alles gut gegangen, wenn man nicht den Schädel gestohlen hätte. Aber auch so ist noch nicht alles verloren, denn dieses Refugium der schwarzen Magie hat einen großen Beschützer. Es ist ein Dämon, der …«

»Ich kenne ihn«, unterbrach ich McLellan. »Man nennt ihn den Spuk!«

»Ja, so heißt er.«

»Was ist mit der Totenkopf-Brigade?«

»Es sind Gleichgesinnte.«

»Auch aus deiner Sippe?«

»Nein, andere. Sie haben das Geheimnis ebenfalls entdeckt, wie auch mein Ahnherr. Sie fanden die Höhle, und sie beschworen den großen Dämon. Es ist lange her, nun reift die Zeit, wo sie wieder zurückkommen müssen, denn auch der Schwarze Tod gibt nichts umsonst. Gideon McLellan hat seinen Preis bezahlt, die anderen werden es auch müssen. Der Schwarze Tod steht über allem.«

Er redete in der Gegenwart, aber für mich war der Schwarze Tod trotz allem Vergangenheit. Ich hatte ihn vernichtet, er konnte nicht mehr existieren.

Und das sagte ich McLellan!

Es gab ihm einen Schock. Das Licht in seinen Augen nahm sekundenlang eine trübe Färbung an, und im nächsten Augenblick begann der Schädel zu schreien.

»Nein, er ist nicht tot. Er kann es nicht sein, denn ich spüre seine Magie! Du kannst mich nicht bluffen. Du nicht ...«

McLellan setzte in sein großes Vorbild sehr viel Vertrauen. Ich war anderer Meinung, und vielleicht gelang es mir, ihn davon zu überzeugen.

»Es war vor Jahren!«, flüsterte ich scharf. »Der Schwarze Tod und ich waren Feinde. Wir haben uns gegenseitig gejagt, und wir wussten beide, dass es einmal zu einer Entscheidung kommen würde. Und es kam dazu. Am Südpol haben wir uns getroffen. Es ging ums Ganze, und ich habe ihn zusammen mit dem Kreuz, das ich vor deinen Schädel halte, und einem Bumerang erledigt. Bisher ist er nicht zurückgekommen, er kann nicht zurückkehren, und das, was du für ihn hältst, ist einfach lächerlich. Der Schwarze Tod ist vernichtet, die Basis ist dir damit genommen, Isaak McLellan, tut mir Leid! Keine Chance mehr für dich!«

Eine Reaktion konnte ich dem Schädel nicht entnehmen. Ich wusste nicht, ob meine Worte den Schotten aufgewühlt hatten und ihm unter die Haut gegangen waren; der Schädel veränderte sich nicht.

Etwas anderes aber. Ich hatte es nicht gesehen, doch ich hörte Sukos warnenden Ruf.

Er hallte durch das Tal, klang dünn, denn mein Partner war ziemlich weit von mir entfernt.

»John! Vorsicht, der Schädel!«

Isaak McLellan konnte er damit nicht gemeint haben. Es gab nur eine Möglichkeit.

Der letzte sich noch in der Luft befindliche Totenkopf, den Sukos Kugeln nicht zerstört hatten.

Ich flirrte herum.

Noch in der Bewegung erschrak ich, denn der Kopf mit den türkisfarben leuchtenden Augenhöhlen war schon verdammt nahe.

Zu nahe!

Ich konnte ihm nicht mehr ausweichen. Da er in Kopfhöhe heranflog, würde er voll gegen mein Gesicht schlagen. Die einzige Möglichkeit, ihm noch zu entgehen, war das heftige Hochreißen meines rechten Arms. In der Hand hielt ich das Kreuz, und dagegen hieb der Schädel.

Der Aufprall glich einer kleinen Explosion.

Die Wucht schleuderte mich aus meiner hockenden Haltung nach hinten, sodass ich auf den Rücken fiel und dort liegen blieb.

Ausruhen konnte ich mich nicht, ich dachte dabei an den gefährlichen Isaak McLellan, der so etwas ausnutzen konnte und auch würde.

Im Herumdrehen erkannte ich die Folgen des Angriffs.

Der Schädel hatte die Magie des Kreuzes voll zu spüren bekommen. Ich sah von ihm nur noch Staub, mehr nicht.

Aber es existierte McLellan.

Und er schrie nicht nur wie wahnsinnig, sondern griff mich auch an. Wie er mich erledigen wollte, war mir nicht ganz klar, jedenfalls stürzte er sich auf mich. Ich konnte nicht auf dem Fleck liegen bleiben und rollte mich herum.

Dank dieser Bewegungen schleuderte ich meinen Körper über den nassen Schneeboden, hielt das Kreuz dabei fest und wollte es trotzdem nicht einsetzen, weil ich nicht genau wusste, wie der Mensch McLellan darauf reagierte.

Mensch oder Dämon?

Es gab für mich nur eine Möglichkeit, dies herauszufinden. Ich musste meinen Gegner mit beiden Händen angreifen. Und das tat ich auch.

Das Kreuz ließ ich fallen, packte zu und bekam den Schädel von zwei Seiten mit den Händen zu fassen.

Das Schreien wurde zum Orkan. Es war mir gelungen, mich hinzuknien, den Schotten hatte ich ebenfalls zu Boden gedrückt und empfand in diesen Sekunden nach, was Suko in London durchgemacht hatte, als er dem schreienden Schädel zum erstenmal begegnet war.

Ich erlebte ein höllisches Gebrüll.

Rechts und links hielten meine Hände fest. Die Flächen presste ich gegen die Knochen. Dabei wurden sie auf einmal seltsam weich.

Da tat sich etwas.

Mir lief es kalt den Rücken hinunter. Ich zuckte vor dieser Berührung zusammen, und ich stellte fest, dass ich den Schädel immer weiter zusammendrücken konnte.

Zwischen meinen Händen verformte er sich. Der von rechts und links erfolgte Druck pflanzte sich nach oben fort, der Schädel nahm eine völlig neue Form an und erinnerte mehr an eine Flasche. Er veränderte sich so, dass die Augenhöhlen rechts und links immer größer wurden. Dabei bekamen sie noch von innen Druck, und ich hatte das Gefühl, als würde mir das türkisfarbene Licht entgegengeschoben.

Und er schrie!

Himmel, das war ein Geschrei! Grauenhaft anzuhören, ein mörderisches Geräusch.

Dieser Lärm schaffte einen. Aber ich ließ den Schädel nicht los, so groß die Überwindung auch war.

Immer stärker drückte ich ihn zusammen. Durch die Räume zwischen meinen Fingern drang die weiche Masse, die mich an Gelee erinnerte.

Ich war darüber verwundert, dass dieser Schädel bei

mir so reagierte. Suko hatte ihn in London auch angefasst, da war so etwas nicht geschehen. Vielleicht lag die Erklärung in meinem Kreuz begründet, vielleicht auch nicht. Es zählte einzig und allein der Schädel, der immer mehr zerstört wurde.

Erst jetzt kam mir ein schrecklicher Gedanke. Ich erinnerte mich daran, dass der Schädel des Hexers auf einen Kopf gesetzt worden war. Und dieser Kopf gehörte Isaak McLellan.

Sollte er vielleicht ...?

Ich erschrak und ließ den Kopf hastig los. Ein Schauer lief mir über den Rücken.

Zwischen meinen Handflächen und dem Schädel lief jeweils ein gallertartiger Faden, der die Verbindung zu diesen beiden Dingen herstellte. Er klebte wie Gummi. Ich hatte Mühe, ihn zu lösen, und schaute dann auf das, was von Isaak McLellan zurückgeblieben war.

Grauenhaft.

Seinen Kopf sah ich nicht. Er musste sich völlig aufgelöst haben.

Ob vor oder während meiner Attacke, das konnte ich nicht mit Sicherheit sagen, jedenfalls gab es den Führer der McLellans nicht mehr.

Vor mir lag nur noch ein Torso.

Und auch die Schreie waren verstummt. Das Testament des Hexers Gideon McLellan hatte seinem Nachkommen die Vernichtung gebracht und nicht das, was dieser sich so sehr gewünscht hatte.

Ich bückte mich und reinigte mit Schnee meine Hände. Als ich mich wieder erhob, hörte ich auch schon die stampfenden Schritte. Im Umdrehen erkannte ich meinen Freund Suko.

»Hast du es geschafft?«, fragte er, als er näher kam.

Ich deutete auf den Torso.

Suko schaute hin und wischte über seine Stirn. Er schluckte hart und flüsterte: »Ist das denn möglich?«

»Leider.«

»Und wie?«

»Wahrscheinlich durch das Kreuz. Der noch durch

Magie lebende Teil des Hexers konnte dieser Kraft nichts entgegensetzen. Ich hätte es auch gern anders gehabt.«

»Sicher.« Suko nickte. »Du hast dich lange mit ihm unterhalten. Konntest du denn etwas erfahren?«

»Ein wenig schon.« Ich berichtete Suko in Stichworten, was man mir erzählt hatte.

»Das ist ja kaum zu fassen, John. Und alles weist auf den Schwarzen Tod hin. Macht dich das nicht unruhig?«

»Da sagst du etwas.«

»Ob er nicht doch ...?«

Heftig widersprach ich. »Nein, Suko, der Schwarze Tod ist erledigt, und er bleibt erledigt. Ich lasse mir etwas anderes einfach nicht einreden. Da kannst du sagen, was du willst.«

»Du gestattest, John, dass ich anders darüber denke. Deshalb warten wir so lange ab, bis wir wirklich die geheimnisvolle Höhle gefunden haben. Eine Spur hast du nicht?«

»Nein.«

»Und die Totenkopf-Brigade?«

»Soll noch erscheinen«, erklärte ich. »Vier Mitglieder, und er«, ich deutete auf die Reste des Isaak McLellan, »hat das Ziel nicht erreicht. Er wollte ja auch dazugehören.«

»Komm, John, dann suchen wir diese geheimnisvolle Höhle. Wenn andere sie gefunden haben, dürfte es uns auch gelingen.« Mein Freund zeigte sich wieder sehr tatendurstig.

Ich war einverstanden. Allerdings war ich nicht gerade optimistisch. Der Talkessel war groß und manche Berghänge ziemlich steil. Das Gestein war nicht glatt. Es gab Vorsprünge und Risse, regelrechte Einschübe, Felsnasen, kleine Erker, Spalten und Höhlen. Manche auch so breit, dass wir hineinschlüpfen konnten.

Einen Tunnel, einen Schacht oder ähnliches entdeckten wir allerdings nicht.

Die Stille der Nacht hielt uns wieder umfangen. Weit lag das Tal vor uns. Auf der anderen Seite schoben sich die Wände noch düsterer in den nächtlichen Himmel.

Wolken waren aufgezogen. Einige lagen so tief, dass man das Gefühl haben konnte, sie würden die Spitzen der den Talkessel umgebenden Berge streifen.

Wir sahen weder Sterne noch einen Mond. Aber die Luft roch nach Schnee. Sicherlich würden bald die ersten Flocken fallen, dann erschwerte dies die Sicht noch mehr.

Eile war geboten.

Wahrscheinlich hörten wir das Brummen nur wegen der herrschenden Stille. Dafür aber doppelt so laut.

Und beide hatten wir denselben Gedanken. Suko sprach ihn sofort aus.

»John, das ist ein Automotor …«

Dass Harry Gold sehr nervös war, zeigte sich an seinem Fahrstil. Noch in Glasgow entging der dunkelblaue Bentley um Haaresbreite zwei Unfällen, sodass die anderen Fahrgäste im Wagen schon mit den Nerven ziemlich am Ende waren.

Ecclow, der zusammen mit Lionel Linton im Fond saß, regte sich am meisten auf. »Willst du uns in den Tod fahren, Harry? Pass beim nächsten Mal auf, oder es fährt einer von uns.«

»Das wäre besser«, erklang es kläglich.

»All right, ich übernehme das«, sagte Glenn Kelly. »Fahr mal links ran.«

Harry Gold war froh, dass ihm jemand diese Arbeit abnahm. Kelly hatte zwar einen Whisky getrunken, aber das haute ihn nicht um. Aufatmend ließ sich Gold auf den Beifahrersitz sinken und schloss zunächst einmal die Augen. Er musste unbedingt abschalten.

Das schaffte er aber nicht. Seine Gedanken drehten sich wie ein Karussell, und sie kehrten immer wieder zu einem Punkt zurück. Zu dieser seltsamen Botschaft, die jeder von ihnen erhalten hatte. Niemand wusste oder sprach sich darüber aus, was sie erwartete. Es konnte ein regelrechter Horror werden, zudem waren zwanzig Jahre vergangen, und vor zwanzig Jahren waren sie alle noch jünger gewesen und hatten so eine Beschwörung besser verkraftet. Damals war es für sie eigentlich nur ein Spaß gewesen. Über den ernsten Hintergrund hatten sie erst viel später nachgedacht, wenn überhaupt.

Linton rauchte Kette. Er war ebenfalls sehr nervös, zwinkerte oft mit den Augen und spielte mit seinen Fingern. Er fuhr sich auch mit der Zunge des öfteren über die Lippen, weil sie trocken waren. Angst ist ein schlimmer Begleiter, und Angst hatte er, das war zu erkennen.

Hin und wieder warf ihm Ecclow einen schiefen Blick zu. Ein paarmal hatte er schon zum Reden angesetzt, sich danach die Worte immer wieder verkniffen, bis er es endgültig Leid war. »Hör mal zu, Lionel, bist du bei deinen Klienten auch immer so fahrig?«

Linton zuckte zusammen. »Was hast du gesagt?«

»Vergiss es lieber.«

Der Anwalt nahm seine Brille ab. »Aber es ist doch so, dass keiner von uns weiß, was uns erwartet«, regte er sich auf. »Ich kann eben nicht so gut schauspielern wie du und Glenn. Tut mir Leid. Und wenn du mich auf meine Klienten ansprichst, bei denen habe ich ja etwas in der Hand. Mir werden Fakten geliefert, ich kann nachschlagen, Paragraphen durchsehen und weiß genau, wie ich reagieren muss. Das ist es doch, was ich meine. Diese Sache ist viel schlimmer. Was können wir überhaupt tun? Nichts, wir sind nicht in der Lage, uns zu wehren. Die anderen machen mit uns, was sie wollen. Wir begeben uns in die Hand einer Welt, die nicht greifbar ist ...«

»Sag doch gleich den Namen«, forderte Ecclow.

»Ja, der Schwarze Tod. Was ist er? Wer ist er? Vor zwanzig Jahren haben wir darüber nicht nachgedacht. Da war das ein Streich, aber ein verdammt böser. Doch jetzt präsentiert man uns die Rechnung. Ich habe gelesen, dass die Hölle nichts umsonst gibt, Freunde. Wir werden ebenfalls zahlen müssen.«

»Und was?«, fragte Ecclow spöttisch.

»Wir geben unser Leben«, erwiderte Lionel Linton leise. »Das ist alles. Nicht mehr und nicht weniger.«

Es waren mahnende und schwere Worte. Sie ließen alle nachdenklich werden. Selbst Ecclow hielt den Mund.

»Weißt du das genau?«, fragte Glenn Kelly nach einer Weile.

»Nein, natürlich nicht. Aber ich habe mich in Mußestunden mit Dämonologie und Satanskunde beschäftigt. In alten Überlieferungen fand ich so etwas zu lesen. Wir befinden uns auf verdammt brüchigem Eis, Freunde.«

»Wir sind zu viert«, hielt ihm Ecclow entgegen, der sich durch den Pessimismus seines Freundes nicht aus der Ruhe bringen ließ.

»Und er ist so stark wie die Welt.«

»Jetzt übertreib mal nicht!«, mischte sich Glenn Kelly ein. »Zudem bin ich bewaffnet. Ich trage mein Argument immer bei mir.«

»Was nutzt eine Pistole gegen einen Dämon?« Lionel lachte schrill. »Ihr seid Narren, wenn ihr mit normalen Maßstäben rechnet. Unser Erfolg war nicht normal, die Beschwörung damals auch nicht, alles hing mit Kräften zusammen, die wir nicht unter Kontrolle hatten, und jetzt müssen wir den Preis dafür zahlen.«

»Wir sollten erst weiter davon sprechen, wenn wir unser Ziel erreicht haben«, schlug Ecclow vor und entkorkte die Whiskyflasche. »Ich jedenfalls habe keine Angst.«

»Dann sei froh.«

Glasgow lag längst hinter ihnen. Sie fuhren den Bergen entgegen. Entsprechend einsamer wurde die Gegend. Zudem gewannen sie an Höhe, die Schneefelder wurden häufiger, manchmal lagen sie wie lange, schmutzige Schleier an den Hängen.

Nach einiger Zeit sprach auch Harry Gold wieder. »Kennt ihr überhaupt noch den Weg?«, erkundigte er sich.

»Klar«, wurde ihm geantwortet. »Ich hatte öfter in der Gegend zu tun.«

Harry schaute Glenn Kelly verwundert an. »Dann bist du dort hingefahren?«

»Nein, die Höhle habe ich nie betreten. Der Talkessel interessierte mich doch nicht. Ich kann euch aber gleich sagen, dass es dorthin keine asphaltierte Straße gibt. Wir müssen uns schon auf die guten Reifen des Bentley verlassen.«

»Sie sind okay«, erklärte Gold.

Damit sich die Stimmung seiner Freunde ein wenig besserte, schaltete Glenn Kelly das Radio ein. Discomusik dudelte aus den Boxen, und der Anwalt beschwerte sich.

Es ging hin und her. Fast sah es aus, als würden sich die Freunde gegenseitig an die Gurgel fahren. Bis Ecclow schließlich ein Machtwort sprach und Ruhe einkehrte.

Zudem hatten sie nicht mehr sehr weit zu fahren, und die Straße wurde bereits schlechter.

Sehr eng waren die Kurven. Hin und wieder war der Straßenbelag durch Schlaglöcher aufgerissen, und der Bentley wurde von einigen heftigen Schlägen geschüttelt.

Als es dunkel wurde, hatten sie das Gefühl, durch einen nie aufhörenden schwarzen Tunnel zu fahren, in den nur die hellen Lichtspeere der Scheinwerfer Löcher rissen.

Schließlich meldete Glenn Kelly das Erreichen des Ziels. »Festhalten, Freunde, wir fahren gleich in den Talkessel.« Zuerst ging es bergauf. Die Wände wuchsen nahe des Weges so sehr zusammen, dass sie sich fast berührten.

Der Wagen passte gerade noch hindurch.

Im Schrittempo ging es voran. Nicht einmal über einen Pfad konnten sie fahren. Die vier Männer kamen sich vor wie auf einem Schiff. Sie wurden von einer Seite zur anderen geschaukelt. Ihre Mägen begannen zu hüpfen, standen nahe vor einer Revolte, und die Männer pressten hart die Lippen zusammen. Es hatte niemand mehr Lust, auch nur ein Wort zu reden. Jeder schaute gebannt nach vorn, obwohl er so gut wie nichts sehen konnte, denn die Dunkelheit umgab sie wie ein Tuch.

Nur vorn, wo die Lichtfinger manchmal über die Schneefelder strichen, war es heller.

Und dann ging es nicht mehr weiter. Mit einem Jeep oder Geländewagen wäre es möglich gewesen, aber der Bentley packte es nicht.

»Aussteigen«, erklärte Glenn Kelly. »Und vergesst eure

Kutten sowie die Schädel nicht, wir werden beides bitternotwendig brauchen.«

Eine Minute später standen die vier Männer zusammen. Sie schwiegen und schauten in die Talmulde hinein. Jeder war mit seinen Gedanken beschäftigt.

Lionel Linton hauchte: »Merkt ihr es? Spürt ihr es? Wie damals vor zwanzig Jahren. Die gleiche Atmosphäre. Hier hat sich nichts verändert. Ich habe das Gefühl, als wäre die Zeit stehen geblieben.«

Glenn Kelly hatte schon eine trockene Bemerkung auf den Lippen. In Anbetracht der Sachlage schluckte er sie jedoch runter und gab mit dem Kopf ein Zeichen.

Abmarsch!

Im Gänsemarsch schritten die Männer los. Sie beeilten sich nicht, zudem erwies sich das Gelände als schwierig. Der Boden war glatt, oft auch mit Eis bedeckt, und die Männer mussten Acht geben, wo sie hintraten. Sehr weit hatten sie nicht zu laufen, denn Glenn Kelly war wirklich bis fast an die Felsen gefahren.

Er hatte auch die Führung übernommen und blieb plötzlich stehen.

»Was ist denn?«, wurde er gefragt.

»Ich bin dafür, dass wir unsere Kutten überziehen.«

»Jetzt schon?«, fragte Harry Gold verschüchtert.

»Ja, jetzt!«

Harry zuckte zusammen, schaute die anderen an und sah nur teilnahmslose Gesichter.

Die vier Männer begannen damit, sich umzuziehen. Sie brauchten die Kutten nur über ihre Kleidung zu streifen, alles andere ließen sie an. Es waren sehr weite Kutten, sie glänzten in einem kräftigen Gelb und waren an den Schultern mit breiten Schalaufsätzen versehen. Die Kapuzen streiften die Männer ebenfalls über und zogen sie so weit in die Stirn, dass von einem Großteil ihrer Gesichter kaum etwas zu sehen war und sie wie schwarze Flächen wirkten.

»Und jetzt noch die Schädel!«, sagte Ecclow. Er hatte seine Stimme gesenkt. Jeder von ihnen spürte, dass sich etwas anbahnte. Keiner konnte sich dieser seltsamen

Atmosphäre entziehen. Obwohl niemand darüber sprach, bewegte derselbe Gedanke jeden von ihnen.

Wie würden sie jetzt dem Schwarzen Tod gegenüberstehen? Noch so unbeschwert wie damals?

Daran wollte keiner so recht glauben. Es war aber auch niemand da, der es aussprach.

Dem durchtrainierten Glenn Kelly bereitete es keine Mühe, den steilen Weg hochzugehen. Gold und Ecclow hatten aber Schwierigkeiten. Und alle mussten auf ihre Schädel achten, denn sie waren wichtig.

Vor zwanzig Jahren hatten sie die Beschwörung durchgeführt. Und die Schädel gehörten dazu. In dem Buch hatte gestanden, dass die Köpfe Verstorbener ausgegraben werden mussten, um der Beschwörung das schmückende Beiwerk zu geben.

Das hatten sie getan, und sie hatten diese acht Schädel all die Zeit über verwahrt.

Jetzt brauchten sie sie wieder, denn die Totenkopf-Brigade war im Anmarsch, um dem Schwarzen Tod, ihrem Herrn, Tribut zu zollen. In den Schädeln steckte die Kraft des Schwarzen Tods. Das war ihnen von dem Dämon klargemacht worden. Sie durften alles verlieren, nur nicht die Köpfe. Sie waren der Garant für Reichtum und Erfolg.

Sie hatten beide Arme schräg nach vorn gestreckt und trugen die beinernen Totenköpfe so vorsichtig, als wären es rohe Eier. Wenn einer der Köpfe hinfiel und zerbrach, war nicht auszudenken, was dann geschah.

Kalt war die Luft. Wolken hingen dick und schwer am Himmel. Von der Nordseite fuhr der Wind in das Tal, spielte mit den Kutten und bauschte sie auf.

Ein glatter Boden. Die Männer wurden noch vorsichtiger.

Schon konnten sie die Felswand sehen, als der als erster gehende Glenn Kelly abermals stehen blieb und seinen Kopf nach links drehte.

»Was ist?«, fragte Ecclow ungeduldig. »Weißt du nicht mehr weiter?«

»Doch!«

»Und weshalb wartest du?«

»Hier ist jemand!«

Die anderen erstarrten.

»Wo?«, fragte Harry Gold mit zitternder Stimme.

Glenn Kelly deutete mit dem linken Arm zu Boden. »Da liegt einer.«

Lionel Linton stand am nächsten. Er ging noch einen Schritt heran, und jeder hörte seinen erstickt klingenden Schrei. »Verdammt, der hat keinen Kopf mehr!« Hastig wandte er sich ab, und die anderen hörten ihn würgen.

Sie wollten trotzdem nachschauen und sahen dasselbe wie ihr Freund. Ein Torso lag auf dem Boden.

»Was kann das sein?«, flüsterte Ecclow.

»Ein Mensch, was sonst?«

Ecclow warf Kelly einen scharfen Blick zu. »Das sehe ich selbst. Aber zum Teufel, der ist doch …«, er schluckte, »… der ist doch nicht umsonst so geworden.«

»Das nicht.«

»Und wer ist dafür verantwortlich?«

»Wir sollten in die Höhle gehen«, schlug Glenn Kelly vor, »dann erfahren wir es vielleicht.«

Niemand widersprach …

Ich sah es Sukos Gesicht an, dass er sich ärgerte, denn nun hatten die vier Männer den Torso entdeckt. Wir hatten nicht geglaubt, dass so schnell jemand auftauchen würde.

Wir selbst konnten so leicht nicht entdeckt werden, denn wir befanden uns in guter Deckung hinter einem Felsen, der wie ein Buckel von der Wand abstach.

Aber wir sahen die Männer. Wir hatten sie schon länger beobachtet und wussten, wo sie den Wagen abgestellt hatten. Sie waren zu Fuß die letzte Strecke gegangen, und wir glaubten fest daran, dass sie uns zum Schwarzen Tod führen würden.

Noch war es nicht so weit. Uns überraschte, dass sie mit dem Toten nichts anfangen konnten. Unter Umständen wussten sie gar nichts von dem McLellan-Clan und dem Testament, sodass zwei verschiedene und voneinander unabhängige Gruppen demselben Dämon dienten.

Eines war sicher.

Bisher hatten wir nur von der Totenkopf-Brigade gehört. Nun stand sie vor uns, und sie setzte sich aus vier Männern zusammen: vier Dienern des Schwarzen Tods!

Suko und ich waren gespannt, was sie unternehmen würden. Wir hofften darauf, dass uns durch sie der Weg zum Schwarzen Tod gezeigt wurde. Die Gespräche hatten wir mitbekommen. Auch die Ratlosigkeit des Quartetts, denn sie konnten mit der Leiche nichts anfangen.

Schließlich hatten sie sich überwunden und machten sich durch Kopfnicken gegenseitig Mut.

»Gehen wir auch?«, hauchte Suko, als er sah, wie sich die vier Männer in Bewegung setzten.

Und ob wir gehen wollten. Wir warteten nur einen günstigen Moment ab, denn wir rechneten damit, dass sich einer der Männer noch umdrehen würde, um nach dem Torso zu schauen.

Das geschah nicht. Sie gingen weiter, verschmolzen mit der Dunkelheit. Erst als sie nicht mehr zu sehen waren, da lösten auch wir uns vom Fleck.

Wir hörten sie genau. Am Geräusch der Schritte war ihr Weg zu verfolgen.

Trotzdem verfielen wir nicht in Hektik und ließen einen genügend großen Abstand. Wir wollten nichts provozieren, jetzt kam es auf ein paar Sekunden nicht mehr an. Wenn der Schwarze Tod oder dessen Hinterlassenschaft die gesamten Jahre über gewartet hatte, dann würde er jetzt nicht verschwunden sein.

Dafür waren die vier Männer plötzlich weg.

Das ging blitzschnell. Von einem Herzschlag zum anderen hörten wir sie nicht mehr.

Suko blieb stehen. »Da wird doch der Hund in der Pfanne verrückt«, murmelte er, »das gibt es nicht.«

»Doch«, sagte ich leise und beschleunigte meine Schritte. Ich war zu hastig und lief an dem kleinen Einschnitt in der Felswand vorbei. Dafür entdeckte Suko sie, und sein Ruf holte mich zurück.

»Komm her, John!«

Ich sah meinen Freund als Schatten. Er hatte sich ein wenig vorgebeugt und deutete auf eine Spalte im Fels, die gerade so breit war, dass ein Mensch mit normal gewachsenen Schultern hindurchgehen konnte.

Da waren sie also verschwunden.

Bevor wir ebenfalls diesen Weg nahmen, schauten wir uns um. Nein, es lauerte keiner mehr im Hinterhalt. Alles war klar, wir konnten den Versuch wagen.

Dabei fiel uns noch etwas auf. Wir brauchten uns jetzt nicht mehr auf die Schritte zu konzentrieren, sondern sahen etwas anderes, das wir schon kannten.

Es war dieses türkisfarbene Leuchten, über das wir uns schon bei den McLellan-Schädeln gewundert hatten.

Und das existierte auch hier.

Ich wollte einen Besen fressen, wenn nicht auch die Schädel der Typen leuchteten, die sie in den Händen hielten.

Sie waren für uns der beste Wegweiser ...

Die vier gingen den Weg, als wäre die Zeit stehen geblieben. Obwohl sie kein Wort miteinander sprachen, beschäftigte sich wohl jeder von ihnen mit den gleichen Gedanken.

Es war wie damals ...

Vor zwanzig Jahren waren sie auch den Weg gegangen. Sie hatten Schädel aus der Erde geholt. Schädel von besonderen Leichen, von Verbrechern und Mördern. Für sie, die Studenten, war es damals ein Spaß gewesen, ebenfalls die eigentliche Beschwörung, doch was danach gefolgt war, damit konnte keiner von ihnen rechnen.

Alles war so eingetroffen, wie man es ihnen vorausgesagt hatte. Jeder von ihnen erhielt das, was er sich erhofft hatte. Nun standen sie wieder an derselben Stelle.

Abermals tauchten sie zwischen die Felsen, wo ein schmaler Pfad herführte, den nur Eingeweihte kannten.

Wie immer ging Glenn Kelly voran. Er hielt seine Totenschädel in den offenen Händen. Die Finger waren nach oben gebogen, damit sie die wertvollen Köpfe auch halten konnten. Der Manager dachte an nichts. Es war ihm tatsächlich gelungen, seine Gedanken auszuschalten, denn er wollte alles auf sich zukommen lassen.

Als zweiter ging Harry Gold. Zitter-Harry hätte man ihn nennen können, denn er zitterte in der Tat. Hätte man ihn nach dem Grund gefragt, hätte er bei ehrlicher Antwort Angst zugeben müssen. Und die hatte sich in den letzten Minuten noch gesteigert, seit sie die kopflose Leiche entdeckten, denn Harry glaubte nun zu wissen, was ihnen allen bevorstand.

Es folgte Jim Ecclow. Ein schweigsamer Jim Ecclow. Der Mann hatte etwas von seiner großen Klappe verloren, er war ruhiger geworden. Dabei hatte er den Blick starr zu Boden gerichtet, obwohl er in der Pechschwärze sowieso nichts erkennen konnte. Selbst seine Fußspitzen sah er nur schattenhaft.

Als Letzter ging Lionel Linton.

Im Gerichtssaal ein abgebrühter, mit allen Wassern gewaschener Anwalt. In den letzten Minuten jedoch völlig verwandelt. Schweigend, in sich gekehrt. Vielleicht versuchte er als Einziger, ein Gebet zu sprechen, doch es wollten ihm einfach keine passenden Worte einfallen, und als er sie endlich gefunden hatte – Verse aus den Tagen der Kindheit –, da war er nicht in der Lage, sie zu artikulieren.

Etwas hinderte ihn daran.

Das Böse!

Genau das war es. Es lauerte hier. Unsichtbar schwebte es über ihnen und schien sich in jeder Spalte des rissigen Felsgesteins zu beiden Seiten festgesetzt zu haben.

Die Männer wagten kaum zu atmen, und ihre Schritte waren zögernd und leise.

Eine unnatürliche Ruhe lag über dem Ort. Selbst der Wind war nicht zu spüren, und die Luft, die zwischen den Felswänden lag, schien vom Atem des Bösen durchdrungen zu sein.

Jeder der vier Männer merkte dies, obwohl keiner von ihnen laut darüber sprach, doch die Freunde beschäftigten sich, ohne sich zuvor abgesprochen zu haben, mit den gleichen Gedanken.

Sie wussten noch genau die Entfernung.

Dreißig Schritte! Dreißig Schritte, um das Ziel zu erreichen, wo alles für sie begonnen hatte.

Und sie näherten sich diesem Ziel. Nicht nur die Lebenden spürten dies, auch die toten Gegenstände.

Es waren nicht zuletzt die Köpfe, die darauf ansprachen. Ein geheimnisvolles Leuchten legte sich auf die beinernen Schädel. Die acht Köpfe schienen von der Magie erfüllt zu sein. Das Leuchten erfasste sie nämlich nicht außen, sondern innen, es strahlte nur nach außen hin ab und drang durch die Platte auf dem Schädel sowie durch die Poren an der Seite der Schädel.

Dann war der Weg zu Ende.

Vor einer Wand schien er sich aufzulösen, und wer die Stelle nicht kannte, hätte sicherlich kehrtgemacht.

Den vier Männern war alles noch in bleibender Erinnerung. Glenn Kelly führte, wandte sich nach rechts, um zwei Schritte zu gehen, bevor er sich duckte, um in einem pechschwarzen Eingang unterzutauchen.

Er verschwand im Berg.

Eine Sekunde später folgte Harry Gold, nach ihm ging Jim Ecclow, und den Schluss bildete Lionel Linton, der sich noch einmal umdrehte und zurückschaute.

Er sah nichts.

Dann war auch er weg.

Waren die vier Männer zuvor durch die Dunkelheit geschritten, so wurden sie nun von einer pechschwarzen Finsternis verschluckt. Sie war wie ein Sack, den man ihnen über den Kopf gestreift hatte. Und wären da nicht die Schädel gewesen, die ihnen geleuchtet hätten, dann hätten sie sich nur durch vorsichtiges Tasten vorwärts bewegen können.

So aber gaben die Schädel ihr geheimnisvoll schimmerndes Licht ab und wiesen ihnen den Weg.

Er führte tiefer in den Berg hinein.

Die kalte Luft blieb zurück. Es wurde wärmer. Rechts und links befanden sich die Wände.

Schwarz, unheimlich und gefährlich.
Leben schien in ihnen zu lauern. Ein dämonisches, ein grauenhaftes und unheilgeschwängertes Leben, das eigentlich keine Existenzberechtigung hatte.
Ein jeder von ihnen spürte es. Hier war die Zeit stehen geblieben. Alles kam ihnen so bekannt vor. Wie vor zwanzig Jahren, als sie den Weg zum erstenmal gegangen waren und mit der großen Beschwörung begonnen hatten. Da war es ebenso gewesen.
Der Gang führte nicht gerade in den Berg hinein, sondern schlug einen Bogen.
Die Kurve war erst an ihrem Scheitelpunkt einzusehen, und als sie diesen erreicht hatten, da konnten sie auf ihr Ziel schauen.
Es war noch da!
Sie ahnten es mehr, als dass sie es sahen, und selbst Glenn Kelly, der immer so forsch gewesen war, blieb stehen und wartete erst einmal ab, was sich tat.
Die anderen drei drängten sich neben ihn. Sie alle schauten nach vorn, denn jeder von ihnen hatte das Gefühl, dass bald etwas geschehen musste.
Sie irrten sich nicht.
Da hörten sie bereits die Stimme. Sie hatte sich nicht verändert. Die Erinnerung an die erste Begegnung steckte noch zu tief in ihnen, um das behaupten zu können.
»Ihr seid gekommen«, hörten sie den Dämon reden.
»Ja«, antwortete Glenn Kelly, der sich zum Wortführer aufgeschwungen hatte. »Wie du es befohlen hast.«
»Tretet näher. Ich will euch sehen. Ich will wissen, was aus euch geworden ist …«
Die Männer zögerten. Jeder von ihnen spürte die Angst. Die Geister, die sie einmal gerufen hatten, ließen sie nicht mehr los, und sie fürchteten sich jetzt davor. Keiner sprach es aus, jeder dachte wohl ähnlich, dass dieser Berg für sie zu einer tödlichen Falle werden konnte, denn der Dämon, der sich Schwarzer Tod nannte, war unberechenbar.
»Kommt, kommt her!«, hörten sie abermals den Befehl, der dumpf und gleichzeitig heiser klang.

Da wagten es die Männer. Wieder machte Glenn Kelly den Anfang. Er hatte die Führung einmal übernommen und wollte jetzt auch nicht kneifen.

Trotzdem waren seine Schritte zögernd. Und mit jedem, den er voranging, erkannte er sein Ziel besser.

Vor ihm schälte sich etwas aus der Dunkelheit. Sie hatten das Ende des Stollens erreicht, genau die Stelle, wo sie damals die Beschwörung durchgeführt hatten.

Es war noch da!

Das Unheimliche, das Grauenhafte hatte sich nicht verändert. Allmählich schälte es sich aus der Wand, mit der es verwachsen war. Stück für Stück konnten die vier Männer erkennen, wie der Dämon von einem seltsamen, dunklen Licht umspielt wurde.

Sie sahen die Knochen an den Füßen, sie erkannten die Hände, den skelettierten Brustkorb und das Loch innerhalb des Kopfes, das ein Maul sein sollte.

So sah er aus.

So hatte er ausgesehen.

Groß, viel größer als ein normaler Mensch. Er war mit dem Felsen verwachsen, bildete eine Einheit, und jedem der vier war klar, wen sie hier vor sich hatten.

Es war ihr Meister – der Schwarze Tod!

Das Gefühl der Ehrfurcht konnte man von ihnen wohl nicht verlangen, trotzdem blieben sie beinahe ehrfürchtig stehen, als sie den Schwarzen Tod sahen.

Verändert hatte er sich nicht. Noch immer hielt er die Arme ausgebreitet, als wolle er sich mit seinen knöchernen Klauen an der Felswand festklammern. Der Kopf zeigte einen Totenschädel, wie er schrecklicher nicht sein konnte, wobei das Maul weit offen stand, und die Männer sahen erst jetzt den dunklen Brodem, der aus der Öffnung strömte und sich wie Nebel in der Höhle verteilte.

»Legt die Schädel vor mir auf den Boden«, befahl das in der Wand klebende Skelett.

Die Männer in den Kutten folgten der Aufforderung.

Sie bückten sich und legten die mitgebrachten Totenköpfe so hin, wie der Schwarze Tod es von ihnen verlangt hatte.

Harry Gold wäre dabei fast gestürzt. Er konnte sich vor lauter Angst kaum auf den Beinen halten.

Die anderen zogen ihn hoch.

Die mitgebrachten Totenschädel lagen jetzt so, dass sie eine Reihe bildeten, und die vier Männer waren wieder zurückgetreten. Sie hatten genau getan, was der Schwarze Tod von ihnen verlangte, jetzt warteten sie ab, wie es weitergehen sollte.

Und sie fürchteten sich davor. Obwohl es niemand aussprach, war es ihren Gesichtern abzulesen.

»Sind es dieselben Schädel, die ihr mir vor zwanzig Jahren geweiht habt,« wurde die Totenkopf-Brigade gefragt.

Und Kelly, der sich zu ihrem Anführer aufgeschwungen hatte, gab auch die Antwort. »Ja, sie sind es.«

»Mit wem habt ihr über die Schädel gesprochen?«, fragte der Dämon weiter.

»Mit keinem Menschen!«

»Könnt ihr es schwören?«

Die vier Freunde schauten sich an. Ein jeder nickte als Zeichen des Einverständnisses, und der gemeinsame Wortlaut des Schwurs drang dumpf unter ihren Kapuzen hervor.

»Wir schwören!«

Der Schwarze Tod schien zufrieden zu sein, denn aus seinem Maul drang kein Laut mehr. Dafür reagierte er auf eine andere Art und Weise. Bisher hatte das schwarze Skelett nur starr in der Wand gesteckt, nun aber bewegte es sich.

Das erschreckte die Männer. Sie dachten zurück. Bei ihrer ersten Begegnung war das Skelett starr gewesen, es hatte nur gesprochen, doch seit wann konnte es sich bewegen?

Die Erklärung wurde ihnen sofort nachgeliefert, denn der Schwarze Tod sagte: »Der Geist des Hexers hat mich erfüllt. Er war ebenfalls mein Diener, und als er starb, ist sein Geist in mich gefahren und hat mir sein Leben gegeben. Ihr gabt mir die Schädel. Ihr habt sie zwanzig Jahre lang gehütet, so wie ich es euch befohlen habe. Nun ist die Zeit abgelaufen, und auch die Zeit der Schädel.«

Nach diesen Worten reagierte er so, wie es die Totenkopf-Brigade nicht für möglich gehalten hätte. Aus seinem Maul drang eine schwarze Wolke, und seine Arme streckte er vor, um die dunklen Knochenfinger zu spreizen. Beide Hände schwebten jetzt über der Schädelreihe, und gleichzeitig drückte der Rauch nach unten, da er schwerer war als die Luft.

Er berührte die Schädel.

Wie Wasser, das Wellen wirft, so wallte es über die Knochenköpfe, legte einen Schleier um sie und hatte sie kaum umhüllt, als es geschah.

Das, was die Männer zwanzig Jahre lang gehütet hatten, wurde innerhalb von Sekunden radikal zerstört.

Der schwarze Atem des Skeletts löste die Schädel auf. Die vier Freunde sahen aus schockgeweiteten Augen zu, wie sich die Totenköpfe in Staub auflösten.

Ein leises Knistern war zu hören, ein Rascheln, mehr nicht. Danach lag nur ein gelblich flimmernder Staub genau dort, wo die acht Köpfe zuvor gestanden hatten.

Es war aus.

Wer konnte das Entsetzen in Worte fassen, das die vier Männer in diesen Augenblicken umfangen hielt? Auf die Schädel hatten sie all ihr Vertrauen gesetzt. Sie waren für die Totenkopf-Brigade der Garant des Erfolges gewesen. Der Dämon hatte sie ihnen als Talisman überlassen, um sie jetzt zu zerstören.

In diesen Augenblicken merkten sie, dass sie sich in eine Abhängigkeit begeben hatten, aus der sie niemals mehr entrinnen konnten. Die Schriften, die sich mit der Beschwörung beschäftigten, warnten gleichzeitig davor, und die vier Männer stellten fest, dass diese Warnungen nicht umsonst ausgesprochen worden waren.

Es ging dem Ende zu.

War mit der Zerstörung der Schädel vielleicht auch ihre Zeit abgelaufen?

Diese bange Frage stand unausgesprochen zwischen ihnen. Keiner wollte sie formulieren, jeder dachte jedoch daran.

Der Schwarze Tod zog seine Arme wieder zurück. Er erreichte die Haltung, die er schon zuvor gehabt hatte, und begann abermals mit seinen Dienern zu sprechen.

»Als ihr vor zwanzig Jahren zu mir kamt und mich beschworen habt, da gab ich euch, was ich konnte. Ihr habt Macht und Einfluss gewonnen, ihr wolltet reich werden, ihr seid es geworden, aber ihr habt dafür keinen Preis gezahlt. Ich nahm nichts, weil ich mächtig genug war. Viel Zeit ist vergangen, jeder muss einmal für das, was er bekommen hat, bezahlen. Auch ihr werdet es müssen, und ich nehme mir das, was mir nach den Gesetzen der schwarzen Magie zusteht. Euer Leben!«

Jetzt war es heraus!

Nichts ist umsonst. Nicht einmal der Tod, denn er kostet das Leben. An diesen makabren Spruch musste Kelly, der Nervenstärkste unter ihnen, denken, als er die Worte hörte. Und er schüttelte den Kopf. Wie hatten sie nur glauben können, dass die Hölle etwas umsonst gab?

Nein, das war nicht drin. So etwas gab es nicht.

Und die Hölle – sprich der Dämon – gab sich nicht mit Kleinigkeiten zufrieden. Sie nahm alles.

Der Schwarze Tod wollte ihr Leben. Zwanzig Jahre hatte er sie in Ruhe gelassen, in Sicherheit gewiegt und ihnen alles ermöglicht, was sie sich wünschten.

Sie waren erfolgreich gewesen, gehörten zum Geldadel der Stadt, waren angesehen und hatten auch nie eine Kirche betreten, wie man es ihnen befohlen hatte.

Nun verlangte er den Preis!

Ihr Leben!

Aber sollten sie es so einfach wegwerfen?

War es nicht zu wertvoll, um es kampflos aufzugeben? Weshalb wollte er ihren Tod?

Glenn Kelly schaute die anderen an. Ihre Blicke trafen sich nicht, denn sie hielten die Köpfe gesenkt und erweckten dabei den Eindruck, als hätten sie sich mit dem ihnen zugedachten Schicksal abgefunden.

Sogar Jim Ecclow hatte seine Forschheit verloren, und das verstand ein Mann wie Glenn Kelly nicht.

Er wollte nicht so einfach aufgeben. Dass sie in einer Falle saßen, war ihm klar geworden, doch auch ein Dämon wie der Schwarze Tod musste zu überlisten sein, denn Glenn erinnerte sich an die alten Märchen, wo es oft genug gelungen war, den Teufel auf raffinierte Art und Weise zu hintergehen.

Vielleicht war dies hier auch möglich.

Glenn straffte sich. Ein regelrechter Ruck lief durch seinen Körper, und er schaute seinem ehemaligen Gönner und jetzigen Todfeind in das schwarze Skelettgesicht.

»Wir haben dir gedient, wir haben alles getan, was du wolltest. Weshalb willst du unser Leben?«

»Weil es immer mein Preis ist!«

»Wofür?«

Aggressiv hatte Glenn Kelly dem Schwarzen Tod das Wort entgegengeschleudert, und der antwortete ebenfalls hart.

»Das fragst du noch?«, dröhnte es dem Mann entgegen. »Was hast du denn alles mir oder der Hölle zu verdanken? Du hast Erfolg gehabt, großen Erfolg sogar, und hast dafür nichts zu geben brauchen. Das mache dir mal klar. Du hast gar nichts gegeben, nicht den kleinsten Teil deines Ichs oder deiner Seele. Du hast wie auch die anderen nur immer den Vorschuss genommen und diesen weidlich ausgekostet. Es war vermessen von dir, zu glauben, immer so weiterleben zu können. Nein, so etwas haut einfach nicht hin. Irgendwann musst du zahlen. Einen hohen Preis geben für das, was einmal gewesen ist. Die Hölle gibt nichts umsonst. Wer dies trotzdem glaubt, ist ein Narr. Du kannst versuchen, was du willst, ich bekomme euch nicht nur, ich habe euch schon, und eure Seelen werden mir die Kraft geben, um weiterleben zu können.«

»Aber …«

»Kein Aber, Glenn Kelly. Auch wenn in zwanzig Jahren viel geschehen ist, bin ich noch immer mächtig. Vielleicht hast du davon gehört, dass ich vernichtet wurde, denn es gibt inzwischen einen Mann namens John Sinclair, der sich Geisterjäger nennt. Er hat mich getötet, mich, den Schwarzen Tod. Aber er konnte nur meine Gestalt töten, nicht die Seele, denn sie ging ein in die ewige Verdammnis. Im Reich des Spuks war sie gefangen, und im Reich des Spuks blieb sie gefangen. Verzweifelt habe ich nach einer Möglichkeit gesucht, wieder zurückzukehren. Ich erinnerte mich an dieses alte Erbe, das hinterlassen worden war. Ich dachte an die vier Männer, die mich vor langen Jahren einmal beschworen hatten und die jetzt als reiche und glückliche Menschen herumliefen. Diese vier waren dem Schwarzen Tod noch etwas schuldig. Eure Seelen, mit dem Geist des Hexers Gideon McLellan vereint, werden einen neuen Schwarzen Tod erschaffen, der sich allmählich hocharbeiten wird, um die Macht des alten Dämons zu erlangen. Der Spuk hatte keine Einwände, er steht dabei auf meiner Seite, denn er weiß genau, welch einen Freund er in mir hätte, wenn ich wieder auferstehen würde. In diesem Berg, in dieser Tiefe, in dieser Dunkelheit werde ich wiedergeboren, und ihr seid meine magischen Paten. Durch euch erstarke ich; jetzt wird der Spieß umgedreht, denn bisher habt ihr das große Leben geführt, nun bin ich an der Reihe. Du, Glenn Kelly, wirst mir deine Seele als Erster geben, denn du bist es damals gewesen, der auf die Idee kam, mich zu beschwören und uralte Kräfte zu wecken …«

Glenn hörte die Worte, er verstand sie auch, aber er wollte sie nicht begreifen. Was dieses unheimliche Skelett da von sich gab, ging in seinen Kopf nicht hinein. Klar, er sollte getötet werden, aber von einem Wesen, das gar nicht mehr lebte und dennoch existierte.

Glenn bekam Angst.

Kalt lief es über seinen Rücken. Die Atmosphäre in der Höhle empfand er plötzlich als erdrückend.

Er kriegte kaum Luft, und auch seinen Freunden erging es nicht besser. Die schwarzen Wolken schienen der gesamten Umgebung den Sauerstoff zu entziehen.

Ratlosigkeit und Angst breiteten sich zwischen ihnen aus. Und Glenn Kelly war nicht mehr in der Lage, die

Ereignisse genau nachzuvollziehen, seine klaren Überlegungen wurden gestoppt, da entstand eine Barriere im Gehirn.

Vielleicht reagierte er aus diesem Grunde so überstürzt und so völlig unsinnig.

Er hatte seinen Freunden von seinem Argument berichtet. Es war ein Revolver, den er sicherheitshalber mitgenommen hatte, und den zog er jetzt, wobei er die Mündung auf das in der Wand stehende schwarze Skelett richtete.

Irgendwie wusste Glenn Kelly selbst, dass er mit einem Schuss nicht viel erreichen konnte, aber er wollte in diesen Augenblicken einfach etwas unternehmen. Hätte er nichts getan, hätte er sich zu hilflos gefühlt, deshalb die Waffe.

Das Mündungsloch schwankte. Glenn Kelly war so erregt, dass er kaum noch die Kontrolle über sich hatte, und er hörte auch das höhnisch klingende Lachen des Dämons.

»Was willst du mit diesem Spielzeug?«, fragte das schwarze Skelett. »Einen Dämon mit einer Kugel töten?«

Glenn Kelly wusste selbst, dass er verloren hatte.

Schon in diesen Augenblicken war ihm das klar geworden, aber er wollte es nicht einsehen. Er musste sich einfach selbst beweisen, und wenn es durch einen Schuss war.

Auch die anderen, die bisher der Auseinandersetzung schweigend und entsetzt gefolgt waren, sahen ein, dass ihr Freund keine Chance hatte. Jim Ecclow versuchte es noch, ihn mit Worten zu überreden. Durch die Zähne zischte er: »Lass es, Glenn, es hat keinen Sinn. Er ist stärker. Er wird uns …«

»Nein, ich tue es …«

Er schoss!

Als der Revolver aufwummerte, dröhnte der Schall durch den Tunnel, und die drei Männer erkannten, dass Glenn gut gezielt hatte. Das Geschoss hieb genau ins Zentrum, es hätte den Schädel des schwarzen Skeletts zerstören müssen, das geschah aber nicht. Im Gegenteil, die Kugel prallte ab und wurde zu einem gefährlichen Bumerang.

Ausgerechnet für den Schützen.

Irgendwie ahnte es Glenn Kelly. Er wollte noch weg, ausweichen, doch da wurde er bereits von dem deformierten Geschoss getroffen. Es hackte in seine Schulter.

Plötzlich hatte er das Gefühl, als würde der rechte Oberarm mit flüssigem Eisen gefüllt sein. Schmerzen wüteten im Arm und liefen in Wellen hinab bis zur Hand.

Glenn gelang es nicht mehr, die schwere Waffe zu halten. Der Revolver fiel zu Boden.

Niemand bückte sich danach. Die drei anderen starrten ihren Freund an, dessen Kopf in den Nacken flog. Kelly taumelte gegen die linke Wand. Die Kapuze rutschte dabei von seinem Kopf, sodass sein Gesicht freigelegt wurde.

Auf ihm spiegelten sich alle Schmerzen wider, die er empfand. Dieser Treffer hatte den Mann regelrecht umgehauen. Er machte ihn nicht nur körperlich, sondern auch seelisch fertig. Seine Beine wollten das Gewicht einfach nicht mehr halten. Sie gaben nach, und Jim Ecclow sprang hin, um den Freund zu stützen.

Glenn biss die Zähne zusammen. Trotzdem konnte er ein Stöhnen nicht unterdrücken. Er hatte alles auf eine Karte gesetzt und verloren. Der Dämon hatte den vier Freunden gezeigt, dass er hier die Regie führte, und das sagte er ihnen auch.

»Ich werde eure Seelen nehmen. Ihr könnt machen, was ihr wollt. Euer Tod ist eine beschlossene Sache, und mit solch lächerlichen Dingen wie mit einer Kugel kann man mich nicht vernichten. Das solltet ihr eigentlich wissen.«

»Fahr zur Hölle!«, knirschte der Verletzte. »Ich will dich nicht mehr sehen. Hau ab, verschwinde, du sollst im Höllenfeuer schmoren, du verfluchter Bastard!«

Ecclow riss Kelly auf die Füße. Und noch einmal holte Glenn die Kraft aus seinem Körper, die in ihm steckte. Er drehte sich heftig, und es gelang ihm, den Griff des Mannes zu sprengen.

»Glenn, mein Gott …«

Kelly hörte nicht. Er drehte durch. Vielleicht waren es die Schmerzen oder das Wissen, es doch nicht mehr zu schaffen, jedenfalls versuchte er es mit einer Verzweiflungstat.

Er floh.

Und der Schwarze Tod tat nichts.

Die anderen drei Männer ließen ihn laufen. Sie waren viel zu überrascht, um ihm zu folgen, und sie erlebten in den nächsten Sekunden, wie brutal und gnadenlos der im Fels steckende Dämon sein konnte, denn vor ihren Augen geschah etwas unvorstellbar Grauenhaftes …

Als die Schädel anfingen zu leuchten, da wurde uns klar, dass wir die heiße magische Zone erreicht haben mussten. Hier begann das direkte Wirkungsfeld des Dämons.

War es wirklich der Schwarze Tod?

Ich konnte es noch immer nicht glauben. Das wollte einfach nicht in meinen Kopf, dass es derjenige sein sollte, den ich damals getötet hatte.

Suko schritt vor. Wir drückten uns in den Felsspalt hinein und schauten nach vorn, wo die Schwärze von den Schädeln ein wenig aufgehellt wurde, gerade so weit, dass man sich orientieren konnte.

Zu sehen war nichts.

Wie in einer Schlucht gefangen, fühlten wir uns, denn wenn wir nach oben schauten, sahen wir einen schmaleren, helleren Ausschnitt – den Himmel.

Etwas traf kalt mein Gesicht. Es waren erste Schneeflocken, die aus den Wolken fielen. Sie fanden ihren Weg ebenfalls durch den schmalen Spalt, berührten die Haut und schmolzen dort weg.

Dann verschwand das Leuchten.

Auch Suko, der einige Schritte vorgegangen war, entdeckte es nicht mehr. Er blieb für einen Moment stehen, drehte sich dann und wartete, bis ich ihn erreicht hatte.

»Wo sind sie hin?«, wollte ich wissen.

Mein Freund hob die Schultern. »Plötzlich waren sie weg.«

»Das gibt es doch nicht.«

»Und ob!«, flüsterte der Inspektor.

Ich war trotzdem skeptisch und holte meine Bleistiftleuchte hervor. Bisher hatten wir darauf verzichtet, denn ich wollte nicht, dass man unsere Verfolgung zu früh bemerkte. Nun aber schaltete ich sie ein, und der schmale Finger stach durch die Dunkelheit wie ein heller Streifen. Auf einem kleinen Felsen fand er sein Ziel. Dort malte er einen Kreis. Ich schwenkte ihn weiter, ging selbst vor und entdeckte tatsächlich eine Lücke im Fels.

»Da sind sie verschwunden«, sagte ich zu Suko, der mir gefolgt war. Ich leuchtete mit der Lampe dorthin, und auch Suko sah jetzt den Einschnitt.

»Den habe ich in der Dunkelheit nicht gesehen«, gab er zu.

Ich huschte vor. Der Schneefall wurde heftiger. Vor meinen Augen tanzten die Flocken. Sie berührten auch den Fels, tauten dort ebenso rasch weg wie auf meinem Gesicht.

So leise wie möglich bewegten wir uns weiter. Dabei versuchten wir, auf Zehenspitzen zu gehen.

Wenn unsere Feinde irgendwo in der Dunkelheit vor uns lauerten, sollten sie uns so spät wie möglich bemerken. Den Schein der Lampe schirmte ich mit meiner Handfläche ab, nichts sollte uns verraten.

Selbst den Atem behielten wir unter Kontrolle. So flach wie möglich holten wir Luft und waren ein wenig überrascht, als wir vor uns den Eingang eines Stollens entdeckten.

Wir blieben stehen.

»Der führt in den Berg«, wisperte Suko.

»Oder zum Schwarzen Tod!«

Suko schaute mich an. »Jetzt glaubst du auch daran, wie?«

»Verdammt, ich will es nicht. Solange jedoch das Gegenteil nicht bewiesen ist, muss ich es.«

»Na denn …«

Abermals setzten wir uns in Bewegung. Noch vorsichtiger, noch leiser. Nicht nur nach rechts und links schauten wir, sondern auch in die Höhe, wo wir über uns einen schmalen Streifen des Himmels erkannten. Wir hatten den Eingang des Tunnels noch nicht durchschritten, als wir Geräusche vernahmen, die wir als Stimmen identifizierten.

Augenblicklich blieben wir stehen.

Zwar konnten wir nicht verstehen, was gesprochen wurde, die Stimmen waren zu einem dumpfen Hallen verzerrt, aber es musste in der Dunkelheit vor uns jemanden geben, mit dem sich die Männer so angeregt unterhielten.

Der Schwarze Tod?

Von allein kam mir der Gedanke, und abermals dachte ich darüber nach, wie ich ihn am Südpol auf einem Berg stehend mit Kreuz und Bumerang getötet hatte.

Der durfte doch nicht mehr existieren!

Dann fiel ein Schuss!

Nicht hell und peitschend, nein, der Tunnel vor uns verzerrte die Geräusche. Als dumpfes Wummern war der Schuss wahrzunehmen. Wir hörten auch kein Pfeifen der Kugel, allerdings einen schmerzerfüllten Laut, den nur ein Mensch ausgestoßen haben konnte.

Da mussten wir helfen!

Suko und ich hatten den Gedanken gleichzeitig. Wir wollten ihn auch in die Tat umsetzen, schafften aber nicht mehr als vier Schritte. Etwas war plötzlich über uns, das an ein gewaltiges Netz erinnerte. Es fing uns nicht nur ein, sondern schleuderte uns auch zu Boden, und ich hörte Suko leise schreien.

Dann erwischte es auch mich …

Glenn Kelly hatte es versucht. Er wollte nicht auf diese schreckliche Art und Weise sein Leben aushauchen und in der einsamen Berghöhle sterben.

Er war noch jung, vieles lag vor ihm, und er brauchte auch diesen verdammten Dämon nicht.

Doch er hatte nicht nur gegen einen Dämon zu kämpfen, sondern gegen zwei.

Und einer davon war der Spuk!

Er stand auf der Seite des Schwarzen Tods. Dessen Seele hatte er nicht freigelassen, der Schwarze Tod sollte sich auf eine andere Art und Weise regenerieren, aber er wollte ihm dabei helfen, und so setzte der Spuk seine Macht ein.

Hinter den vier Männern befand sich mitten im Bergtunnel eine magische Barriere.

Gegen die rannte Glenn.

Er spürte den Schlag!

Es war ein Treffer, der nicht nur eine bestimmte Stelle seines Körpers malträtierte, sondern sich über die gesamte Fläche verteilte und ihn durchschüttelte. Im nächsten Augenblick glaubte der verletzte Glenn Kelly, in einem unsichtbaren Netz gefangen zu sein. Er konnte nicht mehr weitergehen und blieb in einer grotesken Haltung im Höhlengang stehen.

Seine drei Freunde hatten sich gedreht. Sie wurden jetzt Zeugen des Grauens, das über ihren Freund hereinbrach.

Gleichzeitig glühte in der Nähe des Schwarzen Tods ein dunkles Licht auf.

Glenn Kelly hing in einer Schräglage!

Den rechten Arm hatte er dabei erhoben und gleichzeitig angewinkelt, der linke war zur Seite gestreckt. Mit dem rechten Fuß berührte er den Boden, der linke hing in der Luft, weil er sein Bein angezogen hatte.

Und so blieb er.

Sekunden vergingen! Kein Schrei drang mehr aus Glenns Mund. Einen Lidschlag später begann sein grauenhaftes, lautloses Sterben. Das war Horror, wie er schlimmer nicht sein konnte. Hier bewies die schwarze Magie, wie stark sie war, die Hölle ließ ihre Kräfte frei, und ein Dämon verschlang sein Opfer.

Ein Zittern lief durch die Gestalt. Die Umrisse des Körpers erschienen so scharf konturiert, als hätte sie ein Maler mit einem Pinsel genau nachgezeichnet.

Ein gut zu erkennender Schatten zeichnete sich in der Luft gegen eine unheimliche, drohende und von den

Männern noch nie gesehene Schwärze ab, wie sie nur der Spuk absondern konnte.

Und er vernichtete Glenn Kelly!

Waren die Umrisse so scharf zu sehen gewesen, lösten sie sich einen Moment später allmählich auf. Das fing an den Seiten an, der Körper wurde zusammengedrückt, und es entstand ein grauer Wirbel, der immer stärker wurde, je mehr die unheimliche Kraft zudrückte.

Kelly wurde buchstäblich aufgelöst.

Und seine Freunde schauten zu. Schockgeweitet waren ihre Augen. Sie begriffen nicht, wie man so grausam sein konnte, und sie mussten mit ansehen, wie Glenn Kelly immer dünner wurde und bald nur noch ein Schatten war.

Dann gab es ihn nicht mehr.

Er war weg, geschluckt – vorbei ...

Und der Schwarze Tod lachte.

Es klang dröhnend, siegessicher, denn die erste Seele gehörte nun ihm.

»Und so wird ein Mächtigerer als ich dafür Sorge tragen, dass der Schwarze Tod wieder erstarkt. Er kehrt zurück, um all die zu vernichten, die seine Feinde sind. John Sinclair an erster Stelle ...«

Mit dem Namen des Geisterjägers konnten die drei Männer nichts anfangen. Sie hörten auch gar nicht richtig hin. Für sie allein zählte, dass ihnen das gleiche Schicksal bevorstand wie ihrem Freund Glenn Kelly. Und wie auf ein geheimes Kommando hin schweiften ihre Blicke vom Schwarzen Tod ab und wanderten dorthin, wo das lag, was einmal ihr Freund gewesen war.

Staub ...

Sie konnten in den Gang hineinschauen, denn da befand sich nichts, was ihren Blick gehindert hätte. Eine Wand oder ein Netz war nicht zu sehen, und doch war Glenn Kelly auf eine schreckliche Art und Weise ums Leben gekommen. Sie hatten für seinen Tod einfach keine Erklärung.

Ein seltsames Knirschen ließ sie herumfahren. Weit rissen sie die Augen auf, als sie das Schreckliche sahen.

Das Skelett hatte bisher nur seine Arme bewegen können. Nun war es ihm gelungen, das rechte Bein zu heben. Es winkelte das Knie an und wirkte so, als wolle es aus der Wand steigen.

Der Schwarze Tod war erstarkt!

Eine Seele, ein Leben hatte er bereits genommen und damit Kraft in sich eingesaugt.

So wussten die Männer genau, zu was sie letzten Endes nützlich waren.

Wenn dieser furchtbare Dämon auch ihre Seelen an sich gerissen hatte, würde er immer weiter erstarken und so mächtig werden, wie er es sich wünschte.

Das waren ihre Gedanken. Niemand sprach sie aus, doch ihren bleichen Gesichtern war abzulesen, wie sie sich den Fortlauf der makabren Geschichte vorstellten.

Die Angst wurde größer.

Harry Gold konnte sich als Erster nicht mehr beherrschen. Er öffnete seinen Mund, und der Laut, der zwischen seinen Lippen hervordrang, hatte schon nichts Menschliches mehr an sich. Es war ein Beweis namenloser Furcht.

»Wir sind verloren!«, flüsterte er entsetzt, wobei sich seine Gesichtszüge veränderten und regelrecht entgleisten. »Wir schaffen es nicht mehr. Die Geister, die wir riefen …«

»Sei ruhig!«, zischte Ecclow.

»Nein, ich …«

»Halt dein Maul!« Ecclow schlug mit der Faust zu. Sein Treffer schleuderte den Autohändler zurück. Er prallte gegen die Wand. Aus seinem Mund drang ein Heulton, und er wollte sich wieder vorwerfen, als die schwarze Magie eingriff und sich den Nächsten holte.

Es war Jim Ecclow.

Er wurde nicht von derselben Falle verschluckt wie Glenn Kelly. Ein anderer holte sich ihn. Es war der Schwarze Tod, aus dessen Maul dieser pechschwarze Nebel drang und Geschwindigkeit sowie Kraft annahm, kaum dass er das Skelett verlassen hatte. Er drehte sich gedankenschnell zu einer Spirale zusammen, die auch noch um ihre eigene Achse wirbelte und Kurs auf den entsetzten Jim Ecclow nahm.

Der starrte die Spirale an. Er blieb für einen Moment wie festgeleimt auf der Stelle stehen, auch Lionel Linton und Harry Gold taten nichts, um ihrem Freund zu helfen.

Der überwand seine Starre, wollte noch weg, kam einen halben Schritt weit, als es ihn erwischte.

Die Spirale aus magischem Nebel drehte sich wie eine Fessel um seinen Körper. Sie legte sich von oben nach unten, lähmte jede seiner Bewegungen, und sosehr er es auch versuchte, er kam nicht mehr frei. Auch seine Knie wurden umwickelt, und ein heftiger Ruck riss ihm plötzlich die Füße unter dem Boden weg.

Er schwebte und schrie!

Ecclows Schicksal erfüllte sich in den nächsten Sekunden. Er wusste genau, dass er seinem Tod nicht mehr entwischen konnte, und er wurde auf den Dämon mit unwiderstehlicher Gewalt zugezogen, der ihnen einmal so viel gegeben und auch alles bedeutet hatte.

An seinen entsetzten Freunden vorbei raste Ecclow auf die Wand zu, wo das Skelett schimmerte.

Und diese Wand wurde durchlässig.

Ein letzter Schrei noch, ein verzweifeltes Aufbäumen des Mannes, dann verschmolz sein Körper mit dem Knochengestell des schwarzen Skeletts zu einer Einheit.

Für den Zeitraum mehrerer Atemzüge geriet die Wand in wallende Bewegungen. Die beiden Männer hörten furchtbare Geräusche, die Umrisse des Skeletts verwischten in der schwarzen Wolke, zudem vermischten sie sich mit dem Körper des Mannes, und dann war von Jim Ecclow nichts mehr zu sehen.

Nur der Schwarze Tod war noch da! Und er präsentierte sich als Sieger. Er hatte sich wieder eine Seele geholt.

Inzwischen gelang es ihm, beide Arme und auch beide Beine zu bewegen. Nur sein Oberkörper steckte in der Wand. Um ihn zu lösen, waren die beiden übrig gebliebenen Männer da.

Der Schwarze Tod genoss und liebte die Angst. Andere

mussten Furcht haben, sie sollten zittern, wenn sie ihn sahen, sie mussten vor Grauen vergehen.

Dies alles genoss er, als er sich seine letzten beiden Opfer anschaute, die wehrlos waren und nun ihren Preis für zwanzig Jahre Macht bezahlen würden.

Noch wusste keiner von ihnen, wer als nächster an der Reihe war, und auch das trug dazu bei, ihre Furcht ins Namenlose zu steigern …

Wir waren in eine magische Falle gelaufen!

Dies schoss mir in einer winzigen, kaum messbaren Zeitspanne durch den Kopf, als ich in den unsichtbaren Fängen eines Dämons landete.

Dafür kam nur einer in Frage.

Der Spuk!

Wir hatten ihn gesehen, er hatte uns seine Macht anhand der Steine gezeigt. Jetzt wollte er sie an uns persönlich regelrecht austoben.

Zu Boden hatte er uns geworfen. Sukos leiser Schrei war mir nicht entgangen, und auch ich fühlte mich verdammt unwohl, denn ich war ein Gefangener des Unsichtbaren.

Die Zeit schien plötzlich stillzustehen, ich drehte mich in einem Vakuum und hörte aus unmittelbarer Nähe und gleichzeitig auch aus weiter Ferne die unheimlich klingende Stimme des Spuks.

»Jetzt habe ich dich, Geisterjäger. Gefesselt im Netz des Unsichtbaren. Du wirst vergehen, du wirst zu einem Schatten, der sich aus meiner Welt nicht mehr lösen kann. Ich habe euch weit genug kommen lassen, und ich werde dafür sorgen, dass es das Letzte war, was ihr gegen mich unternommen habt.«

Ich bekam Herzjagen, denn der Spuk hatte mit seinen Worten genau ins Schwarze getroffen. Ich wusste nicht, was es für ein Gefühl war, wenn man von seinem Schatten regelrecht verschlungen wurde, aber ich fühlte mich noch so wie früher. Die Gewalt des Spuks hatte mir nichts anhaben können, ich konnte mich bewegen, meinen Kopf drehen, und auch mein Gedankenapparat arbeitete klar.

Wie war das möglich?

Mein Kreuz!

Ich hielt mein Kreuz in der Hand. Es war der einzige Schutz, den ich besaß. Deshalb war es dem Spuk noch nicht gelungen, mich in seine Welt hineinzustoßen.

Und ich mobilisierte meine inneren Kräfte, riss die Augen auf, die ich beim Fall zu Boden geschlossen hatte. Erst jetzt wurde ich der seltsam fahlen Helligkeit gewahr, die meinen Körper umgab, dass ich Teile meiner näheren Umgebung erkennen konnte.

Ich lag inmitten einer Insel. Der Schein schützte mich, aber darüber bewegte sich die tiefe, tintige Schwärze. Und diese Bewegung zeigte mir an, dass über mir der Spuk wallte.

Er war ein amorphes Wesen, ein unheimliches Ding aus einer Schattenwelt, das keine festen Konturen hatte, das ich auch nicht packen konnte, weil es seine Gestalt immer wieder veränderte.

Er schwebte über dem Kreuz, hatte Triumph verspürt, und mir wurde jetzt auch der Grund klar.

Er hieß Suko!

Mein Freund und Kollege besaß leider nicht eine so starke Waffe wie ich. Er war zwar nicht wehrlos, doch ich wusste nicht, was er dem Spuk entgegensetzen sollte, um sich aus dem unsichtbaren Netz zu befreien.

Wieder fiel mir ein, dass Suko leise aufgeschrien hatte. Ihm musste es schlechter gehen als mir, und ich wälzte mich schwer zur Seite, um ihn sehen zu können.

Seinen Schatten sah ich.

Schatten?

Plötzlich schrillte in meinem Kopf eine Alarmglocke. Mit dem Spuk verband ich die Begriffe Grauen, Tod und Vernichtung. Ich ließ mir die Zeit, um genauer hinzuschauen, und musste mit ansehen, wie schwer der Inspektor zu kämpfen hatte.

Seine Bewegungen waren matt geworden. Etwas umgab ihn wie eine Wolke. Ein schwarzes Nichts, das dennoch vorhanden war. Es wollte Suko in sich hineinziehen, ihn regelrecht fressen oder aufsaugen.

Und mein Partner war nicht geschützt!

Auch mir fiel es schwer, mich zu bewegen. Die Kräfte einer anderen Dimension zerrten an mir. Ein sicher geglaubtes Opfer wollten sie einfach nicht mehr entkommen lassen, aber da war noch das Kreuz, das seine Gegenmagie entfaltet hatte.

Natürlich hätte ich es aktivieren können, aber was geschah dann? Wurde der Spuk vernichtet, so bestand die große Gefahr, dass auch sein Reich zerriss und die gefangenen Seelen befreit wurden. Solange ich darüber nicht genau Bescheid wusste, ließ ich es lieber bleiben und wollte es auf eine andere Art und Weise versuchen.

Ich musste in Sukos Nähe gelangen, nur so konnte mein Kreuz uns beide schützen.

Der Inspektor schrie nicht, er jammerte nicht, obwohl er Schweres durchmachte.

Suko litt lautlos.

Und ich war zu langsam. Über mir hing die Fessel des Spuks. Sie kämpfte gegen den Schirm an, den das Kreuz um meinen Körper gelegt hatte.

Zwar war die schwarzmagische Fessel nicht so stark, doch sie behinderte mich sehr.

Ich fühlte mich wie eine Schnecke, die nur Zoll für Zoll ihren Weg fand.

Konnte ich es schaffen?

Suko wurde immer schmaler. Die Magie des Spuks war einfach zu stark. Sie hielt meinen Freund gepackt, und als es ihm endlich einmal gelang, sich auf die Seite zu drehen, da konnte ich für einen Moment sein Gesicht erkennen und erschrak zutiefst.

Das hätte ich mir nicht vorgestellt!

An der Dunkelheit konnte es auch liegen, dass seine Haut so schrecklich grau aussah. Meines Erachtens jedoch war noch etwas anderes dafür verantwortlich. Die Kraft und die Magie des Spuks. Die Schatten hatten es geschafft, sich des Inspektors zu bemächtigen, und dabei schon sein Gesicht erreicht.

Suko konnte einfach nichts dagegen tun!

Mir ging es noch gut, auch wenn ich nur langsam von der Stelle kam, und ich musste meinen Freund helfen. Auf dem Bauch lag ich, winkelte den linken Arm an, drückte die Handfläche gegen den Boden und stützte mich allmählich auf.

»Suko!«

Ich hatte den Namen schreien wollen, es wurde nur ein Krächzen, dennoch laut genug, um von meinem Partner verstanden zu werden. In seinen Augen blitzte das Erkennen.

Und dann schleuderte ich mein Kreuz!

Es gab keine andere Chance für Suko, ich musste dies tun, aber ich gab meine wertvollste Waffe nicht ganz aus der Hand. Die Kette, an der das Kreuz baumelte, hielt ich mit zwei Fingern fest, so riss die Verbindung nicht ab.

Zum Glück hatte ich mich nahe genug an meinen Partner heranwälzen können. Das von mir so weit wie möglich geschleuderte Kreuz blieb auf Sukos Körper liegen und würde dort seine volle Kraft entfalten.

Zwar konnte man es keinesfalls mit der Dämonenpeitsche vergleichen, aber es reagierte ähnlich, als hätte Suko mit der Peitsche in die Schwärze geschlagen.

Sie wurde aufgerissen.

Die von dem Kreuz abgegebenen Strahlen schnitten wie breite Messer in die pechschwarzen Wolken. Sie rissen regelrechte Lücken hinein, sodass es mir wieder gelang, einen Teil der Felswand zu sehen.

Die Schatten selbst gerieten ebenfalls in Bewegung. Im Zickzackkurs wischten sie weg, verschwanden in der Tiefe des Ganges und vereinigten sich dort mit der Dunkelheit.

Die Gefahr war für den Augenblick gebannt. Wir hatten den Spuk vertreiben können.

Ein Druck wich von mir. Ich atmete frei durch, und auch Sukos Körper wurde wieder normal.

Seine rechte Seite erschien intervallweise aus der Finsternis, als würde sie aus einer anderen Dimension zurückkehren.

Und so war es in der Tat.

Suko hatte sich bereits mit einer Körperhälfte in einer anderen Dimension befunden. Er wäre verloren gewesen, hätte ich nicht so rasch noch eingegriffen.

So hatten wir gemeinsam dem Spuk ein Schnippchen geschlagen und wieder einmal einen Teilsieg errungen.

Als ich mich auf die Füße stemmte, verlor ich das Gleichgewicht und fiel nach vorn. Soeben gelang es mir, meine Arme auszustrecken und die Hände gegen die Wand zu pressen, wobei ich nach unten schaute und Suko vor meinen Füßen liegen sah.

»Das war höllisch, John!«, flüsterte er. »Ich möchte es kein zweites Mal erleben.«

»Kann ich mir vorstellen, Alter …«

»Das Kreuz hat es geschafft, nicht?«

»Ja.«

»Und du hast die Formel nicht gerufen?«

»Mir war das Risiko zu groß.«

Suko stieß ein Geräusch aus, das wohl ein Lachen sein sollte. Es wurde mehr eine Mischung aus Glucksen und Krächzen. Schwer holte er Luft. Mir ging es inzwischen etwas besser. Vom Eingang des Stollens her drang uns kalte Luft entgegen. Ich hielt mein Gesicht dagegen und senkte dann den Arm, damit Suko nach meiner Hand fassen konnte.

So zog ich ihn hoch.

Schwankend blieb er stehen. Er war gezeichnet. Suko musste Fürchterliches hinter sich haben. Da hatten sich Falten, wie mit Messern eingeritzt, in sein Gesicht gegraben. Die Haut war grau geworden, die Lippen hatte er zusammengekniffen.

»Ich dachte, mein Körper würde zerrissen«, flüsterte der Inspektor. »Einer zog an der rechten, der andere an der linken Seite. Verdammt, der Spuk hat wirklich eine unheimliche Macht, das kann ich dir sagen.«

»Jetzt ist ja alles klar.«

»Und wo steckt er?«

»Keine Ahnung. Das Kreuz hat ihn vertrieben.« Ich lächelte dem Kreuz zu, das ich in der Hand hielt, und schaute anschließend meinen Freund besorgt an. »Bist du okay?«

»Klar.«

»Ich weiß nicht so recht. Geh lieber …«

»Unsinn, John! Ich packe es schon. Zudem weiß ich jetzt, was mir bevorstehen kann.«

Da hatte er auch wieder recht. Ein Spaziergang würde es nicht werden. Wir hatten von den vier Männern nichts gehört und konnten nicht mit hundertprozentiger Sicherheit behaupten, ob sie mit dem Schwarzen Tod zusammengetroffen waren, ihm ihre Gaben gebracht hatten oder von ihm gar vernichten worden waren.

Letzteres hofften wir beide nicht, denn wir hatten es bei ihnen nicht mit Dämonen, sondern mit Menschen zu tun, die irregeleitet waren.

Dass sie noch in der Nähe waren, merkten wir sehr bald, denn wir hörten ihr Schreien. Da wurde uns bewusst, dass es höchste Eisenbahn war …

Glenn Kelly und Jim Ecclow hatte es erwischt!

Und ihre beiden zurückgebliebenen Freunde hatten mit ansehen müssen, wie der Schwarze Tod sie verschlang.

Lionel Linton und Harry Gold konnten es nicht fassen. Sie hatten keine Erklärung für das, was da geschehen war, obwohl sie selbst auf die schwarze Magie gebaut und ihr vertraut hatten. Und sie wussten genau, dass sie nur noch Sekunden zu leben hatten, wobei sich die Frage stellte, wer von ihnen als Erster an die Reihe kam.

Der Schwarze Tod bewegte sich. Und dies geschah nicht auf eine lautlose Art und Weise, sondern wurde von schrecklichen Geräuschen begleitet. Geburtswehen eines Dämons.

Ächzen, Grauen erregendes Stöhnen. Da öffnete sich sein Maul, zeigte einen tiefen Schlund, in dem es waberte und wölkte, wo sich der schwarze Rauch zusammenballte, um anschließend seinen Weg aus der Öffnung in den Gang zu finden.

Er lebte …

Und er wollte mehr …

Lionel Linton lehnte an der Gangwand. Er schien in seiner Haltung erstarrt zu sein, hatte die Arme von sich gestreckt. Der Blick war auf den Schwarzen Tod fixiert, und in seinen Augen leuchtete die nackte Angst. Die Brille war ihm von der Nase gerutscht. Schief hing das Gestell mit den beiden Gläsern in seinem Gesicht, und seine Lippen zitterten. In den Augen lag ein Ausdruck, der nicht zu deuten war, sein Gesicht glänzte, denn überall hatte sich der Schweiß gesammelt.

Harry Gold kniete neben ihm. Er wusste sich nicht mehr anders zu helfen, die Arme halb erhoben, die Hände zum Gebet gefaltet.

Beten! Genau das war es.

Er betete, denn eine andere Möglichkeit fiel ihm nicht ein. Zwanzig Jahre lang hatte er keinen Gott gebraucht, weil er einen Pakt mit dem Teufel geschlossen hatte.

Reichtum und Macht hatte ihm dieser Dämon gegeben, doch was war davon zurückgeblieben?

Es drangen Worte über seine Lippen, die er selbst nicht verstand. Er brachte auch die einzelnen Gebetsstrophen nicht mehr in die richtige Reihenfolge, aber kam es darauf an? Derjenige, an den die Worte gerichtet waren, sollte merken, wie ernst sie ihm im Augenblick der höchsten Not doch waren.

Ein Hin- und Herwallen des Oberkörpers deutete an, dass dieses unheimliche Skelett darauf drängte, sein Gefängnis verlassen zu können. Auch Gestein bewegte sich, aber es war noch so fest, dass es den Dämon halten konnte.

Der brauchte mehr Kraft.

Er holte sie sich.

Plötzlich quoll wieder die Spirale aus seinem Maul. Sie drehte sich blitzschnell, schlang sich zusammen, und es war Lionel Linton, der in wahnsinniger Panik seine Augen aufriss und anfing zu schreien, denn diese unheimliche schwarze Fessel hatte sich ihn als Ziel ausgesucht.

Es erging ihm ebenso wie Jim Ecclow und Glenn Kelly. Voll wurde er getroffen.

Zuerst spürte er einen Hauch, ein leichtes Streifen der schwarzen Wolke.

Dann folgte die Klammer.

Hart, unbarmherzig, nicht zu lösen. Wenigstens nicht von ihm, denn er wurde weggerissen, zu Boden geschleudert, über das raue Gestein gezogen, schlug hin und her, schrie und streckte seine Arme aus, bis sich die Spirale um seine Hände drehte und sie hart gegeneinander presste, dass er die Finger nicht mehr rühren konnte. Riesig wurde das Skelett. Er schaffte es einfach nicht, die Augen zu schließen, und sah die unheimliche Fratze mit dem weit geöffneten Maul dicht vor sich.

Der Aufprall!

Es war nur ein leichter Schlag, als würde er in eine teigige Masse gedrückt, und wie gierige Hände umschloss die Masse seinen Kopf, sodass sein Schreien allmählich erstickte.

Der Schwarze Tod holte auch ihn.

Opfer Nummer drei.

Und er erstarkte.

Plötzlich schienen seine knochigen Schultern zu wachsen. Das ihn umgebende dunkle Licht intensivierte sich, er war noch klarer zu erkennen, sodass der Letzte aus der Gruppe haargenau in sein Verderben schaute. Noch nie hatte Harry Gold dem Tod so deutlich und grausam ins Auge gesehen.

Hatten seine Gebete Erfolg? Er wusste es nicht, er konnte nichts sagen, denn das Grauen nahm kein Ende.

Der Dämon schaffte es und löste sich tatsächlich mit großen Schritten und eckigen Bewegungen aus der Wand.

Harry Gold hielt inne. Plötzlich klappte sein Mund zu. Es flossen einfach keine Worte mehr über seine Lippen. Er hockte nur da und starrte das Skelett an, das es tatsächlich geschafft hatte.

Der Schwarze Tod kam.

Seine Bewegungen waren noch etwas eckig, sie wirkten hölzern, doch nach dem dritten Schritt schon wurden sie geschmeidiger.

Harrys Hände sanken nach unten.

Die Angst in seinem Körper war wie ein schlimmes Tropenfieber. Es jagte durch seine Adern, schüttelte ihn, ließ hektische rote Flecken auf seiner Haut erscheinen, die sich hin- und herbewegten, weil seine Muskeln zuckten.

Wenn das Grauen fassbar geworden war, dann steckte es in diesem Wesen, das sich Harry Gold immer mehr näherte und sich bücken musste, weil es sonst mit seinem schwarzen Skelettschädel an die Gangdecke gestoßen wäre. Dabei streckte es seine Arme aus, krümmte die Hände, denn es hatte sich längst ein Ziel ausgesucht.

Harrys Hals.

Im nächsten Augenblick griffen die Klauen zu!

Es ging alles viel zu langsam. Obwohl Suko und ich rannten, hatten wir das Gefühl, kaum von der Stelle zu kommen.

Daran trug auch dieser verdammte Gang die Schuld, denn der Boden war nicht glatt, sondern rissig und aufgefurcht. Zweimal hätte ich fast die Balance verloren. Letzten Endes schafften wir es dennoch.

Wir sahen ihn.

Und als ich ihn zu Gesicht bekam, war es wie ein Schlag, der mich sekundenlang lähmte, denn ich hatte das Gefühl, all die Jahre umsonst gekämpft zu haben.

Ich sah den Schwarzen Tod!

Ein pechschwarzes, leicht glänzendes Skelett, dessen Knochen so schimmerten, als wären sie mit fettigem Ölstaub eingerieben worden. Ein Knochenschädel, ein widerlich verzogenes Maul, düstere Augenhöhlen. Ja, Freunde, genau so kannte ich ihn.

Suko blieb zurück. Ich spürte seinen Atem in meinem Nacken. Wahrscheinlich wollte er mir den Kampf überlassen. Das war meine Sache, denn gerade der Schwarze Tod war für mich zu einer Erblast geworden.

Und er war dabei, sich abermals ein Opfer zu holen.

»Lass ihn los!«, peitschte meine Stimme.

Er hörte sie. Der Schädel ruckte hoch. Augenhöhlen richteten sich auf mich, und die Klauen glitten in der Tat vom Hals des Mannes weg, der inzwischen schon bewusstlos geworden war und schwer zu Boden stürzte.

»John Sinclair!«

Er schleuderte mir meinen Namen entgegen und betonte dabei jede Silbe. »Endlich ...«

»Du freust dich auf diese Begegnung?«, rief ich ihn an. »Hast du vergessen, dass ich dich seinerzeit vernichtet habe? Erinnere dich genau, als wir am Südpol standen. Du mit deinen Dienern sowie der Sense, ich mit dem Kreuz und dem Bumerang bewaffnet. Und dieses Kreuz habe ich hier. Damit werde ich dich noch einmal vernichten, solltest du tatsächlich der Schwarze Tod sein, den ich kenne.«

»Du zweifelst an mir?«

»Allerdings«, hielt ich ihm entgegen. »Ich zweifle sogar sehr stark. Ich kann mir nicht vorstellen, dass der Spuk die Seele des Schwarzen Tods freigegeben hat. Nein, daran will ich nicht glauben.«

»Weshalb sollte er ...?«

»Er schneidet sich nicht ins eigene Fleisch! Wer bist du wirklich?«

»Der Schwarze Tod, Geisterjäger!«

»Und wen habe ich dann vernichtet?«

»Auch den Schwarzen Tod!«

Das konnte verstehen, wer wollte. Ich jedenfalls nicht. Auch Suko dachte ähnlich, denn hinter mir wisperte er mir ins Ohr: »Lass dich nicht beirren, John, das ist ein Bluff.«

Der Schwarze Tod hatte die Worte trotzdem vernommen. »Nein«, erklärte er, »es ist kein Bluff. Ich bin es in der Tat.«

»Ich habe gesehen, wie das Skelett zerrissen wurde. Ich ...«

Sein Lachen unterbrach mich. »Ja, das Skelett. Aber hier, John Sinclair, steht ein Neues vor dir. Ein neues

Altes, denn vor zwanzig Jahren wurde dieses Skelett von vier Männern beschworen, denen ich Macht und Einfluss gab. Jetzt hole ich sie mir zurück. Ich bin da, um den Preis dafür zu verlangen. Und das ist das Leben der vier. Drei habe ich bereits an mich gerissen, das vierte …«

»Wird dir verwehrt bleiben!«, fuhr ich ihm in die Parade. »Ob echtes Skelett oder nicht, du hast kein Recht, auf dieser Welt zu leben. Und deshalb werde ich dich wieder zerstören. Mit der Macht meines Kreuzes!«, donnerte ich ihm entgegen. »Es soll dich zerstören, vernichten, atomisieren …« Und dann rief ich die Formel des Hesekiel, um die Kraft des Kreuzes ins Unermessliche zu steigern und den Hort dieser grausamen schwarzen Magie zu zerstören.

»Terra pestem teneto – Salus hic maneto!«

Es war wie der Einschlag eines fürchterlichen Blitzes. Ein Himmel schien sich aufzutun und gleichzeitig wieder einzustürzen, denn vor mir wurde ein Vorhang aufgerissen, wobei ich in eine andere Welt schauen konnte.

Ich blickte ins Reich der Schatten.

Und gleichzeitig explodierte das Skelett. Die magische Kraft hieb hinein, sie zerstörte die Knochen, sie atomisierte sie, und der Staub flog in diese andere Welt, in das Reich des Spuks, wo die Schatten auf ihre Chancen lauerten.

»Aaaaahhhhh …«

Ein langgezogener, unheimlich klingender und allmählich verwehender Schrei zitterte hohl und klagend durch den Tunnel und verlöschte als Echo in der Unendlichkeit der Dimensionen.

Der Schwarze Tod war wieder zurückgeschleudert worden. Die Wucht der weißen Magie hatte ihn voll getroffen und seine Seele dorthin zurückgeschleudert, wo sie hergekommen war.

Die magische Formel hatte eine verheerende Wirkung. Ihre Kraft überschritt die Dimensionsgrenzen, sie drang in das Reich der Schatten und spaltete Teile mit hellen Lichtblitzen ab.

Ich vernahm einen wütenden, kreischenden Schrei,

den wahrscheinlich der Spuk ausgestoßen hatte, und dann fiel dieser Vorhang wieder zu, während das Kreuz in meiner Hand wie ein Fixstern leuchtete und die vier Buchstaben an den Rändern plötzlich in verschwommen wirkenden Gesichtern schwammen.

Waren es die Beschützer? Meine Beschützer, die Erzengel?

Ich kam nicht mehr dazu, weiter nachzudenken, denn von einer Sekunde zur anderen wurde es finster.

Die Magie war erloschen.

Die Realität hatte uns wieder!

Ich konnte nicht einmal sagen, wie lange ich unbeweglich auf dem Fleck gestanden hatte, erst als mich Suko an der Schulter berührte, zuckte ich zusammen.

»Lass uns gehen, John.«

Ich schüttelte den Kopf, fühlte an meiner Stirn nach und stellte fest, dass ich fieberte.

Der letzte Einsatz hatte mich eine ungeheure Kraft gekostet. Ich war ausgelaugt, fertig und bekam überhaupt nicht richtig mit, dass wir die Höhle verließen, wobei Suko sich noch mit dem Geretteten abmühte.

Erst die Kälte und der Schnee ließen mich wieder normal reagieren. Es kam der Moment, in dem ich erst richtig begriff, dass wir gewonnen hatten und es keinen Schwarzen Tod mehr gab.

Auch keinen zweiten …

»Haben wir es tatsächlich gepackt?«, erkundigte ich mich dennoch.

»Ja, John, das haben wir.«

»Dann ist es gut.« Mehr sagte ich nicht.

Gemeinsam schafften wir Harry Gold hinab in das weite Tal. Der Wagen war inzwischen eingeschneit, wir mussten ihn erst freischaufeln, und als meine Hände fast steif vor Kälte waren, da freute ich mich richtig, denn ich merkte plötzlich, dass dieses Gefühl auch zu einem Leben gehörte. Der Albtraum Schwarzer Tod lag nun hinter mir.

Die Stadt erreichten wir erst im Morgengrauen. Von

hier aus wollten wir die Ermittlungen einleiten, denn es gab auch auf dem McLellan-Wohnsitz noch einiges zu tun.

Bevor ich mich darum kümmerte, rief ich in London an. Sir James befand sich nicht im Büro. Ich erreichte ihn zu Hause, und er überfiel mich direkt mit einem neuen Fall.

»Lassen Sie und Suko alles stehen und liegen. Fahren Sie los!«

»Wo brennt es denn?«

»Nicht hier, Sie müssen sofort nach Deutschland. Dort sind Verbrechen geschehen, die auf einen Wertiger hindeuten.«

Da wusste ich fast schon Bescheid und sagte nur: »Die goldene Kralle!«

Ich stürmte den rollenden Sarg

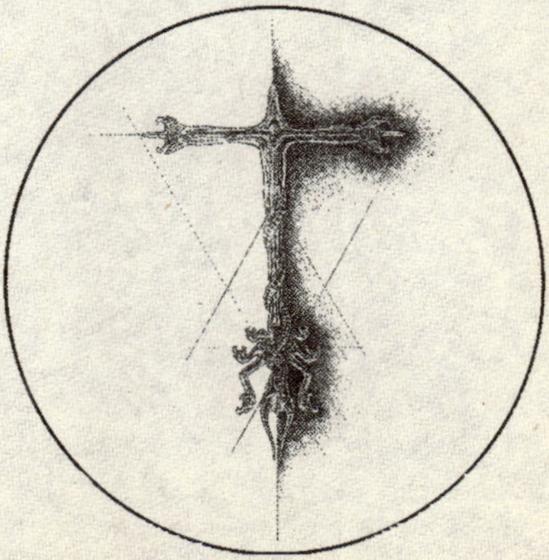

Als sich der Penner im Schlaf herumwälzte und dabei seine Wermutflasche umkippte, wurde er durch das Geräusch wach. Seine Sinne waren in den langen Jahren geschärft worden, er richtete sich hastig auf und lauschte in die Dunkelheit hinein. Sekunden saß er in dieser steifen Haltung. Sehen konnte er nichts, die Finsternis umgab ihn wie ein lichtundurchlässiger Sack, aber er fühlte und horchte.

Er war nicht mehr allein!

Diese Feststellung ließ ihn frösteln. Bisher war er bei einem verdächtigen Geräusch sofort erwacht. Wie konnte es dann möglich sein, dass er nichts vernommen hatte, als der oder die andere in den Waggon gestiegen war? Und das hörte man, wenn die schwere Schiebetür zur Seite gezogen wurde.

Sami Sorge atmete tief ein. Jetzt war er über zehn Jahre auf Tour, kannte halb Europa, hatte sich sogar bis zur albanischen Grenze durchgeschlagen, um einen Blick in das Land der Skipetaren werfen zu können, und selbst die schärfsten Wachtposten hatten ihn nicht so erwischt wie die Person in dem stockdunklen Waggon.

Der Penner fror.

Das lag nicht an der Temperatur, sondern allein an dem Wissen, nicht mehr allein zu sein.

Das quälte ihn.

Vorsichtig verlagerte er sein Gewicht. Unter sich spürte er die alte Decke. Er hatte seinen grauen Mantel angelassen. Die Nächte im März waren noch recht kalt, zudem hatten Güterwaggons keine Heizung. Er fuhr mit der rechten Hand an der Mantelseite entlang, damit die Finger in der klappenlosen Tasche verschwinden konnten. Dort bewahrte er einen seiner Schätze auf. Es war ein altes Sturmfeuerzeug aus dem Zweiten Weltkrieg. Er wollte und würde es nie wegwerfen, denn im Gegensatz zu vielen modernen Feuerzeugen funktionierte es immer.

Sami Sorge streckte seinen rechten Arm aus. Das Feuerzeug hielt er zwischen Daumen und Handballen eingeklemmt und betätigte mit der Daumenspitze das Rädchen.

Ein paar Funken wirbelten um den Docht, und einen Augenblick später fing er Feuer.

Eine blassrote Flamme mit einem gelblichen Rand tanzte über der kleinen Öffnung und verbreitete einen hellen Kreis. So klein die Flamme auch war, so groß zeigten sich die Schatten, die – von ihr geschaffen – über die Innenwände des Waggons tanzten.

Sie sahen aus wie gestaltlose Ungeheuer, aber Sami hatte sich vor Schatten noch nie gefürchtet. Menschen waren da gefährlicher. Er ließ seinen Arm nicht in der Stellung, sondern schwenkte ihn und beschrieb einen Halbkreis.

Ein Teil des Waggons wurde so weit ausgeleuchtet, dass er Dinge erkennen konnte, die sich außer ihm darin befanden. Zwei alte Fässer, ein zusammengelegtes Tau und die zerbrochenen Holzstücke einer Kiste. Einen Menschen sah er nicht.

Noch nicht, wie Sami zugeben musste, denn es gelang ihm nicht, mit der kleinen Flamme auch die ihm gegenüberliegende Seite des Waggons auszuleuchten. Sie blieb im Dunkeln.

Mit der linken Hand stützte sich der Penner ab. Er tat selten etwas, wenn, dann jedoch gründlich. Und er würde nicht eher Ruhe haben, bis er sich von seinem Verdacht überzeugt hatte und ihn auch bestätigt bekam.

Sami stand auf, ging ein paar Schritte, und nach dem dritten fiel die Dunkelheit wieder über ihm zusammen, denn das Feuerzeug war ihm zugeklappt.

»Mist!«, schimpfte er, wollte sich wieder seinem Feuerzeug widmen, als er in der Bewegung innehielt.

Er hatte etwas gehört.

Ein seltsames Geräusch. Mit einem Knurren oder Atmen zu vergleichen. So genau hatte er das nicht feststellen können. Aber da musste sich etwas anbahnen, und er war sicher, sich nicht getäuscht zu haben.

Plötzlich kriegte er eine Gänsehaut. Von oben nach unten rann sie über seinen Rücken. Fast witternd schob er den Kopf vor und fragte flüsternd in die Dunkelheit: »Ist da jemand?«

Vor ihm blieb es still.

»He, Partner, melde dich! Sag doch etwas, wenn du da bist! Los, mach keinen Quatsch!«

Jetzt würde der andere sicherlich etwas erwidern, doch abermals wurde Sami enttäuscht.

Es blieb still.

Unsicherheit breitete sich in Sami Sorge aus. Sollte er sich tatsächlich so getäuscht haben? Hatte ihn sein Gefühl, auf das er immer gebaut hatte, verlassen?

Er wollte es einfach nicht glauben. Und er wollte sich auch nicht mehr auf sein Feuerzeug verlassen. Wenn der andere gewalttätig wurde, war dieser Waggon wie eine Rattenfalle. Deshalb gab es für ihn nur eine Möglichkeit.

Auf mit der Tür!

Auf Zehenspitzen schlich er dorthin. Sami kannte Waggons wie diesen wie seinen alten Wintermantel. Er wusste genau, wie er sich auch im Stockdunkeln zu bewegen hatte.

Der Penner brauchte nicht lange zu suchen. Zudem war die Tür nicht verriegelt. Er tastete nach dem Griff, spürte das Metall zwischen seinen Fingern und stemmte sich gegen die Tür, um sie aufzuschieben.

Sie hakte ein wenig und rappelte laut. Dieses Geräusch übertönte ein anderes, denn der Landstreicher merkte nicht, dass sich aus dem düsteren Hintergrund des Waggons eine Gestalt löste, die direkt auf ihn zuschlich.

Er konnte sie nicht sehen, ahnte sie nicht einmal, aber sie kam immer näher, und dann schaffte er es durch einen heftigen Ruck, die Tür weiter aufzuziehen.

Jetzt endlich sah er besser. Durch den Spalt schaute er nach draußen, sah die Lichter des Abstellbahnhofs, die sich auf dem Schienenpaar vor ihm spiegelten, und er wollte die Tür weiter aufziehen, um nach draußen zu schlüpfen.

Das schaffte er nicht mehr.

Der andere war schneller.

In dem Augenblick, als Sami Sorge die Tür so weit offen hatte wie nötig, griff sein Gegner zu!

Der Penner ahnte in diesem Moment die Gefahr, die zu

einer Lebensbedrohung für ihn anwuchs, aber er konnte nichts mehr dagegen unternehmen, weil sein Gegner zu schnell und brutal war.

Der Hieb riss Sami fast das Gesicht auf. Er konnte nur noch dumpf gurgeln, flog zurück und krachte zu Boden. Mit dem Hinterkopf schlug er hart auf. Es dröhnte dumpf, aber Sami war zäh und überwand seine Schmerzen.

Er rappelte sich noch einmal auf.

Jetzt saß er, starrte nach vorn und glaubte, verrückt zu werden. Was er sah, war ein Albtraum, ein Ding der Unmöglichkeit, und er konnte es einfach nicht fassen.

Vor ihm, und dies konnte er genau erkennen, stand ein Monster. Eine Bestie. Eine Mischung aus Mensch und Tiger. Sehr deutlich zu sehen, denn das durch die offene Tür fallende Streulicht zeichnete die Konturen ziemlich genau nach.

Kalt waren die Augen. Kalt und grausam. Sie strahlten in einem sehr hellen gelben Licht, und anstelle der Haut wuchs ein gelbweißes Fell, das sich gesträubt hatte.

Seltsam für den Penner, dass er dies noch alles wahrnahm, obwohl er in einer so großen Gefahr schwebte. Noch überraschender war die Kleidung, die der Mann trug.

Eine grüne Uniform.

Die eines Polizisten!

»Ein Bulle ...«, stieß Sami Sorge hervor. »Verdammt, ein Bulle!«

Es waren die letzten Worte in seinem Leben, denn das Raubtier mit dem Tigerkopf und der menschlichen Gestalt stieß sich plötzlich ab. Es sprang hoch, streckte die Arme dabei vor, und der Mann sah die Krallen dicht vor seinem Gesicht erscheinen.

Sein Mund öffnete sich. Eine Wolke aus Fuselatem strömte dem Wertiger entgegen, der sich davon nicht stören ließ, sondern seine Mordabsicht verwirklichte.

Er schlug zu.

Gnadenlos waren die Prankenhiebe. Aus dem Maul drang ein furchtbares Fauchen. Der Tiger zitterte und bebte, und im Halbdunkel des Waggons geschah ein grässliches Verbrechen.

Der Penner war wehrlos. Er hauchte unter den Prankenhieben sein Leben allmählich aus …

Der Wertiger richtete sich auf. Aus seinen gefühllosen Raubtieraugen starrte er auf den Toten. Sein Maul hatte er geöffnet, und aus ihm drang heißer Atem hervor. Der ganze Körper zitterte und bebte. Er konnte seine Pranken nicht mehr ruhig halten. Nach dem unseligen Fluch damals hatte es Stefan Franke, den Polizisten, erwischt. Lange, über ein Jahr fast, hatte der Keim in ihm geschlummert und war schließlich aufgebrochen wie die Blüte einer Blume.

Jetzt war es soweit. Er konnte den Fluch nicht mehr unterdrücken. Er musste töten.

So befahl es die schwarze Magie.

Noch kniete er. Blutbefleckt war seine grüne Uniform. Polizist war er gewesen, menschliches Leben hatte er schützen sollen, nun war es von ihm vernichtet worden.

Halb Raubtier, halb Mensch. Einen normalen Oberkörper besaß er, aber die Pranken eines Tigers und einen Kopf wie dieses Raubtier. Die Beine waren die eines Menschen.

Das war Stefan Franke.

Er hätte es sich nie träumen lassen, einmal solch einen Horror durchzumachen. Und das Schlimmste daran war, dass er dabei noch menschlich fühlte und dachte.

Er handelte wie ein Tier, doch sein Denken glich dem eines Menschen, auch wenn es in bestimmten Situationen einfach ausgeschaltet war. Und so eine Situation hatte er gerade hinter sich.

In diesem Waggon hatte er ein Versteck gefunden. In Sicherheit wollte er sein, nur in Sicherheit, denn sie waren ihm auf den Fersen. Seine ehemaligen Kollegen jagten ihn wie ein wildes Tier.

Der Vergleich trieb einen lautlosen Lachanfall in ihm hoch. Ein wildes Tier war er geworden. Mit einem Menschen ließ er sich nicht mehr vergleichen, und er litt ungeheuer unter dieser Doppelexistenz.

Hastig drehte er sich um, und ihm wurde klar, dass er hier nicht mehr bleiben konnte. Man würde den Mord in einigen Stunden, wenn es hell war, entdecken und seine Spur aufnehmen. Wenn es eben ging, wollte er sie bis dahin verwischen und im Großstadtdschungel untertauchen.

Der Penner hatte vor seinem Tod die Tür so weit geöffnet, dass der Wertiger bequem durch den Spalt schlüpfen konnte, ohne sich groß verrenken zu müssen.

Auf tapsigen Beinen bewegte er sich dem Ausgang zu, wuchtete die Tür aber noch ein Stück auf und blieb für einen Moment stehen, um dann aus dem Wagen zu springen.

Genau in dieser Sekunde flammten zwei Halogenscheinwerfer auf. Die Lichtstrahlen glitten von links und rechts heran, sodass sich der Wertiger haargenau im Zentrum der Scheinwerferkegel befand. Eine scharf klingende Megafonstimme durchschnitt die Stille des Güterbahnhofs.

»Rühren Sie sich nicht von der Stelle, Franke! Wir schießen sofort!«

Die blechern klingende Megafonstimme gehörte einem Mann, der genau wusste, wie gefährlich dieser Wertiger war, weil er die Untaten einer solchen Bestie selbst erlebt hatte.

Es war Kommissar Kölzer!

Vor gut einem Jahr hatte es angefangen. Wie ein Keim hatte sich das Grauen in Hamburg fortgepflanzt. Es war zu schrecklichen Ereignissen gekommen, zu Toten, und mitten in St. Pauli war es den deutschen Polizisten gelungen, die Bestie zu stellen.

Mitgeholfen hatte ein Mann aus England. Scotland-Yard-Beamter, ein Oberinspektor, ein Geisterjäger, der sich auf übersinnliche und okkulte Dinge spezialisiert hatte. Er jagte von Berufs wegen Bestien aller Art, war mit

Werwölfen, Dämonen und Geistern vertraut, und ein deutscher Kollege vom BKA, Will Mallmann mit Namen, hatte diesen Geisterjäger an die Elbe geholt.

Für alle Beteiligten war der Fall mit der Vernichtung von Gerd König zu Ende gewesen, so dachten sie.

Es kam anders.

Der Wertiger Gerd König hatte ja nicht nur getötet, sondern auch verletzt. Unter anderem einen Polizisten namens Stefan Franke. Durch seine Bisse hatte die Bestie den Keim des Bösen gesät, und es dauerte ein Jahr, bis der Keim aufbrach.

Dann mit Gewalt.

Stefan Franke war zu einem Wertiger geworden. Und er tat das, was auch Gerd König getan hatte.

Er tötete!

Eine blutige Spur zog er hinter sich her. Drei Menschen waren ihm bisher zum Opfer gefallen. Natürlich übertrug man Kommissar Kölzer die Leitung des Falls. Man erinnerte sich noch an seine ›Erfolge‹, und Kölzer kam nach einigem Nachdenken darauf, wer der Täter sein musste. Eben dieser Stefan Franke.

Kölzer war ein kooperativer Mensch. Er gab sofort seinem Kollegen Mallmann Bescheid, der auf schnellstem Wege nach Hamburg düste, um Kölzer zu unterstützen.

Und jetzt stand er neben ihm.

Aber nicht nur die beiden hielten sich auf dem Güterbahnhof auf. Kölzer hatte um das Gebiet einen Ring gelegt, eine Absperrzone, die niemand ungesehen durchbrechen konnte. Es war ihnen zudem gelungen, herauszufinden, in welchem Waggon sich der ehemalige Polizist Franke aufhielt.

»Hätten Sie gedacht, dass es einmal so kommen würde?«, fragte Kölzer seinen Kollegen.

Will Mallmann hob die Schultern. »Eigentlich nicht, aber man musste es befürchten.«

»Wieso?«

»Wer einmal von einer solchen Bestie gebissen, aber nicht getötet wird, muss mit dieser schrecklichen Metamorphose rechnen. Das ist wie bei Werwölfen. Ob bei jedem, weiß ich nicht genau, aber in der Regel stimmen diese Vermutungen.«

Kölzer schüttelte den Kopf. »Sie können sagen, was Sie wollen, begreifen kann ich es nicht.«

Mallmann lachte. »Fragen Sie mich mal. Ich habe auch kaum Erklärungen.«

Die beiden Polizisten hielten sich nahe dem Einsatzwagen auf. Kölzer hatte einen Arm auf die offenstehende Tür gelegt. In der Hand hielt er ein Sprechgerät, durch das er mit seinen Leuten in ständiger Verbindung stand.

Noch war der Ring nicht geschlossen. Die letzten Einzelheiten wurden in die Wege geleitet, auch die beiden Scheinwerfer justiert.

»Haben Sie Sinclair eigentlich Bescheid gegeben?«, erkundigte sich Kölzer.

Will nickte. »Ja, er wird wohl schon auf dem Weg sein.«

»Aber das ist nicht sicher?«

Mallmann hob die Schultern. »Ich konnte ihn nicht erreichen. Sein Chef erzählte mir, dass er sich irgendwo in Schottland herumtreibt.«

Kölzer nickte und kraulte dabei seinen Bart. »Das ist gut«, sagte er. »Schottland scheint mir für einen Geisterjäger genau richtig zu sein. Dort gibt es genug Spukschlösser und Burgen, in denen Geister wohnen, habe ich mir sagen lassen.«

Das Funkgerät rauschte. Wenig später quäkte eine Stimme: »Hier ist Nachtigall. Wir sind bereit.«

Kölzer hatte verstanden. Er redete von dem Countdown. Fünfzehn Sekunden wollte er geben. Noch einmal ein Uhrenvergleich, dann begann er zu zählen.

Die Spannung stieg.

Auch bei Will Mallmann. Im Gegensatz zu seinem Kollegen Kölzer hatte er den neuen Wertiger noch nicht zu Gesicht bekommen.

Allerdings war es Kölzer auch nicht gelungen, die Bestie zu fassen. Der Wertiger war zu schlau gewesen. Er sollte sich von dem ersten kaum unterscheiden.

Es war frisch. Vom Hafen her wehte ein kalter Wind

über das Häusermeer von Hamburg. Am Himmel hingen dicke Wolken. Weder der Mond noch die Sterne waren zu sehen. Das Firmament gab sich bedeckt. Sogar Schnee lag in der Luft. So sehr war die Temperatur nach den warmen Tagen mal wieder gefallen.

Kommissar Kölzer war bei drei angelangt. Leidenschaftslos zählte er auch noch die letzten Zahlen ab, bückte sich dann und holte die Flüstertüte hervor.

Gleichzeitig strahlten die beiden Scheinwerfer auf, jagten ihre breiten Lichtlanzen auf das Ziel, und es gab nur wenige Polizisten, die die Bestie in der offenen Schiebetür des Waggons nicht erkannten.

Da stand der Wertiger!

Auch die beiden Kommissare waren überrascht. Mit allem hatten sie gerechnet, damit allerdings nicht.

»Das gibt es nicht«, flüsterte Kölzer und schluckte.

»Und ob«, erklärte Mallmann, der zuschaute, wie sein Kollege das Megafon anhob und gegen seine Lippen drückte.

»Rühren Sie sich nicht von der Stelle, Franke! Wir schießen sofort!« Es waren harte Worte, die Kölzer da aussprach, denn er wollte sofort die Machtverhältnisse klarstellen. Der ehemalige Polizist sollte erkennen, dass er keine Chance mehr hatte.

Die in sicherer Deckung liegenden Scharfschützen hatten den Befehl erhalten, nur auf Kommando zu schießen. Deshalb hielten sie sich auch zurück. Die Mündungen ihrer Gewehre waren allerdings auf den Wertiger gerichtet.

Der blieb stehen.

Es sah nicht so aus, als würde er springen wollen. Er schaute hoch, und sein Blick musste genau die Strahlen der beiden Halogenscheinwerfer treffen.

»Sehen kann er nichts«, flüsterte Kölzer, der das Megafon gesenkt hatte.

»Sprechen Sie ihn doch noch einmal an«, schlug Mallmann vor.

»Ja, das wäre nicht schlecht. Wobei ich allerdings nicht glaube, dass er auf uns hören wird.«

»Versuchen Sie es trotzdem.« Wenn der Wertiger durchdrehte, würden die Scharfschützen feuern. Will Mallmann glaubte allerdings nicht, dass sie damit viel erreichten. Normale Kugeln taten den Bestien nichts. Damit konnte man sie nicht ausschalten.

Der Kommissar dachte an seine Dienstwaffe. Er hatte sie mit geweihten Kugeln geladen, die ihm hin und wieder John Sinclair zuschickte. Nur damit konnte er die Bestie stoppen, doch er musste sie erst einmal haben.

»Franke!«, erklang wieder Kölzers knarrende Stimme. »Geben Sie auf! Heben Sie die Arme hoch! Dann springen Sie aus dem Waggon und legen sich flach auf den Boden! Haben Sie mich verstanden?«

Der Wertiger gab keine Antwort. Er reckte nur seinen unheimlichen Körper in die Höhe und stieß einen Arm in die Luft. Dabei krümmte er seine Pranke. Es war deutlich im Licht der Scheinwerfer zu erkennen.

Dann sprang er.

Es war ein gewaltiger Satz, der bewies, welch eine Kraft in diesem Körper steckte, der zur einen Hälfte Mensch, zur anderen Raubtier war.

Und dieser Sprung war auch das Zeichen für die gut verteilten Scharfschützen. Der Wertiger befand sich noch in der Luft, als die Gewehre krachten.

Es waren fünf Männer, die sich Kölzer als Scharfschützen ausgesucht hatte.

Sie galten als treffsicher.

Der Körper zuckte unter den Kugeleinschlägen. Er war im hellen Licht nicht zu verfehlen, und als er zu Boden prallte, war er mindestens von drei Kugeln getroffen worden.

Er hätte vernichtet sein müssen.

»Jetzt bin ich mal gespannt«, flüsterte Kölzer. Bei den Schüssen hatte er sich unwillkürlich geduckt. Jetzt erhob er sich und befahl die Feuereinstellung.

Die Bestie lag am Boden. Sie rührte sich nicht. Sie schien vernichtet zu sein.

»Der ist hin!«, kommentierte Kölzer. Seine Augen funkelten hinter den Brillengläsern.

»Gott erhalte Ihnen Ihren Optimismus«, erwiderte Mallmann. »Denken Sie an den ersten Fall!«

»Vielleicht ist das hier etwas anderes.«

»Wir wollen es hoffen.«

Die beiden Männer hielt nichts mehr. Bevor sie den Wertiger erreichten, mussten sie zahlreiche Gleise überqueren. Kölzer legte die Flüstertüte zur Seite und zog seine Dienstwaffe. Auch Will hielt die mit geweihten Kugeln geladene Pistole in der Hand. Er hatte Mühe, dem kleinen Kommissar zu folgen, der seine sportlichen Fähigkeiten entdeckte und fast wie ein Ball über die Gleise hüpfte.

Sie überwanden die Entfernung rasch, und Will musste seinen Kollegen zurückhalten. Er schlug ihm auf die Schulter. Unwillig drehte sich Kölzer um. »Was ist denn?«

»Seien Sie vorsichtig!«

»Aber ich ...«

Der Wertiger war nicht erledigt. Die beiden Männer unterhielten sich noch, als der Körper vor ihnen in die Höhe schoss. Die Distanz betrug höchstens drei Meter. Sie konnten ihn genau erkennen und sahen auch, wie schnell er war.

Bevor sich Kölzer und Mallmann auf ihn eingestellt hatten, huschte er schon zur Seite, tauchte weg und verschwand aus dem blendenden Lichtkreis der Scheinwerfer.

Die übrigen Polizisten hatten noch keinen neuen Schießbefehl, sie hielten sich deshalb zurück. Zudem standen die beiden Kommissare in den Schusslinien, und so gelang es der Bestie, das Weite zu suchen.

»Von wegen erledigt!«, schrie Will Mallmann und startete ebenfalls.

Kölzer ruderte mit seinen kurzen Armen. Ein Zeichen für die Scharfschützen, dass sie sich noch zurückhalten sollten. Danach griff er zum Sprechgerät und gab seine Anweisungen.

»Den Ring enger ziehen!«, sagte er mit einer Stimme, die vor Erregung zitterte. »Er darf nicht entkommen.«

»Verstanden«, quäkte es zurück.

Inzwischen hatte sich Will Mallmann an die Verfolgung gemacht. Er wusste, in welche Richtung die Bestie gelaufen war. Sie befanden sich auf einem Teil des Güterbahnhofs, der nur wenig benutzt wurde. Hier waren die älteren Waggons abgestellt worden, die nur selten benötigt wurden. Bloß bei voller Auslastung der Frachtkapazitäten wurden sie geholt.

Der Wertiger hatte die Richtung eingeschlagen, die ihn zu den Lagerhallen führte. Dort wurde auch in der Nacht gearbeitet. Will Mallmann bekam es mit der Angst zu tun. Falls es der Bestie gelang, dieses Gebiet zu erreichen, dann konnte sie sich die Opfer aussuchen. Aus diesem Grund musste es dem Kommissar gelingen, den Wertiger vorher zu stellen.

Es ist nicht einfach, von Schwelle zu Schwelle zu springen. Kommissar Mallmann merkte es sehr bald. Zum Glück konnte er eine Bauchlandung verhindern, auch wenn er mehrmals stolperte.

Hin und wieder passierte er Lampen. Sie gaben ihr grelles Neonlicht ab.

Einmal warf er einen Blick über die Schulter.

Sein Kollege Kölzer folgte ihm mit wehendem Mantel.

Und der Wertiger?

Will sah ihn. Wie ein Schatten huschte er durch die Dunkelheit. Er sprang geschickt über die Gleise hinweg und näherte sich immer mehr dem Teil des Bahnhofs, wo auch nachts gearbeitet wurde. Entdeckt worden war er aber noch nicht. Die Männer dort hatten anderes zu tun. Sie mussten sich auf ihre Arbeit konzentrieren.

Die Distanz wurde größer. Der Wertiger war zu schnell. Will Mallmann kam da nicht mit. Für einen sicheren Schuss war die Entfernung zwischen ihnen sowieso zu groß.

Kölzers Leute waren auch keine große Hoffnung für ihn. Sie bildeten zwar einen großen Kreis, um die Bestie in die Zange nehmen zu können, aber mit Bleikugeln erreichten sie bei ihr nichts.

Es war zum Heulen.

Und dann hatte Will Glück.

Es begann mit einem donnernden Geräusch. Verursacht von metallenen Rädern, die über Schienen rollten und zu mehreren Güterwagen gehörten. Sie wurden von einer Lok geschoben und waren schon ziemlich nahe.

Und zwar dort, wo sich auch der Wertiger aufhielt.

Will Mallmann, der hinter ihm lief, glaubte, dass der Zug die Bestie packen würde. Er täuschte sich jedoch in der Entfernung, denn die Waggons rollten nicht auf dem Schienenstrang, den der Wertiger übersprang. Sie fuhren vor ihm vorbei.

Jetzt musste er warten – oder?

Nein, er wartete nicht. Er tat das, was der Kommissar befürchtete. Ein paar Schritte lief er neben der langen Reihe her, dann stieß er sich ab. Sein Körper streckte sich, und im nächsten Augenblick gelang es ihm, sich am Griff einer Waggontür festzuklammern.

Ein toller Sprung, wie ihn ein Artist nicht hätte besser hinlegen können. Aber der Bestie war es noch nicht gelungen, ihren Körper in die Höhe zu wuchten. Er schleifte noch immer mit und schlug mit den Füßen auf den Boden.

Bis der Wertiger die Beine anzog.

Das konnte Will Mallmann noch sehen, denn er rannte jetzt neben dem fahrenden Zug her, obwohl er sich nicht viele Chancen gab, Schritt halten zu können.

Der Wertiger hatte es noch immer nicht ganz geschafft. Ein paarmal rutschte er ab, pendelte in der Luft, schlug mal gegen den Wagen und wurde dann wieder weggetrieben.

Der ehemalige Polizist war so in seine neue Aufgabe vertieft, dass er nicht auf die Umgebung achten konnte. Aus diesem Grund sah er auch nicht das Signal, das dicht neben dem Gleis stand.

Als er es merkte, war es zu spät. Er krachte dagegen.

Sein Griff lockerte sich, die Hände wurden ihm förmlich weggerissen, und plötzlich befand er sich zwischen den Wagen und dem Boden.

Er fiel.

Die nächsten Szenen liefen für den Kommissar wie in

der Zeitlupeneinstellung eines Films ab. Er sah alles genau, während er näher kam. Der wirbelnde Körper wurde nach links geschleudert.

Dort befanden sich die Schienen und die Räder.

Auf einmal war ein Teil des Körpers verschwunden. Für die Räder war er kein Hindernis.

Kommissar Mallmann keuchte schwer. Mehr taumelnd als gehend schritt er parallel zu den vorbeifahrenden Güterwaggons entlang, spürte den Windzug, der an seiner Kleidung zerrte, und hatte Sekunden später freie Sicht, als der Zug ihn überholt hatte.

Will blieb stehen.

Auf den Schienen lag etwas. Ein dunkler Klumpen. Der Kommissar wusste, dass die Räder der Wagen wie Messer wirkten. Und das hatten sie auch getan.

Mallmann musste sich überwinden, um näher an das heranzugehen, was einmal der Wertiger gewesen war.

Was die Kugeln nicht geschafft hatten, war nun erledigt worden. Die Räder hatten die Bestie geköpft.

Es gab keinen Wertiger Stefan Franke mehr, und Will Mallmann spürte so etwas wie Genugtuung in sich hochsteigen. Automatisch steckte er seine Waffe weg und drehte sich um, da er hinter sich Schritte hörte.

Kommissar Kölzer rannte auf ihn zu. »Was ist geschehen?«, rief er noch im Laufen.

Will Mallmann deutete auf den Körper.

Kölzer blieb stehen. Dann ging er vorsichtig und schwer atmend weiter. »Ist er tot?«

»Ja.«

Der Kommissar schüttelte sich. »Das ist ein Sieg für uns.«

»Und was für einer, mein Lieber. Aber im Ernst: Was wir nicht schafften, das hat der Zug vollbracht. Ich meine, dass es doch irgendwie noch eine Gerechtigkeit auf der Welt gibt, trotz allem.«

Kölzer nickte. Sein Gesicht zeigte einen ernsten Ausdruck. »Es ist gut, dass es so gekommen ist. Was hätte da noch alles passieren können!« Eine Gänsehaut rann über seinen Nacken, als er daran dachte.

»Ich teile zwar Ihren Optimismus, mein Lieber, möchte ihn aber gleichzeitig dämpfen.«

»Wieso?«

Bevor Will eine Antwort gab, wischte er über sein Gesicht. »Überlegen Sie mal. War Stefan Franke der Einzige, der angegriffen worden ist?«

Kölzers Augen wurden hinter den Brillengläsern klein. »Sie meinen, ob nicht noch mehr ...?«

»Genau.«

»Au, verdammt«, murmelte der kleine Kommissar. »Da müsste ich eigentlich mal in den Akten nachschauen. Von Franke wussten wir es ja, aber andere ...«

»Ich habe bereits in den Akten nachgeschaut«, erklärte Will Mallmann.

»Und?«

»Mir ist da ein Name aufgefallen«, erwiderte er. »Der Name einer Frau, die ebenfalls in diesen Kreislauf hineingeraten ist.«

»Wer ist es denn?«

Will schaute über den Kommissar hinweg. Jetzt eilten auch die Polizisten herbei. Allen voran die Scharfschützen mit ihren Präzisionsgewehren.

»Päuse«, sagte Will. »Erinnern Sie sich noch an die Freundin von Gerd König?«

»Ja, zum Teufel, da fällt es mir ein. Barbara Päuse!« Kölzer schlug sich gegen die Stirn. »Dass ich nicht schon eher darauf gekommen bin.«

»Dann haben Sie auch keinen Kontakt zu ihr gehabt?«, erkundigte sich Will.

»Nein.«

»Das ist schlecht.«

Kölzer verteidigte sich. »Sie wissen ja, wie das ist. Aus den Augen, aus dem Sinn.«

»Trotzdem müssen wir nachhaken. Noch in dieser Nacht. Kommen Sie, Kollege, es brennt!«

»Aber hier ...« Plötzlich war der gute Kommissar Kölzer durcheinander. Er galt als ein hervorragender Stratege, als Mann des Computers; er hatte in der Tat schon ein paar Fälle durch seine Rechner gelöst.

Aber hier auf dem Güterbahnhof, wo es galt, Entscheidungen zu treffen, da zeigte er sich ein wenig verstört. Zudem wurde er von den Polizisten mit Fragen bestürmt.

Will Mallmann sah ein, dass er seinen Kollegen nicht so ohne weiteres besiegen konnte. Aus diesem Grund erklärte er ihm, allein nach Barbara Päuse zu forschen.

»Warten Sie, Mallmann. Ich …«

»Ich gebe Ihnen später Bescheid«, erklärte Will und ging. Ein Blick auf seine Uhr bewies ihm, dass er schon zu viel Zeit verloren hatte. Mit John Sinclair war er verabredet gewesen. Der Geisterjäger saß sicherlich im Hotel und holte sich Beulen am Hintern.

Wills Ziel war sein Manta. Er hatte ihn dort abgestellt, wo der Güterbahnhof begann und noch einige Parkplätze vorhanden waren.

Im Schatten dunkler Lagerhäuser fand der Kommissar seinen silbergrauen Flitzer, der inzwischen an einigen Stellen leicht rostete. Der Kommissar spielte mit dem Gedanken, sich ein neues Fahrzeug zu kaufen, allerdings erst im Herbst. Dann hatte er das nötige Geld zusammen.

Zuerst ins Hotel, dann zu Barbara Päuse, so sah der Plan des Kommissars aus.

Und er hatte, da war Will Mallmann ehrlich, ein ungutes Gefühl. Mit dem Tod des ersten Wertigers war es nicht beendet. Im Gegenteil, es fing gerade erst an …

Ich war schon oft draufgesetzt worden. Dass mir Will Mallmann dies antat, wunderte mich allerdings. Es war sonst nicht seine Art, mich sitzen zu lassen. Er war immer pünktlich gewesen, doch an diesem Abend warteten wir bereits zwei Stunden auf ihn.

Wir, das waren Suko und ich.

Beim ersten Fall, als es gegen den Wertiger ging, war mein Freund und Kollege nicht mit in Hamburg gewesen. Da ich jedoch wusste, wie gefährlich diese Bestie reagierte, hatte ich es für nötig befunden, den Chinesen mitzunehmen. Sir James, unser Chef, hatte auch nichts dagegen gehabt.

Nach unserem letzten Fall, bei dem die Mitglieder der Totenkopf-Brigade eine Rückkehr des Schwarzen Tods vorbereiteten, waren wir nur kurz in London gewesen, hatten uns umgezogen und waren wieder losgedüst. Es war ein Katzensprung von London nach Hamburg, und mit Will Mallmann hatten wir ausgemacht, uns in der Hotelbar zu treffen.

Bisher war er nicht erschienen.

Ich wurde allmählich müde. Der letzte Fall steckte mir noch in den Knochen, hinzu kam die Atmosphäre der Bar. Die einschmeichelnde Musik, Richard Clayderman spielte mal wieder seine Träumereien, dann das gedämpfte Licht, die leisen Gespräche und das Klirren der Eiswürfel in den Gläsern.

Vom langen Sitzen tat mir mein Hinterteil weh, und ich drehte mich ein paarmal auf dem mit Leder bezogenen Hocker. Ich hatte zwei Longdrinks zu mir genommen, Suko hielt sich an Mineralwasser, das er mit einer Zitronenscheibe veredelte, ansonsten taten wir nichts. Hin und wieder nur schaute ich in mein fast leeres Glas.

Der Mixer schwebte lautlos heran wie ein Engel. Er hatte ein weiches, feminin wirkendes Gesicht und braune Haare, die wellenförmig hinter seinen Ohren ausliefen.

»Möchten Sie noch einen Drink, Mr. Sinclair?« Meinen Namen hatte ich ihm genannt.

»Nein, danke, aber einen Kaffee, den hätte ich gern.«

»Espresso?«

»Bitte.«

»Du haust dir ja einen Wachmacher rein«, bemerkte Suko.

»Irgendwie bin ich kaputt. Weiß auch nicht. Vielleicht liegt es am Wetter.«

»Ja, ja, du wirst langsam alt.«

»Kann ja nicht jeder so ein Energiebündel wie du sein«, sagte ich grinsend und schaute auf die chromblitzende Espresso-Maschine, aus der weißer Dampf quoll.

Suko lächelte stumm in sich hinein. »Vielleicht möchte uns der gute Will nur mal auf die Probe stellen«, vermutete er.

Ich schaute auf den Mixer, der die Tasse auf einem Unterteller balancierte und sie vor mich stellte. Dabei lächelte er freundlich und klimperte mit den Wimpern.

»Bei dem hast du Chancen«, sagte Suko, dem nichts entging.

Ich ließ zwei Stücke Zucker in den Espresso fallen. »Schuster, bleib bei deinen Leisten.«

»Das Sprichwort musst du umdichten.«

»Wieso?«

»Sinclair, bleib bei deiner Glenda, heißt das.«

Ich stöhnte auf und verdrehte die Augen. »Du kannst es eben nicht lassen.« Dann hob ich die kleine Tasse an und probierte einen Schluck. Der Espresso war heiß. Und so rann er auch meine Kehle hinab.

»Jetzt mal im Ernst, Suko«, sagte ich, als ich die Tasse absetzte. »So allmählich mache ich mir meine Gedanken. Das ist wirklich nicht Wills Art, Freunde draufzusetzen. Ich hoffe nur, dass ihm nichts passiert ist.«

»Ruf doch mal an.«

Ich schaltete an diesem Abend nicht so schnell. »Wen? Mallmann? Weißt du, wo er steckt?«

»Nein. Aber hast du mir nicht von einem deutschen Kommissar namens Kelzer berichtet?«

»Kölzer heißt der Typ.« Ich lachte leise. »Ein kleiner Wirbelwind. Macht einen unheimlichen Dampf.«

»Der natürlich verpufft.«

»Weiß ich nicht so genau. In Hamburg hält man ihn für einen fähigen Polizisten.«

»Und im Gehirn hat er eine Magnetplatte.«

»So ungefähr.« Ich trank meinen Espresso und rutschte vom Hocker.

»Willst du anrufen?«

»Ja, Suko. Allmählich wird mir die Sache unheimlich. Da stimmt einiges nicht.«

»Ich halte hier die Stellung.«

»Okay.« Ich bewegte mich auf den Ausgang zu. Er bestand aus zwei getönten Glastüren, die auseinander schwangen, wenn die Füße einen Kontakt berührten.

Ich wollte hinaus, zwei Frauen wollten herein. Beide

etwa dreißig, beide sehr elegant und hochnäsig. Sie schritten mit Gesichtsausdrücken an mir vorbei, als wäre ich der letzte Pinkel. Für die war ein Mann nur interessant, wenn er statt Pupillen Geldstücke in den Augen hatte. Mich sollte es nicht kümmern. Trotzdem warf ich von draußen noch einen Blick zurück. Die Frauen wurden von zwei Männern begrüßt, die sicherlich doppelt so alt waren. Sollten sie.

Ich erreichte die elegante, für meinen Geschmack allerdings zu kühl eingerichtete Halle und wollte mich den Telefonzellen zuwenden, als ich einen Mann sah, der durch die Halle stürmte.

Einen Hut trug er nicht. Sein gelichtetes Kopfhaar stach deshalb besonders ins Auge. Der Mantel stand offen. Darunter schimmerte das Leder einer Jacke, und ein Wollschal war zweimal um seinen Hals gewickelt.

Kommissar Mallmann!

Da wir uns zur selben Zeit gesehen hatten, blieb Will sofort stehen, überlegte einen Augenblick und steuerte mich dann mit Riesenschritten an.

»John, du musst entschuldigen, aber …«

Ich winkte ab. »Keine Ausreden, Will. In welch einem Bett hast du gelegen? Wo stand es?«

»Auf dem Güterbahnhof«, antwortete er.

»Wo?«

Will winkte mit beiden Händen ab. Selten hatte ich ihn so aufgeregt gesehen. »Lass uns einen kleinen Schluck trinken, dann erzähle ich dir alles. Wir müssen gleich wieder los.«

Im Gehen fragte ich nach dem Ziel.

»Später, John, später.«

Will Mallmann schien wirklich Druck zu haben, wenn er so reagierte. So ruhig und ausgeglichen, wie er sonst immer war, so hektisch reagierte er jetzt.

Auch bei dem letzten Fall, der uns vor einiger Zeit zusammen nach Trier geführt hatte, war er nicht so aufgeregt gewesen. Irgendetwas hatte ihn aus der Bahn geworfen, und es konnte nur mit den Wertigern zusammenhängen.

Suko hob die Hand. »He, Will, sieht man dich auch mal wieder?«

»Ja, und wie.« Der Kommissar nahm neben Suko Platz und bestellte einen Kaffee, als er den fragenden Blick des Mixers bemerkte.

»Darf es auch Espresso sein, der Herr?«

»Meinetwegen.«

Der Mixer hob die Schultern und zog irgendwie beleidigt in Richtung Espresso-Maschine.

Hinter uns hörten wir ein lautes Gelächter. Ausgestoßen von den beiden Damen und den älteren Herren. In das Lachen knallte ein Sektkorken. Man schien sich köstlich zu amüsieren.

Im Gegensatz zu uns, denn wir hörten Will Mallmanns Geschichte. Und da hatte sich einiges getan, was den Wertiger betraf. Ich wusste ja schon von den drei Morden und atmete erst einmal auf, als ich hörte, dass der Täter erledigt worden war.

»Aber«, so erklärte Will, »das war erst der Anfang. Das dicke Ende kommt nach. Da existiert noch jemand, der damals in die Klauen des Wertigers Gerd König geriet.«

Ich dachte nach. »War das nicht eine Frau?«

»Du hast Recht, John, eine Frau. Den Namen kenne ich auch. Barbara Päuse. Wenn Stefan Franke zu einem Wertiger geworden ist, können wir davon ausgehen, dass dies bei Barbara Päuse auch der Fall sein wird.«

»Vielleicht ist sie es schon«, meinte Suko.

Wills Espresso kam. »Möglich. Wir müssen mit allem rechnen, und deshalb habe ich mir gedacht, dass wir ihr einen Besuch abstatten. Die Adresse ist mir bekannt.«

»Wo wohnt sie denn?«

»In Pöseldorf.«

»Kenne ich nicht.«

»Ziemlich moderner Vorort. Dort hat sich die Schickeria von Hamburg hingewandt und die Grundstückspreise in ungeahnte Höhen getrieben. Ein normaler Mensch kann da keine Miete bezahlen.«

»Wir wollen ja nicht dort hinziehen«, erklärte ich und unterdrückte ein Gähnen. »Willst du jetzt los?«

»Sobald ich den Kaffee ausgetrunken habe.«

»Na denn.« Ich zahlte und ließ mir eine Quittung geben. Als wir die Bar verließen, rief der Mixer noch hinter uns her: »Viel Spaß, die Herren!«

Ich drehte mich um. »Werden wir haben, Süßer«, erwiderte ich in einem nasalen Tonfall und kehrte ihm den Rücken zu.

Will hatte seinen Manta auf dem hoteleigenen Parkplatz abgestellt.

»Müssen wir uns wieder in die Sardinenbüchse klemmen?«, erkundigte sich Suko.

»Du kannst ja laufen.«

»Keinen Bock.«

»Steig ein, Alter«, sagte ich, denn ich hatte erkannt, dass es Will Mallmann nicht nach Scherzen zu Mute war. Und was seinen alten Manta anging, da reagierte er sowieso empfindlich.

Er startete, manövrierte aus der Lücke und sagte dabei: »Hoffentlich kommen wir nicht zu spät.«

»Hast du irgendwelche handfesten Beweise?«, wollte ich wissen.

»In diesem verdammten Fall ist alles möglich, John. Aber auch alles, das sage ich dir ...«

Und Will sollte leider Recht behalten ...

Er kleidete sich nur in weiches Leder. Das allerdings musste mit silbernen Knöpfen und ähnlichem Zierat geschmückt sein. Zudem trug er seine Haare igelkurz, und sein etwas breites Gesicht zeigte stets die Bräune eines Solariums. Man hätte ihn für einen älteren Rocker halten können. Das war er aber nicht.

Er beschäftigte sich beruflich mit Frauen und deren Frisuren. Denn Gigi Gruber besaß in Hamburg zwei Friseursalons. Einen dritten wollte er eröffnen, hatte die Sache aber noch zurückgestellt, weil ihn momentan eine Frau besonders interessierte.

Barbara Päuse.

Sie war zu ihm in den Laden gekommen, um sich

wegen einer neuen Frisur beraten zu lassen. Gigi Gruber hatte sich der Frau persönlich angenommen. Es war nicht nur bei der Beratung geblieben. Die Einladung zum Essen folgte, und anschließend waren sie nach Pöseldorf gefahren, um in ihrer Wohnung den Abend ausklingen zu lassen.

Klar, dass sie im Bett landeten. Und Gruber hatte so gute Qualitäten, dass Barbara einfach nicht mehr von ihm loskam. Eine Woche danach besaß er bereits einen Schlüssel zu ihrer Wohnung. Es gehörte sowieso zu seinen Prinzipien, sich von den Freundinnen immer die Wohnungsschlüssel geben zu lassen.

Fünf an der Zahl besaß er.

An diesem Abend jedoch war er sauer. Er hatte das Apartment in der Hoffnung betreten, seine Geliebte vorzufinden, war jedoch enttäuscht worden. Nur das Licht brannte. Es erleuchtete auch das große Fenster, das vom Boden fast bis zum Dach reichte.

Tagsüber fiel der Blick von dem Zimmer aus über eine Anzahl wunderschöner kleiner Häuser, die allesamt verschieden aussahen und auch farbige Fassaden hatten. Da wiederholte sich nichts.

In einem weichen Ledersessel hatte es sich Gigi Gruber bequem gemacht. Seine Finger umfassten ein Glas, in dem goldbrauner Whisky schimmerte. Die Lehne des Sessels reichte ziemlich hoch. Gruber konnte sogar seinen Kopf dagegendrücken. Neben dem Sitzmöbel stand die moderne Lampe, ein großes weißes Dreieck, ebenso hoch wie der Sessel.

Gruber war erst verärgert gewesen, nun aber wunderte er sich. Gut, sie hatte das Licht brennen lassen. Es deutete darauf hin, dass sie nur für kurze Zeit weg war. Aber nach jetzt fünfzehn vergangenen Minuten war sie noch immer nicht erschienen, und das kam ihm doch ein wenig seltsam vor.

Mit einem letzten Schluck ließ er den Whisky in seine Kehle rinnen, stellte das Glas ab und stemmte sich aus dem Sessel. Für einen Moment blieb Gruber stehen. Er schaute in die Runde, besah sich die moderne Einrichtung und suchte nach irgendwelchen Spuren, die auf einen Verbleib der Frau hindeuteten. Vergeblich.

Der Raum sah bewohnt aus. Der volle Aschenbecher, die leeren Gläser, in denen noch Reste schimmerten, eine hingeworfene weiße Leinenhose, ein leichter Pelz daneben und ein Recorder, der lief und von Gruber bei seinem Eintritt leiser gestellt worden war.

Da der Mann nichts mehr hörte und durch keinerlei fremde Geräusche abgelenkt wurde, fiel ihm der Laut besonders auf, der da an seine Ohren drang.

Im Wohnraum war er nicht aufgeklungen.

In der kleinen Wohnung gab es noch ein Bad und eine winzige Küche. Beides zweigte von der Diele oder vom Flur ab, wo auch die Garderobe untergebracht war.

Dem Friseur fiel ein, dass er in den übrigen Räumen noch nicht nachgesehen hatte. Ein Grinsen huschte über seine Lippen. Sicherlich befand sich Babs im Bett.

Das hätte sie ihm auch sagen können. Während er dies dachte, zerfaserte das Grinsen. Er drehte sich ziemlich wütend um und steuerte die Tür zum Bad an.

Die Mieterin der Wohnung hatte sie grün streichen lassen und mit roten Buchstaben das Wort Bad auf das Holz gemalt. Gigi Gruber drückte die Messingklinke der Tür nach unten.

Verschlossen. Von innen. Das sah er, als er durch das Schlüsselloch schaute und der Blickausschnitt durch den steckenden Schlüssel versperrt wurde.

Blöd, dachte er, sich da einzuschließen!

Er schlug mit der flachen Hand gegen die Tür. »He, Babs, bist du im Bad?«

Er erhielt eine Antwort. Sie hörte sich nur so seltsam an. Es konnte ein Ächzen sein und gleichzeitig auch ein Ja bedeuten. So genau war das nicht herauszuhören.

Gigi Gruber wurde sauer. Er war in seinem Geschäft ein sehr freundlicher Mensch, wenigstens den Kundinnen gegenüber, aber er konnte unberechenbar und wild werden, wenn man ihn auf den Arm nehmen oder hintergehen wollte.

Bei Babs hatte er dieses Gefühl.

»Verdammt!«, schrie er wütend und hämmerte nun mit der Faust gegen die Tür. »Öffne!«

»Neinnnn …«

Diese Antwort erschreckte ihn. Sie hatte sich merkwürdig knurrend angehört.

Gruber wurde bleich. Da stimmte etwas nicht, davon war er überzeugt. Er konnte sich allerdings nicht vorstellen, was es war, und sein Blick begann zu flackern. Sollte Barbara etwa krank sein?

Als er daran dachte, verzog sich sein Gesicht. Krankheit mochte er nun überhaupt nicht. Wer zu ihm ins Geschäft kam, der liebte das Leben und seine Schönheiten, die er mit Mode und Kosmetik verband, aber Krankheit, nein, damit wurde er nicht gern konfrontiert. Höchstens mal mit einem Kater nach einer durchzechten Nacht.

Und vielleicht war es Babs so schlecht geworden, weil sie getrunken hatte. Wäre nicht das erste Mal, dass sie auf Alkohol so reagierte.

Wenn Babs Päuse einmal anfing zu feiern, hörte sie erst kurz vor der Bewusstlosigkeit auf, da sie nach dem Prinzip vorging, dass halb betrunken zu sein nur weggeworfenes Geld war.

Und doch traute er dem Frieden nicht so recht. Irgendetwas stimmte da nicht.

Die nächste Aktion seiner Freundin überraschte ihn. Gigi Gruber hörte, wie sich der Schlüssel drehte.

Jetzt war die Tür offen!

Grubers Hand lag bereits auf der Klinke, als er dennoch zögerte, sie nach unten zu drücken. Es war ein ungutes Gefühl. Zu vergleichen mit einem elektrischen Schlag, der durch seinen Körper zuckte und ihn in Alarmzustand versetzte.

Da stimmte etwas nicht.

Weshalb hatte Babs nur heimlich aufgeschlossen?

Gigi Grubers Misstrauen war nicht aus der Welt zu schaffen. Hinzu kamen diese seltsamen Laute, die Barbara ausgestoßen hatte. Die erinnerten schon an ein Tier …

»Babs?« Lauernd klang seine Stimme. Er war nervös und leckte über seine dünnen Lippen.

Als er abermals nichts hörte, riskierte er es einfach und rammte die Tür regelrecht auf.

Das Badezimmer war von seiner Bauweise als ein Quadrat angelegt worden. Links die Wanne, gegenüber der Tür das kleine Fenster mit der Milchglasscheibe, rechts das grüne Waschbecken, und zwischen ihm und dem Fenster befand sich die Dusche. Jetzt allerdings durch einen Vorhang verdeckt, der auf seiner Außenkante einen knallroten, übergroßen tropfenden Wasserhahn zeigte.

Ansonsten bestand der Vorhang aus einem hellen Stoff. Hinter ihm malte sich der Schatten eines Menschen ab.

Dort musste Babs stehen.

Nicht aufrecht, wie der Friseur erkennen konnte, sondern leicht gebückt. Er fragte sich allerdings, aus welchem Grund sie in dieser Haltung stand, denn Wasser rauschte nicht aus der Duschdüse.

Was tat sie dort?

»Barbara?« Fragend trat er näher. Er brauchte nur drei Schritte zurückzulegen, um die Dusche zu erreichen. Er ließ sich Zeit dabei. Gigi Grubers ungutes Gefühl verstärkte sich in diesen Augenblicken.

Als er die kleine Duschkabine fast erreicht hatte, seinen Arm ausstreckte, um den Vorhang zu packen, da wurde dieser vehement von innen aufgerissen.

Babs Päuse starrte ihren Freund an.

Und Gigi Gruber befürchtete, verrückt zu werden!

Die Frau war nicht mehr normal!

Und nicht nur das. Gigi Gruber hatte auch das Gefühl, keinem Menschen mehr gegenüberzustehen. Nein, das war ein Monstrum, eine Entartete. Sie war auf dem Wege zur Bestie.

Er konnte es nicht fassen. Innerhalb von zwei Sekunden, so viel Zeit blieb ihm, saugte er den Anblick in sich auf.

Der Kopf mit den rötlich blonden Haaren gehörte noch der, die er kannte. Nur schien das Gesicht etwas breiter geworden zu sein, und unter der Nase, direkt auf der Oberlippe, entdeckte er einige feine Härchen.

Härchen, die sich schon zu einem Fell verdichtet hatten, bedeckten den rechten Arm. Er sah auch keine Finger mehr wie bei einem Menschen, stattdessen eine Pranke mit spitzen Krallen.

Es war nur der rechte Arm, der linke war völlig normal, aber auch diese Teilverwandlung jagte das Entsetzen in dem Friseur hoch. Er fand keine Erklärung, obwohl er sich darüber Gedanken machte. Gigi Gruber wurde so blass wie kaltes Fett, und er öffnete seinen Mund, wobei seltsam erstickt klingende Laute daraus hervordrangen.

Dann schallte ihm das Lachen seiner Freundin entgegen. »Du wolltest mich doch sehen!«, flüsterte sie. »Du wolltest doch unbedingt zu mir. Trotz meiner Warnungen. Jetzt hast du die Bescherung, und du wirst von nun an immer bei mir bleiben. Als mein Opfer!«

Gigi Gruber begriff nichts. Sogar die Stimme seiner Freundin hatte sich verändert. Sie war tiefer geworden und hörte sich schaurig an.

Er schluckte.

Sie hatte nichts an. Bis auf die Kette, die an ihrem Hals blitzte, aber die konnte man beileibe nicht als Kleidungsstück bezeichnen. Ihre Füße standen in einer Wasserlache, und langsam hob sie das rechte Bein, um aus der Dusche zu steigen.

Es war eine Täuschung. Gigi Gruber sollte nur abgelenkt werden, denn gleichzeitig schoss die rechte Pranke vor und zielte genau auf seinen Hals.

Der Friseur konnte es selbst nicht fassen, dass es ihm gelang, diesem Angriff auszuweichen. Es war eine unbewusste Reaktion gewesen, gar nicht mal gedanklich gesteuert, aber er kam weg.

Hautnah verfehlte ihn die Kralle. Sie hätte ihm seine Kehle aufgerissen. Die nackte Barbara stürmte vehement aus der Dusche, konnte sich aber so schnell nicht fangen und wurde erst von der Wanne aufgehalten, wobei sie ihren Oberkörper nach vorn beugte und halb in die Wanne hineinfiel.

Gigi Gruber stand bereits an der Tür. Er schalt sich selbst einen Narren, weil er nicht weglief, aber seine Freundin faszinierte ihn.

Die Verwandlung setzte sich fort!

Barbara Päuse wuchtete ihren Körper aus der Wanne.

Sie stellte sich für einen winzigen Augenblick steif hin, bog den Rücken durch und streckte die Arme in die Höhe, bevor sie ein undefinierbares Geräusch ausstieß, das als Echo im Badezimmer widerhallte.

Dann fuhr sie herum. Für einen Moment schaute sie ihren Freund mit seltsam gelben Augen an, bevor sie, wie vom Blitz getroffen, zusammenbrach und sich auf dem Boden herumwälzte.

Jetzt begriff Gigi Gruber überhaupt nichts mehr. Er schaute auf die Frau, die immer stärker ihr Menschsein verlor und in eine tierische Phase überging.

Die Metamorphose setzte bei ihr mit aller Macht ein und verwandelte die Frau in einen reißenden und mordlüsternen Wertiger.

Vor der Wanne lag sie auf den kleinen Fliesen. Sie hatte den Mund weit aufgerissen. Fauchende Laute drangen über ihre Lippen, während sie gleichzeitig mit den Beinen strampelte und mit den Armen um sich schlug.

Gigi Gruber erlebte einen Horror ohnegleichen. Er stierte auf seine Freundin, die entsetzlich unter der Verwandlung litt.

Gelbliches Fell wuchs plötzlich auf der rechten Gesichtshälfte. Ansätze von weißen Streifen schimmerten darin. Die Ähnlichkeit mit einem Tiger nahm stetig zu.

Aber nur eine Hälfte des Gesichts verwandelte sich. Die andere, linke, blieb menschlich.

Das war es, was den Friseur so abstieß. Er konnte es nicht begreifen, und er schaute auf die Lippen der Frau, die ebenfalls in zwei Hälften gespalten waren.

Da der Mund offen stand, konnte der Mann in der rechten Mundhälfte die langen Reißzähne erkennen, während die anderen ihre normale Form behalten hatten.

Babs Päuse lag auf dem Rücken.

Die Arme hatte sie dabei abgewinkelt, das Körpergewicht auf die beiden Ellenbogen verteilt, und so stemmte sie sich auch in die Höhe, wobei die Laute aus ihrem Mund immer mehr Ähnlichkeit mit dem Fauchen eines Dschungeltigers bekamen.

Das kleine Bad war erfüllt von diesen schrecklichen Tönen, und jedesmal, wenn sie mit den Füßen gegen den äußeren Wannenrand trat, gab es ein dröhnendes Geräusch.

Zudem schlug sie mit den Hacken auf den Boden, wälzte sich und riss dann ihr rechtes Bein hoch wie eine Aerobic-Turnerin. Nur war dieses Bein kein menschliches mehr, sondern mit dichtem Fell bedeckt, sodass es starke Ähnlichkeit mit der Tatze eines Tigers aufwies.

Gigi Gruber hätte eine Steigerung nicht mehr für möglich gehalten, aber es wurde noch schlimmer. Plötzlich hielt es Barbara nicht mehr auf dem Fleck. Sie rollte sich ein paarmal um die eigene Achse, prallte unter dem Waschbecken gegen die Wand und richtete sich dort so auf, dass sie in eine hockende Stellung geriet.

Jetzt drehte sie ihr Gesicht zu Gigi Gruber hin.

Halb Mensch – halb Tiger. Ein Auge leuchtete gelb, das andere in einer normalen Farbe.

Die rechte Hand hatte sich in eine Pranke verwandelt, die linke zeigte noch das menschliche Aussehen, wobei die rot lackierten Fingernägel glänzten, als wären Blutstropfen auf ihnen festgefroren.

Das alles war ein schreckliches, unheimliches Bild, und für Gigi Gruber wurde es noch schlimmer, als seine verwandelte Freundin den Platz unter dem Waschbecken verließ und auf ihn zukroch.

Der Friseur erinnerte sich noch genau an die Worte der Verwandelten. Sie hatte sich ihn als Opfer ausgesucht. Und den Begriff Opfer verband er sehr richtig mit dem Wort Tod.

Dann wollte sie ihn umbringen!

Glasklar stand diese Tatsache vor seinen Augen. Er sollte ein Opfer des Wertigers werden, und als er sah, wie schnell sie sich bewegte, da wurde es höchste Zeit für ihn, das Weite zu suchen.

Als sie sprang, hatte er bereits die Tür aufgerissen und hechtete über die Schwelle in die kleine Diele hinein. Er vergaß auch nicht, die Tür so hastig wie möglich zuzurammen, was sich als gut herausstellte, denn Barbara konnte ihren Sprung nicht mehr stoppen und wuchtete von innen gegen die Tür.

Das Holz vibrierte nach dem Schlag. Und Gigi Gruber zitterte ebenfalls wie Espenlaub. Er jagte auf die Wohnungstür zu, riss sie auf und sah die Treppe vor sich.

Sie führte nach unten, wo die beiden anderen, größeren Wohnungen lagen und auch der Eigentümer des Hauses wohnte. Es war ein breites Treppenhaus, und es lag im Dunkeln, aber der Fliehende traute sich nicht, auf den Lichtschalter zu drücken, denn er wollte dem Untier eine Verfolgung so weit wie möglich erschweren.

Sein Pech, dass er die Örtlichkeiten nicht so genau kannte. Nach dem ersten Sprung, der ihn bis auf die Hälfte der Treppe brachte, kam er auf dem Rand einer Stufe auf, spürte den stechenden Schmerz im Knöchel und konnte sich nicht mehr auf den Beinen halten.

Gigi Gruber kippte nach vorn, schlug noch schwer auf die Treppenkanten und rutschte weiter bis zum ersten Absatz, wo es ihm unter großen Mühen gelang, sich auf die Seite zu drehen.

Obwohl er kaum etwas erkennen konnte, starrte er die Treppe hoch, und er sah im aus der offenen Wohnungstür fallenden Lichtschein die Bestie am Ende der Treppe.

Im selben Augenblick wurde es im Treppenhaus hell, und Gruber begann zu schreien …

In warmen Sommernächten war es in Pöseldorf sicherlich wunderschön. Da konnte man dann draußen vor den kleinen Kneipen, Pinten oder Cafés sitzen und sein Getränk schlürfen, während man den Menschen nachschaute, die durch die schmalen Straßen flanierten.

An diesem kalten Märzabend war nicht viel los. Zwar

parkten vor den einschlägigen Lokalen die schnellen Schlitten der Hamburger Schickeria, aber auf den Gehsteigen spazierten kaum Menschen.

Will Mallmann kurvte durch die engen Straßen. Vorbei an kleinen Plätzen, Geschäften, Restaurants und manch grünem Flecken, der zum Verweilen einlud.

Da Barbara Päuse in einer Einbahnstraße wohnte, musste Will um einen Block herumfahren, um in diese Straße zu gelangen. Zudem musste er noch hart auf die Bremse steigen, weil ein Typ im offenen Pelzmantel leicht angetrunken über die Fahrbahn wankte, in der rechten Hand eine Champagnerflasche.

»That's life«, kommentierte Will.

»Ich weiß nicht, ob ich mit ihm tauschen würde«, gab ich zurück.

»Der braucht wenigstens keine Dämonen zu jagen«, sagte der deutsche Kommissar.

»Das stimmt allerdings.«

»Macht dir der Job keinen Spaß mehr, John?«, mischte sich Suko ein.

»So viel wie dir.«

»Dann machen wir weiter.«

Will Mallmann stoppte neben dem Haus. Platz war vorhanden, und das Licht einer Laterne fiel auf das Wagendach.

Es war ein renovierter Altbau, in dem Barbara Päuse wohnte. Wir erkannten es beim Aussteigen. Neue Fenster waren eingebaut, die Fassade leuchtete grün.

Unten und im ersten Stock, der bereits schräg verlief, mussten die Parteien wohnen.

Es lag kein Grund vor, die Haustür aufzubrechen. Wir mussten schon auf normalen Wege in das Gebäude eindringen, aber uns war das Glück hold. Ein etwa sechzehnjähriger Junge stieß die Tür von innen auf und verließ das Haus.

Er hatte es so eilig, dass er uns kaum beachtete.

Suko startete wie ein Sprinter. Bevor die Tür ins Schloss fallen konnte, hatte er sie erreicht und blockierte sie mit dem Fuß.

»Alles klar«, rief er und winkte uns zu.

Wir waren Sekunden später bei ihm. Der Flur war ziemlich geräumig, das sahen wir in der Dunkelheit. Von oben hörten wir Geräusche, die irgendwie seltsam klangen.

Will Mallmann ging zur Seite, suchte den Lichtschalter, fand ihn, und es wurde hell.

Im selben Augenblick hörten wir den Schrei!

Wie eine Fanfare der Angst gellte er durch das Treppenhaus, und er riss uns aus unserer Erstarrung. Suko und ich standen am günstigsten. Gemeinsam starteten wir und erreichten auch zusammen die nach oben führende Treppe.

Wir konnten weiterhin nebeneinander laufen, ließen Will zurück und hörten hinter uns auch die erschreckten Stimmen der unten wohnenden Hausbewohner.

Der Schrei hallte noch durch den Flur, als wir den Mann auf dem Treppenabsatz erreicht hatten. Er lag dort auf der Seite, hielt einen Arm ausgestreckt und deutete schräg nach oben.

Sein Zeigefinger wies haargenau auf die Wohnungstür, und dort sahen wir diejenige Person, der unser Besuch galt.

Barbara Päuse!

Aber eine veränderte Frau. Sie war bereits zur Bestie geworden, denn die Hälfte des Körpers hatte sich verwandelt und zeigte das gestreifte Fell eines Tigers.

Sie hatte uns ebenfalls gesehen. Ob sie uns nun erkannt hatte und demnach wusste, wer wir waren, blieb unklar. Jedenfalls sah sie uns nicht als Opfer an, denn sie warf sich auf dem Absatz herum, stieß die Tür auf und floh in ihre Wohnung.

Ich sah Suko regelrecht die Treppe hochfliegen, so viel Schwung hatte er genommen, doch er kam zu spät. Kaum hatte er die oberste Stufe hinter sich gelassen, als die Tür so heftig von innen zugeknallt wurde, dass die Wände zitterten.

Suko hämmerte noch mit der Faust dagegen, bevor er sich umdrehte und mir entgegensah, als ich ebenfalls die Treppe hochstürmte.

»Aufbrechen«, sagte ich noch im Laufen.

Suko ging schon zurück. Einen großen Anlauf konnten wir nicht nehmen, denn dicht hinter uns begann die Treppe. Aus dem unteren Flur hörten wir Will Mallmanns Stimme. Der Kommissar versuchte, die Leute zu beruhigen.

»Will!«, schrie ich. »Schau nach einem Hinterausgang. Die Päuse ist bereits ein Wertiger!«

»Verstanden, John!«

Wir konnten uns auf den Kommissar verlassen. Wenn er sich an der Rückseite des Hauses aufbaute, würde er Acht geben wie ein Luchs, dessen waren wir sicher.

Suko schaute mich an. »Bist du bereit?«

»Okay, immer.«

»Dann los!«

Gemeinsam liefen wir die wenigen Schritte zum Ziel und wuchteten unsere Schultern gegen die Tür.

Das war kein Sozialbau. Wer hier wohnte, zahlte eine hohe Miete und konnte etwas für sein Geld verlangen. Die Tür war so stabil, dass sie unserem ersten Ansturm standhielt.

Wir mussten es ein zweites Mal versuchen. Inzwischen hatte die Bestie Zeit, das Weite zu suchen.

Zudem tobten Schmerzen in meiner Schulter. Der erste Aufprall hatte mich ganz schön mitgenommen. Beim zweitenmal versuchten wir es nicht mit den Schultern, sondern mit den Füßen.

Und darin war Suko Meister. Er trat mit seiner Fußkante einen Ziegelstein durch, wenn er wollte, und als wir uns gemeinsam die Tür vornahmen, hatte sie den Tritten nichts mehr entgegenzusetzen. Wir hatten auf Schlosshöhe gezielt und auch getroffen. Ein Krachen, ein Splittern, die Tür bebte noch kurz, dann wurde sie aus dem Schloss gefetzt, schwang nach innen, und wir hatten freien Eintritt.

Ich stolperte zuerst in den schmalen Flur und blickte

mich blitzschnell um. In ein Bad konnte ich schauen, sah auch nach vorn und spürte den Durchzug im Gesicht.

Der entstand nicht nur, weil die Tür hinter uns offen war. Er musste seine Ursache in einer weiteren Quelle haben, und die entdeckten wir im Wohnraum.

Wahrscheinlich war die gewaltige Scheibe gebrochen, als wir die Tür eingetreten hatten. Der Krach hatte das Splittern übertönt. Jedenfalls pfiff die kühle Luft durch das große Loch, und wir sahen, auf welche Art und Weise der Wertiger geflohen war.

»Will ist doch hinten«, sagte Suko und blieb an der Öffnung stehen.

Ich hielt mich neben ihm auf. Viel konnten wir nicht sehen. Es war zu dunkel. Wahrscheinlich lag hinter dem Haus ein Garten oder ein ähnliches Gelände, denn wir erkannten die Zweige der Bäume, die vom Wind bewegt wurden.

Da wir sowieso im Licht standen, konnte ich auch den Kommissar rufen. »Will!«, schallte meine Stimme.

Wir vernahmen keine Antwort.

»Ob er nicht da ist?«, flüsterte Suko.

»Oder der Wertiger hat ihn …«

Der Knall eines Schusses riss mir die weiteren Worte von den Lippen. Das musste Will Mallmann gewesen sein. Am Klang hatte ich seine Dienstwaffe erkannt. Wo er allerdings steckte, konnte ich nicht erkennen.

Plötzlich wurde es heller. In der Wohnung unter uns war Licht eingeschaltet worden, und der helle Schein fiel in den Garten. Er leuchtete dort einen Teil aus.

Unsere Blicke fielen auf eine Terrasse. Dahinter begann Rasen. Wir erkannten die typische dreieckige Form von Tannenbäumen und hörten dann Mallmanns Stimme.

»Bleib stehen! Verdammte Bestie!«

Suko stieß sich ab. Plötzlich schwebte er in der Luft und landete einen Augenblick später auf der Terrasse. Mein Partner schien Gummiknochen zu haben. Er rollte sich geschickt ab und stand schon wieder auf den Füßen, um mir zuzuwinken.

Auch ich sprang.

Den Aufprall spürte ich sogar im Gehirn. Zum Glück waren wir immer in Form. So überstand auch ich den Sprung aus der ersten Etage unbeschadet und lief wenig später schon über weichen Rasen.

Suko war zwischen den Tannen untergetaucht. Er rief den Namen des Kommissars und erhielt Antwort.

»Ich stecke hier im Nachbargarten.«

Das war links von uns.

Wir beeilten uns, kletterten über eine Bruchsteinmauer und sahen den Schatten des Kommissars. Er stand mit schussbereiter Waffe neben einer hohen Birke und schaute in eine Richtung, die uns entgegengesetzt lag.

»Hast du gesehen, wo er hingelaufen ist?«, wollte ich wissen.

»Ja, so ungefähr.« Will deutete nach vorn. »Aber ich konnte ihn nicht stoppen. War nur Munitionsverschwendung. Tut mir Leid, Freunde. Der Wertiger oder die Wertigerin läuft frei herum.«

Was das bedeutete, war uns allen klar.

Barbara Päuse würde versuchen, ihren unheilvollen Trieb auszutoben, und es würde weitere Opfer geben.

Obwohl Wills Aussagen ziemlich pessimistisch geklungen hatten, machten wir uns auf die Suche. Wir fanden sogar Spuren im weichen Rasen. Einen normalen Fußabdruck sahen wir und einen weiteren, der nur einem Raubtier gehören konnte.

Es gab hier einfach zu viele Ecken, wo sich jemand verstecken konnte. Wir konnten stundenlang suchen, ohne ihn zu entdecken. Uns blieb nur die Chance einer Großfahndung und des Zufalls. Jeder Polizist in Hamburg musste ein Auftauchen dieser Bestie sofort melden.

Darüber sprachen wir mit dem Kommissar. Mallmann war unserer Meinung. Er wollte sich sofort mit Kölzer in Verbindung setzen.

Suko und ich verfolgten einen anderen Plan. Wir erinnerten uns an den Mann, der geschrien hatte. Auf der Treppe, die zur Wohnung führte, hatte er gelegen. Ob er mehr über die Frau wusste, das sollte er uns sagen.

Als wir das Haus betraten, erlebten wir es in einem

regelrechten Aufruhr. Die Nachbarn standen im Flur und diskutierten miteinander. Niemand wusste so recht, um was es eigentlich ging. Der Begriff Terroranschlag fiel, und wir hüteten uns zu widersprechen. Sollten die Leute es dabei belassen.

Uns schaute man scheu an. Keiner stellte eine Frage, als wir die Treppe hochschritten.

Der Lederjacken-Typ hockte noch immer auf dem Boden. Mit dem Rücken lehnte er dabei an der Wand. Das linke Bein hatte er ausgestreckt, das rechte angezogen. Mit beiden Händen umfasste er den Fußknöchel, der stark angeschwollen war. »Ich ... ich kann nicht mehr gehen«, stöhnte er.

Ich bückte mich. »Lassen Sie mal sehen.«

Er nahm die Hände weg, und ich nickte. »Seien Sie froh, dass ...«

»Wieso?«

»Sie haben sich nichts gebrochen. Der Knöchel ist nur verstaucht.«

»Das reicht schon.«

»Sicher. Nur hätte es schlimmer kommen können. Wir werden dafür sorgen, dass Sie abgeholt werden.«

»Von den Bullen?«, keuchte er.

»Die Bullen haben Ihnen soeben das Leben gerettet«, erklärte ich. »Wären wir nicht erschienen, sähe es böse für Sie aus. Ein wenig Dankbarkeit wäre nicht schlecht.«

»Wollen Sie Geld?«

Ich schluckte. Mir lag eine scharfe Antwort auf der Zunge, die ich mir allerdings verbiss.

Will Mallmann kam die Treppe hoch. Er nickte uns zu. »Alles klar«, sagte er. »Kölzer weiß Bescheid. Er wird gleich hier eintreffen.« Will stieß den Atem aus und stemmte seine Fäuste in die Hüften, bevor er nickend auf den Lederjacken-Typ schaute. »Wer ist das denn da?«

Da konnte ich dem guten Will keine Antwort geben. Wir wussten den Namen des Mannes nicht.

»Ich bin Gigi Gruber!«

»Aha.« Mallmann nickte. »Sie sagen das so herausfordernd. Müsste ich Sie kennen?«

»Polizisten gehören normalerweise nicht zu meinen Kunden.«

»Sind Sie Geschäftsmann?«

»Coiffeur, Hair-Stylist …«

»Also Friseur«, stellte ich trocken fest, was mir einen bösen Blick einbrachte. Wer heutzutage beim Haareschneiden eine gewisse Preisgrenze überschritt, nannte sich nicht mehr Friseur, da gab es dann exquisitere Namen.

»Und Sie wollten zu Frau Päuse?«, fragte Will.

»Ja.«

»Sind Sie mit ihr liiert?«

Gruber verzog das Gesicht, weil er seinen Fuß falsch bewegt hatte. »Es geht Sie zwar nichts an, aber so könnte man es nennen.«

»Wunderbar. Dann können Sie uns sicherlich einige Tipps geben, was das Leben der Frau betrifft.«

»Ich will in ärztliche Behandlung!«, regte sich der Haarkünstler auf. »Ich muss morgen arbeiten. Wichtige Kunden …«

»Wir schlafen auch nicht!«, hielt Will ihm entgegen. »Ich habe meine Kollegen alarmiert. Die werden einen Arzt mitbringen, der sich um Sie kümmern kann. Sie sehen, wir tun alles für Sie. Zeigen Sie sich ein wenig kooperativ, Herr Gruber.«

»In der Wohnung steht ein Drink. Holen Sie mir die Flasche.«

Suko drehte sich um und ging. Er kam mit Whisky zurück, und Gruber nahm einen kräftigen Schluck.

»Wie war das also?«, fragte ich, als der Mann die Flasche abgesetzt hatte.

»Wir kennen uns seit einigen Monaten«, erklärte Gigi Gruber. »Ich besitze einen Schlüssel zu der Wohnung, und es ist ganz natürlich, dass ich Babs hin und wieder besuche. So auch heute Abend. Als ich kam, fand ich die Wohnung leer. Das Licht brannte allerdings …«

Er berichtete ziemlich genau, während wir gespannt zuhörten. Als er auf die Szene im Bad zu sprechen kam, da stockte sein Redefluss. Wahrscheinlich sah er die

Szene wieder zu deutlich vor seinem geistigen Auge. Er ballte die Hände. Schweiß trat auf seine Stirn, und wir erfuhren von der furchtbaren Verwandlung, die Barbara Päuse hinter sich hatte.

»Und Sie haben zugesehen?«, fragte Suko.

»Ja, verdammt. Ich … ich konnte einfach nicht anders. Ich stand da und war fasziniert und gleichzeitig abgestoßen. Sie können es sich nicht vorstellen, was das für ein Gefühl ist, aber …«

»Das können wir«, erklärte Will Mallmann. »Und dann wurden Sie angegriffen, nicht?«

»Genau. Zum Glück war ich schneller, rettete mich in den Hausflur und bin über diese verfluchte Treppe gestolpert. Die Folgen können Sie ja sehen.« Er atmete tief aus. »Ich dachte, dass es vorbei ist. Dann ging das Licht an, und Sie tauchten auf.«

»Gut«, sagte Will Mallmann. »Ich danke Ihnen für diese Informationen.«

»War das alles?«

»Vorerst«, erklärte der Kommissar. »Wir werden uns noch weiter unterhalten müssen, aber erst, nachdem Ihr Fuß behandelt wurde.«

Als wäre dieser Satz ein Stichwort gewesen, so hörten wir von unten Stimmen. Eine übertönte alle anderen. Es war die von Kommissar Kölzer. Jemand aus dem Haus verwies ihn in die obere Etage, und wenig später huschte der kleine Kommissar schon die Treppe hoch.

»Sinclair!«, rief er. »Immer, wenn Sie auftauchen, gibt es Ärger.« Er redete gleich weiter. »Und wer ist das?«, fragte er mit einem Blick auf Suko gewandt.

Ich stellte meinen Kollegen vor.

»Dann sind Sie ja mit großer Mannschaft angerückt.«

»Sie ist weniger groß als Ihre«, erwiderte ich und deutete auf die Männer, die die Treppe hochkamen. Ein Arzt war ebenfalls dabei. Er kümmerte sich um den Knöchel des Nobelfriseurs.

Wir standen nur im Weg herum und verzogen uns deshalb in die Wohnung. Kölzer blieb an unserer Seite. Er schaute in jedes Zimmer, und als er die zerstörte Scheibe sah, schüttelte er den Kopf. »Da muss man sich doch verletzen, wenn man hindurchspringt.«

»Ist nicht unbedingt gesagt«, erwiderte ich. »Es gibt Leute, die schaffen das ohne Verletzungen.«

»Und die Päuse gehört dazu?«

»Das ist anzunehmen.«

»Na, ich weiß nicht.« Kölzer hob die Schultern. »Auf jeden Fall ist sie euch entwischt!«, stellte er mit bitterböse klingender Stimme fest, was sofort einen Einspruch Mallmanns herausforderte.

»Moment, Herr Kollege. Sie ist uns nicht entwischt, denn wir hatten sie überhaupt nicht. Wir sind leider um Minuten zu spät gekommen, sonst gäbe es das Problem Wertiger nicht mehr.«

»So müssen wir damit rechnen, dass wieder alles von vorn beginnt«, sagte Kölzer und schüttelte sich. »Nein, ich habe keine Lust, wieder hinter diesen Bestien herzujagen.«

»Steht denn die Fahndung?«, wollte Suko wissen.

»Natürlich. Ich habe auch Anweisung gegeben, dass niemand den Wertiger angreift, wenn er ihn sieht. Dann kann er sich gleich begraben lassen. Sollte die Bestie gesichtet werden, wird man mir Bescheid geben. Das ist alles.«

Damit waren wir einverstanden. Anschließend durchsuchten wir die Wohnung. Vielleicht fanden wir einen Hinweis auf das Versteck des Wertigers.

Negativ. Kein Erfolg.

Kommissar Kölzer hob die Schultern. Er stand mitten im Raum und hatte beide Hände in die Taschen seines Mantels gesteckt. »Es tut mir Leid, ich muss passen.«

»Vielleicht weiß der Haarschneider mehr«, sagte ich.

»Wieso?«

Kölzer wusste noch nichts von dem Verhältnis zwischen Gruber und Barbara Päuse. Ich klärte ihn mit wenigen Worten auf, und er war jetzt von meinem Vorschlag angetan.

»Ja, der könnte in der Tat mehr wissen. Ist er denn wieder okay?«

»Da fragen Sie mal Ihren Doc.«

Das brauchten wir nicht, denn der Arzt erschien mit dem Verletzten in der Wohnung. Er stützte ihn, da Gruber humpelte. Sein Gesicht war verzerrt. Schweiß glitzerte auf der braunen Haut. »Da haben Sie mir ja etwas eingebrockt!«, schimpfte er uns aus.

»Wir?«

Er winkte ab. »Ach, hören Sie auf!«

»Setzen Sie sich«, sagte Kölzer und deutete auf einen Sessel. »Wir möchten Sie etwas fragen.«

»Schon wieder?«

»Ja.«

Ächzend ließ sich Gruber in einen Sessel fallen. Die Flasche hatte er mitgebracht. Er zog sie aus der Tasche und trank einen Schluck. Danach zündete er sich eine Zigarette an.

Ich holte ihm einen Ascher.

Kölzer sagte: »Erzählen Sie alles, was Sie über Barbara Päuse wissen, Herr Gruber.«

Der Friseur stieß uns den Rauch ins Gesicht. »Da gibt es kaum was zu berichten.«

»Versuchen Sie es trotzdem.«

Soweit wir seinen Worten entnehmen konnten, hatte er zwar ein inniges, aber dennoch recht lockeres Verhältnis zu der Frau gehabt. Er besuchte sie praktisch nur, um mit ihr zu schlafen. Und das war nicht selten.

»Und was wissen Sie sonst noch über sie?«, hakte Kommissar Kölzer nach.

»Nichts.«

»Das glaube ich Ihnen nicht.«

»Ist aber so.«

»Hat Frau Päuse noch andere Bekannte hier in Hamburg gehabt? Sicherlich sucht sie ein Versteck, denn sie wird sich kaum so sehen lassen können, und sie wird auch nicht immer als Wertiger herumlaufen. Ich glaube eher, dass sie sich zurückverwandelt.«

»Ja, sie kennt wohl einige Leute hier.«

»Und wen?«

Gruber schaute mich an. »Mit Namen kann ich Ihnen

nicht dienen. Darüber haben wir nie gesprochen. Wir hatten schließlich wichtigere Dinge zu tun. Außerdem stammt sie nicht aus Hamburg.«

»Wo kam sie denn her?«

»Aus dem Ruhrgebiet.«

Ich dachte sofort an die Disco Dracula, denn mich hatte mal ein Fall in diesen Landstrich geführt, und es war mir gelungen, in der Disco den Vampir Drago zu stellen und zu vernichten. »Stammt sie etwa aus Gelsenkirchen?«

»Nein, aber aus der Nähe.«

Langsam wurde ich sauer, weil man dem Kerl jedes Wort aus der Nase ziehen musste.

»Nennen Sie uns endlich den Ort!«, forderte ich.

»Dortmund!«

Ich runzelte die Stirn. Damit konnte ich nicht viel anfangen, denn die Stadt war mir nur vom Namen her bekannt. Und vom Fußball. Ich warf Will Mallmann einen Blick zu. Er verstand meine stumme Frage.

»Ich war ein paarmal dort«, erklärte er.

»Und dort hat Frau Päuse ihre Freunde?«, wollte ich wissen.

»Hauptsächlich Verwandtschaft.«

Das war etwas anderes. Aber auch eine Spur. Vielleicht würde sie dort untertauchen, obwohl sie sich eigentlich denken konnte, dass wir darauf kommen mussten.

Wir fragten noch weiter, doch Gruber gab kaum noch Antworten, mit denen wir etwas anfangen konnten. Wir entließen ihn schließlich. Kommissar Kölzer stellte einen Beamten ab, der Gruber in dessen Wagen nach Hause fuhr.

»Und was machen wir?«, fragte Suko. »Dumm gucken und abwarten, nicht?«

»Nein!«, tönte Will. »Wir warten auf das große Fahndungsergebnis. Vielleicht haben wir Glück.«

Kölzer zog ein saures Gesicht. »Das war doch der reinste Spott.«

»Wieso? Denken Sie anders?«

»Ach, hören Sie auf!« Der Kommissar winkte ab und verließ den Raum.

Ich schlug vor, wieder zurück ins Hotel zu fahren. Dieser Vorschlag traf auf Gegenliebe. Wir sagten Kölzer Bescheid, der mit verbissenem Gesicht nickte.

Dann dampften wir ab.

Sie hatte sich verkrochen!

Mit der unwahrscheinlichen Kraft eines Monsters hatte sie einen Gullydeckel in die Höhe gewuchtet, war in den Schacht gestiegen und hatte den Deckel von innen wieder auf die Öffnung gewuchtet.

Der weibliche Wertiger ahnte, was nun geschah. Sicherlich würde eine Fahndung ausgerufen, aber die Polizisten sollten sich wundern. Sie wollte sich so lange versteckt halten, bis diese verdammte Nacht vorbei war.

Barbara Päuse besaß keine menschlichen Gefühle mehr. In dieser Phase waren sie ausgeschaltet.

Sie fror nicht, sie schwitzte nicht. Äußerlichkeiten spielten keine Rolle. Und dennoch brannte es in ihrem Innern. Es waren der Hass und auch das Verlangen, wieder Opfer zu finden. Sie wollte und sie musste ihrem Trieb folgen.

Gruber war ihr entwischt. Dann hatte sie fliehen müssen, denn ihr ausgeprägter Instinkt sagte ihr, dass Gefahr im Anmarsch gewesen war.

Deutlich erinnerte sie sich noch an die Szenen vor knapp einem Jahr, wie sie mit Gerd König im Wagen gesessen hatte und wie er sie dann killen wollte. Sie war nur verletzt worden, doch Gerd König hatte den Keim übertragen, und nach so langer Zeit war er nun aufgeblüht.

Sie wollte töten, sie musste töten!

Aber sie war auch vorsichtig. In diesen Augenblicken und auch später konnte sie einfach nicht riskieren, sich draußen auf der Straße zu zeigen.

Auch in der Nacht schlief Hamburg nicht. Es waren immer genügend Menschen unterwegs, die sie sehen konnten, und wenn sie dann entdeckt wurde, war die Polizei schnell zur Stelle.

Deshalb hieß es abwarten.

Der Wertiger war die Sprossen so weit hinuntergeklettert, dass er auf den Boden springen konnte.

Jetzt hockte er da. Umgeben von der Finsternis und dem Rauschen des Wassers.

Ein widerlicher Geruch schwängerte die Kanäle. Die Verwandelte nahm ihn überhaupt nicht wahr. Sie ignorierte ihn. Er interessierte sie auch nicht.

Geschmeidig bewegte sie sich zur Seite. Ein bläulich schimmernder Schein war ihr aufgefallen. Als sie den Kopf nach links drehte, erkannte sie, dass er von einer Lampe stammte, die fern in einem Gang leuchtete. Sie war so weit entfernt, dass ihr Licht wie eine im Dampf liegende Insel in der Luft schwebte.

Der weibliche Wertiger kauerte sich zusammen. Auf dem Boden blieb er hocken.

Ein Teil war menschlich, der andere Teil gehörte einer Bestie. In Längsrichtung lief diese Trennung über den Körper, und Barbara Päuse wusste, dass sie diesen Fluch nicht mehr loswerden würde, solange sie lebte. Er würde immer wieder zurückkehren, sodass sie sich damit abfinden musste, eine Doppelexistenz zu führen.

In der Nacht wurde sie zur Bestie, tagsüber konnte sie sich normal bewegen. Aber auch das war riskant, denn ihre Gegner wussten, dass sich eine Frau namens Barbara Päuse in einen Wertiger verwandeln konnte. Und sie würden sie auch als Mensch jagen.

Hamburg wurde für sie zu einem heißen Pflaster!

Es gab noch einen Ausweg. Es musste ihr gelingen, so rasch wie möglich die Stadt zu verlassen. Leider besaß sie keinen eigenen Wagen. Vor drei Wochen hatte der alte VW seinen Geist aufgegeben, und sie suchte noch nach einem neuen.

Wie konnte man am besten fliehen?

Scharf dachte sie nach. Es machte sich bemerkbar, dass sie nicht völlig zu einer Bestie degeneriert war, denn sie dachte teilweise noch so wie ein Mensch, auch wenn es sie ungeheure Anstrengungen kostete.

Die Chance lag in einem Zug!

Genau. Mit ihm würde sie es schaffen. Plötzlich glaubte sie, ein Gefühl der Freude zu spüren, das jedoch rasch einen Dämpfer erhielt, als sie daran dachte, dass ihr keine finanziellen Mittel zur Verfügung standen. Und eine Fahrkarte musste sie kaufen.

Die Päuse überlegte. Nun ja, es war sicherlich nicht allzu schwer, an Geld zu gelangen. Ihr würde schon etwas einfallen. Zudem brauchte sie auch Kleidung.

Probleme, die man lösen konnte.

Und so blieb sie stundenlang hocken, denn sie wartete auf den Beginn der Helligkeit.

Hin und wieder schaute sie den Schacht hoch. Sobald es hell wurde, wollte sie ihr Versteck verlassen.

Plötzlich spürte sie das Ziehen.

Es war ein Gefühl, das sie nicht kannte und das schon mit einem Schmerz zu vergleichen war. Sie wusste es nicht genau. Dennoch ahnte sie, dass die Rückverwandlung einsetzte.

Für sie ein Beweis, dass die Nacht vorüber war.

Das Ziehen wurde zum Reißen. Sie konnte nicht mehr an sich halten und warf sich zu Boden. Wie bei der Verwandlung in einen Wertiger wurde sie zu einer regelrechten Furie, die auf der schmutzigen, kalten Erde lag, sich herumwälzte und verzweifelt gegen das Brennen in ihrem Körper ankämpfte.

Im schwachen Sickerlicht stellte sie fest, dass aus ihrer Tigertatze wieder ein normaler menschlicher Arm wurde. Mit allem, was dazugehörte.

Sie sah eine Hand, normale Finger. Die Haut schimmerte wieder so hell wie sonst. Sie spürte auf einmal die Kälte und klapperte mit den Zähnen.

Mit normalen Zähnen!

Für sie ein Zeichen, dass sich auch ihr Gesicht wieder veränderte. Mit den Händen tastete sie sich ab. Zwar spürte sie noch das Fell an der rechten Seite, doch es war wesentlich dünner geworden. Ein Beweis für das Menschwerden.

Es dauerte noch Minuten, die für Barbara Päuse zu einer regelrechten Quälerei wurden.

Dann hatte sie es hinter sich.

Und eine nackte Frau erhob sich von dem schlammigen Boden. Ihr Körper war schmutzig. Sie stank, aber sie war ein Mensch, und sie wusste, dass sie sich unbedingt neue Kleidung besorgen musste.

Die konnte sie nur irgendwo stehlen.

Zitternd kletterte sie die Sprossen hoch. Beim Einstieg hatte es ihr kaum Mühe bereitet, den schweren Deckel in die Höhe zu wuchten. Nun aber bekam sie Schwierigkeiten.

Die Frau strengte sich unwahrscheinlich an. Sie drückte mit den Schultern von unten gegen den Deckel, schrie und atmete in einem, doch ein Erfolg wollte sich nicht einstellen.

Sie klammerte sich an den Steigeisen fest, blieb in der Haltung hocken und ruhte sich aus.

Nur allmählich beruhigte sich ihr Atem. Sie zitterte. Auf ihrer Haut lag ein Schauer, der sich über den gesamten Körper ausbreitete. Wenn sie noch lange nackt in dieser Kälte hockte, würde sie sich eine schwere Erkältung holen.

Als sie daran dachte, musste sie lachen. Seltsam, mit welchen Gedanken sie sich als Mensch wieder abgab. Als Verwandelte hätte sie sich deswegen keine Sorgen gemacht.

Ein erneuter Versuch. Barbara Päuse setzte all ihre Kraft ein, die ihr zur Verfügung stand. Und diesmal schaffte sie es. Der Deckel rutschte aus der Fassung. Sie schob ihn zur Seite.

Das Geräusch, mit dem er über den Boden schrammte, klang für die Frau wie eine herrliche Melodie. Ihr war klar, dass sie eine Runde gewonnen hatte. Rasch kletterte sie nach draußen und blieb in einer geduckten Haltung neben dem Gully stehen. So ruhte sie sich aus.

Schwer ging ihr Atem. Sie konnte sich nicht mehr halten und torkelte zur Seite. Mit ihren Händen stützte sie sich ab, und sie wusste, dass sie sich jetzt in höchster Gefahr befand.

Rasch schaute sie sich um.

Es war eine Art Hinterhof, in dem sie sich befand. Allerdings keiner von der miesen Sorte. Der Gully, ungefähr in der Mitte des Hofes, war von einer Rasenrundung umgeben. Rechts von ihr standen kleine Bäume so nahe an der Rückfront eines Hauses, dass die Zweige die Mauer berührten.

Im Haus schaltete jemand das Licht ein. Ein Parterrefenster wurde hell. Rasch lief die Nackte auf die Bäume zu und suchte hinter ihnen Deckung. Lauernd beobachtete sie das Fenster.

Ein Schatten zeichnete sich dort ab. Es war der Umriss einer Frau, die ihren Arm hob und einen Flügel des Fensters öffnete, um frische Luft in den Raum zu lassen.

Die Päuse lächelte. Besser konnte es gar nicht kommen, denn die Bewohnerin wandte sich ab und verließ den Raum. Das Fenster blieb offen.

Barbara Päuse huschte darauf zu. Sie duckte sich unter die Öffnung, lauschte und vernahm leise Schnarchgeräusche. Da lag noch jemand im Bett und schlief.

Sollte er.

Die Frau stemmte ihre Hände auf die äußere Fensterbank und brachte ihren Körper hoch. Nackt, wie sie war, kletterte sie geschickt durch die Öffnung. In einem Schlafzimmer fand sie sich wieder.

Da kein Licht brannte – die Frau hatte es beim Hinausgehen ausgeschaltet –, sah sie nur schwach die Umrisse eines Mannes in dem breiten Doppelbett.

Er hörte nichts, denn er schlief tief und fest.

Die Nackte huschte durch das Zimmer auf die Tür zu, die sie vorsichtig aufzog.

Ein warmer Schein leuchtete ihr entgegen. Es war das Licht der beiden Dielenlampen. Babs Päuse hörte gleichzeitig das Rauschen einer Dusche. Das erinnerte sie daran, wie schmutzig sie war. Sie wäre auch gern unter die Dusche gestiegen. Das war aber im Moment unmöglich. Ihr Blick blieb wie festgefroren an den Kleidungsstücken hängen, die über einer Stuhllehne lagen.

Das war natürlich ideal. Und es waren nicht einmal billige Kleider. Barbara Päuse schnappte sich die frische

Unterwäsche, auf einen Büstenhalter verzichtete sie, streifte einen modernen Pullover über und stieg dann in die weinrote Hose aus Nappaleder. Sie war zwar in Hüfthöhe etwas eng, das durfte sie aber nicht stören.

Fehlten nur die Schuhe.

Auch die fand sie, denn ihr stach ein kleiner Schrank ins Auge, der leicht zu öffnen war. Als sie die Klappe nach unten gezogen hatte, entdeckte sie zwei gut gefüllte Schuhregale.

Sogar die halbhohen Stiefel passten, und ein Stück weiter an der Garderobe sichtete sie nicht nur einen Mantel, sondern auch eine Handtasche, die sie rasch an sich nahm.

Kaum hatte sie die Finger um den Tragriemen gelegt, als aus dem Schlafzimmer Musik ertönte.

Der Radiowecker meldete sich.

Gleichzeitig hörte auch das Rauschen der Dusche auf, und für Barbara Päuse wurde es Zeit, das Weite zu suchen.

Sie hatte schon längst herausgefunden, wo sich die Wohnungstür befand. Zudem steckte der Schlüssel von innen. Zweimal drehte sie ihn vorsichtig herum, dann war die Tür offen.

Aus dem Schlafzimmer hörte sie eine Stimme. »Verdammt, Judith, du sollst doch nicht immer das Fenster so lange offen stehen lassen. Hier ist es saukalt.«

Die Stimme übertönte das Öffnen der Tür. Wie ein Schatten huschte Barbara Päuse aus der Wohnung. Die Handtasche hatte sie fest unter ihren linken Arm gepresst.

Sie gelangte in einen Flur, lief bis zur Haustür und fand diese nicht abgeschlossen.

Sekunden später war sie aus dem Haus.

Die Morgendämmerung drängte sich immer weiter vor. Auf der Straße begegnete ihr kein Mensch. Nicht einmal ein Wagen fuhr. Es war eine unnatürliche Stille. Wer hier wohnte, der stand nur in Ausnahmefällen früh auf.

Barbara Päuse lief schnell. Die Absätze der Stiefel hackten auf die kleinen roten Steine. Sie schob sich an

Blumenkübeln vorbei, erreichte eine Kreuzung und wandte sich nach rechts. Etwa fünfzig Meter lief sie noch und ließ sich dann auf einer Bank nieder, die ein kleines Rondell umschloss.

Jetzt öffnete sie die Tasche.

Ihre Finger wühlten herum. Sie suchte nach einer Geldbörse, fand keine, sondern nur Lippenstift, Spiegel, Taschentücher. Sie kippte die Tasche wütend um.

Schließlich fiel ihr der schmale Reißverschluss an der Außenseite auf. Hastig öffnete sie ihn, schob zwei Finger in den Spalt und hörte es knistern.

Scheine …

Geld!

Sie zog die Scheine hervor, und ihre Augen begannen zu strahlen. Über dreihundert Mark fand sie. Damit konnte man schon etwas anfangen. Hastig packte sie alles in die Tasche hinein und machte sich auf den Weg zu einer U-Bahn-Station.

Als Erstes wollte sie ein öffentliches Bad aufsuchen …

Trotz allem hatte ich gut geschlafen. Es lag auch daran, dass ich nicht gestört wurde, und als ich am Morgen unter der Dusche stand, kam es mir in den Sinn, dass die Fahndung wohl erfolglos gewesen war.

Im Frühstücksraum traf ich mit Suko und Will Mallmann zusammen. Der Kommissar hatte Ringe unter den Augen und war ziemlich mürrisch. Die halbe Nacht hatte er wach gelegen und an die Ereignisse des vergangenen Abends gedacht.

»Ich komme mir vor wie ein Versager«, sagte Will, als er vor dem langen Tisch stand, auf dem Hotelangestellte das große Frühstücksbüfett aufgebaut hatten.

»Und ich komme bald um vor Hunger«, sagte Suko. »Meine Güte, habe ich einen Kohldampf.«

»Dass du immer nur ans Essen denkst«, beschwerte sich Will.

»Wieso immer?«

Ich mischte mich nicht ein, sondern nahm Wurst, Käse

und Konfitüre. Auch gekochte Eier lagen bereit, und wer Schinken haben wollte, konnte ihn bestellen.

Wir warteten auf den Kaffee. Er schmeckte gut, hielt dem Vergleich zu Glendas Kaffee allerdings nicht stand.

Während des Frühstücks besprachen wir unsere weiteren Pläne. Vor allen Dingen wollten wir uns noch einmal um das Privatleben der Barbara Päuse kümmern. Natürlich musste uns der Haarfritze dabei helfen. Ich war davon überzeugt, dass ihm noch etwas einfiel, wenn wir richtig nachhakten. Der Mann hatte nur am gestrigen Abend keine rechte Lust gehabt. Davon ging ich aus.

Das Wetter war bedeckt. Trübe Aussichten. Durch die großen Fenster fielen unsere Blicke auf eine belebte Straße, wo sich das morgendliche Staurennen abspielte.

Ich dachte wieder an die Frau.

Wo hielt sie sich verborgen? Sie musste in der Nacht untergetaucht sein, und ich dachte daran, dass sie keine Kleidungsstücke bei sich getragen hatte.

Wenn eine Rückverwandlung tatsächlich eingesetzt hatte, dann musste sie sich Kleidung besorgen. Vielleicht fiel sie dabei auf.

Ich sprach mit meinen Freunden darüber. Sie waren der gleichen Ansicht. Suko sagte: »Wäre das nicht etwas für den flotten Kommissar Kölzer?«

»Nicht schlecht, Herr Specht«, gab ich zurück und wandte mich an Will. »Wie siehst du das?«

»Das ist hoffnungslos.«

»Wieso?«

Will schaufelte den Rest seines Frühstückseis in den Mund. »Denk doch mal nach. Wer meldet schon einen Diebstahl von Kleidungsstücken? Nein, da verzetteln wir uns.«

Genauer betrachtet, hatte der Kommissar natürlich Recht. Uns blieben also nur die Großfahndung und vielleicht der Zufall. Darauf wollte ich kein Haus bauen.

Als ich mich gesättigt zurücklehnte, hatte ich tatsächlich drei Brötchen gegessen. Ich schaute auf die gläserne Tür des Frühstücksraums und sah dort eine Bewegung.

Es war kein Hotelgast, der die Tür aufdrückte, sondern

unser alter Freund und Kupferstecher Manfred Kölzer. Wie immer ging er sehr schnell und wurde noch schneller, als er uns sah.

Vor unserem Tisch blieb er stehen.

»Nehmen Sie sich einen Stuhl«, sagte ich.

»Viel Zeit habe ich nicht.«

»Trotzdem. Wollen Sie auch etwas essen?«

Kölzer schaute auf unseren Tisch und schüttelte den Kopf. »Höchstens was trinken. Einen Kaffee.«

»In Ordnung.« Ich bestellte bei dem jungen Ober, und Kölzer konnte endlich berichten.

»Ein Satz«, sagte er, »alles zu spät.«

»Dass heißt, sie ist entkommen.«

Kölzer nickte mir zu. »Genau.«

Ein anderer hätte vielleicht spöttisch reagiert, ich nicht. Dazu war die Sache viel zu ernst. Barbara Päuse war frei. Und das bedeutete eine große Gefahr.

Ich wischte mir über die Stirn, denn plötzlich war ich ins Schwitzen geraten. Das sah alles sehr übel aus. Die Frau befand sich auf einem Horrortrip. Sie musste ihrem unseligen Trieb folgen und töten. Konnte man es noch verhindern?

Kölzer erriet meine Gedanken teilweise. »Es hat keinen Toten in der Nacht gegeben.«

Das war schon viel wert.

»Wobei der Wertiger nicht unbedingt zu töten braucht«, warf Suko ein. »Eine Verletzung reicht.«

Der Kommissar aus Hamburg breitete die Arme aus. »Das ist allerdings eine Schwachstelle«, gab er zu.

Ich griff zu den Zigaretten. »Vielleicht haben wir Glück«, sagte ich. »Unter Umständen war sie so geschockt, dass sie kein weiteres Opfer mehr angefallen hat.«

»Dies kann man nur hoffen«, erwiderte Manfred Kölzer. Er schaute auf seine Uhr und trank dabei den Kaffee. »Tut mir Leid«, sagte er, »aber ich muss mich beeilen.« Er stand auf und schob den Stuhl zurück. »Und was haben Sie heute vor?«

»Wir warten auf Ihren Fahndungserfolg.«

Kölzer verzog den Mund. »Auf den Arm nehmen kann ich mich selbst. Denken Sie daran, Sinclair: Es ist immer zu spät, wenn das Kind in den Brunnen gefallen ist.«

»Vorausgesetzt, es befindet sich Wasser darin«, erklärte ich.

Kölzer grinste nur schief und verschwand.

»Den hast du aber geärgert«, sagte Will.

»Wenn er sich ärgern lässt …« Ich schlug auf den Tisch. »So, Freunde, will noch jemand etwas essen?«

Will schüttelte den Kopf, während Suko über sein Haar strich. »Ich müsste mal zum Friseur«, sagte er.

»Da wollte ich auch hin«, erwiderte ich nickend und stand ebenfalls auf. Will Mallmann tat es mir nach.

Mit gemischten Gefühlen verließen wir den großen Frühstücksraum des Hotels.

Gigi Gruber hatte seinen Salon in der City. Zwischen den beiden breiten Schaufenstern befand sich eine Tür aus Rauchglas. Wenn man hindurchschaute, sah man von den Kunden nur die Umrisse.

Als Suko die Tür aufdrückte und wir ihm folgten, da drehten sich zwei Mädchen zu uns um und bekamen große Augen. Drei Männer auf einmal, das hatten sie wohl nicht erwartet.

Wir waren in einem Vorraum gelandet und merkten bereits am Geruch, wo wir uns befanden. Was uns da entgegenwehte, das war eine Mischung aus Parfüm, Haarspray, Duftwässerchen, Haarwasser und einer trockenen Fönluft. Lange konnte man hier nicht atmen, das stand fest.

Die Mädchen trugen orangefarbene Einheitskleidung, hatten ein geschäftsmäßiges Lächeln aufgesetzt, und das Größte von ihnen, eine Blondine, swingte auf uns zu. »Womit kann ich Ihnen dienen?«

Ich schaute auf das Namensschild an ihrem modernen Kittel und sagte: »Wir hätten gern mit Gigi Gruber gesprochen, Fräulein Karin.«

»Dann sind Sie keine Kunden?«

»Nein.«
»Ich weiß nicht, ob ...«

Will Mallmann, der die Zeit über ein grimmiges Gesicht gezogen hatte, war es Leid. Er holte seinen Ausweis hervor und präsentierte ihn der staunenden Blondine. »Lesen Sie!«

»Po... Polizei?«

»Sehr richtig, Fräulein Karin.«

Man hatte diesen Mädchen beigebracht, in allen Dingen souverän zu sein. Das gelang der Kleinen vor uns nicht. Sie war plötzlich durcheinander und hob verlegen die Schultern.

»Ist er da?«

»Natürlich, Herr Kommissar.«

»Und wo?«, fragte Will.

»In seinem Büro. Wenn Sie durchgehen möchten ...«

»Gern.« Will Mallmann nickte. Er machte auch den Anfang, während wir uns zurückhielten und hinter ihm hergingen.

Es war noch nicht viel los. Nur zwei Frauen ließen sich verschönern. Sie saßen beide unter Hauben und beobachteten uns misstrauisch. Auf unser Anklopfen ertönte ein brummiges »Herein«, und als Will die Tür öffnete, sahen wir Gigi Gruber hinter seinem Schreibtisch hocken. Ein Bein, das verletzte, hatte er hochgelegt. Er trug jetzt einen straffen Verband.

»Sie sind es«, sagte er.

Suko, der als Letzter das Zimmer betreten hatte, schloss die Tür. »Stören wir Sie bei wichtigen Geschäften?«

»Heute nicht«, erwiderte der Mann und verzog das Gesicht. »Leider kann ich Ihnen allen keinen Platz anbieten, aber sagen Sie, was Sie zu mir führt. Das erspart mir einen Anruf.«

»Wieso?«, fragte ich.

Gruber lachte meckernd. Er trug einen violetten Anzug und ein Seidenhemd von etwas hellerer Farbe. Um seinen Hals hatte er einen gelben Schal gebunden. »Mir ist da nämlich etwas eingefallen, meine Herren.«

»Und was?«

Der Reihe nach schaute er uns an. »Sehen Sie, jetzt sind Sie gespannt. Kann ich verstehen. Als ich zu Hause war, ging mir der ganze Fall natürlich nicht aus dem Kopf. Ich habe hin und her überlegt, ob die Päuse mir nicht irgendetwas gesagt hatte, das von größter Wichtigkeit sein konnte. Als ich so dachte und sie dabei in die tiefste Hölle verfluchte, da fiel es mir ein. Sie hatte ja mal in Dortmund gewohnt. Da zieht es sie auch noch oft hin. Sie hatte vor, in den nächsten Tagen wieder in diese Stadt zu fahren.«

Wir verstanden. »Dann ist sie vielleicht schon weg«, sagte Will und drehte sich heftig um.

Ich sprach an dem Kommissar vorbei. »Was fährt sie für einen Wagen, und welches Kennzeichen hat er?«

»Sie besitzt kein Auto.«

»Das gibt es doch nicht.«

»Doch. Ihr alter Käfer hat vor drei Wochen seinen Geist aufgegeben, und für einen neuen Wagen hat sie sich noch nicht entscheiden können. Sie ist nun mal so.«

»Und das war alles?«

Gigi Gruber schaute Mallmann ins Gesicht. »Reicht das denn nicht, Herr Kommissar?«

»Schon, schon«, winkte Will ab. »Wir bedanken uns auf jeden Fall für Ihren Tipp.«

»Bitte, gern geschehen. Ist ja auch in meinem Interesse, dass Sie sie finden.«

»Klar.«

Wir verabschiedeten uns, gingen durch den Salon zurück und holten draußen tief Luft. Zwar stank es dort nach Abgasen. Die allerdings waren mir lieber als der Mief im Salon.

»Wenn die Päuse nicht mit dem Wagen nach Dortmund fährt, bleiben eigentlich nur zwei Möglichkeiten«, sagte Will. »Entweder begibt sie sich per Anhalter auf die Reise, oder sie nimmt den Zug. Ich frage euch, was ist wahrscheinlicher?«

»Zug«, sagte Suko.

»Und du, John?«

»Ich stimme ebenfalls dafür.«

»Das ist auch meine Ansicht. Als Anhalter zu fahren, kann zwar reizvoll sein, gleichzeitig aber auch gefährlich. Und wenn sie im Intercity sitzt, der jede Stunde fährt, kann sie sich die Zeit aussuchen. Allerdings gibt es da eine Schwierigkeit. Die Päuse kann hier in Hamburg an mehreren Bahnhöfen einsteigen.«

»Welche kommen da in Frage?«, wollte ich wissen.

»Zu dieser späten Stunde nur noch drei«, erwiderte Will und spreizte genauso viele Finger ab. »Altona, Dammtor, Hauptbahnhof. Das musst du dir mal vorstellen.«

»Wäre das nicht eine Aufgabe für unseren Superkommissar?«, fragte Suko grinsend.

»Und wie.« Will Mallmann nickte. »Der Kölzer lässt die EDV glühen, dass die Speicherplatten auseinanderfallen und die Sichtschirme zu Brei werden. Los, Freunde, wir rücken ihm auf den Pelz!«

Damit waren wir alle einverstanden. Ich wurde das Gefühl nicht los, dass sich dieser Fall zu einem Wettlauf mit der Zeit gestaltete. Und Angst hatte ich vor der folgenden Nacht …

Barbara Päuse fühlte sich nach dem Bad wie neu geboren. Auch in den Kleidungsstücken fühlte sie sich mittlerweile wohl.

Nichts, aber auch gar nichts wies darauf hin, welch ein Raubtier in ihr lauerte.

Um nachdenken zu können, begab sie sich in ein Café. Sie setzte sich schon automatisch so hin, dass sie den Eingang im Auge behalten konnte, denn ihr war klar, dass die Polizei keine Chance auslassen würde, um ihrer habhaft zu werden.

Die würden sie eiskalt jagen und Hamburg abriegeln. Vielleicht setzten sie sogar Beamte ein, die sich in der Terroristenfahndung einen Namen gemacht hatten.

Das alles überdachte sie, als sie ihren Kaffee trank. Sie hätte sich gern unkenntlich gemacht, doch wenn sie mit einer Sonnenbrille herumlief, fiel das bei dem trüben Wetter auf. Perücken besaß sie, aber die lagen bei ihr in der Wohnung, und dort traute sie sich nicht hin. Am besten war es, wenn sie Hamburg auf dem schnellsten Weg verließ. Und das per Eisenbahn.

Die Idee war ihr schon in der Nacht gekommen, und sie lächelte still vor sich hin, als sie daran dachte. Das war die einzige Lösung. Rasch winkte sie der Bedienung und zahlte.

Die Päuse blieb freundlich, gab ein kleines Trinkgeld, dann hastete sie aus dem Café.

Auf der Straße war sie besonders vorsichtig. Immer wieder schaute sie sich um. Sie hatte Angst, dass ihr irgendwelche Polizisten folgten.

Immer wenn sie die Uniformierten sah, zog sie sich in irgendwelchen Deckungen zurück.

Einmal versteckte sie sich in einer kleinen Modeboutique. Auch traute sie sich nicht, mit einem Taxi zu fahren. Wenn eine Großfahndung lief, wussten sicherlich auch die Taxifahrer Bescheid. Es war also besser, zu Fuß zu gehen.

Bis zum Hauptbahnhof hatte sie eine schöne Strecke zurückzulegen. Da dort stets Betrieb herrschte, glaubte sie, untertauchen zu können.

An einem Schalter löste sie eine Fahrkarte nach Dortmund. Die Züge fuhren im Ein-Stunden-Rhythmus, und sie begab sich auf dem schnellsten Weg zum Bahnsteig.

Wie vom Donner gerührt blieb sie stehen.

Bahnpolizei!

Soeben konnte sie noch hinter einem Pfeiler verschwinden, sodass die Beamten sie nicht sahen. Die beiden Männer hatten sich so aufgebaut, dass sie den gesamten Bahnsteig im Blickfeld hatten, und als die Frau zurückschaute, sah sie auf den anderen Bahnsteigen ebenfalls Bahnpolizisten, die dort Wache schoben.

Der Kreis hatte sich geschlossen. Sie war eben nicht schnell genug gewesen.

Hart schluckte sie und zog sich vorsichtig zurück.

Dabei ging sie auf Zehenspitzen, obwohl es Unsinn war. Zudem kostete es sie Beherrschung, denn am liebsten wäre sie weit weg gerannt.

Natürlich konnten die Beamten auch nach einer anderen Person Ausschau halten, doch irgendwie fühlte sie, dass es allein um sie ging.

Was tun? Zunächst einmal musste sie sich beruhigen und die weiteren Stunden überstehen. Sie wollte nach einer Möglichkeit suchen, trotzdem noch mit dem Zug aus Hamburg zu verschwinden. Das musste sie schaffen! Wenn sie erst einmal im Zug saß, konnte sie in Bremen, Osnabrück oder Münster aussteigen und sich später nach Dortmund durchschlagen.

Sie hielt sich im unmittelbaren Bereich der Bahnhofsgegend auf, wurde ein paarmal angesprochen, ignorierte diese Anmache jedoch und setzte sich trotz der kühlen Witterung auf eine Bank.

So verging die Zeit.

Hin und wieder begab sie sich zum Bahnsteig, um nachzuschauen. Noch immer wurde er von Bahnpolizisten kontrolliert.

Wenn sie mehr Geld bei sich gehabt hätte, wäre es kein Problem gewesen, sich einen Leihwagen zu nehmen. So aber musste sie warten. Sie traute sich auch nicht, in ein Lokal oder einen Wartesaal zu gehen. Diese wurden sicherlich auch überprüft.

Der Nachmittag kam. Sie wurde immer unruhiger. Es war nicht nur ihre eigene Nervosität, sondern auch das Blut, das durch ihre Adern pulste. Und sie spürte die Nähe der Dunkelheit. Allerdings sehnte sie diese gleichzeitig herbei, denn sie gab ihr einen gewissen Schutz.

Irgendwie fühlte sie sich als Wesen der Nacht, und als die Straßenlampen brannten, da atmete sie auf.

Sie hatte sich genau erkundigt, wann der letzte Intercity in Richtung Dortmund fuhr.

Es war um 19 Uhr 40.

Bis zur Abfahrt hatte sie noch eine gute halbe Stunde Zeit. Nun verließ die Frau den Bahnhof nicht mehr. Sie ließ sich einfach von den Menschenmassen schieben, die zumeist die Bahnsteige ansteuerten, wo die Nahverkehrszüge abfuhren, denn der abendliche Berufsverkehr war noch nicht zu Ende.

Auch die Bahnsteige waren beleuchtet. Die einfahrenden Züge rauschten heran wie Ungeheuer aus Stahl. Stimmen aus zahlreichen Lautsprechern schwirrten durch die Luft.

Es herrschte ein geordnetes Durcheinander wie auf allen großen Bahnhöfen der Welt. Bis auf wenige Ausnahmen hatte niemand Zeit. Die meisten Menschen hasteten mit verbissenen Gesichtern, und die Frau dachte daran, dass sie alle ihre Opfer werden konnten.

Nur die Bahnhofspenner blieben ruhig. Wühlten mit geübter Hand die Abfallkörbe durch.

Die Bahnpolizisten waren noch da. Sogar verstärkt durch normale Polizei. Die Beamten glichen wachsamen Hunden, ihren Blicken entging niemand. Barbara Päuse war klar, dass sie es jetzt einfach wagen musste. Sie konnte nicht mehr zurück, wenn sie aus Hamburg raus wollte, und sie hoffte, dass die Verwandlung nicht einsetzte, bevor sie in Dortmund eingetroffen war. Lange würde die Fahrt nicht dauern.

Um 22 Uhr 23 sollte der Intercity den Dortmunder Hauptbahnhof erreichen. Das war noch vor Mitternacht.

Sie hatte inzwischen den Bahnsteig erreicht und blieb hinter einer Plakatwand stehen. Hier war sie ein wenig vor den Blicken der Polizisten geschützt.

Barbara Päuse drehte sich so, dass sie um die Plakatwand herumschauen konnte. Noch wenige Minuten, dann lief der Zug ein. Es war der dritte und somit letzte Bahnhof innerhalb Hamburgs, den er anfuhr.

Altona und Dammtor lagen hinter ihm.

Schon erfolgte die Durchsage. Die Reisenden, die sich für diesen Zug interessierten, warfen ihre Blicke hoch zum Lautsprecher.

Dann drehten sie die Köpfe in die Richtung, aus der der Zug kommen würde.

Auch Babs Päuse schaute. Und sie erkannte in der Ferne drei Lichter, die sich bewegten.

Der Zug fuhr ein.

Nun wurde es mehr als spannend. Es waren die entscheidenden Minuten. Keiner der Polizisten sollte und durfte sehen, wie sie in den Zug einstieg.

Und das war schwer.

Der Intercity rollte heran. Der Bahnsteig dröhnte, als der Koloss einfuhr. Der Fahrtwind ließ die Mäntel der wartenden Reisenden flattern.

Das Quietschen der Bremsen, die Rollgeräusche der Räder, all das gehörte zur Atmosphäre des Großstadtbahnhofs.

Der Zug stand.

Auch die vier Beamten. Sie hatten sich so aufgebaut, dass jeder von ihnen etwa ein Viertel der Wagenschlange überblicken konnte. Sie sahen jeden, der ein- und ausstieg.

Für Barbara Päuse begannen die gefährlichsten beiden Minuten, so lange nämlich hatte der Zug Aufenthalt. Die Türen öffneten sich automatisch.

Die Päuse hatte sich am Ende des Zuges aufgebaut, wo sich auch das Ende des Bahnsteigs befand. Es war ihr gelungen, lässig und irgendwie über allem stehend dorthin zu schlendern. Dies geschah im Rücken der wachhabenden Beamten.

Jetzt wurde es Zeit.

Noch standen die Türen offen, und die Frau hatte den zweitletzten Wagen fixiert.

Das Zeichen zur Abfahrt. Aus dem Lautsprecher dröhnte die Stimme des Ansagers.

Zwei Schritte trennten die Frau noch von dem rettenden Einstieg. Die letzten Sekunden kamen ihr fast länger vor als Minuten. Sie schielte nach rechts, wo der erste Beamte stand, ging die letzten Schritte und huschte wie ein Schatten durch die offene Tür. Genau in dem Augenblick, wo sich der Polizist umdrehte.

Ob der Mann sie nun gesehen hatte oder nicht, konnte sie nicht sagen. Kaum hatte sie den Wagen betreten, als sie sich schon duckte und zusah, wie sich die Türen schlossen.

Endlich! Sie hätte jubeln können. Sie erhob sich aus ihrer geduckten Haltung und konnte den sanften Ruck nicht mehr ausgleichen, der sich beim Anfahren des Zugs einstellte. Sie taumelte ein wenig nach hinten, fiel gegen eine Wand und fing sich wieder.

Es war im Innern kaum etwas zu hören, als der komfortable Zug aus dem Bahnhof rollte.

Der Bahnsteig blieb zurück, mit ihm die Gesichter der wachenden Polizisten. Sie sah die blassen Gesichter und stellte fest, dass die Männer in den Zug hineinschauten.

Die Frau ärgerte sich, sich nicht wieder geduckt zu haben, denn für den Bruchteil einer Sekunde schaute sie genau in das Gesicht eines Bahnpolizisten. Sie hatte das Gefühl, ein Erkennen in den Augen des Mannes aufblitzen zu sehen. Danach sah sie nur die Leere des Bahnsteigs und neben sich ein Schienennetz, das sich immer weiter verzweigte.

Freie Fahrt!

Barbara Päuse wollte sich ausschütteln vor Lachen. Allerdings nicht laut, sondern leise und glucksend. Sie schüttelte den Kopf.

Das wäre geschafft!

Wenn sie sich jetzt auf dem Bahnsteig befunden und die Polizisten hätte sehen können, wäre ihr Optimismus stark gedämpft worden. Der Bahnpolizist hatte sie nämlich tatsächlich erkannt.

Es waren Fahndungsfotos ausgegeben worden, und die Beschreibung traf genau zu.

Der Mann alarmierte seine Kollegen. »Sie ist im Zug!«, rief er aufgeregt und deutete dorthin, wo die Lichter der abfahrenden Wagenschlange allmählich verschwanden.

»Bist du sicher?«

»Ich glaube.«

Jetzt liefen auch die beiden anderen Beamten herbei. Keiner hatte die Frau entdeckt, nur der eine.

»Bist du dir wirklich sicher?«, wurde er gefragt.

»Fast.«

»Gut, dann werden wir den Einsatzleiter alarmieren.«

»Und dann?«

»Kriegen wir einen Anschiss, der sich gewaschen hat. Denk doch mal nach, Mensch! Die ist uns entwischt, und dann überleg mal, wie viele Geiseln sich im Zug befinden ...«

Wir hatten den Tag über zwar nicht verschlafen, waren jedoch untätig geblieben. Uns war wirklich nichts anderes übrig geblieben, als im Präsidium zu warten.

In diesem nüchtern wirkenden Gebäude und in den zweckmäßigen Büros fühlten wir uns unwohl und gleichzeitig auch überflüssig.

In der Kantine lief es schließlich besser. Da erhielten wir etwas zu essen und zu trinken.

Will Mallmann war ebenfalls sauer. »Und so etwas passiert mir!«, schimpfte er. »Herumsitzen und darauf warten, dass etwas geschieht. Können wir denn gar nichts machen?«

»Was willst du tun?«, fragte ich.

»Ich meine ...« Er stockte und winkte ab.

Wir hatten inzwischen Nachmittag, und es waren immer wieder Fehlmeldungen eingetroffen. Allmählich gelangten wir zu der Überzeugung, dass uns der Fisch von der Angel geglitten und tatsächlich per Anhalter das Weite gesucht hatte.

Nur Suko teilte unsere Meinung nicht. »Ich kann mir nicht helfen«, sagte er, »aber ich glaube immer noch daran, dass sie mit einem Zug verschwindet.«

»Dann wird es allmählich Zeit.«

»Denk daran, dass der letzte Intercity erst kurz vor zwanzig Uhr abfährt«, sagte der Inspektor.

»Und wenn sie auf Umwegen nach Dortmund gelangt ist?«, fragte Will Mallmann.

»Haben wir Pech gehabt.«

Aber Pech wollte ich nicht haben. Schließlich wurden die Bahnsteige bewacht. Ich musste aber auch an den Betrieb denken, der auf den Bahnsteigen herrschte. Da konnte eine Person schon leicht untertauchen, trotz Überwachung.

Es war bereits dunkel. Wir glaubten inzwischen nicht mehr an einen Erfolg, als über Lautsprecher eine Durchsage kam, die uns von den Stühlen riss.

Kommissar Kölzer verlangte nach uns.

»Jetzt haben sie das Weib!«, sagte Will Mallmann und begann zu rennen. Selten habe ich den guten Kommissar so schnell laufen sehen. Wir erwischten einen freien Lift und ließen uns hoch zu Kölzers Büro schießen.

Der kleine Kommissar war ganz aufgeregt. »Wir haben sie«, erklärte er.

»Wo?«, fragte ich.

»Gehabt.« Kölzers Gesicht nahm einen zerknirschten Ausdruck an. »Die Idioten haben sie entwischen lassen.«

Für Sekunden schwiegen wir. Wieder ein Misserfolg, bis Suko fragte: »Wo ist sie denn gesehen worden?«

»Im Zug nach Dortmund. Sie hat den letzten Intercity genommen.«

»Dann ist sie gefangen!«, flüsterte Will.

»Aber zusammen mit Geiseln!«

Suko hatte das gesagt, und wir alle starrten ihn an. Ja, er hatte Recht. Die Päuse konnte den Zug in eine fahrende Hölle verwandeln. Wenn sie sich in einen Wertiger verwandelte und die übrigen Fahrgäste angriff, war das nicht zu verantworten.

»Wie kommen wir an sie heran?«, flüsterte Kölzer und knetete seine bleiche Stirn.

»Der Zug hat Hamburg schon verlassen«, sagte Will Mallmann.

»Ja.«

»Und wann stoppt er wieder?«

»Erst in Bremen.«

»Wie lange braucht man von hier bis Bremen!«, wollte der Kommissar wissen.

»Zu lange, um den Zug noch einzuholen«, wurde ihm von Kölzer erwidert. »Nach Bremen hält er noch in Osnabrück, dann in Münster, und danach kommt schon Dortmund.« Er hob die Schultern. »Mit dem Wagen schaffen wir das nie, denn der Intercity fährt auf dieser Strecke glatt zweihundert Kilometer in der Stunde.«

Ich schnippte mit den Fingern und lenkte so die Aufmerksamkeit auf mich. »Mit dem Wagen vielleicht nicht, aber mit dem Hubschrauber.«

»Das schon«, sagte Kölzer, »ein Hubschrauber ist immer ...« Plötzlich stutzte er. »Was sagen Sie da? Sie wollen mit einem Hubschrauber ...?«

»Genau.«

»Das ist Wahnsinn!«, schrie Kölzer und schlug sich gegen die Stirn. »Lebensmüder Irrsinn.«

»Haben Sie einen besseren Vorschlag?«, fragte Suko, den ich sowieso auf meiner Seite wusste.

»Nein.«

»Dann sollten wir den Hubschrauber nehmen. Außerdem wollen wir ja nicht auf dem fahrenden Zug landen, mein Lieber. So lebensmüde sind wir auch nicht.«

Kölzer ließ sich auf einen Stuhl fallen und breitete die Arme aus. »Hoffentlich kriege ich das genehmigt!«, flüsterte er.

»Wieso?«

»Mann, Sinclair, so leicht ist das nicht. Ich kann nicht einfach sagen, geben Sie mir einen ...«

»Dann erledige ich das«, erklärte Will Mallmann.

»Das BKA hat bessere Beziehungen, wie?«

»Manchmal«, erwiderte Will grinsend und griff zum Telefon.

Für uns begann jetzt das große Fiebern ...

Minutenlang rührte sich die Päuse nicht vom Fleck. Sie stand am Ausstieg und schaute durch die Türscheibe nach draußen, wo eine verwaschen wirkende Landschaft vorbeihuschte. Ein unförmiger Brei aus Dunkelheit und hellen Lichtern, in dem keinerlei Konturen zu erkennen waren. Hatte man sie nun entdeckt oder nicht?

Diese Frage quälte sie, und sie musste damit rechnen, dass sich der Bahnpolizist nicht geirrt hatte.

Was würde dann geschehen?

So genau kannte sie die Polizeiarbeit nicht, um sich ein exaktes Bild machen zu können. Allerdings glaubte sie daran, dass eine Fahndung intensiviert werden würde, und dies mit all den Mitteln, die einer modernen Polizeitruppe zur Verfügung standen.

Jetzt hieß es abwarten.

Bis Dortmund konnte sie nicht an der Tür stehen bleiben. Am besten war es, wenn sie sich ein leeres Abteil suchte und über den Fall weiter nachdachte. Auch über Konsequenzen, die sie ziehen musste. Vielleicht sollte sie den Zug beim ersten Halt verlassen. Das wäre Bremen gewesen. Und diese Stadt hatte ein großes Umfeld, wo sie sich verstecken konnte. Sie hatte mal etwas vom Teufelsmoor gehört. Dort würde es sicherlich zahlreiche Schlupfwinkel geben.

Wie dem auch sei, erst einmal saß sie hier fest. Und zwar als Mensch, nicht als Wertiger.

Sie gab sich einen Ruck und drückte die Tür zum Abteilgang auf. Rechts von ihr lagen die einzelnen Abteile. Es gab keinerlei Schilder, die auf eine Reservierung von Plätzen hindeuteten. Sie konnte sich das Abteil aussuchen.

Noch zwei weitere Wagen ging sie vor, um sich dann in das letzte Abteil zu setzen. Am Fenster nahm sie Platz, und sie versank in den bequemen Polstern.

Zum ersten Mal nach langer Zeit fühlte sie sich ein wenig besser. Es war die Ruhe, die sich dafür verantwortlich zeigte, und auch das monotone Gleiten der Räder über die Schienen. Der Zug fuhr fast erschütterungsfrei. Die Wagen hatten ausgezeichnete Federungen.

Barbara Päuse streckte die Beine aus. Ihre Arme hatte sie auf die Lehnen gelegt, und sie dachte weiterhin darüber nach, wie diese Reise wohl verlaufen würde.

Kam sie heil in Dortmund an?

Diese Frage konnte sie nicht beantworten. Sie musste alles auf sich zukommen lassen. Falls es hart auf hart ging, würde sie sich zu wehren wissen, denn im Zug befanden sich viele mögliche Geiseln. Barbara Päuse rechnete mit einer Verwandlung. Sie glaubte fest daran, noch in den nächsten Stunden zu einem Wertiger zu werden, denn die Dunkelheit war für diese Metamorphose wie geschaffen. Wenn sie ehrlich war und in sich hineinhorchte, dann schien es fast so weit zu sein.

Vor einer halben Stunde noch war ihr kalt gewesen. Das änderte sich nun. Sie spürte eine gewisse Wärme. Ihr verseuchtes Blut schien schneller durch die Adern zu fließen, und auf ihrem Körper bildete sich eine Gänsehaut.

Es stieg aber auch die Angst in ihr hoch. Eine Angst vor sich selbst und ihrem Schicksal. Wenn sie sich einmal verwandelt hatte, war sie nicht mehr berechenbar, dann kannte sie nur noch eins: Töten!

»Ja, töten!«, flüsterte sie und schüttelte den Kopf. Dabei hob sie gleichzeitig die Schultern an und spürte das Brennen auf der Haut, als hätte man Juckpulver über sie geschüttet.

So fing es an ...

Sie stand auf. Plötzlich konnte sie nicht mehr sitzen. Sehr dicht blieb sie vor dem Fenster stehen und presste ihre Stirn gegen die Scheibe.

Die Kühle tat gut.

So blieb sie erst einmal stehen, starrte hinaus in die Nacht und sah nichts. Der Zug hatte die letzten Vororte der Millionenstadt längst verlassen. Er fuhr durch flaches Land, und nur ab und zu waren die Lichter irgendwelcher Ortschaften zu erkennen. Sie funkelten in großer Entfernung, sodass Barbara Päuse das Gefühl hatte, durch die Unendlichkeit des Alls zu fliegen.

Da wurde hinter ihr die Tür aufgezogen. Sie rollte zwar leise zur Seite, dennoch schrak die Päuse heftig zusammen und wirbelte herum. Für eine Sekunde nahm sie eine Abwehrhaltung ein, sodass jetzt auch der Schaffner zusammenzuckte, der an der Tür stand.

Eine winzige Spanne lang schien die Zeit stehen geblieben zu sein, bis sich die Gemüter wieder beruhigt hatten, und der Schaffner – ein Mann in mittleren Jahren – ein verbindliches Lächeln aufsetzte, bevor er sagte: »Es tut mir Leid, dass ich Sie erschreckt habe. Aber ...«

Barbara Päuse winkte ab. »Schon gut. Es war meine Schuld, denn ich war in Gedanken.«

»Darf ich um Ihren Fahrausweis bitten?«

»Natürlich, gern.« Sie kramte in der gestohlenen Handtasche und holte die Karte hervor, während sich der Schaffner im Abteil umschaute und dabei seine Stirn runzelte.

Er nahm die Karte, kontrollierte und knipste sie und erkundigte sich, als er sie zurückgab: »Haben Sie kein Gepäck?«

»Nein, nein.« Sie schüttelte den Kopf. »Ich werde abgeholt. Es ist eine Schnapsidee gewesen, schnell nach Dortmund zu fahren, wissen Sie.«

Der Mann nickte. »Ja, das kommt vor. Angenehme Reise wünsche ich noch. Der Speisewagen befindet sich übrigens in der Mitte des Zugs, zwischen der ersten und der zweiten Klasse.«

»Danke sehr.«

Der Schaffner verschwand, und Barbara atmete auf. Sie hatte schon mit dem Schlimmsten gerechnet, aber wie hätte er Verdacht schöpfen sollen? Sie war eine normale Reisende, sah aus wie ein Mensch, und nichts wies äußerlich darauf hin, dass sie mit einer gefährlichen Doppelexistenz behaftet war.

Wieder ließ sie sich auf den Sitz fallen. Ein wenig Geld besaß sie noch. Vielleicht sollte sie doch in den Speisewagen gehen und ein wenig essen. Nein, nur das nicht. Wenn die Verwandlung begann, während sie im Speisewagen saß – nicht auszudenken! Und sie würde sich vollziehen, dessen war sie sicher. Sie spürte es immer stärker. Ihr Blut floss schneller durch die Adern. Über die Haut lief ein seltsames Kribbeln. Sie konnte nicht mehr ruhig bleiben, sprang vom Sitz hoch und blieb trampelnd auf der Stelle stehen, als würde sie sich nach irgendwelchen Musikklängen, die nur sie hörte, bewegen.

Ihre Arme fuhren hoch. Die Hände berührten das Gesicht, fühlten die Haut, und sie glaubte, den leichten Flaum zwischen den Fingern zu spüren.

Die Verwandlung begann. Daran gab es nichts mehr zu rütteln. Das andere Ich wurde stärker, und sie würde in den nächsten Minuten ihr Menschsein verlieren.

Sie krümmte sich zusammen, stöhnte, und Speichel rann aus ihrem Mund. Er tropfte auf den Boden, hinterließ dort einen feuchten Fleck, während Barbara Päuse auf die Tür zutaumelte und mit der rechten Hand den Griff suchte.

»Nicht hier!«, keuchte sie. »Verdammt, nicht hier in dem Abteil!« Es war ihre große Sorge, denn sie konnte zu leicht überrascht werden. Zweimal musste sie nachgreifen, dann hielt sie den Griff so zwischen den Fingern, dass sie die Tür aufziehen konnte.

Sie taumelte in den Gang und fiel bis gegen das Fenster. Zum Glück befand sich kein Reisender in der Nähe. So hatte sie freie Bahn und wandte sich nach links.

Am Ende des Wagens befand sich die Toilette. Wenn es eine Chance gab, dann dort. Auf der Toilette konnte sie sich ungestört in eine Bestie verwandeln. Sie musste nur die Tür abschließen.

Barbara Päuse taumelte weiter. Die Metamorphose war nicht zu stoppen, und sie zehrte an den Kräften der Frau. Ihre Knie wurden weich. Sie kannte das. Es würde nicht mehr lange dauern.

Nur bis zur Toilette. Nur diese paar Meter! Die mussten doch zu schaffen sein.

Sie riss sich noch einmal zusammen und wuchtete ihren Körper nach vorn. Dabei taumelte sie und hatte Glück, dass die Toilette nicht besetzt war.

Mit letzter Kraft schaffte sie es, sich in den kleinen Raum zu schleudern, und sie dachte sogar daran, sich umzudrehen und die Tür abzuschließen.

Jetzt war sie einigermaßen sicher.

Schwerfällig und breitbeinig blieb sie stehen. Der Kopf war nach vorn gebeugt. Mit den Armen versuchte sie, das Gleichgewicht zu halten und die Schwankungen des Zugs auszugleichen.

Es fiel ihr ungemein schwer.

Ein Beobachter hätte das Gefühl haben können, eine Betrunkene vor sich zu haben. Sie streckte jetzt die Arme vor, drehte sich dabei und fiel gegen Spiegel und Waschtisch.

Halten konnte sie sich nicht mehr. Jemand schien ihr die Beine wegzuziehen, und als sie dann nach dem Rand des Waschtisches fassen wollte, war es bereits zu spät. Da schlug sie voll mit dem Kinn auf die Kante.

Ein undefinierbarer Laut drang aus ihrem Mund. Er erinnerte bereits an das Fauchen eines Wertigers, obwohl ihr Gesicht noch menschliche Züge zeigte. Sie rollte sich auf den Rücken, bewegte zuckend die Schultern, und dann begann sich auch ihr Gesicht zu verwandeln.

Aus dem dünnen Flaum, der bereits überall auf ihrer Haut wuchs, wurde ein dichtes Fell.

Aus sämtlichen Poren spross es hervor. In Sekundenschnelle wuchs es weiter, wurde dichter und dichter und bedeckte bereits die rechte Gesichtshälfte.

Auch der Mund hatte sich verändert, ebenfalls der Arm. Aus dem Ärmel des Pullovers schaute keine Hand mehr hervor, sondern eine gefährliche Pranke. In einem regelrechten Anfall schleuderte sie den rechten Schuh von sich, der mit einem dröhnenden Geräusch gegen die Tür donnerte und dort abprallte.

Sie schrie.

Obwohl sie es nicht wollte, konnte sie die abgehackt klingenden Schreie nicht unterdrücken. Sie drangen aus ihrem Mund wie Trompetenstöße. Dazwischen waren ein Jaulen und Keuchen zu vernehmen – und als Unterton ein gefährliches Knurren.

Sie wälzte sich über den Boden, trampelte und schlug, sodass es wirkte, als wolle sie die Verwandlung stoppen.

Das gelang ihr nicht.

Der Fluch, der sie erfasst hielt, traf sie mit aller Härte und Brutalität. Barbara Päuse konnte ihrem grausamen Schicksal nicht mehr entrinnen.

Die Verwandlung zum Wertiger zog sie so in ihren Bann, dass sie nicht einmal merkte, wie der Zug allmählich an Tempo verlor. Er näherte sich Bremen.

Durch die ersten Vororte rollte er bereits. Lichtreflexe drangen schwach durch die Milchglasscheibe der Toilette und fanden sich auf dem Körper der veränderten Frau wieder.

Sie lag auf dem Rücken.

Ihr Atem war zu einem kratzigen Röcheln geworden. Sie pumpte Luft aus. Das gelbe Auge des Wertigers leuchtete dabei wie ein Stern, während in dem anderen noch so etwas wie Furcht zu lesen war.

Barbara Päuse hatte das Endstadium der Verwandlung erreicht. Jetzt gab es vorläufig kein Zurück mehr. Sie musste es durchstehen bis zum bitteren Ende.

Der Zug bremste. Sie merkte das leichte Rucken, kümmerte sich aber nicht darum. Ihr war alles egal. Das Menschliche war praktisch ausgeschaltet worden.

Barbara Päuse reagierte nur noch wie ein mordlüsternes Tier. Sie war auf Vernichtung programmiert.

Der Halt!

Es wurde heller in der Toilette. Türen öffneten sich. Eine Lautsprecherstimme meldete die Ankunft des Zugs und gab gleichzeitig Anschlussverbindungen bekannt.

Stimmen erklangen.

Und die machten Barbara Päuse munter. Es schienen zahlreiche Fahrgäste zuzusteigen. Sie hörte die Stimmen, vernahm die Tritte. Das Lachen einer Frau erklang, und jemand rüttelte sogar an der Klinge, bevor er rief: »Die Benutzung der Toilette ist auf Bahnhöfen nicht erlaubt!«

Der Wertiger erhob sich.

Auf einmal wirkten seine Bewegungen nicht mehr ungelenk, sondern geschmeidig. Ein anderer stand vor der Tür.

Die Bestie hörte die Stimmen. Das waren Menschen, und Menschen wollte sie haben.

Sie schüttelte sich, als hätte man Wasser über sie gegossen. Die feinen Härchen des Fells bewegten sich dabei, als hätte jemand mit einer Hand darübergestrichen.

Noch hielt sie sich zurück. Sie wollte den Raum erst verlassen, wenn der Zug wieder anfuhr.

Das geschah!

Die Türen schlossen sich automatisch, die Lautsprecherstimme gab die Abfahrt bekannt. Sekunden der Ruhe und des Stillstands noch. Der Intercity setzte sich in Bewegung, um sein nächstes Ziel anzusteuern.

Osnabrück!

Barbara Päuse schüttelte sich. Wenn der Zug dort hielt, dann sollten einige Fahrgäste bereits nicht mehr unter den Lebenden weilen. Sie hatte vor, die Wagenschlange in eine Hölle zu verwandeln, und sie musste als Erstes die Verbindung zur Außenwelt trennen.

Es gab in dem Zug ein Schreibbüro mit Telefonanschluss. Der sollte gekappt werden.

Die Bestie wusste von der Ansage her, wo das Büro lag. Das war ihr erstes Ziel. Zwar konnte der Lokführer noch Verbindung mit anderen außenstehenden Stellen aufnehmen, doch bis er vom Zugführer informiert wurde, waren die Wagen in eine tobende Hölle verwandelt worden.

Das Gesicht des Wertigers verzog sich auf eine seltsame Art und Weise, als die Bestie grinste. Es war die Vorfreude, und sie war sicher, dass alles klappen würde. Keiner ihrer Feinde konnte sie jetzt noch stoppen. Zudem befand sich niemand in der Nähe.

Sie schloss auf.

Als sie die Toilette verließ und in den Gang trat, fiel ihr der Vergleich mit einem rollenden Sarg ein.

Ja, durch sie war dieser Intercity zu einem rollenden Sarg geworden, und sie war stolz darauf.

Rasch schlüpfte sie in den anderen Wagen. Hier befand sich das Büro. Eine Schwierigkeit gab es noch zu überwinden. Wenn sie den Gang durchschritt, musste sie an den Abteiltüren vorbei und konnte gesehen werden.

Zu früh gesehen werden. Deshalb hoffte sie auf ihr Glück und die Trägheit der Menschen.

Schon das erste Abteil, in das sie hineinschielte, war besetzt. Ein Mann und eine Frau hatten es in Beschlag genommen. Zum Glück waren beide beschäftigt. Der Mann stemmte zwei Koffer in das Gepäcknetz, während sich die Frau ihre Lippen nachzog.

Keine Gefahr.

Sie huschte weiter, passierte ein leeres Abteil und hatte dann das Büro gefunden. Sie hoffte nur, dass es nicht abgeschlossen war. Sie hatte Pech. Die Tür war zu. Wo war die diensttuende Sekretärin?

Sekundenlang stand die Bestie da, zitterte vor Wut, und ihr Fell sträubte sich dabei. Aber sie ließ nicht von ihrem Plan ab. Wenn sie es auf normalem Wege nicht schaffte, dann eben mit Gewalt.

Ihre Pranke ergriff den Türgriff. Als Wertiger besaß sie mehr als die doppelte Kraft eines Menschen, und die setzte sie voll ein. Ein Ruck, ein Reißen, im Schloss knirschte es, und die Tür war offen.

Freie Bahn!

Am liebsten hätte sie ein Triumphgeheul ausgestoßen. Das ließ sie aber bleiben und huschte in das Abteil. Sie zog wieder die Tür hinter sich zu. Für einen vorbeigehenden Fahrgast musste es so aussehen, als wäre die Tür verschlossen. Und darauf kam es an.

Als zusätzliche Sicherung zog sie noch die Vorhänge vor die Gangfenster, um sich nun in aller Ruhe der Anlage zuzuwenden. Die Schreibmaschine interessierte sie nicht. Wichtig war das kleine Kommunikationspult mit dem Telefon. Daran machte sie sich zu schaffen.

Mit ihrer Pranke hieb sie zu. Zuerst zerstörte sie den Telefonapparat. Er zersprang in zahlreiche Stücke, die als Splitter nach allen Seiten wegflogen.

Dann schlug sie in das Pult. Zwar störte sie der Krach, doch sie konnte ihn nicht verhindern.

Wieder und wieder drosch sie zu. Ihrer Zerstörungswut setzte nichts etwas entgegen.

Und doch wurde sie gehört.

Es war der Schaffner, der seinen Kontrollgang durch den Zug machte. Ihm fiel dieses Geräusch sofort auf, als er den Wagen betrat, und es gelang ihm auch, es rasch zu lokalisieren.

»Das ist doch nicht möglich!«, flüsterte er, beschleunigte seine Schritte und stand Sekunden später vor dem Büroabteil.

Er wusste genau, dass die Sekretärin die Vorhänge nicht zugezogen hatte.

Da spielte jemand verrückt!

Die Tür war offen, das Schloss aus der Halterung gefetzt, und er zog sie ganz auf.

Die Bestie hörte das Geräusch.

Sie kreiselte herum, sah den Schaffner, fauchte ihn an und hämmerte mit ihrer Tigerpranke zu …

Wir hatten den Hubschrauber bekommen. Und das sehr schnell, denn der gute Will Mallmann hatte seine Verbindungen spielen lassen, sodass sein Kollege Kölzer nur staunen konnte.

»Unwahrscheinlich!«, flüsterte er. »Ich glaube, ich wechsle zum BKA.«

»Da haben Sie Pech gehabt«, erwiderte Mallmann, »keine Planstellen mehr frei. Aber Sie können mitfliegen.«

Kölzer schüttelte den Kopf. »Nein, ich bleibe hier in der Zentrale.«

»Gut, wir bleiben über Funk in Kontakt.«

Der kleine Kommissar nickte. »Und viel Glück«, wünschte er uns. Es war ihm anzusehen, wie ernst es ihm mit diesem Wunsch war.

Der Hubschrauber stand auf dem Dach bereit. Wir hatten doch davon abgesehen, die Zugleitung zu informieren, denn wir wollten nicht schon vorher die Pferde scheu machen.

Auf dem Dach empfingen uns ein scharfer Wind und der Pilot. Ein blondhaariger Mann, der sich als Axel Bomhoff vorstellte. »Meinetwegen können wir sofort starten!«, rief er. »Der Vogel ist aufgetankt und durchgecheckt. Nur schade, dass sie mich aus einer Pokerpartie geholt haben. Auf das Blatt hätte mir jede Bank Geld geliehen.«

»Manchmal hat man eben Pech«, sagte ich beim Einsteigen.

Der Hubschrauber war groß genug, um uns alle aufzunehmen. Will hockte auf dem Sitz des Co-Piloten und setzte einen Kopfhörer auf. Suko und ich schnallten uns hinter den beiden Männern an.

Der Pilot sprach noch mit der Zentrale, dann schaltete er den Motor ein, und der Rotor begann sich zu drehen.

Wir stiegen.

Irgendwie ging es mir besser. Ich fühlte, wie etwas in der Luft lag. Die Entscheidung stand dicht bevor. Wir konnten vielleicht zupacken und eine mörderische Gefahr abwenden.

Leider hatte der Zug einen sehr großen Vorsprung. Vor Bremen würden wir ihn nicht mehr erwischen. So blieb dem Piloten nichts anderes übrig, als Osnabrück anzufliegen.

Da wollten wir dann, wenn die Zeit reichte, in den Intercity einsteigen.

Wir jagten durch die Nacht. Südwestkurs schlugen wir ein. Unter uns lag ein gewaltiges Lichtermeer, und dort, wo sich der Hafen befand, konzentrierte sich das Licht.

Allmählich wurde es schwächer. Nach der Großstadt kamen wir uns vor wie in einer Raumkapsel. Wir flogen durch die Schwärze.

Der Pilot holte alles aus seiner Maschine heraus. Mit fast vierhundert Kilometern Höchstgeschwindigkeit brausten wir dahin. Während Suko und ich ruhig saßen, hielt Will Mallmann den Kontakt mit Kommissar Kölzer, der den Zeit- und Streckenplan des Intercity genau beobachtete und uns die entsprechenden Informationen durchgab.

Wir befanden uns noch längst nicht auf der Höhe von Bremen, als die Durchsage kam, dass der Intercity diese Stadt bereits hinter sich gelassen hatte.

Jetzt blieb uns nur Osnabrück, und wir drückten die Daumen, dass wir es vor Ankunft des Zugs schafften.

Es wurde ein ungewöhnliches Wettrennen. Ich wagte kaum, auf die Uhr zu schauen, sondern blickte durch die Scheiben nach draußen. Manchmal erschienen tief unter uns sich rasch bewegende Lichter. Sie gehörten zu den Autos, die über die Fernstraßen huschten. Dann war es wieder stockdunkel. Dieser Teil des Landes Niedersachsen war ziemlich dünn besiedelt.

Einmal drehte sich Will Mallmann um und grinste uns an. »Wir schaffen es bis Osnabrück!«

»Und wenn nicht?«, fragte ich.

»Packen wir ihn in Münster.«

»Dann müsste ich aber zwischendurch tanken«, erklärte Axel Bomhoff trocken, was unseren Optimismus nicht gerade steigerte.

»Geben Sie mehr Power!«, rief ich.

»Können vor Lachen. Die Mühle hier ist ja kein Jet.«

Berauschend standen unsere Chancen wirklich nicht, und mein unangenehmes Gefühl verstärkte sich weiter. Sollte es uns tatsächlich nicht gelingen, den Zug in Osnabrück zu erreichen, konnten wir uns selbst Flügel umschnallen.

Es verging Zeit.

Hätte ich eine Fieberkurve gehabt, sie wäre jetzt gestiegen. Immer wieder schaute ich nach unten. Bomhoff hatte versprochen, auch in der Nähe der Zugstrecke herzufliegen. Vielleicht konnten wir unser Ziel schon vorher entdecken.

Zunächst einmal schälten sich sehr schwach die Umrisse einer Bergkette aus der Dunkelheit.

»Das ist bereits der Teutoburger Wald«, erklärte uns Will Mallmann. »Hier steht auch das berühmte Hermannsdenkmal.«

»Der Zug als Denkmal wäre mir lieber«, gab ich zurück.

»Keine Panik, John, wir schaffen das schon.«

Wenig später überflogen wir die Berge und nahmen einen anderen Kurs. »Da hinten liegt schon Osnabrück!«, rief der Kommissar und deutete schräg nach unten.

Die zahlreichen Lichter wiesen in der Tat auf eine größere Stadt hin. Den Zug hatten wir noch nicht gesehen. Entweder waren wir zu spät oder unser Vorsprung zu groß.

Ich hoffte auf Letzteres.

»Der Zug!«, rief Suko plötzlich, als der Pilot tiefer ging und die Stadt anflog.

Tatsächlich, da war er.

Er erinnerte mich an eine gewaltige Schlange, deren Seiten erleuchtet waren.

Axel Bomhoff lachte. »Das packen wir!«, rief er voller

Optimismus aus. »Bereitet euch schon mal auf die Landung vor.«

»Und wo wird das sein?«, fragte ich.

»Auf dem Bahnhofsvorplatz!«

»Meinetwegen auch auf dem Dach«, murmelte ich. »Hauptsache, rechtzeitig.«

»Dafür möchte ich fast garantieren«, antwortete der Pilot und ließ den Hubschrauber so plötzlich sacken, dass unsere Mägen in Richtung Kehle schossen.

»He, he!«, beschwerte sich Will Mallmann. »Wir wollen hier keine Kunstflüge veranstalten.«

»Nein, aber den Zug sehen.«

Wir flogen im schrägen Winkel zum Intercity. Er führte den schönen Namen Poseidon. Wie ein Meeresgott sah er allerdings nicht aus. Mich erinnerte er an ein stählernes Ungetüm.

Obwohl wir den Zug jetzt besser erkennen konnten, entfernten wir uns auch gleichzeitig von ihm. Will, Suko und ich starrten uns fast die Augen aus dem Kopf, erkennen konnten wir nichts.

Im Intercity schien alles normal zu sein.

Im Tiefflug jagten wir auf Osnabrück zu. Manche Menschen wurden sicherlich von dem Dröhnen erschreckt. Auf sie konnten wir leider keine Rücksicht nehmen, es stand zu viel auf dem Spiel.

Über Kirchtürme huschten wir hinweg und fielen förmlich in die City ein, um erneut einen Kurswechsel durchzuführen, der uns dem Bahnhof entgegenbrachte.

Auf dem Vorplatz wollten wir landen.

Hoffentlich klappte es.

Wir näherten uns dem Bahnhof von der Rückseite und dröhnten dicht über die Bauten hinweg. Dann lag der Vorplatz unter uns.

Zu dieser Stunde herrschte noch Betrieb. Straßen liefen hier zusammen. Es gab kaum einen freien Platz, bis auf den in der Nähe liegenden Busbahnhof.

Dort landeten wir.

Sanft ging der Hubschrauber nun tiefer. Einige Busse standen in den Parkbuchten. Die Fahrer sprangen aus ihren Wagen und schauten uns zu. Andere Neugierige liefen ebenfalls herbei, denn dass ein Hubschrauber mitten in der Stadt landete, war schon ein Ereignis.

Die Kufen fanden Kontakt.

Wir standen, lösten die Gurte und sahen zu, so schnell wie möglich aus der Maschine zu springen. Mit eingezogenen Köpfen rannten wir unter den Rotorflügeln hinweg und nahmen direkten Kurs auf das Bahnhofsgebäude, während Axel Bomhoff wieder startete.

Er flog noch einen Kreis und verschwand so rasch, wie er gelandet war.

Inzwischen stürmten wir in die Halle. Die sich dort aufhaltenden Menschen schauten uns erstaunt und verwundert an, als wir den Weg zu den Gleisen einschlugen.

Der Zug war noch nicht angekommen. Ich schaute auf die große Uhr. Noch drei Minuten hatten wir Zeit.

Will Mallmann hielt inne und sprach mit einem Bahnbeamten. Ich sah, wie der Mann den Kopf schüttelte und etwas zu Will sagte.

Der Kommissar nickte. Er deutete schräg nach links. Wieder rannten wir und erreichen überpünktlich den Bahnsteig, wo der Zug jeden Moment einlaufen musste.

Keuchend blieben wir stehen. Auf unseren Gesichtern zeichnete sich Erleichterung ab.

»Geschafft!« Will Mallmann sprach das aus, war wir dachten.

Ich allerdings wiegelte ab. »Bisher ist alles ein Kinderspiel gewesen. Der harte Strauß wartet noch auf uns.«

»Falls sie sich verwandelt hat«, sagte Will.

»Das genau ist das Problem.«

Suko hatte die ganze Zeit über nach rechts geschaut. Plötzlich sagte er: »Da kommt er!«

Wir blickten ebenfalls hin und sahen drei Lichter, die sich rasch näherten. Schon hoben sich die Umrisse der Lok ab. Dann rollte der Koloss am Bahnsteig entlang.

Wir traten unwillkürlich zurück. Wenn ein Zug auf mich zurollt, kriegt ich immer ein komisches Gefühl.

Wagen für Wagen rauschte vorbei. Wir wollten in den letzten einsteigen und rannten an der langen Reihe entlang. Es war alles normal. Die Lautsprecherdurchsagen schallten, als der Zug stand. Die Türen öffneten sich. Reisende verließen die Wagen, andere stiegen zu.

Nichts deutete auf eine Gefahr hin …

Wir blieben dicht zusammen, denn wir wollten zu dritt den Zug durchsuchen.

Die Ungewissheit zerrte an unseren Nerven. Ich sah eine Frau mit zwei kleinen Kindern in den Zug steigen. Wenn sich die Bestie tatsächlich in der Wagenschlange befand und die Kinder sah …

Die Abfahrt wurde angekündigt. Wir mussten einsteigen. Noch einmal schaute ich an der Wagenreihe entlang. Weiter entfernt sah ich den Bahnbeamten. Er gab das Abfahrtssignal.

Suko stand schon in der Tür. »John!«, drängte er. »Beeil dich! Los, mach schon!«

»Okay.«

Ich huschte hinein. Will Mallmann hatte den Zug ebenfalls betreten, und kaum stand ich im Wagen, als die Türen automatisch zugingen.

Jetzt erst atmete ich auf.

Wir standen so, dass wir ein Dreieck bildeten. Obwohl keiner etwas gesagt hatte, dachten wir alle das gleiche.

Ich sprach es aus. »Gehen wir!«

Die Reaktion der Wertiger-Bestie kam so überraschend, dass dem Schaffner keine Chance mehr blieb, auszuweichen. Er kam nicht einmal mehr dazu, einen Schrei auszustoßen. Die gefährliche Pranke erwischte ihn voll, und die Wucht des Treffers schleuderte ihn zu Boden.

Der Schock lähmte seine Stimme. Er fühlte das mörderische Brennen im Gesicht und am Hals, sah, als er den Blick senkte, sein eigenes Blut und über ihm schwebend, einer teuflischen Gestalt gleich, den Wertiger mit der blutigen Pranke.

Halb Mensch, halb Bestie. So präsentierte sich Barbara Päuse dem Schaffner.

Noch einmal musste er den Anblick ertragen. Es war

das letzte Bild in seinem Leben, bevor ihn der zweite Schlag traf und vom Leben in den Tod beförderte.

Als die Bestie ihre Pranke wieder zurückzog, drang aus dem Maul ein helles Fauchen. Aus kalten Augen schaute sie auf den so sinnlos gestorbenen Mann, dessen Gesicht noch von dem Schrecken gezeichnet war, den er in den letzten Sekunden seines Lebens empfunden hatte.

Opfer Nummer eins!

Sie war zufrieden. Zudem hatte sie es geschafft und die Verbindung zur Außenwelt zerstört. Jetzt gehörte der Zug ihr, und sie würde ihn in einen rollenden Sarg verwandeln.

Wer sich ihr entgegenstemmte, musste sterben. Wer mitspielte, geriet ebenfalls in den Kreislauf des Schreckens und wurde zu einem Wertiger. So schrieben es die Gesetze der schwarzen Magie vor.

Die Bestie trat ans Fenster und schaute hinaus.

Wie ein Pfeil raste der Zug auf kerzengerader Strecke durch die finstere Nacht. Der Himmel war bedeckt. Weder Mond noch Sterne leuchteten. Eben eine Nacht wie für Morde und ähnliche Untaten geschaffen. Noch viel Blut sollte fließen.

Ein solch langer Zug hatte mindestens zwei Schaffner und einen Zugführer, das wusste die verwandelte Frau. Sie war sich auch sicher, dass die beiden Beamten ebenfalls eine Gefahr darstellten. Schließlich liefen sie oft genug durch den Zug.

Sollte sie hier auf sie warten?

Es war am besten. Wenn sie sich jetzt auf dem Gang sehen ließ, wurde sie unter Umständen zu früh entdeckt. Dann konnten die Eisenbahner vielleicht Gegenmaßnahmen ergreifen, und dieses Risiko war ihr einfach zu groß.

Auch als Monster hatte sie so etwas wie Nerven. Deshalb wurde ihr die Zeit verdammt lang. Die Minuten schlichen nur so dahin, während der Zug durch die Nacht und seinem neuen Ziel, Osnabrück, entgegenjagte.

Es war nicht still im Zug. Da die Fahrgeräusche ziemlich gedämpft zu vernehmen waren, konnte die Bestie die Stimmen der Menschen heraushören.

Das Nachbarabteil war nicht besetzt, allerdings das Übernächste. Dort hatte sie die Frau und den Mann gesehen. Sie sollten auch zu Opfern werden.

Schritte!

Die Bestie zuckte zusammen. Beide Augen schienen plötzlich zu glühen. Ein Zeichen dafür, wie sehr sie unter Spannung stand. Der Wertiger sprang auf den Sitz und baute sich im rechten Winkel zur Tür auf, sodass er von einem Hereintretenden nicht sofort entdeckt werden konnte.

Die Person ging vorbei. Sie dachte nicht daran, das Abteil zu betreten. Demnach war es nicht der Schaffner.

Die Spannung löste sich ein wenig.

Und wieder verging Zeit. Manchmal passierte jemand das Abteil, ohne einen Blick hineinzuwerfen.

Dann kam der zweite Schaffner. Er hatte sich buchstäblich herangeschlichen. Jedenfalls hatte die Bestie kaum etwas gehört. Sie wurde erst aufmerksam, als die Tür geöffnet wurde.

Der Kollege des Toten war in Gedanken versunken, als er das Abteil betrat. So trat er ahnungslos über die Schwelle, sah plötzlich die Leiche, dazu das Blut, und er erstarrte in panischem Schrecken.

Der Wertiger hatte es leicht.

Von der Seite her kam der Schlag. Der Schaffner merkte vielleicht noch den tödlichen Hauch, dann wurde er voll getroffen und zu Boden geschmettert.

Er rollte sich noch auf die Seite, bekam den nächsten Hieb mit, und sein Leben wurde ebenso ausgelöscht wie das seines Kollegen.

Die Bestie freute sich. Alles lief wunderbar. Genau nach Plan. Vom Zugpersonal konnte sie jetzt niemand mehr stören, denn der Zugführer saß sicherlich im Dienstabteil. Und der Lokführer steuerte vom Führerstand aus den Einsatz der 14.000 PS.

Jetzt gehörten die Wagen ihr, und sie wollte sich beeilen, um aus ihnen einen rollenden Sarg zu machen.

Allerdings war viel Zeit vergangen, und das Monster merkte plötzlich, dass der Zug langsamer wurde.

Ein Bahnhof wurde angefahren.

Osnabrück!

Normalerweise war es in den Intercity-Zügen üblich, dass kurz vor Erreichen des Etappenziels eine Durchsage erfolgte. Dieser Aufgabe hatten die Schaffner nicht mehr nachkommen können.

Der Wertiger musste seinen Mordplan noch hinausschieben. Auf einige Minuten kam es jetzt auch nicht mehr an. Sobald sie den Bahnhof verlassen hatten, wollte sich die Bestie das Ehepaar vornehmen.

Sie duckte sich.

Geisterhaft huschte der Widerschein erster Lichter durch das kleine Abteil. Es waren bereits die Lampen der Bahnhofsbeleuchtung, und wenig später hielt der Zug.

Barbara Päuse war es zu riskant, einen Blick aus dem Fenster zu werfen. Hätte sie es getan, wären ihr sicherlich die drei Männer aufgefallen, die auf dem Bahnsteig standen und sich umsahen.

Abermals verging ihr die Zeit viel zu langsam. Sie hörte das Schlagen der Koffer gegen Abteilwände, vernahm Stimmen, Rufe, die Lautsprecherdurchsagen, dann schlossen sich die Türen automatisch, und wenig später setzte sich der Intercity Poseidon wieder in Bewegung. Laut Fahrplan war die nächste Station Münster.

Rasch nahm der Zug Geschwindigkeit auf. Die Bestie hatte sich wieder aufgerichtet. Ihre große Stunde war jetzt gekommen, und sie verließ lautlos das Abteil.

Zu beiden Seiten war der Gang leer. Sie musste sich nach rechts wenden, um zu ihrem Ziel zu gelangen. Nur schwach war der Gang beleuchtet.

Vor dem entsprechenden Abteil verhielt der Wertiger seinen Schritt. Die Vorhänge hingen zwar vor den Scheiben, dennoch war ein so großer Spalt frei, dass die Bestie hindurchschauen konnte.

Sie peilte schräg in das Abteil hinein.

Was sie dort sah, gefiel ihr ausnehmend gut. Die beiden Menschen waren völlig ahnungslos. Sie saßen einander gegenüber. Der Mann hatte sein Jackett ausgezogen. Er trug ein weißes Hemd und eine graue Hose. Sein Haar war dunkelblond und leicht gewellt. Die Augen hielt er geschlossen, die Hände auf dem Bauch gefaltet.

Die Frau las in einer Illustrierten. Sie trug eine Lesebrille und ein rotes Winterkostüm, dessen Jacke aufgeknöpft war.

Jetzt gähnte der Mann. »Willst du nicht aufhören zu lesen?«

Ohne die Zeitschrift sinken zu lassen, fragte die Frau: »Weshalb?«

»Bis Dortmund können wir noch schlafen. Morgen wird der Tag verdammt anstrengend.«

»Du hast doch ein Zimmer reservieren lassen.«

Jetzt lachte der Mann. »Glaubst du denn, dass ich da nur schlafen will?«

»Habe ich mir gedacht. Aber da spielt sich nichts ab. Wir sind Vertreterkollegen, mehr nicht. Hol dir deine Damen woanders. Bei mir kriegst du keine Provision.«

»Abwarten.« Der Mann setzte sich wieder gerade hin. »Ich sage dir nur Folgendes ...«

Was dieser Mensch erzählen wollte, sollte die Frau nie mehr erfahren, denn in diesem Augenblick riss die Bestie die Tür auf, und über die beiden Fahrgäste brach die Hölle herein ...

Wir fühlten uns wahrlich nicht wohl in unserer Rolle, doch es gab keine andere Möglichkeit. Wagen für Wagen und Abteil für Abteil mussten wir durchsuchen.

Die ersten beiden Abteile fanden wir leer. Im nächsten saß die Frau mit den beiden Kindern und erschrak, als sie uns sah. Will Mallmann beruhigte sie mit freundlichen Worten, wünschte eine gute Reise und ging weiter.

So kämpften wir uns durch die ersten Wagen. Die meisten Fahrgäste hatten Verständnis, andere warfen uns böse Blicke wegen der Störung zu, denn die Leute wollten sich ausruhen, was auch verständlich war. Wieder andere machten ihrem Ärger durch Schimpfen Luft.

Schließlich gelangten wir in den Speisewagen. Er befand sich in der Mitte des Zugs.

Von einer gewissen Barbara Päuse hatten wir noch keine Spur entdeckt. Auch nicht im Speisewagen, der zur Hälfte belegt war. Die kleinen Tischlampen brannten und verbreiteten einen gemütlichen Schein. Ein Ober schaute uns erstaunt an, als wir durch den Wagen gingen, ohne etwas zu bestellen.

»Dann kann sie sich nur in der anderen Hälfte aufhalten«, sagte Suko und zog eine Toilettentür auf, um in den ebenfalls leeren Raum zu schauen.

Uns blieb nichts anderes übrig, als weiterzusuchen. Ein Pärchen störten wir beim Knutschen, eine ältere Frau wollte uns für ihre Kirche gewinnen, und drei Kartenspieler reagierten mürrisch, als wir die Tür aufzogen.

Einige Fahrgäste dösten vor sich hin.

Wir trafen nur auf eine besetzte Toilette. Ein älterer Mann im grauen Anzug verließ sie, schaute uns scharf an und ging.

»Allmählich wird meine Hoffnung geringer«, sagte Will Mallmann. »Es sind nicht mehr viele Wagen.«

Ich legte meinen Zeigefinger auf die Lippen.

»Was ist denn?«, fragte Will.

»Sei mal still. Ich glaub, ich hab was gehört.«

»Was denn?«

Ich hob die Schultern und drehte mich um. Allein ging ich weiter und betrat den nächsten Wagen.

Hinter mir hörte ich hastige Schritte, denn Suko und Will eilten mir nach.

Weit kamen wir nicht, denn etwas geschah, womit keiner gerechnet hatte.

Auf einmal ging ein gewaltiger Ruck durch den Zug. Ich flog nach vorn, wurde zur Feder, konnte mich nicht mehr halten, krachte gegen eine Tür und rutschte wie ein Stück Papier über den Boden, während um mich herum die Hölle ausbrach.

Notbremse, dachte ich noch, und einen Augenblick später prallte etwas mit vehementer Gewalt gegen meinen Schädel …

»Rolf!«

Die Frau brüllte den Namen des Mannes, während sie in die Höhe schnellte und die Zeitung fallen ließ.

Es war bereits zu spät. Die Bestie hatte sie schon aufs Korn genommen. Der Prankenhieb schleuderte sie auf den gegenüberliegenden Sitz. Die scharfen Krallen hatten nicht nur den Stoff des Kostüms zerfetzt, sondern auch die Haut in Mitleidenschaft gezogen, sodass lange Wunden zu sehen waren, aus denen Blut quoll.

Der mit Rolf Angesprochene war ebenfalls von seinem Sitz geschnellt. Er reagierte nicht so rasch, starrte auf die Tigerfrau, dann auf die Verletzte und schüttelte den Kopf, wobei alles Blut aus seinem Gesicht wich.

Was er soeben erlebte, gehörte in einen Albtraum und nicht in die normale Welt.

Und doch war es real.

Er spürte es in den nächsten Sekunden, als ihn der Hieb traf. Das Hemd ging in Fetzen. Er wurde mit dem Rücken bis gegen die Scheibe geschleudert und bemerkte den würgenden Druck an seiner Kehle, als sich eine menschliche Hand um seinen Hals presste.

Sofort wurde ihm die Luft knapp.

Der Mann erlebte das Grauen. Zu dem grässlichen Schmerz kam noch die Atemnot, und er sah dicht vor sich das entstellte Gesicht der rasenden Bestie.

Fauchende Laute wehten ihm entgegen. Er spürte, dass sich das Innere seines Körpers in Aufruhr befand. Sein Blut schien zu kochen. Alles veränderte sich.

Auf einmal konnte er nicht mehr klar sehen. Luftmangel war es nicht, denn das Untier vor ihm hatte die Pranke von seinem Hals gelöst. Vor seinen Augen drehten sich Kreise. Er wollte etwas sagen. Nur ein undefinierbares Geräusch drang aus seiner Kehle.

Der Mann ahnte nicht, dass ihn der Fluch des Wertigers voll und direkt getroffen hatte. Bei ihm dauerte es mit der Verwandlung kein Jahr oder länger. Er spürte die unheilvolle Magie, die sich in seinem Körper austobte und damit begann, aus ihm einen anderen Menschen zu machen. Er drückte seine angewinkelten Arme nach hinten, drosch mit den Ellenbogen gegen die Scheibe, schüttelte den Kopf und warf dabei den Körper hin und her.

Die Wertigerin war zurückgewichen. Sie beobachtete ihre beiden Opfer, denn die Frau hatte es ebenfalls erwischt. Schräg lag sie auf dem Sitz. Ihr Arm war blutüberströmt, das Gesicht zuckte, und gleichzeitig wuchs das erste Fell. Und zwar an der linken Seite, wo sie von dem Hieb getroffen worden war.

Wie sie sollten die beiden werden. Wie sie! Aus dem Maul der Bestie drang ein schlürfendes Geräusch, während sie den unheimlichen Szenen zuschaute, die sich im Abteil abspielten.

Die Frau schnellte jetzt hoch. Sie schaute auf ihre Hand, wo sich die Finger veränderten und allmählich zu einer Pranke mit scharfen Krallen wurden.

»Neiiinnn!«, keuchte sie. »Neiiinnn, ich will doch nicht.« Wie ein Kreisel drehte sie sich. Das Gesicht verzerrt, zur Hälfte mit Fell bedeckt, das plötzlich gelbweiße Streifen zeigte.

Sie wurde einem Tiger immer ähnlicher.

Wie auch ihr Begleiter.

Noch hielt er sich auf den Beinen. Doch es fiel ihm immer schwerer. Sein Körper wurde von Krämpfen geschüttelt. Der dämonische Keim in seinem Innern hatte sich ausgebreitet und war vergleichbar mit den Armen eines Kraken, die zupackten und in jeden Winkel seines Körpers krochen.

Sein Atem ging stoßweise und röchelnd. Er glich bereits mehr einem Tier als einem Menschen.

Und wieder erhielt er einen Stoß. Auf seinem Gesicht platzte ein Teil der Lippen weg. Fell wuchs dort, und auch die Reißzähne bildeten sich.

Die Bestie beobachtete die Verwandlung mit großem Interesse. Sie wusste genau, welche Qualen diese beiden jetzt litten, aber das sollten sie.

Die Frau schien einen makabren Tanz aufführen zu wollen. Sie bewegte sich hektisch, zuckte dabei und hackte plötzlich voller Wut ihre Tigerpranke in ein Sitzpolster.

Die Krallen fetzten es auf; die Reste wurden weggeschleudert. Natürlich lief die gesamte Verwandlung nicht ohne Geräusche ab. Das spielte jedoch keine Rolle. Für die Bestie war es wichtig, Diener zu haben, die ihre Befehle ausführten und den Zug in einen rollenden Sarg verwandelten.

Der Mann keuchte und würgte. Er hatte sich jetzt vorgebeugt, auch die Arme ausgestreckt, und es schien so, als würde er jeden Augenblick zu Boden fallen.

Er taumelte vor. Barbara Päuse wollte ihn schon auffangen, als er seinen Oberkörper wieder hochwuchtete, sich aufrichtete und dann zurückwarf.

Mit den Armen schlug er dabei um sich, und plötzlich drehte er durch. Wie ein Stier rannte er vor. Sein Ziel war dabei die Tür. Er schaufelte Widerstände aus dem Weg und schaffte selbst die Wertigerfrau zur Seite. Voll schlug er gegen die Tür, die unter dem Anprall erzitterte.

Er bekam dabei einen roten Griff zwischen die Finger, der sich schräg über der Tür befand.

Der Wertiger zog! Es war die Notbremse …

Ich wurde nicht bewusstlos, wenn es mir im ersten Augenblick auch so erschienen war, denn der Schmerz explodierte fürchterlich in meinem Schädel. Er raste durch den Kopf und gab mir gleichzeitig das Gefühl, den Schädel in Watte gepackt zu haben.

Deshalb klangen die Schreie der anderen Fahrgäste auch nur gedämpft an meine Ohren. Ihnen musste es ebenso schlimm ergangen sein wie mir; sie waren wie Spielbälle durcheinandergewirbelt worden und hatten sich bestimmt verletzt.

Was mit Suko und Will Mallmann geschehen war, darum konnte ich mich nicht kümmern, weil ich eigene große Sorgen hatte, denn ich dachte natürlich wieder an den Wertiger, und irgendwie hatte ich das Gefühl, dass er hinter dem Ziehen der Notbremse steckte.

Ich war gegen eine Abteilwand geflogen. Die Kräfte machten mit mir, was sie wollten.

Der Zug war noch immer nicht zum Stehen gekommen. Nach wie vor wurden die Wagen geschüttelt. Ich hörte etwas splittern, und es flogen auch Abteiltüren auf.

Wie vor mir.

Die nächsten Sekunden erlebte ich wie in einem Zeitlupenfilm, in dem ich der Mittelpunkt war, denn dicht vor mir sah ich plötzlich den Splitterregen einer Scheibe in den Gang fallen, und ihm folgte eine schreckliche Gestalt.

Es war ein Wertiger!

Ein männlicher!

Ich lag auf dem Boden, hatte noch genug mit meinen Schmerzen zu tun und konnte deshalb nicht so schnell reagieren. Dennoch nahm ich viele Einzelheiten auf.

Die Bestie war halb Mensch, halb Tier. Sie trug ein zerfetztes Hemd von weißer Farbe, dazu eine dunkle Hose. Die Verwandlung verlief quer durch das Gesicht. Sie spaltete es, sodass eine Hälfte dem Tier gehörte und die andere noch die Züge eines Menschen zeigte. Zudem war seine Kleidung blutbefleckt, und der Unhold schien sich in einer Art Panik zu befinden, die verdammt gefährlich für Menschen werden konnte. Wahrscheinlich war er schon auf dem Horrortrip, wobei ich dieser Päuse die Schuld an der Verwandlung des Mannes gab.

Sie hatte gewütet.

Ich rechnete damit, dass sich das Untier auf mich stürzen würde, was aber nicht geschah. Die Gründe waren mir unbekannt. Jedenfalls warf sich der Wertiger herum und rannte zum Ende des Wagens.

Wenn er seinem Trieb gehorchte, würde er sich Opfer holen. Deshalb musste ich ihn stoppen, erledigen, denn sein unheimlicher Fluch sollte sich nicht weiter ausbreiten.

Ich kam auf die Füße.

Es war mehr ein Schwanken. Hinter mir hörte ich Sukos Stimme. Er rief nach mir, doch um meinen Partner konnte ich mich jetzt nicht kümmern. Der Wertiger war wichtiger.

Fast wäre ich auf den Glassplittern ausgerutscht, konnte

mich aber gerade noch fangen, auch abstützen und warf dabei einen Blick nach links in das Abteil hinein.

Mein Herz übersprang einen Schlag.

Da waren noch zwei Wertiger.

Frauen!

Und eine davon hörte auf den Namen Barbara Päuse. Ich hatte sie noch sehr gut in Erinnerung. Schließlich lag unsere erste Begegnung erst knapp ein Jahr zurück.

Auch sie musste mich gesehen und erkannt haben, denn sie fauchte wild auf, riss plötzlich einen Koffer vom Boden hoch und schleuderte ihn mir entgegen.

Ich musste ausweichen und konnte deshalb nicht meine Waffe ziehen. Der Koffer erwischte mich an der Schulter, störte meine Aktivitäten jedoch nicht weiter, und es gelang mir, mich auf den Beinen zu halten.

Als ich dann den gellenden Schrei vernahm, waren Barbara Päuse und der andere Wertiger vergessen.

Der Schrei war dort aufgeklungen, wohin der erste Wertiger verschwunden war.

Dort befand sich ein Mensch in Gefahr!

Ich rannte hin, wobei ich hoffte, dass sich Suko und Will Mallmann um die beiden anderen Bestien kümmerten.

Kaum war ich ein paar Schritte gelaufen, als mir die kalte Luft entgegenwehte.

Jemand hatte die Tür geöffnet.

Das schaffte man nur, wenn der Zug stand.

Sekunden später befand ich mich neben der offenen Tür, schaute hinaus in die Dunkelheit und sah die Bestie.

Sie war nicht allein. Meine Befürchtungen hatten sich bestätigt. Der Wertiger war mit einer Geisel aus dem Zug gesprungen. Er hielt einen Mann umklammert und wollte mit ihm in die Dunkelheit tauchen.

Die Chancen standen jetzt auf seiner Seite. Deshalb durfte ich keine Sekunde zögern.

Ich sprang aus dem Wagen, geriet auf Schotter, knickte zur Seite weg und spürte das verdammte Hämmern in meinem Kopf, sodass ich hart die Zähne zusammenbiss.

Hinter dem Schotter begann das flache Land. Der Wertiger und sein Opfer waren bereits den Damm hinuntergerutscht, um zu verschwinden. Ich ließ den Damm mit einem gewaltigen Sprung hinter mir und jagte hinter den beiden her.

Die Vorteile lagen auf meiner Seite, denn die Bestie musste ihre Geisel mitziehen und kam deshalb nicht so schnell voran.

Ich warf einen Blick nach rechts. Der Zug stand jetzt. Da waren mehrere Türen aufgeflogen. Menschen verließen schreiend die Wagen, und auch der Lokführer hatte seinen Stand verlassen, um parallel zum Zug über den Schotterbelag zu rennen.

»Lass ihn los!«, brüllte ich dem Wertiger zu, der tatsächlich stehen blieb und mir entgegenschaute.

Ich hatte inzwischen meine Beretta gezogen, konnte jedoch keinen Schuss riskieren, da der Wertiger die Geisel so hielt, dass sie ihn mit ihrem Körper deckte.

Ich hätte zu leicht den Mann treffen können, dessen Gesicht bleich leuchtete und in dem ich die Angst sah, die er empfand.

Ich ging näher.

Die Bestie blieb stehen.

Ihr scharfes Knurren und Fauchen übertönte das ängstliche Atmen der Geisel. Nur entfernt nahm ich die Geräusche aus dem Zug wahr. Ich glaubte auch, einen Schuss zu hören, war nicht sicher und kümmerte mich auch nicht darum, denn der Wertiger vor mir nahm meine ganze Aufmerksamkeit in Anspruch.

»Lass ihn los!«, forderte ich ihn auf, blieb stehen und zielte genau.

Ich rechnete wirklich nicht damit, dass er meiner Aufforderung Folge leisten würde, aber er ließ die Geisel tatsächlich los. Nur auf eine Art und Weise, mit der ich wiederum doch nicht gerechnet hatte.

Er schleuderte mir den Mann entgegen.

Die Distanz zwischen uns war relativ kurz. Ich hätte noch zur Seite springen können, aber der Mann schlug in seiner Panik so wild um sich, dass er mich am Hals erwischte und sich dann an mir festkrallte, als wäre ich ein rettender Anker.

So vergingen wertvolle Sekunden, die von der Bestie genutzt wurden.

Sie warf sich herum und floh.

Dabei jagte sie allerdings nicht in die Dunkelheit hinein, wie man hätte annehmen können, sondern lief auf die Lokomotive des Zugs zu, die von dem Lokführer verlassen worden war.

Weshalb er so reagierte, war mir nicht ganz klar. Vielleicht wollte er zurück in die Nähe der Menschen gelangen, und das bedeutete eine ungeheure Gefahr.

Als ich mich endlich von der Geisel befreien konnte, war der Vorsprung schon ziemlich angewachsen, denn der Wertiger kroch bereits den Damm hoch.

»Lassen Sie mich nicht allein!«, schrie der Mann und war wie von Sinnen, als ich startete.

Um sein Geschrei konnte ich mich nicht kümmern. Er befand sich in relativer Sicherheit. Den anderen konnte es schlechter ergehen, wenn sie in die Klauen des Wertigers gerieten.

Er wurde auch gesehen, und Schreie der Angst gellten durch die Nacht. Dann sah ich den Lokführer. Er hatte sich bewaffnet und eine Eisenstange aufgetrieben.

Mit der drosch er zu.

Der Wertiger wich nicht einmal aus. Die Stange erwischte ihn am Kopf, stoppte seinen Lauf allerdings nur unwesentlich, und zu einem zweiten Schlag ließ die Bestie den Mann nicht kommen, denn sie riss dem Lokführer die Waffe aus der Hand und schlug selbst zu.

Das alles geschah neben der Lok, und ich sah es, als ich den Hang hinter mir gelassen hatte.

Der Lokführer sank zusammen. Der Wertiger nahm die Stange mit, als er in die Lok hineinkletterte.

Zum ersten Mal jagte ich ihm eine Kugel nach. Fast hätte ich getroffen, doch die Bestie zog ihren Schädel ein, sodass meine Kugel über sie hinwegjaulte und gegen eine Eisenplatte prallte.

Dann war sie verschwunden.

Ich hastete an dem Lokführer vorbei, erkannte mit einem Blick, dass er nur verletzt, aber nicht tot war. Ich gab mir noch einmal Schwung, um so rasch wie möglich die Lok zu erreichen.

Dann stand ich vor dem offenen Eingang.

Von dem Wertiger war nichts zu sehen. Natürlich konnte er sich im toten Winkel versteckt halten, um mit der Stange zuzuschlagen. Das Risiko musste ich eben eingehen, als ich mich abstieß, hochkletterte und die Lok enterte.

Es waren zwei Sekunden, in denen ich eine fürchterliche Angst hatte, von der Stange erwischt zu werden. Dies geschah zum Glück nicht. Ohne Schwierigkeiten erreichte ich den Führerstand und blickte mich um.

Hier hielt sich kein Wertiger versteckt.

Wo befand er sich dann?

Mein Blick irrte in die Runde, und da sah ich, dass sich die zweite Tür der Lok bewegte.

Sie stand offen!

War der verdammte Wertiger an einer Seite ein- und an der anderen wieder ausgestiegen?

Die Möglichkeit bestand. Ich war mir sogar sicher, bis ich eines Besseren belehrt wurde und über mir plötzlich Geräusche hörte. Im Augenblick war es ziemlich ruhig, sodass ich das leise Tappen vernahm.

Eine Gänsehaut kroch über meinen Rücken. Geduckt stand ich da, und jetzt wusste ich auch, wo sich die Bestie befand.

Auf der Lok!

Und sicherlich wollte der Wertiger über die Dächer der Wagen laufen. Es war ja nicht schwierig, da der Zug stand.

Was der konnte, das schaffte ich auch, musste ich sogar schaffen, deshalb drehte ich mich an der zweiten Einstiegsseite aus der Lok und hangelte mich hoch.

Die Beretta musste ich dabei leider wegstecken.

Bald hatte ich das Dach erreicht.

Auf keinen Fall durfte ich die Oberleitung und den Stromabnehmer berühren. Deshalb duckte ich mich und kroch auf Händen und Füßen vor. Als ich über die Wagen schaute, entdeckte ich meinen Gegner.

Er hatte seinen Vorsprung bereits ausgenutzt und befand sich auf dem Dach des ersten Wagens hinter der Lok.

Mir wandte er den Rücken zu, und ich glaubte auch nicht, dass er mich gesehen hatte.

Für einen sicheren Schuss war er allerdings ein wenig weit entfernt. Ich musste näher an ihn heran. Deshalb konnte ich nicht auf der Lok bleiben.

Wie ein Frosch hüpfte ich auf den Wagen. Ich war mir nicht sicher, ob mein Gegner die Erschütterung gespürt hatte. Jedenfalls drehte er sich plötzlich um.

Im selben Augenblick wollte ich schießen.

Da warf er die Stange!

Auch Suko und Will Mallmann hatte die Notbremsung voll erwischt. Beide hatten jegliche Kontrolle über ihren Körper verloren.

Will Mallmann hob regelrecht ab. Sein Gesicht war eine starre Schreckensmaske. Er flog nicht nach vorn, sondern wurde zurückgeworfen, prallte mit anderen Fahrgästen zusammen und wirbelte wie ein welkes Blatt über den Boden.

Er hieb gegen sperrige Hindernisse, spürte die Schläge überall am Körper und wurde dann von einer neben der Tür hochwachsenden Stange aufgehalten.

Suko hatte noch versucht, sich festzuhalten. Es war Glück, dass der den Außengriff einer Abteiltür zu packen bekam, und er klammerte seine Finger darum.

Das half nur im ersten Moment, denn plötzlich steigerte sich die Fliehkraft ins Unermessliche, und Sukos Arm wäre vielleicht gebrochen, hätte er nicht losgelassen.

So wurde auch der Chinese als Spielball der Kräfte durch den Gang geschleudert.

Suko rollte sich instinktiv zusammen. Er schützte seinen Kopf, ließ nur das Gesicht frei und sah seinen Freund John Sinclair wie einen Flieger, wobei gleichzeitig eine Abteiltür aufflog und ein Wertiger herauskatapultiert wurde.

Der Inspektor wollte seinen Freund warnen, doch John wusste sich auch so zu helfen.

Dann packte es auch Suko.

Hin und her wurde er geschleudert.

Woher die Frau plötzlich kam, wusste Suko nicht. Auf jeden Fall prallten sie zusammen, und die Frau schrie gellend, denn sie hatte sich stärker weh getan als der Chinese.

Irgendwie ging auch diese schreckliche Zeit vorbei. Nach eineinhalb Kilometern war der Zug von Tempo zweihundert zum Stillstand gebracht worden. Als der Intercity stand, lag Suko zusammengekrümmt am Boden. Es gab kaum eine Körperstelle, die er nicht spürte.

Aber er war nicht außer Gefecht. Suko konnte sich bewegen, und er konnte kämpfen.

Die Frau hatte sich an ihn geklammert. Sie schluchzte, und der Inspektor musste sich mit sanfter Gewalt von ihr befreien. Er stand wohl als Erster der Passagiere auf den Beinen und lief dorthin, wo er den Wertiger aus dem Abteil hatte springen sehen. Er wusste es nicht genau, ahnte nur, dass sich dort noch andere aufhielten.

Zudem hatte er die Päuse nicht gesehen! Von ihr war alles ausgegangen. Sie hatte zugeschlagen. Der männliche Wertiger war für Suko Beweis genug.

Er sah auch Will Mallmann.

Der Kommissar hatte sich verletzt. Er blutete an der Stirn, war aber nicht bewusstlos. Sein Gesicht zeigte den Schmerz.

»Geh weiter, Suko!«, keuchte der Kommissar. »Ich komme schon zurecht.«

»Okay.«

Der Chinese dachte nur an die Päuse. Wenn er sie fasste, war alles andere ein Kinderspiel.

Etwas schwankend lief er den Gang entlang, um das bestimmte Abteil zu erreichen.

Suko rechnete eigentlich nur mit einem Wertiger, und er war umso überraschter, als plötzlich eine weitere Bestie vor ihm stand. Sie war aus dem Abteil gekommen, wo sich seiner Ansicht nach auch die Päuse aufhalten musste.

Vor Suko stand ebenfalls eine Frau. Vielmehr eine Mischung aus Frau und Tiger.

Und sie griff an.

Der Inspektor hatte seine Beretta noch nicht gezogen. Er war im Begriff gewesen, dies zu tun, und er musste sich nun mit allen Kräften gegen die Wertigerin wehren, denn es sollte ihr auf keinen Fall gelingen, einen Hieb anzubringen. Die kleinste Verletzung reichte bereits aus, um den Keim des Verderbens zu säen.

Suko nahm seinen Fuß.

Jetzt zahlte es sich aus, dass er ein Karatemeister war, und er wuchtete sein rechtes Bein vor, jagte es so hoch, dass er das Gesicht des Monsters traf.

Es war ein klatschender Treffer, und die Bestie wurde zurückgeschleudert. Der Inspektor hatte genau die Seite getroffen, die verändert worden war. Die Wertigerin warf ihren menschlichen Arm hoch und auch die Pranke. Ihr Vorwärtsdrang wurde gestoppt. Sie kippte sogar noch zurück, und Suko hatte endlich Zeit, seine Waffe zu ziehen.

Er legte an und sagte mit rauer Stimme: »Es tut mir Leid.« Dann feuerte er.

Diese Worte waren nicht einfach so dahingeredet, aber es gab keine andere Möglichkeit, um die Bestie von dem unheimlichen Fluch zu erlösen. Die Kugel traf genau.

Geweihtes Silber zerstört nicht nur Werwölfe, sondern auch Wertiger.

Das wurde Suko bestätigt, denn vor seinen Augen verwandelte sich die Bestie zurück in einen Menschen.

In einen toten Menschen …

Das Fell an einer Körperhälfte verschwand völlig. Zurück blieb eine fahle Haut, die grau schimmerte, was Suko trotz der schlechten Lichtverhältnisse sah.

Blieb noch die Päuse! Oder war es ihr eventuell gelungen, noch mehr Menschen anzufallen?

Das hoffte Suko auf keinen Fall. Er befand sich bereits nahe der Abteiltür, brauchte nur noch zwei Schritte zu gehen und hatte sein Ziel erreicht.

Das Abteil war leer.

Keine Bestie zu sehen.

Doch Suko entdeckte die zerbrochene Fensterscheibe, die wahrscheinlich von der Päuse eingeschlagen worden war, und er wusste genau, wohin sie entkommen war.

Mit zwei Schritten durchmaß er das Abteil, schaute nach draußen und sah sie rennen …

Ich hatte festen Stand haben wollen, um genau zielen zu können. Das allerdings erwies sich als Trugschluss, denn als mein Gegner die verdammte Eisenstange warf, konnte ich nicht mehr genau zielen und musste dieser Waffe ausweichen.

Sie hätte mich getroffen und mich wahrscheinlich vom Dach des Wagens gefegt, denn sie war so geschleudert worden, dass sie sich im Flug um die eigene Achse drehte.

Hoch und weg konnte ich nicht. Es blieb nur eine Möglichkeit. Mich flach auf das Dach zu pressen.

Trotzdem wurde ich getroffen. Mit einer Kante hämmerte sie auf meinen Rücken.

Es war wie ein harter Schlag, der mir sekundenlang die Luft raubte. Dann tickte die verfluchte Stange irgendwo hinter mir auf das Dach, bevor sie verschwand.

Ich hörte sie noch auf den Schotter schlagen.

Danach griff der Wertiger an.

Er war nicht weit von mir entfernt, und er dachte nicht daran, mir durch seine Flucht den Rücken zuzudrehen.

Ich feuerte.

Obwohl die Distanz zwischen uns nicht sehr groß war, erwischte ich ihn nicht. Mein Silbergeschoss zischte an seinem veränderten Schädel vorbei und gab ihm Auftrieb.

Schrecklich hörte sich sein Fauchen an, und plötzlich wuchtete er sich vor mir in die Höhe, um sich von oben herab auf mich zu stürzen.

Hätte ich auf normalem Boden gelegen, wäre es nicht schwer gewesen, der Bestie auszuweichen. Aber ich lag auf einem Wagendach. Wenn ich mich rollte – egal in welche Richtung –, würde ich unweigerlich vom Dach fallen.

Der Wertiger war so auf sein Opfer fixiert, dass er an die Umgebung nicht mehr dachte.

Das wurde ihm zum Verhängnis.

Er war hochgeschnellt, zu hoch, denn er geriet an die stromführende Leitung.

Ich konnte aus meiner Froschperspektive praktisch zusehen, wie er vernichtet wurde.

An der Berührungsstelle blitzte es plötzlich auf. Und dieser Blitz fuhr in den Körper des Monsters. Er war heiß und versengte das Fell des Wertigers, sodass mir ein widerlicher Gestank entgegenwehte. Die Bestie verbrannte. Sie klebte mit einer Pranke an der Leitung, und in dieser Haltung blieb sie auch, während mörderische Stromstärken durch den Körper jagten.

Ich sah, wie er verkohlte und von einem bläulichen Leuchten umgeben wurde.

Bis zum Ende des Wertigers bewegte ich mich nicht. Was von ihm zurückblieb, war zusammengeschrumpft und lag nun wie ein mumienhaftes Etwas auf dem Wagendach.

Er würde keinen mehr anfallen.

Doch von Barbara Päuse ging nach wie vor Gefahr aus. Bisher hatte ich sie nicht zu Gesicht bekommen. Sie musste sich also noch im Zug befinden und würde versuchen, sich neue Opfer zu holen.

Vorsichtig bewegte ich mich nach links auf den Rand des Wagendachs zu. Ich schaute nach unten, um die Entfernung für einen Sprung abzuschätzen, als ich eine Gestalt wegrennen sah.

Es war die Päuse!

Und sie versuchte mit aller Macht, in der Dunkelheit unterzutauchen.

Wo Suko und Will steckten, wusste ich nicht. Die Zeit, auf dem normalen Wege vom Dach zu klettern, konnte ich mir nicht nehmen. Dann würde ihr Vorsprung zu weit anwachsen.

Also springen.

Ich gab mir Schwung, denn auf keinen Fall durfte ich auf den Schotter oder auf den Damm prallen.

Beides ließ ich hinter mir. In einem Halbkreis segelte ich dem Erdboden entgegen, der zum Glück weich war.

Ich landete auf einer feuchten Wiese.

Die Wucht des Aufpralls schleuderte mich nach vorn, und ich hatte Mühe, mich zu fangen. Ich überrollte mich einige Male. Dabei stellte ich schon fest, dass ich mir nichts gebrochen oder verstaucht hatte.

Ich drehte mich um, um auf die Füße zu gelangen, und hörte hastige Schritte.

»Hallo, Artist«, sagte Suko. »Hoch mit dir!«

»Wo kommst du denn …?«

»Spielt keine Rolle, wir müssen sie packen. Die andere ist erledigt.«

Sukos Worte gaben mir wieder Hoffnung. Ich jagte hoch und sprintete hinter dem Wertiger her.

Ohne uns zuvor abgesprochen zu haben, trennten wir uns. Es war ein altes Spiel. Wir beherrschten es beide. Während sich Suko nach links wandte, übernahm ich die rechte Seite.

Schon nach wenigen Schritten war von meinem Partner nichts mehr zu sehen, da ihn die Dunkelheit verschluckt hatte. Auch der Zug mit seinen Lichtern blieb zurück und war wenig später nur noch eine verwaschen wirkende helle Schlange in der Finsternis.

Irgendwie hatte ich das Gefühl, reingelegt worden zu sein, denn von der Päuse sahen wir nichts. So einen großen Vorsprung hatte sie doch nicht gehabt, als dass sie so mir nichts dir nichts hätte verschwinden können.

Ein Zaun hielt mich schließlich auf. Fast wäre ich noch in den Stacheldraht gelaufen. Ich sah das Hindernis im letzten Moment und blieb stehen.

Da das Gelände vom Schienenstrang aus leicht abfiel, konnte ich auch den Zug nicht mehr sehen, als ich zurückschaute. Nur Dunkelheit um mich herum, denn von meinem Partner entdeckte ich ebenfalls nichts.

Und wo steckte die Bestie?

Ich blickte wieder nach vorn. Eine Weide lag vor mir. An ihrem Ende glaubte ich, Wald zu sehen. Jedenfalls waren die Schatten dort dunkler.

Ob die Wertigerin dorthin geflüchtet war?

Da mir keine andere Möglichkeit blieb, kletterte ich über den Zaun und rannte quer über die Wiese, bis ich den Waldrand erreicht hatte und rechts von mir plötzlich eine Bewegung wahrnahm.

Das war – Suko!

Ich hatte mich schon auf die Päuse eingestellt, doch an der Gestalt erkannte ich meinen Partner.

»Ist sie dir auch entwischt?«, fragte er im Näherkommen.

»Leider.«

»Wir werden schlechter, John!«, stellte Suko sachlich fest. »Verdammt schlecht sogar.«

Ich schüttelte den Kopf. »Nein, es sind immer die verfluchten Umstände, die unsere Gegner besser aussehen lassen.« Ich deutete nach vorn. »Durchsuchen wir den Wald?«

»Werden wir wohl machen müssen«, erwiderte mein Freund und setzte sich in Bewegung.

Auch ich ging. Diesmal blieben wir näher zusammen. Ich hatte meine kleine Leuchte hervorgeholt und suchte in deren magerem Schein nach irgendwelchen Spuren.

Es waren keine zu finden. Nach ungefähr zwanzig Metern blieben wir stehen.

»Die kann doch nicht einen so großen Vorsprung gehabt haben«, murmelte Suko. »Wir sind auch keine lahmen Enten.«

Nach diesen Worten lauschten wir. Vielleicht verriet sich die Bestie durch irgendein Geräusch.

Plötzlich fiel mir etwas ein. Es lag gar nicht mal so lange zurück, da hatte mich Lupina an einen einsamen Treffpunkt bestellt. Ich hatte dort auf sie gewartet, dabei war sie längst vor Ort gewesen. Und zwar hatte sie sich in einem Baum versteckt.

Das war doch eine Möglichkeit.

Ich leuchtete also nach oben. Viel war nicht zu sehen.

Suko verstand natürlich sofort, was ich meinte. Er folgte mit seinem Blick dem Strahl der Lampe und ging zur Seite, um besser sehen zu können.

In den ersten Minuten hatten wir Pech. Aber wir gaben nicht auf und suchten weiterhin die Kronen der Bäume ab, so gut es ging.

Als ich schräg hinter mir das Krachen und Brechen von Ästen hörte, wusste ich Bescheid.

»John, weg!«

Ich warf mich zur Seite, prallte zu Boden und sah schräg vor mir einen Körper fallen.

Diesmal würde mich die Bestie erwischen!

Zum Glück hatten weder Suko noch ich unsere Waffen bei der Suche weggesteckt. Auch jetzt hielten wir sie fest, und das machte sich bezahlt.

Die Wertigerin kam mit der Wucht eines Tornados. Sie wollte endlich ihre Gegner vernichten. Ich sah sie für den Bruchteil einer Sekunde in all ihrer widerlichen Scheußlichkeit, schaute in das zur Hälfte mit Fell bedeckte Gesicht und erkannte die Mordlust in den beiden unterschiedlichen Augen.

Dann schoss ich.

Auch Suko feuerte.

Er stand schräg hinter mir. Unsere Waffen krachten um die Wette. Peitschende Schläge hallten durch den Wald und rissen die Stille buchstäblich entzwei.

Aus dieser Entfernung konnten wir nicht vorbeischießen. Das geweihte Silber hieb in den Körper der sich noch in der Luft befindlichen Bestie. Sie wurde durchgeschüttelt, stieß Laute aus, die man nicht als menschlich bezeichnen konnte und nach dem Echo der Schüsse klagend durch den Wald hallten.

Dann prallte sie auf mich.

Nicht direkt auf meinen Oberkörper, sondern mehr auf die Beine, und sie nagelte meine Füße auf dem Boden fest.

Mit einer letzten Kugel traf ich den Kopf der Mörderin. Es hätte dieses Schusses nicht mehr bedurft. Die Wertigerin war schon erledigt. Vor unseren Augen warf sie sich in einem letzten Reflex auf den Rücken und starrte in den schmalen Lichtfinger der Lampe, während sie sich allmählich wieder verwandelte.

In einen Menschen, der, von mehreren Kugeln getroffen, leblos vor uns lag.

»Das war die Rache der goldenen Kralle«, sagte Suko, als er seine Beretta wegsteckte.

Ich stand auf.

Das Fell verfiel. Wie grauer Staub rieselte es herab. Das Blut jedoch blieb. Es war aus den Kugelwunden gesickert. Zwei glanzlose Augen starrten gegen das Filigran der zahlreichen Baumäste.

Mit diesen Schüssen hatten wir den Fall des Wertigers endgültig abgeschlossen.

»Sollen wir sie mitnehmen?«, fragte Suko.

»Ja«, sagte ich und bückte mich.

Die Fahrgäste schauten uns entsetzt an, als wir mit der Leiche auf dem Arm zum Zug zurückkehrten. Will Mallmann hatte über das Funktelefon in der Lok die Oberzugleitung und die Bahnpolizei alarmiert. Die Strecke musste für den Zugverkehr gesperrt werden.

Will Mallmann sah ziemlich blass aus, als er uns anschaute. Das Blut klebte noch in seinem Gesicht, und er starrte blicklos auf die tote Frau.

»Der Fluch ist gebrochen«, erklärte ich, wobei ich die Tote neben die Gleise legte.

»Es hat weitere Tote gegeben«, sagte der Kommissar. »Zwei Schaffner gehen noch auf ihr Konto.«

Verdammt, damit hatten wir nicht gerechnet. Und fast wäre sie uns noch entwischt.

Ich schaute mir wenig später die Opfer an. Sie waren auf schreckliche Art und Weise ums Leben gekommen.

Dass es unter den Fahrgästen keine Panik gegeben hatte, verdankten wir in erster Linie dem Zugführer.

Ich stand neben dem Zug und schaute hinaus in die Nacht. Ein Gefühl des Sieges wollte sich nicht einstellen. Es breitete sich bei mir eine gewisse Bitterkeit aus…

Ein Totenopfer für Clarissa

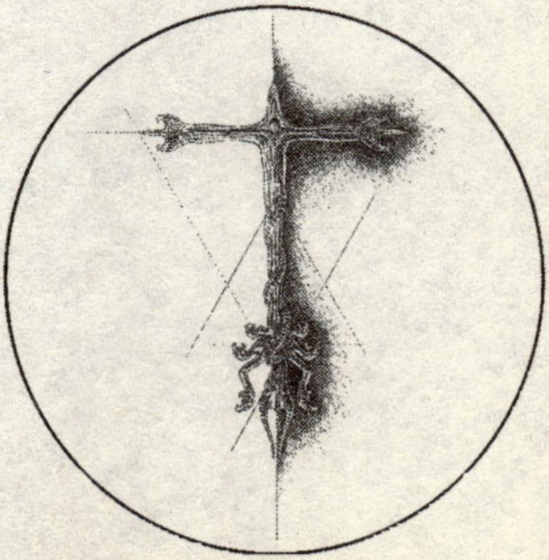

Sie standen mir gegenüber, und ich war praktisch chancenlos. Einer gegen vier; ich steckte in einer bösen Klemme!

Dass sich alles mitten in London abspielte, machte die Sache nicht einfacher, sondern schlimmer.

Der kalte Horror packte mich, als ich daran dachte, dass nur ich die vier Gegner sah. Zahlreiche Menschen bevölkerten den Trafalgar Square, als wäre nichts geschehen. Sie gingen spazieren, nahmen ein erstes Bad in der Frühlingssonne, und ich stand inmitten des Trubels vier unheimlichen Gestalten gegenüber, die aussahen, als wollten sie mir keine Chance lassen.

Ich hörte den Lärm, die Stimmen, das Hupen der Autos, das Lachen der Menschen, und trotzdem kam mir alles unwirklich und unheimlich vor, denn sämtliche Geräusche schienen durch einen Filter zu laufen, bevor sie an meine Ohren drangen.

Ein Riss in den Dimensionen war entstanden. Ich befand mich in der normalen Welt, war aber trotzdem in einer anderen. Wenigstens gab es für mich keine andere Erklärung.

Die vier waren so groß wie ich. Sie hatten menschliches Aussehen, und dennoch stellte ich mir die Frage, ob ich es hier tatsächlich mit Menschen zu tun hatte.

Ich brauchte nur auf die Körper zu schauen, um meinen Zweifeln neue Nahrung zu geben. Sie schimmerten braun, aber so sah keine Haut aus, denn Arme und Beine sowie der übrige Rumpf schienen nur aus gewaltigen, ineinander verdrehten Muskelsträngen zu bestehen. Die Köpfe mit den flachen Gesichtern wirkten eckig und kantig. Normale Augen sah ich keine, nur geschlitzte, graue Flecken, und die Nasen standen nicht vor, sondern waren in das Gesicht hineingedrückt. Im Gegensatz dazu hatten sie normale Münder. Kleine Höhlen inmitten der knotigen Gesichter, aber ohne Lippen. Einen Hals hatten diese Wesen ebenfalls nicht.

Und sie waren bewaffnet.

Vielleicht hätten mich die Wesen nicht so gestört oder überrascht, es war in der Tat die Bewaffnung, die meine

Aufmerksamkeit weckte; so etwas hatte ich bei Dienern der Finsternis noch nicht gesehen.

Die vier Gegner trugen Bumerangs!

Zwar nicht aus Silber, wie ich einen besaß, sondern aus einem dunklen Material, das eigentlich nur Holz sein konnte.

Sie zogen den Kreis enger. Keinen Laut hörte ich von ihnen, nur die gedämpften Geräusche des Trafalgar Square umgaben mich, aber ich spürte die Aura der Gefahr, die von ihnen ausging.

Sie war wie ein kalter, tödlicher Hauch, der mir entgegenwehte. Gefahr für mein Leben. Sie kam aus einer anderen Welt, war in die normale eingedrungen, um mich zu stellen.

Was sollte ich tun?

Ich hätte mich wehren können, schießen, was weiß ich nicht alles, aber ich dachte an die zahlreichen Menschen, die ja ebenso existierten, wie diese vier Wesen für mich existent waren. Wenn meine Schüsse fehlten, war es durchaus möglich, dass ich Unschuldige verletzte oder tötete, und deshalb musste ich mir etwas anderes einfallen lassen.

Das Kreuz!

Falls es schwarzmagische Wesen waren, konnte ich sie unter Umständen mit meinem Kreuz stoppen, denn es hatte mich bisher noch nie im Stich gelassen.

Jetzt hoben sie die Arme. Für mich ein Zeichen, dass ich mich beeilen musste. Ich drehte mich und sah auch die beiden anderen, die ihre Arme wurfbereit hielten, um die gefährlichen Waffen zu schleudern. Aber sie taten es nicht und hielten sich zurück. Sie warnten mich erst und stellten gleichzeitig ihre Forderungen.

»Gib es her!«, hörte ich die Stimmen von allen Seiten flüstern. »Gib es uns, wir brauchen es. Los, gib es her! Wir müssen es besitzen. Du hast keine Chance …«

Was wollten sie haben?

Ich verstand sie nicht, ging auch nicht näher auf sie ein, sondern streifte die Kette über meinen Kopf. Jetzt hielt ich das silberne Kreuz in der Hand.

Plötzlich reagierten die vier seltsamen Wesen völlig anders, als ich voraussehen konnte.

»Da ist es!«, flüsterten sie. »Er hat es tatsächlich. Ja, es gehört uns. Wir sind richtig …«

Die Sache wurde immer mysteriöser. Wovon sprachen sie überhaupt? Was hatte ich? Wahrscheinlich war ich durch ihre Anwesenheit zu sehr abgelenkt, dass ich erst ziemlich spät die Lösung des Rätsels erfasste. Bei ihrer Forderung konnte es sich nur um eines handeln.

Um das Kreuz!

Sie wollten mein Kreuz. Und da sie so scharf darauf waren, würden sie es auch anfassen können. Das hieß für mich, dass ich keinen Schwarzblütern gegenüberstand.

Und dies versetzte mir einen regelrechten Tiefschlag. Von einer Sekunde zur anderen war alles anders. Bisher hatte ich noch Hoffnung gehabt, doch nun hatte sich das Schicksal zu meinen Ungunsten gewendet.

Einer streckte seine Hand aus. Ich schaute genau auf den Handteller und stellte fest, dass er knotige Finger hatte. Starr lag die Hand in der Luft, kein Zittern, kein Vibrieren – nichts.

Nur die Forderung!

Die sollten sich wundern. Was sie forderten, war ungeheuer. Nein, ich würde es ihnen nicht geben, das wäre ja noch schöner. Ich versteifte unwillkürlich, während ich gleichzeitig den Kopf schüttelte.

»Nie!«, gab ich ebenso flüsternd zurück. »Nie werdet ihr das Kreuz bekommen. Ich gebe es nicht aus der Hand.«

»Du musst es uns geben, denn es gehört uns!«

»Ich bin der Sohn des Lichts!«

»Wir holen uns nur unser Eigentum zurück!«

Als diese Worte verklangen, erschrak ich zutiefst. Sie waren ohne große Emotionen ausgesprochen worden, und sie bewiesen mir eigentlich, und dies empfand ich als erschreckend, dass sie tatsächlich etwas mit dem Kreuz zu tun hatten.

Unser Eigentum!

Ich wollte es trotzdem nicht glauben, schaute mir das Kreuz an, das auf meiner Hand lag, und machte eine seltsame Entdeckung. Das Kreuz reagierte plötzlich auf eine Art und Weise, wie ich es noch nie erlebt hatte.

Es strahlte nicht auf, die Zeichen blieben ruhig, aber es machte sich selbstständig.

Es hob ab.

Ich war darüber so geschockt, dass mir der Atem stockte und ich sekundenlang einfach nichts tun konnte. Aus großen Augen schaute ich auf mein Kreuz, das inzwischen über meiner Hand schwebte und sich von ihr entfernte, einem neuen Ziel zu. Es fand seinen Weg zu den vor mir stehenden Gestalten.

Es war ein regelrechter Schlag. Kein körperlicher, nein, ein seelischer, denn in diesen Sekunden brach für mich eine sorgfältig aufgebaute Welt zusammen. Bisher hatte ich geglaubt, dass mein Kreuz und ich eine Einheit bilden würde. Wir gehörten zusammen wie Feuer und Asche. Nun war jemand erschienen, der diese Zweierverbindung brutal zerstörte.

Das konnte ich nicht fassen.

Das Kreuz hatte inzwischen meine Hand verlassen. Es befand sich auf dem Wege zu meinen Gegnern, in deren flachen Gesichtern sich nichts regte, die es als normal hinnahmen, dass so etwas geschah und mein Kreuz ihnen zuschwebte.

Mein Beruf hatte mich gelehrt, immer schnell und sicher zu reagieren. Ich musste oft innerhalb von Sekunden richtige Entscheidungen treffen, denn nicht selten hingen Menschenleben davon ab.

Hier allerdings hatte man mich völlig überrascht. Es war zwar spät, aber nicht zu spät.

Die vier sollten es nicht kriegen!

Urplötzlich sprang ich vor. Meine Hand schob sich über das Kreuz, die Finger waren gekrümmt, fielen nach unten, und im nächsten Augenblick schnappte ich zu.

Ich bekam das Kreuz zu fassen.

Es war ein Griff wie nach einem lebensrettenden Anker, und ich hatte mit meiner Aktion wohl auch die vier Gestalten überrascht, denn sie taten nichts, um das Kreuz an sich zu reißen.

Mir gab dies Gelegenheit, den Kreis der vier Wesen zu sprengen. Ich warf mich nach links, wollte zwischen zwei dieser Typen hindurch und hatte im nächsten Augenblick das Gefühl, gegen eine Mauer aus Gummi gelaufen zu sein.

Es war keine Mauer, sondern die beiden Arme der seltsamen Menschen. Sie hatten sie blitzschnell ausgestreckt. Ich wuchtete dagegen und wurde zurückgeschleudert, wobei mich gleichzeitig ein heftiger Tritt gegen die Kniekehlen traf, sodass mir die Beine weggerissen wurden und ich zu Boden stürzte.

Alles ging zu schnell. Es gelang mir nicht mehr, mich rechtzeitig zusammenzukrümmen. Ich schlug mit dem Rücken auf und spürte den wilden Schmerz, der mir für einen Moment den Atem raubte.

»Das Kreuz!«

Jetzt war es ein Schrei, der mir da entgegenhallte, doch ich wollte es nicht hergeben. Die fünf Finger meiner rechten Hand hatte ich um dieses wertvolle Stück gekrallt. Ich wollte mit allen Mitteln darum kämpfen.

Mein Irrtum stellte sich einen Atemzug später heraus, denn das Kreuz reagierte plötzlich.

Es wollte nicht mehr bei mir bleiben. Ob Sohn des Lichts oder nicht, das Kreuz strengte sich an, um meinen Griff zu sprengen; es drückte von innen gegen meine geschlossene Hand und strahlte gleichzeitig eine gewisse Wärme ab, die sich zu einer Hitze steigerte, sodass meine vier Gegner nicht einzugreifen brauchten.

Das Kreuz spielte verrückt!

Ich wand mich auf dem Boden, hob den rechten Arm, spürte die Hitze wie ein Feuer, schrie und hatte dabei das Gefühl, die Hand würde vom Körper abgetrennt.

Warum hörte denn niemand meine Schreie?

Weshalb half mir keiner?

Um mich herum befanden sich zahlreiche Menschen. Der Trafalgar Square war einer der belebtesten Plätze Londons.

Weit hatte ich die Augen aufgerissen und starrte in die Gesichter der vier Wesen.

Sie hielten mich eng umringt; ihre Köpfe hatten sie gebeugt. Die Arme so weit vorgestreckt, dass sich die vier Bumerangs berührten und über mir eine Brücke bildeten.

Die Hitze war mörderisch. Trotz der wilden Schmerzen wurde mir klar, dass ich das Kreuz nicht mehr lange halten konnte; ich musste einfach den anderen Gesetzen folgen.

Nein, es war nicht mehr zu schaffen.

Wie von selbst öffnete ich meine Hand. Wenn ich mich nicht verbrennen wollte, musste ich das einfach tun.

Das Kreuz ›dankte‹ es mir.

Verschwunden war der Schmerz, wie weggeblasen dieses höllische Gefühl. Ich warf einen raschen Blick auf meine Handfläche, rechnete damit, sie glühend und verbrannt zu sehen, und war überrascht, denn die Haut sah so normal aus wie immer.

Das Kreuz schwebte.

Es wollte einfach nicht mehr bei mir bleiben. Dabei näherte es sich den griffbereiten Händen der vier seltsamen Wesen, und einer von ihnen fing es auf.

Kein Triumph zeichnete sich in den Gesichtern ab. Sie blieben glatt und ausdruckslos, und auch die Körper mit den dicken, knotigen Muskelsträngen richteten sich nicht wieder auf, sondern blieben in der gebückten Haltung.

Abermals vernahm ich die flüsternde Stimme. »Du bist nicht mehr der Sohn des Lichts. Du hast dein Kreuz abgeben müssen, du bist jetzt ein Niemand, dem keiner mehr etwas gibt. Ein Nichts bist du, John Sinclair, und du sollst ein Nichts bleiben, indem du eingehst in den großen Kreislauf der Welten. Wir werden dich töten, John Sinclair …«

Das Kreuz besaßen sie inzwischen! Nur war es ihnen nicht genug. Sie wollten mehr, mein Leben, mich töten, eiskalt umbringen, denn es sollte weder ein Kreuz noch einen Geisterjäger geben.

Ein Grab in London!

Sogar auf dem Trafalgar Square, dazu am hellichten

Tag unter Tausenden von Zeugen, von denen mich keiner sah oder sehen wollte, denn ich lag am Boden.

In London hatte ich immer sterben wollen, nicht in irgendeiner windigen Ecke der Welt. Als ich daran dachte und mir der Ernst der Lage klar wurde, bekam ich doch das große Flattern. Die Angst war auf einmal da. Als hätte dieses Gefühl einen Schub erhalten, so schoss es in meinem Körper hoch. Ich wollte schreien. Vielleicht half mir doch einer. Und dann waren die vier seltsamen Gestalten und auch mein Kreuz plötzlich nicht mehr da.

Sie waren wie ein Spuk erschienen, und sie verschwanden ebenso schnell. Ich aber lag mit dem Rücken auf der Erde, wischte mir über die Augen und dachte darüber nach, ob ich alles geträumt hatte oder nicht.

Bis eine Frau fast über mich gestolpert wäre. Sie konnte sich soeben noch fangen, blieb stehen und schüttelte den Kopf. »Sind Sie am Tage schon betrunken?«, fragte sie vorwurfsvoll. »Es wird immer schlimmer in dieser Stadt ...«

»Jawohl, Madam«, sagte ich artig und stand mit einem Ruck auf.

Sie erschrak, als ich so plötzlich vor ihr stand, und zuckte danach rasch zurück.

Mir fiel es wieder ein. Vielleicht ein böser Traum? Ich tastete nach meinem Kreuz, und da wusste ich, dass ich nicht geträumt hatte. Meine Hände griffen ins Leere.

Es gab kein Kreuz mehr, das vor meiner Brust hing. Das wertvolle Kreuz war verschwunden.

Tief atmete ich ein. In diesen Augenblicken empfand ich überhaupt nichts. Vielleicht eine Leere, ein Gefühl, von einem Sprungbrett abgesprungen zu sein und ins Nichts zu fallen.

Aber ich fiel nicht ins Nichts, sondern stand mit beiden Beinen mitten auf der Erde, hielt mich in London auf und hatte miterleben müssen, wie man mich aus dem Unsichtbaren angriff. Dimensionstore hatten sich geöffnet, es war zu einer Überlappung gekommen, die Kräfte freisetzte, denen ich nichts entgegenstellen konnte.

Und das war schlimm.

Die anderen hatten mir bewiesen, dass ich selbst mit dem Kreuz hilflos gewesen war und es auch weiterhin bleiben würde.

Was sollte ich tun?

Ich schaute mich um.

Überall das Gleiche, in welche Richtung ich auch blickte. Menschen, die über die Gehsteige hasteten, Autos, Fahrräder, ein großer Trubel, wie er zum Trafalgar Square gehörte.

Aber keine Spur mehr von meinen Gegnern. Sie waren und blieben verschwunden.

Auf einer Bank ließ ich mich nieder. Ich musste darüber nachdenken, wie es jetzt weitergehen sollte. Ohne Kreuz.

Es war natürlich klar, dass ich alle Kräfte darauf konzentrierte, nur dieses wertvolle Kleinod zurückzuholen. Aber wie sollte ich es anstellen? Es gab ja nicht die geringste Spur.

Und dann fiel mir noch etwas ein. Man hatte mir gedroht, mich töten zu wollen. Das war nicht geschehen. Aber dafür musste es einen Grund geben.

Nur – welchen?

Weshalb hatten es sich meine Gegner plötzlich anders überlegt? Auch dafür wusste ich keine Erklärung. Mir war auch nicht bekannt, um welche Dämonenart es sich bei meinen Feinden gehandelt hatte.

Waren es überhaupt Dämonen?

Eigentlich nicht, denn Schwarzblüter waren nicht in der Lage, mein Kreuz anzufassen.

Also weißmagische Wesen, die sogar das Geheimnis des Kreuzes kannten, das hatten sie mir deutlich genug zu verstehen gegeben. Schließlich wussten sie, dass ich der Sohn des Lichts war, doch sie hatten das Kreuz an sich genommen und so getan, als wären sie die wahren Besitzer.

Da stimmte etwas nicht.

Wie ich es auch drehte und wendete, eine Lösung fand ich nicht. Meine Rettung beschäftigte mich, blieb mir allerdings unerklärlich.

Ich saß allein auf der Bank. Anscheinend gefiel einigen Leuten mein Gesicht nicht, denn man ließ mich in Ruhe. Da ich allein saß, merkte ich die Bewegung hinter mir und drehte mich auch sofort um.

»Bleib ruhig sitzen, John Sinclair!«

Der Mann, der dies gesagt hatte, den kannte ich. Er gehörte zu meinen Freunden, denn er war kein Geringerer als Myxin, der Magier …

Ich blieb tatsächlich sitzen und drehte nur den Kopf, um Myxin anschauen zu können.

In London liefen zahlreiche seltsame und extreme Typen herum, sodass der kleine Magier überhaupt nicht auffiel. Wie immer trug er seinen Mantel. Seine Haut schimmerte ein wenig grünlich, und die dunklen Augen schienen irgendwie verloren zu blicken.

Myxin war ein Weiser, er wusste vieles, aber nicht alles. Konnte es trotzdem sein, dass er mich gerettet hatte?

Diese Frage beschäftigte mich natürlich, doch ich stellte sie nicht. Wenn Myxin es getan hatte, würde er es von selbst zur Sprache bringen.

Er ließ sich neben mir auf der Bank nieder und schaute nach vorn, ohne dabei sein Gesicht zu verziehen. »Sie haben es dir abgenommen, nicht wahr?«, fragte er.

»Ja, leider …«

»Ich konnte nichts dagegen tun.«

»Wieso?«

Myxin schaute den Tauben nach, die vor uns in die Höhe flatterten und sich vom Wind tragen ließen.

»Ihre Magie ist sehr stark. Ich setzte meine dagegen ein und schaffte es soeben noch.«

»Dann hast du mich gerettet?«, fragte ich.

»Wahrscheinlich.«

Ich musste schlucken und erst einmal damit fertig werden, dass ich dem kleinen Magier mein Leben verdankte. Deshalb saß ich da und starrte zu Boden.

Myxin unterbrach das Schweigen. »Ich kann dir allerdings auch nicht viel sagen.«

»Wieso?«

»Es liegt alles in einem ungewissen Dunkel, in der Magie einer Dämmerung. Sie schwebt über allem, ist wie ein Schatten, der alles vernichtet und auffrisst.«

»Du sprichst wieder in Rätseln«, stellte ich fest.

Myxin hob nur die Schultern.

Es war eine seltsame Unterhaltung, die wir beide führten, umgeben vom Verkehrslärm des Trafalgar Square. Ich kannte Myxin als ein Wesen, das mit seiner Sprache oft nicht herausrücken wollte, das verklausuliert redete und mir des öfteren Rätsel aufgab. Auch hier schien es so zu sein. Er wusste zwar etwas, aber nicht viel.

»Woher kamen sie?«

»Ich kann es dir nicht genau sagen.«

»Waren es Dämonen?«

»Vielleicht.«

»Aber sie wollten mein Kreuz«, murmelte ich, »und sie haben es an sich genommen. Da steckt doch etwas dahinter.«

»Das sicherlich. Ich spürte auch ihre Magie, und ich konnte sie zum Glück beobachten.«

»Wie lange schon?«

»Die ganze Zeit über. Ich wusste, dass sie nach London kommen würden, um das Kreuz zu holen. Sie brauchen es für eine Sache, die ich leider nicht erfahren konnte.«

»Aber sie haben mit dem Kreuz zu tun?«

»Ja.«

Ich schüttelte den Kopf. »Dabei taten sie so, als hätte es ihnen einmal gehört.«

»Das kann sogar möglich sein.«

Nach dieser Antwort schaute ich nicht mehr vor meine Füße, sondern fuhr herum. »Rück endlich mit der Sprache heraus, ich bitte dich. Was hast du alles erfahren?«

»Die flammenden Steine haben sich gemeldet«, erklärte er. »Sie gaben praktisch eine Warnung, denn zwischen ihnen erschien ein gewaltiges Kreuz. Die Steine warfen den Schatten, und dieser Schatten war mit dem zu vergleichen, der zu deinem Kreuz passt.«

»Nur so?«

»Nein, ich hatte die Steine zusammen mit Kara aktiviert, beschworen, denn ich wollte etwas über die Vergangen-heit herausfinden. Ich habe zehntausend Jahre geschlafen, viel ist in der Zwischenzeit passiert. Neue Magien sind entstanden, alte verschwanden oder wurden verbessert. Die flammenden Steine ähneln einem Reservoir, sie haben all das Wissen der Vergangenheit gesammelt, und ich will endlich, dass sie es wieder preisgeben. Das sind meine Forderungen.«

»Hast du es geschafft?«

»Nur zu einem kleinen Teil. Irgendwie allerdings muss es uns gelungen sein, in die Magie der alten Makkabäer einzudringen. Das muss des Rätsels Lösung sein.«

Ich schaute den kleinen Magier groß an. Plötzlich sah ich den gesamten Vorgang aus einer anderen Perspektive. Natürlich, die Makkabäer. Sie hatten sich ja die Söhne des Lichts genannt, und mein Kreuz hatte auf seiner Wanderschaft durch die Vergangenheit überall Stationen eingelegt, wobei es nicht wenige frühere Besitzer gegeben hatte, die über dieses wertvolle Kreuz Bescheid wussten. Unter anderem die Makkabäer.

»Und du hast dich nicht getäuscht?«, erkundigte ich mich mit rauher Stimme.

»Nein.«

»Dann müsste ich also zu den Makkabäern gelangen, um das Rätsel zu lösen. Eine Reise in die Vergangenheit, wie schon einmal. Vielleicht mit der Pyramide des Wissens.«

»Es wäre zumindest nicht auszuschließen.«

»Und die andere Möglichkeit?«

»Vielleicht können wir in der Gegenwart bleiben. Möglicherweise hat alles in der Vergangenheit angefangen. Das, was dort begonnen hat, kann unter Umständen jetzt Früchte tragen.«

Wieder einmal sprach Myxin in Rätseln. Ich wusste nicht, wo ich den Hebel ansetzen sollte, und schaute den kleinen Magier fragend an.

»Hast du Zeit?«, erkundigte er sich.

»Eigentlich ja.«

»Bist du bewaffnet?«

»Bis auf meinen Bumerang habe ich alles Wichtige bei mir.«

»Dann hol ihn!«

Ich drückte mich von der Bank hoch. »Und was ist, wenn ich mit ihm zurückkehre?«

»Dann werden wir die flammenden Steine besuchen«, erklärte der kleine Magier. »Von dort muss es eine Spur geben. Kara hält hoffentlich die Magie aufrecht.«

»Gut, ich nehme deinen Rat an.« Den Bentley hatte ich ein Stück weiter abgestellt. Es war ein kleines Wunder gewesen, dass ich überhaupt einen Parkplatz gefunden hatte. Ich ging auf den Wagen zu, öffnete die Haube des Kofferraums und schloss meinen Einsatzkoffer auf. Darin lag der Bumerang.

Eine schwere Waffe, die zwar sehr wertvoll war, die ich allerdings nicht gern mitnahm, weil sie so unhandlich war. Doch ich brauchte nur ein wenig zurückzudenken. Da hatte ich die vier seltsamen Wesen gesehen, und sie waren ebenfalls mit Bumerangs bewaffnet. Wahrscheinlich hatte Myxin deshalb den Vorschlag gemacht.

Ich schlug den Deckel wieder zu und wollte zu Myxin zurückgehen. Das war nicht mehr nötig, denn der kleine Magier war mir gefolgt. »Wir werden den Sprung von hier aus schaffen«, sagte er mit leiser Stimme und nickte.

»Soll ich nicht vorher noch Bescheid geben? Suko weiß von nichts, er wird sich Gedanken machen ...«

Myxin schüttelte den Kopf. »Keine Bange, wir werden ihn schon benachrichtigen, John.«

»Ich verlasse mich auf dich.«

»Das kannst du auch.« Kaum hatte Myxin die Worte ausgesprochen, als er mich berührte. Dieser Kontakt musste hergestellt werden, um die magische Brücke zu bauen, die uns dann zu den flammenden Steinen transportierte.

Wenn uns einer zugesehen hatte, er hätte sicherlich an seinem Verstand gezweifelt, denn plötzlich war die Stelle, wo soeben noch zwei Männer unterschiedlicher Größe gestanden hatten, leer.

Messbar war diese magische Reise nicht. Ich spürte ein leises Ziehen im Hinterkopf, unter meiner Schädelplatte entstand das mir schon bekannte Rauschen, und plötzlich war die Umgebung nach einem Moment der Dunkelheit eine andere.

Ich fand mich zwischen den *flaming stones* wieder!

Es dauerte einen Augenblick, bis ich das Schwindelgefühl abgeschüttelt hatte und die Stimme der Frau verstehen konnte, die mich begrüßte.

»Willkommen, John!«, sagte Kara.

Sie stand vor mir, hatte ihre Hände auf den Schwertgriff gestützt und die Spitze der Waffe in den Boden gedrückt. Diesmal trug sie kein Kleid, sondern eine grüne Pumphose und einen losen Überwurf, der in der Taille gehalten wurde. Durch das schwarze Haar fuhr der Wind und bauschte es auf.

Ich nickte ihr zu. Danach wurde mein Blick abgelenkt, denn zwischen den vier im Quadrat stehenden Steinen befand sich ein Abdruck am Boden, den ich kannte.

Er gehörte meinem Kreuz, nur war er um ein Vielfaches vergrößert, und wenn ich genauer hinschaute, sah ich sogar die einzelnen magischen Zeichen, sodass es für mich keinen Zweifel gab.

Bei diesem Abdruck konnte es sich nur um das von Hesekiel hergestellte Kreuz handeln, das sich nun im Besitz dieser seltsamen Wesen befand.

»Da siehst du es selbst«, erklärte Myxin.

Ich nickte. »Und das ist so plötzlich erschienen?«

Kara trat einen Schritt näher. »Ja, wir führten unsere Forschungen durch und wurden auf einmal von diesem Abdruck überrascht.«

Nach ihren Worten war es still. Ich hörte das Plätschern des Bachs, der das kleine Tal zwischen den bewaldeten Hügeln durchschnitt, in dem die Steine standen.

Sie befanden sich in England, das stand fest. Allerdings wusste ich nicht den genauen Standort, und Myxin hatte sich auch nicht verraten. Um die Steine mussten sich zahlreiche Legenden und Sagen ranken, deren Herkunft ich nicht kannte. Weder von Myxin noch von Kara hatte ich Antworten erhalten, unter Umständen wussten sie selbst nicht alles über die Steine.

Mit jeder Seite berührte das Kreuz einen Stein. Es füllte das Quadrat mit der Längsachse diagonal aus, und es schimmerte irgendwie rötlich. Auch flackerten die Umrisse, sie blieben nie scharf und befanden sich in dauernder Bewegung.

»Was hat dies mit den Makkabäern zu tun?«, sagte ich zu mir selbst.

»Das müssen wir herausfinden«, antwortete Myxin.

»Und wie?«

»Ich hätte da eine Idee«, meinte Kara und sah unsere gespannten Blicke auf sich gerichtet.

»Welche?«, fragte ich.

»Du vermisst dein Kreuz, das steht fest. Und du willst es zurückhaben. Vielleicht kannst du es rufen.«

Als sie meine Skepsis im Blick sah, begann sie zu lachen.

»Ich meine es ernst. Das Kreuz gehört dir. Du bist der Sohn des Lichts, auch wenn andere sich so nennen, und dir allein hat man die Zeichen und das Rätsel des Kreuzes offenbart. Du kennst die Formel, deshalb, John Sinclair, rufe sie!«

Das war in der Tat eine hervorragende Idee. Das hätte mir schon in London einfallen müssen, aber ich war so überrascht und durcheinander gewesen, dass ich daran nicht dachte.

»Nun?«, fragte sie lächelnd.

Ich nickte heftig. »Ja, der Vorschlag ist nicht schlecht. Aber ob sich etwas ändert …?«

»Versuch es«, erwiderte Kara, und auch Myxin nickte mir aufmunternd zu.

Ich hob die Schultern. »Mehr als Pech können wir nicht haben«, erklärte ich und öffnete schon den Mund, als Kara einen Einwand hatte.

»Nein, John, nicht von der Stelle aus, wo du stehst. Tritt in das Quadrat der *flaming stones*. Ihre Magie wird deinen Ruf hoffentlich noch verstärken.«

Da hatte Kara eine gute Idee gehabt. Ich betrat das Quadrat zwischen den Steinen und sah, als ich an mir hinabschaute, den Schatten des Kreuzes auf meinem Körper.

Dabei fühlte ich nichts, nicht einmal ein seltsames Kribbeln auf der Haut. Es war alles normal, dennoch musste ich mich überwinden, um die magische Formel zu rufen.

Ein beklemmendes Gefühl erfasste mich schon, und etwas schien meine Brust zusammenzudrücken, sodass mein Herz Mühe hatte, normal zu schlagen.

»Jetzt!«, sagten Myxin und Kara wie aus einem Munde.

Ich nickte und rief die Formel, die mich ein alter Mann gelehrt hatte. »*Terra pestem teneto – Salus hic maneto!*«

Kraftvolle Worte, dabei angefüllt mit einer großen Magie, schallten aus meinem Mund, und ich wartete auf eine Reaktion.

Sekunden vergingen.

Ich stand wie angeleimt auf dem Fleck und hatte meinen Oberkörper leicht vorgebeugt. Dabei merkte ich, wie es über meinen Rücken rieselte. Eine kalte Hand schien die Wirbel hinabzugleiten und die Gänsehaut zu erzeugen.

War es zu schaffen?

Ich beobachtete nicht nur die Steine, sondern auch das Kreuz, dessen großer Abdruck sich deutlich auf dem Boden abzeichnete.

Und dort zeigte sich in der Tat etwas. Meine Augen wurden groß, denn aus dem Nichts kroch ein weiterer Schatten heran.

Es war gewaltig, sogar so groß, dass er das gesamte Quadrat ausfüllte. Aber es war nicht der Schatten eines Kreuzes, so wie ich vielleicht gedacht hatte.

Nein, etwas anderes geisterte heran.

Ein Tier.

Der Kopf und der Hals eines Tieres. Im ersten Augenblick sah es aus wie ein Hund, bis ich genauer hinschaute und etwas anderes aus dem Schatten erkannte.

Es war der Kopf eines Wolfs!

Der Mann hatte seinen Wagen und auch den Fahrer dort warten lassen, wo die pistenähnliche Straße ihr Ende fand. Den Rest des Weges wollte er allein gehen.

Dabei war er für diese Gegend nicht angezogen. Wer hier herumstromerte, musste entsprechende Kleidung tragen, außerdem Schuhe, mit denen er wandern konnte.

Das alles war bei dem Mann nicht vorhanden. Er hatte einen normalen Straßenanzug an und trug darüber einen hellen Staubmantel, hatte ihn aber nicht zugeknöpft.

Für einen Moment blieb der Mann vor dem langen Hang stehen. Er musste ihn hinuntergehen, um sein Ziel zu erreichen. Das allerdings war leichter gesagt, als getan, denn der Hang war mit Geröll bedeckt. Relativ kleine Steine, die bei einem unbedachten Tritt leicht eine Lawine auslösen konnten.

Das Ziel des Mannes lag in einer Senke.

Wo sich der tiefste Punkt befand, stachen die alten Mauern des Klosters aus der graubraunen Erde hervor. Die knallige Sonne hatte diese Gegend gezeichnet. Sie brannte fast das gesamte Jahr über, und auch der Wind, der manchmal vom Schwarzen Meer herkam, brachte keine Kühlung. Dieser Flecken gehörte zu den heißesten der Türkei, und der Mann, der auf den Namen Costa Taridis hörte, wusste dies genau.

Er hätte allerdings jede Strapaze auf sich genommen, um sein Ziel zu erreichen, denn wenn er das schaffte, was er sich vorgestellt hatte, gehörte er zu den mächtigsten Männern des Landes. Costa Taridis war einem Geheimnis auf die Spur gekommen, das in uralter Zeit seinen Anfang genommen hatte und nun von ihm gelüftet werden sollte.

Er hatte lange geforscht, all seinen Einfluss und seine Macht eingesetzt, aber die Forschungen hatten sich gelohnt. Er würde das große Geheimnis einer längst ausgestorbenen Kultur ans Tageslicht bringen und dabei eine ungeheure Machtfülle erringen, die seine anderen finanzstarken griechischen Landsleute weit in den Schatten stellte. Es hatte ihn viel Geld gekostet, um von den Türken in Ruhe gelassen zu werden, doch das Bakschisch machte sich immer bezahlt. Gerade im Orient wurde es nach wie vor sehr gern gesehen.

Grau war der Himmel. An einigen Flecken zeigte die ansonsten zusammenhängende Wolkenbank Risse, sodass ein helles Blau hindurchschimmern konnte.

Die Temperaturen hielten sich in Grenzen. Eine für den Monat März normale Wärme.

Costa Taridis war sehr vorsichtig, als er den Hang hinunterschritt. Er ging manchmal wie ein Betrunkener und musste die Arme ausgestreckt halten, um das Gleichgewicht nicht zu verlieren. Jeder Stein war praktisch eine kleine Stolperfalle, und er konnte beim besten Willen nicht vermeiden, dass er durch seine Tritte Minilawinen löste, die in die Senke hinunterrollten und gegen die hellen Mauern des alten Klosters sprangen, wo sie schließlich gestoppt wurden.

Wenn es steiler bergab ging, musste er sich zurückhalten, um nicht zu viel Tempo zu bekommen. Er drückte dann seinen Oberkörper nach hinten, wobei er versuchte, sich mit den Hacken abzustemmen.

So näherte er sich Schritt für Schritt seinem Ziel, das er so intensiv und lange angestrebt hatte.

Costa Taridis war ein Mann in mittleren Jahren. Er verdiente sein Geld mit Oliven. Ihm gehörten große Plantagen. Gerüchte wollten wissen, dass er der reichste Olivenhändler im Lande war. Er war hoch gewachsen, sein Haar zeigte einen grauen Schimmer, und es lag voll auf seinem eckigen Kopf. In seinem Gesicht fiel die kräftige Nase auf, die mit dem dazu passenden Kinn gut harmonierte. Dichte Augenbrauen wuchsen am unteren Ende der Stirn, und seine kräftigen Hände bewiesen, dass er auch zupacken konnte, falls es nötig war.

Je tiefer er ging, um so gefährlicher, weil steiler, wurde es. Er konnte nur noch schräg laufen und verlor trotz aller Vorsicht schließlich die Balance, sodass er hinfiel.

Ein wütender Fluch drang über seine Lippen. Beim Abstützen hatte er mit dem Ballen der rechten Hand auf einen kantigen Stein gefasst, sodass eine leicht blutende Wunde geblieben war.

Er leckte das Blut ab und spie es aus. Dabei warf er einen Blick zurück.

Sein Fahrer stand am Rand der Senke. Die kräftige Gestalt hob sich deutlich ab, und der Mann winkte seinem Chef zu.

Taridis ging weiter. Er hatte nicht mehr weit zu laufen, brauchte nur wenige Schritte, um den Grund der Senke und damit auch sein Ziel zu erreichen.

Vor dem Kloster blieb er stehen.

In seinen Blick stahl sich so etwas wie Ehrfurcht, als er die alten Mauern anschaute. Das meiste war zerstört worden; den Kriegen und Angriffen der Osmanen hatte das Kloster nicht widerstehen können. Der islamische Glaube war wie ein Tornado über das alte Kloster hinweggebraust.

Doch nicht alles war zerstört worden.

Das wusste Costa Taridis aus den alten Aufzeichnungen, die er gefunden hatte. Das wichtigste Geheimnis war nach wie vor nicht gelüftet, aber das wollte er.

Er schritt an der Mauer entlang und wunderte sich über die Stille. Kein Laut wehte heran, nicht einmal ein Vogel durchschnitt die Lüfte. Er sah auch kein Grün, nicht ein Grashalm wuchs scheu zwischen den Steinen hoch, alles blieb in diesem grauen Braun, von der Sonne versengt.

Die Außenmauern standen noch zum großen Teil. Zwar zeigten auch sie an einigen Stellen die Einschläge schwerer Geschützkugeln, diese Treffer waren allerdings nicht so gravierend, dass sie die Mauern zerrissen hätten.

An einer besonders großen Lücke verhielt er seinen Schritt und stieg über den kniehohen Rest des Gesteins in den Innenhof des alten Klosters.

Hier erst sah der Grieche, wie groß der Komplex tatsächlich war. Zu dem Kloster hatten mehrere Gebäude gehört, einen alten Brunnen sah er ebenfalls und eine zerstörte Kirche.

Sie hatten am meisten abbekommen. Kein Stein stand mehr auf dem anderen. Vandalen schienen dort gehaust zu haben.

Aus der Tasche seines Mantels holte Taridis einen Lageplan hervor und faltete ihn auseinander.

Er verglich seinen Standort mit einem rot eingezeichneten Punkt auf dem Plan und nickte zufrieden. Eigentlich brauchte er nur einen halben Schritt zurückzugehen, um den bestimmten Punkt zu erreichen.

Dort blieb er dann stehen.

Sein Blick fiel genau auf die kleine Kirche, vielmehr dorthin, wo sie gestanden hatte. Von ihr war nur ein Haufen Trümmer geblieben, die die Sonne gebleicht hatte.

Aber rechts neben der Kirche, zwischen dem ehemaligen Gebäude und der Außenmauer, sollte ein Gang herführen, der erst beim genaueren Hinsehen zu erkennen war.

Costa Taridis setzte sich in Bewegung. Er behielt die Richtung genau bei, wich keinen Zentimeter ab, schaute hin und wieder auf den Plan und schob sich dann zwischen Trümmer und Außenmauer entlang. Schon jetzt konnte er den Platz, den er unbedingt erreichen wollte, genau erkennen. Es war ein kniehohes Viereck, an einer Seite offen. Dort musste er hinein, alles andere war unwichtig.

Die kleine Mauer war nicht zerstört, sie hatte all die Jahrhunderte überstanden, als Zeuge einer fernen Vergangenheit. Jetzt hoffte der Grieche nur, dass er auch den Zutritt zu den unterirdischen Kammern fand.

Er bückte sich und schaute genau auf den Plan. Das Viereck, in dem er sich aufhielt, war genau eingezeichnet. Und in dessen Mitte befand sich ebenfalls ein Quadrat, allerdings wesentlich kleiner und von den Rändern des großen ein ziemliches Stück entfernt.

Zum erstenmal seit langer Zeit arbeitete der Grieche körperlich. Er räumte Schutt zur Seite, schaufelte mit bloßen Händen den Staub weg und legte schließlich das kleinere Quadrat frei.

Sehr sorgfältig ging er vor. Er ließ sich viel Zeit dabei. Da er so lange geforscht hatte, kam es auf Minuten auch nicht mehr an.

Einen ersten Erfolg verbuchte er, als er die in den Stein

eingravierte Zeichnung sah. Sie zeigte einen Wolfsschädel!

Über die etwas wulstigen Lippen des Mannes huschte ein siegessicheres Lächeln. Diese Zeichnung bewies ihm, dass er sich auf dem richtigen Weg befand.

Er machte weiter.

Bald hatte er auch die Umrisse des Quadrats freigelegt, das fast fugenlos in den Boden eingelegt war. Mit bloßen Händen würde er die Platte nicht in die Höhe bekommen. Das war aber auch nicht vorgesehen, es gab da einen Trick, den er anwenden musste.

Aus seiner Tasche holte er ein Messer. Er klappte es auf, bückte sich und stach das Messer in seinen linken Zeigefinger. Blut sammelte sich an der Fingerkuppe, bevor es zu Boden tropfte.

Der Grieche hielt seinen Finger so, dass die Tropfen auf das Gesicht des Wolfes fielen.

Er hörte sogar ein leises Klatschen und sah, wie das Blut vom Maul des eingravierten Tieres aufgesaugt wurde. Er hatte das Gefühl, als würde dies steinerne Wolfsgesicht sein Blut trinken, um daraus Kraft zu schöpfen.

Zehn Tropfen Blut sollst du geben, um die Quelle der Weisheit zu öffnen. Diesen Satz hatte er in dem alten Pergament gelesen, und er zählte die Tropfen genau ab.

»Sieben – acht – neun – zehn!«, murmelte er. Bevor der elfte Tropfen fallen konnte, drehte er sein Gelenk und hob den Finger an, damit er in die Höhe zeigte.

Dann wickelte er ein Taschentuch darum, damit kein weiterer Tropfen nach unten fiel.

Das war erledigt.

Gespannt trat er einen Schritt zurück. Wenn er alles korrekt angefangen hatte, musste das Kloster sein Geheimnis preisgeben, es sei denn, die alten Schriften hätten gelogen.

Nein, das hatten sie nicht, denn es geschah etwas mit dem kleinen Quadrat.

Mit einem Knirschen begann es. Gleichzeitig glühte der Wolfsschädel sekundenlang auf, bevor er völlig verblasste und nicht mehr zu sehen war. Auch das hatte so sein müssen, denn es stand in der alten Schrift.

Costa Taridis wurde von einer nie erlebten Aufregung gepackt. Es kam wie ein Rausch über ihn, denn nun stand er am Ziel seiner Wünsche – oder fast.

Hastig glitt er einen Schritt zurück, als die Platte anfing, sich zu bewegen. Allmählich glitt sie nach innen und gab eine Öffnung frei, die den Umrissen des Quadrats genau entsprach.

Er war von der Technik fasziniert. Was musste sich dieser längst vergessene Völkerstamm alles ausgedacht haben, als es darum ging, Geheimnisse vor einer feindlichen Welt zu verbergen. Es war einfach phänomenal, wie sich hier Technik und eine alte Magie ergänzten.

Er schluckte vor Aufregung, als er in die Tiefe schaute. Auf einem Stempel glitt die Platte, die er freigelegt hatte, in die Tiefe und offenbarte eine düstere Unterwelt.

Niemand hatte sie bisher gefunden. Sie war allen Feinden verborgen geblieben, und er, Costa Taridis, hatte sie nun entdeckt. Noch nie in seinem Leben hatte er eine solche Aufregung erlebt, das war Wahnsinn, irre, einfach fantastisch und auch unglaublich.

Er ging so weit vor, bis er direkt am Rand der Öffnung stand. Er schaute in die Dunkelheit, wo es keinen Lichtstrahl gab, der sie erhellte.

Nur das durch die Öffnung sickernde Licht gab Umrisse frei, und die gehörten zu einer Treppe.

Costa Taridis erlebte seine zweite Überraschung. Er hatte damit gerechnet, eine Steintreppe vor sich zu sehen. Als er genauer hinschaute, stellte er fest, dass dies nicht stimmte. Die Treppe, die dicht vor seinen Füßen begann, bestand aus Holz.

Uralt musste die Treppe sein, und sie sah so aus, als wäre sie vor wenigen Tagen erst erbaut worden. Ein starkes, kräftiges Holz bildete die Stufen. Hinzu kam das Geländer mit seinen gedrechselten Stäben, die an Kegel erinnerten und an ihrem Ende auf kleinen Holzfüßen standen. Der obere Teil des Geländers war ebenso breit wie der untere Abschluss an den Stufen, und der Grieche entdeckte mehrere Pfosten, die den Lauf des Geländers unterbrachen.

Der erste Pfosten wurde noch vom einfallenden Licht getroffen. Er ragte wie eine Stange nach oben, und auf ihm hockte ein seltsames Tier, das entfernte Ähnlichkeit mit einem Wolf hatte.

Für Costa Taridis sah er aus wie ein stummer, grausamer Wächter.

Ein mulmiges Gefühl bemächtigte sich seiner, als er auf die Treppe schaute und damit auch in die Tiefe. Er hatte keine Ahnung, was sich noch alles da verbarg, außer dem, was er finden wollte. Vielleicht war es das Grauen einer alten, längst vergessenen Zeit, das er nun zum Leben erweckt hatte.

Noch konnte er sich für eine Flucht entscheiden. Aber es siegte bei ihm die Gier!

Macht und Reichtum hatte er sich erhofft. Nun stand er dicht vor dem Ziel, doch aufgeben wollte er nicht. Nein, er hatte vieles riskiert und würde alles auf eine Karte setzen.

Costa Taridis bückte sich, um die Treppe hinabzusteigen. Er hoffte stark, dass die Stufen sein Gewicht halten würden. Sicher konnte er da nicht sein. Bisher war das Holz all die Zeit über nicht mit Luft in Berührung gekommen. Durch das Öffnen der Luke konnten sich innerhalb des Materials Reaktionen abspielen, die das Holz brüchig werden ließen, sodass er in Gefahr geriet, zusammen mit der Treppe ein- und abzustürzen.

Sollte das geschehen, würde er seinem Fahrer und Leibwächter über Funk Bescheid geben. Dann konnte der Mann kommen und ihn herausholen.

Bevor er in die Tiefe stieg, warf er noch einen Blick zurück.

Grau lag über ihm der weite Himmel. In die Senke konnte er nicht mehr schauen, da ihm die Mauer eine klare Sicht verwehrte.

Es gab nur noch den einen Weg.

Und zwar den in die Tiefe!

Ich hatte die Worte gesprochen, und eine Reaktion war prompt erfolgt. Aus den Schlünden einer unbekannten Dimension war ein Wolf erschienen, ein gewaltiger Schatten, und er manifestierte sich über dem großen Umriss des Kreuzes.

Der Wolf!

Welch eine Bedeutung hatte sein Schatten? In meinem Kopf wirbelten die Gedanken, ich suchte nach einer Erklärung, aber ich fand so schnell keine.

Bis ich an Worte dachte, die ich einmal gehört hatte. Lupina, die Königin der Wölfe, hatte sie gesprochen.

Bevor die Menschen waren, gab es die Wölfe. So oder so ähnlich hatte sie sich geäußert.

War das hier der Beweis?

Ich wusste es nicht. Vor allen Dingen war mir nicht bekannt, wie es mit meinem Kreuz zusammenhing. Ein Wolf und das Kreuz, das ging nicht in meinen Kopf rein.

Ich holte tief Luft. Dabei bewegte ich mich ein wenig nach rechts und konnte nicht nur das gewaltige Maul des Wolfes sehen, sondern auch in diesen aufgeklappten Schlund hineinblicken.

Obwohl das Tier nur mehr ein Schatten war, hatte ich das Gefühl, es würde leben, denn plötzlich sah ich den Schatten dreidimensional.

Noch vor den Menschen waren die Wölfe!

Wie eine gefährliche Warnung hatte es damals geklungen, und die Worte hallten doppelt so stark in meinem Gehirn wider.

Sollte ich jetzt Aufklärung darüber erhalten?

»John!« Kara sprach mich an. »Was fühlst du? Ich sehe den gewaltigen Wolf …«

»Nichts fühle ich«, erwiderte ich und gab meiner Stimme einen ruhigen, normalen Klang. »Höchstens Neugierde.« Ich räusperte mich. »Allerdings wüsste ich gern, was das alles zu bedeuten hat. Könnt ihr mir eine Erklärung geben?«

»Nein.«

»Auch nicht über den Zauber der Wölfe?«

»Wir wissen nichts«, hörte ich Myxin sprechen.

»Irgendwie müssen wir bei unseren Forschungen in Neuland vorgestoßen sein. Eine andere Erklärung habe ich nicht.«

»Ein Werwolf ist es nicht. Und ich habe das Gefühl, auch kein normales Tier zu sehen. Das ist ein völlig anderer Wolf. Vielleicht doch der Urwolf, von dem Lupina gesprochen hat.«

»Fenris?«

»Nein, der sieht anders aus.«

Bisher hatte ich nichts gespürt, doch nun änderte sich einiges für mich. Irgendetwas kristallisierte sich aus einer mir unbekannten Tiefe hervor. Was das genau war, konnte ich nicht sagen, jedenfalls nichts, was mich hätte fröhlicher werden lassen. Es waren ferne Schwingungen, die mich nicht nur ergriffen, sondern auch in meinen Körper eindrangen und im Gehirn einen Widerhall fanden.

»John!«, hörte ich einen fernen Ruf. Kara hatte ihn ausgestoßen. Diese Kara, die ganz in der Nähe stand und doch so weit von mir entfernt war. Und sich immer weiter entfernte.

Ich hörte sie rufen, konnte allerdings nichts mehr verstehen, denn zwischen ihr und mir befand sich plötzlich eine Wand.

Auch fühlte ich mich anders. So leicht, so schwebend, wie in einem Segelflugzeug sitzend, das allmählich abhebt.

Eigentlich hätte ich mich zurückwerfen sollen, um zu versuchen, den Kreis zu durchbrechen.

Doch daran hätte ich vorher denken sollen, jetzt war es zu spät.

Vor den Augen meiner Freunde und innerhalb der magischen Steine verschwand ich wie ein Spuk.

Das Wolfsmaul hatte mich verschluckt!

Costa Taridis spürte das Zittern, das seinen gesamten Körper durchlief. Er hatte die ersten beiden Stufen bereits hinter sich gelassen und somit das Material dieser seltsamen Treppe getestet.

Sie hielt.

Die Bohlen bogen sich zwar ein wenig durch, dennoch brauchte er keine Angst zu haben, dass sie zerbrachen. Das Holz war elastisch und fest, zudem knarrte nichts, als er in die Tiefe stieg, und nur die leicht dumpfen Geräusche seiner Tritte waren in der Stille zu hören. Schritt für Schritt näherte er sich seinem Ziel und stellte erst jetzt fest, dass die Holztreppe einen Bogen beschrieb.

Neben dem ersten Pfeiler verharrte er für einen Moment.

Er schaute nach links und sah auf der Spitze des Pfeilers den Körper des ebenfalls aus Holz bestehenden Wolfes.

Obwohl das Tier nicht lebte, erweckte es einen unheimlichen Eindruck. Der Grieche verspürte so etwas wie eine Beklemmung, als sein Blick an der Figur hochtastete.

Und er stellte fest, dass doch nicht alles aus Holz war, was er da sah.

Die Augen schimmerten anders. Das konnte einfach kein Holz sein, es sei denn, man hätte es lackiert.

Da er sowieso ein Feuerzeug anknipsen musste, wenn er weitergehen wollte, holte er den kleinen Flammenwerfer aus der Tasche und knipste ihn an. Die Flamme wurde mit Sauerstoff versorgt, flackerte erst ein wenig und brannte dann weiter.

Ein Spiel aus Licht und Schatten tanzte über die Treppe und schuf unheimlich anzusehende Figuren.

Costa Taridis musste seinen Arm anheben, wenn der Flammenschein auch das Gesicht der Figur ausleuchten sollte. Jetzt konnte er genauer schauen.

Seine erste Vermutung wurde bestätigt. Es handelte sich in der Tat nicht um Holz, sondern um Perlen, die die Augen des Wolfes darstellten. Wie gefrorene schwarze Tropfen sahen sie aus.

Er ließ das Feuerzeug eingeschaltet, als er die Treppe weiter hinunterschritt und den großen Bogen nahm. Wenn er nach links und rechts schaute, so konnte er mehr ahnen als erkennen, wie weitläufig diese unterirdischen Anlagen des alten Klosters waren.

Aus den flackernden Schatten der Flamme lösten sich Torbogen und auch Säulen, die die gewaltige Decke stützten.

Die Bewohner dieses Klosters mussten genau gewusst haben, aus welchem Grunde sie die unterirdischen Räume anlegten, und einer ihrer Gründe interessierte den Griechen besonders.

Eine schweigende Welt umgab ihn. Es war der Atem einer fernen Vergangenheit, der ihm da entgegenwehte und ihn schaudern ließ. Wenn er daran dachte, dass er gewissermaßen ein Sakrileg beging, indem er eine magische Stätte entweihte, bekam er doch leichtes Herzklopfen.

Und weiter ging er.

Je tiefer er gelangte, umso dumpfer wurden seine Schritte. Er kam sich vor wie in einem Gefängnis, und so etwas war es schließlich auch, denn hier unten sollte die letzte Überlebende eines Frauenklosters begraben sein.

Clarissa, die Nonne!

Ihr galt all sein Streben, sein Suchen, denn man sagte ihr nach, dass sie unwahrscheinliche Fähigkeiten hatte. All dies hatte er der uralten Schrift entnommen.

Clarissa – ein menschliches Wesen, aber mit einem Menschen nicht zu vergleichen.

Noch zwei Stufen lagen vor ihm. Auch die nahm er und atmete auf, als er harten Boden unter seinen Füßen spürte, denn Fallen hatte es auf den Stufen nicht gegeben.

Für einen Augenblick blieb er stehen, streckte den Arm aus und leuchtete im Kreis.

Zuerst sah er nichts, nur die sich bewegenden, unheimlichen Schatten, die ihn umgaben wie wilde Fledermäuse. Er hatte den Arm einfach zu hoch gehalten, senkte ihn und führte seine Hand etwas in Hüfthöhe kreisförmig weiter.

Auf einmal erschrak er.

Da lag sie.

Clarissa, die Nonne!

Als wäre sie eingeschlafen, so hatte sie sich auf das alte Lager gebettet. Sie lag auf dem Rücken. Engelsgleich wirkte das Gesicht. Umrahmt wurde es von langen Haaren, die wie Lack glänzten. Die Augen hielt sie geschlossen, und sie trug ein langes, hochgeschlossenes Kleid aus hellblauem Stoff, der an Brokat erinnerte. Jedenfalls stufte Taridis ihn als sehr kostbar ein.

Die Hände lagen auf dem Bauch der Frau. Sie waren nicht gefaltet, sondern berührten sich nur mit den Knöcheln.

Costa Taridis ging noch einen Schritt vor und hielt das Feuerzeug so, dass die Flamme über der liegenden Gestalt leuchtete. Erst jetzt wurde etwas aus der Dunkelheit gerissen, das den Griechen so sehr erschreckte, als wäre ihm ein Eiszapfen ins Herz gefahren.

Am Kopfende und den Abschluss des Lagers bildend, befand sich ein unheimliches Wesen – ein Wolf.

Jedenfalls sah er im ersten Augenblick so aus. Er erinnerte auch an die Wölfe aus Holz, die auf den hohen Treppenpfosten standen, doch dieser hier bestand nicht aus dem Material. Ohne ihn berührt zu haben, wusste der Grieche, dass er einen fellbedeckten Körper vor sich sah, demnach war dieser Wolf keine Nachbildung, sondern konnte durchaus ein echtes Tier sein.

Schaurig war er anzusehen. Im Widerschein der kleinen Flamme jedoch wirkte er noch schrecklicher.

Sein Maul stand offen. Taridis konnte die Reißzähne sehen. Versetzt voneinander wuchsen sie aus den Kiefern. Wenn der Wolf das Maul zuklappte, würden sich die Reißzähne nicht berühren.

Einen Hals hatte er nicht. Der abstoßende Schädel wuchs auf einer breiten Schulter, die links und rechts in seltsam gekrümmten, steifen Armen auslief, deren Tatzen wiederum auf das Lager der Frau drückten.

Dieses in der Bewegung erstarrte Tier flößte dem Mann eine grenzenlose Furcht ein. Es sah aus, als würde es für Sekunden aus einem tiefen Schlaf erwachen. Schon jetzt waren die starren Blicke der seltsam dunklen Augen voll auf den Griechen gerichtet, und Taridis hatte das Gefühl, als würde der Blick seine Seele treffen.

Er schüttelte sich.

Wie anders war doch das Gesicht der Nonne! Engelsgleich, marmorartig. Sogar rötlich schimmernde Lippen sah er, und Taridis lächelte, als er eine Kerze aus seiner Tasche holte, die Flamme an den Docht hielt und wartete, bis dieser Feuer gefangen hatte.

Er ließ etwas Talg auf den Boden tropfen. Dann stellte er das Ende der Kerze hinein und nickte zufrieden.

Die Kerze strahlte einen warmen Schimmer ab. Er passte irgendwie in diese unterirdische Höhle und füllte sie mit seinem geheimnisvollen Widerschein aus.

Allerdings gab sie der im Halbdunkel liegenden Schnauze des Wolfes ein noch dämonischeres Aussehen. Die Schatten tanzten auch über die großen, hochgestellten Ohren der Bestie und verschwanden über ihr in der Dunkelheit.

Costa Taridis griff in seine linke Manteltasche. Seine Kehle war plötzlich trocken geworden, als er den Gegenstand fühlte, den seine Finger umschlossen.

In seiner Handfläche hatte sich Schweiß gesammelt. Er stand jetzt vor dem gefährlichsten Augenblick seines Lebens.

Versagte er, war alles umsonst gewesen.

Noch einmal holte er tief Luft.

Dann zog er den Gegenstand hervor, öffnete die Hand und schaute direkt auf das silberne Kreuz des Geisterjägers John Sinclair …

Myxin und Kara hatten viel erlebt. In der Vergangenheit und auch in der Gegenwart. Selten hatten sie sich ratlos gezeigt, jetzt allerdings konnten sie nichts mehr tun. Eine andere, fremde und furchtbare Magie hatte sie zu Statisten degradiert.

Sie schauten beide mit starren Blicken auf die Stelle, wo eben noch der Geisterjäger John Sinclair gestanden hatte.

Nun war sie leer.

Der Wolfsschatten war ebenso verschwunden wie die Umrisse des Kreuzes, das John gehörte.

»Die Dimension hat ihn verschluckt«, murmelte der kleine Magier.

»Und wir sind schuld!«, stellte Kara fest. »Vielleicht hättest du sein Leben nicht zu retten brauchen. Es kann sein, dass er es verwirkt hat.«

»So darfst du nicht reden!«

»Ich sehe es so, wie es ist, Myxin. John befindet sich nicht mehr im Besitz seines Kreuzes, man hat ihm die wertvollste Waffe genommen, die er besaß, jetzt muss er ohne sie zurechtkommen, und das vielleicht in einer anderen Dimension.«

Myxin schüttelte den Kopf. »Es will mir einfach nicht in den Schädel, dass John verschwunden ist. Das kann nicht angehen.« Er lief vor und blieb zwischen den Steinen stehen. Dabei hob er seine Arme. Auf einmal zuckten grünweiße Blitze aus seinen Fingern, die in die Steine hackten, ihnen jedoch keine Reaktion entlockten.

Sie blieben, wie sie waren.

»Es geht nicht«, sagte der kleine Magier und hob seine Schultern. »Wir müssen uns etwas anderes einfallen lassen.«

»Und was?«, fragte Kara.

»Kann dein Schwert nicht ...?«

»Nein, Myxin, das schafft auch mein Schwert nicht. Hier geht es im Prinzip nicht um schwarze Magie. Es ist etwas anderes, von dem wir keine Ahnung haben.«

»Es muss sich um das Kreuz handeln.«

»Das allerdings«, gab Kara zu.

»Weiße Magie?«

Kara hob die schmalen Schultern und drehte sich. Sie schaute auf die Hügel, die im leichten Dunst lagen. Wie Schlieren schwebte dieser Nebel über den Kronen der Bäume. »Gibt es etwas zwischen der weißen und der schwarzen Magie?«, erkundigte sie sich.

»Ich weiß es nicht.«

»Du schließt es aber nicht aus?«

»Nein.«

Kara hörte die Schritte des kleinen Magiers hinter sich und drehte sich um. »Mir geht dieser Wolfsschatten nicht aus dem Sinn«, erklärte sie. »Er muss eine tiefere Bedeutung haben, nur weiß ich nicht, wie ich es herausfinden soll.«

»Vielleicht Nadine Berger!«

Myxin hatte den Namen einfach so dahingesagt, doch Kara zuckte zusammen, als hätte sie einen Peitschenhieb erhalten.

»Nadine!«, flüsterte sie. »Natürlich. Denk mal nach, Myxin. Sie ist ebenfalls kein normaler Wolf, was ich von dem anderen auch nicht annehme. Deshalb könnte es möglich sein, dass sie ...«

»Wir werden sie holen«, sagte der kleine Magier.

»Dann los!«

Myxin und Kara erwischten Bill Conolly im großen Vorgarten, Sheila unter der Dusche, den kleinen Johnny zusammen mit einem blondhaarigen Mädchen in der Nähe des Tores. Als die beiden urplötzlich erschienen, erschrak Johnny, und das Mädchen lief weg.

»Lydia!«, rief Johnny. »Bleib doch hier. Es sind Freunde, sie tun dir nichts ...«

Seine Spielkameradin war nicht zu halten, und der Junge sagte vorwurfsvoll zu den beiden gewandt: »Ihr habt sie erschreckt. Jetzt kommt sie nicht mehr.«

»Bestimmt ist sie morgen wieder da«, tröstete Kara ihn.

»Und mit wem soll ich jetzt spielen?«, fragte er vorwurfsvoll. »Ihr spielt ja nicht mit mir.«

»Nein, leider nicht, aber wir hätten gern mit deinen Eltern gesprochen.«

»Daddy ist da, Mummy duscht sich.«

»Kommt rein!« Bill Conolly rief es und winkte. Er hatte sich mit der anderen Hand auf einen Spaten gestützt, dessen Schaufelblatt tief im weichen Boden steckte.

Myxin und Kara traten durch das offen stehende Tor. Bill ließ seinen Spaten los und kam den beiden grinsend entgegen. »Was führt euch denn her? Reisende in Sachen Magie?«, rief er sehr aufgeräumt.

»Wir müssen mit dir reden«, erwiderte Myxin. Seine

Stimme klang ernst. Bills Lächeln verschwand. Er nickte und deutete den Weg entlang, der vor der Garage endete.

»Kommt ins Haus! Und du, Johnny, auch.«

»Aber ich …«

»Keine Widerrede, wenn Mummy geduscht hat, wirst du dich auch unter die Brause stellen.«

Zornig lief der Kleine hinter den Erwachsenen her und schimpfte. Bill fragte: »Ist es sehr schlimm?«

»Das kann man sagen.«

»Wenn du schon pessimistisch bist, Kara, bestimmt«, meinte der Reporter. Er schloss die Haustür auf. »Ihr müsst meine Kluft entschuldigen«, sagte er, »aber ich kann im Garten nicht im Smoking arbeiten. Geht schon vor ins Wohnzimmer, ich bin gleich wieder da.«

»Aber beeil dich!«, forderte Myxin.

»Sicher.«

Kara und Myxin nahmen auf der Couch Platz. Bill kam wirklich schnell zu ihnen. Er hatte sich eine andere Hose und ein frisches Hemd übergestreift. »Sheila ist noch unter der Dusche«, erklärte er. »Sie wird gleich kommen. Möchtet ihr etwas trinken?«

»Nein, nichts. Uns sitzt die Zeit im Nacken. Es geht um John, und Nadine soll uns helfen.«

»Was ist denn mit ihm?«, fragte Bill.

»Er ist verschwunden.«

»Und sein Kreuz ebenfalls«, fügte Kara hinzu.

Der Reporter wurde blass und nahm eine noch bleichere Farbe an, als er Einzelheiten hörte. »Ich werd verrückt!«, flüsterte er. »Dämonen, die das Kreuz anfassen können. Wo gibt es das denn?«

»Ich weiß es nicht«, erwiderte Kara. »Vielleicht müssen wir ab heute alle ein wenig umdenken.«

»Das scheint mir auch so«, murmelte Bill Conolly. »Was sagt denn Suko dazu?«

»Er weiß es noch nicht.«

»Soll ich ihn anrufen?«

Myxin winkte ab. »Später.«

»Was ist denn jetzt so wichtig?«, fragte Bill.

»Wir brauchen die Wölfin. John Sinclair ist in einen

regelrechten Wolfszauber hineingeraten. Ich habe dir von dem Schatten des Tieres berichtet, der in das Quadrat der *flaming stones* hineingefallen ist. Das war der Schatten eines Wolfes, daran gibt es keinen Zweifel. Deshalb gehen wir davon aus, dass Nadine, die eventuell Para-Kräfte in sich schlummern hat, etwas herausfinden kann.«

»Ja, das ist möglich«, gab Bill zu und drückte sich aus dem Sessel. »Vorhin hat sie geschlafen, ich werde sie ...«

Der Reporter brauchte sie nicht zu wecken, denn die Wölfin tauchte von allein auf. Wie auf Samtpfoten schritt sie dahin. Fast unhörbar betrat sie den Wohnraum und blieb stehen, ihre Augen auf Myxin und Kara gerichtet.

Niemand hatte bisher je erfahren, ob Nadine menschliche Worte verstand. Man konnte es fast annehmen, wenn man ihre Reaktionen betrachtete, aber sich selbst verständlich zu machen, das gelang ihr mit Worten nicht. Da war und blieb sie ein Tier, in dem allerdings die Seele eines Menschen weiterlebte.

»Wollt ihr nicht wenigstens einen Versuch wagen?«, erkundigte sich der Reporter, wobei er Myxin und Kara abwechselnd anschaute.

Die Schöne aus dem Totenreich hob die Augenbrauen. »Wie meinst du das, Bill?«

»Ihr erklären, um was es geht.«

»Nein, dazu bleibt keine Zeit. Wir werden mit ihr direkt zu den *flaming stones* springen.«

Auch Nadine hatte gehört, was da gesagt worden war. In ihren Augen leuchtete es für eine winzige Zeitspanne auf, bevor sie den Kopf senkte und zu Boden blickte.

Bill hob die Schultern. »Meinen Segen habt ihr«, sagte er leise. »Aber bringt sie gesund wieder zurück. Allein schon wegen Johnny, und auch wir würden sie vermissen. Das gleiche gilt für John.«

»Wir werden tun, was in unseren Kräften steht«, erklärte der kleine Magier, »alles andere haben wir dann nicht mehr zu verantworten.« Er hatte sich während dieser Worte Kara gegenüber aufgestellt. Nadine befand sich zwischen den beiden und schaute zu. Bill sah noch drei Körper, danach ein Flimmern, dann nichts mehr.

Myxin, Kara und Nadine waren und blieben auch verschwunden.

Bill Conolly schüttelte den Kopf und wischte über seine Stirn. In dem Augenblick betrat Sheila den Raum. Sie trug einen roten Bademantel, hatte ein Handtuch um den Kopf gewickelt und schaute sich staunend um, während sie sagte: »Johnny war bei mir und erzählte, dass wir Besuch bekommen hätten.«

Bill nickte. »Das stimmt. Myxin und Kara.«

»Wo sind sie jetzt?«

Der Reporter bewegte sich auf das Telefon zu. »Die beiden haben sich aus dem Staub gemacht, und Nadine nahmen sie mit.«

»Wieso das?«

»Tja«, sagte Bill und hob den Hörer ab, bevor er Sukos Nummer wählte. »Das erkläre ich dir später, Sheila. Ich glaube, dass wir uns auf einiges gefasst machen müssen.«

»Aber was hat Nadine damit zu tun?«, wollte sie wissen.

»Nicht nur sie«, erklärte Bill, »auch John Sinclair. Um den geht es vor allen Dingen.«

Da wurde Sheila blass.

Costa Taridis hatte das Gefühl, unter Strom zu stehen. Dafür sorgte das Kreuz in seiner Hand. Und er dachte, während sein Blick zwischen dem Kreuz und der Nonne wechselte, an die Vergangenheit und daran, wie lange er gesucht und geforscht hatte.

In der alten Schrift war das Kreuz erwähnt worden. Dort stand auch etwas über die Söhne des Lichts und von einem Erbe des Kreuzes, der in ferner Zukunft einmal ein Geisterjäger werden sollte.

Geisterjäger …

Dieses Wort hatte den Griechen nicht ruhen lassen. Es passte einfach nicht in die Diktion der Schrift, und er begann mit seinen Forschungen. Ihm kam seine finanzielle Lage zugute, denn er konnte seine Forschungen und Reisen durchführen, ohne auf etwas Rücksicht nehmen zu müssen. Einen Begriff hatte er:

Geisterjäger ...

In Europa fing er mit seiner Suche an. Er las Zeitungen, einschlägige Literatur. Hinweise fand er nicht. Er traf zwar des öfteren auf das Wort Geisterjäger, aber das war alles nichts wert und stellte sich sehr schnell als ein Schuss in den Ofen heraus.

Irgendwie geriet er auch nach England. Er selbst flog hin. Und da hatte er dann das Glück gehabt. Er traf auf den Namen John Sinclair und brachte diesen mit dem Begriff Geisterjäger in Verbindung, was überhaupt nicht schwer war.

John Sinclair besaß das Kreuz!

Darum ging es ihm. Dieses Kreuz war in der Lage, Clarissa aufzuwecken. Es reagierte ungefähr so wie der Kuss des Prinzen in dem Märchen Dornröschen.

Aber wie das Kreuz in seinen Besitz bringen?

Es gab da Möglichkeiten. Mit dem Lesen der Schriften war er mit einem geheimnisvollen Gebiet in Berührung gekommen. Mit dem der Uralt-Magie!

Er wusste, dass Clarissa, die Nonne, vier Helfer hatte, die auf ihr Leben achteten. Sogenannte Zauberpriester. Ursächlich sollte sie mit den Wölfen in einem Zusammenhang stehen. Das aber wusste der Grieche nicht genau. Er brauchte allerdings diese Zauberpriester.

In seinen Unterlagen stand nicht viel über sie. Das heißt, es war nicht geschrieben, ob sie im Mahlstrom der Zeiten verschollen waren oder an einem Ort existierten, der erreichbar war.

Sie existierten, und der Ort war zum Teil erreichbar, zum Teil wiederum nicht.

Costa Taridis stellte fest, dass man diese Leibwächter oder Zauberpriester beschwören musste. Es war keine schwarzmagische Beschwörung, sondern eine alte, überlieferte, wie sie die Söhne des Lichts auch des öfteren ausgesprochen hatten.

Eine Wolfsbeschwörung!

Und das tat Taridis. Er nahm sich Wochen Zeit, weil er auf keinen Fall etwas verkehrt machen wollte. Ein falsches Wort nur, und alles war vorbei.

Dann kam der Tag, und er begann mit seinem Ritual. Er hatte sich gut darauf vorbereitet. In seiner Villa am Meer führte er die Beschwörung durch, und er schaffte es, mit den Zauberpriestern der Clarissa in Kontakt zu treten.

Sie kamen zu ihm.

Und sie akzeptierten ihn. Er hatte die alten Schriften gefunden, er kannte die Formeln, sodass der Bann gebrochen war und die Zauberpriester ihrem neuen Herrn gehorchen mussten. Taridis war so von ihnen angetan, dass er sie in seine Pläne einweihte. Er redete sich in ein Fieber, und er hörte zum erstenmal das Wort *Totenopfer.*

Ein Totenopfer für Clarissa. Das musste es sein, wenn die Nonne nach so langer Zeit erweckt werden sollte.

Aber sie hatten das Kreuz nicht. Als er davon sprach, stellte er mit Erstaunen fest, dass auch die Zauberpriester darüber Bescheid wussten. Die Idee und der Plan folgten zwangsläufig. Nicht er, Taridis, sollte das Kreuz holen, sondern die vier Helfer machten sich auf den Weg. Sie kannten das Kreuz, und sie würden es dem wegnehmen, der es ihrer Meinung nach nicht verdiente.

Sie begaben sich nach London, und Taridis wartete in Griechenland. Wenig später besaß er das Kreuz. Seine Freude war unbeschreiblich, wurde allerdings dadurch getrübt, dass es seinen Helfern nicht gelungen war, den Mann auszuschalten, dem es gehört hatte.

Dieser John Sinclair hatte Hilfe erhalten. Von einer Seite, die der Grieche nicht kannte, die aber ungemein stark sein musste, wenn sie es schaffte, den vier Zauberpriestern zu widerstehen.

Ein dumpfes Gefühl blieb bei Taridis zurück. Er hatte zahlreiche Informationen über den Geisterjäger gesammelt und wusste, dass dieser Mann nicht so leicht aufgeben würde. Man hatte ihm das Wertvollste genommen, das er besaß. Er war zwar ein Einzelkämpfer, aber hinter ihm stand eine gewaltige Organisation. Scotland Yard war ein Machtfaktor. Und es war nicht mehr die Polizei aus dem letzten Jahrhundert. Auch die Engländer waren moderner geworden, hatten hinzugelernt, bedienten sich der EDV und würden vielleicht herausfinden, dass er hinter der Sache steckte. Bis dahin allerdings, so hoffte er, war alles über die Bühne gelaufen.

Er senkte den Blick und schaute auf das Kreuz.

Im Licht der Kerze schimmerte es geheimnisvoll. Ein rötlicher Schleier lag über dem Metall. Die eingravierten Zeichen hatten einen seltsamen Glanz angenommen. Taridis schien es, als seien sie mit Leben erfüllt. Dieses Kreuz, das er in seiner Hand hielt, war etwas Unersetzbares, etwas Ungewöhnliches, das gab es nur einmal auf der Welt, es und hatte seinen Weg durch die Zeiten gefunden.

Aus der alten Schrift wusste er, dass es nicht von den Makkabäern stammte. Das Kreuz war älter, viel älter als der Volksstamm. Aber er hatte noch nicht herausgefunden, wer sein Schöpfer war.

Das interessierte ihn im Augenblick auch nicht. Ebenso wenig wusste er über die genaue Bedeutung der Zeichen Bescheid. Für ihn war wichtig, dass er Clarissa mit diesem Kreuz erwecken konnte und sie ihm ihr Wissen weitergab.

Sein Blick wechselte. Er saugte sich an dem Gesicht der Schlafenden fest.

Kein Atemzug drang aus ihrer Nase. Der Mund war geschlossen, die vollen Lippen lagen aufeinander. Taridis dachte an die Worte aus der alten Schrift.

Wenn sie das Kreuz küsst und ihre kalten Lippen die Wärme des geweihten Silbers spüren, wird das Leben in sie zurückkehren und ihren Schlaf beenden.

So stand es geschrieben, und genauso wollte er vorgehen, um die Nonne zu erwecken.

Er zitterte innerlich. Schweiß lag plötzlich auf seiner Stirn. Die Wangenmuskeln zuckten. Eine selten erlebte Erregung hatte diesen Mann gepackt.

So dicht vor dem Ziel verlor er auf einmal die Kontrolle über sie, und als seine Hand mit dem Kreuz über dem Gesicht der Nonne schwebte, da füllten Tränen seine Augen.

Eine drückende Stille umgab ihn. Nur das Schaben seines Mantelstoffes war zu hören. So vorsichtig, als wäre das Kreuz ein kostbarer Schatz, legte er es auf die Lippen der Nonne und ließ es hastig los, als hätte er sich verbrannt.

Was würde geschehen?

Zuerst einmal nichts. Das Kreuz blieb auf dem Gesicht liegen. Der Mittelpunkt, wo sich die beiden Balken trafen, berührte haargenau die beiden Lippen.

Costa Taridis hatte sehr lange gewartet, um dort zu stehen, wo er sich jetzt befand.

Er flehte, dass etwas geschah. Sie musste sich erheben und aufstehen, aber sie blieb liegen.

Hatte er etwas falsch gemacht?

Fahrig wischte er über seine Stirn. Ein paarmal schluckte er hart, über seine Lippen drang der Atem pfeifend, und ein Gefühl der Depression überfiel ihn.

Es hatte nicht geklappt. Die Schriften logen. Sie hatten nicht die gesamte Wahrheit gesagt. Oder war es sein Fehler gewesen, dass dieser Versuch in einen Misserfolg mündete?

Taridis wankte zurück. Die Hände schlug er gegen sein Gesicht. Seine Finger drückten in die Haut, die Enttäuschung schnürte seine Kehle zusammen, sodass ihm das Atmen schwerfiel.

Verloren! Er hatte verloren!

Langsam ließ er die Hände sinken. Sie fielen nach unten und klatschten auf seine Schenkel. Er konnte nichts mehr tun. Es war vorbei – die andere Seite ließ sich nicht aus der Reserve locken. Als Trost blieb ihm das Kreuz.

Costa Taridis beugte sich vor, um es vom Gesicht der Nonne zu nehmen. Er streckte schon seinen Arm aus und wollte soeben die Finger an das Metall legen, als er stutzte.

Da stimmte etwas nicht!

Das Gesicht der Nonne hatte sich verändert. Zwar zeigte es noch immer diese engelsgleichen Züge, doch mit den Augen war etwas geschehen.

Sie standen offen.

Clarissa war erwacht!

Fast hätte sich ein Schrei aus seiner Kehle gelöst. Im letzten Augenblick konnte sich der Mann noch bremsen. Er bog nur seinen Oberkörper zurück, hob die Fäuste. Was sich vor seinen Augen abspielte, war einfach unbegreiflich und auch unglaublich. Obwohl er in den letzten Monaten so intensiv darauf hingearbeitet hatte, konnte er es jetzt, als es so weit war, nicht fassen.

Er, Costa Taridis, hatte das Unglaubliche wahr gemacht.

Clarissa, die Nonne aus der Zeit der Makkabäer, war erwacht. Ein Wesen, das sein eigentliches Leben wenige Jahrhunderte nach Christi Geburt geführt hatte, kehrte zurück in eine moderne, von Wissenschaft und Technik bestimmte Zeit.

Das war kaum zu glauben.

Sein Atem glich schon einem Ächzen. Er schüttelte den Kopf, die Finger bewegten sich hektisch, und er merkte kaum, dass ihm salziger Schweiß von der Stirn in die Augen rann.

Costa Taridis stand wie unter einem Fieberschock. Krebsrot sein Gesicht, die Lippen bewegten sich, entließen flüsternd Worte, die nur noch ein Hauch waren.

»Du bist wach. Du bist tatsächlich erwacht! Clarissa …«

Sie hatte wunderschöne Augen. Selbst bei dem Licht waren die Augen zu erkennen, und sie leuchteten in einem dunklen, gleichzeitig faszinierenden Blau.

So etwas hatte Taridis noch nie gesehen. Dieses Blau überstrahlte alles. Es nahm ihn gefangen, und die Augen kamen ihm plötzlich wie zwei Seen vor, in die er allmählich versank.

Das war sie also.

Noch immer lag das Kreuz auf ihrem Gesicht. Sie brauchte es nicht mehr, und der Grieche näherte seine Hand dem Kreuz, um es an sich zu nehmen.

Kaum hatte er es berührt, als die Nonne reagierte. Die Bewegung war von ihm kaum zu verfolgen gewesen. Er sah die Hand nicht, sondern spürte nur den Griff, mit dem sie plötzlich sein Gelenk umklammerte. So hart und fest, dass er das Gefühl hatte, seine Knochen würden brechen. Er stöhnte auf, wollte sich zurückziehen, doch die Nonne ließ ihn nicht los. Kalt waren ihre Finger, als hätten sie in Eis gelegen, und an Taridis zog sie sich langsam in die Höhe.

Steif richtete sich Clarissa auf. Ihr Rücken blieb dabei gerade. Vom Hinterkopf bis zum letzten Wirbel bildete er eine Linie, und so blieb sie auch sitzen, ohne ihren Blick von dem Gesicht des Griechen zu lassen.

Das Kreuz war nach unten gefallen. Es lag jetzt im Schoß der Frau, wo sich der kostbare blaue Kleiderstoff über den Oberschenkeln spannte.

»Clarissa!«, flüsterte er. »Clarissa, ich habe dich erweckt. Du bist es, die lange Jahrhunderte geschlafen hat, doch nun wirst du leben, und das hast du mir und dem Kreuz zu verdanken.«

Sie wollte nicht mehr liegen bleiben und richtete sich so weit auf, dass sie die Beine von ihrem Lager schwingen konnte. Dabei ließ sie den Mann los.

Taridis taumelte zurück. Er rieb sich das schmerzende Gelenk und beobachtete die Nonne weiter.

Sie blieb neben dem Lager stehen. Auf dem lackschwarzen Haar tanzten die Reflexe des Feuers und gaben ihm einen rotgelben Schimmer. Die Kette hatte sie um die Finger der rechten Hand geschlungen, und das Kreuz war, der Schwerkraft folgend, nach unten gefallen, sodass es in Höhe ihrer Oberschenkel baumelte.

Taridis beugte sich vor. »Erkennst du es nicht?«, flüsterte er. »Ist es dir unbekannt, Clarissa? Dieses Kreuz musst du doch einfach sehen. Meine Güte, du …«

»Es ist das Kreuz der Söhne des Lichts«, antwortete sie mit leiser Stimme, und der Grieche musste schon sehr genau hinhören, um sie zu verstehen.

»Dann gehört es dir!«

»Nein!«, widersprach Clarissa. »Es gehört nicht mir.«

»Wem denn?«

»Uns allen. Meinem Volk.«

Da schüttelte der Grieche den Kopf. »Dein Volk, Clarissa? Das existiert nicht mehr. Schon lange nicht.

Dein Volk ist ausgestorben, es gibt höchstens Reste, Nachkommen, aber du bist die einzige Echte, die noch lebt. Begreifst du das?«

Die Nonne ging nicht auf die Worte des Mannes ein. Sie drehte statt dessen den Kopf und schaute hoch zu dem gewaltigen Wolf, der das Kopfende des Lagers bildete.

Unwillkürlich folgte auch Taridis dem Blick des Mädchens und erschrak zutiefst.

Der Wolf lebte ebenfalls!

Zwar saß er stumm und auch steif an seinem Platz, doch seine Augen hatten sich verändert. In ihnen war Leben zu erkennen. Die kleinen, wie gefrorene Tropfen wirkenden Augen blickten nicht mehr so starr wie zuvor.

Costa Taridis schüttelte den Kopf. Hatte er einen Fehler begangen? Hätte er Clarissa doch nicht erwecken sollen? Denn mit der Schönen war gleichzeitig der Teufel erwacht.

Taridis empfand diesen unheimlichen Wolf als teuflisch, auch dessen Augen, die ihn an rotierende Perlen erinnerten.

»Wer ist das?«, wandte er sich mit leiser Stimme an die erweckte Nonne.

Clarissa schaute ihn an. »Du meinst den Wolf?«

»Ja.«

»Er gehört zu mir. Er ist mein Beschützer, wie alle Wölfe hier meine Beschützer sind.«

»Wieso? Ich …«

»Als noch keine Menschen waren, da gab es die Wölfe«, murmelte Clarissa. »Sie waren hart, sie konnten sich gegen die Feinde behaupten, und sie besaßen einen großen Zauber, denn manche von ihnen waren starke Schamanen …«

Costa Taridis spürte, dass ihm hier etwas entglitt. Er wollte es nicht wahrhaben. Je mehr er darüber nachdachte, umso negativer für ihn wurden seine Folgerungen.

Clarissa reagierte längst nicht so, wie er es sich vorgestellt hatte. Sie zeigte ihm gegenüber keinerlei Dankbarkeit, dass er sie aus dem jahrtausendelangen Schlaf geholt hatte.

Im Gegenteil!

Seine in der letzten Zeit sehr empfindlich gewordenen Sinne registrierten so etwas wie Feindschaft.

Ja, diese Frau, dieses Wesen, stand ihm feindlich gegenüber. Hinzu kam der Wolf, vor dem er sich fürchtete. Ein Untier, ein widerliches Geschöpf, und mit Wölfen, die er hasste, musste auch Clarissa zu tun gehabt haben.

Vor den Menschen sollten die Wölfe gewesen sein, hatte sie gesagt. Okay, das konnte stimmen, aber was hatte dies alles mit ihm zu tun? Er wollte die Nonne und keine Wölfe.

In der Schrift waren sie kaum erwähnt worden, nur am Rande, zusammen mit den seltsamen Zauberpriestern. Da war es ihm egal gewesen, doch jetzt nicht.

Noch einen Versuch startete Taridis. »Clarissa«, sagte er. »Ich bitte dich, du bist jetzt frei, du kannst diese Höhle hier verlassen. Komm, wir gehen …« Er streckte seinen Arm so aus, dass sie sein Zeichen verstehen konnte.

Die Nonne schüttelte den Kopf. Ihr Gesicht nahm dabei einen ärgerlichen Ausdruck an, der jedoch bald in ein Erschrecken wechselte, denn von irgendwoher erklang eine ferne Stimme.

»Terra pestem teneto – Salus hic maneto!«

Worte, die Taridis noch nie gehört hatte, die aber eine Bedeutung haben mussten, denn das Kreuz strahlte urplötzlich grell und blendend auf …

Ich hatte die magischen Worte gerufen und wollte versuchen, einen Kontakt zu meinem Kreuz herzustellen.

Es reagierte.

Andere konnten es sicherlich nicht sehen, ich aber schaute hinein in den Schatten, der sich verengte, zu einem Tunnel wurde und der Kräfte freilegte, denen ich nichts entgegenzusetzen hatte.

Sie packten und zerstörten mich.

Jedenfalls hatte ich das Gefühl der Zerstörung und der

gleichzeitigen Bedeutungslosigkeit. Ich wurde weiter in den Tunnel gezogen, flog durch die Schwärze und sah nichts mehr von Myxin und Kara.

Ich war allein.

Von einer Magie in die andere gerissen. Vielleicht eine Dimensionsreise, hineingeschleudert in eine Welt voller Chaos, Grauen und Entsetzen.

Und das ohne Kreuz!

Oder trug das Kreuz an dieser Veränderung vielleicht die Schuld? War es tatsächlich mein Kreuz, das ich angerufen hatte?

Der Tunnel schluckte mich.

In dieser nicht enden wollenden Zeit hatte ich tatsächlich das Gefühl, nur noch aus Kopf und Gehirn zu bestehen, alles andere war auf einmal unwichtig.

Gab es auch ein Ende?

Da ich schwebte, versuchte ich, mich zu drehen. Ich wollte nach vorn schauen, hinein in die Schwärze, in den Tunnel.

Mein Gehirn arbeitete mit einer seltsamen Schärfe und Klarheit, und dann erkannte ich etwas sehr weit vor mir.

Dort entstand ein Bild, sodass ich glaubte, in einem Kino zu sein und mit großer Geschwindigkeit auf eine Leinwand zuzurasen, wo sich dieses Bild abzeichnete.

Noch war es nicht klar zu sehen. Verwaschen und verschwommen die Umrisse, aber es wurde schärfer, je weiter ich mich dem Ende des Tunnels näherte.

Nichts ist unendlich, auch die Zeit nicht.

Ebenso wenig der Tunnel, in den ich durch eine schwarze Magie hineinkatapultiert worden war.

Das Bild zog mich an.

Die Magie strahlte ab, sie ergriff von mir Besitz, aber es war keine qualvolle, schlimme oder unheimliche Magie. Sie erschien mir eher lockend, wie für mich geschaffen, und ich war der Überzeugung, dass sie mit meinem Kreuz zusammenhängen musste.

Ich hatte es gerufen.

Zu mir war es nicht zurückgekehrt, dafür holte es mich zu sich.

Und das Kreuz lockte weiter.

Ein Gesicht erschien. Ein Frauengesicht. Mit einem Engel zu vergleichen. So schön und so rein. Gleichzeitig sah ich auf dem Gesicht ein kreuzförmiges Muster, und ich musste erst näher darüber nachdenken, bis mir die Lösung einfiel.

Das war kein Muster, sondern mein eigenes Kreuz, das sich vor dem Gesicht abzeichnete.

Kreuz und Gesicht!

Gehörten sie jetzt zusammen? Man hatte mir das Kreuz abgenommen, radikal entwendet, um es dem Gesicht zuzuführen.

Aber wer war die Frau?

Ich hatte bisher nur mit diesen vier seltsamen Wesen Bekanntschaft gemacht. Nun zeigte sich eine weibliche Person, die im Hintergrund lauerte.

Furcht packte mich.

Furcht deshalb, weil sich dieses Gesicht und mein Kreuz überhaupt nichts taten. Gehörten sie zusammen? Und das war das Schlimme an der Sache. Normalerweise hätte das Kreuz reagieren müssen, denn es war ein Teil von mir. Aber als ich dies hier sah, da wurde ich skeptisch.

Und wer von den Schwarzblütern war überhaupt in der Lage, das Kreuz anzufassen?

Keiner, dessen war ich mir sicher!

Wirklich keiner?

Ich befand mich weiterhin zwischen den Dimensionen, konnte selbst nichts steuern, wurde von dem Bild angesogen, und die Geschwindigkeit nahm zu. Irgendwann musste ich dagegen krachen und dann …

Es folgte der Blackout.

Diesmal verschluckte mich die Dunkelheit endgültig, wobei ich paradoxerweise das Gefühl hatte, in einen grellen Blitz hineinzutauchen und unterzugehen …

Costa Taridis schlug seine Hände vor das Gesicht. Er konnte einfach nicht mehr hinschauen, die Helligkeit des Kreuzes schien seine Pupillen aus den Augen brennen zu wollen, und obwohl er sie geschlossen hielt, nahm er den Schein wahr.

Dann war es vorbei.

Er merkte genau, wie die Helligkeit abnahm, atmete tief ein und ließ die Hände sinken.

Clarissa stand vor ihm. Sie hatte die rechte Hand erhoben und das Kreuz vor ihr Gesicht gehalten. Es sah wieder völlig normal aus, aber die Augen der Nonne funkelten böse.

»Was hast du getan?«, flüsterte sie. »Was hast du dir da erlaubt, Mann? Rede!«

»Nichts, ich habe nichts …«

»Und ob du etwas getan hast. Hätte das Kreuz sonst so reagiert? Es muss einen Befehl erhalten haben, denn es wollte plötzlich nicht mehr bei mir bleiben, und ich musste meine gesamte Kraft aufwenden, um es zu halten. Ich will genau wissen, was geschehen ist!«

Nach diesen Worten wurde es still. Clarissa funkelte den Mann an, und der Grieche wusste, dass die Nonne es ernst meinte. Sie ließ sich durch Ausreden nicht mehr abspeisen.

Er hob die Schultern. »Ich habe es nur gut gemeint«, erwiderte er flüsternd.

»Das habe ich bemerkt!«, stellte die Nonne spöttisch fest. »Erklär mir, wie es zu allem gekommen ist!«

Taridis blieb nichts anderes übrig, als dem befehlsartigen Wunsch der Frau Folge zu leisten. Er begann mit der Nennung seines Namens, und er redete sich alles von der Seele. Berichtete vom Fund der alten Schrift, von seinen Nachforschungen und Beschwörungen, bis hin zur Erweckung der Clarissa.

Sie hörte genau zu. Ein paarmal nickte sie, und vor allen Dingen spitzte sie immer dann die Ohren, wenn sie die Worte Geisterjäger John Sinclair hörte.

Als Costa Taridis seinen Bericht beendet hatte, schaute er die Frau aufmerksam an. In seinen Augen leuchtete die

Angst. Er fragte sich, wie sie den Bericht aufgenommen hatte und ob sie ihm überhaupt glauben würde.

»Du hast nichts hinzugefügt?«

»Nein, es ist die Wahrheit!«

»Wie kann dieser Sinclair an das Kreuz gelangen, das eigentlich uns, den Makkabäern, gehörte?«

»Ich weiß es nicht.«

»Hast du nicht nachgeforscht?«

»Versucht schon. Ich fand leider nichts heraus. Ich musste vorsichtig sein, aber Sinclair war der Träger des Kreuzes, und es hat ihm die Macht gegeben, die Wesen der Finsternis zu bekämpfen. Nicht umsonst gab man ihm den Namen Geisterjäger.«

»Davon müssen wir ausgehen!«, sagte Clarissa. »Und dieser John Sinclair lebt. Ich habe es gespürt. Ich weiß es zwar nicht genau, doch ich glaube, dass er es war, der den Ruf ausgestoßen hat. Er hat sein Kreuz angerufen, mit einer uralten Formel …« Clarissa verstummte und schaute auf das Kreuz in ihrer Hand. »Es gab da einen Weisen«, sagte sie leise. »Er hat sich sehr genau mit dem Kreuz beschäftigt. Leider ist mir der Name entfallen, aber es war ein mächtiger Mann. Er wusste alles zu deuten, und das Kreuz, das für uns so wichtig war, ist ihm eines Tages gestohlen worden …«

»Kennst du den Dieb?«, fragte der Grieche dazwischen.

Da schaute die Nonne ihn an, und ein wissendes Lächeln zuckte über ihre Lippen.

»Du bist es gewesen!«, ächzte er.

»Ja, ich habe es an mich genommen, aber ich konnte es nicht behalten. Auf diesem Kreuz, sosehr es dem Guten geweiht war, lastete ein Fluch. Auch mir wurde es gestohlen. Allerdings hatte es mir eine gewisse Unsterblichkeit gegeben, das heißt, ich fiel in den Totenschlaf und würde erst erwachen, wenn sich das Kreuz wieder in meiner Hand befände. Das ist nun geschehen.«

»Und was passiert jetzt?«

Ihre Stimme veränderte sich bei den nächsten Sätzen. »Ich habe damals geschworen, ein Totenopfer zu bringen, wenn ich überlebe.«

»Wem?«

»Den Wölfen. Denn unter ihren Schutz habe ich mich begeben können. Das Kloster hier war von zahlreichen Nonnen belegt. Aber sie sind umgekommen, unsere Feinde waren vielschichtig. Ich aber hatte hier mein Versteck gefunden und auch Aufzeichnungen hinterlassen, die in deine Hände gerieten. Der erste Teil des Plans hat geklappt. Ich bin wieder erwacht. Nun folgt der zweite.«

Costa Taridis atmete schneller. Was er da gehört hatte, war unglaublich. Er kam sich vor wie jemand, der einen Stein ins Wasser geworfen hatte, um Wellen zu schlagen. Sie uferten tatsächlich aus, es wurden immer mehr, und der Grieche hatte plötzlich Angst, von ihnen überschwemmt zu werden.

Da war von einem Totenopfer gesprochen worden.

Wer sollte es sein?

Er vielleicht?

Obwohl es ihm nicht leicht fiel, überwand er sich und stellte die Frage. »Du willst ein Totenopfer haben«, flüsterte er. »Kannst du mir sagen, an wen du gedacht hast?«

Clarissa verzog noch mehr den Mund. »Hast du Angst, Taridis, dass du es sein könntest?«

»Ja, die Angst habe ich!«

Clarissa nickte. »Das ist auch nötig, Costa Taridis. Ich gebe zu, dass ich an dich gedacht habe, aber mir ist ein anderer in den Sinn gekommen.«

»Wer?«

»Geisterjäger John Sinclair!«

Jetzt war es heraus.

Costa Taridis stand auf dem Fleck. Plötzlich hämmerte sein Herz. Es pumpte in schweren Schlägen, das Blut rauschte in seinem Kopf, er hatte Mühe, nach Luft zu schnappen. Doch es war nicht die Angst, die ihn so reagieren ließ, es war die Erleichterung, nicht selbst das Opfer zu werden.

Wäre da ein Stuhl gewesen, so hätte er sich hingesetzt.

Das jedoch blieb ihm versagt, er musste stehen bleiben und auch mit dem Schwindel fertig werden, der ihn erfasst hielt.

Die Nonne hatte gesehen, was mit dem Mann los war. Sie ließ ihn in Ruhe. Erst nach einer Weile fragte sie: »Geht es dir jetzt besser, Grieche?«

»Ja, ja – es geht.«

»Dann können wir ja über unseren Plan reden.«

Er schüttelte den Kopf. »Ich begreife es nicht. Du hast doch gesagt, dass du John Sinclair als Totenopfer haben willst.«

»Das stimmt.«

»Aber wo ist er? Wie kommen wir nach London? Denn dort lebt der Geisterjäger.«

»Du Narr«, sagte die Nonne verächtlich. »Glaubst du wirklich, dass wir in diese Stadt mit dem mir unbekannten Namen fahren müssen? Nein, John Sinclair befindet sich hier in der Nähe!«

»Wo? Wie?« Jetzt verstand Costa Taridis überhaupt nichts mehr. Er drehte sich um und suchte. Sein Blick glitt in die Runde. Irgendwo musste der Geisterjäger stecken, wenn Clarissa schon so etwas behauptete, aber er fand keine Spur.

»Glaubst du mir nicht?«

»Ich sehe ihn nicht.«

»Was weißt du schon von diesem Kloster? Unter der Erde ist mein Reich. Diese Höhlen, diese Anlagen sind vor langer, langer Zeit gebaut worden, und hier bin ich die Königin. Er hat das Kreuz gerufen und geriet gleichzeitig in die Magie der Wölfe hinein, denn sie haben ihn hergeholt.«

»Leben sie denn?«, hauchte Taridis.

»Ja, sie leben, auch wenn es nicht so scheint. Und du hast sie sogar selbst gesehen und mit ihnen gesprochen, denn sie gehorchten deinem Befehl.«

»Wie das?«

»Die Wölfe und die Wesen mit den seltsamen Muskeln und Körpern sind ein- und dieselben Personen. Verstehst du? Sie sind gleich. Nur er nicht.«

Nach diesen letzten Worten drehte sich die Nonne und deutete auf die hinter ihr stehende Figur.

Costa Taridis war dem Blick gefolgt. Er war also nicht wie die anderen. Vielleicht war er stärker, auf jeden Fall war er ein Ungeheuer, ein grausames Überbleibsel aus einer Zeit, die wohl in der menschlichen Geschichte nicht mehr erfasst worden war.

Und der Wolf lebte. Es bewegten sich seine Augen, wobei der Grieche das Gefühl hatte, sie würden den Grund seiner Seele mit ihren scharfen Sensorblicken durchleuchten.

Er schauderte, bevor er sich traute, die nächste Frage zu stellen. »Und wo befinden sich deine Helfer?«

»Du hast sie an der Treppe gesehen. Noch bestehen sie aus Holz, aber sie werden leben!«

Die Wölfe auf den Pfosten!

Clarissa brauchte nichts mehr hinzuzufügen, Costa hatte begriffen. Und er sah, wie sie sich bewegten. Denjenigen, die aus Holz zu sein schienen, wurde Leben eingehaucht. Sie verwandelten sich in lebendige Wesen, reckten sich wie nach einem langen Schlaf, und der Grieche vernahm ihr scharfes Atmen.

Schon sprang der erste Wolf zu Boden. Ein klatschender Schlag war zu hören, ein seltsames Jaulen, dann glitt das Wesen heran, das einen Wolfskörper aufwies.

Taridis wich unwillkürlich zurück, als er das Tier sah. Und er machte in den nächsten Sekunden eine völlig neue Erfahrung, nämlich dann, als sich der Wolf verwandelte.

Er richtete sich vor der Nonne auf; ein Knacken und Reißen war zu hören, der Körper gewann an Größe, und aus der Schnauze wurde dieses seltsame Gesicht mit der eingedrückten Nase und den fast farblosen Augen. Muskelstränge waren um den Körper geschlungen. Gewaltige, knotige Gebilde, und innerhalb des Gesichts sah der Mann die Mundhöhle.

Er war fasziniert und abgestoßen zugleich. So etwas wie Angst kroch in ihm hoch, aber das Wesen, das ihn jetzt überragte, hatte keinen Blick für ihn, sondern schaute nur Clarissa an, und dies mit einer fast hündischen Ergebenheit.

Auch die anderen bewegten sich. Costa Taridis war so sehr auf die Verwandlung des Ersten fixiert gewesen, dass er auf die übrigen drei nicht hatte achten können.

Er erinnerte sich, vier Pfosten gezählt zu haben, als er die Treppe hinabschritt.

Und drei Wölfe näherten sich.

Allerdings befanden sie sich im Stadium der Verwandlung. Sie waren eine Mischung aus Mensch und Tier.

Auch sie zollten ihrer Anführerin Tribut, indem sie vor ihr stehen blieben und sich verneigten.

Dann sprach sie zu ihnen, erzählte von den Feinden, die irgendwo lauerten, und erwähnte immer wieder einen Namen.

John Sinclair!

»Er ist hier. Ihr müsst ihn suchen, finden und herschaffen, damit ich ihn töten kann. Ich brauche ihn als ein Totenopfer, versteht ihr?«

Nicken.

»Einmal ist er euch entkommen. Ein zweites Mal wird und soll es euch nicht mehr passieren, denn diesmal ist keiner da, der ihn beschützen kann. Keine fremde Magie hat in diesem Kloster ihren Einzug gehalten. Ich wollte es nicht und werde es weiterhin verhindern. John Sinclair muss mein Totenopfer werden.«

Sie hatte ihre Meinung gesagt. Die kantigen Köpfe gerieten in nickende Bewegungen, die unnatürlichen Muskelstränge traten noch stärker hervor.

Jeder griff zu seiner Waffe.

Taridis hatte sie schon einmal gesehen. Es waren bumerangähnliche, leicht gebogene Stäbe, die sie bei sich trugen und mit denen sie ausgezeichnet umgehen konnten.

»Soll ich mit?«, wandte er sich an die Nonne.

Clarissa schüttelte den Kopf. »Nein, was mit Sinclair geschieht, das erledigen meine Wölfe. Sie sind stärker. Wir werden hier auf sie warten ...«

Ein Nicken war Taridis' Antwort. Clarissa und der Grieche schauten zu, wie die vier Häscher in der Dunkelheit dieser unterirdischen Anlage verschwanden.

Eigentlich hätte Taridis so etwas wie Siegesfreude erleben müssen. Die jedoch wollte nicht so recht aufkommen. Er glaubte einfach, sich übernommen zu haben und dass die Beschwörung zu einem tödlichen Bumerang für ihn werden konnte …

Nach dem seltsamen Blackout erwachte ich in absoluter Dunkelheit. Da ich mit etwas Ähnlichem gerechnet hatte, konnte mich dies nicht weiter überraschen, und so blieb ich erst einmal liegen, um meine Lage zu sondieren.

Natürlich wusste ich nicht, wo mich diese seltsame Reise hingeführt hatte. Ich konnte in einer anderen Dimension gelandet sein, mich aber auch ebenso gut auf der Erde befinden. In einem fremden Land, in einer anderen Zeit. Das alles war möglich.

Doch ich ging davon aus, dass ich es im Laufe der Zeit noch herausfinden würde.

Ich tat das, was ich in ähnlichen Situationen immer machte. Ich stellte mich auf meine neue Umgebung ein und ließ die äußeren Einflüsse auf mich einwirken.

Wenn man so viele Erfahrungen gesammelt hat wie ich, dann kann man eine Gefahr im wahrsten Sinne des Wortes riechen. Oft genug hatte ich den Hauch des Bösen bemerkt, wenn er heranwehte und mich streifte, weil meine Waffe, das Kreuz, wie ein Seismograph reagierte.

Das fiel hier weg.

Ich hatte das Kreuz nicht mehr und musste mich auf mein Gefühl und wieder einmal auf die kleine Lampe verlassen, die ich stets bei mir trug. Die schmalen Batterien waren vor kurzem erst ausgetauscht worden, sodass die Lampe ein relativ helles Licht abgab.

Der gebündelte Lichtstrahl traf auch ein Ziel.

Es war eine Mauer.

Zwar lag ich am Boden, war jedoch nicht gefesselt. Ich stand auf, um die Mauer zu erreichen.

Etwas schwankend war mein Gang. Auf dem Weg zu meinem Ziel überprüfte ich die übrigen Waffen.

Beretta, Dolch, Gemme, Bumerang.

So wehrlos war ich doch nicht ...

Ich untersuchte die Steine, soweit es möglich war. Viel konnte ich nicht herausfinden, schließlich war ich kein Fachmann, aber eins fiel mir auf.

Die Steine waren alt, wenn nicht uralt!

Befand ich mich tatsächlich in einer anderen Dimension oder in einer anderen Zeit? Vielleicht in einer der früheren Epoche der Geschichte? Das konnte durchaus möglich sein. Irgendwie hing ja alles mit meinem Kreuz zusammen, das sehr, sehr alt war, denn der Prophet Hesekiel hatte weit vor Christi Geburt gelebt und mein Kreuz geschmiedet. Auf abenteuerliche Art und Weise war es dann in die Hände der Makkabäer gelangt, anschließend in ein Kloster, schließlich zu einer Frau namens Vera Monössy, und die hatte es mir kurz vor ihrem Tod überreicht.

Ich wusste zwar einiges über mein Kreuz, aber längst nicht alles. Vor allen Dingen nichts über seine abenteuerliche Reise durch die Jahrtausende, bis ich, der Sohn des Lichts, es in die Hände bekommen hatte.

Nun war es verschwunden.

Jemand musste da sein, den das Kreuz ebenfalls interessierte und der es vor allen Dingen benutzen konnte. So wie ich es einsetzte, würde er es sicherlich auch schaffen.

Als ich daran dachte und mich intensiv damit beschäftigte, wurde meine eigene Lage zweitrangig. Für mich war dieser Unbekannte, der das Kreuz nun in seinen Händen hielt, sehr wichtig.

Wer verbarg sich dahinter?

Dieser Fall stellte mich vor zahlreiche Fragen, die ich allerdings auf eine reduzieren konnte.

Ich hatte die Formel gerufen. Das Kreuz musste reagiert haben und hatte eine magische Brücke aufgebaut, einen Tunnel, wie ich ihn ähnlich von der Leichenstadt her kannte.

Ich erinnerte mich wieder an das Frauengesicht. Hinter

dem Kreuz hatte es sich abgezeichnet. Ob dieses Gesicht zu der Person gehörte, die hinter allem steckte?

Eigentlich konnte ich davon ausgehen, wobei es jetzt galt, die Frau zu finden.

Deshalb wollte ich diesen Platz verlassen und meine nähere Umgebung absuchen.

Gerechnet hatte ich mit einer Höhle, und meine Vermutungen trafen auch ungefähr zu, aber wirklich nur ungefähr, denn ich befand mich in einem wahren Labyrinth.

Vielleicht sogar in einem unterirdischen, denn die Luft, die ich atmete, war muffig und sauerstoffarm. Das Atmen bereitete mir Mühe.

Auf dem Boden lag eine dicke Staubschicht. Sie bedeckte große, quadratisch verlegte Steine, die fugenlos aneinandergefügt waren.

Menschen sah ich nicht.

Da sich diese Anlage als sehr weitläufig erwies, konnte es sein, dass ich im Kreis lief. Aus diesem Grunde versuchte ich, meine Schritte nur in eine Richtung zu lenken.

Ich machte dabei erstaunliche Feststellungen. Hin und wieder passierte ich Torbögen, schritt vorbei an steinernen Säulen, die eine Decke stützten, aber nichts wies darauf hin, dass diese Anlagen von Menschen oder irgendwelchen anderen Wesen bewohnt wurden.

Wenn diese weiten Hallen tatsächlich leer waren, aus welchem Grunde hatte man mich dann hergeschafft?

Das wollte mir nicht in den Kopf. Deshalb ging ich trotz allem davon aus, auf irgendwelche Wesen oder Gegner zu treffen.

Meine Waffen ließ ich stecken. Nur die Lampe blieb weiterhin in meiner rechten Hand, und der helle Strahl wies mir den Weg durch die tintige Finsternis.

Es war schon gewaltig, was ich da um mich herum alles sah. Wer diese unterirdische Halle angelegt hatte, musste ein großer Baumeister gewesen sein.

Interessieren würde mich auch, was sich über der Erde befand.

Plötzlich blieb ich stehen.

Ein Geräusch war an meine Ohren gedrungen. Es hörte sich an, als würde jemand über aufgereihte, leere und offene Flaschen blasen. So ähnliche Töne schwangen mir entgegen.

Selbstverständlich hatte ich die kleine Lampe gelöscht und blieb in völliger Dunkelheit sitzen.

Man kann den Begriff Stille kaum näher erläutern. Wenn etwas still ist, dann ist es eben so. Ich in meinem Fall hatte allerdings das Gefühl, in dieser Stille eine Gefahr zu sehen. Wie die Ruhe vor dem Sturm, denn das seltsame Heulen hatte aufgehört.

Meine Beretta hatte ich gezogen und die Lampe in die linke Hand gewechselt.

Wer lauerte vor mir?

Es war kein gutes Gefühl zu wissen, dass ich vielleicht von Feinden umgeben war, die mir ans Leder wollten und die ich nicht sehen konnte.

Ich konnte überhaupt nichts erkennen und traute mich auch nicht, die kleine Lampe einzuschalten.

Ich verließ mich ganz auf mein Gehör.

Alles blieb still. Wenn wenigstens das Heulen erklungen wäre, hätte ich einen Anhaltspunkt gehabt.

Kaum war der Gedanke in meinem Hirn aufgezuckt, als ich es wieder vernahm. Und abermals fiel mir der Vergleich mit den aufgestellten leeren Flaschen ein.

Mir rann eine Gänsehaut über den Rücken. Ich geriet ins Schwitzen. Furcht keimte in mir auf, und es fiel mir immer schwerer, meinen Atem unter Kontrolle zu halten.

Waren da nicht Schritte?

Nachdem das Heulen verklungen war, glaubte ich, sie zu hören, und ich setzte einfach alles auf eine Karte.

Meinen linken Arm schwang ich zur Seite, drehte dabei das Handgelenk und schaltete meine Lampe ein.

Der Strahl stach aus der Öffnung – und fand ein Ziel.

Ich hatte die Lampe etwas schräg nach oben gewinkelt, sodass sie haargenau das flache Gesicht und den viereckigen Schädel eines der Wesen traf, das ich bereits in London gesehen hatte.

Diesmal sah ich nur eines dieser Wesen. Was mir allerdings völlig reichte, denn den rechten Arm hatte es in die Höhe geschwungen, um die mir unbekannte Waffe auf mich zu schleudern …

Nadine, die Wölfin, wusste kaum, was mit ihr geschah. Sie wurde zusammen mit Kara und Myxin in den magischen Sog hineingerissen, und als sie einen Gegendruck spürte, da stellte sie fest, dass sie sich woanders befand.

Eine völlig andere Umgebung hatte sie aufgenommen. Sie sah Hügel, viel Wald, hörte und entdeckte einen kleinen Bach, und sie sah die gewaltigen vier Steine, die so standen, dass sie die Ecken eines Quadrates bildeten.

Nadine selbst war keine normale Wölfin. Die Seele eines Menschen, der Körper eines Tieres. Von beidem leitete sich ihr besonderer Instinkt ab. Genauer hieß das, sie konnte ohne weiteres feststellen, dass sie sich in einem Gebiet befand, das magisch aufgeladen war. Zwischen den Steinen schwebte etwas.

Erklären konnte sie es sich natürlich nicht, aber ihre Reaktionen bewiesen, dass sie die Magie gewittert hatte. So schauten Kara und Myxin zu, wie die Wölfin im Kreis lief, sich dabei ziemlich aufgeregt gab und herausfinden wollte, was geschehen war.

Sie lief von einem Stein zum anderen, blieb davor stehen und strich mit ihrer Schnauze daran entlang.

Myxin und Kara mischten sich nicht ein.

»Ob sie John Sinclair wittert?«, fragte Myxin.

»Kann sie das denn?«

»Sie wird gemerkt haben, dass er sich zumindest hier befunden hat«, gab Myxin zurück.

»Das kann allerdings sein. Oder aber«, Kara ging einige Schritte vor, »sie spürt den Wolfszauber. Schließlich gehört sie selbst zu dieser Gattung.«

»Wenn beides zutrifft, könnte es eine Chance geben, John Sinclair zurückzuholen«, behauptete Myxin. »Ich möchte Nadine als Katalysator benutzen und John eine Brücke bauen, durch die er wieder in das Gebiet der *flaming stones* zurückkehrt.«

Karas Blicke steckten voller Zweifel, sie sagte jedoch nichts.

»Hast du etwas dagegen?«

»Nein, natürlich nicht. Ich frage mich nur, wie du es anstellen willst.«

»Ist es uns vorher nicht auch gelungen, einen Kontakt herzustellen? Wir sahen erst den Schatten des Kreuzes und dann den des Wolfs.«

Kara hob die Schultern. »Sicher, das stimmt, doch beim erstenmal ist es mehr oder weniger freiwillig geschehen, jetzt aber müssen wir nachhelfen. Ob uns das gelingt, ist fraglich.«

Myxins Augen funkelten. »Du und dein Pessimismus. So kenne ich dich nicht. Es ist einen Versuch wert, Kara. Lass uns beginnen. Ich schlage vor, dass du dein Schwert nimmst.«

Die Schöne aus dem Totenreich nickte. Myxins Worte, die so eindringlich gesprochen waren, hatten sie letztendlich überzeugt. Sie zog das Schwert mit der goldenen Klinge aus dem Gürtel.

Es war ein Erbteil ihres Vaters, des Atlanters Delios. An seinem Sterbebett hatte sie ihm versprechen müssen, dieses Erbe in Ehren zu halten und das Schwert nur dann einzusetzen, wenn sie im Kampf für die Kräfte des Lichts, des Guten, stand.

Die Klinge war sehr schmal. Sie zeigte sich ein wenig gebogen, und der Griff passte genau in die Hand der Frau mit den schwarzen Haaren.

Diagonal schritt Kara jeweils auf die Steine zu. Mit dem Schwert zeichnete sie Linien auf den Boden. Zwei waren es, und sie verbanden jeweils zwei Steine.

Genau in der Mitte des Quadrats kreuzten sie sich, und dort malte Kara einen Kreis.

Myxin blieb außerhalb. Er kannte seine Grenzen. Die Beschwörung war allein Karas Sache.

Innerhalb des Kreises war sie stehen geblieben. Nadine befand sich momentan außerhalb des Quadrats, und sie wurde von der Schönen aus dem Totenreich herbeigelockt. »Bitte, Nadine, komm her zu mit!«

Die Wölfin zögerte. Sie schob zwar ihren Körper durch die Lücke zwischen zwei Steinen, ansonsten blieb sie vorsichtig und reagierte nicht.

»Bitte«, sagte Kara. »Es geht um John Sinclair!«

Etwas Seltsames geschah. Plötzlich stellte Nadine die Ohren hoch. Sie hatte den Namen John Sinclair gehört. Gleichzeitig sträubte sich ihr Fell, und ein tiefes Knurren drang aus ihrer Kehle.

Das war das Zeichen.

Die Wölfin mit dem herrlichen rotbraunen Fell war nicht mehr zu halten. In großen Sprüngen durchquerte sie die magische Zone und blieb im Kreis stehen. Dann hockte sie sich neben Kara und presste ihren Körper gegen die Beine der Schönen aus dem Totenreich.

Kara schaute zu Myxin hinüber. Der kleine Magier nickte. Ein Zeichen seines Einverständnisses.

Mit der linken Hand kraulte Kara das Fell der Wölfin. Durch diese Berührung wollte sie Nadine beruhigen. Sie sollte sicher sein können, dass ihr nichts geschah.

Und sie fühlte sich auch sicher, denn sie zuckte nicht einmal zusammen, als Nadine das Schwert nahm und die Klinge quer über den Körper des Tieres legte.

Der Kreis, Kara und Nadine. Sie sollten das Dreieck der Magie bilden, das sich noch in Ruhe befand, denn Kara musste erst mit ihrer Beschwörung beginnen.

Gleichzeitig würde sie die Struktur der Steine verändern, und man konnte sehen, aus welchem Grund sie den Namen *flaming stones* erhalten hatten, obwohl sich nach wie vor um sie ein Geheimnis rankte, das weder Myxin noch Kara bisher herausgefunden hatten.

Kara konzentrierte sich. Sie kniete dabei am Boden. Die Wölfin stand still. Nichts rührte sich bei ihr. Sie schien zu wissen, dass es auch auf sie ankam.

Kara schloss die Augen. Sie versuchte, das Schwert und auch die Wölfin in den Kreislauf mit einzubringen, um auf mentaler Ebene dem verschwundenen Wolfszauber zu begegnen, der irgendwo in dem Nichts lauern musste.

Als Beschleuniger für diesen Vorgang dienten die

magischen Steine, die immer dann in Aktion traten, wenn erste Anzeichen der von Kara erhofften Magie eintraten.

Ihre Kraft den Steinen.

Und sie reagierten.

Als graue Brocken standen sie da, stießen in den allmählich düster werdenden Himmel, aber vom unteren Ende her begannen sie sich zu verändern. Sie nahmen eine andere Farbe an, wurden rötlich, und dieser erste Schimmer wuchs.

Allmählich schwebte er hoch, während er sich gleichzeitig von unten her intensivierte.

Aus dem Rosa wurde das Rot, das den Steinen seinen Namen gegeben hatte.

Myxin, der zuschaute, hatte wirklich das Gefühl, als würden die Steine in Flammen stehen, so hell und kräftig leuchteten sie plötzlich, obwohl sie ihren Schein nach außen hin nicht abstrahlten, sondern eher nach innen sammelten.

Jetzt entfalteten die Steine ihre Kraft. Der Raum innerhalb des Quadrats war mit einer uralten Magie gefüllt, die Kara noch aus Atlantis mitgebracht hatte und die in dem Schwert steckte.

Die Schöne aus dem Totenreich setzte all ihre Kraft ein, und das Glühen der Steine blieb nicht auf sie beschränkt, sondern fand seinen Weg über die von Kara gezeichneten Linien bis in den Rand des Kreises, sodass beide Linien sowie der Kreis mit demselben dunklen Rot ausgefüllt wurden, wie die Steine es zeigten.

Myxin drückte Kara die Daumen. Der kleine Magier wusste, welch eine Kraft sie diese Beschwörung kostete. Sie stieß dabei tief hinein in Dimensionen und Räume, die einem Menschen eigentlich verschlossen blieben, und es wäre für die Schöne aus dem Totenreich besser gewesen, wenn sie den Trank des Vergessens gehabt hätte.

Ihm galt all ihr Forschen und Suchen. Sie wusste inzwischen, dass einer der mächtigsten Dämonen den Trank besaß. Es war der Spuk, und bei ihm oder in seinem Reich war er bestens aufgehoben, denn dort konnte Kara ihn nicht wegholen.

Weder Myxin noch sie hatten die Hoffnung aufgegeben. Vielleicht gelang es ihnen irgendwann einmal mit einem großen Trick. Doch das alles musste die Zukunft ergeben.

Und Kara setzte sich ein. Sie kämpfte, sie tat alles. Es ging fast bis an die Grenze ihrer Kraft, und Myxin musste zusehen, wie sich ihr Gesicht verzerrte.

Den Kopf hatte sie nach hinten gelegt. Aus ihrem offenen Mund drangen ächzende Laute. Es war so schwer, so furchtbar schwer, die aufgebauten schwarzmagischen Barrieren zu durchbrechen, selbst für eine Frau wie Kara, deren Leben sich auf atlantische Tradition aufbaute, und es zeugte von ihrem eisernen Willen, dass sie dennoch nicht aufgab.

Kara kämpfte.

Sie wollte hineinstoßen in die Wolfsmagie, sie wollte John Sinclair zurückholen, denn er musste einfach am Leben bleiben.

Hatte sie Erfolg?

Und dann geschah etwas, das alle Pläne durchkreuzte. Keiner hätte damit rechnen können. Es griffen Kräfte in den Kampf ein, die nicht zu kontrollieren waren.

Es begann mit einem wahnsinnigen Schrei.

Ausgestoßen von Kara, die ihren Kopf noch weiter zurückwarf, sodass ihr Rücken eine Brücke bildete und die langen Haare mit ihren Spitzen den Boden berührten.

Der Schrei zitterte zwischen den *flaming stones* und schien von den rot glühenden Steinen aufgesaugt zu werden.

Myxin hatte das Gefühl, in der Körpermitte geteilt zu werden. Er hing an Kara, obwohl sie vor zehntausend Jahren einmal Todfeinde gewesen waren. Er konnte sie nicht leiden sehen, wollte in den magischen Kreis hineinspringen und versuchen, ihn zu zerstören, als die Schöne aus dem Totenreich von einer wahren Urgewalt gepackt und in die Höhe geschleudert wurde.

Ihr Körper beschrieb einen Halbkreis, bevor sie wuchtig auf den Rücken prallte.

So blieb sie liegen. Ausgestreckt die Arme und Beine,

den Griff des Schwerts mit der rechten Hand umklammernd.

Sie konnte einfach nicht mehr. Myxin selbst wusste nicht, ob sie noch lebte, und er lief auch nicht zu ihr, denn nach wie vor befand sich die Wölfin innerhalb des magischen Kreises.

Nadine blieb nicht verschont.

Plötzlich wurde ihr Körper von einem gleißenden roten Licht eingehüllt. Es war wie ein leicht durchsichtiger Vorhang, und mit einer unheimlichen Kraft wuchtete sich das Tier auf die Hinterpfoten.

Das Tier?

Myxin glaubte, seinen Augen nicht trauen zu können. Plötzlich war kein Tier mehr innerhalb des Kreises zu sehen, sondern ein Mensch.

Eine Frau.

Nadine Berger.

Die echte Nadine!

Da ich die Gefährlichkeit dieser Wesen aus London kannte, blieb mir keine andere Möglichkeit, als zu feuern.

Er oder ich!

Deshalb drückte ich ab, sah die fahle Mündungsblume vor dem Lauf aufplatzen und auch, wie mein Feind getroffen wurde.

Die aus geweihtem Silber bestehende Kugel traf ihn genau dort, wohin ich gezielt hatte.

In die Schulter.

Dem wuchtigen Einschlag hatte er nichts entgegenzusetzen. Er stieß ein nicht näher zu beschreibendes Geräusch aus, fast zu vergleichen mit dem Zischen eines Dampfkessels, zuckte zurück, sprang dabei seltsam in die Höhe und verschwand vor mir in der Dunkelheit.

Das Krachen des Schusses warf mehrere Echos, die dumpf durch dieses unterirdische Labyrinth rollten.

Um kein Ziel zu bieten, schaltete ich augenblicklich die Lampe aus und bewegte mich in der Finsternis einige Schritte zur Seite. Erst jetzt, als ich neben einer Säule stand, sie hatte meinen Lauf aufgehalten, wurde mir bewusst, dass ich mit meinem Schuss kaum etwas erreicht hatte.

Okay, ich hatte den anderen zwar erwischt, aber er war weder zusammengebrochen noch zerfallen, wie man es oft bei Dämonen sieht. Nun wurde mir klar, dass ich es nicht mit Dämonen der normalen Sorte zu tun hatte.

Ich hätte es vorher wissen müssen, denn schon in London waren sie in der Lage gewesen, mein Kreuz anzufassen, ohne dass ihnen etwas passierte.

Bisher hatte ich mich gedanklich nur mit den räumlichen Ausmaßen meines Gefängnisses beschäftigt, nun begann ich klar und logisch zu überlegen. Was dabei herauskam, war nicht gerade als erfreulich zu bezeichnen, und ich fragte mich, wie ich mir diese Wesen weiterhin vom Halse halten sollte.

Es sah nicht gut aus.

Mein Atem hatte sich wieder beruhigt. Ich lauschte in die Finsternis hinein. Einen hatte ich angeschossen, er würde sich irgendwo verstecken, vielleicht auch hinter einer Mauer oder einer Säule, allerdings hörte ich nichts.

Es blieb still.

Nur meinen eigenen Herzschlag vernahm ich. Er trommelte laut, und ich atmete sehr flach, um alles unter Kontrolle zu halten.

Dann hörte ich die Schritte.

Es ist schwer, im Dunkeln genau festzustellen, wo sie aufklingen.

Eins stand fest. Hinter meinem Rücken geschah dies nicht. Vielleicht vor und gleichzeitig seitlich von mir, ich musste es rauskriegen. Vorsichtig drehte ich mich nach rechts. Zu sehen war nichts. Kein Schatten, kein Feind, deshalb riskierte ich es und schaltete abermals meine Lampe ein.

Dünn war der Strahl. Schmal wie die Breite eines Messers glitt er in die Finsternis, und er traf sein Ziel.

Vor mir stand der Zwillingsbruder des Typs, den ich angeschossen hatte, und er hob gedankenschnell seinen rechten Arm, um die seltsame Waffe zu schleudern.

Wie ich ihr trotz allementging, kann ich selbst nicht sagen. Ich wuchtete mich zur Seite und hörte plötzlich dieses hohle Pfeifen, das ich schon kannte.

Dann wischte etwas heran. Das Pfeifen wurde lauter und zischte vorbei. Es war diese bumerangähnliche Waffe, die das Pfeifen verursachte, wenn sie durch die Luft wirbelte. Aber sie traf mich nicht, sondern hieb gegen die Säule, neben der ich gestanden hatte.

Ein Blitz zuckte auf!

Wenn ich mit allem gerechnet hatte, damit nicht. Als sich die beiden Gegenstände berührten, entstand dieser fahle Blitz, der sofort wieder zusammenfiel. Es wurde wieder dunkel, denn auch ich hatte die Lampe gelöscht.

Okay, mit einer Silberkugel konnte ich mir diese Wesen nicht vom Leibe halten, das hatte ich leider erfahren müssen. Aber ich wollte sie mit ihren eigenen Waffen schlagen und hatte mir genau gemerkt, wo dieses seltsame Wurfgeschoss zu Boden gefallen und liegen geblieben war.

Blitzschnell tauchte ich nach unten.

Ein Griff, ein Zupacken, und ich hielt das Ding zwischen meinen Fingern.

Es war sehr leicht, längst nicht so schwer wie mein Bumerang, und es bestand aus Holz.

Während dieser Überlegungen war ich zur Seite geglitten, hatte die Beretta verschwinden lassen und hielt in der linken Hand nur noch meine kleine Lampe.

Die schaltete ich ein.

Diesmal schoss der helle Streifen ins Leere, aber ich schwenkte ihn gedankenschnell nach links, und er blieb auf dem Körper meines Gegners hängen.

Geduckt stand dieses Wesen vor mir. Es bewegte seinen Kopf und hielt ihn dabei gesenkt. Anscheinend suchte es seine Waffe.

Die hatte ich und setzte sie auch ein.

Ich wusste, wie man einen Bumerang schleudern muss, und hoffte, mit dieser Waffe einen Erfolg zu erzielen.

Schon hatte ich ausgeholt und warf sie.

Sie wurde verdammt schnell, und abermals hörte ich das hohle Pfeifen, als sie durch die Luft schnitt.

Volltreffer!

Diesmal hatte ich die Lampe nicht ausgeschaltet und schaute zu, wie das seltsame Holz in den Körper hineinhieb.

In seiner Wirkung glich es einem geschleuderten Messer, das scharf in die knotigen Muskelstränge schnitt und dort eine lange Wunde hinterließ. Da wurde das Fleisch aufgerissen, und mein Gegner verlor das Gleichgewicht.

Er fiel mir entgegen.

Ich sprang zur Seite, ließ ihn auf den Boden fallen, wobei er sich die Waffe noch tiefer in seinen seltsamen Körper drückte, und plötzlich verging er.

Eine sehr seltsame Wandlung lief vor meinen Augen ab, denn während des Auflösungsprozesses nahm der Körper zusätzlich noch eine andere Gestalt an.

Das Skelett eines Tieres lag vor mir. Bleich schimmerten die Knochen, als sie vom Licht der kleinen Lampe getroffen wurden, und als ich genauer hinschaute, da glaubte ich, in dem Knochengerüst die Umrisse eines Hundes zu erkennen.

Wobei es auch ein Wolf sein konnte.

Die Waffe nahm ich an mich. Ihr war nichts passiert, und mit ihr fühlte ich mich wohler.

Im nächsten Augenblick lag ich am Boden. Wieder war das hohle Pfeifen zu hören, etwas wischte über meinen Kopf hinweg und schlug irgendwo gegen, wobei genau an dem Punkt eine Flamme in die Höhe schoss.

Diese seltsame Waffe schien einiges in Bewegung zu setzen, denn ich sah das Feuer hochlodern, und mir war klar, dass ich mich vor dieser zuckenden Wand wie ein Scherenschnitt abhob.

Ich musste weg.

Laufend war es zu riskant. Ich rollte mich um die eigene Achse, schleuderte meinen Körper wild herum und sah aus dem Dunkel vor mir die drei restlichen Gegner.

Sie huschten heran.

Auch der Verletzte war dabei. Bevor die drei in irgendwelche Deckungen tauchten, konnte ich erkennen, dass der Verletzte seinen Arm nicht mehr bewegte.

Wie ein totes Teil hing er an seinem Körper herab. Aber er besaß noch seine Waffe und war gefährlich.

Das wollte ich ändern.

Ich wusste selbst nicht, welcher Teufel mich da ritt, meinen Gegner so frontal zu attackieren, aber ich setzte einfach alles auf eine Karte. Die Distanz zu ihm war mit wenigen Schritten zu überbrücken. Vielleicht hatte seine Verletzung die Reaktionsfähigkeit beeinträchtigt, jedenfalls kam er nicht so schnell weg, und als er zur Seite tauchen wollte, hatte ich ihn schon erreicht.

Ich hieb einfach zu.

Dass ich dabei seinen Kopf traf, war Zufall.

Das Wesen kippte nach hinten. Ich wurde noch von seinen rudernden Armen getroffen, stolperte vor und wäre fast über das Hundeskelett gefallen.

Mit großen Schritten lief ich nach rechts zur Seite. Dabei konnte ich besser sehen, denn der flackernde Flammenschein leuchtete das unterirdische Gewölbe aus.

Zwei waren noch übrig, und die schleuderten ihre Waffen aus sicheren Deckungen.

Zum Glück warnte mich das Pfeifen. Aus vollem Lauf hechtete ich zu Boden und hatte das Gefühl, dass mir die unheimliche Waffe einige Haare abrasierte, so dicht pfiff sie über meinen Kopf hinweg.

Freunde, das war knapp gewesen. Der Aufprall schüttelte mich durch, ich rollte mich auf die Seite und griff zu meiner Beutewaffe, denn mit ihr musste ich mich verteidigen.

Es traf mich schockartig.

Kaum hatte ich den gekrümmten Stab berührt, als er sich zwischen meinen Fingern auflöste. Als Staub rieselte das Zeug zu Boden und blieb liegen.

Eine Erklärung war schwer und zugleich leicht. Mit dem Tod der Wesen vergingen wenig später auch die Waffen. Sie mussten irgendwie mit ihren Trägern eine Einheit bilden.

Ich hatte wirklich keine Zeit, mich darüber zu wundern oder mir irgendwelche Gedanken zu machen, denn einem bewaffneten Gegner stand ich noch gegenüber.

Der zweite hatte den gekrümmten Stab geschleudert, der irgendwo hinter mir zu Boden gefallen war, ohne ein Feuer hochlodern zu lassen.

Ich kroch auf allen vieren weiter und sah zu, dass ich hinter einer Säule Deckung fand.

Noch brannte das erste Feuer. Es gereichte nicht nur mir zum Vorteil, sondern auch meinen Gegnern, wobei ich hoffte, dass es ihnen nicht gelang, mich so schnell zu attackieren.

Es begann ein gegenseitiges Belauern!

Schräg hinter mir zuckten und tanzten die Flammen. Sie verursachen dabei keinerlei Geräusche, alles blieb ruhig, nur die gespenstischen Schatten und der Widerschein des Feuers waren zu erkennen.

Ich wollte natürlich wissen, wo sich die geschleuderte Waffe befand. Sie hatte mich knapp verfehlt und musste irgendwo hinter mir liegen. Allerdings war sie so weit geflogen, dass ich sie nicht entdecken konnte. Wahrscheinlich lag sie in der Dunkelheit.

Erst jetzt, wo ich ein wenig verschnaufen konnte, erfolgte die Reaktion. Ich hatte Mühe, das Zittern meiner Glieder zu unterdrücken, denn mir wurde klar, wie knapp ich dem Tod entgangen war. Hätte ich mich nicht so rasch zu Boden geworfen, wäre ich vielleicht schon tot gewesen. So aber konnte ich mich noch verteidigen.

Die Flammen wurden kleiner. Der helle Rand des Widerscheins schrumpfte allmählich zusammen, die Dunkelheit nahm zu.

Warteten meine Gegner darauf?

Wahrscheinlich, denn sie hatten den Vorteil, dass sie sich hier unten auskannten.

Ewig konnte ich nicht liegen bleiben, also musste ich mir etwas einfallen lassen.

Ich dachte an eine alte Taktik aus dem Krieg. Es ist immer besser, wenn man urplötzlich im Rücken der Feinde auftaucht und sie überrascht.

Dazu musste ich erst einmal wissen, wo sie steckten. So leise wie möglich zog ich mich zurück und achtete darauf, dass sich bei den ersten Yards die Säule immer zwischen mir und meinen Gegnern befand. Zudem warf sie noch einen langen Schatten, der mir sehr gelegen kam.

Immer weiter entfernte ich mich von den zusammensinkenden Flammen und erreichte bald einen Teil der gewaltigen unterirdischen Höhle, in der die Dunkelheit vorherrschte.

Bisher hatte man mich noch nicht angegriffen, und ich hoffte, dass es auch so blieb.

Die Dunkelheit hüllte mich ein wie eine gewaltige Decke. Sehen konnte ich jetzt so gut wie nichts mehr. Wenigstens nichts von dem, was sich in meiner unmittelbaren Nähe tat. Zwar sah ich noch die allmählich verglimmenden Reste des Feuers, aber das war auch alles.

Jetzt begann ich, den Bogen zu schlagen. Geduckt und so leise wie möglich schlich ich voran. Dabei bewegte ich mich nur auf Zehenspitzen, meine Feinde sollten mich so spät wie möglich entdecken.

Sie hielten sich zurück. Wahrscheinlich waren sie durch das Ende ihrer beiden Artgenossen geschockt, und so wurde ich auch nicht angegriffen, als ich weiterging.

Leider hatte ich keine Vorstellung davon, wo sie sich nun aufhielten. Sie waren mit der Finsternis verschmolzen und verhielten sich leider sehr still.

Ich blieb stehen und warf einen Blick nach rechts.

Dort ballte sich die tintige Finsternis. Am Ende dieser Schwärze sah ich einen schwachen hellen Schein.

Zuerst glaubte ich an eine Täuschung, doch beim zweiten Hinsehen wurde ich eines Besseren belehrt.

Dort brannte oder leuchtete in der Tat etwas.

Eine Lampe war es nicht, die hätte einen gleichmäßigen, unbeweglichen Schein abgegeben. Der, den ich sah, bewegte sich, als würde dort ein kleines, offenes Feuer brennen. Vielleicht sogar nur ein Kerzenlicht.

Was mochte sich da abspielen?

Diese Frage beschäftigte mich ungemein. Trotzdem wagte ich nicht, mich in diese Richtung zu wenden, denn dann hatte ich meine beiden letzten Gegner im Nacken. Erst musste ich sie ausschalten.

Und sie suchten nach mir.

Während die restlichen Flammen allmählich versickerten, hörte ich sie, da ich mich völlig still verhielt. Es waren tapsige Schritte, schleichend, suchend, und ich lauschte angespannt, wobei ich feststellte, dass die Schritte lauter wurden.

Sie näherten sich mir.

Ich drückte mich in die Höhe und spannte meine Schultern. Dabei wartete ich auf das hohle Pfeifen, das die gefährliche Waffe ankündigte. Es erklang nicht.

Nur die Schritte waren zu hören.

Über meinen Rücken lief ein Schauer.

Vom langen Starren in die Dunkelheit tränten meine Augen. Es war zwar nicht völlig finster, aber erkennen konnte ich so gut wie nichts.

Plötzlich sah ich sie!

Es waren Umrisse, die sich aus der Dunkelheit schälten, mehr Schatten, kaum greifbar, und ich wusste auch nicht, ob sie mich entdeckt hatten. Mir war es egal, ich wollte sie ausschalten und jagte in die Höhe.

Es war ein schneller, geschmeidiger Sprung, und ich überraschte meine Gegner damit.

Sie wollten noch weg. Einem gelang es auch, aber den zweiten konnte ich packen. Wie eine Krake schlang ich meine Arme um ihn, spürte unter meinen Händen die knotigen Muskelstränge und riss ihn dicht an mich heran. Im selben Augenblick lag das Pfeifen in der Luft.

Eine Sekunde des Zögerns hätte meinen Tod bedeuten können, deshalb duckte ich mich hinter dem Körper meines Gegners zusammen und benutzte ihn praktisch als Deckung.

Der Schlag erschütterte nicht nur ihn, sondern auch mich. Es war ein harter Treffer. Das Wesen zuckte in meinem Griff und brach zusammen.

Es wäre gefallen, doch ich hielt es eisern fest. Dabei löste ich meine linke Hand und suchte nach der geschleuderten Waffe.

Sie steckte in der Brust meines Feindes.

Ich riss sie hervor und sah den zweiten dicht vor mir auftauchen. Er wollte sich überzeugen, dass er getroffen hatte, vielleicht auch seinen gekrümmten Stab zurückholen. Das gelang ihm nicht, denn ich hielt die Waffe meines Gegners bereits in der Hand, schleuderte ihn nach links weg und stieß den seltsamen Stab wie ein Messer vor.

Der andere konnte nicht mehr stoppen.

Voll prallte er gegen mich. Zum erstenmal spürte ich die Kraft, die in diesem Körper steckte. Da war etwas von der Wildheit eines Raubtiers zu spüren. Ich verlor den Stand, flog nach hinten, krachte zu Boden, aber ich hatte die Waffe nicht losgelassen, die mit der anderen Seite in der Brust meines Feindes steckte.

Es war ein tödlicher Treffer, in den er selbst hineingerannt war. Und dann stellte ich fest, dass sein Gewicht auf meinem Körper abnahm, denn er befand sich bereits im Stadium der Auflösung.

Ich hatte gewonnen.

Das heißt, noch nicht ganz, denn einer war noch übrig geblieben. Allerdings waffenlos, und so stellte er keine direkte Gefahr mehr für mich dar.

Ich nahm die Waffe des Toten an mich, der mir langsam durch die Finger glitt. Dabei spürte ich schon die Knochen, als meine Hände das zerfallende Muskelfleisch zerstörten.

Über den Toten stieg ich hinweg und suchte den Letzten. Ich sah ihn nicht, hörte ihn nur und lockte ihn herbei.

»Komm näher!«, flüsterte ich scharf. »Los, komm! Ihr wolltet mich doch töten. Jetzt kannst du es schaffen.« Während dieser Worte war ich weitergegangen, und zwar in die ungefähre Richtung, wo er sich meiner Ansicht nach befinden musste.

Er hatte es geschickt angestellt und sich geduckt gehabt. Als er mich näher kommen hörte, musste ihn wohl ein Gefühl der Panik ergriffen haben, denn plötzlich schnellte er in die Höhe.

Ich sah die Gestalt vor mir auftauchen und sich gleichzeitig zu mir hindrehen.

Erledigen wollte ich ihn nicht, denn er sollte mir noch einige Fragen beantworten.

Durch die Kugel war er zwar behindert, aber in seiner Wut und in seinem Hass nicht mehr aufzuhalten. Er griff mich an! Sein gesunder Arm schoss vor. Ich nahm den Kopf zur Seite, entging dem Treffer und schlug mit beiden Armen zu.

In einer Hand hielt ich die Waffe.

Sie traf seinen Hals.

Kurz bevor sie sich auflöste. Sie blieb stecken, und als ich meine Hand von ihr nahm, da rieselte ein Teil des geschwungenen Stabs bereits als Staub zu Boden.

Mein Gegner verschwand taumelnd und torkelnd in der Dunkelheit. Als Letztes hörte ich den Aufprall, als er zu Boden krachte.

Jetzt gab es keinen mehr.

Ich hatte alle geschafft!

Auch mir ging es nicht besonders. Die Anstrengungen des Kampfes steckten mir in den Knochen. Ich war in Schweiß gebadet. Hinzu kam die schlechte Luft, und ich glaubte, mein Kopf wäre auf das Doppelte angewachsen.

Ausruhen konnte ich mich leider nicht. Diese vier waren sicherlich nicht die einzigen Feinde, die noch innerhalb des gewaltigen Gewölbes lauerten. Demnach musste ich mich auf weitere Kämpfe einstellen, und mein Kreuz hatte ich auch noch nicht zurück.

Ich dachte wieder an das blasse Leuchten, das ich weit vor mir entdeckt hatte.

Das war jetzt mein Ziel.

Die Richtung, wo der Schein flackerte, hatte ich mir merken können. Ich brauchte mich nur nach links zu drehen und dann geradeaus auf ihn zuzugehen.

Allerdings setzte ich mich nicht wie ein Sprinter in Bewegung, sondern blieb hübsch vorsichtig.

Mir war nicht bekannt, wer dort alles wartete. Vielleicht kamen noch andere Gegner, und ich lauschte auf das hohle Pfeifen.

Das Geräusch blieb aus.

Dafür hörte ich ein anderes.

Schritte!

Automatisch zog ich die Beretta. Die Mündung stach dabei in die Dunkelheit, gleichzeitig bohrte ich meine Blicke hinein, um etwas erkennen zu können, sah allerdings nichts, nicht einmal einen Schatten, bis es plötzlich vor mir hell wurde.

Das geschah gleichzeitig mit einem Schnacken. Das Geräusch kannte ich gut. Es entsteht, wenn ein Feuerzeug betätigt wird.

Und schon zuckte die kleine Flamme hoch, riss eine Gestalt aus der Schwärze, und dieses Bild war für mich wirklich eine Überraschung. Mit allem hätte ich gerechnet, nur nicht mit einem normalen, mir jedoch unbekannten Menschen …

»Halten Sie Ihre Kugeln zurück, Sinclair«, sagte der Mann in einem harten Englisch. »Es lohnt sich nicht.«

»Ich hatte auch nicht vor, zu schießen«, erklärte ich ihm und musterte ihn dabei.

Gesehen hatte ich ihn, wie gesagt, noch nie. Er trug einen Mantel, darunter einen Straßenanzug, ein weißes Hemd und eine Krawatte. Die Farbe seiner dichten Haare konnte ich in dem herrschenden Licht nicht erkennen, mir wurde allerdings klar, dass der Mann die Mitte des Lebens sicherlich erreicht hatte.

Sein Feuerzeug hielt er in der rechten Hand, wobei er den Arm ein wenig vorgestreckt hatte.

Eine Schrittlänge trennte uns beide. Ich fragte ihn: »Da Sie meinen Namen kennen, möchte ich gern von Ihnen wissen, wer Sie sind. Wollen Sie mich aufklären?«

»Gern. Ich heiße Costa Taridis.«

»Das klingt griechisch.«

»Ich bin auch Grieche.«

»Und kennen mich.«

»Ja, Mr. Sinclair, sogar ziemlich genau, denn ich habe Sie lange genug beobachten und studieren können.«

Es fiel mir schwer zu lächeln, denn ich glaubte ihm, was er sagte. Zugleich verspürte ich einen Schauder, weil ich von dieser Beobachtung nichts bemerkt hatte. Aus diesem Grunde hütete ich mich, den Griechen zu unterschätzen.

Ich nickte. »Sie haben mich also beobachtet, wissen, wer ich bin, und da zwischen uns die Vorstellungsmodalitäten geklärt sind, möchte ich gern erfahren, wie es weitergehen soll und welchen Grund Sie gehabt haben, mich auszuschnüffeln.«

»Es ging um das Kreuz!«

Das hatte ich mir fast gedacht. »Wollten Sie es haben?«

»Ja. Und ich habe es bekommen. Die Diener der Nonne brachten es mir, und ich begab mich auf den Weg hierher.«

»Welche Nonne?«

»Clarissa, die Makkabäerin!«

Mit dieser Antwort hatte ich nicht gerechnet. Dabei hatte ich immer gedacht, mich könnte nichts erschüttern. Diese Meinung musste ich nun revidieren. Ohne weitere Fakten zu wissen, wurde mir plötzlich klar, weshalb sie oder die anderen das Kreuz anfassen konnten. Sie waren in gewisser Hinsicht auch Söhne und Töchter des Lichts, denn so hatten sich die Makkabäer genannt.

Bei normalem Licht hätte man meine Blässe sehen können, denn ich spürte, wie das Blut aus meinem Gesicht wich. Das Kreuz stammte zwar nicht von den Makkabäern ab, wie ich zuerst angenommen hatte, aber es hatte sich in ihrem Besitz befunden, und alles wies daraufhin, dass sich die Geschichte bis in die Gegenwart hineinzog.

Aber befand ich mich überhaupt noch in unserer Zeit? Ich hatte Zweifel, obwohl der Mann vor mir normale Kleidung trug. Vielleicht war er ebenfalls verschlagen worden, und ich stellte die diesbezügliche Frage.

Ein Lächeln kerbte die Wangen des Griechen. »Natürlich befinden wir uns in der Gegenwart.«

»Wieso sind dann die Makkabäer im Spiel?«

»Weil Clarissa, die Nonne, zu ihnen gehört. Und ich habe sie durch das Kreuz erweckt.«

»Dann kannte sie es?«

»Natürlich. Bevor sie in den langen Schlaf fiel, hat sie

es schon besessen. Aber es wurde ihr gestohlen. Ich fand ihre Aufzeichnungen, die sie vor der Zerstörung des Klosters in Sicherheit gebracht hatte, und interpretierte die Sätze richtig. Die Spur führte mich in die nördliche Türkei, wo wir uns jetzt befinden, und mir gelang es auch, den Einstieg zu den unterirdischen Gewölben des Klosters zu finden.«

Ich war ein wenig schlauer geworden, was Lage und Zeit betraf. Und ich atmete auf, denn ich war froh, nicht in irgendeine andere Dimension oder ferne Vergangenheit geschleudert worden zu sein, sondern mich weiterhin in der Gegenwart zu befinden.

»Ist Clarissa hier?«

»Ja, Mr. Sinclair, und sie hat auf Sie gewartet. Ihre Helfer schafften es nicht, Sie zu ihr zu bringen, deshalb unternehme ich den Versuch. Werden Sie mir folgen?«

»Bleibt mir eine andere Wahl?«

»Kaum.«

»Dann können wir gehen.«

Taridis blieb stehen. »Eines möchte ich Ihnen noch sagen, Mr. Sinclair. Sie sollten sich über Ihre Lage keinerlei Illusionen machen. Clarissa braucht ein Totenopfer. Und dieses Totenopfer werden Sie sein.«

»Weshalb? Sie lebt schon.«

»Die alten Gesetze ihres Volkes schreiben es vor. So glaube ich jedenfalls. Und vergessen Sie nicht: Sie, die Nonne, besitzt Ihr Kreuz – das Kreuz, das ihr gehörte.«

Ich hätte ihm darauf antworten können, dass ich der Sohn des Lichts und zum endgültigen Erbe des Kreuzes bestimmt war. Weshalb sollte ich mir Gedanken darüber machen? Erst einmal wollte ich diese Clarissa sehen, die Nonne aus einer längst vergessenen Zeit.

Costa Taridis drehte mir sein Profil zu, streckte den rechten Arm aus und verdeutlichte mir mit dieser Bewegung, ihm zu folgen. Ich tat ihm den Gefallen.

Der Grieche blieb an meiner Seite. Wir gingen nicht zu langsam und auch nicht zu schnell.

Die ersten Yards ließen wir schweigend hinter uns. Dann hatte ich eine Frage.

»Sagen Sie, welche Rolle spielen eigentlich diese seltsamen Wesen, die sich, wenn sie erledigt sind, zu Tierskeletten auflösen?«

»Es ist ein uralter Zauber.«

»Wissen Sie mehr darüber?«

»Nein. Dennoch glaube ich, dass Clarissa Ihnen mehr darüber sagen wird. Man wird Sie nicht im Unklaren lassen, Mr. Sinclair. So fair sind wir immerhin.«

»Sehr tröstlich«, erwiderte ich spöttisch.

Während des Gesprächs war mein Blick starr nach vorn gerichtet. Ich wollte so rasch wie möglich etwas erkennen, denn ich war sicher, dass ich dort, wo die Kerze brannte, auch diese Nonne sehen würde.

Viel war nicht zu erkennen, dafür reichte die Lichtstärke der Kerze einfach nicht aus. Zwar flackerte sie und warf Schatten, aber eine Gestalt sah ich nicht.

Die Luft wurde besser. Für mich ein Beweis, dass sich ein Ausstieg in der Nähe befinden musste.

Sehr überrascht war ich, als ich plötzlich die Umrisse einer nach oben führenden Treppe erkannte.

Damit hatte ich nun wirklich nicht gerechnet. Als man vor vielen Jahrhunderten diese unterirdischen Hallen anlegte, hatte man wirklich an alles gedacht. Die Treppe bestand aus Holz.

Als wir ein paar Schritte gegangen waren, entdeckte ich die Umrisse eines Lagers.

Es war kein Bett im eigentlichen Sinne, eben eine Lagerstatt. Wahrscheinlich bestand die Unterlage aus Stein, auf den man Felle gelegt hatte.

Und noch etwas schälte sich aus der Dunkelheit hervor.

Ein gewaltiges Monster, das Ähnlichkeit mit einem Wolf hatte und mich irgendwie an die von mir erledigten Feinde erinnerte. Ich schaute hoch und blickte in ein Augenpaar, das auf seltsame Weise leuchtete und sich bewegte. Die gefährlich aussehende Schnauze war geöffnet. Spitze Zähne blitzten.

»Es ist der Wächter«, erklärte Taridis, der meinen Blick bemerkt hatte.

Ich war stehen geblieben. »Welch eine Funktion hat er genau?«

Da kicherte der Mann. »Wünschen Sie sich niemals, Sinclair, ihn in Aktion zu sehen. Es wäre Ihr Ende.«

»Wenn Sie das sagen …« Ich hob die Schultern und fragte weiter: »Wo steckt denn Ihre Clarissa?«

»Hier!«, antwortete eine Stimme aus der Dunkelheit schräg hinter mir.

Ich wandte mich um, sah eine Gestalt auf mich zukommen und staunte.

Mit allem hätte ich gerechnet, doch nicht mit einer solchen Frau!

Das war keine Mumie. Sie hatte auch keine Ähnlichkeit mit den vier Wesen, die sie gegen mich aussandte, nein, ein anderer Vergleich traf viel besser zu.

Ein Engel stand vor mir.

Ein dunkelhaariger Engel!

So jedenfalls hatten sich früher die Kunstmaler Engel vorgestellt. Mit hellem Gesicht, langen Haaren, einem kostbaren Gewand und großen dunklen Augen.

Das also war Clarissa!

Nachdem ich meine erste Überraschung überwunden hatte, drehte sie ihren rechten Arm, den sie bisher hinter dem Rücken versteckt gehalten hatte, und hob ihn an.

Sie streckte mir ihre Hand entgegen. Zwischen ihren Fingern schaute etwas hervor, das ich sehr gut kannte.

Es war mein Kreuz!

Ich schluckte und holte gleichzeitig tief Luft. Ich hatte nichts dagegen, wenn ein anderer mein Kreuz in der Hand hielt, dann aber sollte dieser andere zu meinen Freunden gehören. Diese Frau musste ich zu meinen Feinden zählen.

Sie wollte ein Totenopfer, das John Sinclair hieß.

Eine Feindin trug mein Kreuz. Eine Frau, die behauptete, es würde ihr allein gehören, so jedenfalls hatte mir der Grieche es zu verstehen gegeben. Das allerdings wollte ich von ihr genauer wissen.

Meine Kehle war trocken geworden. Ich musste mich erst räuspern, bevor ich die Frage stellen konnte. »Sie haben das Kreuz, wie ich hörte und jetzt auch sehe, doch ich bin mir nicht so sicher, ob es Ihnen auch gehört. Ich bin der Sohn des Lichts und damit auch der Erbe des Kreuzes. Verstehen Sie?«

»Nein.«

»Das hatte ich mir gedacht«, erwiderte ich, wobei es mir schwer fiel, gelassen zu bleiben. »Ich jedoch habe das Kreuz von einem Landsmann von dir erhalten. Ich bin in die Vergangenheit gereist, und es soll nicht umsonst gewesen sein.«

»Es war umsonst.« Sie funkelte mich an. »Wer hat es dir gegeben?«

»Seinen Namen kenne ich nicht«, antwortete ich wahrheitsgemäß. »Aber er war sehr weise und besaß ein großes Wissen.«

Clarissa nickte. »Das kann ich mir vorstellen. Er ist in der Tat sehr weise, er kannte auch das Kreuz, wusste von seiner Kraft und seinen Geheimnissen, aber es gehörte ihm nicht, denn er hat es gestohlen. Errätst du, wem er es gestohlen hat, Sinclair?«

»Nein.«

Die Nonne streckte ihren freien Arm aus, krümmte ihn und deutete mit dem Finger auf mich. »Mir hat er es gestohlen. Mir hat das Kreuz gehört, damit du Bescheid weißt. Erkennst du nun die rechtmäßige Besitzerin an?«

»Ja, das tue ich.«

Meine Antwort hatte sie stark überrascht, denn in ihren Augen erschien ein ungläubiger Ausdruck, das sah ich selbst im schwachen Licht der Kerze. »Du willst es dir also nicht zurückholen?«, erkundigte sie sich nach einer Weile flüsternd.

»Davon habe ich nichts gesagt.«

»Aha.« Die Nonne lächelte. »Jetzt rückst du mit deiner wahren Meinung heraus.«

»Die will ich dir auch nicht verheimlichen«, erklärte ich, »damit die Fronten abgesteckt sind. Dir, Clarissa, gehörte das Kreuz einmal. Aber mir gehört es jetzt!« Ich nickte ihr zu. »Das ist der kleine Unterschied, den du hoffentlich begreifst.«

Sie stand vor mir und rührte sich nicht. Der Vergleich mit einer Salzsäule fiel mir ein, so starr stand sie auf dem Fleck. Nicht einmal die Augen bewegten sich, dennoch wusste ich, dass sie allein mich anstarrte, und mir schien es, als wolle sie meine Gedanken erraten.

Ich blieb gelassen und fühlte mich nach dem ersten Schock, den der Anblick des Kreuzes bei mir zurückgelassen hatte, auch besser.

Der Grieche mischte sich ein. Er flüsterte: »Damit haben Sie Ihr Leben verwirkt, Sinclair. Es gibt kein Zurück mehr für Sie. Wenn Sie auf Clarissa eingegangen wären, hätte es noch eine Chance gegeben, da bin ich mir sicher, aber so …«

»Warten Sie es ab«, gab ich ruhig zurück.

Er hob nur die Schultern.

»Was sollte die letzte Antwort bedeuten?«, fragte mich Clarissa, nachdem sie ihre Gedanken wieder geordnet hatte.

»Ich dachte, du hättest mich verstanden. Mir gehört das Kreuz. Mir allein.«

»Ich werde es nie wieder aus der Hand geben!«, zischte sie. »Und ich kann dich auch nicht am Leben lassen, denn eins ist sicher: Du würdest immer versuchen, mir das Kreuz abzujagen, und das werde ich auf keinen Fall zulassen. Deshalb wirst du dein Leben aushauchen.«

»Damit musste ich rechnen. Aber«, ich steigerte meine Stimme, »was hast du mit dem Kreuz vor? Du kannst es gegen die Kräfte aus dem Schattenreich einsetzen, gegen Schwarzblüter, gegen Dämonen und andere schwarzmagische Abarten, wobei ich nicht glaube, dass du die gleiche Energie im Kampf gegen diese Wesen aufbringen willst oder wirst wie ich. Oder was hast du sonst vor?«

»Ich fange da an, wo ich aufgehört habe. Die Jahrhunderte existieren für mich nicht. Ich streiche diese Zeit, löse sie einfach auf, John Sinclair.«

»Das geht nicht, Clarissa. Nicht nur die Zeit hat sich geändert, die Menschen ebenfalls. Du wirst es schwer haben, dich in der neuen Welt zurechtzufinden, glaub mir.«

»Ich werde es lernen.«

Sie war vom Gegenteil nicht zu überzeugen, und ich empfand es als sehr schade, dass wir beide Feinde waren. Eigentlich hätten wir uns ergänzen können, doch diese Frau zeigte keinerlei Kompromissbereitschaft. Sie wollte alles oder nichts.

Darauf konnte ich nicht eingehen. Allerdings hatte ich viel zu wenig erfahren. Ich wusste zwar, wer diese Clarissa war, aber wieso sie so lange gelebt hatte, war mir unbekannt. Und in welch einer Verbindung stand sie zu diesem Wolfszauber?

Dies hätte ich gern herausgefunden, und ich war sicher, dass ich es erfahren würde, denn die Nonne zeigte sich sehr redselig.

Bei meinen letzten Gedanken wanderte mein Blick unwillkürlich, sodass ich jetzt nicht nur die Nonne anschaute, sondern auch die wie versteinert wirkende Wolfsgestalt am Kopfende des Lagers.

Clarissa hatte meinen Blick bemerkt und begann zu lachen. »Dich interessiert der Wolf?«

»Ich kann es nicht leugnen.«

Sie nickte und verengte die Augen. »Er und die vier anderen haben mich beschützt. Denn die Wölfe waren schon, bevor es die Menschen gab, John Sinclair.«

Verdammt, das hatte ich doch schon des öfteren gehört.

»Woher weißt du das?«, wollte ich wissen. »Was haben die Wölfe mit uns zu tun?«

»Es gab eine Zeit, die noch weit vor der meinigen lag, da existierten so gut wie keine Menschen. Wenigstens nicht in der Art und Weise, wie du sie kennst. Aber es gab die Wölfe. Sie bevölkerten die großen Wälder, die weiten Ebenen, die fruchtbaren Täler, die Sümpfe, die Berge. Die meisten von ihnen waren normale Raubtiere, aber es gab auch welche, die dem uralten Wolfszauber hörig waren. Fenris, der Götterwolf, hatte diese Tiere erschaffen. Sie waren seine Botschafter auf einer Erde, die sich erst allmählich entwickelte. Während in anderen Dimensionen die Kriege der Götter und Dämonen tobten, wurde die Erde davon nur am Rande gestreift. Wenigstens weiß man nicht viel davon. Aber die Wölfe blieben. Ihr Zauber konnte nie gelöscht werden, und ich hatte das Glück, ihn erleben zu dürfen. Sind Romulus und Remus nicht auch von einer Wölfin gesäugt worden? Wenn sie nicht gewesen wären, dann gäbe es Rom nicht. So haben die Wölfe in das Schicksal der Welt eingegriffen und den Kreislauf in Gang gehalten. Ich beschäftigte mich mit dem Wolfszauber, ich versuchte ihn zu begreifen, führte Beschwörungen durch und nahm dazu auch das Kreuz, das mir ja gehörte ...«

»Moment mal«, sagte ich, »willst du damit behaupten, dass du mit meinem Kreuz das Böse, das Dämonische gerufen hast?«

»Es war kein böser Zauber, John Sinclair. Die Unterschiede haben die Wölfe nie gemacht. Für sie gab es die Aufteilung nicht. Die ist erst später aufgekommen, und an ihr haben auch die Menschen mitgewirkt. Der Wolfszauber ist also völlig neutral.«

»Das alles will ich ja gelten lassen«, sagte ich, »aber welche Bedeutung haben die Wölfe für dich persönlich?«

»Sind alle Menschen dieser Zeit so ungeduldig wie du?«, wollte die Nonne wissen.

»Manchmal schon.«

»Dann muss ich sie bekehren. Aber ich will dir eine Antwort geben. Die Makkabäer, zu denen ich gehöre, waren fromme Menschen. Wir spalteten uns von den ersten Christen ab und fanden in diesem Land eine Heimat. Dort gingen wir unserem Glauben lange Zeit nach, bis fremde Horden einfielen und ein blühendes Land zerstörten. Es waren nicht nur die Römer, die uns jagten, auch Stämme aus dem Osten, und wir konnten uns nicht wehren, weil wir zu schwach waren. Die Fremden nahmen keinerlei Rücksicht. Weder auf Kinder, Frauen noch Männer. Sie plünderten, zerstörten Dörfer, Städte und Klöster. Ich befand mich zu der Zeit in diesem Kloster hier, um in Ruhe die Magie der Wölfe studieren zu können. Man ließ mich auch, und ich richtete mich hier unten ein. Nachts kamen die Wölfe. Es gelang mir, sie zu rufen, und sie wurden bald meine besten Freunde. Vor allen Dingen Lyka, der mit mir zusammen in den ewigen Schlaf fiel. Lyka ist mein Wächter, er gehört zu den Zaubertieren, die von Fenris, dem Götterwolf, persönlich auf die Erde geschickt wurden. Aber der Krieg tobte. Täglich trafen neue Meldungen ein, die Horden näherten sich immer mehr unserem Kloster, uns blieb eigentlich nur die Flucht. Einige Nonnen verließen diese Mauern, ich aber wollte nicht fliehen und wollte auch nicht sterben. Aus diesem Grunde nahm ich den Bluttrank.«

»Welches Blut?«, hakte ich nach und dachte sofort an das eines Menschen.

»Das Blut des Lyka. Er war so mit mir verbunden, dass er sein Blut opferte, obwohl er wusste, dass er sein Wolfsleben damit verwirkt hatte. Aber er würde zusammen mit mir in den großen Schlaf fallen, und als sich der Tag der Zerstörung immer mehr näherte, begaben wir uns in die unterirdischen Säle, um hier die Zeiten zu verbringen. Lyka, vier Wölfe und ich.«

»Wer waren die vier?«

»Lykas Söhne, die du, John Sinclair, getötet hast, und das weiß er ganz genau.«

Ich warf der Bestie einen knappen Blick zu. Las ich Hass in ihren Augen? Ja, davon konnte ich ausgehen. Es war ein Hass auf mich, aber ich wollte mich von ihm nicht einschüchtern lassen.

»Die Horden kamen, zerstörten das Kloster, aber uns entdeckten sie nicht. Ich wollte, dass man mich eines Tages fand. Deshalb hatte ich vieles aufgezeichnet. Costa Taridis hat diese Aufzeichnungen gefunden und die richtigen Schlüsse gezogen. Er hat mich erweckt, denn dazu brauchte ich das Kreuz, das ich leider nicht mehr besaß. Es war mir gestohlen worden, und zwar von dem Mann, der dich in die Geheimnisse eingeweiht hat. Was mit ihm alles geschehen ist, weiß ich nicht.«

Da konnte ich sie aufklären. Es war schon verrückt,

dass ich, ein Mann aus der Gegenwart und für Clarissa ein Mensch aus der Zukunft, sie darüber aufklären musste, was in der Vergangenheit geschehen war.

Ein wirklich irres Spiel magischer Kräfte.

»Er ist tot«, sagte ich. »Der Weise konnte die schweren Verletzungen, die ihm römische Soldaten beigebracht hatten, nicht mehr überstehen. Er starb, nachdem er mich in die Geheimnisse des Kreuzes eingeweiht hatte. Aber ich hätte noch eine Frage.«

»Beeil dich, die Zeit ist bald abgelaufen.«

»Wie konnten sich deine Wölfe verändern? Sie wurden doch zu menschenähnlichen Wesen.«

»Es ist der Fenris-Zauber gewesen. Der Götterwolf, der auf die Erde kam, hat sie zu dem gemacht, was sie waren. Allein durch ihre Kräfte waren sie in der Lage, sich zu verändern. Ganz habe ich den Zauber nie verstanden, ich wusste nur, dass er existierte und ich ihn für meine Zwecke ausnutzen konnte.«

Das war alles schön und gut, was sie mir da erzählte. Ich allerdings hörte kaum hin, denn meine Gedanken schweiften ab.

Diese Gestalten waren eigentlich Wölfe, konnten aber ein entfernt menschliches Aussehen annehmen. Was steckte nun in ihnen? Etwa die Seele eines Menschen?

Und diese stummen Fragen, die ich mir stellte, gaben mir die Verbindung zu einem Wesen, das ebenfalls als Tier eine menschliche Seele hatte.

Nadine Berger!

Auch bei ihrer Verwandlung hatte Fenris, der Götterwolf, seine Hand im Spiel gehabt! Sollte sich hier allmählich ein gewaltiger Kreislauf schließen?

Ich dachte an die Flammenden Steine. Dort hatte ich den Wolfsschatten gesehen, einen gewaltigen Abdruck, und ich konnte mir vorstellen, dass tatsächlich Fenris diesen Schatten in die normale Welt geworfen hatte.

Der Fall entwickelte sich mit einer unglaublichen Brisanz. Türen zu neuen Dimensionen wurden mir geöffnet, und das musste ich erst mal verarbeiten.

»Weißt du jetzt alles?«, fragte mich die Nonne.

»Fast«, gab ich lächelnd zurück.

»Was willst du noch?«

»Mein Kreuz!«

»Es ist nicht deins!«, keuchte sie. »Bilde dir das nur nicht ein. Es hat mir gehört, und es wird mir auch weiterhin gehören.« Ihr Gesicht verzerrte sich. Jetzt sah sie nicht mehr aus wie ein Engel, und sie warf den Kopf so heftig herum, dass die langen Haare flogen.

Taridis sprang zur Seite. Anscheinend wusste er, was folgen sollte, und er schaute auf Lyka, den Wächter.

Der bewegte sich. Seine breiten Schultern hob er an. Auf ihnen saß der Kopf. Einen Hals gab es nicht. Jetzt riss er auch die Schnauze auf, ließ einen Blick in sein gewaltiges Maul zu. Ich erkannte zwischen den Zähnen gelblich schimmernden Geifer.

Lyka wollte töten.

Mich hatte man als Totenopfer ausersehen, und darauf war dieser verdammte Wolf spezialisiert.

Schon gellte der Befehl. »Bring ihn um, Lyka! Vernichte ihn, denn mir allein gehört das Kreuz!« Clarissa riss ihren rechten Arm hoch und stieß die Faust mit dem Kreuz in die Luft. »Nur mir allein!«

Lyka sprang.

Ein Gebirge wuchtete auf mich zu. Ich hatte nicht damit gerechnet, dass es so schnell sein würde. Dann aber geschah etwas so Unglaubliches, was ich mir in meinen kühnsten Träumen nie vorgestellt hätte …

»Nadine!«

Während Kara erschöpft und regungslos außerhalb des magischen Kreises lag, brüllte Myxin, der kleine Magier, den Namen der Wölfin mit lauter Stimme hinaus.

»Nadine!«

Beim ersten Schrei hatte sie ihn nicht gehört, und auch beim zweiten reagierte sie nicht, sodass sich Myxin nicht sicher war, ob sie ihn überhaupt gehört hatte.

Das spielte jetzt keine Rolle mehr für den Magier. Er sah das schier Unmögliche.

Eine menschliche Nadine Berger – und eine Wölfin!

Zweigeteilt die Persönlichkeit zwischen Mensch und Tier. Aufgespalten. Auf der einen Seite die Wölfin, auf der anderen der Mensch. Doch waren beide real?

Myxin brauchte Sekunden, in denen er es einfach nicht schaffte, sich vom Fleck zu rühren. Seine Gedanken waren verwirrt, er zeigte sich geschockt, und er sah den nackten Körper der Frau, der über dem Boden schwebte.

Den Körper hatte sie gestreckt. Die Arme waren nach oben gereckt. Der Kopf etwas zurückgelegt, das lange rotblonde Haar fiel wie ein großer Schleier auf den Rücken, und Myxin war sicher, genau die Frau vor sich zu sehen, die einmal die Filmschauspielerin Nadine Berger gewesen war.

Ihre Seele als körperlicher Geist. Das sollte begreifen, wer wollte. Selbst Myxin schaffte es nicht, und er schaute auf die Wölfin, die neben der menschlichen Gestalt stand.

Sie hatte die Pfoten hart in den Boden gestemmt, den Kopf gesenkt, und ihre Flanken zitterten.

Das alles war so unwahrscheinlich, dass Myxin noch immer an eine Täuschung glaubte.

Und er wollte Gewissheit haben.

Diese Veränderung innerhalb des magischen Kreise hatte ihn so fasziniert, dass er nicht einmal an Kara dachte, die außerhalb der magischen Zone regungslos am Boden lag. Myxin wollte Nadine halten. Er musste herausfinden, ob es sich bei ihr tatsächlich um einen Menschen handelte, und er sprang hinein, griff zu und fasste hindurch. Der Körper verschwand.

Für den Bruchteil einer Sekunde stand Myxin starr auf dem Fleck. Er blickte nach links, wo die Wölfin stehen musste, doch auch sie war nicht mehr zu sehen.

Beide Körper hatten sich aufgelöst!

Fassungslos schaute Myxin zu Boden und schüttelte den Kopf. Er konnte es sich nicht erklären, doch er hörte eine Stimme und drehte sich ruckartig um.

Kara richtete sich auf. Sie schaute verwundert auf ihr Schwert und fragte: »Was ist geschehen?«

Myxin war mit wenigen Schritten bei ihr. Er drückte

seine Hand gegen Karas schmalen Rücken und stützte sie ab.

»Es war plötzlich alles anders«, sagte sie leise. »So seltsam, verstehst du? Ich hatte Kontakt, ich dachte intensiv an John Sinclair, doch da war plötzlich ein ungeheurer Schatten, der sich immer mehr verdichtete, dunkler wurde, und ich vernahm auch ferne Stimmen.«

»Konntest du verstehen, was sie sagten?«

»Es war sehr schwer, und ich musste mich stark konzentrieren, aber ich glaube ...«

»Was sagten die Stimmen?«, drängte Myxin.

»Immer nur ein Wort.« Kara schaute Myxin mit gerunzelten Augenbrauen an. »Fenris!«

Der kleine Magier zuckte zurück. »Der Schatten!«, flüsterte er. »Ich hatte es geahnt. Das muss dieser Götterwolf gewesen sein. Der Schatten fiel in unseren Kreis. Wir sind ihm mit unserer Magie in die Quere geraten, so muss es gewesen sein. Deine aufgebaute Magie hat die des Wolfes berührt, und es kam zum Kampf der magischen Kräfte. Aber welche ist stärker?«

Die Schöne aus dem Totenreich schüttelte den Kopf. »Ich kann es dir nicht sagen, Myxin, weil ich es nicht weiß. Wo steckt überhaupt Nadine?« Sie schaute sich um und sah nur die Steine, die noch nachglühten.

»Sie ist in den Kreis hineingelaufen«, erklärte Myxin mit leiser Stimme.

Kara schlug die Hand gegen die Lippen und ließ sie wieder sinken. »Nein, um Himmels willen, das darf nicht sein! Sie kann ...«

»Es war aber so«, sagte der kleine Magier. »Und sie hat es nicht so überstanden, wie ich es mir gedacht habe.«

Kara stützte sich auf. Das Schwert benutzte sie dabei als Hilfe. »Ist sie getötet worden?« Ihre Stimme bebte.

Myxin hob die Schultern. »So will ich es nicht ausdrücken. Unsere oder die fremde Magie hat sie gespalten. Nadine ist eine Wölfin, aber mit der Seele eines Menschen versehen, und da ist Folgendes geschehen ...« Haarklein berichtete der Magier, was er gesehen hatte, als Kara regungslos außerhalb des magischen Kreises lag.

Kara hörte schweigend zu. Ihr Gesicht veränderte sich dabei von Sekunde zu Sekunde. Es wurde immer staunender, und sie schüttelte ein paarmal den Kopf.

»Das ist doch nicht möglich!«, hauchte sie. »Nadine, wie sie immer ausgesehen hat?«

»Ja.«

»Und du hast dich …?«

»Ich habe mich nicht getäuscht«, erklärte der kleine Magier.

»Das begreife, wer will«, flüsterte die Schöne aus dem Totenreich. »Ich jedenfalls nicht.«

Myxin nickte. »Das kann ich mir gut vorstellen. Auch ich habe es nicht begriffen, und ich weiß auch nicht, welche Kräfte die beiden verschwinden ließen.«

»Als Einheit?«

»Nein, getrennt.«

Kara schaute auf das magische Feld zwischen den Steinen. Eine Weile stand sie stumm da, dann ballte sie ihre rechte Hand zur Faust, während die linke auf dem Schwertgriff verharrte. »Ich muss noch einen Versuch unternehmen«, flüsterte sie. »Ich kann nicht hier stehen bleiben und warten. Vielleicht können wir von hier aus etwas tun und die Magie des Götterwolfes schwächen?« Sie drehte sich um und schaute Myxin fragend an.

»Ich halte mich raus, Kara«, erwiderte der kleine Magier ehrlich. »Weißt du, ich will nicht, dass es heißt, wir hätten nicht alles getan, aber ebenso kann die Beschwörung über deine Kräfte gehen.«

»Das stimmt. Deshalb möchte ich ja, dass du ebenfalls mit in den magischen Kreis hineintrittst und wir gemeinsam versuchen, die Magie des Götterwolfs zu durchbrechen. Kann ich auf dich zählen?«

»Hast du auch alles bedacht?«

»Ja, das habe ich. Seit der Jenseits-Falle habe ich etwas gutzumachen, und ich hoffe, dass ich heute einen Teil meiner Schuld abtragen kann …« Nachdem sie diese Worte gesagt hatte, drehte sie sich um und betrat wieder die magische Zone.

Myxin folgte ihr mit einem unguten Gefühl …

Lyka fiel und wurde immer größer. Sein Gesicht mit der langen Schnauze und den beiden geöffneten Kiefern interessierte mich besonders, denn mit seinen Reißern konnte er einen Menschen mit einem Biss töten.

Dazu kam es nicht.

Bevor mich diese gewaltige Gestalt erreichen konnte, schob sich etwas zwischen uns.

Es war ein Schatten, der gleichzeitig einen Schutzschild bildete, und im nächsten Augenblick glaubte ich, von einem Hammerschlag getroffen zu werden.

Der Schatten hielt nicht nur das Wolfsungetüm Lyka auf, sondern kristallisierte sich schärfer hervor, und ich schaute auf den Körper eines anderen Wolfs.

Es war Nadine!

Und sie hatte jemanden mitgebracht.

Es war ein Wahnsinn, was da alles passierte und mich wie ein gewaltiger Tornado überrollte, denn ich sah auch eine Frau.

Die echte Nadine!

Das konnte ich nicht fassen. Plötzlich schlug mein Herz wie wahnsinnig. Ich torkelte zurück, mein Mund stand offen. Hastig saugte ich den Atem ein und schüttelte den Kopf.

Die echte Nadine!

Ein Spukbild? Eine Illusion? Magische Gaukelei? All das war möglich und vielleicht sogar sicher.

Alles andere hatte für mich auf einmal keine Bedeutung mehr. Ich sah nur Nadine Berger. Mich interessierte Lyka nicht mehr, dessen Angriff durch die magische Wand gestoppt worden war und der nur noch Augen für die Wölfin hatte. Jetzt kam es darauf an, herauszufinden, ob Nadine tatsächlich echt war.

Ich stürzte vor.

Ein Schrei löste sich von meinen Lippen. Ich hatte wegen Nadine Berger viel gelitten, da ich mir die Schuld an ihrer Verwandlung gab, und sah sie nun so vor mir, wie ich sie gekannt hatte.

Da war der schöne Körper, das lange Haar, die herrlichen Augen und das Gesicht, in das ich so gern geschaut hatte. Meine Erinnerungen und die Realitäten sorgten dafür, dass ich mich in einem wahren Urschrei entlud.

Ich erhielt Antwort.

Kaum war meine Stimme verklungen, als ich ein leises Singen vernahm, das weit entfernt aufklang, als würden uns unüberbrückbare Entfernungen trennen.

Aus diesem Singen hörte ich meinen Namen heraus, und da wusste ich, dass Nadine gesprochen hatte.

Ich fasste zu – und griff ins Leere!

Nadine Berger war ein Geist.

Der Misserfolg war wie ein Hieb, der mich in die Magengegend traf. Ich krümmte mich zusammen. Ein schluchzender Laut drang über meine Lippen, mein Gesicht verzerrte sich, ich öffnete den Mund und schüttelte gleichzeitig den Kopf.

Verloren! Eine Illusion.

Man hatte mir hier etwas vorgespielt, und in meinen Knien begann das Zittern.

Dann erreichte mich das gellende Lachen. Wie eine Explosion hörte es sich an. Spott, Hohn und Häme vereinigten sich zu diesen kreischenden Lauten, und es gab nur eine, die sich über meinen Misserfolg so freuen konnte: Clarissa, die Nonne!

Ich fiel auf die Knie. Vor mir die Wölfin, dahinter der Schatten des Lyka und dazu das gellende Lachen, das wie ein Messer durch mein Gehirn schnitt.

War ich am Ende?

Ich streckte beide Arme aus, eine flehende Geste. Ich spürte gleichzeitig den Druck hinter meiner Stirn, den das Umfeld der Magie ausübte. Allmählich verblasste es. Mit seinem Abschwächen fiel auch meine Hoffnung langsam in sich zusammen.

Die anderen spürten es ebenfalls. Als ich die echte Nadine noch einmal anschaute, da sah ich einen gequälten Ausdruck auf ihrem Gesicht. Einen Ausdruck des Abschieds, der Depression, und sie hob die linke Hand, um mir zuzuwinken.

Im nächsten Augenblick sprang der Wolfskörper auf sie zu. Er war nur schattenhaft zu erkennen und auch nur für eine Zeitspanne, die man kaum messen konnte, bevor alles vorbei war.

Es gab keine Wölfin Nadine Berger mehr, und ich sah auch nicht ihren nackten Körper.

Aus, vergessen …

Jetzt waren nur noch Feinde um mich herum. Lyka, die Nonne, außerdem der Grieche Taridis!

»Du hast starke Freunde!«, hörte ich die Stimme der Nonne. »Aber sie sind nicht stark genug für mich. Ich besitze nicht nur das Kreuz, sondern auch das Wissen und die Kraft meines Volkes. Und mein Befehl gilt immer noch. Töte ihn, Lyka!«

Das Wolfsmonstrum stieß sich ab.

Diesmal jedoch war ich gewarnt. Ich wusste selbst nicht genau, was mit mir geschehen war, auf jeden Fall hatte sich die Situation nicht verändert, nur ich.

Dieses Auftauchen der Nadine und ihr gleichsames Zweiteilen hatten mir wieder Mut und Hoffnung gegeben. In meinem Unterbewusstsein stellte ich fest, dass es sich wieder zu kämpfen lohnte, vielleicht sogar für Nadine Berger und unter Umständen auch für den Wolfszauber, dessen Rätsel ich ergründen wollte.

Wie dem auch sei, ich dachte längst nicht an Aufgabe, und als Lyka auf mich zuhechtete, da flog ich zur Seite. Ich hatte alle Kraft in den Sprung gelegt, flog schräg durch die Luft und wuchtete zu Boden, wobei ich mich überrollte und aus den Augenwinkeln mitbekam, wie Lyka ins Leere stieß.

Ich griff zur Beretta.

Im nächsten Augenblick peitschten die Schüsse.

Wie ein Wahnsinniger feuerte ich und jagte die geweihten Geschosse in den Körper des Tieres.

Er hatte sich mir zugewandt, zeigte mir seine breite Brust und fing drei Geschosse damit auf.

Wunden wurden gerissen, aus denen eine dunkle Flüssigkeit quoll. Ob es sich dabei um Blut handelte, konnte ich nicht sagen. Die Flüssigkeit erinnerte mich an zähen Sirup. Doch das war im Moment egal, ich wollte meinen Gegner nur ausschalten.

Lyka hatte sein Maul aufgerissen, den wuchtigen Schädel hoch erhoben, und aus dem offenen Maul drang ein schauriges Heulen.

Menschliches hatte es nicht mehr an sich. Es waren Töne, die in einer Urwelt geboren zu sein schienen, und dabei schüttelte er sich, als hätte jemand heißes Wasser über ihn gegossen.

Lyka brüllte seinen Schmerz hinaus. Er schlug mit den Pranken gegen seine Brust. Es sah aus, als ob er sich die Kugeln aus dem Fell reißen wollte. Das schaffte er nicht. Dafür gelang ihm etwas anderes.

Die Bestie erholte sich wieder.

Sie glich in diesen Augenblicken einem Stehaufmännchen, das Schwung bekommen hatte.

Plötzlich schnellte Lyka in die Höhe, schüttelte seinen gewaltigen Körper und fixierte mich aus bösen Augen.

Mir wurde ganz anders.

Hinter mir lachte Clarissa. »Hast du gedacht, ihn einfach töten zu können, John Sinclair? Nein, nicht Lyka. Er ist mein Beschützer, und er wird dich vernichten. Kugeln töten ihn nicht. Lyka steht unter dem Schutz des Götterwolfs.«

Das hatte ich mittlerweile auch festgestellt. Wenn ich es recht betrachtete, konnte sich Lyka zu einem Gegner entwickeln, an dem ich verzweifelte.

Drei silberne Kugeln hatten ihn nicht getötet. Fenris musste in der Tat seine schützende Hand über ihn halten, wenn so etwas passierte. Wie war er dann umzubringen?

Links von mir erkannte ich einen sich bewegenden Schatten. Clarissa warf ihn, als sie sich durch den Rand des von der Kerze geworfenen Lichtkreises bewegte. Sie nahm eine andere Position ein, wahrscheinlich, um den Kampf von der neuen Stelle aus besser verfolgen zu können. In der rechten Hand hielt sie nach wie vor mein Kreuz.

Ja, mein Kreuz!

Ich wollte es ihr nicht überlassen, nicht freiwillig, denn

es gehörte mir. Ich war der Letzte in der langen Reihe, der Sohn des Lichts, und solange ich lebte, würde ich darum kämpfen, das Kreuz in meinen Besitz zu bringen.

Das wusste auch die Nonne. Deshalb hatte sie ja dem Monster-Wolf den Befehl gegeben, mich zu töten, damit von meiner Seite aus alle Schwierigkeiten aus dem Weg geräumt wurden.

Wie sollte ich Lyka stoppen?

Mit Kugeln hatte ich es erfolglos versucht. Blieb vielleicht der Dolch. Ihn zog ich und steckte ihn gleich wieder weg. Nein, wenn es die Kugeln nicht schafften, packte es die Klinge ebenfalls nicht.

Und Lyka griff wieder an.

Nicht mehr so ungestüm wie beim erstenmal. Diesmal war er vorsichtiger und bewegte sich lauernd auf mich zu. Unter seinem wie erstarrt wirkenden Fell spielten die gewaltigen Muskelpakete, aus dem offenen Maul troff Geifer, der in dicken Tropfen zu Boden klatschte.

Mir lief es kalt über den Rücken. Wir belauerten uns. Lyka hatte seine gewaltigen Arme vorgestreckt. Wenn sie mich zu fassen kriegten, war es aus.

Auch die Gemme trug ich bei mir. Sie war ein magisches Zaubermittel der Gnostiker-Sekte, eines ebenso alten Stammes wie der Makkabäer. Ob sie vielleicht etwas ausrichtete?

Ich holte sie hervor und hielt sie dem Wolf entgegen.

Augenblicklich sah ich das blaue Leuchten, das von der Gemme abstrahlte. Der Stein musste die Magie in diesem Gewölbe spüren und lud sich dementsprechend auf.

Lyka zögerte. Er zuckte regelrecht zusammen, als er die Gemme sah, und aus seinem Rachen drang ein uriger Laut. Für mich ein Beweis, dass er angreifen wollte.

Ich rannte ihm entgegen.

Damit hatte er wohl nicht gerechnet. Seine Attacke verzögerte sich, und als er sich schließlich abstieß und auf mich zuflog, war ich unter ihm hinweggetaucht.

Die Gemme wuchtete ich ihm entgegen, warf mich zur Seite, rannte um mein Leben und tauchte in die Tiefe des Gewölbes, wo mich die Dunkelheit umfing.

Ich hörte das wütende Schreien der Nonne und ein grollendes Geräusch, das Lyka ausgestoßen hatte.

War er vernichtet?

Ich drehte mich um.

Meine Augen weiteten sich. Ein freudiger Schreck durchzuckte meine Brust. Die Gemme, dieses alte, magische Mittel aus dem Orient, hatte Lyka mit ihrem Bann belegt. In einer seltsamen Seitenlage stemmte er sich gegen den Boden, den Kopf aufgerichtet, die Schnauze geöffnet und röhrende Laute ausstoßend.

Umgeben war er von diesem blauen Schein, den die Gemme intensiv abstrahlte und der ihn in eine Art von Starre hineingerissen hatte. Lyka bewegte sich nicht, durch den Wurf mit der Gemme war es mir gelungen, ihn zu paralysieren.

Die Magien der Gnostiker und der Makkabäer waren feindlich. Die eine wollte die andere zerstören. Da gab es nichts, was sie gemeinsam hatten, und ich wollte meine Chance nutzen.

Der Bumerang!

Meine rechte Hand fasste automatisch nach dieser Waffe. Ich riss sie hervor, denn nie war der Augenblick so günstig gewesen wie in diesen Sekunden.

Weit holte ich aus.

Gleichzeitig setzte sich Clarissa in Bewegung.

Auch sie war von der Aktivität der Gemme überrascht worden und musste eingreifen, um die Starre ihres Wächters aufzuheben.

Vielleicht konnte sie die Magie lösen, doch dazu ließ ich sie nicht kommen.

Mein rechter Arm flog vor und schleuderte den Bumerang los.

Die silberne Banane, wie ich sie immer nannte, drehte sich plötzlich mit ungeheurem Effet, und ich hatte das Gefühl, als würde sie von unten nach oben ansteigen, und zwar dorthin, wo sich der Hals des Wolfsmonstrums befand.

Ein schriller Schrei schwang durch das Gewölbe. Clarissa hatte ihn ausgestoßen, sie ahnte die Gefahr und war in diesen Sekunden machtlos. Ebenso wie der Monster-Wolf, denn er konnte nicht mehr weg.

Der Bumerang traf!

Dieser ungemein kräftige Schlag war sogar akustisch zu vernehmen. Ich hörte ein Klatschen, und dann reagierte der Bumerang wie tausend kleine Messer.

Er drehte sich, er wirbelte, er kreiselte, er sägte und fräste. Alles auf einmal, und er schaffte es, innerhalb dieser Sekunden den Kopf vom Rumpf des Monster-Wolfs zu trennen.

Obwohl es schnell ging, hatte ich das Gefühl, eine Zeitlupenszene zu erleben. Der Kopf neigte sich und erhielt zusätzlich noch einen Drall nach links.

Dann kippte er allmählich zur Seite und schlug mit einem dumpfen Geräusch zu Boden.

Der Körper folgte langsamer. Er kam mir wie eine schwere Steinfigur vor, die nur allmählich der Erdanziehung gehorchte.

Das war es!

Keiner sagte etwas. Die Überraschung hielt uns alle gefangen. Mich durchschoss ein Gefühl der Freude. Es tat gut, mal wieder auf der Gewinnerstraße zu stehen, und ich richtete meinen Blick auf die Nonne Clarissa, die es wohl nicht fassen konnte, dass ihr Aufpasser nicht mehr lebte, denn sie stand starr auf dem Fleck.

Anders der Grieche.

Aus seinem Mund drang ein wütender Schrei, bevor er sich in Bewegung setzte und nach vorn stürzte.

Seine Absicht war klar. Er wollte an den Bumerang und diese Waffe als Trophäe an sich nehmen.

Dagegen hatte ich etwas. »Halt!«, brüllte ich. »Lass die Finger davon, Taridis!«

Er stoppte tatsächlich. In geduckter Haltung stand er da, schaute mich an, forschte in meinem Gesicht, das er deutlich erkennen konnte, weil ich mich aus dem Dunkel löste und nach vorn schritt, aber er wollte den wilden Mann spielen.

Seine Hand verschwand unter der Jacke. Sicherlich trug er dort neben seiner Brieftasche eine Waffe.

In der Tat riss er einen Revolver hervor. Aber er war zu ungeschickt. Erstens verhakte sich die Waffe am Rand seines offen stehenden Mantels, und dann suchte er noch drehend das Ziel.

Ich hielt die Beretta längst fest und zielte auf ihn.

»Weg mit dem Revolver!«, schrie ich ihn an.

Er wollte nicht.

Da schoss ich.

Es war der berühmte Sekundenbruchteil früher, als ich abdrückte. Taridis stand unter einer ungemein starken Belastung. Er hatte alles gegeben, alles eingesetzt, musste nun eine Teilniederlage hinnehmen, und die konnte er nicht verkraften, deshalb diese blindwütige Reaktion.

Meine Kugel jagte in seine Schulter. Ich hatte Zeit genug gehabt, um zielen zu können, und traf auch trotz der schlechten Lichtverhältnisse genau.

Costa Taridis war kein Dämon oder ein magisches Wesen. Er konnte einer Kugel nicht widerstehen und reagierte menschlich.

Der Grieche zuckte heftig zusammen. Die Waffe schleuderte er dabei aus seiner rechten Hand, und sie landete irgendwo in der Dunkelheit. Genau in dem Augenblick, als der Grieche schwer zu Boden krachte und stöhnend liegen blieb.

Das alles geschah innerhalb von wenigen Augenblicken. Ich nutzte die Zeit sofort und schob ein neues Magazin nach. Das Wechseln der Magazine hatte ich immer wieder geübt, und dieses Training machte sich nun bezahlt.

Die Beretta behielt ich in der Hand. Ihre Mündung wies nicht mehr auf den Griechen, sondern hatte ein neues Ziel gefunden.

Clarissa, die Nonne!

Ich ging noch weiter vor, sodass ich fast die Lagerstatt erreicht hatte, dessen Länge uns noch trennte.

Zwischen uns lag der Monster-Wolf. Oder vielmehr das, was von ihm zurückgeblieben war.

Knochen, Gerippe, ein Skelett, das vom Fleisch und Fell befreit worden war. Die Magie des Bumerangs war zu stark gewesen. Ihr hatte auch Lyka, dem geweihte Silberkugeln nichts ausmachten, nichts entgegensetzen können.

Ich nickte Clarissa zu. »Das wär's dann wohl«, sagte ich mit möglichst ruhiger Stimme.

»Glaubst du im Ernst, gewonnen zu haben?«, fragte sie mich.

»Das nehme ich allerdings an.« Ich schaute ihr scharf in das bleiche Gesicht. »Gib mir das Kreuz zurück, Clarissa!«

Da lachte sie hart und kurz auf. »Wenn du es haben willst, Sinclair, musst du es dir schon holen ...«

Ich war nicht einmal überrascht, denn mit einer ähnlichen Reaktion hatte ich gerechnet. Sie wollte und würde das Kreuz nicht freiwillig hergeben, denn sie war nicht nach so langer Zeit erweckt worden, um schließlich doch noch zu verlieren.

Ich musste es mir holen, und ich wollte es mir holen.

In der Ecke stöhnte der Grieche. Er konnte mir nicht mehr gefährlich werden, es gab nur noch Clarissa und mich. »Du weißt genau, dass ich der wahre Eigentümer des Kreuzes bin!«, hielt ich ihr vor. »Und ich bitte dich jetzt, dich danach zu richten, denn ich möchte dich auf keinen Fall töten.«

»Das musst du aber, wenn du es haben willst. Versuche es, Geisterjäger.«

»Hast du so lange in einem magischen Schlaf gelegen, um kurz nach der Erweckung endgültig in das Reich der Schatten einzugehen?«, erkundigte ich mich.

»Ich habe nicht die Absicht.«

»Wie willst du mich daran hindern?«

»Durch das Kreuz!«

Mit jeder Antwort hätte ich gerechnet, nur damit nicht. Sie wollte tatsächlich das Kreuz gegen mich einsetzen? Meine Waffe, auf die ich mich so stark verlassen hatte, konnte nicht zu einem Bumerang werden. Es war unmöglich, dass sich die Kräfte umkehrten.

Nein, das nahm ich ihr einfach nicht ab.

»Du glaubst mir nicht, wie?«

»Wenn ich ehrlich sein soll, nein. Ich kann mir einfach nicht vorstellen, dass ...«

Sie unterbrach mich mit Worten und einer abwehrenden Handbewegung. »Die Menschen in der heutigen Zeit scheinen sich in der Tat sehr verändert zu haben. Sie sind arroganter geworden, überheblicher, und sie vertrauen nicht den alten Kräften. So schätze ich dich auch ein, John Sinclair. Ich habe dir schon einmal gesagt, dass mir allein das Kreuz gehört, du hast damit nichts zu tun. Das Kreuz wird dich als einen Gegner ansehen, und du hast oft genug erlebt, was es mit Gegnern anstellt. Es vernichtet sie, Sinclair. So soll es auch dir ergehen.«

Noch immer zeigte ich keine Furcht. Nicht einmal ein mulmiges Gefühle empfand ich, als ich eine Antwort fand und der Nonne Recht gab. »Ich habe oft genug gesehen, wie Dämonen und Schwarzblüter durch die Kraft des Kreuzes zerstört wurden. Aber diese Gegner waren, wie ich schon sagte, Schwarzblüter. Im Gegensatz zu mir. Ich gehöre nicht dazu, sondern bin der Erbe des Kreuzes. Das darfst du nie vergessen, Clarissa. Was mir gehört, kann mich nicht töten!«

Ich hatte ihr die Worte eindringlich gesagt. Sie sollte merken, dass sie mit mir kein leichtes Spiel haben würde. Trotzdem beharrte sie auf ihrem Recht. Um keinen Preis der Welt wollte sie das Kreuz aus ihren Händen geben.

Sie lächelte sogar und streckte den rechten Arm vor, in dem sie das Kreuz hielt. »Hol es dir, Geisterjäger, komm schon, ich ...«

Es gibt Momente, da fühlt man die Gefahr. So erging es auch mir. Vielleicht war es nur eine Ahnung, vielleicht auch mein gutes Gehör, aber hinter meinem Rücken tat sich etwas, und Clarissa hatte mit keinem Augenschlag zu erkennen gegeben, dass sie etwas bemerkte.

Ich ließ mich zusammenfallen, kreiselte dabei herum, schaute plötzlich in eine fahle Mündungsflamme und hörte das Krachen eines schweren Revolvers ...

Durch die schnelle Bewegung hatte ich mein Leben gerettet. Die Kugel hätte mich in den Rücken getroffen, doch ich war zusammengefallen, und so jaulte sie nur an meinem Ohr vorbei, wo ich ein Zupfen oder einen leichten Schlag spürte.

Dann feuerte ich.

Zielen konnte ich nicht. Ich hielt auf die Mündungsflamme oder dicht darüber, und ich zog den Stecher meiner Beretta zweimal durch.

In die Echos der Schüsse mischte sich ein Schrei.

Schmerzerfüllt, gepeinigt und gleichzeitig ein Todesschrei. Ausgestoßen hatte ihn ein Mann, der auf der Treppe stand und mir hatte in den Rücken schießen wollen.

Jetzt verlor er den Halt.

Die schattenhafte Gestalt fiel erst zurück, verlor den Revolver, der dumpf auf das Holz polterte, und bekam ebenfalls das Übergewicht. Als er auf die Stufen schlug, verzog ich das Gesicht. Dieser krachende Laut ging mir durch und durch, und der Grieche Taridis begann zu schreien. Er rief einen Namen. Ich verstand so viel wie Manos und hörte einen schluchzenden Laut.

Dann lag Manos still.

Mein Herz hämmerte oben im Hals. Ich zitterte. Der Schock folgte. Wenn ich nur eine halbe Sekunde später reagiert oder das Knacken der Treppe nicht gehört hätte, hätte ich nun tot vor den Füßen der Nonne gelegen.

Wut stieg in mir hoch. Ich fuhr herum, stellte mich aufrecht hin, zielte auf die Nonne und fragte mit krätzender Stimme: »Sieht so dein Kampf um das Kreuz aus, Clarissa?«

Sie schüttelte den Kopf. »Damit habe ich nichts zu tun gehabt. Das war Costa.«

»Er hat also noch einen Killer mitgebracht.«

»Manos war mein Fahrer«, krächzte Taridis.

»Und wo steckte er in der Zwischenzeit?«

»Ich weiß es nicht«, sagte Clarissa.

Taridis ächzte schwer. »Verdammt, Sinclair, sei verdammt! Ich habe ihn gerufen. Über Funk. Leider ist er zu spät gekommen. Ich hätte dich gern tot gesehen ...« Er schluchzte auf und verstummte wenig später.

Nun, ich war nicht tot, sondern lebte. Und das würde vor allen Dingen Clarissa zu spüren bekommen. Bisher hatte ich gezögert, weil ich ihr noch eine Chance geben wollte, nun war die Schonzeit vorbei. »Und jetzt will ich das Kreuz«, sagte ich, wobei ich gleichzeitig vorging.

Die Nonne blieb stehen. Ihr Kinn zitterte. Starr schüttelte sie den Kopf. »Nein, nein. Du musst es dir holen, das habe ich dir gesagt.«

»Sicher«, erwiderte ich, und einen Atemzug später war es soweit. Der Kampf um das Kreuz begann ...

Die Steine glühten wieder stärker. Sie schienen tatsächlich in Flammen zu stehen. Für Myxin und Kara ein Beweis, dass sie ein erneutes magisches Kraftfeld aufgebaut hatten.

Und sie setzten alles ein.

Auch Myxin wollte die starke Barriere durchbrechen, die zwischen den *flaming stones* und dem gefährlichen Wolfszauber einer längst vergangenen Zeit lag.

Sie mussten hinein, und sie schafften es.

Allerdings auf eine Art und Weise, mit der sie nicht gerechnet hatten, denn plötzlich begann die Luft zwischen ihnen zu flimmern und Konturen anzunehmen.

Die Wölfin kehrte zurück.

Kara und Myxin konnten es kaum fassen. Ihre Konzentration wurde von der Wölfin abgelenkt, und die starke Magie schwächte sich ab. Das Jaulen des Tieres zerschnitt die Stille. Nadine schüttelte ihren Kopf. Ihr Fell sträubte sich, und sie scharrte mit den Pfoten.

»John!«, ächzte Kara. »Was ist mit John?«

Die Wölfin konnte nicht reden. Sie schaute hoch, und beide sahen sie die Tränen in ihren sonst so klaren Augen.

Kara wurde bleich. Myxin presste die Lippen zusammen. Weinte dieses Tier um den Geisterjäger? Hatte er seinen Meister nach so vielen Jahren endlich gefunden?

Die Schöne aus dem Totenreich schüttelte sich. »Wir

müssen es wissen«, hauchte sie. »Wir müssen es einfach herausfinden, es kann nicht so weitergehen …«

»Komm!«, sagte Myxin. »Wir sind gemeinsam stark. Nur so schaffen wir es, die Magie des Götterwolfs zu durchbrechen. Konzentrier dich noch einmal, nimm dein Schwert …«

Myxin sprach nicht mehr weiter. Auf einmal war alles ganz leicht. Die Barriere gab es nicht mehr. Ihre geistigen Kräfte, verstärkt durch die *flaming stones,* schafften eine Insel der weißen Magie und transportierten sie fort.

Keiner von ihnen ahnte, dass dieser Glücksumstand mit dem Tode des Wolf-Monstrums Lyka zusammenhing und sich einiges zu ihren Gunsten verändert hatte …

Ich hätte nie im Leben gedacht, dass ich einmal um das Kreuz kämpfen musste. Aber es war so, und ich versuchte es nicht mit Gewalt, sondern mit der magischen Formel.

Ich wollte es aktivieren!

»Terra pestem teneto – Salus hic maneto!« So flossen mir die Worte über die Lippen, und ich hatte sie kaum ausgesprochen, als es geschah. In der Hand der Nonne wurde das Kreuz zu einem strahlenden Stern. Es schien auseinander fliegen zu wollen, aber ich freute mich zu früh, denn Clarissa war mit allen Wassern gewaschen.

Sie kannte ebenfalls die magischen Worte. Trotz des langen Schlafes hatte sie die Formeln nie vergessen, und die rief sie nun laut und deutlich, sodass ihre Worte durch das Gewölbe hallten.

Ich verstand nicht, was sie sagte. Es war eine alte Sprache, die Makkabäer mussten sich in ihr unterhalten haben. Aber das Glühen hörte auf, und der strahlende Schein fiel allmählich zurück wie ein Vorhang aus weißem Licht.

Clarissa stand noch immer da. War sie jetzt die große Siegerin, weil sie die erste Attacke abgewehrt hatte?

Nein, sie zahlte plötzlich Tribut. Die Nonne veränderte sich auf eine makabre Art und Weise. Die Magie des Kreuzes wandte sich plötzlich gegen sie, denn diese heilige Waffe hatte erkannt, dass Clarissa den Bogen überspannte und nur Böses wollte.

Sie hatte es haben wollen, nun wurde es für sie zu einem Bumerang, denn das Gute zerstörte das Böse, auch wenn es sich dabei nur um schlechte Vorsätze handelte.

Nicht umsonst hatten die vier Haupterzengel ihre Zeichen an den Rändern hinterlassen. Irgendwie hatte ich sie immer als unendlich weit entfernte Beschützer des Kreuzes angesehen. Es war bisher eine Vermutung gewesen, die mir nun bestätigt wurde.

An den Stellen, wo die Buchstaben standen, wurde das Kreuz zu einer gefährlichen Waffe.

Es waren stark gebündelte Strahlen, vielleicht zu vergleichen mit Laserlicht, die damit begannen, ihre Schutzaufgabe zu erfüllen. Sie vernichteten die Nonne.

Gutes hatte sie früher gewollt, doch sie war in einen Wolfszauber geraten, der dem Bösen diente.

Jetzt zahlte sie ihren Tribut.

Ich brauchte nichts mehr zu tun. Das Kreuz hatte den Sinneswandel registriert und richtete sich danach.

Die Strahlen an den vier Ecken des Kreuzes waren wie lange Messer, und sie stachen in den Körper.

Der rechte Arm wurde durchbohrt. Am Gelenk begann es. Die dünne Lichtlanze aus weißer Magie pflanzte sich bis zur Schulter fort, schlug dort einen Bogen, drang in den Hals ein, wobei die Haut durchsichtig wirkte und an sprödes Glas erinnerte. Auch die Mitte des Körpers und der Kopf wurden getroffen. Die linke Seite blieb ebenfalls nicht verschont, und ich wurde Zeuge einer Szene, wie ich sie noch nie im Leben gesehen hatte.

Sie war einmalig, wenn auch schaurig und grauenhaft. Vor mir verglaste ein Mensch.

Hatte ich für einen winzigen Augenblick noch in den Körper hineinblicken können, so änderte sich dies, denn die Haut nahm einen undurchsichtigen Schimmer an, sodass ich weder Knochen, Adern noch Venen erkennen konnte. Mein Blick glitt hoch zum Gesicht. Es war nur noch eine gläserne, ovale Masse, und die Haare wirkten wie hauchdünne Fäden aus sprödem Material.

Es knisterte, es knirschte und knackte. Steife Finger hielten das Kreuz, das weiterhin seine Energien absonderte und die Nonne Stück für Stück zerstörte.

Sie schmolz zusammen.

Obwohl ich keine Wärme spürte, musste mein Kreuz eine ungemein starke Hitze ausstrahlen, die so kräftig war, dass sie das Glas zum Schmelzen brachte.

Clarissa, die Nonne, schmolz vor meinen Augen dahin. Sie hatte das Totenopfer nicht bringen können, und eine weiße Magie nahm ihr das Recht zum Weiterleben.

Ich stand gebannt auf dem Fleck, schaute in die weißgraue Masse, die kochte und kleine Blasen warf. Längst hatte der Körper seine Form verloren. Es war nur noch ein Klumpen flüssigen Glases, das allmählich erstarrte.

Diese Gelegenheit nutzte ich aus. Ich sprang vor und nahm mein Kreuz hastig an mich, dabei sammelte ich auch meinen Bumerang auf und hörte plötzlich eine Stimme.

»Keine Hektik, Geisterjäger, wir packen es schon.«

Ich wirbelte herum.

Myxin, Kara und Nadine sah ich. Sie hatten eine magische Brücke geschlagen, um mich zurückzuholen.

»Komm«, sagte die Schöne aus dem Totenreich, die unnatürlich blass aussah. »Wir haben nicht mehr viel Zeit.«

Ich nickte, deutete gleichzeitig auf Taridis. »Was ist mit ihm?«

»Nimm ihn mit!«

Das tat ich. Einen letzten Blick noch warf ich auf die dahingeschmolzene Nonne und verspürte einen Stich, als ich sah, was aus ihr geworden war.

Ein gläsernes Kreuz …

Ich holte erst einmal tief Luft, konnte aber noch immer nicht begreifen, dass ich es geschafft hatte. Ich brauchte nur meine Freunde anzusehen, um erkennen zu können, dass wir es hinter uns hatten.

In der Hand hielt ich mein Kreuz. Ja, Freunde, es

gehörte mir, ich war der Sohn des Lichts, und ich schwor mir, dass es niemandem gelingen sollte, es mir je abzujagen. Würde dies doch einmal geschehen, dann wollte ich es mir wieder zurückholen.

Myxin kümmerte sich um den verletzten Griechen. Was mit ihm geschah, wusste ich jetzt nicht, ich hatte andere Probleme, und diese hießen Nadine Berger.

War sie tot? War sie nicht tot?

Fragen, auf die ich so gern eine Antwort gewusst hätte. Ich streichelte ihr Fell, fuhr mit den Fingern hinein. Sie sah mich an, und ich schaute in die Augen der Filmschauspielerin.

»Wenn du doch reden könntest«, murmelte ich erstickt und spürte den Schauer über meinen Rücken rinnen. »Wenn du nur reden könntest …«

Die Wölfin blieb stumm.

Und mir blieb nur die Hoffnung, eines Tages mehr über diesen unheimlichen Wolfszauber zu erfahren, denn ich war fest davon überzeugt, in dieser Hinsicht erst am Beginn der Ermittlungen zu stehen …

Vom Teufel besessen

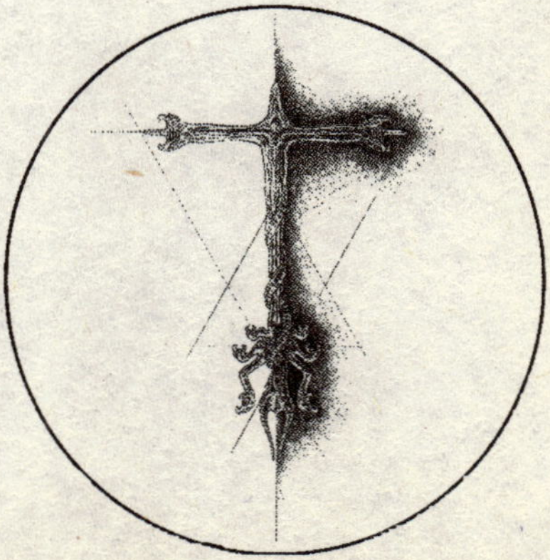

Der Mann betrat die Boutique kurz vor Ladenschluss, als Isabella Norton bereits den Schlüssel in der Hand hielt, um die gläserne Eingangstür abzuschließen.

Wir haben schon geschlossen, wollte sie sagen, die Worte jedoch blieben ihr buchstäblich im Halse stecken, denn der Mann schaute sie mit einem Blick an, der tief in ihre Seele hineinbrannte.

Die rotblonde Frau zuckte zurück. So etwas hatte sie noch nie erlebt. Mit fast vierzig Jahren hatte sie so ziemlich alle Höhen und Tiefen des Lebens hinter sich gebracht, zwei Scheidungen überstanden und sich von dem Geld die Boutique einrichten können. Nun war sie sprachlos. Und ein Gefühl der Furcht kam hinzu.

Diese Mann flößte ihr Angst ein. Zwei Schritte vor der Tür blieb er stehen und hatte nur Augen für sie. Isabella fühlte sich unter dem Blick wie ausgezogen. Unsichtbare Fingerspitzen schienen über ihren Rücken zu laufen.

Das war kein Kunde – niemals!

Sie hatte einen Blick dafür, wer bei ihr einkaufen wollte. Zumeist waren es Frauen. Wenn Männer mitkamen, dann traten sie erstens anders auf und hatten zweitens fast immer einen leicht gequälten Gesichtsausdruck, weil ein Einkauf bei Isabella stark ins Geld ging.

Zweimal musste sie Luft holen, bevor sie die Frage stellen konnte, die ihr auf dem Herzen lag. »Wer – wer sind Sie?«

Der Mann lächelte, bevor er einen Satz so locker dahinsagte. »Ich bin der Teufel!«

Ein Witzbold!

Diesen Gedanken hatte Isabella zuerst. Das kann nur ein Witzbold sein, der so etwas sagt. Sie wollte die passende Erwiderung geben, als sie schluckte.

Nein, der Mann spaßte nicht. Dieser Typ machte keine Scherze, dem war es ernst, er war gekommen, um etwas von ihr zu fordern.

Geld?

Ein Dieb, ein Einbrecher, ein Gangster. So musste es sein. Sicherlich hatte es sich herumgesprochen, dass ihre täglichen Einnahmen nicht gerade gering waren, und

Menschen waren schon für weniger als zehn Pfund in London umgebracht worden.

Irgendwann musste es ja passieren. Bisher war alles gut gegangen, dank einer hervorragenden Alarmanlage, doch nun hatte es sie erwischt.

Gefährlich sah der Mann aus. Ihm war anzumerken, dass er sehr mächtig war. Mit einem einzigen Blick konnte er die Kontrolle über seine Mitmenschen erlangen.

Ein Teufel?

Isabella Norton hatte sich den Teufel immer anders vorgestellt. Als ein ziegenköpfiges, bockbeiniges Wesen, das nach Schwefel stank, aber keinen dunkelgrauen Zweireiher mit Nadelstreifen trug, dazu ein weißes Hemd und eine dezent gestreifte Krawatte. Sein Haar war schwarz, ziemlich kurz geschnitten, dennoch dicht gelassen. Auf den Wangen glaubte die Frau, den Schatten eines Barts zu sehen. Wie zwei Striche wirkten die ebenfalls dunklen Augenbrauen, sie hoben sich von der helleren Haut stark ab, und die Pupillen der Augen erinnerten an düstere Perlen.

Sah so ein Dieb aus?

Auch diese Theorie brach innerhalb von Sekunden zusammen. Isabella Norton wollte nicht daran glauben. Dieser Mann musste einen anderen Grund für sein Kommen haben.

»Sie sind also der Teufel«, stellte sie mit rauer Stimme fest.

»Stimmt genau.«

»Und was wollen Sie hier?« Isabella hatte sich entschlossen, auf das Spiel einzugehen. »Gehören Sie nicht in die Hölle, Mr. Teufel?«

Ein knappes Lächeln umspielte die Lippen des Mannes. Die Augen erreichte es nicht. Sie blickten kalt und starr. »Aus der Hölle komme ich geradewegs«, erklärte er. »Und ich hatte mir vorgenommen, Sie zu besuchen.«

»Das ist gut.« Allmählich gewann Isabella ihre Fassung wieder zurück. »Möchten Sie etwas kaufen? Vielleicht ein kleines Geschenk für Frau oder Freundin? Ich habe eigentlich schon geschlossen, aber für Sie mache ich eine Ausnahme.«

»Ich will nichts kaufen.«

»Was wollen Sie dann?« Isabella wurde wütend.

»Dich!«

Das Wort war scharf und hart ausgestoßen worden, und die Sicherheit der Boutiquebesitzerin brach zusammen wie ein Kartenhaus. Jetzt hatte sie wieder Angst, und sie ging unwillkürlich zwei Schritte zurück, wobei sie einen Arm hob. Ihre Hand presste sie dorthin, wo sie den Herzschlag spüren konnte, der auf einmal seltsam hämmerte.

Reiß dich nur zusammen! Lass dich nicht verrückt machen! So dachte die Frau und atmete hart und heftig. Obwohl es ihr schwer fiel, überwand sie sich und sprach den vor ihr stehenden Kunden an.

»Verlassen Sie meinen Laden. Und zwar auf der Stelle. Ich will Sie hier nicht mehr sehen!«

Der Besucher lächelte nur spöttisch. Dann ging er vor, wobei der lindgrüne Teppichboden seine Schritte stark dämpfte. Er blieb neben einem fahrbaren Ständer stehen, streckte seinen linken Arm aus und fasste nach einem Rock, der weit geschwungen war und dessen Stoff er durch die Finger gleiten ließ.

»Wäre doch schade um das alles hier«, sprach er, ohne sich um die Aufforderung der Inhaberin zu kümmern.

»Ich rufe die Polizei!«, stieß Isabella hervor.

»Bitte.« Der Mann deutete mit der Hand auf den kleinen Holzschreibtisch, auf dem unter anderem auch das Telefon stand.

Isabella Norton war geschockt. Damit hatte sie nicht gerechnet. Hatte der Mann keine Angst?

Sie ging zurück und drehte sich dabei zur Seite. Okay, sie hatte ihn gewarnt, und sie wollte ihren Vorsatz auch in die Tat umsetzen.

Der Mann blieb stehen und schaute gelassen zu, wie sie den Hörer in die Hand nahm. Sie schielte den Besucher an, während sie gleichzeitig die Nummer eintippte.

Die Taste für die letzte Zahl hatte sie noch nicht

berührt, als etwas geschah, das sie fast in den Wahnsinn trieb.

Der rote Hörer veränderte sich. Der Kunststoff in ihrer Hand wurde zu einer widerlich weichen Masse, die zwischen ihren Fingern hervorquoll.

Wie zäher Sirup sah das Zeug aus, das über ihren Handrücken rann, die Uhr bedeckte und zwischen Haut und Ärmel verschwand.

Mit einem Schrei auf den Lippen fuhr Isabella Norton herum. Sie schüttelte den Kopf, ihre rotbraunen Haare flogen, und sie hörte den unheimlichen Besucher lachen, bevor er fragte: »Wollten Sie nicht telefonieren, Isabella?«

Hohn! Der reine Hohn sprach aus diesen Worten. Der Kerl wusste genau, dass es nicht ging. Irgendetwas hatte den Apparat zerstört, er war nur noch eine weiche, warme Masse, die man kneten konnte.

»Was ist da geschehen?«, hauchte sie. »Verflucht, wie ist das möglich?«

»Ich habe Ihnen doch gesagt, dass ich der Teufel bin, Gnädigste.«

Pfeifend saugte Isabella die Luft ein. »Den Teufel gibt es nicht!«, schrie sie. »Verdammt, das ist eine Erfindung! Es gibt keinen Teufel! Hören Sie auf!«

»Sie müssen es ja wissen.« Der Besucher blieb gelassen. »Wollen Sie noch eine Kostprobe?« Er trat langsam näher.

»Nein!«, keuchte Isabella. »Nein, auf keinen Fall. Hauen Sie ab, verschwinden Sie! Ich…«

»Wirst du mir gehören?« Er war jetzt so nahe, dass Isabella Norton nicht mehr ausweichen konnte, denn sie stieß mit der Hüfte gegen ihren Schreibtisch.

Der Mann stand dicht vor ihr. Sein Blick bohrte sich in ihre Augen, und dann hob er die Arme an.

Die Frau spürte seine Hände an ihrer Taille. Sie trug eine weiße Bluse aus Baumwolle und einen schwarzen Wickelrock.

Die Hände des Mannes waren eiskalt. Sie glitten höher und näherten sich ihrer Brust.

Isabella vereiste innerlich. Sie stellte sich auf Abwehr ein, ihre Hände hatte sie gedreht und die Ballen auf den

Schreibtisch gestützt. So weit wie möglich beugte sie sich zurück, und sie spürte seine Finger jetzt auf ihren Brüsten. Diese Anmache ekelte sie an. Was nahm sich dieser Kerl überhaupt heraus? Und er grinste sie dabei noch lüstern an!

Mit routinierten Bewegungen ließ er seine Hände über ihren Körper gleiten. Er drückte sie immer weiter zurück, und Isabella spürte, wie ihr Wickelrock an der rechten Oberschenkelseite aufklaffte.

Die Frau konnte sich nicht mehr halten. Gleich würde sie von dem Kerl auf den Rücken gelegt werden.

Und das an einer belebten Straße, dachte sie. Es gingen doch Menschen am Eckgeschäft mit der großen Schaufensterscheibe vorbei, und sie schauten auch in das Geschäft, aber Hilfe erhielt sie nicht.

Sie ruckte weiter zurück. »Lassen Sie mich los!«, keuchte sie. »Sie tun mir weh…«

Der Mann lachte nur. Er hatte seinen Mund geöffnet, und Isabella glaubte, Schwefelgeruch wahrzunehmen, der über die Lippen des Mannes wehte.

Etappenweise tastete sie mit den Händen hinter sich. Und plötzlich lag ihr rechter Handballen auf etwas Hartem aus Metall. Sie wusste sofort, dass es eine Schere war. Eine lange Stoffschere mit sehr scharfen Spitzen.

Wenn alles nichts half, dann…

Automatisch riss sie ihr Knie hoch, als der Mann sie noch weiter nach hinten drücken wollte.

Und sie traf.

Er hätte jetzt schreien müssen. Jeder an seiner Stelle hätte geschrien, nicht so dieser Besucher. Er starrte die Frau nur an, während er sie losließ und zurückging.

Tief holte sie Luft. Sie fühlte sich von einem Druck befreit, drängte ihren Oberkörper vor und hielt plötzlich die Schere in der rechten Hand. Beide Schenkel lagen zusammen, sie bildeten eine Linie, und Isabella Norton hob den rechten Arm.

»Wenn du nicht sofort verschwindest, du Bastard, dann steche ich zu!«, zischte sie, wobei sie sich selbst über die Worte wunderte, die aus ihrem Mund drangen.

»Du willst mich töten?«, höhnte der Mann.

»Bei Gott, ich tu es!«

»Lass das Wort aus dem Spiel!«, erwiderte der Typ und warf sich urplötzlich vor.

Damit hatte Isabella Norton nicht gerechnet. Sie konnte nicht so schnell weg, und sie hielt zudem noch die Schere in der rechten Hand. Der andere machte auch keinerlei Anstalten, auszuweichen, und das Unglück war nicht mehr aufzuhalten.

Er fiel nicht nur gegen sie, sondern auch gegen die Schere in ihrer Hand. Tief drang die zweckentfremdete ›Waffe‹ in den Körper des Mannes.

Isabella Norton ließ die Schere so heftig los, als wäre sie glühend geworden. Dann drückte sie mit den Knien den Oberkörper des Mannes nach hinten, der auf den Rücken fiel und liegen blieb.

Die Schere steckte in seiner Brust.

»Mörderin«, flüsterte die Frau. »Ich bin eine Mörderin! Niemand wird mir glauben, dass es ein Unfall war, niemand.« Sie schlug die Hände vor ihr Gesicht und begann zu weinen…

In Hongkong war sie geboren worden und auch aufgewachsen, doch in London fühlte sie sich am wohlsten. Vor allen Dingen deshalb, weil sie mit ihrem Partner, Inspektor Suko, zusammenlebte, und weil sie in der Millionenstadt schon zahlreiche Freunde gefunden hatte.

Die Rede ist von Sukos Freundin Shao, der bildhübschen Chinesin mit den langen Haaren.

Zu ihren gemeinsamen Freunden gehörten die Conollys. Sheila, Bill und der kleine Johnny. Shao und Sheila verstanden sich prächtig, sie verbummelten so manchen Nachmittag in der Stadt und schauten in zahlreiche Geschäfte hinein, denn Sheila Conollys Interesse an Mode war groß. An diesem Spätnachmittag im März hatten die beiden Frauen schon einen ausgedehnten Bummel hinter sich und waren mit Tüten beladen, als sie sich in einem kleinen Bistro zum Ausruhen niederließen.

Zahlreiche Männer drehten sich um, als die Frauen das Lokal betraten. Sie waren auch zu unterschiedlich. Die eine blond, die andere schwarz und exotisch anzusehen. Ein krasser Gegensatz, und doch passten sie irgendwie zusammen.

Sheila schlüpfte aus ihrer Jacke. Ein Ober nahm sie ihr ab. Auch Shao wurde von ihrer Jacke befreit, danach ließen sich beide Frauen an einem runden, weiß gestrichenen Tisch nieder und stellten die Pakete auf den dritten Stuhl.

Shao und Sheila streckten die Beine aus. Sie atmeten erst einmal tief durch.

»Das tut gut«, stöhnte Sheila. »Meine Güte, haben wir einen Marsch hinter uns.«

»Da sagst du was.«

Ein Kellner fragte nach ihren Wünschen.

»Kaffee«, sagte Sheila und schaute Shao dabei an. »Du auch?«

»Gern.«

»Also zwei Kannen.«

»Auch etwas zu essen?«

»Später vielleicht.«

»Gut, wie Sie wünschen.« Der Kellner verschwand.

Das kleine Lokal lag günstig. In der Nähe befanden sich zahlreiche Geschäfte, unter anderem auch Boutiquen, Läden mit Kunstgewerbeartikeln, Porzellangeschäfte und Buchläden.

Zudem lag alles nahe der berühmten King's Road und nicht weit vom Chelsea Antique Market entfernt.

»Wohin willst du denn jetzt noch?«, fragte Shao, als der Kellner den Kaffee gebracht hatte. Die schwarze Brühe wurde in hohen, weißen Tassen serviert und dampfte.

Sheila nahm einen Schluck, bevor sie die Antwort gab. »Nur noch bei Isabella vorbeischauen.«

»Und wer ist das?«

»Isabella Norton führt eine Boutique. Sie hat immer sehr schicke Sachen. Ich habe mir dort eine Bluse zurücklegen lassen, die wollte ich eigentlich anprobieren und abholen.«

Shao verzog die Mundwinkel. »Müssen wir da sehr weit laufen?«, fragte sie.

Sheila blieb ernst bei der Antwort. »Mit einem Taxi können wir nicht fahren.«

»Weshalb nicht?«

»Weil sie ihr Geschäft genau gegenüber hat.« Sheila lachte und strich ihren locker fallenden Pullover glatt.

Shao aber drehte sich nach rechts und schaute durch die Scheibe. Es war ein trüber Tag in London. Bis zum Mittag hatte es Nebel gegeben, und auch jetzt fuhren die Wagen mit Licht. Obwohl es noch nicht dunkel war, spiegelten sich die Scheinwerfer bereits in den Scheiben der Schaufenster und erschwerten die Sicht.

Auch Sheila drehte sich. »Das ist der Eckladen mit dem schmalen Parkstreifen vor dem Eingang.« Sie nahm noch einen Schluck.

»In dem Laden war ich noch nie.«

»Na ja, ich bin auch nur durch Zufall darauf gestoßen. Du weißt, dass ich mich mal für Mode interessiert habe und selbst einmal ein Geschäft eröffnen wollte, aber das klappte ja nicht.«

»Wegen Lady X, nicht wahr?«

»So ungefähr«, gab Sheila zu.

»Hast du den Plan eigentlich völlig aufgegeben?«, fragte die Chinesin.

Sheila behielt die Tasse in beiden Händen und schaute Shao über den Rand an. »Na ja«, gab sie zurück. »Eigentlich nicht. Aber wenn ich an den Stress und die Hetze denke, die so eine Ladenkette mit sich bringt, dann schrecke ich davor zurück.«

»Du kannst dir ja gute Geschäftsführer und Manager nehmen. Wie bei deinem Konzern.«

Sheila stellte die Tasse ab und bewegte abwehrend beide Hände. »Das kannst du nicht vergleichen, Shao. Mode würde mir Spaß machen, aber ich wäre zu viel unterwegs und müsste Johnny allein lassen.«

»Da hast du Recht.«

Sheila lachte. »Also streichen wir vorerst die Modepläne. Ich bleibe weiterhin Käuferin.«

»Essen wir noch etwas?«

»Nein.« Sheila deutete auf ihren Bauch. »Ich muss sowieso abnehmen, aber du kannst dir ruhig was bestellen.«

Shao hob die Schultern. »Ich hätte schon Hunger auf ein Sandwich.«

»Nichts wie ran.«

»Haben wir denn Zeit?«

»Klar, Isabella schließt erst in zwanzig Minuten. Wenn sie schon zu hat, klopfe ich eben.«

»Okay.« Shao bestellte und erhielt wenig später ihr Sandwich mit Käse. Beide Frauen schenkten Kaffee nach und gerieten richtig ins Tratschen. Sie sprachen vor allen Dingen über ihre Männer, beschwerten sich manchmal gegenseitig, weil sie zu wenig zu Hause waren. Als Shao schließlich auf ihre Uhr blickte, erschrak sie.

»Was ist los?«, fragte Sheila.

»Du wolltest doch pünktlich …«

Sheila lachte. »Das hatte ich ganz vergessen.«

»Ist der Laden denn schon dicht?«

»Wenn nicht, dann wird er gleich geschlossen.«

Sheila schaute durch die Scheibe. »Licht brennt noch«, sagte sie. »Und ich glaube, da ist noch ein Kunde im Laden. Spielt auch keine Rolle. Isabella nimmt es sowieso nicht genau mit den Ladenschlusszeiten.« Sie winkte dem Kellner und bat um die Rechnung.

Shao zog bereits ihre Steppjacke über und brachte Sheilas mit. Bepackt mit den Tüten verließen die beiden Frauen das Bistro und kümmerten sich nicht um die anmachenden Worte der Männer, an deren Tischen sie vorbeigingen.

Da es in der unmittelbaren Nähe keine Ampel gab, mussten die beiden Frauen eine Lücke im Verkehrsstrom abwarten, um die Straße überqueren zu können.

Das kostete abermals zwei Minuten.

»Jetzt!«, sagte Sheila und gab Shao ein Zeichen. Sie liefen los.

»Wir werden noch mal sportlich!«, rief Shao prustend und warf ihre lange Haarflut zurück.

»Klar, denn wer rastet, der rostet.«

Sheila lief voraus, und die Chinesin folgte ihr.

Nur noch ein paar Schritte waren sie vom Gehsteig entfernt, als sie, wie vor eine Wand gelaufen, stehen blieben. Ihre Augen wurden groß, und Shao flüsterte schreckensbleich: »Das darf doch nicht wahr sein!«

Ich habe gemordet!

Dieser eine Satz brannte wie eine Anklage in ihrem Gehirn. Immer wieder. An nichts anderes konnte Isabella Norton denken. Sie stand bewegungslos auf dem Fleck, hielt den Kopf gesenkt und starrte mit leeren Blicken auf den Toten.

Die Knie waren ihr weich geworden. In den Augen brannte es, doch es wollten keine Tränen kommen. Der Gedanke an eine polizeiliche Untersuchung machte ihr zu schaffen. Sie dachte an die Folgen, die schlimm sein konnten.

Verhör – Gerichtsverhandlung – Verurteilung.

Was würde man ihr geben? Zehn Jahre, zwanzig? Wenn sie diese Zeit hinter sich hatte, war sie eine gebrochene Frau. Es fiel ihr schwer, den Blick von der leblosen Gestalt zu wenden und in Richtung des Schaufensters zu blicken. Hatte es Zeugen für diesen Vorfall gegeben? Bisher nicht. Jedenfalls konnte sie niemand entdecken, der am Fenster stand, um seinen Blick in das Innere des Ladens zu werfen. Sie war allein mit der Leiche.

Und plötzlich kam ihr eine Idee. Gelesen hatte sie in manchem Krimi, dass Mörder ihre Opfer des öfteren verschwinden ließen. Sie verbrannten sie oder warfen sie in einen Fluss.

Diesen Gedanken hatte Isabella ebenfalls, und sie erschrak sogar darüber. Es rieselte kalt ihren Rücken hinab, ihr Herzschlag hämmerte hart und fordernd, und sie dachte daran, dass sie den Toten in den Keller schaffen musste.

Erst einmal …

»Ja«, hauchte sie und nickte entschlossen. »Ja, ich tue

es. Ich will meine Existenz nicht aufs Spiel setzen. Es wird mir keiner glauben, dass es Notwehr war. Ich habe Angst.« Nach diesen Worten drehte sie sich um.

Zum Keller hinunter führte eine Wendeltreppe. Der Raum unten war nicht sehr groß. Isabella Norton hatte ihn als Lager eingerichtet. Dort wurden die eingekauften Stoffe und Tücher aufbewahrt, die sie bei Bedarf an ihre Näherinnen weiterleitete. Diese Damen schneiderten ausschließlich nach den Entwürfen der Boutiquebesitzerin.

Einen Vorhang musste sie zur Seite ziehen. Er deckte die Treppe zum Verkaufsraum hin ab.

So rasch es ging, lief sie die Stufen hinab. Ihre hohen Absätze störten dabei ein wenig, zudem war sie aufgeregt und wäre fast gefallen. Es gab im Keller zwei Räume, das Stofflager und eine kleine Küche.

An der Rückseite des Hauses befand sich eine Außentreppe. Sie mündete in einen Hof, an dem die Rückfronten zahlreicher Geschäfte lagen. Es gab auch Einfahrten zur Straße hin. In der Nacht wollte sie die Leiche im Jaguar verstauen und mit dem Wagen an ein einsames Stück der Themse fahren.

Isabella betrat den größeren Kellerraum. Sie machte Licht und schaute sich um. So offen wollte sie die Leiche nicht liegen lassen. Auf dem Boden lagen Stoffreste. Sie sah auch einen großen Karton. Er war ebenfalls mit Stoffen und Wolle gefüllt. Beides räumte sie zur Seite, um Platz für die Leiche zu schaffen.

Als sie dies hinter sich hatte, lief sie die Treppe wieder hoch. Ihr Atem hatte sich beschleunigt. Schweiß lag auf ihrem Gesicht und rann den Rücken hinab.

Vor ihr lag eine Aufgabe, die sie am meisten fürchtete. Sie musste den leblosen Körper nach unten schaffen. Dabei schüttelte sie sich, als sie daran dachte, aber es gab keine andere Möglichkeit.

Isabella Norton ließ die Treppe hinter sich. Mit Schrecken fiel ihr ein, dass sie nicht abgeschlossen hatte. Wenn jetzt noch ein Kunde gekommen war, dann …

Wie vor eine Mauer gerannt, blieb sie stehen. Ihre

Augen weiteten sich ungläubig, denn das, was sie sah, durfte nicht wahr sein.

Der Tote war verschwunden!

Hatte sie beim ersten Mal noch voller Entsetzen auf der Stelle gestanden und die Leiche angestarrt, so begann sie plötzlich zu lachen. Ja, sie lachte, und es hörte sich irre an, dieses Gelächter, das sie ausstieß. Sie schüttelte dabei den Kopf, die langen Haare flogen, und sie schlug mehrmals die Hände vor ihr Gesicht.

»Verrückt«, flüsterte sie. »Das ist völlig verrückt.« Langsam ließ sie die Arme sinken. »Ich habe niemanden erstochen, es gibt keine Leiche, das alles war ein Traum, Einbildung, Halluzination.« Um sich selbst zu bestätigen, nickte sie.

Aber war es das wirklich?

Einen Moment später begann sie wieder zu zittern. Ihr Gesichtsausdruck veränderte sich. Die Augen hatte sie weit aufgerissen, die Zunge fuhr über die spröden Lippen, und eine heiße Welle schoss in ihrem Innern hoch.

Nein, die Leiche war keine Einbildung gewesen. Sie hatte dem Kunden die Schere in den Leib gestoßen. Zudem musste auf dem Boden Blut zu sehen sein.

Isabella bückte sich, schaute genauer hin, doch sie sah kein Blut. Der Teppichboden war sauber. Sie entdeckte keinen einzigen Flecken.

Das bereitete ihr Angst. Ihr Gesicht verzog sich, und sie sah aus, als wollte sie jeden Moment anfangen zu weinen.

Die Leiche hatte doch dort gelegen, wo sie jetzt stand, daran gab es nichts zu rütteln.

Und nun?

Sie schaute zur Tür, als würde sie von dort eine Antwort erhalten. Aber da tat sich nichts. Alles blieb still. Sie wusste auch nicht, ob jemand gekommen war und die Leiche weggeschafft hatte …

Wieso eigentlich Leiche?

Vielleicht war der Mann gar nicht tot gewesen und hatte dies nur gespielt.

Auf einmal begann sie zu lachen und nickte. So ähnlich musste es gewesen sein. Klar, er war nicht tot gewesen, hatte sie reingelegt und war einfach gegangen.

Ein dumpfes Geräusch riss sie aus ihren Gedanken. Sie schaute nach rechts und sah hinter einem der fahrbaren Ständer etwas auf dem Boden liegen und blitzen.

Eine Schere.

Die Mordwaffe!

Jemand hatte sie dorthin geworfen. Einer, der sich versteckt hielt, und das konnte nach Isabellas Meinung nur der angeblich Tote gewesen sein.

Sie traute sich nicht, sich zu bücken, um an der Unterseite des fahrbaren Ständers durchzuschauen, denn dann hätte sie die Füße der Person sehen können, die unter Umständen auf der anderen Seite lauerte.

Schritte!

An der gegenüberliegenden Seite des Ständers klangen sie auf. Sie waren leise, kaum zu hören, schleichend und gleichzeitig über den Teppichboden schabend.

Isabella erstarrte fast vor Angst. Obwohl sie den Mann noch nicht wieder gesehen hatte, war sie sicher, dass es sich nur um den Totgeglaubten handeln konnte.

Und er kam …

Er würde sich rächen, er würde die Schere nehmen und …

Plötzlich war er da. Wie ein schneller Schatten huschte er heran und um den Ständer herum, sodass sich die beiden auf Körperlänge gegenüberstanden.

Blicke bohrten sich ineinander. Isabella wünschte sich weit weg. Fort von hier, auf eine Insel, wo niemand sie hörte, sah oder störte. Aber das war nicht möglich. Sie musste dem ›Toten‹ Tribut zollen und blieb stehen.

Allmählich weiteten sich ihre Augen, und sie starrte dorthin, wo die Schere getroffen haben musste. Eigentlich hätte sie Blut sehen müssen. Dick und rot musste es doch aus der Stichwunde quellen, aber da war nichts.

Nur ein Loch im Anzug, wo die aneinandergelegten

Schenkel der Schere getroffen hatten. Sie schüttelte sich vor Entsetzen. Nach Erklärungen zu suchen, war unnötig, sie fand sowieso keine. Aber sie konnte auch nicht so ohne weiteres diesen Menschen, der eigentlich tot sein sollte, akzeptieren, und sie fragte mit kaum zu verstehender Stimme: »Wer sind Sie, Mister?«

Der Schwarzhaarige lächelte. »Ich sagte Ihnen bereits, ich bin der Teufel. Und den Teufel kann man nicht so leicht umbringen, meine Liebe. Hast du verstanden?«

»Erklären Sie mir den Trick, erklären Sie mir …«

»Kein Trick. Der Teufel hat so etwas nicht nötig. Und ich will dich, Isabella, dich allein, denn ich habe ein Auge auf dich geworfen. Du wirst mir gehorchen, denn der Teufel bekommt alles, was er sich einmal vorgenommen hat.«

»Nein, das werde ich …« Isabella Norton erstarrte und unterbrach abrupt ihren Satz, als sie sah, was ihr dieser Mann plötzlich antat. Es war das Schlimmste, was er tun konnte, und er tat es auf eine wirklich satanische Art und Weise.

Der Mann hob ein wenig den rechten Arm und schnippte lässig mit den Fingern. Das Geräusch, das dabei entstand, lenkte die Blicke der Frau auf die Hand des Mannes, und sie sah plötzlich eine Feuerzunge zwischen den Fingern aufflackern.

Feuer in einem Geschäft wie dem ihren. Das war der absolute Horror, der Albtraum eines jeden Ladenbesitzers. Die Flamme tanzte auf den Fingern des Mannes, wobei sie sich zuckend wie ein kleiner Teufel von einer Seite zur anderen bewegte und die Frau ihren Blick nicht von ihr lassen konnte.

Dann wanderte sie.

Als hätte sie einen unhörbaren Befehl erhalten, schwang sie durch die Luft und fand zielsicher ihren Weg zum vollbepackten Kleiderständer.

Isabella konnte nicht einmal schreien. Sie sah nur die Flamme, die innerhalb einer Sekunde von der Handspannengröße zu einem fauchenden Flammenpaket wurde. Augenblicklich setzte sie die Kleidung in Brand.

Als hätte jemand mit einem Schweißbrenner über die Bügel gestrichen, so standen plötzlich sämtliche Kleider in Flammen, warfen ein wild zuckendes Muster und fauchten so hoch, dass sie fast mit ihren Spitzen die Decke berührten.

»Nun?« Die Stimme des Teufels klang spöttisch. »Was sagst du dazu? Kennst du das Feuer?«

Isabella Norton starrte gebannt auf die tanzende Feuerwand. Sie konnte es einfach nicht fassen, nicht begreifen, dass so etwas möglich war. Und sie spürte nicht einmal Hitze, denn es war ein Feuer, das zwar zerstörte, aber nicht abstrahlte.

Und es blieb begrenzt.

»Höllenfeuer!«, sagte der Mann lachend. »Höllenfeuer!« Er drehte sich, schnippte abermals mit den Fingern, und aus der Hand schoss eine weitere Flammenzunge. Sie fand ihren Weg zum Teppich, den sie sofort in Brand setzte.

Eine grelle Säule loderte hoch, und der dunkel gekleidete Mann streckte seinen linken Arm aus, legte die Finger aneinander und senkte die Hand, damit er den Flammen seinen Willen aufzwingen konnte.

Sie breiteten sich nicht weiter aus, sondern blieben als eine Säule stehen, die Isabella an ein in die Länge gezogenes Ei erinnerten, das auf dem Fleck tanzte.

Sie war starr und stumm vor Entsetzen. So etwas konnte sie einfach nicht begreifen, das ging über ihre Kraft.

Zwei Säulen tanzten vor ihr und hinter dem Rücken des Mannes, während die Kleider auf dem Ständer ebenfalls noch brannten, aber keinen Rauch absonderten.

»Nun?«, fragte der Teufe., »Wie gefällt dir das?«

Isabellas Gesicht verzerrte sich. Die Augen schienen aus den Höhlen springen zu wollen. Sie schüttelte den Kopf, öffnete ihren Mund, und bevor der gellende Schrei ihre Kehle verlassen konnte, schnippte der Teufel ein drittes Mal mit seinen Fingern.

Diesmal hatte er sich Isabella als Opfer ausgesucht.

Es war ein langer Feuerschweif, der auf die Frau zuwaberte und dabei sehr schnell wurde. Er tanzte über den Boden, sprang plötzlich dicht vor ihren Füßen in die Höhe und ergriff im Nu ihre gesamte Gestalt, sodass er sie umhüllte wie einen Mantel.

Isabella Norton stand tatsächlich in hellen Flammen. Sie hatte die Arme hochgerissen, wurde von den zuckenden und feurigen Zungen umtanzt, die rotgelb schimmerten und dabei wie Glas wirkten, denn die Gesichtszüge der Frau waren noch deutlich zu erkennen.

Sie erinnerten an eine in purem Schrecken erstarrte Maske.

Der Teufel aber lachte. »Ich kriege dich, Isabella, ich habe dich nicht umsonst ausgesucht, denn ich bin dein Herr und Meister.«

Im selben Augenblick erklang hinter ihm eine Glocke, denn die Tür wurde aufgestoßen …

In der Boutique brannte es!

Shao und Sheila sahen es deutlich, als sie über die Straße rannten.

Die Chinesin wollte stehen bleiben, was bei diesem Verkehr lebensgefährlich gewesen wäre, und Sheila gelang es soeben, die Freundin mitzureißen.

Sie torkelten vorbei an den bremsenden Fahrzeugen, wichen Kühlerschnauzen aus und liefen Zickzack. Dass Sheila dabei eine Tüte verlor, störte sie nicht, sie dachte nur an die Flammen in der Boutique und vor allen Dingen an Isabella Norton, die von beiden gesehen wurde.

Endlich hatten sie die andere Straßenseite erreicht, sprangen auf den Gehsteig und hetzten auf die Eingangstür zu.

Auch andere Passanten hatten das Feuer bemerkt, doch niemand unternahm etwas.

Die Leute waren nur stehen geblieben und gafften.

Sheila stieß die Tür auf. Ein Luftzug entstand, fuhr hinein in das Feuer, wirbelte die Flammen noch einmal hoch, breitete sie aber nicht aus.

Das Feuer blieb begrenzt.

Eigentlich hätte ihnen die Hitze entgegenfauchen müssen. Dass dies nicht geschah, wunderte beide Frauen, doch sie konnten sich nicht darum kümmern, die Boutiquebesitzerin war jetzt wichtiger.

Sie hatte ebenfalls das Feuer erwischt.

Hinter der Tür blieben Sheila und Shao für einen Moment stehen. Sie sahen auch den Mann, der sich innerhalb des Ladens aufhielt und ihnen den Rücken zudrehte.

Plötzlich wandte er sich um.

Die nächsten Aktionen geschahen in Bruchteilen von Sekunden. Sheila und Shao glaubten für einen winzigen Moment, in eine rot glühende Teufelsfratze zu schauen, mit mörderischen Augen, einer hohen Stirn, aus der zwei Hörner wuchsen, dann war das Bild verschwunden.

Und nicht nur das.

Auch der Mann war nicht mehr zu sehen. Wo er gestanden hatte, fauchte es auf, eine gelbgrüne Rauchwolke war zu sehen. Sie wurde den Frauen entgegengeweht, und beide glaubten, den beißenden Schwefelgeruch wahrzunehmen.

Dann war alles vorbei.

Und auch das Feuer gab es nicht mehr.

Sheila und die Chinesin hatten das Gefühl, in einem Vakuum zu stehen. Da waren sie vor Sekunden noch völlig geschockt gewesen, hatten in Feuer gestarrt und sahen nun ein normales Geschäft vor sich.

Keine Flamme loderte mehr. Alles war wieder klar. Oder doch nicht? Auf einem Ständer, auf dem zahlreiche Kleider hingen, gab es nichts mehr.

Nur noch Asche.

Und Bügel, deren Kunststoff durch die Flammen zu weichen Gebilden geworden war.

Kein Rauch, kein Qualm, das Feuer schien überhaupt nicht existiert zu haben.

Doch auf dem Boden sahen sie einen dunklen Fleck. Wo die Flammensäule getanzt hatte, war der Teppich verbrannt. Er zeigte ein tiefschwarzes Loch.

Und Isabella Norton?

Sheila kannte die Frau. Sie ging auf Isabella zu, die sie kaum wahrnahm. Die Frau hatte die Arme sinken lassen und starrte ins Leere. Ihr Blick war kaum als solcher zu bezeichnen. Die Augen wirkten verdreht, und Isabella Norton stand dicht vor einem Zusammenbruch.

Sheila ließ die Tüten fallen. In diesen Sekunden verspürte sie schreckliche Angst. Hier war etwas geschehen, das sie mit normalen Maßstäben nicht messen konnte. Irgendwelche nicht kontrollierbaren Kräfte hatten hier furchtbar zugeschlagen.

Sheila Conolly schritt auf Isabella zu. Sie kannte Augenblicke wie diese, und sie wusste, dass Menschen in Stresssituationen so gut wie nicht anzusprechen waren. Es waren die Sekunden kurz vor dem Zusammenbruch.

Als Sheila die Frau mit dem rotbraunen Haar berührte, zuckte die nicht einmal zusammen. Nichts bewegte sich in dem Gesicht, wo die Wimperntusche ebenso verlaufen war wie die Schminke auf den Wangen und der Stirn.

»Kommen Sie«, sagte Sheila. »Ich bringe Sie zu einem Stuhl.«

Sie wusste nicht, ob Isabella die Worte verstanden hatte. Jedenfalls ließ sie sich widerstandslos zur Seite führen und zum Schreibtisch dirigieren, wo Sheila die Boutiquebesitzerin auf den alten Holzstuhl drückte.

Steif wie eine Puppe blieb Isabella sitzen.

Shao kam herbei. Das Gesicht der Chinesin drückte schwere Sorgen aus. Sie zeigte sich bedrückt und fragte: »Ist alles in Ordnung mit ihr?«

»Ich weiß es nicht.« Sheila warf der steif dasitzenden Isabella einen Blick zu. »Auf jeden Fall steht sie unter Schock.«

»Ja, das sieht man.«

Shao hatte die Worte kaum ausgesprochen, als Isabella anfing zu reden. Ihre Stimme war tonlos und signalisierte den Zustand, in dem sie sich befand.

»Es war der Teufel«, erklärte sie roboterhaft. »Der Teufel hat mich besucht …«

Sheila und Shao schauten sich an. Beide kriegten bei

diesen Worten eine Gänsehaut. Die Chinesin hob die Schultern. »Glaubst du ihr?«, flüsterte sie.

Bevor Sheila eine Antwort geben konnte, redete Isabella weiter. Auch sie hatte Shaos Worte verstanden und sagte: »Der Teufel war es, nur der Teufel. Er will mich holen, er braucht mich und meine Seele, das hat er mir deutlich gesagt.«

Sheila brachte ihre Lippen dicht an das Ohr der Chinesin. »Erinnerst du dich an den Mann?«

»Der sah mir nicht wie der Teufel aus.«

»Und als er sich umdrehte?«

»Du meinst das komische Gesicht?«

»Genau.«

Shao zog die schmalen Augenbrauen zusammen. »Das habe ich auch gesehen, aber da von einem Teufel zu sprechen, wäre doch ein wenig vermessen, meine ich.«

»Dann gib mir eine andere Erklärung.«

»Der Flammenschein muss sein Gesicht gerötet haben.«

Sheila nickte. »Möglich. Nur – wie kommt es, dass er so plötzlich verschwunden ist? Ich habe ihn nicht aus dem Raum laufen sehen. Daran würde ich mich erinnern.«

»Ja, ich auch. Vielleicht ist er …« Shao wusste keine Worte mehr und schwieg.

Dafür vernahmen die beiden Frauen das Heulen von Sirenen. Die Feuerwehr kündigte ihr Kommen an.

Sheila lief nach draußen. Vor dem Geschäft standen die Neugierigen und gafften durch die Scheiben. Keiner von ihnen traute sich jedoch, das Geschäft zu betreten. Erst als der rotlackierte Wagen bis zur Hälfte auf den Gehsteig fuhr, schufen sie Platz.

Sheila erwartete die Männer des Löschtrupps. Doch Feuer war nicht mehr zu sehen, und so beeilten sich die Feuerwehrleute auch nicht sonderlich, als sie den Laden betraten.

»Hier soll es gebrannt haben«, sagte einer der Männer.

»Das stimmt.« Sheila nickte. »Aber jetzt ist wieder alles in Ordnung.«

Die Männer warfen ihr einen undefinierbaren Blick zu, bevor die beiden in das Innere des Geschäfts gingen. Suchend schauten sie sich um. Dabei schüttelten sie laufend die Köpfe, denn so etwas hatten sie noch nicht erlebt. Und sie sprachen es auch aus. Sie konnten sich nicht erklären, wie ein Feuer auf einem so eng eingegrenzten Raum brennen konnte.

»Ist das die Inhaberin des Ladens?«, wurde Sheila gefragt. Der Mann deutete auf den Rücken der Isabella Norton.

»Ja.«

»Was sagt sie dazu?«

»So gut wie nichts. Sie steht unter Schock.«

Der Mann hob die Schultern und stieß seinen Helm in den Nacken, bevor er zu ihr ging.

Er redete leise auf sie ein. Da es still war, konnten auch Sheila und Shao die Antworten verstehen.

Es waren die gleichen, die sie selbst schon gehört hatten. Isabella sprach nur vom Teufel, der den Brand angeblich gelegt haben sollte. Das glaubten die Männer natürlich nicht, und sie reagierten dementsprechend sauer.

Einer meinte: »Vielleicht hat sie den Brand sogar selbst gelegt, obwohl ich es mir nicht erklären kann, denn er hat sich nicht ausgeweitet, ist auf diesen kleinen Raum begrenzt geblieben.« Seine Stimme steigerte sich. »Aber wir werden diesem Fall nachgehen und ihn genauestens untersuchen, das verspreche ich Ihnen.«

Isabella Norton ging überhaupt nicht auf den Spruch des Mannes ein. Sie sagte mit tonloser Stimme: »Ich habe ihn getötet. Die Schere steckte in seiner Brust.«

Der Beamte zuckte zusammen. »Welche Schere?«

»Vielleicht meint sie die, die auf dem Boden liegt«, sagte Sheila.

»Nein, unmöglich. Wäre das der Fall gewesen, müssten wir Blutspuren auf der Schere finden. Entdecken Sie etwas?«

Sheila schüttelte den Kopf.

»Na bitte«, sagte der Mann. »Jetzt will sie auch noch eine Mörderin sein. Ich sage Ihnen was. Hätten wir nicht mehrere Zeugen, so würde ich an einen falschen Alarm glauben. Vielleicht läuft auch alles auf einen Versicherungsbetrug hinaus, aber das werden die Nachforschungen ergeben.« Er winkte seinem Kollegen, nickte den Frauen noch einmal zu und ging.

Wenig später fuhr der Wagen wieder ab.

Isabella Norton hatte sich nicht umgedreht. Nach wie vor hockte sie an ihrem Schreibtisch und starrte auf die Platte. Der Blick war leer, ohne jegliches Gefühl.

»Isabella«, sagte Sheila Conolly leise. »Isabella, bitte! Hören Sie mich?«

»Ja.«

»Soll ich Ihnen einen Arzt holen?«

Da richtete sich die Frau auf. Sie drehte den Kopf und schaute Sheila an. »Einen Arzt?«

»Gern, ich ...«

»Nein, nein.« Sie sprach schnell. »Ich brauche keinen Arzt. Ich werde damit schon allein fertig. Bitte, lassen Sie mich jetzt in Ruhe!«

»Sie haben Schlimmes erlebt«, gab Sheila zu bedenken. »Denken Sie an Ihren Kunden.«

»Es war der Teufel.«

»Was macht Sie denn so sicher?«, wollte Shao wissen.

»Ich habe ihn getötet, aber er war nicht tot. Er stand wieder auf, versteckte sich, als ich im Keller war, und dann schlug das Feuer aus seinen Händen. Und schauen Sie da, der Hörer!«

Die drei Frauen blickten auf das Telefon. »Was ist damit?«, fragte Sheila.

Isabella Norton schüttelte den Kopf. »Meine Güte«, hauchte sie, »das verstehe ich nicht. Das will in meinen Kopf nicht rein. Ich wollte die Polizei anrufen, und als ich den Hörer in der Hand hielt, schmolz er mir zwischen den Fingern weg ...«

Sheila und Shao sagten nichts. Das konnte man glauben, aber auch sein lassen. Sie jedenfalls enthielten sich eines Kommentars.

Sie zuckten jedoch zusammen, als das Summen des Apparates die Stille durchbrach. Isabella Norton schaute auf das Telefon, traute sich jedoch nicht, den Hörer von der Gabel zu nehmen.

»Heben Sie ab«, verlangte Sheila.

»Nein, ich …«

Kurz entschlossen griff Sheila Conolly zu und meldete sich mit einem völlig unverbindlichen »Hallo …«

»Bist du es, Kleine?«

»Ja«, antwortete sie in Isabellas Namen und lauschte auf die Stimme. Vier Worte hatte der Anrufer bisher gesagt, die allerdings ausreichten, um Sheila einen Schrecken einzujagen, denn sie hatte den gnadenlosen Klang genau verstanden.

Dieser Anrufer kannte keinerlei Rücksicht. Der war abgebrüht, kalt und brutal.

»Was wollen Sie?«

»Ich kriege dich, Schätzchen, keine Bange …« Ein wahrhaft höllisches Gelächter folgte, das in einem schaurigen Echo allmählich ausklang. Dann war die Verbindung unterbrochen.

Sheila legte auf. Sie drehte sich zu Isabella um, und die fragte: »War er das?«

»Wen meinen Sie? Er hat keinen Namen genannt.«

»Ich denke an den Teufel.«

Sheila lächelte. »Das kann ich Ihnen nicht sagen, aber ich bin nicht so sehr davon überzeugt. Der Teufel wird kaum …«

»Hören Sie auf! Ich weiß es besser.«

»Sollen wir nicht doch …?«

»Bitte, gehen Sie! Ich muss mit meinen Problemen allein fertig werden. Und entschuldigen Sie.«

Man kann einen Menschen nicht zu seinem Glück zwingen. Jeder besitzt einen eigenen Willen. Da sich Isabella Norton nicht in unmittelbarer Gefahr befand, respektierten Sheila und Shao den Wunsch der Frau. Sie verließen das Geschäft.

Bevor sie gingen, wandte sich Sheila noch einmal an die Boutiquebesitzerin. »Sie haben meine Adresse, Isabella. Sollte irgendetwas sein, so rufen Sie mich bitte an. Sie können von mir jede Hilfe bekommen.«

Die Frau nickte.

Vor dem Geschäft blieben Shao und Sheila stehen. Sie schauten durchs Fenster und sahen Isabella Norton noch immer wie versteinert hinter dem Schreibtisch sitzen.

»Das gefällt mir nicht«, sagte Shao leise. »Überhaupt nicht.«

»Glaubst du ihr?«

»Ob es tatsächlich der Teufel war, der ihr einen Besuch abgestattet hat, meinst du?«

Sheila hob die Schultern. »Möglich ist vieles. Wenn nicht sogar alles …«

Ich schaute zu, wie das Bier in einem fingerdicken Strahl aus der Flaschenöffnung rann, einen Halbkreis bildete und in das Glas schäumte. Es entstand ein herrliches Geräusch dabei, und meine Augen begannen zu glänzen.

Wir hockten in Sukos Wohnung zusammen und löschten unseren Durst. Bill, Suko und ich.

Dabei warteten wir auf die Frauen, die einkaufen gegangen waren und bald zurückkehren mussten, denn anschließend wollten wir noch essen gehen.

Natürlich drehten sich unsere Gespräche um die Fälle. Besonders der letzte Fall hatte stark an meinen Nerven gezerrt. Suko war nicht mit von der Partie gewesen, während die Conollys nur am Rande davon berührt wurden.

Nur für einen Moment war Nadine für mich sichtbar gewesen, aber diese Zeitspanne hatte bei mir eingeschlagen wie eine Bombe. Ich sprach mit meinen Freunden darüber. Wir überlegten gemeinsam, ob es einen Weg gab, Nadines Zustand zu verändern.

»Es wird zumindest sehr schwer sein«, gab Suko zu bedenken. »Ich kann nicht so recht daran glauben. Wenigstens nicht zu diesem Zeitpunkt. Außerdem habe ich sie nicht gesehen.«

Ich stellte die Flasche weg, und mein Blick wechselte zu Bill Conolly. Auch seine Meinung interessierte mich.

Der Reporter hob die Schultern. »So etwas ist natürlich

schwer vorstellbar«, meinte er. »Ich würde mich sehr freuen, wenn man alles wieder rückgängig machen könnte, aber ob das möglich sein wird? Das scheint mir wie bei Jane Collins zu sein.«

Da hatte er einen weiteren wunden Punkt berührt. Auch bei Jane hatten wir es nicht geschafft, sie wieder zu einem normalen Menschen werden zu lassen, trotz unserer Bemühungen. Sie stand uns nach wie vor feindlich gegenüber. Durch ihre Taten hatte sie sich zudem immer weiter von uns entfernt.

Bei Nadine war das anders. Ihr Geist wohnte in einem Wolfskörper, aber sie hatte sich nicht dem Bösen zugewandt, und das empfanden wir als einen großen Pluspunkt.

»Shao und Sheila kommen«, sagte Suko plötzlich. Er hatte die besten Ohren von uns und hörte das Geräusch an der Wohnungstür.

Wenig später vernahmen auch wir die Schritte der Frauen, und dann standen beide auf der Schwelle.

Die Tüten hielten sie in den Händen. Die Gesichter zeigten eine gewisse Erschöpfung, und Sheila fragte als Erstes: »Wo steckt Johnny?«

Bill antwortete: »In Shaos Bett. Er war einfach zu müde.«

»Dann wird es wohl nichts mit dem Essen«, bemerkte Suko. »Dafür kann uns Shao was kochen.«

Die Frauen betraten das Zimmer und stellten die Tüten ab. Die Chinesin sagte: »Ich habe keinen Hunger. Uns beiden ist wohl der Appetit vergangen.«

Das hörte sich gar nicht gut an. Bevor ich nachhaken konnte, fragte Suko bereits: »Ist etwas passiert?«

Shao nickte. »Das kann man wohl sagen.«

»Und was?«

»Wir haben den Teufel gesehen!« Diese Worte sprach Sheila.

Es war eine Antwort, über die man lachen kann. Wir aber lachten nicht. Wenn Sheila das sagte und es sehr ernst meinte, konnte etwas dahinter stecken.

Bill sprang auf. »Ist das nun ein Witz oder …?«

Sheila nahm seinen Platz ein und legte beide Hände auf die Sessellehnen. »Es ist kein Witz.«

Ich hielt mein Bierglas in der Hand und trank den Schaumrand ab. »Es wäre wohl am besten, wenn ihr der Reihe nach berichten würdet«, schlug ich vor.

»Natürlich, klar.« Sheila stand wieder auf und legte ihre Jacke ab. Shao hatte ihre bereits weggehängt. »Können wir denn auch etwas zu trinken haben?«

»Was?«, fragte Suko.

»Einen Martini könnte ich vertragen.«

Suko verschwand, um für Sheila das Gewünschte zu besorgen.

Als sie das Glas in der Hand hielt, begann sie zu berichten. Shao stand ihr bei, und uns gelang es, ein Bild von den Dingen zu bekommen, die die beiden Frauen so geschockt hatten.

Wenn ihre Erzählungen auf Tatsachen beruhten, und daran zweifelte eigentlich keiner von uns, mussten wir eingreifen. Zudem war es nicht so, dass sich der Teufel nur in seiner Urgestalt zeigte, nein, er war hinterlistig und schlau. Er benutzte zahlreiche Verkleidungen, konnte als schöner Mann auftreten, aber auch als hässliches Wesen, und es gelang ihm immer wieder, die Menschen zu täuschen.

»Asmodis hat etwas vor«, sagte ich, »sonst hätte er sich nicht so offen gezeigt.«

»Und was?«, fragte Suko.

Ich hob die Schultern.

»Auf jeden Fall muss es mit dieser Isabella Norton zusammenhängen«, meinte Bill.

Ich wandte mich Sheila zu. »Was weißt du eigentlich alles über sie?«

»Nicht viel, wenn ich ehrlich sein soll. Ich kenne Sie kaum persönlich. Ich war Kundin bei ihr. Sie hat sich eine Nobelboutique eingerichtet, weil sie aus zwei Scheidungen finanziell gut herausgekommen ist.«

»Lebt sie allein?«

»Ja, das sagte sie mir mal. Von einem Zusammenleben mit Männern hat sie vorerst die Nase voll, was nicht heißen soll, dass sie einer losen Verbindung abgeneigt wäre.«

»Wohnt sie auch in dem Haus, wo ihr Geschäft liegt?«

»Nein, aber nicht weit weg. Isabella besitzt eine Penthouse-Wohnung in Chelsea. Die Adresse müsste zu finden sein.«

»Wollt ihr denn hin?«, fragte Shao.

Ich nickte. »Nur nichts auf die lange Bank schieben. Wenn es tatsächlich Asmodis war, den ihr gesehen habt, dann hat er einen verdammt raffinierten Plan ausgetüftelt und irgendetwas vor, das wir noch im Ansatz ersticken müssen.«

»Wann wollen wir denn los?«, fragte Bill und rieb sich bereits die Hände.

»Du kannst ruhig bei uns bleiben«, erklärte Sheila. »Lass John und Suko allein fahren.«

Bill furchte die Stirn. »Nein«, sagte er dann. »Ich fahre mit. Von euch will Asmodis ja nichts – oder?« Er reckte den Kopf und schaute die Frauen fordernd an.

»Genau«, stimmte ich ihm zu.

»Meinetwegen«, erklärte Sheila und winkte ab. »Tu, was du nicht lassen kannst ...«

Irgendwie fühlte sie sich in der eleganten Wohnung wie in einem Gefängnis, trotz der großzügigen Scheiben, die an der Südseite einen Blick bis zum Ufer der Themse gestatteten. Aber Isabella Norton fürchtete sich. Die Fahrt zur Wohnung hatte sie wie im Traum erlebt. Sie konnte sich überhaupt nicht mehr daran erinnern.

Jetzt stand der braune Jaguar unten in der Garage, und sie hatte schon den dritten Whisky getrunken.

Zudem war sie bereits umgezogen. Über das weiße Nachthemd mit dem tiefen Ausschnitt hatte sie den dünnen Morgenmantel gezogen. Sie wollte einfach nicht mehr lange aufbleiben, sondern sich die nötige Schwere antrinken, um schlafen zu können.

Whisky war ihrer Ansicht nach besser als Tabletten. Diese Phase hatte sie hinter sich.

Der Teufel hat mich besucht!

Immer wieder tauchte dieser Gedanke in ihrem Hirn auf. Der Teufel, nur der Teufel. Je größer der Abstand wurde, den sie bekam, umso weniger hatte sie Furcht.

Auch der Alkohol spielte eine Rolle. Sie dachte nicht mehr so klar. Ihr Gehirn schien mit einem Schleier aus Watte belegt zu sein, sodass sie ihre Gedanken als dumpf empfand.

Unter ihr lagen die Lichter des Stadtteils Chelsea. Für die Wohnung zahlte sie eine sündhaft teure Miete, was sie nicht weiter störte, denn ihr Geschäft lief gut.

Und sie hatte Freude an dieser Wohnung. Jeder Gast staunte über den Luxus, und sie hatte das Lob bisher immer genossen, aber an diesem Abend fiel ihr die Wohnung auf den Geist.

Um noch auszugehen, fühlte sie sich nicht gut genug. Es blieb ihr nur eines – das Bett.

Selten hatte es einen Abend gegeben, an dem sie so früh und allein ihr Schlafzimmer aufgesucht hatte. Diesmal wollte sie es nicht anders. Sie musste sich einfach hinlegen.

Wenn sie die Lampe einschaltete, so warf das Licht einen gedämpften Schimmer. Er fiel auch über das große französische Bett, das mitten im Raum stand. Ansonsten war es mehr ein Wohnschlafzimmer, und eine zweite Tür führte ins Bad.

Sie stand offen. Isabella dachte nicht daran, sie zu schließen. Müde ließ sie sich auf das Bett fallen. Noch blieb sie sitzen, stützte sich mit einer Hand ab und starrte auf die Wand. Zahlreiche Bilder hingen dort. Zumeist zeigten sie Blumenmotive, einfache Zeichnungen, aber gerade wegen ihrer Schlichtheit besonders interessant.

Das leere Glas stellte sie auf einem Nachttisch ab und ließ sich rücklings auf das Bett fallen. Dann stand sie noch einmal auf, denn sie hatte vergessen, ihren Morgenmantel abzustreifen.

Auf dem Rücken blieb sie liegen.

War sie vorhin so müde gewesen, konnte sie jetzt nicht die Augen schließen und schaute zur Decke. Noch einmal wurden die Ereignisse des vergangenen Tages in ihr hochgespült, und sie dachte abermals an den unheimlichen Besucher.

War er tatsächlich der Teufel gewesen?

Diese Frage quälte sie und hinderte sie daran, rasch einzuschlafen. Wie konnte sie es herausfinden, und was hatte dieser unheimliche Besucher überhaupt von ihr gewollt? Wenn der Teufel jemand besuchte, das wusste sie aus Märchen, musste er einen Grund haben.

Sie aber hatte nie Kontakt mit dem Satan gehabt.

Still blieb sie liegen. In der Wohnung oder im Haus war es nie völlig still. Geräusche vernahm sie immer. Zumeist die des Fahrstuhls.

Aber daran war sie gewöhnt, und bald fielen ihr die Augen zu.

Isabella Norton schlief ein.

Es war ein bleiernes Schlafen, und es hatte mit einem tiefen Fallen begonnen, das kein Ende nehmen wollte, sodass sich Isabella Norton dem Gefühl kurzerhand hingegeben hatte.

Wer diese Frau beobachtete, hätte annehmen können, eine Tote vor sich liegen zu sehen. Der Atem ging flach. Die Brust hob und senkte sich kaum, und in der Dunkelheit des Zimmers leuchtete das Gesicht wie ein blasses Totenantlitz.

Obwohl keine Vorhänge die große Scheibe bedeckten, drangen die Lichter der Stadt nicht bis in das Zimmer. Die Wohnung lag dafür zu hoch.

Eine Stunde verging.

Tief und fest schlief die Frau. Sie träumte auch nicht, sie schien in einen dunklen Schacht gestürzt zu sein, und doch wurde sie vom Satan belauert.

Er befand sich bereits in ihrer Nähe.

Sie wusste es nicht, sie ahnte nichts, aber der Teufel kündigte sich mit einem Hauch aus der Hölle an.

Etwas schien durch das Zimmer zu streifen und war im nächsten Augenblick verschwunden.

Ein Schatten, ein Schemen, der auch das Bett mit der Frau berührt hatte.

Plötzlich zuckte ihr Körper!

Hände schienen unter ihrem Rücken zu liegen und ihn hochgehoben zu haben, allerdings nur für einen winzigen Augenblick, dann fiel er wieder zurück.

Äußerlich hatte sich nichts verändert, doch mit Isabella war eine Veränderung vorgegangen. Sie schlief nicht mehr so tief und fest. Sie wurde unruhiger.

Es begann mit einem Stöhnen und dem nachfolgenden schweren Seufzen. Zunächst öffneten sich die Lippen nur spaltbreit, doch beim anschließenden Atemholen klafften sie weit auseinander, und der Mund blieb offen.

Jetzt unterbrachen schwere Atemzüge die Stille des Zimmers. Die Schläferin musste einfach von schlimmen Träumen geplagt sein, sonst hätte sie nicht auf diese Art und Weise reagiert.

Manchmal hob sie den Arm. Ihre Hände bewegten sich, und dann fiel der Arm wieder nach unten.

Mit ihr geschah etwas.

Tief in ihr Unterbewusstsein griff eine höllische Kraft ein, die sie veränderte. Sie war wie ein Stachel, der sich ausbreitete und ihren Körper allmählich erfasste.

Und über ihr, genau unter der grauweißen Decke, tat sich ebenfalls etwas.

Zuerst war es nur ein roter Kreis mit zerfasernden Rändern, der da erschien, doch er verdichtete sich zusehends, wurde klarer, und es schälte sich ein Gesicht hervor.

Nein, kein Gesicht, eine Fratze!

Der Teufel persönlich schaute auf die noch schlafende Frau. Er hatte ihr versprochen, sie sich zu holen, und dieses Versprechen wollte er halten.

Er zeigte sich, wie er eigentlich war. In all seiner Scheußlichkeit und Widerwärtigkeit. Mit dem dreieckigen Kopf, der an den eines Ziegenbocks erinnerte. Hinzu kamen die gnadenlosen Augen, der breite Mund, die spitze Nase mit den gebogenen Flügeln und die beiden Hörner, die aus seiner Stirn wuchsen.

Das war Asmodis, und er war gekommen, um das auszuführen, was er versprochen hatte.

Der Geruch von Schwefel und Verbranntem durchwehte plötzlich den Raum. Er war vergleichbar mit einem dünnen Nebelstreifen, und er füllte jede Ecke aus.

Stimmen waren zu hören.

Ein unheimliches Raunen und Wispern lag in der Luft. Manchmal ein helles, leicht schrilles Kichern, unterbrochen von einem furchtbaren Ächzen, das wie die letzten Atemzüge eines Schwerverletzten klang.

Isabella blieb davon nicht verschont. Zwar schlief sie nach wie vor, doch sie hörte etwas. Es drang durch den Ring, den der Schlaf um sie gelegt hatte, bis in ihr Bewusstsein und störte sie.

Allmählich wurde sie aus einer nicht messbaren Tiefe an die Oberfläche gehoben, und es war wie das Liegen auf einer Trage, die allmählich in die Höhe schwebte.

Die sie umgebenden äußeren Eindrücke nahm die Frau immer stärker auf. Sie orientierte sich ohne ihr eigenes Zutun mehr an der sie umgebenden Wirklichkeit.

Der Tunnel des Schlafs spie sie aus.

Urplötzlich öffnete sie die Augen. Kein Flattern der Lider, kein Zucken – sie war auf einmal wach.

Die Frau lag noch so, wie sie eingeschlafen war, auf dem Rücken. Und ihre Arme befanden sich in Ruhestellung rechts und links des Körpers. Da sie sich in dieser Stellung befand, fiel ihr Blick automatisch nach oben und traf die Decke.

Dort sah sie das Gesicht des Teufels!

Mit all seiner Boshaftigkeit starrte er sie an. Die Augen leuchteten gefährlich, der Mund war geöffnet, und aus ihm strömte Dampf, der einen widerlichen Schwefelgeruch mitbrachte.

Der Satan hatte seine Ankündigung wahr gemacht!

Isabella Norton verspürte einen Schlag. Es war kein körperlicher Treffer, eher ein seelischer, trotzdem schüttelte er sie durch und wühlte die Furcht in ihr hoch.

Isabella Norton glaubte, einen bösen Traum zu erleben, aber als sie die Stimme des Teufels hörte, war ihr klar, dass sie nicht träumte, sondern alles real erlebte.

»Ich habe mein Versprechen eingelöst«, flüsterte der

Satan und stieß ihr abermals eine Schwefelwolke entgegen. »Hörst du? Ich bin gekommen, um dich zu holen.«

Das Gesicht der Frau verzerrte sich. Begann dieser verdammte Wahnsinn schon wieder?

Im Geschäft hatte sie sich sicherer gefühlt, da waren Möglichkeiten zur Flucht gegeben. In der Wohnung kam sie sich vor wie in einem Gefängnis.

Sie konnte nicht raus, nicht aus dem Fenster springen – und ...

Mit einem Ruck wollte sie hoch. Doch da war etwas, das sie hinderte. Sie hatte es nicht gesehen, nicht gehört, aber es war da und lauerte unter dem Bett.

Zwei krakenartige, lange, grüne, glitschige Arme stießen rechts und links des Betts hervor, wurden immer länger und umfassten blitzschnell ihren Körper.

Gegen diese Kraft konnte Isabella nichts ausrichten.

Die Arme hatten sie genau im richtigen Augenblick erwischt und übten den entsprechenden Gegendruck aus. So wurde sie auf das Bett gepresst und konnte sich nicht mehr rühren.

Der Teufel aber lachte. Seine Fratze unter der Decke bewegte sich zuckend.

»So!«, flüsterte er dann. »So, mein Täubchen, jetzt kommen wir zur Sache ...«

Nicht sehr weit von der Wohnung der Isabella Norton entfernt saß eine andere Frau vor dem Fernsehapparat. Sie war um gute zehn Jahre jünger als die Geschäftsinhaberin. Auch sie trug das rötliche Haar mit den braunen Streifen ziemlich lang, und sie war von der Figur her ebenso schlank wie Isabella Norton.

Die andere Frau hieß Miriam di Carlo, und sie war ein Medium!

Ein Erbe und auch Fluch. Beides lastete auf ihr, denn Miriam empfand dies nicht als Beglückung. Sie ging sogar so weit, dass sie ihre hellseherischen Begabungen nicht geschäftlich nutzte, sondern sie mit sich allein ausmachte.

Immer wenn etwas Ungewöhnliches geschah, spürte sie es vorher. Am schlimmsten war es damals gewesen, als sie in einem ihrer Wachträume den Untergang der Millionenstadt London erlebt hatte. Über allem schwebte das Gesicht einer Frau, die man als die Teufelstochter Asmodina bezeichnet hatte.

Ihre schlimmen Befürchtungen waren nicht eingetreten. Es hatte sich um einen magischen Bluff gehandelt, und ein Mann namens John Sinclair hatte sich hart eingesetzt und der Teufelstochter eine Niederlage in London bereitet.

Lange Zeit nach diesem schrecklichen Vorfall hatte Miriam di Carlo nichts mehr von ihren sensitiven Begabungen gespürt. Hin und wieder war etwas aufgeflackert, doch eine konkrete Gefahr hatte sie nicht entdecken können.

Bis zu diesem Tage.

Es hatte schon am Mittag begonnen, als sie aus der Pause kam und ihren Arbeitsplatz innerhalb des Großraumbüros einnahm. Da hatten die Kopfschmerzen angefangen, gegen die auch die Einnahme von zwei Tabletten nichts halfen. Die Stunden waren quälend vergangen, der Schmerz hämmerte hinter ihrer Stirn, und sie hatte eine Stunde vor Feierabend das Büro verlassen.

In der U-Bahn waren die Schmerzen noch stärker geworden, doch an der frischen Luft flauten sie ab, und gegen Abend fühlte sich Miriam di Carlo immerhin so wohl, dass sie einen Blick in das Fernsehprogramm werfen konnte.

Als die Nachrichten anfingen, schaltete sie aus. Sie wollte die Meldungen von Elend, Krieg und Terror einfach nicht hören. Es reichte ihr. Die Erde war zu einem Kessel der Gewalt geworden, der irgendwann explodieren konnte.

Sie trat an das Wohnzimmerfenster ihres Hochhausapartments und schaute über die Dächer von London. Immer wenn sie das tat, wurde sie an den schlimmen Fall von damals erinnert, und sie suchte automatisch den Himmel nach dem Gesicht dieser grausamen Frau ab.

Der Himmel war leer geblieben, und auch heute blieb er grau. Behängt mit Wolken, die das Licht der Sterne verdeckten.

Sie drehte sich wieder um. Eigentlich hatte sie ins Kino gehen wollen. Dustin Hoffman in seiner herrlichen Frauenrolle als Tootsie, aber daraus wurde nichts. Sie hatte Angst, dass die Kopfschmerzen zurückkehrten, und sie sollte sich nicht getäuscht haben.

Die Schmerzen kehrten zurück.

Es war ein harter Stich, der da durch ihren Schädel zuckte. So schmerzhaft, dass Miriam sich krümmte und nach vorn fiel. Torkelnd bewegte sie sich weiter, passierte den Tisch und fasste neben die Sesselkante, an der sie sich abstützen wollte.

Im Zimmer stand auch ein Schreibtisch. Auf den Stuhl davor ließ sie sich fallen und blieb erst einmal sitzen.

Im selben Augenblick verschwanden die Schmerzen, doch etwas blieb zurück.

Ein seltsames Gefühl, das den Willen der Frau beeinträchtigte. Sie stellte dies fest, als sie an etwas Bestimmtes denken wollte, dieser Gedanke jedoch von einem anderen überlagert wurde.

Weshalb sie zu einem Kugelschreiber griff, wusste sie nicht. Und ihr war auch nicht klar, aus welchem Grund sie sich ein Blatt Papier herbeiholte, um darauf zu schreiben. Das Unterbewusstsein steuerte ihre Handlungen.

Mit der linken Hand schob sie das Blatt so zurecht, dass sie schreiben konnte. Ihre Hand, die den Kugelschreiber hielt, bewegte sich dabei zuckend und ein wenig zögernd. Der Blick war zwar auf das Papier gerichtet, schien es aber kaum wahrzunehmen.

Plötzlich fuhr ein Schütteln durch ihren rechten Arm. Er zuckte erst vor, danach zurück, gleichzeitig senkte sie die Hand so weit, dass die Spitze des Kugelschreibers das weiße Papier berühren konnte.

Miriam di Carlo begann zu malen.

Als sie die ersten Striche, nicht einmal bewusst von ihrem Geist gelenkt, auf das Papier brachte, wirkte es so, als wollte ein junger Schüler ein Bild zeichnen.

Alles war ein wenig ungelenk und zittrig, aber die Umrisse deuteten bereits ein Gesicht an.

Ein Geist aus dem Unsichtbaren führte und leitete ihre Hand, die den Schreiber hielt.

Ein dreieckiges Gesicht.

In den Umrissen war es inzwischen zu erkennen. Allerdings zeigte es noch eine flache Vorderseite, das heißt, Miriam hatte weder Augen, Mund noch Nase gemalt, aber der Führer aus dem Unsichtbaren ließ sie nicht aus seinen Klauen.

Er gab seine Befehle weiter, und die junge Frau zeichnete die einzelnen Sinnesorgane in das Gesicht.

Eine scharf vorspringende Nase. Hässliche, böse wirkende Augen und einen grausam und zynisch verzogenen Mund, dessen Winkel fast das spitze Kinn an beiden Seiten berührten.

Noch war die Stirn glatt. Auf sie zeichnete Miriam zwei gekrümmte Hörner.

Das Bild war fertig.

Es zeigte den Teufel!

Miriam di Carlo ließ sich zurücksinken. Mit dem Rücken berührte sie die Stuhllehne, und sie runzelte gleichzeitig die Stirn, wobei ihr Gesicht einen angestrengten Ausdruck annahm, als wolle sie irgendetwas in ihrem Innern verdrängen.

Aber das andere war stärker. Jenes Unsichtbare gab der jungen Frau weitere Befehle, die sie auch ausführte, denn sie beugte sich vor, und der Kugelschreiber glitt abermals über das Papier.

Nur zeichnete sie diesmal nicht, sie schrieb.

Ungelenk waren die Buchstaben. Die Schrift glich der eines Schulkindes, aber ein Teil des Namens war bereits zu lesen. Miriam hatte den Vornamen geschrieben.

Isabella!

Tief atmete sie ein, als hätte sie eine schwere Arbeit hinter sich. Sie starrte auf den von ihr geschriebenen Namen, ohne zu begreifen, was eigentlich geschehen war. Zwar las sie ihn, doch konnte sie nichts damit anfangen, bis ihr Geistführer einen neuen Befehl übermittelte.

Wieder beugte sie sich vor, und abermals berührte die Kugelschreiberspitze das Papier.

Es folgte der Nachname Norton. Ebenso ungelenk geschrieben. Isabella Norton also.

Nachdem sie den ihr fremden Namen aufgeschrieben hatte, fiel ihre rechte Hand zur Seite, und der Kugelschreiber löste sich aus ihren Fingern.

Das Zucken im Arm verschwand. Sie hörte auch nicht mehr die geistigen Befehle, da war keiner mehr, der sich ihrer Persönlichkeit bemächtigte. Der seltsame Druck in ihrem Schädel war verschwunden, und Miriam di Carlo atmete zunächst einmal tief durch.

Was hatte sie getan?

Verwundert und überrascht schaute sie auf das Papier. Dort hatte sie, ohne dass sie es wollte, einen ihr fremden Namen hingeschrieben und zudem noch ein dreieckiges Gesicht gemalt, das Ähnlichkeit mit einer Teufelsfratze aufwies.

Der Teufel und ein Name. Standen die beiden vielleicht miteinander in Verbindung? Miriam di Carlo strich durch ihr langes Haar. Die Lippen zuckten, sie hob die Schultern, strengte ihr Gehirn an, dachte scharf nach, aber sie fand einfach keine Lösung.

Die junge Frau konnte mit dem Namen Isabella Norton nichts anfangen. Er war ihr absolut fremd.

Noch einmal atmete sie tief durch, bevor sie den Stuhl zurückschob. Sie ging im Zimmer auf und ab, flüsterte den fremden Namen vor sich hin, bis er ihr mühelos über die Zunge huschte. Trotzdem blieb er ihr irgendwie fremd.

Die junge Frau glaubte fest, dass es zwischen ihr und Isabella Norton eine Verbindung geben musste.

Aber welche?

Bekannte kamen ihr in den Sinn. Der Reihe nach ließ sie die Namen und Gesichter vor ihrem geistigen Auge Revue passieren, doch eine Isabella Norton war nicht dabei.

Feste Freundschaften war sie nie eingegangen, denn sie wusste von ihrer Gabe, und wenn andere davon erfuhren, konnte das oft lästig sein und eine Freundschaft zerstören. Zwar kannte sie relativ viele Menschen, jemand mit dem außergewöhnlichen Vornamen Isabella war jedoch nicht dabei.

Es musste eine Fremde sein.

Aber diese Isabella Norton schien sich in Gefahr zu befinden. Und Miriam di Carlo musste etwas tun.

Mitten im Raum blieb sie stehen. Ihre Stirn legte sich in Falten, glättete sich wieder, und schon hatte sie einen Entschluss gefasst. Sie besaß die Telefonbücher von London. Der Name Norton war zwar häufig, doch in Verbindung mit dem Vornamen Isabella sicherlich nicht.

Es dauerte trotzdem fast eine halbe Stunde, bis ihre Sucherei den gewünschten Erfolg zeigte.

Der Name stand sogar fettgedruckt, denn er diente gleichzeitig als Firmenbezeichnung. Isabella Norton besaß eine Boutique nahe der King's Road.

Die Privatadresse lag ebenfalls in Chelsea und schien sich nicht weit von der Themse zu befinden.

Miriam di Carlo überlegte nicht mehr lange, holte sich das Telefon heran und tippte die Rufnummer ein.

Besetzt war der Anschluss nicht, es läutete ein paarmal durch, aber es hob niemand ab.

Da gab es zwei Möglichkeiten für Miriam. Entweder war die Frau nicht zu Hause, oder ihr war bereits etwas zugestoßen.

Nachdenklich legte Miriam auf, bevor sie aus dem Sessel schnellte, in die Diele lief und ihre dreiviertellange Winterjacke aus Blousonstoff vom Haken nahm. Sie hatte plötzlich keine Ruhe mehr. Wenn sich die Frau tatsächlich in Gefahr befand und sie nichts unternahm, würde sie sich ihr Leben lang Vorwürfe machen.

Mit dem Fahrstuhl fuhr sie in die Tiefgarage, wo ihr kleiner Honda parkte.

Unterwegs merkte sie bereits, dass sich etwas zusammenbraute. Miriam hatte stets viel auf ihre Gefühle gegeben, das tat sie auch jetzt. Und das Gefühl kündigte ihr Gefahr an.

Nicht nur für Isabella Norton, auch für sie selbst …

Der Vorort Chelsea gehört noch immer zu den Vierteln von London, wo Begüterte wohnen. Neben den alten Häusern gab es auch moderne Bauten. Apartment-Burgen mit unverschämt hohen Mieten und nicht selten Penthäusern auf den Dächern.

Das Haus, auf dessen Dach Isabella Norton wohnte, lag innerhalb eines kleinen Parks. Man konnte es auch als künstliche Grünfläche vom Reißbrett ansehen, mit gepflegten Wegen, Bänken und einem schalenförmig angelegten See.

Laternen säumten die Zufahrt zum Parkplatz und auch den Weg zum Haus hin.

Wir hatten eine verschlossene Tür zu überwinden und einen störrischen Hausmeister.

Dass wir zu dritt bei ihm erschienen, war ihm suspekt. Er blieb in schräger Haltung in seiner Kabine hocken, wobei er einen Arm unter sein Pult geschoben hatte, denn sicherlich umklammerte er irgendeine Waffe.

»Was wollen Sie?«, fragte er knurrig.

Ich hatte meinen Ausweis bereits in der Hand und hielt ihn so hoch, dass er ihn sehen konnte.

»Polizei?«

Es waren immer dieselben Fragen, die uns gestellt wurden, und ich nickte.

»Es geht um eine Mieterin, die hier lebt«, fuhr Suko fort. »Sie heißt Isabella Norton.«

Die Augen des Mannes wurden groß. »Ja, die wohnt hier. Sogar im Penthouse, aber ich kann mir nicht vorstellen, dass Mrs. Norton …«

»Das brauchen Sie auch nicht«, unterbrach ich ihn. »Für uns stellt sich die Frage, ob Mrs. Norton zu Hause ist.«

»Ja, ich habe sie reinkommen sehen.«

»Allein?«, fragte Bill.

Der Portier drehte den Kopf, sodass er den Reporter anschauen konnte. »Natürlich.«

Bill zeigte beim Grinsen seine Zähne. »So natürlich ist es ja wohl nicht. Sie kann auch einen Begleiter gehabt haben.«

»Schon ...«

»Ist Ihnen denn etwas an ihr aufgefallen?«, wollte ich wissen.

»Wieso?«

»War sie anders als sonst?«

»Ja, schon.« Der Mann strich über seinen schmalen Nasenrücken. »Sie war nicht so aufgeräumt und freundlich, wissen Sie.«

»Hatte sie schlechte Laune?«

»Das kann ich nicht beurteilen, Sir. Jedenfalls ist sie grußlos zum Lift gegangen. Zu ihrem Penthouse führt ein Extrafahrstuhl.«

»Wo ist er?«

Jetzt verließ der Knabe seine Loge. »Da, ganz links außen, aber den können Sie nicht benutzen. Die Tür ist immer abgeschlossen. Mrs. Norton hat den Schlüssel.«

»Sie doch sicherlich auch?«

Der Hausmeister kriegte einen roten Kopf. »Ja, für den Notfall ...«

»Dann schließen Sie auf!«

»Ohne Mrs. Norton zu fragen, Sir?«

»Genau, das ist nämlich ein Notfall.«

»Ob das ohne weiteres geht, weiß ich wirklich nicht. Ich meine, ich habe hier eine Verantwortung und kann doch nicht jeden ...«

»Jeden nicht«, sagte Suko, »aber Scotland Yard.«

»Ja, ja, natürlich.« Er hob die Schultern und verschwand wieder in seiner Loge.

Wir warteten. Jeder von uns zeigte eine gewisse Portion Ungeduld. Wir schauten uns an, traten von einem Fuß auf den anderen und hofften, dass wir Isabella Norton in einem normalen Zustand antrafen.

Hinter der Haustür erschien eine Gestalt. Es war eine Frau, das konnten wir sehen. Ein Summer erklang in der Portiersloge, und der Mann öffnete.

Die Frau betrat das Haus. Ich bemerkte es nebenbei. Sie zögerte, schaute sich suchend um und näherte sich dann dem Glaskasten.

Jetzt nahm auch ich eine andere Haltung ein, drehte

mich, konnte die Frau sehen und glaubte, von einem Donnerschlag getroffen zu werden.

Ich kannte sie.

Es war Miriam di Carlo!

Auch sie hatte mich gesehen, blieb stehen, ihre Augen wurden groß und das Gesicht blass. »John Sinclair«, flüsterte sie. »Himmel, damit habe ich nicht gerechnet!«

»Das ist ein Zufall.« Ich lachte und begrüßte sie herzlich.

Miriam di Carlo war völlig durcheinander. »Dann ist sicherlich etwas daran.«

»Woran?«

»An meinem plötzlichen Sehen, Einfall oder Wissen. Wollen Sie auch zu Isabella Norton?«

»Ja.«

Sie schüttelte den Kopf, sodass ihre langen Haare flogen. »Nein, das kann kein Zufall sein. Das gibt es einfach nicht! Da steckt etwas dahinter.«

»Möchtest du uns die Dame nicht mal vorstellen?«, fragte Bill Conolly.

»Sorry, Freunde, aber das ist Miriam di Carlo. Ich habe euch gegenüber ihren Namen bereits erwähnt.« Und dann erklärte ich, auf welch eine Art und Weise ich die Bekanntschaft dieser Frau gemacht hatte.

Das jedoch war Vergangenheit. Die Gegenwart und die nahe Zukunft interessierten uns viel mehr.

Es ging um Isabella Norton. Wir hofften, mehr zu erfahren, wurden jedoch enttäuscht, als wir hörten, in welch einer Beziehung Miriam zu ihr stand.

In gar keiner.

Uns war allerdings bei ihrem Bericht klar geworden, dass sich Sheila und Shao nicht getäuscht hatten, als sie das Gesicht des Teufels sahen, denn sonst hätte Miriam nicht diese schreckliche Visage aufgemalt.

»Was ist nun mit dem Schlüssel?«, mischte sich der Portier ein. »Wollen Sie hoch oder nicht?«

Bill Conolly drehte sich scharf um. »Natürlich wollen wir ihn. Und zu keinem ein Wort, verstanden?«

»Ja, ja. Ich bin kein Schwätzer.«

Zu viert näherten wir uns der schmalen Aufzugtür. Die Frau konnte sich noch immer nicht beruhigen. »Also, damit hätte ich nicht gerechnet«, sagte sie. »Wie das Leben so spielt.«

»Ich weiß nicht, was uns erwartet«, sagte ich zu ihr und reichte Suko den Schlüssel, damit er aufschließen konnte, »aber es könnte gefährlich werden, und da möchte ich Sie lieber aus der Schusslinie haben, Miriam, wenn Sie verstehen.«

»Natürlich habe ich verstanden. Ich werde mich nur nicht daran halten.« Sie fasste nach meinem Arm. »Verstehen Sie doch! Ich muss wissen, was da vorgefallen ist.«

Im Prinzip gab ich ihr Recht. Ich hätte an ihrer Stelle auch nicht anders gehandelt.

Suko hatte die Tür aufgezogen. »Ihr könnt einsteigen«, erklärte er und nickte.

»Du machst das schon gut«, meinte Bill. »Bist du mal Türsteher gewesen?«

»Klar, ich war der unheimliche Aufhalter und kassierte jedesmal Trinkgeld.«

»Auch Scheine?«

»Die besonders gern.«

»Dann mal dir welche.« Bill grinste und betrat als Letzter die Kabine, die eine dem Haus entsprechende luxuriöse Innenausstattung besaß. Die drei Wände waren gepolstert. Der Stoff schimmerte hellblau. Es gab nur wenig Knöpfe.

Ich drückte auf den obersten, wo der Name der Penthouse-Mieterin stand.

Wir hoben ab. Jedenfalls hatte ich das Gefühl. Es war vergleichbar mit dem Start eines Flugzeuges. Das musste schon ein Expresslift sein, der uns da nach oben schoss.

Von der Seite her schaute ich Miriam di Carlo an. Sie hatte ihren Blick gesenkt und biss sich nachdenklich auf die Unterlippe. Ein gutes Gefühl schien sie nicht zu haben.

»Ist was mit Ihnen?«, erkundigte ich mich.

Sie hob die Schultern. »Eigentlich nichts, aber ich fühle

mich, als würde ich in ein Vakuum fahren. Weshalb haben Sie sich vorher nicht angemeldet?«

»Hätten Sie es an meiner Stelle getan?«

»Wahrscheinlich nicht.«

Wir hatten uns mal geduzt. Damals, als wir fast allein in einem zerstörten London hockten. In einer Kneipe, wo die Musikbox noch funktionierte und Miriam das Lied vom Tod gespielt hatte. Da waren wir uns wie zwei Verschworene vorgekommen und hatten uns automatisch in einem vertrauten Tonfall unterhalten.

Das war Vergangenheit. Jetzt kam mir Miriam di Carlo irgendwie fremd vor. Ich hatte sie nach dem ersten Fall nicht mehr gesehen, und auch ihr rutschte das »Du« nicht über die Lippen.

»Wir sind da«, sagte Suko. »Träumst du?«

Er hatte mich gemeint. In der Tat hatte ich ein wenig geträumt und hob jetzt den Kopf. »Okay, dann geh mal.«

»Die Tür ist noch nicht offen«, sagte der Chinese. Er schaute auf die silbrig glänzende Lifttür und hob die Schultern.

»Zieh sie auf!«, forderte Bill Conolly.

Suko fasste nach dem Griff, und seine Hand schnellte sofort wieder zurück. »Verdammt, der ist glühend heiß.«

Im selben Augenblick sagte Miriam di Carlo: »Wir sind in Gefahr. Da ist etwas ...«

Kaum hatte sie die Worte ausgesprochen, als blitzschnell die Wände des Aufzugs in Flammen standen und wir uns inmitten eines Feuerkäfigs befanden.

Asmodis hatte zugeschlagen!

Isabella Norton konnte sich nicht rühren. Sie lag steif wie ein Brett auf dem Rücken. Die grünen, seifigen Arme, unter deren dünner Haut es zuckte und pulsierte, hielten sie eisern fest. Obwohl sie selbst so beweglich waren, erinnerten sie an Klammern, und Isabella hatte Angst, dass ihr die Luft aus den Lungen gepresst wurde.

Über ihr schwebte der Teufel.

In all seiner Widerlichkeit präsentierte er seine satanische Fratze, und allein der Blick flößte Isabella Angst ein. Der Satan war mächtig, sehr mächtig sogar, und er hatte Helfer, wie die beiden glitschigen Arme bewiesen.

Im ersten Augenblick hatte sie Widerstand leisten wollen, diesen jedoch schnell aufgegeben, denn gegen den Druck kam sie nicht an. Das Untier, das da unten lauerte, kannte keine Gnade.

Der Satan wollte etwas von ihr, das hatte er ihr im Geschäft bereits deutlich genug zu verstehen gegeben. Was konnte sie ihm geben? Was nahm sich der Teufel normalerweise von einem Menschen?

Trotz ihrer schlimmen Lage arbeiteten die Gedanken klar und scharf. Es gelang ihr sogar, zurückzublicken und praktisch in die Jugend hineinzutauchen, wo sie Märchen und Sagen gelesen hatte, in denen der Teufel auftrat.

Und er holte sich dort immer die Seelen der Menschen!

Die Seele!

Tiefes Erschrecken zeichnete sie, als sie daran dachte. Der Teufel würde auch ihre an sich reißen, und er schien ihre Gedanken erraten zu haben, denn Isabella Norton vernahm über sich ein scharfes Flüstern. Es drang geradewegs aus der Teufelsfratze und fiel zischend auf sie herab.

»Ich werde dir deine Seele nehmen und dich dafür mit Kräften belohnen, Isabella Norton. Nicht umsonst habe ich dich ausgesucht, denn deine Seele ist für mich etwas Besonderes. Freu dich auf deine Zukunft. Du wirst viel erleben.«

Isabella verstand den Sinn der Worte nicht ganz. Ihr war allerdings klar, dass sie selbst nichts mehr tun konnte und sich ganz in die Hand des Teufels befand.

Er begann.

Abermals roch sie den widerlichen Schwefelgestank, der in einer Wolke durch das Zimmer schwebte, und sie sah auch, dass sich der gelblich grüne Schein ausbreitete und ihr Bett wie ein wabernder Käfig umfing. Da bauten sich regelrechte Mauern aus Qualm neben der Liegestatt auf, und sie hatte die Augen weit aufgerissen, um wenigstens einen Teil dieser Mauern zu durchdringen.

Isabella hatte Glück.

Gestalten sah sie.

Tanzende, wabernde und zuckende Wesen, manchmal gelblich und grün schimmernd und alle mit Köpfen versehen, die denen des Teufels haargenau glichen.

Ein lautloser, gespenstischer Reigen hatte sich formiert. Isabella spürte die Wellen des Bösen genau. Sie kamen über sie, packten sie, glitten auf ihren Körper und waren mit ihren Händen überall. Sie hatte das Gefühl, als würden tastende Finger unter ihre Kleidung gleiten und wie ekelerregende Würmer ihre Haut berühren.

»Der Teufel kommt!«, vernahm sie das Wispern. »Er wird sich das holen, was er will …«

Zuerst war es nur eine Stimme, die ihr das sagte. Eine zweite kam hinzu, eine dritte ebenfalls, eine vierte, und dann war sie eingekesselt von einem wilden Stimmenreigen, der sich steigerte und zu einem regelrechten Gewitter wurde.

Von allen Seiten drangen die Stimmen auf sie ein. Ein Zischen, Hecheln und Wispern aus der Hölle, das sie seelisch quälte.

Die grünen Klauen lagen nach wie vor auf ihrem Körper. Eisern hielten sie fest. Sie gaben der Frau nur eine geringe Bewegungsfreiheit. Luft konnte sie holen, auch den Kopf schütteln, nur drang immer mehr Schwefelgestank in ihre Lungen, sodass sie zwangsläufig husten musste.

Der Husten schüttelte sie durch. Ihr Gesicht rötete sich, der Mund stand offen, und sie wuchtete den oberen Teil ihres Oberkörpers in die Höhe, während sich die schwefelige Wand um ihr Bett herum immer mehr verdichtete.

»Was macht ihr mit mir?«, keuchte die Frau. Sie schüttelte den Kopf, warf ihn von rechts nach links und starrte dann gegen die Decke, wo der Teufel seine Fratze hinterlassen hatte, die allmählich so scharfe Konturen angenommen hatte, als wäre sie dort hineingeritzt worden.

Und sie lebte.

Das bewies die Fratze im nächsten Augenblick, denn sie löste sich von der Decke.

»Ich komme zu dir!«, schrie der Teufel. »Ich hole mir das, was mir zusteht!«

Dann kam er.

Es war ein Fallen.

Er löste sich von der Decke, und Isabella Norton hatte das Gefühl, in eine grellrote, explodierende Sonne zu blicken, so sehr wurde sie geblendet.

Der Teufel fiel auf sie nieder.

In den Sekunden, wo dies geschah, schloss Isabella mit ihrem Leben ab. Sie rechnete damit, regelrecht zerrissen zu werden, wenn der Satan sie an sich nahm.

Plötzlich sah sie nur noch die Fratze. Sie hüllte sie ein wie ein großer Umhang. Ihre letzten klaren Gedanken beschäftigten sich damit, dass sie nun miterlebte, wie es war, wenn der Teufel über einen Menschen kam oder in ihn hineinfuhr.

Viel war darüber geschrieben worden. Zumeist Spekulationen. Doch Isabella Norton sollte diese Besessenheit nun direkt am eigenen Leibe verspüren.

War sie noch ein Mensch? Isabella wusste es nicht, aber sie merkte, dass sie sich ganz in die Hände eines anderen begeben hatte, und sie erlebte den plötzlichen Fall.

Das Nichts nahm sie auf.

Rasend schnell ging es in die Tiefe. Ein grauenhaftes Loch tat sich unter ihr auf, der Sturz in die Unendlichkeit folgte, und die Frau wartete auf den alles zerstörenden Aufprall.

Der erfolgte nicht.

Der Fall wurde abgebremst. Obwohl sie dabei nicht zur Ruhe kam, hatte sie das Gefühl, in der Luft zu stehen. Eine Täuschung, denn sie schwebte.

Allmählich fiel sie weiter.

Hinein in einen Schlund, in dem man sie erwartete.

Sie fühlte die Berührungen an ihrem Körper. Sie waren überall, nahmen keinerlei Rücksicht auf irgendwelche Schamzonen. Obgleich sie angezogen war, fühlte sie sich nackt und bloß. Der Teufel machte mit ihr, was er wollte.

Und sie hörte ihn auch.

Es war ein schweres Ächzen und Stöhnen, das an ihre

Ohren drang, dazwischen ein Kichern, dann ein sattes Grunzen, und sie glaubte, ihre Brust würde zerrissen.

Auch hörte sie schreien, aber kein anderer vernahm diese Laute der Angst. Es war ein stummes Dulden, denn Isabella wusste, dass der andere stärker war.

Was man mit ihr anstellte, wusste sie nicht. Sie hatte keine Chance, irgendetwas zu unternehmen, die anderen hatten sie voll unter Kontrolle.

In ihrem Körper tobte das Blut. So jedenfalls glaubte sie. Es war ein Rauschen in ihrem Kopf, das alles zerstören wollte und gleichzeitig den Kopf so weitete, dass sie das Gefühl hatte, er wäre auf das Doppelte angewachsen.

Luft!

Sie wollte atmen.

Stattdessen vernahm sie die Stimmen. Aus den Nebelwänden drangen sie, und sie machten Isabella klar, in welch einer Lage sie sich nun befand.

»Du gehörst jetzt ihm!«, zischte man ihr zu. »Er hat dich genommen. Er kommt wieder. Der Satan ist nicht zu besiegen, und er wird zwischen die Menschen fahren. Du gehörst ihm, ihm, ihm!« Das letzte Wort wurde geschrien, da fielen alle Stimmen ein, und sie vereinigten sich zu einem wahren Orkan, der ihre Schädeldecke zu sprengen drohte.

Der Teufel setzte sein einmal begonnenes Werk rasant fort. Er gab sich nicht mit Halbheiten zufrieden, sondern wollte alles. Und er würde es bekommen, er bekam immer, was er wollte.

Der Körper lag noch immer auf dem Bett. Er zuckte, schnellte in die Höhe, denn da waren plötzlich keine Arme mehr, die ihn festhielten. Satan wusste nun, dass er es geschafft hatte.

Diese Frau war eine andere geworden, sie gehörte zu ihm. Er war in sie hineingefahren, sein böses Ich hatte das ihre überschwemmt und die Seele an sich gerissen.

Keuchende Atemzüge erfüllten den Raum. Stoßweise drangen sie über die Lippen. Und bei jedem Atemzug wurde der Körper durchgeschüttelt. Isabella lag auf einem völlig durchschwitzten Bettlaken. Aus ihrer Rückenlage schnellte sie hoch, baute eine Brücke, während sie die Arme anwinkelte und sich mit den Ellenbogen aufstützte. Ihr Gesicht zeigte eine dicke, glänzende Schicht. Es war der Schweiß, der ihre Haut bedeckte. Aus den Augen rannen die Tränen, vermischten sich mit dem Schweiß, und auch die Schminke war längst verlaufen, sodass auf ihrem Gesicht ein Muster zu sehen war, das den Fantasien eines modernen Malers glich. Irgendwie schien Isabella es gemerkt zu haben, sie richtete sich auf, winkelte den Arm an und wischte über ihr Gesicht.

Danach lag sie still.

Völlig regungslos, und man hätte glauben können, ein nicht lebendes Wesen zu sehen.

Sie atmete nur flach, schaute zur Decke und stellte fest, dass die Nachttischlampe noch immer brannte. Darüber wunderte sie sich, denn die Teufelsfratze war verschwunden.

Völlig normal präsentierte sich das Schlafzimmer. Das, was sie alles erlebt hatte, schien nicht wirklich geschehen, sondern aus einem Albtraum entsprungen zu sein.

»Jetzt gehörst du mir!«

Mit einem Schrei auf den Lippen fuhr die Frau in die Höhe, denn sie hatte eine Stimme vernommen.

Wer sprach da zu ihr?

Sitzend und sich mit beiden Händen abstützend, durchsuchte sie das Zimmer. Ihre Blicke bohrten sich in jede Ecke. Sie waren geschärft, erinnerten an Laserstrahlen und wollten alles, aber auch alles sehen.

Isabella Norton konnte niemanden entdecken. Sie war allein in dem Zimmer. Und doch hatte sie jemanden sprechen gehört.

»Jetzt gehörst du mir!«

Wieder war die Stimme vorhanden, nur schien sie aus keiner Richtung zu kommen, sondern einfach aus dem Nichts.

Isabella fasste sich ein Herz. Zweimal atmete sie tief durch, bevor sie fragte: »Wer bist du?«

»Kannst du dir das nicht denken?«

»Ich habe geträumt.«

Da lachte der andere. »Nein«, sagte er nach einer Weile. »Es war kein Traum. Du hast es erlebt, richtig erlebt, und ich habe meine Ankündigung wahr gemacht.«

»Welche?« Isabella war völlig durcheinander, sodass sie diese seltsamen Fragen stellte.

»Kannst du dich wirklich nicht daran erinnern?«

Isabella Norton saß auf der Bettkante, drehte den Kopf und hob die Schultern.

»Überlege genau.«

Da hob sie die Arme, spreizte die Hände, fuhr sich durch ihr Haar und sagte: »Du bist der Teufel!«

»Ja, der bin ich!«

»Dann gehöre ich dir?«

»Endlich hast du es begriffen. Ich habe mir deine Seele geholt, dich aber am Leben gelassen, und das nicht ohne Grund.«

Es war eine der Absonderheiten schwarzer Magie, dass sich die Frau sofort auf die neue Lage einstellte. Sie fand sich damit ab, nicht mehr so zu sein wie früher, und sie erkundigte sich mit rauer Stimme: »Was soll ich tun?«

»Das wirst du noch alles erfahren. Denke vorerst daran, dass ich nicht nur genommen, sondern auch gegeben habe. Du hast etwas erhalten, was du früher nicht besessen hast!«

»Und was?« Ihr Gesicht verzerrte sich nach dieser Frage voller Spannung.

»Probiere es aus«, sagte die Stimme nur und war verschwunden.

Isabella Norton aber stand auf. Um ihre Lippen huschte plötzlich ein Lächeln. Nicht mehr warm und freundlich, sondern grausam und diabolisch. Der Teufel hatte ein weiteres Opfer und eine treue Dienerin an sich gebunden …

Höllenfeuer!

Es flackerte und loderte, es brauste und tobte. Wir waren Gefangene dieses Feuers, und wir steckten inmitten dieses Flammenkäfigs, ohne eine Chance zu haben, überhaupt entkommen zu können.

Es zeugte von der Kraft unserer Nerven, dass wir nicht durchdrehten und verrückt wurden. Wir blieben in der Mitte des Fahrstuhls dicht beisammen und standen so möglichst weit weg von den lodernden Wänden.

Umzingelt von den Flammen des Teufels. Wenn uns kein Ausweg einfiel, würde uns die Hölle verschlingen.

Miriam di Carlo war vor Angst stumm. Auch Bill Conolly sprach nicht. Suko sagte ebenfalls kein Wort, er griff nur zu seiner Dämonenpeitsche und zog sie hervor.

Rasch schlug er einen Kreis über den Boden, während ich mein Kreuz hervorholte. Wenn es eine Chance gab, die Flammen zu löschen, dann mit diesen beiden Waffen.

Es wäre nicht das erste Mal gewesen, dass ich es schaffte, mit dem Kreuz das Feuer zu löschen, und das wollte ich auch diesmal. Ich schritt mit dem Kruzifix in der vorgestreckten Hand auf die Flammenwand zu, die mir am nächsten war.

Gespenstisch blass leuchteten die Flammen. Sie schossen vom Boden aus kerzengerade vor mir in die Höhe und bildeten, da sie dicht nebeneinander lagen, eine starre Wand.

Konnte ich sie vernichten?

Und dann geschah etwas, womit ich nicht gerechnet hätte, das mich aber faszinierte und gleichzeitig auch erschreckte. Innerhalb der Flammen sah ich schemenhaft ein Gesicht. Irgendwie hatte ich es schon mal gesehen, und ich erinnerte mich in diesem Augenblick an den Seher, aber von ihm kannte ich ja nur die Augen.

Das Gesicht hatte eine Stimme. Sie sagte Sätze, die ich sehr wohl verstand und mir unauslöschlich einprägte.

»Sieben Tore des Unheils und des Schreckens gibt es, die du öffnen musst, um den Dunklen Gral zu finden. So sehen es Aibons Schriften vor. Doch jedes Tor ist eine tödliche Falle für den Menschen, der nicht guten Willens ist.

Sieben Tore des Unheils. Wenn du sie öffnest, wirst du die Macht des Dunklen Grals erkannt haben und Aibon verstehen lernen …«

»Wer bist du, Aibon?«, hauchte ich.

»Der Dunkle Gral will zurückkehren, aber der Teufel muss es verhindern. Sieben Tore des Unheils. Ich weiß nicht, ob du es jemals in deinem Leben schaffen wirst. Wir können dir nicht gut genug helfen, denn die Zeiten sind andere geworden, doch wenn du die sieben Tore findest, besitzt du die Macht über den Dunklen Gral.«

Im selben Augenblick fielen die Flammen wieder zusammen. Wir befanden uns in einem völlig normalen Fahrstuhl, ich drehte mich um und blickte meine Freunde an.

Auch sie waren sprachlos.

Suko, Miriam und Bill hatten das Gesicht ebenfalls gesehen und auch die Worte verstanden, dennoch konnten sie ebenso wenig damit anfangen wie ich.

Die Tür öffnete sich.

Ich trat sofort einen Schritt vor und stellte mich auf die Schwelle, um den Kontakt zu unterbrechen, damit die Tür sich nicht mehr schließen konnte.

»Versteht ihr das?«, fragte ich.

»Nein«, antwortete Bill.

»Von einem Aibon habe auch ich noch nichts gehört«, gab der Chinese ehrlich zu.

Miriam hob nur die Schultern.

»Aibon und der Dunkle Gral müssen in einem unmittelbaren Zusammenhang stehen«, murmelte ich.

»Und die sieben Tore des Unheils«, fügte Bill hinzu.

»Ja, auch die.«

»Ich habe nichts davon gehört oder gelesen«, gab der Reporter zu. »Es war mir einfach unmöglich, mehr über den Dunklen Gral herauszufinden. Ich habe zahlreiche Bücher gewälzt, Sagen, Legenden gelesen, aber über den Dunklen Gral war nichts zu erfahren.«

»Ob er mit Asmodis zusammenhängt?«, fragte Suko.

Ich hob die Schultern. »Schon möglich, dann müsste er auch gleichzeitig mit Isabella Norton zu tun haben.«

»Das können wir ja herausfinden«, sagte Bill. Entschlossen ging er vor. Ich machte Platz und ließ meine beiden Freunde aus dem Fahrstuhl. Miriam di Carlo folgte ihnen. Ihr lächelte ich zu, sie allerdings erwiderte mein Lächeln nicht.

»Was ist mit Ihnen?«, fragte ich.

Scheu schaute sie mich an. »Ich habe Angst«, flüsterte sie. »Es wird etwas Schreckliches passieren. Wir stecken in einem Käfig, der uns vernichten kann.«

»Noch leben wir.«

»Ja, sicher …« Sie hob die Schultern. »Aber dieser Mann vorhin, das Gesicht. Wer war er?«

»Ich weiß es nicht genau.«

»Kann es der Seher gewesen sein?« Diese Frage stellte Suko, nicht Miriam.

»Den Verdacht habe ich auch.«

»Dann müssten er und Aibon ein und dieselbe Person sein«, folgerte Bill Conolly.

Ich lächelte. »Wenn das so einfach wäre, mein Lieber. Nein, daran glaube ich nicht.«

Suko hob die Schultern und schritt über den dicken Teppich auf die Tür zum Penthouse zu. »Was soll die ganze Fragerei, die im Endeffekt doch nichts bringt. Kümmern wir uns um Isabella Norton. Sie scheint es nötiger zu haben.«

Vor der Tür versammelten wir uns. Wir waren nicht direkt in die Wohnung gefahren, sondern in einem Vorflur gelandet, in dem besonders die große Tür aus Palisanderholz auffiel. Die hatte sicherlich ein kleines Vermögen gekostet.

Neben der Tür sahen wir einen Klingelknopf. Er hatte eine gläserne Umrandung, der Knopf selbst schimmerte in einem hellen Rot.

Bill schaute mich fragend an, als sich sein Finger dem Kopf näherte. Ich nickte, dann schellte der Reporter.

Wir hörten einen Gong, der wohlklingend durch das Penthouse schwang. Falls Isabella Norton zu Hause war, würde sie öffnen, denn zu spät für einen Besucher war es noch nicht.

Aus Erfahrung und auch dem seltsamen Feuerüberfall Tribut zollend, hatten wir uns rechts und links der Tür aufgebaut. Wenn Isabella Norton öffnete, wollten wir vortreten.

Sie öffnete nicht. Die Tür schwang von allein auf. Lautlos glitt sie nach innen, und wir erhaschten einen Blick in eine große Diele, in der nur eine Deckenleuchte brannte, die uns wie ein Mond vorkam.

»Sollen wir?«, fragte Bill.

»Sicher«, sagte ich und betrat die Wohnung.

Ein gutes Gefühl hatte ich dabei nicht …

Das diabolische Lächeln blieb auf dem Gesicht der Frau. Isabella Norton hatte mit einem Leben gebrochen, das erst seit einigen Minuten hinter ihr lag. Sie war jetzt eine andere geworden. Zudem gehörte sie nicht mehr sich selbst, sondern dem Herrn der Hölle.

Der Teufel war nun ihr Gebieter! Sie konnte an nichts anderes mehr denken.

Sie schritt durch das Schlafzimmer wie auf Wolken. Hin und wieder zuckte es um ihre Lippen. Der Teufel hatte sie erwählt, denn sie war für etwas bestimmt. Und sie hatte Kräfte bekommen. Andere Kräfte, neue, vielleicht auch teuflische?

Ihre Gedanken drehten sich darum, und sie fragte sich, ob sie diese Kräfte nicht einmal ausprobieren sollte oder konnte. Als sie die Nähe der Nachttischlampe erreichte und damit an das Bett trat, ließ sie sich auf der Kante nieder.

Mit den Händen fuhr sie durch das Haar und erlebte urplötzlich die Verwandlung. Zuerst hörte sie ein Knistern, dann stellten sich ihre Haare hoch und blieben in dieser Haltung, wobei zwischen den einzelnen zusammengedrehten Haarfäden grünliche Blitze zuckten.

Unwillkürlich öffnete sie den Mund, und schon quoll eine ebenfalls grünliche Wolke daraus hervor.

Ein Plasma …

Aus starren Augen verfolgte Isabella Norton die

Plasmawolke, die sich vor ihrem Gesicht drehte und quirlte.

Sie wollte den Mund schließen. Das allerdings gelang nicht, denn immer mehr dieses seltsamen Plasmas drang zwischen den Lippen hervor und drehte sich zu spiralförmigen Figuren.

Ihr zweites Ich oder ihre Seele verließ den Körper.

Isabella Norton saß starr auf der Bettkante. Sie erlebte einen schaurigen Vorgang und sah mit an, wie die Plasmawolke tiefer in das Zimmer hineinstieß und sich den Ecken näherte, die vom Schein der Lampe nicht mehr ausgeleuchtet wurden.

Der Vorgang dauerte Minuten. Eine Zeit, in der sich Isabella Norton nicht rührte. Sie hockte da wie ein Denkmal, hielt den Mund weiterhin geöffnet und beobachtete nur.

Das Grauen floss weg von ihr, es manifestierte sich zu einer Gestalt. Das Plasma geriet nicht in den Zustand der Verdünnung oder Auflösung, es nahm Gestalt an, und damit begann ein unheimlicher magischer Vorgang.

Obwohl sie vom Satan infiziert war, begriff sie den Vorgang nicht. Im Augenblick war sie eine passive Person, die nur zuschauen konnte, was mit dem geschah, das aus ihrem Innern gedrungen war.

In der düsteren Ecke wuchs etwas zusammen.

Eine Gestalt!

Sie selbst!

Es war wie ein Schlag, der die Frau traf. Aus der Plasmawolke entstand eine zweite Isabella Norton.

Die echte Isabella wusste nicht, was sie sagen sollte. Sie schluckte ein paarmal, schüttelte den Kopf und merkte, wie allmählich eine Gänsehaut über ihren Körper rann.

Es war die Angst.

Ein unheimlicher Vorgang rollte innerhalb der geisterhaften Stille vor ihren Augen ab. Der Doppelkörper war von einer so erschreckenden Ähnlichkeit, dass sich Isabella Norton fürchtete. Der Doppelkörper führte auch die gleichen Bewegungen aus.

Isabella sah, wie die Doppelgängerin die rechte Hand

hob. Es geschah mit einer Bewegung und Gestik, die sie auch immer ausführte. Dann wühlte sie die Haare hoch, und sie blieben ebenso aufrecht stehen wie bei der echten Isabella.

Unwahrscheinlich …

Nackt war der Körper. Als Isabellas Doppelgängerin näher kam, da imitierte sie ihre Schritte. Der etwas fließende Gang war ihr wohlbekannt, sie hatte ihn damals auf der Mannequinschule eingehämmert bekommen und ihn auch beibehalten. Jetzt schritt ihre Doppelgängerin ebenso, und sie blieb nackt vor der echten Isabella stehen.

Die beiden starrten einander an.

»Was hast du?«, fragte das Ebenbild.

»Ich begreife es nicht.« Die echte Isabella streckte ihre Arme aus. Dies geschah zögernd, als hätte sie Angst, die Doppelgängerin zu berühren. Sie tippte dennoch dagegen, zuckte aber mit den Fingern zurück, als sie die seltsame Kälte des Körpers spürte.

Abermals eine Überraschung für Isabella Norton, denn sie hatte damit gerechnet, einen Plasmakörper vor sich zu haben, aber keinen, der ihr Widerstand entgegensetzte.

Was hatte der Satan da geschaffen?

»Willst du nicht aufstehen?«, wurde die echte Isabella gefragt.

»Ja, aber …«

»Zieh dich an!«

»Und dann?«

»Wirst du schon sehen.«

Isabella nickte. Sie drückte sich von der Bettkante hoch. Dabei zitterte sie am ganzen Körper. In den Knien spürte sie ein weiches Gefühl, und der Weg zum Kleiderschrank kam ihr vor, als würde sie ihn in Trance gehen.

Verfolgt wurde sie dabei von den Blicken der Doppelgängerin, die genau zuschaute, wie sie die Tür öffnete und etwas hervorholte, das sie mit am liebsten anzog.

Es war ein schwarzes Kleid.

Licht, weit geschnitten, im oberen Drittel Falten werfend. Isabella Norton stieg aus ihrem Nachthemd und zog das Kleid über. Es hatte mehrere weiße Knöpfe. Die passten soeben in die Knopflöcher, sodass es ihr schwer fiel, das Kleid zu schließen, denn ihre Finger zitterten.

Schließlich war sie fertig, drehte sich um und erstarrte.

Die Doppelgängerin war ebenfalls umgezogen. Und sie trug das gleiche Kleid wie sie.

Das war der reinste Höllenspuk, Teufelszauber. Isabella Norton schüttelte den Kopf, sie wurde noch blasser, als sie ohnehin schon war, und sah nur das Lächeln ihrer Doppelgängerin, die orakelhaft sagte: »Es hat alles seinen Sinn, Isabella, glaube mir. Nichts tust du hier umsonst …«

Sie hatte Fragen, doch die Worte blieben ihr in der Kehle stecken.

Dafür sprach die andere: »Da ist jemand an der Tür, Isabella. Man will zu dir.«

»Wer?«

»Das weiß ich nicht genau. Es scheinen mir keine Freunde von dir zu sein.«

Isabella zögerte. Sie schaute zum Ausgang des Schlafzimmers und fragte dann leise: »Soll ich öffnen?«

»Nein«, erwiderte die Doppelgängerin. »Es ist bereits offen.«

»Wie, äh …«

»Geh nur hin und empfange sie«, erwiderte die falsche Isabella. »Mich aber musst du entschuldigen.« Sie hatte kaum das letzte Wort gesprochen, als sie sich auflöste.

Wie ein Spuk war sie weg.

Isabella Norton verstand nun gar nichts mehr.

Es war schon seltsam, dass uns niemand empfing, als wir die Diele betraten. Ein jeder von uns wunderte sich darüber. Bill Conolly fragte: »Ob sie doch nicht zu Hause ist?«

»Wer hat dann geöffnet?«, fragte Suko zurück.

»Vielleicht der Heilige Geist.«

»Der gleich über uns kommen wird, wenn wir nicht

Acht geben«, erklärte ich und blieb erst einmal stehen. Die anderen folgten meinem Beispiel. Miriam di Carlo hielt sich dicht an meiner Seite. Ich spürte ihre körperliche Nähe.

Ihr Blick war auf die Tür gerichtet, die uns direkt gegenüberlag.

»Dahinter ist jemand!«, hauchte sie.

»Sind Sie sicher?«

Sie nickte.

Ich hob die Schultern. Einen ersten Rundblick hatte ich bereits hinter mich gebracht. Die Frau musste Geld haben. Was hier in der Diele stand, zeugte nicht nur von einer überdurchschnittlichen Finanzstärke, sondern auch von einem erlesenen Geschmack. Moderne italienische Möbel, sehr einfach und klar in ihrem Design, waren mit Jugendstilmöbeln zusammengewürfelt worden, wobei das eine das andere nicht störte. Ein großer Spiegel, als bis zur Decke reichendes, dreieckiges Gebilde, gab dem Raum noch mehr optische Größe.

Die Türen bestanden aus Palisanderholz. Und die Tür, hinter der Miriam di Carlo jemand vermutete, wurde aufgedrückt. Dies geschah lautlos, aber mit normaler Stärke.

Nebeneinander standen wir in der Diele und richteten unsere Blicke auf die Tür. Das Blatt war noch nicht ganz herumgeschwungen, als sie bereits auf der Schwelle stand.

Ich hatte Isabella Norton bisher noch nicht zu Gesicht bekommen, nur von ihr gehört. Sie war nicht einmal überrascht, als sie uns sah. Sie stand da und schaute uns für einen Moment an, während sie allmählich die wohlgeschwungenen Augenbrauen in die Höhe zog.

»Guten Abend«, grüßte Bill, ging auf die Frau zu und streckte seine Hand aus.

Isabella blieb stehen, ohne sich zu rühren, sodass Bill gezwungen war, seine Hand wieder zurückzuziehen. »Wer sind Sie?«, fragte sie dann mit leiser Stimme.

»Mein Name ist Bill Conolly«, sagte der Reporter. »Sie sollten mich eigentlich vom Hörensagen kennen.«

»Ja, ich habe eine Kundin namens Sheila Conolly.«

»Das ist meine Frau.«

»Wie nett.«

Sie blieb sehr unverbindlich, das störte mich ein wenig. Auch war mir ihr Gesicht eine Spur zu glatt. Da gab es keinerlei Emotionen, die sich auf ihren Zügen abzeichneten. Sie spielte die Gelassene, und sie sah aus, als wäre sie in Trauer.

Schwarz war ihr Kleid, und es umschmeichelte einen schlanken Körper. Sie trug ebenfalls schwarze, halbhohe Stiefel mit einem roten Rand. Der Reihe nach blickte sie uns an. Ihre Augen schauten dabei sehr forschend. »Was kann ich für Sie tun?«, erkundigte sie sich höflich distanziert.

»Es geht um die Vorfälle am frühen Abend«, erklärte der Reporter.

Sie nickte. »Damit hätte ich rechnen müssen. Darf ich erfahren, was Ihre Begleiter von mir wollen, Mr. Conolly?«

Ich hielt es an der Zeit, das Wort zu übernehmen. »Wir sind Polizeibeamte, Mrs. Norton. Scotland Yard.«

Sie erschrak nicht, sondern nahm es gelassen hin. »Die Dame bei Ihnen auch?«

»Nein, ich gehöre nicht dazu«, sagte Miriam di Carlo. »Ich bin zufällig auf Sie gestoßen.«

»Aha. Und was hat diesen Zufall ausgelöst?«

»Müssen wir hier darüber sprechen?«, erkundigte ich mich.

»Nein, nein. Bitte, kommen Sie!« Isabella Norton öffnete die Tür und gab uns den Eintritt in den großzügig angelegten Wohnraum des Penthouses frei.

Man hatte einen herrlichen Blick. Ich kannte ähnliche Dachhäuser. In einem hatten wir mal einen schrecklichen Fall gegen mordende Killerbienen erlebt. Die Einrichtung des Wohnraums zeigte den gleichen erlesenen Geschmack wie die in der Diele. Auch hier sah ich italienische Möbel, gemischt mit Antiquitäten. Die Teppiche waren weich. Man schritt auf ihnen wie auf Wolken.

Die Couch war von einer solchen Schlichtheit, dass sie schon wieder exklusiv wirkte. Der weiße Stoff schimmerte im Licht der gebogenen Stehlampe. Bunte Kissen zeigten Farbtupfer. Die Sessel bildeten zur Couch das Gegenstück. Rotes Leder glänzte, und man konnte die Sitzmöbel kippen.

»Bitte nehmen Sie Platz.«

Wir setzten uns. Nur Miriam di Carlo blieb stehen und starrte ins Leere.

Spürte sie etwas? Ich schaute sie forschend an, und Isabella Norton fragte: »Was ist? Möchten Sie sich nicht hinsetzen?«

»Im Moment nicht.«

»Bitte, ich kann Sie nicht zwingen.«

Da wir unsere Namen noch nicht genannt hatten, holten wir das nach. Mrs. Norton zuckte mit keiner Wimper, als sie die Namen hörte, bot uns allerdings etwas zu trinken an. Wir lehnten jedoch ab.

»So, dann kommen Sie mal zur Sache«, forderte sie uns auf. »Hoffentlich lohnt sich Ihr Besuch.«

»Darf ich zuvor zur Toilette?«, erkundigte sich Miriam di Carlo mit leiser Stimme.

»Ja, natürlich. Weshalb nicht? Gehen Sie durch die zweite Tür hier. Dann direkt links, dort ist das Bad.«

»Danke!« Miriam nickte. Mit seltsam steifen Schritten ging sie an uns vorbei. Das gefiel mir überhaupt nicht. Sie schien irgendetwas zu haben, und ich rief ihr nach: »Miriam, was ist los? Geht es Ihnen nicht gut?«

Sie drehte sich um. »Doch, doch, mir ist im Augenblick nur ein wenig übel. Das geht wieder vorbei.«

»Dann ist es gut.«

Die Frau verschwand, und wir konnten uns der Besitzerin des Dachhauses widmen. Sie hatte nun ebenfalls Platz genommen. Lässig hockte sie auf einer Couchlehne. Das schmale Gesicht war solariumbraun. Im Gegenlicht schimmerte der Kleiderstoff durchsichtig, und ihre Haut glänzte. »Dann werden Sie mal konkreter!«, forderte sie uns auf. »Bitte, was hat Sie genau zu mir geführt?«

»Es handelt sich um den Besuch, den Sie erhalten haben«, sagte ich. »Mrs. Conolly und ihre Begleiterin sprachen von einer seltsamen Person und setzten sie gleich mit dem Teufel.«

»Dem Teufel?«, hauchte sie.

»Genau.« Das war Bill.

Isabella Norton lächelte. »Aber ich bitte Sie! Was sollte ich mit dem Teufel zu tun haben? Nein, nein, Ihre Frau, Mr. Conolly, muss sich da getäuscht haben.«

»Sie war nicht allein!«, hielt der Reporter entgegen.

»Nun, dann hat sich die Begleiterin ebenfalls getäuscht. Das kann es durchaus geben.«

»Was wir nicht abstreiten«, fuhr ich fort. »Eine andere Tatsache bleibt das Feuer in Ihrem Geschäft.«

»Das stimmt in der Tat. Es hat gebrannt, und ich musste die Feuerwehr rufen lassen oder so ähnlich. Als sie jedoch eintraf, war alles vorbei.«

»Sie selbst haben aber nicht gelöscht?«

»Nein, Mr. Sinclair. Der Brand blieb begrenzt.«

»Was nicht nur uns wundert, sondern auch die Feuerwehr. Normalerweise muss sich ein Brand in einem Geschäft wie dem Ihren doch rasend schnell ausbreiten.«

»Das stimmt im Normalfall. Bei mir war es anders. Da blieb das Feuer räumlich begrenzt.«

»Haben Sie eine Erklärung dafür?«

»Nein, Mr. Sinclair. Zudem bin ich kein Brandexperte.«

Bill Conolly fuhr fort. »All right«, sagte er, »wir haben also keine Erklärung für dieses Phänomen. Kommen wir zu Ihrem seltsamen Besucher, dem Teufel …«

»Moment, Mr. Conolly. So sehe ich das nicht. Zwar haben Ihre Frau und deren Begleiterin davon gesprochen, ich jedoch habe keinen Teufel gesehen.« Sie lächelte spöttisch. »Wie muss man sich den Satan denn vorstellen? Mit breiter Stirn und zwei Hörnern? Einem Pferdefuß vielleicht oder einem langen Schwanz?«

»Möglich«, gab Bill zu.

Sie winkte ab. »Jetzt tun Sie mir wirklich Leid, Mr. Conolly. So etwas gibt es nur in Märchen, aber nicht in der Wirklichkeit. Als Polizeibeamter müssten Sie das wissen, Mr. Sinclair.«

»Selbstverständlich weiß ich das«, erwiderte ich. »Nur

werden Märchen manchmal wahr.«

»Dann glauben Sie daran?«

»Nennen Sie mir eine andere Möglichkeit.«

»Klar. Die beiden Damen sind wohl einer Täuschung zum Opfer gefallen.«

»Woran ich nicht glaube.«

»Das bleibt Ihnen überlassen.«

Diese Antwort deutete auf einen Rausschmiss hin. Zudem erhob sich Isabella Norton von ihrem Platz.

Vielleicht wären wir gegangen, aber ich erinnerte mich ebenso wie meine Freunde an das höllische Feuer im Aufzug. Und das gab uns den Beweis, dass wir es hier mit Dingen zu tun hatten, die nicht in den normalen Rahmen passten.

»Mrs. Norton«, begann ich wieder, »wir wollen uns hier doch nichts vormachen. Ich glaube nicht, dass sich die beiden Zeuginnen getäuscht haben, und ich glaube ferner, dass Sie etwas mit der ganzen Sache zu tun haben. Bisher sind wir nur um den heißen Brei herumgeschlichen. Ich will von Ihnen jetzt wissen, was wirklich passiert ist. Und wir verlassen nicht eher diese Wohnung!«

Sie war blass geworden. »Ist das Ihr Ernst?«

»Ja!«

Da holte sie tief Luft. »Mr. Sinclair!«, zischte sie böse. »Sie haben kein Recht, hier in meiner Wohnung zu bleiben. Ich kann Sie hinauswerfen lassen, und ich werde das auch tun, darauf können Sie sich verlassen …«

»Das können Sie halten wie ein Dachdecker!«, fuhr ich ihr in die Parade. »Tatsache ist jedoch, dass wir im Fahrstuhl angegriffen wurden. Die Kabine stand plötzlich in Flammen, und es war ein sehr begrenztes Feuer. Wir gehen davon aus, dass es sich dabei um ein Höllenfeuer handelte …«

»Reden Sie keinen Quatsch!«

»John!« Zum erstenmal mischte sich Suko ein. Er glitt in die Höhe und blieb lauschend stehen.

»Was ist?«

»Da war etwas«, sagte mein Partner. Er legte seine

Stirn in Falten. »Ich habe ein Geräusch vernommen, als wäre jemand gefallen oder gestürzt.«

»Miriam?«

Suko hob die Schultern.

Ich schaute Isabella Norton an und sah ihr kaltes Lächeln. Auf einmal kam mir das Penthouse wie eine Falle vor …

Miriam di Carlo wusste auch nicht, wieso sie plötzlich von diesem eigenartigen Gefühl überfallen wurde. Es war zu vergleichen mit einem Schwindelanfall. Sie spürte die Schwäche in ihren Knien, die Beine zitterten, und sie musste sich unbedingt erfrischen.

Innerhalb des Wohnraums behielt sie noch die Haltung bei. Nachdem sie ihn verlassen hatte, gelangte sie in einen kleinen Flur und wandte sich scharf nach links.

Dort sah sie die Tür.

Für einen Moment lehnte sie sich gegen den Pfosten, schloss die Augen und hatte dabei das Gefühl, als würde sie schweben. Gewaltsam kämpfte sie dagegen an. Übelkeit stieg in ihr hoch, ihr wurde regelrecht schlecht, und sie machte sich Vorwürfe, allein gegangen zu sein. Es hätte sie doch jemand begleiten sollen, aber ihr erschien der Rückweg in den Wohnraum auf einmal viel zu lang.

Miriam fiel nach vorn und mit der Hand auf die Klinke. Mit dem Körper drückte sie die Tür auf, taumelte über die Schwelle und stand dann im Bad.

Dieser Nassraum passte in seiner Einrichtung zu dem sehr exklusiven Penthouse. Er war ziemlich groß. Zwei rosafarbene Waschbecken mit runden Spiegeln darüber stachen ins Auge. Die Wanne war kreisförmig und tief in den Boden gelassen. Eine Seite des Raums wurde von einem Fenster eingenommen, und vier Wandleuchten gaben Licht.

Eine Dusche war ebenfalls vorhanden. Die Kacheln zeigten dieselbe Farbe wie das Waschbecken, und der Boden bestand aus hellweißen Fliesen.

Das alles sah sie, als sie dicht hinter der Tür stehen

blieb und erst einmal Luft holte. Sie wollte durch kräftiges Atmen die Übelkeit unterdrücken und spürte auf ihrem Gesicht den kalten Schweiß. Längst sah sie die Konturen nicht mehr so klar wie normal, alles verschwamm vor ihren Augen, und sie zielte nur schräg nach rechts, um eines der Waschbecken zu erreichen. Wenn sie kaltes Wasser in ihr Gesicht laufen ließ, konnte sie vielleicht ihren Zustand ändern.

Auf dem Beckenrand stützte sie sich ab. Dabei beugte sie ihren Kopf so weit nach unten, dass sie keinen Blick in den Spiegel werfen konnte und auch nicht sah, dass hinter ihr die dunkle Tür langsam zuschwang. Als würden unsichtbare Hände sie schieben, näherte sie sich immer mehr dem Schloss, und es war kaum ein Geräusch zu vernehmen, als sie einrastete.

Von innen steckte der Schlüssel!

Mit seinem Griff schaute er hervor, und dieser Griff bewegte sich plötzlich.

Einmal wurde er nach links gedreht, und dann rutschte der Schlüssel aus der schmalen Schlossöffnung. Mit einem Klirren fiel er auf die Fliesen. Die Frau hörte das Geräusch nicht. Sie hatte sich auf das Waschbecken gestützt und den Oberkörper nach vorn gebeugt, wobei sie den Mund öffnete, um ihre Übelkeit loszuwerden.

Es war ein verzweifeltes Bemühen. Sie würgte und ächzte, aber sie hatte keinen Erfolg.

»Großer Gott!«, flüsterte sie. »Was ist das nur?« Noch glaubte sie an eine normale Übelkeit und nicht an übersinnliche Kräfte und Mächte. Mit dem rechten Arm stützte sie sich weiterhin ab, während sie mit der linken Hand den Kran aufdrehte.

Wasser schoss aus der Öffnung, schäumte in das Waschbecken, und Miriam di Carlo beugte ihren Kopf so weit nach unten, dass der Strahl ihr erhitztes und schweißnasses Gesicht treffen konnte.

Die Kühle tat gut.

Im ersten Augenblick war sie richtig erfrischend, und die Frau glaubte auch an eine Besserung.

Sie beugte sich noch tiefer und schaufelte immer mehr

Wasser aus ihren zusammengelegten Händen in das Gesicht.

Allerdings sah die Frau nicht, was sich hinter ihr tat. Sie wusste auch nicht, dass sie, seit sie die Wohnung betreten hatte, zu einer Marionette der schwarzen Magie geworden war. Andere Kräfte lauerten innerhalb dieser Wände und steuerten sie. Sie bestimmten ihr Tun und Handeln. Sie sorgten dafür, dass es ihr schlecht erging, und sie hatten sie auch in dieses Bad gelockt.

In der Wanne entstand etwas.

Eine Frau. Isabella Norton!

Es war die gleiche Isabella, die auch im Wohnzimmer saß. Sie trug die gleiche Kleidung, besaß das gleiche Gesicht und vollführte die gleichen Bewegungen.

Als Schatten war sie aus dem Nichts entstanden, doch ein nur schattenhaftes Wesen blieb sie nicht, denn ihre Umrisse verdichteten sich, traten klarer hervor, und mit einer erschreckenden Lautlosigkeit stieg sie aus der Wanne.

Eine menschliche Gestalt, dennoch schaurig und gespenstisch anzusehen. Über dem Schwarz leuchtete bleich das Gesicht. Unruhig waren die Augen, der Mund zuckte, und als sie das rechte Bein hob, um aus der Wanne zu steigen, war kein Laut zu hören.

Miriam di Carlo stand nach wie vor am Waschbecken. Sie hielt sich weiterhin gebückt, versuchte, Kontrolle über sich selbst zu bekommen, denn sie wollte hier auf keinen Fall einen Zusammenbruch erleben.

Das Wasser hatte ihr gut getan. Im ersten Moment erfrischte es. Allerdings blieb das üble Gefühl in der Magengegend stecken, und es drückte weiterhin hoch.

Stoßweise und keuchend ging ihr Atem.

Miriam di Carlo konnte sich nicht erklären, wer sich für dieses Gefühl verantwortlich zeigte, normal war es jedenfalls nicht.

Sie gehörte zu den Menschen mit sehr starken Empfindungen. Man konnte sie ohne weiteres als sensitiv bezeichnen, sie hatte hin und wieder hellseherische Fähigkeiten, die mit aller Deutlichkeit erschreckende

Vorgänge zeigten, die eine Gefahr für die Menschheit darstellen konnten.

Auch in diesem Bad erhielt sie plötzlich eine Warnung.

Es war wie ein Messerstich, der in ihren Kopf schnitt und sie zu einem leisen Aufschrei veranlasste.

Da war etwas!

Obwohl es ihr schwer fiel, ruckte sie hoch, schaute dabei nicht in den Spiegel, stattdessen drehte sie sich um.

Da stand sie!

Isabella Norton!

Im ersten Moment war Miriam di Carlo völlig perplex. Sie konnte kaum atmen. Wie zugeschnürt war die Kehle, die Stimme schien festgebacken zu sein, aber sie registrierte das Lächeln auf dem Gesicht der Isabella Norton.

Erst nach einigen Sekunden fasste sie sich ein Herz und fragte krächzend: »Wie sind Sie hereingekommen?«

»Ich war schon hier!«

Miriam schüttelte den Kopf. Einige nasse Haare klatschten in ihr Gesicht. »Nein!«, flüsterte sie. »Nein, das kann ich nicht glauben. Sie waren nicht hier. Sie sind drüben. In einem anderen Zimmer halten Sie sich auf. Ich kann nicht glauben ...«

»Lass es lieber!«, flüsterte die andere. »Lass es, Kleine. Du gehörst jetzt mir. Aibon will dich.«

»Aibon?«

»Ja, er braucht dich.«

Miriam schüttelte den Kopf. »Ich kenne keinen Aibon!«, brachte sie hervor.

»Das glaube ich dir, aber du wirst ihn kennen lernen. Der Teufel hat dich gefunden.«

»Wieso?«, ächzte Miriam. »Wieso gerade ich?«

»Du gehörst zu Aibon.«

»Nein!«, flüsterte sie. »Ich will mit Aibon nichts zu tun haben. Ich weiß nicht, was es ist. Lass mich!« Sie schüttelte heftig den Kopf und drehte ihren Oberkörper nach links, um sich der Tür zuzuwenden. Nur raus wollte sie, einfach weg.

Isabella Norton tat nichts, um die Frau daran zu hindern. Miriam di Carlo hieb auf die Klinke und merkte noch im selben Augenblick, dass die Tür verschlossen war.

Sie rutschte ab. Dabei fiel sie auf die Knie, und es gab ein dumpfes Geräusch.

Isabella hinter ihr lachte leise. »So einfach entkommst du Aibon nicht. Du bist für diese Welt ausersehen, und der Teufel will, dass wir beide hingehen. Du als ein Opfer, ich …«

Da schnellte Miriam hoch. Sie hatte jetzt einige Zeit gekniet. Es war ihr gelungen, Kräfte zu sammeln, und die musste sie einfach einsetzen. Dabei war sie so stark auf Isabella Norton fixiert, dass sie den Türschlüssel auf dem Boden nicht sah.

Miriam stürzte auf Isabella zu. Sie wollte den Schlüssel, und sie war sicher, dass diese andere Frau ihn hatte.

Leider besaß Miriam viel zu wenig Erfahrung mit Wesen der Finsternis. Sie kannte nichts über deren Stärke und erlebte in den nächsten Sekunden einen schlimmen Horror.

Blitzschnell verwandelte sich Isabella Norton in ein widerliches Höllenwesen. Dies geschah so rasch, dass Miriam nichts unternehmen konnte. Sie kam auch nicht weg und sah sich plötzlich einem giftig-galligen Wesen gegenüber, das nur aus Schleim und Knochen zu bestehen schien, jedoch zwei Arme hatte mit Händen, die man durchaus als Krallen bezeichnen konnte.

Gefährliche Krallen.

Und die schlugen zu.

Es waren gnadenlose Hiebe, die Miriam trafen. Zuerst an den Schultern. Dort rissen sie die Kleidung auf und fetzten sie in langen, schmalen Streifen nach unten.

Im nächsten Augenblick spürte Miriam di Carlo die Krallen auf ihrer Haut.

Der Schmerz war scharf und beißend.

Tränen schossen in ihre Augen, während sich das gallig-grüne Monster zu einer wilden Furie entwickelte, schrie, fauchte und weiterhin zuhackte.

Die Krallen waren wie Messer.

Miriam wurde bis gegen die Tür geschleudert. Hart stieß sie mit dem Hinterkopf gegen das Holz, was einen dröhnenden Laut verursachte. Für einen Moment sah sie flimmernde Sterne, und im nächsten Augenblick waren die Krallen wieder da.

Von ihnen tropfte Blut. Ein grauenhafter Anblick, der Miriam bis an den Rand des Entsetzens trieb.

Abermals sah sie die Kralle. Diesmal dicht vor ihrem Gesicht. Für den Bruchteil einer Sekunde schien sie in der Luft zu erstarren, dann wurde sie nach vorn gewuchtet.

Sie hätte das Gesicht der jungen Frau zerstört, doch es gelang Miriam, in die Knie zu sacken. Sie fiel wie ein Stein zu Boden, und die Kralle verfehlte sie wirklich nur um Haaresbreite.

Dafür wühlte sie sich in die Haare der Miriam di Carlo, hakte sich dort fest, und die Frau spürte den beißenden Schmerz, der durch ihren Kopf zuckte.

Sie schrie!

Jedenfalls glaubte sie dies, doch es war nur ein Wimmern, das aus ihrem Mund drang.

»Aibon!«, flüsterte die andere. »Aibon ...« Dann holte sie wieder aus ...

Auch ich war nicht länger sitzen geblieben. Neben Suko stand ich in lauernder Haltung und schaute nach rechts, wo Miriam di Carlo verschwunden war.

Ich selbst hatte den Aufschlag oder das dumpfe Geräusch nicht vernommen, da musste ich mich voll und ganz auf meinen Freund Suko verlassen, was ich auch konnte.

»Wir sehen nach!«, sagte er und startete schon.

Isabella Norton trat ihm in den Weg. Sie breitete die Arme aus, doch Suko ließ sich auf nichts ein. Er stieß die Frau kurzerhand zur Seite und lief weiter.

Ich folgte ihm. Auch Bill Conolly wollte mit. Über die Schulter rufend bat ich ihn, bei Isabella zu bleiben. Ich traute der Frau nicht. Die spielte uns hier eine makabre

Komödie vor, und ich wurde das Gefühl nicht los, dass Miriam di Carlo in eine Falle gelockt worden war.

Suko, der vorgelaufen war, durchquerte als Erster das Zimmer, gelangte in eine kleine Diele, und wie ich hatte er ebenfalls gehört, wo sich das Bad befand.

Direkt die linke Tür.

Als ich Suko erreichte, rüttelte er bereits an der Klinke. Wir hätten es voraussehen können – die Tür war zu.

Kein langes Überlegen mehr. Mein Freund ging bereits zurück. Er konnte, wie auch ich, nur zwei Schritte Anlauf nehmen, aber die mussten einfach reichen.

Wir stürmten los.

Gemeinsam trafen wir die Tür.

Es war ein Aufprall, der nicht nur sie, sondern auch uns erschütterte. Man konnte meinen, dass sich die Tür nach innen durchbog, aber sie hielt der Wucht stand.

Suko fluchte, als er zurücksprang und es auf eine andere Art und Weise versuchte.

Mit einem Karatetritt.

In Schlosshöhe musste er die Tür treffen.

Plötzlich sah ich meinen Partner in der Luft. Sein Fuß schnellte vor, der Kampfschrei drang aus seiner Kehle, und einen Augenblick später hörten wir beide das Splittern.

Die Tür flog auseinander, wurde aus dem Schloss herausgesprengt, sodass wir freie Bahn hatten.

Zuerst hörten wir das Wimmern. Dann sahen wir das Hindernis dicht hinter der Tür, und ein Blick reichte uns, um erkennen zu können, dass es sich dabei um Miriam di Carlo handelte.

Während Suko über sie hinweg und in das Bad sprang, bückte ich mich. »Miriam«, flüsterte ich. »Mein Gott …« Mir stockten die Worte, denn die Frau sah schrecklich aus.

Über ihr Gesicht rann das Blut in langen Bahnen. Die Kleidung war zerfetzt. Nur noch Reste hingen an ihrem schweißnassen Körper. Der Atem ging keuchend, die Augen waren verdreht, und aus zahlreichen Wunden drang das Blut.

»Miriam, was ist geschehen?«

Sie konnte nicht sprechen, sondern wimmerte nur.

Ich schaute genauer hin. Dabei stellte ich fest, dass die Wunden zum Glück nicht so tief waren. Man konnte sie mehr als blutige Schrammen bezeichnen, aber das reichte völlig aus. Und wer konnte schon sagen, wie Miriam ausgesehen hätte, wenn wir vielleicht eine halbe Minute später gekommen wären?

Ich zog sie hoch und ging mit ihr zum Waschbecken, da ich ihr das Blut aus dem Gesicht waschen wollte. Sicherlich gab es eine Hausapotheke im Bad, sodass erste Notmaßnahmen getroffen werden konnten.

»Hier ist nichts«, hörte ich Sukos Stimme. »Verdammt, niemand zu sehen, dem man das in die Schuhe schieben könnte. Und das Fenster ist auch geschlossen.« Er schaute uns an und schüttelte den Kopf, da auch er von dem Anblick der Frau entsetzt war.

»Wir werden sie fragen«, sagte ich.

Suko sah, was ich vorhatte, kam und half mir. Er hielt Miriam di Carlo fest, während ich einen Waschlappen anfeuchtete, um ihr das Blut aus dem Gesicht zu waschen. Ich tupfte die Stellen behutsam ab.

Miriam hielt sich tapfer. Sie jammerte nicht, biss die Zähne zusammen und sagte auch nichts, als Suko Pflaster fand und sie auf die kleinen Wunden klebte.

»Geht es etwas besser?«, fragte ich.

»Ein wenig!«, stöhnte sie.

Jetzt stellte ich die wichtigste Frage. Sie brannte mir auf dem Herzen. »Wer war es, Miriam?«

»Eine Frau!«

»Hast du sie erkannt?«

»Ja, ja! Es war ...« Ihre Stimme wurde jetzt lauter. »Isabella Norton!«

Nach dieser Antwort war es für einen Moment still. Bis von der Tür her ein schriller Schrei aufklang, zu vergleichen mit einem kreischenden Lachen.

Wir drehten uns um.

Zwei Personen standen auf der Schwelle. Bill Conolly und Isabella Norton. Sie hatte das Lachen ausgestoßen, und sie lachte auch weiter, während ihr Mund aufgerissen war.

»Seien Sie ruhig!«, fuhr ich sie an, denn das Geräusch zerrte an meinen Nerven.

Sie klappte ihren Mund zu. Bill stand neben ihr und hob seine Schultern. Ratlosigkeit sprach aus seinem Blick.

Auch Miriam hatte den Kopf so gedreht, dass sie die Frau anschauen konnte, während sie weiterhin von mir gestützt wurde. Ich beobachtete die Reaktion meines Schützlings, und sie zuckte zusammen.

»Das«, schrie sie, »das ist sie! Sie hat mich ...« Miriam verstummte. Sie begann zu zittern und schluchzte.

Ich strich über ihr Haar, während ich Isabella Norton anschaute, die kalt und spöttisch lächelte.

»Was soll ich getan haben?«, erkundigte sie sich höhnisch. »Ihre Kleine da spinnt, und das wissen Sie genau. Ich habe die besten Zeugen, die man sich vorstellen kann, nicht wahr, meine Herren? Sie waren bei mir, als es passierte. Wie soll ich sie dann angegriffen haben?«

Im Prinzip hatte sie Recht. Aber sie zeigte eine so große Sicherheit und auch Überlegenheit, dass es mich störte und ich allmählich die Wut bekam.

»Die Kleine spinnt!«, wiederholte Isabella Norton mit kalter Stimme und drehte sich um.

»Moment noch«, sagte ich. »Bleiben Sie!«

»Bitte.«

»Gesetzt den Fall, Sie haben Recht, Mrs. Norton, dann frage ich Sie allerdings, wer für die Verletzungen dieser Frau letztendlich die Verantwortung trägt?«

»Das weiß ich doch nicht. Vielleicht hat sie sich die Wunden selbst zugefügt.«

»Würden Sie das machen?«

»Wer weiß, zu welchen Taten Irre alles fähig sind«, hielt sie mir entgegen.

Auch Miriam di Carlo hatte ihre Worte gehört. Sie war von ihnen regelrecht angemacht worden und hatte irgendwie einen Energiestoß bekommen, denn sie schnellte herum und löste sich dabei aus meinem stützenden Griff.

»Nein!«, brüllte sie, dass sogar Speichel von ihren Lippen sprühte. »Ich bin nicht verrückt, ich bin nicht wahnsinnig.« Ihr Arm zuckte vor. Die Fingerspitze deutete auf Isabella Norton. »Sie war es. Ich habe mich nicht getäuscht. Sie trug die gleiche Kleidung und sah ebenso aus wie diese Frau. Und sie stand in der Wanne.« Miriam drehte sich jetzt, um auf die Wanne deuten zu können. »Dort!«, rief sie. »Dort genau hielt sie sich auf. Dann kam sie auf mich zu«, erklärte sie in hastigen Worten und immer von keuchenden Atemzügen unterbrochen, »und sie verwandelte sich. Sie wurde zu einem widerlich grünen Monster, das aus Schleim und Knochen bestand und Hände wie Krallen hatte. Damit schlug es zu. Einmal, zweimal und immer wieder. Sie hätte mich getötet, wenn ...« Da konnte Miriam nicht mehr, senkte den Kopf und weinte.

Isabella Norton aber hob nur die Schultern. »Ich habe es Ihnen doch gesagt, eine Irre ist sie.«

Dies wollte mir einfach nicht in den Kopf. Auch auf den Gesichtern meiner Freunde las ich den Zweifel. Vielleicht hätten wir anders gedacht, wären wir normale Polizeibeamte gewesen, so aber musste ich die Aussagen aus einem anderen Blickwinkel betrachten. Und zwar aus dem der schwarzen Magie.

Hier war etwas geschehen, für das es keine normale Erklärung geben konnte.

Wem sollte ich glauben?

Wenn ich das hintergründige und teilweise wissende Lächeln der Isabella Norton sah, dann tendierte ich zu Miriam di Carlo. Trotz aller Widersprüchlichkeiten ihrer Aussagen. Hier war etwas geschehen, das wir genau erforschen mussten. Wie ich das anstellen sollte, wusste ich noch nicht.

»Und dann hat dieses Monster noch etwas gesagt«, flüsterte Miriam di Carlo erstickt.

»Was?«

Sie hob den Kopf und schaute mich klar an. »Aibon!«, hauchte sie. »Das Monster hat von Aibon gesprochen. Nur davon ...«

Ich schaute Isabella an. Sie rührte sich nicht. Kein Muskel zuckte in dem starren Gesicht mit den herabgezogenen Mundwinkeln. Sie stand da, als würde sie die ganze Sache überhaupt nichts angehen.

»Wer ist Aibon?«

»Noch nie gehört«, sagte die Norton. »Was weiß ich, was sich die Irre da alles zusammenspinnt.«

»Die Frage galt nicht Ihnen«, fuhr ich sie an.

»Auch ich weiß nichts Genaues«, flüsterte Miriam. »Sie sagte, dass Aibon mich will und es irgendwie mit dem Teufel zusammenhängt. Das ist wirklich alles.«

»Ist nicht der Begriff vom Dunklen Gral gefallen?«, hakte ich nach.

»Nein, nie.«

Das war in der Tat rätselhaft. Schon wieder hörten wir den Namen Aibon. Irgendetwas musste er mit dem Dunklen Gral zu tun haben, aber sosehr ich auch grübelte, eine Lösung fand ich nicht.

Da war von Aibons Schriften die Rede gewesen, von den sieben Toren des Schreckens, aber was Aibon selbst bedeutete, das konnte mir niemand sagen.

»Sind Sie nun zufrieden, Mr. Polizist?«, erkundigte sich Isabella Norton lässig.

»Fast.«

»Also noch immer misstrauisch?«

»Ja.«

»Und weshalb?«

»Ich glaube Ihnen einfach nicht.«

»Dann dürfen Sie auch Ihren Augen nicht trauen, Mr. Sinclair. Oder haben Sie mich weggehen sehen?«

Sie konnte darauf herumreiten, und mir fiel es schwer, eine Gegenantwort zu geben. Den Raum hatte sie tatsächlich während unserer Anwesenheit nicht verlassen. Mir kam der Gedanke einer Zwillingsschwester, und danach fragte ich sie.

Isabella Norton lachte.

»Tut mir Leid, ich bin ein Einzelkind. Außerdem hat Ihre kleine Freundin ja von einem Monster gesprochen, das von grünlicher Farbe war und sie an Schleim erinnerte.

Glauben Sie im Ernst, dass ich so eine Zwillingsschwester habe?«

Mit dieser Frage hatte sie mich abermals gefangen. An diese Frau kamen wir nicht heran.

»Falls Sie noch länger hier im Bad bleiben wollen, kann ich ja Wasser einlaufen lassen«, sagte sie spöttisch.

»Wir gehen!«, entschied ich.

Und Bill meinte scharf: »Kommen Sie mit, Madam!«

Die beiden gingen. Suko schob sich an mir vorbei und folgte ihnen. Seine Stirn hatte er in Falten gelegt, der Blick war zu Boden gerichtet, und er hob seine Schultern. »Ich verstehe es nicht«, gab er ehrlich zu.

»Ich auch noch nicht«, erwiderte ich fest.

»Das klingt optimistisch«, meinte Suko.

»Soll es auch.«

Der Chinese hob die Schultern. »John, wir werden sehen, wie es weitergeht.« Er schritt vor, und ich verließ zusammen mit Miriam di Carlo das Bad.

»Warum hat es gerade dich getroffen?«, fragte ich leise.

»Ich habe keine Ahnung«, erklärte sie. »Vielleicht habe ich bemerkt, dass irgendetwas in der Luft lag, und ich musste einfach so reagieren. Erklären kann ich es mir nicht.«

Das konnte wohl noch keiner von uns. Aber ich wollte die Wohnung nicht ohne Erfolg verlassen. Im Moment tat sich zwar nichts, dennoch hatte ich das Gefühl, als würde um uns herum etwas lauern und nur darauf warten, dass wir wieder verschwanden.

Aibon!

Mir ging der Name nicht aus dem Kopf, und ich dachte auch noch darüber nach, als ich zusammen mit Miriam di Carlo den Wohnraum betrat, wo die anderen warteten.

Isabella Norton zeigte ein überhebliches Grinsen. Sie hatte sogar die Stirn gerunzelt und verzog das Gesicht, als sie uns sah.

»Da Sie alles mitbekommen haben, möchte ich Sie bitten, mein Haus zu verlassen.«

Ich drückte Miriams Arm aus meiner Ellbogenbeuge und schritt auf Isabella zu. »Sie irren sich«, sagte ich, als ich zwei Schritte vor ihr stehen blieb. »Es bleiben noch einige Fragen offen.«

Sie lächelte spöttisch. »Welche denn?«

Ich griff unter mein Hemd. Da ich keine Krawatte trug, stand der oberste Knopf offen. »Da hätte ich noch was für Sie«, sagte ich wie nebenbei und zog dann blitzschnell das Kreuz hervor, wobei ich die Kette über den Hals streifte.

Da hörte ich den Schrei. Er zitterte noch durch den Raum, als ich das Kreuz auf Isabella zuschleuderte ...

Ich hatte einen Augenblick zu lange gezögert. Es war nicht einmal bewusst geschehen, denn beim Abstreifen der Kette hatte sie sich an meinem rechten Ohr verhakt, und diese kurze Zeitspanne konnte Isabella Norton ausnutzen.

Sie warf sich zur Seite.

Es war ein gedankenschnelles Abstoßen, und durch diese Bewegung schaffte sie es, dem Kreuz zu entgehen. Es wirbelte an ihr vorbei, prallte gegen die hohe Couchlehne und fiel auf die Sitzfläche, wo es liegen blieb.

Dann sprang Bill Conolly.

Er hatte genau mitbekommen, dass die Frau weg wollte, und sie lief ihm praktisch in den Weg, denn der Reporter stand zu den Ausgangstüren des Zimmers am günstigsten.

Bill beging einen Fehler. Er glaubte, die Frau so einfach aufhalten zu können, doch im nächsten Augenblick wurde er eines Besseren belehrt, denn zwischen seinen ausgestreckten Armen hindurch wuchtete Isabella ihren spitzen Ellbogen und hatte das Glück, meinen Freund Bill genau an der Kinnspitze zu treffen. Bill geriet ins Taumeln, stieß noch gegen einen Sessel und stürzte zu Boden.

Da war Isabella schon an der Tür und wie ein phantomartiges Wesen aus dem Zimmer geschnellt.

Dies alles hatte kaum länger als zwei Sekunden gedauert.

Ich stand zu weit von der Tür weg. Suko und Bill waren dem Ausgang näher, und sie übernahmen auch die Verfolgung, während ich zurückblieb, mein Kreuz aufnahm und mich um Miriam kümmerte.

Mir fiel auf, dass sie in einer seltsam erstarrten Haltung auf dem Fleck stand und auf das Fenster starrte.

Ich blieb ebenfalls stehen, pendelte meinen Blick ein und glaubte zu träumen.

Wir befanden uns nicht mehr in London.

Kein Glanz der Lichter, keine Dunkelheit war zu sehen, sondern ein seltsames, unheimliches Land. Eine Landschaft, wie es sie nur in anderen Dimensionen gab, und ich hatte das Gefühl, einen Blick nach Aibon zu werfen …

Es war selbstverständlich, dass Suko und Bill die Verfolgung der flüchtenden Frau übernahmen. Mit ihrer Reaktion hatte sie bewiesen, wie tief sie in dem Fall steckte, dass alles, was sie bisher gesagt hatte, nicht stimmte.

Wo sollte sie hin?

Sie befand sich in einem Penthouse, und aus diesem begrenzten Raum konnte sie nicht ins Freie flüchten, es sei denn, sie würde sich in die Tiefe stürzen.

Suko und Bill hörten die Frau laufen. Sie rannte den Weg, den sie schon einmal genommen hatte, und verschwand durch die zerbrochene Tür ins Bad.

Die Diele davor war ziemlich eng. Suko und Bill behinderten sich gegenseitig, und als sich Suko als Erster durch die zerstörte Tür schob, hörten sie bereits das Splittern der Scheibe.

»Verdammt!«, fluchte Bill. »Die ist verrückt!«

Eine Sekunde später sahen beide, dass die Frau überhaupt nicht so verrückt war. Sie hatte die große Scheibe des Badezimmerfensters eingeworfen, und es war ihr bereits gelungen, auf die Fensterbank zu klettern. Dort hockte sie und starrte die beiden Männer an. In ihren Augen lag ein Leuchten, beide Arme hatte sie ausgestreckt, um das Gleichgewicht zu halten, und ihre Haare hatten sich aufgestellt, als wären es dünne Fäden, die zitternd in der Haltung verharrten.

Auch Bill und Suko gingen nicht mehr weiter. Was die Frau da tat, grenzte an Wahnsinn. Dies jedoch sah nur im ersten Augenblick so aus, denn plötzlich erschien hinter ihr eine Gestalt.

Weder schleimig, noch grünlich schimmernd, sondern ebenso menschlich aussehend wie Isabella Norton.

Eine Doppelgängerin!

Suko und Bill wurde vieles klar. Jetzt wussten sie auch, wer Miriam di Carlo überfallen hatte, doch das Wissen nutzte ihnen nicht viel, denn die Doppelgängerin reagierte. Ihre Arme umklammerten die echte Isabella Norton, und bevor die Männer noch eingreifen konnten, waren beide verschwunden.

Was Suko und Bill hörten, war ein gellendes und höhnisches Gelächter, das in das Zimmer hineinschallte und als Echo von den kahlen Wänden zurückschleuderte.

Im nächsten Augenblick schien der Chinese durch die Luft zu fliegen. So sehr beeilte er sich. Er stieß sich ab und umklammerte die Fensterbank, um einen Blick nach draußen zu werfen.

Es war nicht die Tiefe, die er sah, sondern eine völlig andere Umgebung, die auch Gefahren in sich barg, denn einen Moment später wurde Suko von einer gewaltigen Kraft erfasst, die ihn in das unheimliche Land hineinreißen wollte …

Eine andere Dimension lag vor uns, ein anderes Land. Auf keinem Atlas verzeichnet, von Menschen vielleicht vergessen, aber dennoch existent.

Aibon?

War es tatsächlich das geheimnisumwitterte Land, von dem in der letzten Zeit immer gesprochen wurde?

Ich war, ehrlich gesagt, fasziniert.

So etwas wie ein Schauer der Ehrfurcht rieselte über meinen Körper, als ich durch die Scheibe schaute und dieses andere Land betrachtete.

Hügel, Berge, Ebenen. Alles sah ich durch die Scheibe, und die Landschaft kam mir auf eine seltsame Weise in der Perspektive verzerrt vor, sodass sich innerhalb eines kleinen Ausschnitts das Wesentliche konzentrierte.

Unwahrscheinlich ...

Ich schluckte. Aibon – der Dunkle Gral – die sieben Tore des Schreckens. Konnte ich all das finden, wenn ich die Scheibe durchschlug und in das Land hineinging?

Ich wusste es nicht und spürte nur die Hand der Miriam an der meinen. Sie übte einen leichten Druck aus, während wir beide vorgingen und an der Scheibe stehen blieben.

»Das ist Aibon«, sagte sie. Ihre Stimme klang so bestimmt, dass ich mich wunderte.

»Woher weißt du es?«

»Ich spüre es plötzlich«, flüsterte sie. »Der Teufel will Aibon besitzen!«, hauchte sie und schaute mich an.

Irgendwie war ich alarmiert. Vorhin noch hatte Miriam di Carlo nichts gesagt, doch nun redete sie so sicher. Sie sprach vom Teufel, der das Land haben wollte und mit ihm möglicherweise auch den Dunklen Gral. Wusste Miriam di Carlo vielleicht mehr?

Ich schaute sie an. Dabei musste ich den Blick senken, während der ihre starr auf die Scheibe gerichtet war. Sie hatte die Lippen zusammengepresst, der Mund bildete nur einen Strich, und das kleine Kinn sprang trotzig hervor.

»Was weißt du, Miriam?«, flüsterte ich.

»Nicht viel, John, nicht viel ...«

»Aber dir ist etwas über Aibon bekannt.«

Sie zögerte mit der Antwort. Danach hatte ich noch Mühe, das Wort »Ja« zu verstehen.

»Bitte, erzähl es mir. Du musst es sagen. Ich will alles über Aibon wissen.«

Sie hob die Schultern. Dabei verzogen sich ihre Mundwinkel. Ein gequälter Ausdruck zeichnete sich auf ihrem Gesicht ab. »Es ist so schwer«, hauchte sie. »Ich bin zu diesem Haus geführt worden. Irgendeine Kraft hat mich getrieben, von der ich vorhin noch keine Ahnung hatte, aber jetzt bin ich da und kämpfe mit der Erinnerung. Die anderen wollen etwas von mir. Sie rufen mich.«

»Was sind das für Stimmen?«, hakte ich nach. »Ist es Isabella Norton, die dich ruft?«

»Nein, andere.«

»Wer?«

Sie holte tief Atem. Ausweichend gab sie mir die nächste Antwort. »Ich habe das Gefühl, als wollte man mich in meine alte Heimat zurückholen. Da sind Stimmen, die mich daran erinnern, dass ich dazugehöre. Zu Aibon, John, ich muss hin!«

Das letzte Wort hatte sie scharf gesprochen. Sie hob den Kopf, wollte meine Reaktion sehen, und ich zuckte zusammen. Eine Gänsehaut rann dabei über meinen Rücken. Obwohl mir Miriam einiges erklärt hatte, verstand ich wenig. Ich wusste nicht, was sie genau gemeint hatte, aber irgendwie schien sie mit dem Land in Verbindung zu stehen.

Ohne dass ich es so recht merkte, zog sie ihre Hand aus der meinen und ging allein vor. Es waren nur wenige Schritte, die sie bis zur Scheibe zurückzulegen hatte. Davor blieb sie stehen, presste ihre Stirn dagegen, winkelte die Arme an und breitete sie aus, wobei sie gleichzeitig noch die Hände spreizte, sodass sie mit ihren zehn Fingern kreisförmig über die Scheibe fahren konnte.

Sie starrte hinaus.

Ich kam mir in diesen Augenblicken wie ein Statist vor. Von Suko und Bill hörte ich ebenfalls nichts, mich interessierte auch nur das geheimnisvolle Land.

Es schien zu locken, denn auch ich konnte mich der Faszination nicht entziehen. Aibon übte eine Anziehungskraft auf mich aus, die schon gefährlich zu nennen war, und ich fasste nach meinem Kreuz, als wäre es ein Rettungsanker.

Es hatte sich verändert.

Sehr überrascht war ich, als ich das grüne Leuchten erkannte, das sich um das Kreuz herum wie ein Schleier gelegt hatte.

Ein verändertes Kreuz?

Himmel, ich hatte es bereits einmal erlebt, als ich mit den Männern vom Dunklen Gral konfrontiert wurde.

Und nun war die Magie wieder vorhanden. Aibon strahlte sie ab.

Bisher hatte ich geschwiegen. In die Stille hinein klang Miriam di Carlos Stimme.

»Ich weiß jetzt, was geschehen ist, John. Da sind fremde Gedanken, die von Aibon kommen und sich mir offenbaren. Der Satan will den Dunklen Gral. Er fürchtet sich vor ihm. Er hat Angst, und er hat jemanden gesucht, der ihm den Weg ebnen soll. Es war Isabella Norton. Der Satan will Aibon testen, denn das Land bedeutet für ihn eine Gefahr …«

»Nur Aibon?«, fragte ich. »Oder gibt es noch andere?«

»Ja, der Dunkle Gral.«

»Was ist er?«

»Das weiß ich nicht genau.«

»Wenn du Kontakt zu Aibon hast, dann …«

»Sie rufen mich aus dem Land der Vergessenen«, flüsterte Miriam. »Ich höre die Stimmen …« Sie schwieg.

Ich aber wollte mehr wissen. »Was sagen die Stimmen? Los, raus mit der Sprache! Was wollen sie von dir? Bitte, Miriam, rede …«

»Sie sprechen von einer Heimat. Ja!«, rief sie plötzlich. »Das ist es! Eine Heimat. Aibon ist meine Heimat, John. Immer schon gewesen. Ich muss nach Aibon – in meine Heimat.«

»Aber du lebst jetzt!«, hielt ich ihr entgegen.

»Schon, doch Aibon ist meine wahre Heimat. Vielleicht bin ich wiedergeboren, wer kann das wissen? Ich spüre auch meine Schmerzen nicht mehr Aibon ist faszinierend, John. Es tut mir Leid, aber ich kann nicht anders. Mich hat der Ruf erreicht, und ich muss ihm folgen. Bitte, verstehe das doch!«

Ich ballte meine Hände. Allmählich lichtete sich der Schleier. Jetzt wusste ich auch, weshalb Miriam di Carlo hergekommen war. Aibon hatte sie gerufen.

Das Land ihrer Väter?

So konnte man vielleicht sagen. Ein Land, das sie kennen musste, und ein Land, das sie kannte und jetzt zurückholen wollte.

»Es ist so schön«, flüsterte sie. »Aibon ist so schön. Die herrlichen Wiesen, die grünen Hänge, die klaren Bäche, die breiten Flüsse, die dunklen Wälder. Aibon ist das Paradies.«

»In das der Teufel aber hinein will«, sagte ich.

»Ja, er versucht es immer wieder. Aber er wird es nicht schaffen. Dafür müssen wir sorgen. Noch schlafen die anderen Kräfte, aber sie haben ihre Hüter ausgeschickt, um sich in der Welt umzusehen. Die sieben Tore des Unheils sind verschlossen, der Weise von Aibon hat sich zurückgezogen. Der Dunkle Gral liegt im Tunnel der Zeiten, aber es wird der Tag kommen, da er sich erhebt, und davor fürchtet sich der Teufel. Er hat eine schreckliche Angst davor, dass er nicht nur die Großen Alten als Gegner bekommt, sondern auch Aibon. Er sucht Verbündete in seinem Kampf. Ich sehe alles vor mir, der Teufel will nicht mehr allein agieren. Er will sich mit anderen verbünden ...«

»Mit wem?«

»Das kann ich nicht sagen, John, aber es darf ihm nicht gelingen, Aibon zu zerstören. Er selbst ist zu feige. Er hat genau gewusst, was geschieht. Ich merke es immer klarer. Der Satan war darüber informiert, dass Aibon mich rufen würde, damit ich dieses Land betrete und durchstreife. Das ist seine Chance. Da hat er sich einen Helfer geholt. Eine Frau. Isabella Norton. Sie sollte für ihn wie eine Dolchspitze nach Aibon hineinstoßen und ausspionieren. Die Chance bekommt er nicht so schnell wieder, John Sinclair. Wer weiß, wann Aibon wieder erscheint. Die Gelegenheit war für den Satan günstig, und er hat seine Dienerin Isabella Norton geschickt.«

»Siehst du sie?«, fragte ich Miriam.

»Nein, sie lässt sich nicht blicken. Aber sie ist bestimmt da. Sie muss nach Aibon gehen.«

Ich hatte in den letzten Minuten nicht nur viel erlebt, sondern auch eine ganze Menge erfahren. Wenn ich jemals das Geheimnis des Dunklen Grals lösen wollte, musste ich nach Aibon gehen, und ich spielte mit dem Gedanken, es an Miriams Seite zu versuchen.

Die Frau hatte meine Schlussfolgerungen erraten, und sie schüttelte den Kopf. »Nein, John Sinclair«, sagte sie. »Dein Platz ist nicht in Aibon. Du gehörst nicht in dieses Land, denn du bist von einem anderen Blut. Für dich bleibt Aibon versagt, solange die sieben Tore des Schreckens geschlossen sind. Erst wenn sie geöffnet werden, hast du die Chance, das Land zu betreten.«

»Aber du willst hin!«, hielt ich ihr vor.

»Ich gehöre zu ihnen, John. Ich spüre es immer deutlicher. Ich bin eine von ihnen, sieh nur!«

Bisher hatte sie mir den Rücken zugewandt, jetzt aber drehte sie sich ruckartig um.

Ich starrte sie an. Staunend, atemlos.

Miriam di Carlo hatte sich verändert. Sie war zwar noch ein Mensch, aber sie erinnerte mich an die Diener des Dunklen Grals, die ich bereits gesehen hatte, als es gegen Bella Benson und deren Vampire ging.

Miriam di Carlos Haut hatte einen graugrünen Schimmer angenommen. Sie war eine Dienerin des Dunklen Grals …

Zuerst war es nur ein Wind.

Suko hörte das Fauchen, und er spürte den Sturm wie gierige Arme, die über seinen Körper tasteten, um ihn hineinzuschleudern in ein Land, das aus dem Nichts entstanden war.

Nicht umsonst gehörte der Inspektor zu den reaktionsschnellsten Menschen. Bevor er fiel, gelang es ihm, sich am Rand des Fensters festzuklammern.

Dann wurden ihm schon die Beine weggerissen, sodass er waagerecht in der Luft schwebte. Seine gestreckten Beine stachen dabei in das andere Land hinein.

Es war eine Haltung, die Suko nur für kurze Zeit einnehmen konnte. Bereits nach wenigen Sekunden zeichnete Anstrengung sein Gesicht, und er starrte auf Bill Conolly.

Bisher hatte sich der Reporter nicht gerührt. Wie auch der Chinese war er von diesem plötzlichen Angriff überrascht worden. Er musste erst seine Schrecksekunde überwinden, und als er auf Suko zulief, da hörte er die Warnung des Inspektors.

»Vorsicht, Bill! Gib Acht! Die Kraft wird dich zerreißen!«

Suko hatte die Worte nicht umsonst gesprochen. Er spürte selbst die Kräfte, die an ihm rissen und zerrten. Sie wollten ihn in das Land hineinziehen, um ihn vielleicht für alle Zeiten verschwinden zu lassen.

Der Chinese kämpfte um sein Leben. Die Anstrengung verzerrte sein Gesicht. Es hatte kaum noch einen menschlichen Ausdruck.

Aus seinem Mund drangen keuchende Geräusche. Laute, die abgehackt klangen, und im nächsten Moment wurde die Gefahr für den Chinesen noch größer, denn von unten her tauchten zwei lange, grüne, schleimige Arme auf, die seinen Körper umfassten.

Die Chancen des Inspektors sanken allmählich dem Nullpunkt entgegen. Lange konnte er sich nicht mehr halten, und aus eigener Kraft würde er sich nicht befreien können.

Da war noch Bill Conolly.

Ein Sprung brachte ihn dicht an das Fenster. Er missachtete die Gefahr. Der Reporter setzte sein eigenes Leben ein, um das von Suko zu retten. Mit beiden Hän-den packte er das rechte Handgelenk des Freundes. Er drehte seine Finger wie Klammern aus Stahl darum und schrie dem Chinesen dabei zu, loszulassen.

Das tat Suko.

Plötzlich gab es einen Ruck. Bill Conolly wurde nach vorn gezogen. Er prallte gegen die Wand unter dem Fenster. Suko konnte sich auch mit der anderen Hand nicht mehr halten, sein Körper wurde in die Höhe geschleudert, und er flatterte wie eine Fahne, die von einem unheimlichen Sturmwind erfasst worden war.

Suko hing jetzt an Bills Händen. Und da waren noch die Arme, die aus der Tiefe schossen und seinen Körper in Hüfthöhe umfasst hielten und nicht daran dachten, loszulassen.

Bill bog sich zurück.

Er setzte alle Kräfte ein, die ihm zur Verfügung standen, aber die anderen waren stärker.

Sie pressten den Reporter härter gegen die Wand unter dem Fenster, während Suko noch mehr in die Höhe geschleudert wurde. Die unheimlichen Kräfte wirbelten seinen Körper hoch. Wenn es so weiterging, würde er bald senkrecht stehen, und auch Bill merkte die Gewalt, die aus dem anderen Land kam.

»Suko!«, brüllte er. »Ich kann dich nicht mehr halten! Verdammt, die Kraft reißt mir den Arm ab!«

»Lass los!«

»Nein, ich …«

Sukos Gesicht verzerrte sich noch mehr.

»Lass meine Hand los, verdammter Idiot! Ich werde schon …«

Bill schüttelte den Kopf. Er wollte es nicht, aber er spürte den Ruck. Seine Füße verloren den Kontakt mit dem Boden, und im nächsten Augenblick wurden er und Suko hineingerissen in das Land Aibon, wobei sie wie zwei welke Blätter Papier durch die Luft schleuderten und die glitschigen, grünen Arme den Inspektor losließen, denn sie hatten ihre Schuldigkeit getan …

Es war unfassbar für mich. Da stand Miriam di Carlo vor mir und sah aus wie eine Dienerin des Dunklen Grals.

Zum Glück hatte ich es im Laufe der Zeit gelernt, mich rasch auf wechselnde Situationen einzustellen, deshalb fragte ich sie: »Wer bist du nun wirklich, Miriam?«

Sie griff mich nicht an, sie machte mir auch keine Vorwürfe. Sie lächelte nur. »Wer ich bin?« Nach dieser Frage verklärte sich ihr Gesicht, wobei sie nach innen zu lauschen schien. »Das, John Sinclair, kann selbst ich dir nicht genau sagen. Ich gehöre zu ihnen, das weiß ich jetzt, und ich werde meine wahre Existenz suchen und auch finden. Auf dieser Welt, John Sinclair, ist kein Platz mehr für mich. Ich gehöre nach Aibon, ich bin eine Tochter dieses Landes, und das werde ich immer sein, verstehst du?«

Ich nickte.

Sie aber antwortete mir mit einem schmalen Lächeln. »Nein«, sagte sie, »du wirst es sicherlich nicht verstehen, das kannst du nicht. Um Aibon zu begreifen, muss man es erleben. Dieses Land ist anders, John Sinclair. Ganz anders. Es verbirgt unzählige Geheimnisse, die auch dem Teufel gefährlich werden können. Nur deshalb hat er versucht, nach Aibon einzudringen, nur deshalb. Ich aber werde gehen, und du kannst mich nicht aufhalten.«

»He, warte noch …« Ich streckte den Arm aus, weil ich noch so viel von ihr erfahren wollte. Es war ein hilfloser Versuch. Miriam hatte ihren Entschluss gefasst und ließ sich nicht davon abbringen. Sie drehte sich um und ging.

Es gibt Momente im Leben, in denen man einfach begreifen muss, dass man verloren hat.

Und ich hatte im übertragenen Sinne verloren. Miriam di Carlo war eine Reisende, die man nicht aufhalten konnte und auch nicht sollte. Sie brauchte nur einen Schritt, um die Scheibe zu erreichen, hinter der Aibon lag.

Und sie ging hindurch!

Miriam erlebte den Sog, den Aibon auf sie ausübte. Ich schaute ihr nach und hatte dabei das Gefühl, als würde sie den Boden überhaupt nicht berühren, sondern nur schweben.

Sie ging dahin. Nur wenige Yards trennten uns, doch für mich waren es Welten.

Miriam hatte gewonnen, der Teufel verloren!

Zwar hatte Asmodis den Zeitpunkt gut abgepasst, doch es war ihm nicht gelungen, ebenfalls nach Aibon einzudringen und es an sich zu reißen. So jedenfalls dachte ich und wurde einen Herzschlag später eines Besseren belehrt, denn plötzlich erschienen zwei Gestalten.

Isabella Norton und Isabella Norton.

Zweimal die gleiche Person!

Jetzt wusste ich Bescheid, denn Miriam hatte sich nicht getäuscht. Sie hatte tatsächlich gegen eine Isabella Norton gekämpft, obwohl eine von ihnen bei uns gewesen war.

Welch eine teuflische Magie!

Auch die beiden Isabellas schienen mit ihren Füßen den Boden nicht zu berühren. In Aibon war eben alles anders. Von einem Paradies hatte Miriam di Carlo gesprochen, aber war es das wirklich?

Alles spielte sich nach wie vor in Nähe der Scheibe ab, und ich bekam mit, wie die beiden seltsamen Frauen Kurs auf Miriam nahmen, die stehen blieb, den Kopf drehte, doch nicht zu ihren Feindinnen schaute, sondern vorbeisah.

Ihr Blick galt anderen Zielen.

Es waren zwei Körper, die durch die Luft wirbelten wie welke Blätter.

Bill Conolly und Suko!

Mir stockte der Atem. Jetzt hatte es meine beiden Freunde auch erwischt.

Ich versuchte, mich an die Worte der Miriam di Carlo zu erinnern. Sie hatte davon gesprochen, dass niemand das Land betreten dürfe, wenigstens jetzt noch nicht, und im Augenblick befanden sich Suko und Bill in diesem Land.

Gedanken darüber, wie sie hineingekommen waren, machte ich mir nicht. Wichtig war, ob sie das Land jemals aus eigener Kraft wieder verlassen konnten.

Irgendwie fiel es mir schwer, daran zu glauben, und mir zuckte es in den Fingern, ebenfalls einen Versuch zu starten, um Aibon zu betreten. Miriam di Carlo hatte es geschafft. Die Scheibe setzte ihr keinen Widerstand entgegen. Würde sie bei mir, wenn ich es versuchte, die gleiche Durchlässigkeit zeigen?

Ich ging einfach vor.

Meine Gedanken schaltete ich aus. Über ein Für und Wider dachte ich nicht nach, und ich stieß schon bald mit der freien linken Hand gegen die Scheibe.

Widerstand!

Ich hatte es mir gedacht. Da kam ich nicht raus. Die große Fensterscheibe hätte ich schon zerschlagen müssen.

Vielleicht half mein Kreuz!

Es schimmerte nicht mehr in dieser grünen Farbe. Für mich ein Beweis, dass die Magie des Landes Aibon getrennt existierte. Zudem hatte mich Miriam verlassen, das Kreuz konnte also wieder normal reagieren.

Ich stieß damit gegen die Scheibe, war für die Zeitdauer dieses Geräuschs voller Hoffnung und wurde enttäuscht, als nichts geschah.

Keine Reaktion!

Vor Wut begann ich zu zittern. Ich konnte hineinschauen nach Aibon, sah meine Freunde und die beiden Gestalten der Isabella Norton, die sich dicht an der Scheibe aufhielten, tanzten und ihre Gesichter zu einem höhnischen Grinsen verzogen hatten.

Sie vollführten mit ihren Armen schlangengleiche Bewegungen, ließen die Hände kreisen, drehten Ovale, spreizten die Finger und lachten lautlos.

Sie verhöhnten mich.

Noch war ich nicht am Ende. Es gelang mir, meine Gefühle unter Kontrolle zu bringen, sodass ich realistischer denken konnte. Suko und Bill waren ja auch in das Land gelangt. Demnach musste es einen Weg geben. Und den wollte ich finden!

Es kam anders.

Über mir hörte ich eine kratzige und höhnisch klingende Stimme, die ich gut kannte. Schon des Öfteren hatte ich meinem Erzfeind Asmodis gegenübergestanden, sei es nun in der normalen Welt oder in einer anderen Dimension.

»Aibon ist für dich eine Nuss, die du nicht knacken kannst, John Sinclair!«, sagte er spöttisch. »Daran beißt du dir die Zähne aus!«

Ich schnellte herum, blickte nach oben und sah an der Decke die widerliche Teufelsfratze …

Der Sturm blies sie hinaus in die Fremde. Sie trudelten durch die Luft, kamen sich vor wie Fallschirmspringer, doch sie hatten die Kontrolle über ihre Körper verloren.

Suko und Bill waren Kräften hilflos ausgeliefert, die sie nicht beeinflussen konnten. Andere machten mit ihnen, was sie wollten, und sie wirbelten weiter durch die Luft.

Obwohl sie sich nicht darüber verständigten, fiel beiden die seltsame Luft auf.

Sie war ungewöhnlich klar und rein, als wäre sie mit einem doppelten Anteil an Sauerstoff aufgefrischt worden. Und sie gewöhnten sich an ihren unfreiwilligen Flug, sodass sie allmählich die Kontrolle über die Körper zurückgewannen und sich umschauten.

Weit konnten sie sehen!

Der Blick flog über ein grünes Land, über Wiesen, Hügel, Wälder, bis hin zu fernen Bergen, die sich seltsam scharf und violett schimmernd vor einem grünlichen Himmel abhoben.

Ein wunderbares Land, aber auch ein gefährliches. Suko und Bill ließen sich da nicht täuschen.

Plötzlich gerieten sie in einen Kreisel, der sie zuerst hochschleuderte, um sie anschließend auszuspeien und dem Boden entgegenzuwerfen. Wenn sie mit dieser Geschwindigkeit aufprallten, war es aus.

Das geschah nicht.

Da schienen auf einmal unsichtbare, helfende Hände zu sein, die sie stützten und ihren Fall verlangsamten, sodass sie ohne Schwierigkeiten den Boden berühren konnten.

Langen Schrittes liefen sie durch dichtes Gras, das fein wie ein dünner Teppich wuchs. Sie hatten es geschafft und gingen aufeinander zu.

»Wie fühlst du dich?«, fragte Bill.

»Herrlich«, gab Suko zu.

»Ich auch.« Nach dieser Antwort verdüsterte sich das Gesicht des Reporters. »Kannst du dir vorstellen, wo wir hier sind?«

»Ja, in Aibon.«

»Richtig, nur denk daran, wie dieses Land entstanden ist. Es war plötzlich da, erschien aus dem Nichts und schwebte vor einem hohen Haus. Wenn das gleiche nun umgekehrt geschieht, dann …«

»Wir müssen wieder zurück!«, unterbrach Suko den Reporter.

Bill drehte den Kopf. Dabei hob er die Schultern. »Ich weiß nicht, ob das geht. Sieh selbst, von dem Fenster ist nichts zu erkennen. Aibon will uns nicht mehr missen.«

Suko schwieg. Er folgte dem Blick des Reporters und stellte das gleiche fest. Tief saugte er die Luft ein und wischte sich über die Stirn. Das alles gefiel ihm überhaupt nicht, und er sah auch nicht den gemeinsamen Freund John Sinclair.

Ob er sich noch im Haus befand?

Möglich war alles, zudem hatten weder Bill noch Suko Zeit, sich darüber Gedanken zu machen, denn schräg vor ihnen erschien eine Gestalt. Es war eine Frau, und sie war aus dem Haus gekommen, denn hinter ihr befand sich, von einem seltsamen Nebel umgeben, die große Fensterscheibe. Von innen nach außen war sie durchsichtig, jedoch nicht von außen nach innen.

»Ich werde verrückt!«, hauchte der Reporter. »Das ist ja Miriam di Carlo!«

Suko nickte nur.

Wie Bill beobachtete er die Frau, die sich völlig sicher innerhalb dieses fremden Landes und der anderen Dimension bewegte, als hätte sie schon immer dazugehört.

Der Chinese stieß Bill Conolly an. »Da!«, zischte er. »Die Norton! Und gleich zweimal! Und sie scheinen es auf Miriam di Carlo abgesehen zu haben!«

Beide wussten nicht, was Miriam di Carlo und Isabella Norton voneinander wollten. Sie kannten das Verhältnis nicht, aber Freunde waren sie nicht gerade, denn die beiden Isabellas teilten sich so auf, dass sie von zwei Seiten aus Miriam di Carlo in die Zange nehmen konnten.

Das roch nach Gewalt.

Miriam war stehen geblieben, während Suko und Bill näher schlichen, ohne dass die anderen Notiz von ihnen nahmen.

Sie verließen sich voll und ganz auf ihre Stärke, und eine Isabella Norton begann damit, sich zu verwandeln.

Hatte nicht Miriam von einem schleimigen Etwas gesprochen? So sah es aus, denn der Körper einer Isabella zerfloss plötzlich, wurde eine Zusammenballung aus Knochen und Schleim mit langen, ekelhaft glitschigen Armen, die über den Boden strichen. Augen wie Kugeln leuchteten weiß aus dem Kopf, und die langen Arme strichen über das Gras, wobei sie sich Miriam di Carlo näherten.

Die zuckte nicht einmal zurück. Sie blieb stehen und schaute dem Grauen ins Gesicht.

Sukos Hand glitt bereits an den Griff der Dämonenpeitsche, als Bill ihn anstieß und den Kopf schüttelte. Noch war die Gefahr nicht so groß, vielleicht konnten sie noch etwas über die Zusammenhänge und dieses Land erfahren.

Die beiden hatten sich nicht getäuscht, denn Miriam di Carlo begann zu sprechen. »Diesmal habe ich keine Angst«, erklärte sie. »Hier befinde ich mich in meiner eigentlichen Heimat und stehe unter deren Schutz. Auch Gesandte des Teufels, wie ihr sie seid, haben in Aibon keine Chance. Der Satan hat sich verrechnet. Er wollte das Land unter seine Kontrolle bringen, aber er schafft es nicht, denn die anderen Kräfte sind stärker als er.«

»Täusche dich nicht!«, hauchte die normale Isabella. »So stark ist Aibon nicht. Wenn es so wäre, hätte es uns nicht gelingen können, hineinzugelangen. Unsere Kräfte können wir hier ebenfalls entfalten. Wir haben vom Teufel einen Auftrag. Er wusste, dass sich Aibon zeigt, um dich, eine verlorene Tochter, zu holen. Diese Chance haben wir genutzt. Statt deiner sind wir da, und wir werden dafür sorgen, dass du Aibon nicht lange genießen kannst.«

»Dieses Land wird euch den Tod bringen!«, prophezeite Miriam. »Ihr gehört nicht hierher, und der Teufel selbst traut sich nicht, deshalb hat er euch vorgeschickt. Als Testpersonen sollt ihr fungieren, denn er will die Stärke des Landes herausfinden.«

»Stärke!«, höhnte Isabella. »Ich merke und sehe nichts von einer Stärke.«

»Ihr werdet euch wundern«, gab Miriam flüsternd zurück. »Sogar sehr wundern.«

Isabella Norton war besessen. Der Teufel hatte sie gezeichnet, und sie gehorchte ihm bedingungslos. »Bisher habe ich keine Gefahren erlebt. Ich fühle mich sicher, und ihr geht es ebenso. Wir haben dich angegriffen, aber nun werden wir dich töten. Du hättest schon beim ersten Mal sterben sollen, uns kam es nur darauf an, in das Land einzudringen. Das haben wir geschafft.«

»Das Land wird euch vernichten!«, verkündete Miriam di Carlo. Sie behielt ihren unerschütterlichen Glauben bei. »Schaut in die Runde, dann seht ihr es. Hier in Aibon lassen es die Geister nicht zu, dass einer Tochter des Landes etwas geschieht. Spürt ihr nicht, wie der Boden zittert, wie er vibriert? Horcht genau, denn sie lauern in der Tiefe. Sie haben darauf gewartet. Auch sie können in die Zukunft blicken, und sie wussten, dass alles so kommen wird. Eure Chance zu überleben, ist dahin. Ihr seid so gut wie tot.«

Es waren interessante Dinge, die Bill und Suko da vernommen hatten. Der Reporter stieß Suko an. »Das stimmt«, wisperte er. »Der Boden zittert tatsächlich.«

Auch Suko hatte es bemerkt. Bevor er noch eine Antwort geben konnte, quoll vor ihm etwas aus der Erde.

Es war ein feiner dünner Rauchschwaden, der kerzengerade in die Luft stieg, auseinanderfächerte, zu einer Wolke wurde und auf die beiden Isabellas zugetrieben wurde.

»Das ist einer der Geister, die euch töten werden!«, versprach Miriam di Carlo. »Ihr kommt nicht mehr weg. Eure Chance ist gleich Null. Ihr habt den Bogen überspannt.«

Zum ersten Mal gab Isabella keine Antwort. Die schwarz gekleidete Frau hob den Kopf und starrte die Wolke an, die allmählich näher schwebte und sich über ihrem Kopf verdichtete.

Dann zischte sie einen Befehl. »Los, pack sie!«

Und das Monster reagierte …

Die von Isabella ausgestoßenen Worte waren für Bill und Suko ebenfalls ein Startsignal. Sie wollten vor und der waffenlosen Miriam di Carlo beistehen, doch sie hatten nicht mit den fremden Kräften des Landes Aibon gerechnet.

Was auf den ersten Blick so wunderschön und romantisch wirkte, erwies sich als eine tückische Falle.

Plötzlich schraubte sich dicht neben ihren Füßen das Gras in die Höhe. Sie sahen nicht, wie es wuchs; es wurde nur länger, bewegte sich und umklammerte die Knöchel der beiden Freunde.

Dies geschah zur selben Zeit, sodass sie plötzlich beide den heftigen Ruck spürten, der sie fast von den Beinen gerissen hätte.

Bill und Suko wollten nach vorn taumeln. Ihre Verrenkungen dabei wirkten lächerlich, doch sie waren nötig, um das Gleichgewicht zu halten.

»Jetzt haben sie uns!«, knirschte Bill. »Hätte ich nur nicht auf dich gehört, Dicker!«

»Lass es langsam angehen«, erwiderte Suko und zog endlich seine Peitsche aus dem Gürtel.

Locker hielt er sie in der Hand, und ebenso locker schlug er einen Kreis über den Boden.

Es gab ein schleifendes Geräusch, als drei Riemen aus der Peitsche rutschten.

Suko drehte sich nach links, er wollte zuerst mit der Peitsche gegen Bill schlagen, um ihn von dem Gras zu befreien, das sich wie harte Fesseln um ihre Füße gewickelt hatte.

Mitten in der Bewegung stockte Suko, denn er vernahm plötzlich eine Stimme, die nur er hören konnte. Da sprach jemand zu ihm und warnte ihn gleichzeitig.

»Willst du dich zu einem Feind des Landes Aibon entwickeln, Fremder? Noch hast du eine Chance. Wenn du aber Gewalt in diesem Land anwendest, wirst du Gewalt ernten, und sie kann euch vernichten.«

Suko zögerte.

Er hatte die Eindringlichkeit dieser Worte verstanden, und er war nicht so unvorsichtig, sie zu ignorieren.

Aber Bill hatte nichts gehört. Er warf Suko einen bösen und gleichzeitig auffordernden Blick zu. Schweiß stand auf der Stirn des Reporters. Er hatte das Gefühl, in waberndem Gummi zu stehen, und er zischte Suko zu: »Verdammt, schlag doch zu!«

»Nein!«

Bills Augen blitzten. »Hast du Angst? Bist du feige? Dann gib mir die Peitsche!«

»Halt dich zurück, Bill!«, forderte der Chinese. »Wenn ich zuschlage, sind wir verloren!«

»Spinnst du? Du kannst uns höchstens …«

Als der Reporter das Gesicht des Inspektors sah, da wusste er sofort, dass Suko seine Gründe hatte, und so hielt auch Bill Conolly sein Wort zurück.

Im nächsten Augenblick erlebte er selbst fassungslos, dass sich die Fesseln an seinen Fußknöcheln lösten und er sich wieder frei bewegen konnte.

Suko erging es ebenso, aber nur der Chinese hörte die ferne Stimme, die ihm etwas zuflüsterte. »Ich habe mich von eurer Lauterkeit überzeugt, deshalb seid ihr frei!«

»Wie ist das möglich?«, wollte Bill wissen und ging auf den Chinesen zu.

Der hörte nicht darauf, was Conolly sagte, sondern interessierte sich nur für Miriam di Carlo und die beiden Körper der Isabella Norton. Der schreckliche, der ghoulähnliche Körper hatte den Befehl erhalten, das Mädchen zu töten.

Das wollte er auch.

Miriam di Carlo unternahm nichts, als das Wesen auf sie zuglitt und sie plötzlich mit seinen widerlichen Fangarmen erreichte. Wie lange Schlangen glitten die Arme an ihren Beinen hoch, um einen Augenblick später die Hüfte zu umspannen.

Doch da waren ja nicht nur die Arme, sondern auch die Krallen. Einmal hätten sie Miriam fast zerfetzt, beim zweiten Mal würden sie es sicherlich nachholen.

Die echte Isabella konnte sich nicht mehr halten. Ihr kicherndes Lachen zerschnitt die Stille des seltsamen Landes Aibon.

Doch Miriam gehörte dazu. Sie war ein Teil des rätselhaften Kontinents, und der schützte seine Kinder.

Und wenn es in Gestalt einer Wolke war, die urplötzlich eingriff …

Asmodis wollte triumphieren!

Das wusste ich, zudem hätte er sich mir sonst nicht gezeigt. Wie ein Gemälde klebte er buchstäblich an der Decke und schaute aus seinen erbarmungslosen Augen auf mich nieder. Schwefeldampf füllte seine Mundhöhle. In trägen Wolken quoll er mir entgegen, sodass sein Bild vor meinen Augen verschleierte.

»Diesmal bin ich vor dir da gewesen, John Sinclair!«, sagte er und lachte zur gleichen Zeit. »Ich wollte Aibon, ich habe herausgefunden, dass es an diesem Tage seine verlorene Tochter zurückholt, und nur heute konnte es mir gelingen, in das Land einzudringen. Ich werde nach Aibon gehen. Niemand hindert mich mehr daran, auch du nicht, Geisterjäger. Ein kleiner Spalt der Tür ist offen.«

Aibon! Immer wieder Aibon. Bis zum heutigen Tage hatte ich nichts von diesem Land gehört, und nun kam der Begriff buchstäblich wie ein Sturmwind über mich.

Was war so wichtig an Aibon?

Diese Frage stellte ich dem Teufel. In den Sekunden vergaß ich meinen Zorn und meine Wut auf ihn, denn ich wollte endlich mehr wissen und vielleicht auch etwas über den Dunklen Gral erfahren, der mir nach wie vor Kopfzerbrechen bereitete.

»Ich habe mir gedacht, dass dir Aibon nicht bekannt ist. Nur wenige kennen es«, erklärte der Teufel und ging damit auf meine Frage ein. »Aber Aibon ist wichtig, denn in diesem Land schlummern verborgene Kräfte, die demjenigen, der sie zu seinen Gunsten beeinflussen kann, ungeheure Macht geben.«

»Ich weiß noch immer nichts.«

Da lachte der Satan. »Das brauchst du auch nicht, Geisterjäger. Es reicht dir zu wissen, dass Aibon existiert.«

»Und der Dunkle Gral?«

»Er ist Aibons Geheimnis.«

»Das du rauskriegen willst?«

»Richtig, Geisterjäger, das ich erfahren will. Und wenn ich es kenne, wirst du erleben, wie sich Kräfte plötzlich umkehren. Wie aus Gut Böse wird, aus Hell Dunkel, aus Feuer Wasser. Der Dunkle Gral ist eines der bestgehüteten Geheimnisse überhaupt. Und er hat die Jahrtausende überdauert, wobei gegen ihn sogar das alte Atlantis verblasst.« Ein Fauchen erklang, und mir quoll wieder eine nach Schwefel riechende Wolke entgegen. »Habe ich dich neugierig gemacht, Sinclair?«

»Ich kann es nicht leugnen.«

»Das wollte ich auch. Du sollst neugierig werden und irgendwann neugierig sterben. Nur wir können Aibon sehen, die anderen, die unten auf der Straße stehen, erkennen eine Nebelwand, aber wenn sich Aibon auflöst und sich ins Räderspiel der Zeiten zurückzieht, wird alles wieder so sein wie zuvor. Nun, Geisterjäger, kannst du dir denken, was dann passiert?«

Ja, verdammt, das konnte ich.

Die Personen, die sich jetzt innerhalb des geheimnisumwitterten Landes befanden, würden keinen Halt mehr haben, zu Boden stürzen und zerschmettert werden.

»Für deine Freunde besteht keine Chance mehr, John Sinclair. Wenn Aibon verschwindet, kannst du am Fenster stehen und zusehen, wie sie in die Tiefe segeln …«

Ein hässliches, triumphierend klingendes Lachen folgte den Worten, doch es blieb ihm im Hals stecken, denn der Satan hatte gesehen, was sich jenseits der Scheibe abspielte.

Auch ich hielt den Atem an, denn zum ersten Mal erlebte ich die Kraft des Landes Aibon …

Die Wolke war der Schutz. Aus der Erde war sie gestiegen, als feiner Rauch zuerst, dann hatte sie sich verdichtet und war auf ihr Ziel allmählich zugeschwebt.

Natürlich hatten Isabella eins und Isabella zwei sie gesehen, aber sie fühlten sich sicher unter dem Schutzmantel des Satans.

Doch hier war Aibon und nicht die normale Welt.

In Aibon gab es andere Gesetze.

Noch wurde das Böse vernichtet und das Gute bewahrt. Der Teufel hatte es nicht geschafft, das Land und dessen Gesetze umzukehren. Was in den nächsten Augenblicken voll bestätigt wurde.

Aus der Wolke fiel Regen.

Es waren dicke, blassrote Tropfen, die schwer wie Körner zu Boden klatschten, aber nicht nur ihn trafen, sondern vor allen Dingen das anvisierte Ziel.

Isabella und Miriam.

Das Monster hielt den Körper der Frau umschlungen wie eine Kletterpflanze ihr Holzgitter. Die langen Arme waren so weit gestreckt, dass die Klauen mit den Spitzen bereits dicht vor dem Gesicht des Mädchens schwebten.

Aber sie griffen nicht zu.

Sie schafften es nicht, denn der blassrote Regen prasselte auf sie nieder, und er wirkte wie eine alles zerstörende Säure.

Das Schleimwesen zuckte zurück. Es stieß Laute aus, die kaum zu beschreiben waren. Zuckend setzte es seine seltsamen Füße nach hinten. Der Oberkörper schwang im Rhythmus mit, die hellen Augen tanzten, und jeder Tropfen wirkte wie der Stich eines Messers.

Er hieb gnadenlos in den Schleim.

Wo er traf, wurde der Schleim zerstört. Fast schien es so, als trockne er innerhalb eines Sekundenbruchteils aus, denn die blanken Knochen kamen zum Vorschein, sodass der Schleimkörper ein durchlöchertes Muster erhielt.

Da schimmerten bleiche Knochen, und noch immer kam das Wesen nicht zur Ruhe, denn es hüpfte gurgelnd umher.

Auch die echte Isabella wurde nicht verschont.

Sie litt ebenso wie ihr jetzt verwandeltes Doppel. Von einem Tropfen wurde sie nicht direkt getroffen, indirekt allerdings bekam sie alles mit.

Und dies knüppelhart.

Sie taumelte zur Seite. Einmal warf sie ihren Körper nach links, dann wieder nach rechts. Den Mund hatte sie weit aufgerissen, die Arme waren gegen den Himmel gereckt, der sich flach und glatt wie ein Brett über Aibon spannte.

Überall dort, wo die zweite Isabella getroffen wurde, bekam sie den Druck auch zu spüren.

Die Kleidung schmolz weg. Hell schimmerte die Haut, doch sie wurde rasch an den Stellen dunkel, wo Isabella die Schmerzen verspürte und die Haut aufbrach.

Schwarzgraue Flecken erschienen. Einer entstand mitten auf der Stirn, und er verlief sich, dieser gewaltige, gleichzeitig unsichtbare Tropfen.

Da platzte die Haut auf dem Nasenrücken auf. Genau in dem Augenblick taumelte die Frau, die dem Teufel huldigte, auf Suko und Bill zu, blieb jedoch stehen, bevor sie die beiden erreichen konnte.

Die Männer sahen das Schaurige aus einer Schrittlänge Entfernung, und sie schüttelten sich, denn ihnen leuchtete der fahlweiße Nasenknochen entgegen.

Ein schlimmes, unheimliches Bild, das noch verstärkt wurde, denn auch auf beiden Wangen erschienen die Flecken.

Isabella schrie.

Langsam sackte sie dabei zu Boden, spreizte ihre Beine und kam mit den Knien zuerst auf. Noch hielt sie den Oberkörper aufrecht. Fast anklagend schaute sie auf Bill und Suko, die nicht eingriffen und ihr auch kein schnelles Ende bereiteten, denn man hatte sie gewarnt.

Dieses Land hatte seine eigenen Gesetze. Fremde sollten sich hüten, hier einzugreifen.

Danach richteten sich auch Bill und Suko.

Es war ein sonderbarer Ausdruck, den Suko und Bill auf dem Gesicht und in den Augen der Frau lasen. Eine Mischung aus Hass und Flehen.

Dann kam das Ende.

Bei dem Monster Isabella bahnte es sich zuerst an. Unheimliche Kräfte drückten von innen her gegen die Gestalt und zerrissen sie vor den Augen der beiden Männer.

Grünliche Tropfen flogen nach allen Richtungen

davon, und im selben Augenblick sackte auch Isabella Norton nach vorn. Sie streckte dabei die Arme aus, ihre Hände fanden Halt auf dem Boden, aber er war so weich, dass sie einsanken.

Die Befürchtung der beiden Freunde bewahrheitete sich nicht. Isabella Norton wurde von den Kräften dieses Landes nicht zerstört, sondern aufgesaugt.

Der Boden verschlang sie.

Aber als Leiche!

Sie war tot, das sahen Suko und Bill mit einem Blick. Wie steif gefroren wirkte sie, während sie immer weiter in die Tiefe gezerrt wurde und allmählich vor ihren Augen verschwand.

Zuletzt sahen sie noch das schaurige Gesicht mit dem bleichen Knochen als Nasenrücken.

Dann war es verschwunden.

Tief atmeten die Freunde ein. Bill hob die Schultern. »Damit hätte ich nicht gerechnet«, flüsterte er. »Dieses Land hält tatsächlich sein Versprechen.«

»Und wie wird es uns ergehen?«

Bill Conolly nickte. »Eine berechtigte Frage, aber ich weiß es nicht, Suko. Wenn John etwas hätte tun können, dann wäre er sicherlich …«

»Wir fragen sie«, sagte der Chinese und deutete auf Miriam di Carlo, die völlig normal und gesund vor ihnen stand.

Die Frau hatte die Worte gehört. Sie kam näher und schaute die beiden Männer dabei an. »Dieses Land«, sagte sie, »besitzt ein Geheimnis, und es gehört zu den Regeln von Aibon, dass derjenige, der das Land ungerufen betreten hat, es aus eigener Kraft nicht mehr verlassen kann und darf. Nur wer von uns gerufen wurde, der kann wieder gehen …«

Bill schluckte. »Soll das heißen, dass wir für alle Zeiten in Aibon bleiben müssen?«

»Es sieht ganz so aus«, flüsterte Suko.

Nicht nur Bill und Suko sahen das grässliche Ende der beiden Besessenen, auch ich konnte durch die Scheibe schauen und erlebte mit, wie diejenigen vergingen, die dem Satan gedient hatten.

Aibon zerstörte sie.

Über mir heulte der Satan. Seine Fratze glühte dunkelrot auf, seine Augen schienen mir entgegenzuspringen, doch ich irrte mich. Es waren nicht die Augen, sondern Feuer, das auf mich zuleckte.

Lodernde Flammenzungen, die mich zu Staub vernichtet hätten. Ich musste ihnen mein Kreuz entgegenhalten!

Es wirkte wie ein Magnet.

Leicht war ich in die Knie gegangen, hielt meinen rechten Arm hochgereckt, und die roten Feuerzungen wurden in eine andere Richtung gelenkt, denn sie jagten geradewegs auf mein Kreuz zu, wobei sie von dem geweihten Silber aufgesaugt wurden.

»So nicht, Satan!«, brüllte ich und lachte noch wild dazu, während das Kreuz weitere Feuerzungen absorbierte. Manche davon waren lang wie mein Unterarm.

Der Teufel aber fluchte.

Es war kein menschliches Fluchen, sondern ein gewaltiges Donnern, das er mir entgegenschleuderte. Dann wurde ich eingehüllt von einer stinkenden Schwefelwolke, hörte ein schaurig hohles Pfeifen, und im nächsten Augenblick war der Satan weg.

Nur ein verbrannter Fleck an der Decke zeugte davon, wo er sich einmal befunden hatte.

Sein erster Anlauf, das Land Aibon zu erreichen, war missglückt. Der Teufel musste flüchten, denn der Macht und der Kraft des Kreuzes hatte er nichts entgegenzusetzen.

Obwohl er verschwunden war, atmete ich nicht auf. Zu sehr sorgte ich mich um meine Freunde. Auf der Stelle schnellte ich herum, schaute durch die Scheibe und erlebte in diesem Augenblick etwas Gewaltiges.

Über dem Land schwebte ein Gesicht.

Der Seher!

Es waren deprimierende Worte, die Suko und Bill von Miriam di Carlo zu hören bekamen, doch im nächsten Augenblick gab es eine Hoffnung für sie, denn in der Unendlichkeit des Himmels über Aibon erschien ein Gesicht, in dem besonders die Augen hervorstachen.

Güte, Weisheit und Klugheit sprachen daraus. All das Wissen der Menschheit schien in ihnen gesammelt zu sein, und beide hörten die Worte eines Wesens, das auch sie als den Seher kannten.

»Tochter des Landes Aibon«, vernahmen sie die Stimme. »Du kennst die Gesetze und Regeln, denn du bist wieder zurückgekehrt. Nimm diese beiden Menschen und führe sie dorthin, woher sie gekommen sind. Aibon gibt sie frei, denn sie sind in das Land hineingetreten, um sich gegenseitig vor den Kräften der Hölle zu retten. Dies sollen sie nicht unbelohnt getan haben …«

Miriam di Carlo schaute hoch. Sie winkte, aber da war das Gesicht schon verschwunden. Mit ausgestreckten Armen trat sie auf Suko und Bill zu. Sie fasste die Hände der beiden Männer, drehte sich um und schritt mit ihnen wie über einen Teppich aus Wolken der großen Scheibe zu, die plötzlich kein Hindernis mehr bildete und durchlässig war.

»Lebt wohl!« Es waren die letzten Worte, die Suko und Bill hörten, dann verschwand Miriam di Carlo in der unendlichen Weite des Landes Aibon …

Ich aber stand da und starrte!

»He, John, träumst du?«

Das war Bills Stimme. Ich zuckte zusammen und glaubte tatsächlich, aus einem tiefen Traum zu erwachen.

Ich schaute Bill an, der erleichtert lächelte, und Suko erging es nicht anders. Wir alle waren froh, dass ein so rätselhaftes Abenteuer endlich hinter uns lag, obwohl es neue Fragen aufgeworfen hatte.

»Miriam«, sagte ich, »sie ist …« Ich sprach nicht mehr weiter, sondern schaute an den Freunden vorbei.

Nein, da war nichts mehr von einem anderen Land zu sehen. Ein normaler dunkler Nachthimmel präsentierte sich unseren Blicken. Ein Himmel über London, über dem hin und wieder der Widerschein einzelner Lichtreflexe aufzuckte.

Aibon war längst zur Vergangenheit geworden. Und Miriam di Carlo auch.

»Sie ist dorthin gegangen, wo sich ihre wahre Heimat befindet«, erklärte Suko. »Wir konnten sie nicht halten. Und du, John, hättest es auch nicht geschafft.«

Das sah ich ein.

»Fragt sich nur«, meinte Bill Conolly, »ob sie für uns verloren ist. Verloren für alle Zeiten.«

Ich schüttelte den Kopf. »Hoffentlich nicht«, erwiderte ich leise. »Vielleicht wird sie uns warnen, zudem weiß sie von der Existenz des Satans, und sie wird ferner wissen, wie gefährdet ihr Land ist. Der Satan will alles.«

»Auch den Seher?«

Ich starrte in den Himmel, ohne auf Sukos Frage einzugehen. Der Seher! Welch eine Gestalt! Wieder einmal hatte er sich uns gezeigt und wahrscheinlich ein Teil des Geheimnisses um seine Person gelüftet. Sollte er tatsächlich der Herrscher von Aibon sein und über die sieben Tore des Schreckens wachen, brauchte ich mir um die Zukunft des Landes Aibon keine Sorgen mehr zu machen.

Trotz allem.

Und Miriam di Carlo, die ihren Weg gefunden hatte, wünschte ich alles Gute …

Belphégors Höllentunnel

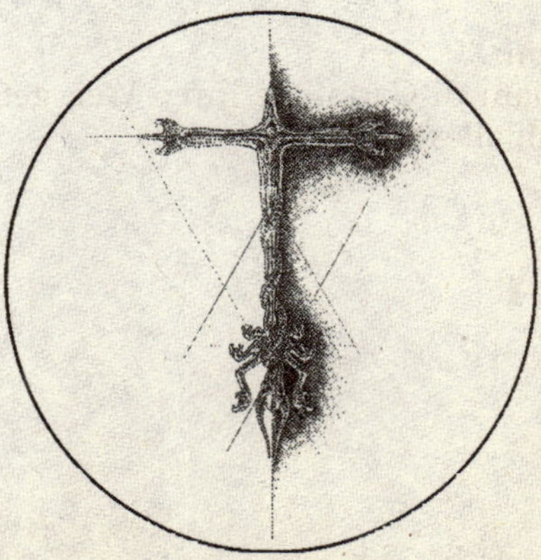

Die Angst des Mannes übertrug sich auf seinen Fahrstil. Viel zu hastig trat er das Gaspedal nach unten. Der zweifarbige Lancia machte einen regelrechten Satz nach vorn, und seine Hinterreifen radierten über den Asphalt. Der Wagen kam ins Rutschen und geriet gefährlich nahe an die Leitplanken heran, doch Jean Leduc konnte das Gefährt soeben noch abfangen.

Es gab keine Kollision mit der Begrenzung, dafür das große Aufatmen, das immer dann eintrat, wenn eine Gefahrenquelle gut überstanden war.

Leduc war nass geschwitzt. Es war Wahnsinn, mitten in der Nacht die Küstenstraße zu fahren. Doch es hatte keine andere Möglichkeit gegeben. Er wollte am anderen Tag in Italien sein. Nun war es fraglich, ob er Frankreich noch verlassen konnte.

Er beugte seinen Oberkörper vor, schielte zuerst in den Innen-, dann in den Rückspiegel, und als hinter ihm die Lichter zweier Scheinwerfer grell gegen die Felswand geworfen wurden, da wusste er, dass der andere Wagen noch immer an den Hinterreifen des Lancias klebte. Die hatten die Verfolgung nicht aufgegeben.

Jean Leduc schluchzte auf. Seine Hände, die krampfhaft das Lenkrad hielten, waren schweißnass. Er dachte wieder an die Berichte in den Zeitungen. Da stand etwas von einem plötzlichen Verschwinden mehrerer Personen zu lesen. Man sprach von Geisterspuk, weil die Leute nicht mehr aufgetaucht waren, und es hatte einen Zeugen gegeben, der von einem gefährlichen Straßentunnel berichtet hatte.

Eine Röhre, die in die Hölle führte, denn einige Wagen, die hineingefahren waren, tauchten nicht wieder auf.

Und dieser Tunnel lag noch vor dem Franzosen!

Ausweichen konnte er nicht. Es gab auf der Strecke keinen anderen Weg in die Berge, er musste auf dieser Straße bleiben und durch den verdammten Tunnel.

Leduc leckte über seine wulstigen Lippen. Seine weit aufgerissenen Augen starrten nach vorn. Sie sahen den hellen Lichtteppich, der auf der Straße lag und bei Kurven geisterhaft über die Felswände huschte.

Hilfe konnte er nicht erwarten. Die Küstenstraße, tagsüber und vor allen Dingen im Sommer stark befahren, lag verlassen vor ihm. Nur zwei Fahrzeuge waren ihm entgegengekommen und wie geisterhafte Schatten mit hellen Augen vorbeigehuscht.

Geisterhaft erschien ihm auch ein Verkehrsschild, das auf den nächsten Tunnel hinwies. Es war noch nicht der Unglückstunnel, der würde danach kommen.

Zwei Kurven lagen noch vor Leduc. Er musste mit der Geschwindigkeit herunter, denn bei dieser Fahrweise würde er von der Straße geschleudert werden.

Er schaltete runter.

Der Motor machte sich durch ein stotterndes Dröhnen bemerkbar, etwas war nicht mehr in Ordnung mit ihm. Aus dem Auspuff quoll eine dicke Wolke.

Der Tunnel.

Ein schwarzes Loch. Unheimlich anzusehen, und im nächsten Augenblick zischte der Lancia hinein.

Es war ein gerader Tunnel. Keine Kurve. Auf zwei Kilometer eine völlig gerade Strecke, und der Mann beschleunigte noch einmal, da kein Gegenverkehr herrschte.

Das Echo des fahrenden Wagens wurde von den Tunnelmauern zurückgeworfen. Es war die Begleitmusik für den Mann, und er schielte wieder in den Rückspiegel.

Zwei helle Augen hinter ihm.

Sie blieben ihm auf den Fersen, wobei er das Gefühl hatte, die anderen wären näher gekommen.

»Verdammt, verdammt!«, flüsterte er und schüttelte den Kopf. »Wie ich diese Straße hasse!« Leduc schluckte. Er sehnte das Ende des Tunnels herbei und atmete ein wenig auf, als er vor sich das graue Loch der Ausfahrt sah.

Jetzt wurde es etwas besser. Weniger Kurven, aber die Straße stieg an bis zum nächsten, dem alles entscheidenden Tunnel, wo die schrecklichen Unfälle passiert waren.

Konnte er Hoffnung schöpfen?

Leduc lachte plötzlich. Es war ein unkontrollierter und unmotivierter Gefühlsausbruch, bevor er flüsterte: »Ihr kriegt mich nicht. Niemals. Ich werde euch davonrasen –

und wenn die ganze Karre auseinanderfliegt. Mit allen könnt ihr es machen, nur nicht mit mir, das schwöre ich euch, ihr verfluchten …«

Erschreckt verstummte er, denn es war deutlich zu sehen, dass der andere Wagen aufgeholt hatte.

Jetzt schlug sein Herz noch schneller. Es waren harte, trommelnde Schläge, die in seiner Brust hämmerten. Er dachte wieder an die Geschichten, die in den Zeitungen standen, und er sah vor sich eine große Kurve, die sich gleichzeitig in die Höhe schraubte, um anschließend in den Tunnel überzugehen.

Seine Angst steigerte sich. Sie wurde zu einer Klammer, die seinen Körper zusammenzupressen schienen. Leduc zwinkerte mit den Augen. Schweiß war ihm hineingelaufen. Sein Mund stand offen, der Atem pfiff aus dem Spalt zwischen den Lippen. Gespenstisch nahe huschten manchmal die steilen Wände vorbei. Hin und wieder sah er die Zweige eines Baumes, die bis auf die Straße reichten.

Nur weiter!

Der Tunnel hatte eine Länge von fast vier Kilometern. Es war nur eine Minutensache, ihn zu durchqueren, ein Nichts, aber die Zeit konnte sich dehnen und fast unendlich erscheinen, wenn man unter Stress stand und die Angst einen gepackt hielt.

Für einen Augenblick spielte der Mann mit dem Gedanken, einfach abzubremsen, stehen zu bleiben und den Wagen zu verlassen. Dann dachte er nicht mehr daran, sondern jagte weiter. Er wollte wenigstens das nächste Dorf hinter dem Tunnel erreichen. Nach Cannes hinunter schaffte er es sowieso nicht mehr.

Bis zum nächsten Dorf!

Das musste doch zu meistern sein. Schließlich lag der kleine Ort nicht weit hinter dem Tunnel, drei Kilometer höchstens. Da hatte vielleicht noch ein Gasthaus oder eine Pension geöffnet, in der er sich verstecken konnte.

Verstecken?

Musste er sich eigentlich verstecken? Nein, er war sich keiner Schuld bewusst. An ein Verstecken brauchte er nicht zu denken, und doch hatte er ein schlechtes Gewissen.

Das hat jeder, wenn er verfolgt wird.

Und Jean Leduc wurde verfolgt, daran gab es nichts zu rütteln. Ein dunkles Ungeheuer mit weißen Augen, so kam ihm der Wagen vor. Er hatte ihn nie im Hellen gesehen, nur immer in der Finsternis, wo seine Scheinwerfer leuchteten. Er wusste nicht, ob der Wagen schwarz, blau oder grün war, und er kannte auch die Marke nicht.

Für ihn war es der Tod!

Einen raschen Blick warf er noch in den Spiegel, und die Scheinwerfer des Verfolgers schienen auf dem blanken Straßenbelag regelrecht zu explodieren.

Leduc kniff die Augen zusammen, schüttelte den Kopf und zog den Lancia in das letzte Stück der Kurve vor dem unheimlichen Tunnel, wo schon so viel passiert war.

Eigentlich hatte er überhaupt keinen Grund, Angst zu haben. Vielleicht machte er sich auch nur verrückt, und er schüttelte den Kopf, um seine Gedanken loszuwerden.

Der Tunnel!

Er sah jetzt genau das, wovor er so lange gezittert hatte. Bisher war er nur auf die Bilder in den Zeitungen fixiert gewesen, nun schaute er zum ersten Mal genau auf die Tunnelöffnung.

Ein schreckliches Loch. Unheimlich, aufgerissen wie das gefräßige Maul eines Ungeheuers, das alles auffressen wollte.

Und der Tunnel verschlang.

Fahrzeuge, Menschen, alles.

Gab er es auch wieder her?

Jean Leduc biss die Zähne zusammen. Wie ein Halbkreis war die Tunneleinfahrt angelegt. Darüber wölbte sich der Berg, ein riesiger Koloss aus festem Gestein.

Schwarz, drohend, finster!

Kein Licht glühte vor dem Tunnel, und es brannten auch keine Lampen. Die schaltete man nachts aus.

Dafür leuchtete etwas anderes.

Mit allem hatte er gerechnet, nur damit nicht. Über dem Eingang und auf dem Gestein strahlte es glühend rot. Zuerst dachte Leduc an eine Wolke oder an ein rötliches Fluoreszieren irgendwelcher Gesteinseinschlüsse, bis er erkannte, dass sich das Leuchten zu einem Bild verdichtete und scharfe Umrisse hervortraten.

Ein Kopf war da zu sehen.

Ein Teufelskopf!

Riesengroß. Weit über die Hälfte des Gesteins einnehmend, das über der Tunnelöffnung wuchs. Er leuchtete in einer grellen Farbe und blendete den Fahrer.

Für einen Moment nur sah der Mann den höllischen Willkommensgruß, dann zischte er mit seinem Lancia in den Tunnel hinein, wobei er das Gefühl hatte, in sein eigenes Grab zu fahren …

Zuerst geschah nichts.

Hundert, zweihundert Meter fuhr er geradeaus. Die beiden Scheinwerfer stachen in die Röhre hinein. Das helle Licht beruhigte ihn etwas, und da er es noch heller haben wollte, schaltete er das Fernlicht ein. Mit Gegenverkehr rechnete er nicht.

Die Dunkelheit des Tunnels wurde zerrissen. Bläulich schimmerte das Licht. Einige Wolken quollen träge durch die beiden etwas auseinandergefächerten Lanzen. Abgase, die sich noch zwischen den Wänden hielten. Die Innenmauern bestanden aus glattem Gestein. Man hatte Beton über die Felsen gegossen und ihn erstarren lassen.

Wieder dröhnte das Geräusch des Motors von den Wänden wider. Die Reifen summten über die glatte Fläche. Der Lancia hatte eine gute Straßenlage. Nichts warf ihn aus der Spur, und die Spannung des Fahrers legte sich allmählich.

Konnte er es schaffen?

Plötzlich wurde es in seinem Wagen hell. Der Fahrer hatte das Gefühl, mit Licht übergossen zu werden. Es füllte das Innere seines Lancias bis in den letzten Winkel aus. Er fühlte sich wie auf einem Präsentierteller, wie auf einer Insel, die ein Käfig war und von der er nicht mehr entkommen konnte.

Der Verfolger war da!

Und zwar musste er ziemlich dicht hinter ihm sein, sonst hätten dessen Scheinwerfer das Innere des Lancias nicht mit diesem hellen Licht ausfüllen können.

Die Straße durch den Tunnel führte nicht stur geradeaus, sie beschrieb einen Bogen. Man musste vorsichtig fahren, durfte nicht zu hoch mit der Geschwindigkeit gehen, aber in diesem Fall wollte der Mann eine Ausnahme machen. Den verfluchten Tunnel musste er so rasch wie möglich hinter sich lassen.

Die Angst steigerte sich.

Geduckt hockte er hinter dem Lenkrad. Sein Mund stand jetzt offen. Er war sich darüber im Klaren, dass ihn seine Verfolger ausgezeichnet erkennen konnten. Sein Körper musste sich innerhalb des Fahrzeugs wie ein Scherenschnitt abheben. Wer ihn jetzt erschießen wollte, fand ein ausgezeichnetes Ziel vor.

Erschossen worden waren die vier Opfer vor ihm wohl nicht. Er wusste überhaupt nicht, was mit ihnen geschehen war. Sie waren einfach verschwunden.

Die Hälfte war geschafft.

Noch einmal so lange, dann ...

Die Gedanken des Mannes stockten. Er spürte plötzlich die Blutleere in seinem Gehirn. Schwindel überfiel ihn, gleichzeitig ein seltsames Gefühl der Leichtigkeit.

Und sein Wagen wurde langsamer.

Obwohl er nicht mehr so klar denken konnte, stellte er das fest, und er trat auf das Gaspedal, aber der Motor reagierte nicht. Der Lancia behielt die alte Geschwindigkeit bei. Er beschleunigte um keinen Deut.

Jean Leduc spürte seinen Puls. Hinter seiner Stirn pochte es. Er hatte Schmerzen und das Gefühl, sein Blut würde immer wärmer werden.

Der Lancia gehorchte ihm nicht mehr. Die Verfolger befanden sich nach wie vor hinter ihm, und sie würden leichtes Spiel haben.

»Fahr doch, du verdammte Karre!«, schrie Leduc. »Fahr doch, ich will hier weg!«

Er brüllte sich die Lunge aus dem Leib. Speichel sprühte

aus seinem Mund, die Augen waren weit aufgerissen, der Blick starr, und aus seinem Mund drang ein schluchzender Laut.

Die Geschwindigkeit blieb. Für einen Moment verschwand die Helligkeit aus dem Innern. Hoffnung keimte in Leduc auf. Hatte der Verfolger es aufgegeben? Der Mann warf einen raschen Blick nach links durch die Seitenscheibe.

Da sah er den Grund der plötzlichen Dunkelheit. Der fremde Wagen befand sich nicht mehr hinter, sondern neben ihm. Auf gleicher Höhe schoss er dahin, fuhr auf der Gegenfahrbahn, und Leduc glaubte, wahnsinnig zu werden, als er einen Blick in das andere Fahrzeug warf.

Es war mit vier Gestalten besetzt.

Gestalten war der richtige Ausdruck. Schwarz, kaum zu erkennen, wenn nicht die helleren Gegenstände gewesen wären, die sie in den Händen hielten.

Wie Peitschen sahen die Dinger aus …

Und der Wagen neben ihm beschleunigte. Da röhrte der Motor noch einmal. Leduc erkannte das Fabrikat. Es war ein schwarzer Mercedes, der ihm da auf den Fersen war. Schwarz wie das Grauen aus der Hölle.

Dann war er vorbei.

Jean Leduc keuchte. Er hieb mit beiden Händen gegen den Lenkradring, aus seinem Mund drangen Worte, die er selbst nicht verstand, und seine Augen hatten sich mit Tränen gefüllt.

Er stierte gegen die Heckleuchten des Mercedes, und dann sah er die grellen Bremsleuchten aufglühen, während der Wagen langsamer wurde.

Dabei stellte er sich noch schräg, sodass er einen Teil der linken und gleichzeitig der rechten Fahrspur versperrte. Jean Leduc blieb nichts anderes übrig, als ebenfalls zu stoppen, wollte er nicht gegen den anderen Wagen fahren.

Das brauchte er nicht einmal. Sein Lancia wurde von ganz allein langsamer, rollte aus und kam zum Stehen.

Jetzt musste Leduc raus und sich stellen.

Aber er blieb sitzen. Nach wie vor hielt er das Steuer

umklammert und stierte durch die Scheibe auf den unheimlichen Wagen. In dem Fahrzeug rührte sich nichts. Es gab keinerlei Bewegungen, die ihn vielleicht hätten beunruhigen können, denn es war das Warten auf den großen Schlag.

Welche Chancen blieben ihm? Leduc gelang es, wieder klar und nüchtern zu überlegen. Wenn er ehrlich sein sollte, dann hatte er überhaupt keine mehr.

Alles war zu spät.

Jean Leduc gab ehrlich zu, ein Gefangener des Tunnels zu sein. Er war hineingefahren und würde ihn wohl kaum als Lebender verlassen können. Vier Opfer hatte es bereits gegeben. Sollte er das fünfte sein?

Alles wies darauf hin.

Und dann öffneten sich die Türen des quer vor ihm stehenden Mercedes. Sie schwangen lautlos auf. Im Wagen ging automatisch die Innenbeleuchtung an, sodass der Mann die Gestalten erkennen konnte, die ihn so lange verfolgt hatten.

Zu viert waren sie, und sie trugen Waffen.

Im schräg auf die Felswand fallenden Licht der Scheinwerfer konnte er sehen, dass es sich dabei um Peitschen handelte. Keine normalen Peitschen, sondern glühende Riemen, die aus Flammen zu bestehen schienen. Sie flackerten und tanzten, huschten mit ihren Spitzen über den Boden und ließen das Gesicht des Mannes in ihrem Widerschein fahl und geisterhaft leuchten.

Von seinen Gegnern konnte Leduc nicht viel erkennen. Ihre Gesichter waren nicht mehr als dunkle Flecken. Sie schienen weder Nasen, Augen noch Lippen zu haben.

Die Gesichter blieben blass und waren nur konturenhaft zu erkennen.

Aber Leduc spürte das Böse, das von diesen Gestalten ausging, die kein Wort sprachen, sondern sich teilten und langsam den Lancia mit dem angststarren Mann umstellten.

Sie ließen sich Zeit dabei, als wollten sie die Angst des Mannes genießen und in sich einsaugen.

Leduc zitterte. Er starrte geradeaus und sah einen der

vier, der sich vor der Kühlerschnauze des Lancias aufgebaut hatte. Breitbeinig stand er dort. In seiner Haltung erinnerte er an eine schaurige Figur. Den Arm hatte er ein wenig erhoben, die Finger der rechten Hand umklammerten den Griff der Flammenpeitsche.

Und er starrte in den Wagen.

Ein stummer, gefährlicher Wächter.

Ebenso wie die anderen drei. Zwei hatten sich zu beiden Seiten des Lancias aufgestellt, der dritte Wächter deckte das Heck des Wagens ab. Sie hatten Leduc in die Zange genommen.

Fast widerwillig drehte der Mann seinen Kopf nach links, um durch die Scheibe zu schauen.

Vor der Fahrertür stand ebenfalls einer.

Ein unheimlicher Typ, ganz in Schwarz, ohne Gesicht, ohne Haare, ein Wesen wie von einem fremden Planeten.

Der Schwarze beugte sich vor. Dabei zeigte er Jean Leduc seine freie Hand, drehte sie um und bewegte krümmend den Zeigefinger. Er lockte damit, und es war auch gleichzeitig für Leduc die Aufforderung, den Wagen zu verlassen.

Aussteigen sollte er!

Leducs Angst wurde noch größer. Wenn er freiwillig sein Fahrzeug verließ und sich in die Hände dieser Unheimlichen begab, dann konnte er gleich Selbstmord begehen.

Nur – gab es eine andere Chance?

Die Tür war verschlossen. Wenn sie etwas von ihm wollten, mussten sie ihn schon holen.

Und das taten sie auch. Auf eine Art und Weise, die grausam, aber typisch für sie war.

Wenn jemand ihren Befehlen nicht folgte, versuchten sie es immer mit Gewalt.

Der Mann an der Fahrerseite des Wagens schlug zu. Es war eine kurze Bewegung mit seiner rechten Hand, wobei die Flammenzunge in die Höhe leckte und die Seitenscheibe traf.

Jean Leduc zuckte zurück. Er hatte seine Hände dabei hochgerissen, um das Gesicht zu schützen, sah den

Widerschein der Flammen und hörte ein Krachen, als die Scheibe barst.

Da wusste er endgültig, dass der Wagen den vier Gestalten keinen Widerstand entgegensetzen würde. Die bahnten sich mit ihren Waffen überall einen Weg, denn das Feuer der Peitschen war kein normales. Nun übermannte ihn die Todesangst, und er sah zitternd mit an, wie eine Hand durch die offene Scheibe fuhr und die Tür entriegelte.

Wenig später wurde sie mit einem Ruck aufgerissen. Der Flammenschein leuchtete in das Innere. Er zuckte über die Gestalt des Peitschenträgers, malte ein sich bewegendes Muster auf das Schwarz der Kleidung, bevor sich die Gestalt in den Wagen hineinbeugte und ihren freien Arm ausstreckte, um mit der behandschuhten Linken nach Jean Leduc zu fassen.

»Bitte!«, flüsterte dieser. »Bitte nicht. Ich habe euch nichts getan!«

Nur Leduc redete. Er zitterte, deckte sein Gesicht ab und spürte plötzlich den Griff an seinem rechten Knie. Er war hart, fast brutal, und Leduc sah ein, dass er ihm nicht entgehen konnte. Diese Kraft hatte er nicht mehr. Er war durch die Fahrt und die Angst ausgelaugt, einfach fertig, und er wehrte sich auch nicht, als man ihn aus dem Wagen zog.

Mit einer Hand tat sein Gegner das. Jean Leduc schaffte es nicht, ihm noch Widerstand entgegenzusetzen, sein Gegner war zu stark. Als wäre der Franzose nur eine Puppe, so wurde er aus dem eigenen Fahrzeug geschleift und zu Boden geschleudert. Er schaffte es nicht, sich mit den Ellenbogen abzustützen, sodass er mit dem Hinterkopf aufschlug und einen bösen Schmerz verspürte.

Aber was zählte dieser schon im Verhältnis zu dem, was vor und hinter ihm lag?

Leduc zitterte.

Er bebte, er schluchzte, und er wurde wie ein gefüllter Abfallsack über den Boden gezogen. Sein Auto blieb zurück.

Das linke Bein stand schräg nach oben. Sein Gegner

hatte den Griff nun verändert. Er hielt den Fußknöchel umklammert. Leduc lag auf dem Rücken. Er spürte unter sich den harten Beton der Fahrbahn, und man ließ ihn direkt auf dem Mittelstreifen liegen.

Eine weitere Gestalt hatte sich von seinem Wagen gelöst und rechts von ihm aufgebaut, während der erste Peiniger die linke Seite besetzt hielt. Der ließ ihn los.

Leducs Bein fiel nach unten. Es krachte auf den Boden, und der Mann wälzte sich auf den Bauch, denn er wollte sehen, was die anderen vorhatten.

Zwei waren zurückgeblieben. Wie auf ein unhörbares Kommando hin hoben sie ihre Flammenpeitschen, schlugen einmal einen feurigen Kreis in die Luft und ließen die langen Flammenschnüre dann nach unten sinken, wobei sie über das Blech des Fahrzeugs zuckten, sich verteilten, ausbreiteten und den Lancia tatsächlich in Brand setzten.

Es gab ein puffendes Geräusch, bevor die Feuersäule in die Luft stieg, sich mit einem Fauchen ausbreitete und fast die gewölbte Decke des Tunnels berührte. Es war ein gespenstisches Schattenspiel.

Der Wagen verbrannte.

Auf einmal wurde sich Jean Leduc der ungeheuren Gefahr bewusst, in der er und die anderen schwebten. Falls das Feuer auf den zur Hälfte gefüllten Benzintank übergriff, würde der Wagen explodieren und alles in Fetzen reißen.

Deshalb Jean Leducs Angst.

Sollte er auf diese elende Weise sterben?

Er begann zu schreien. Es waren wilde, gellende Rufe der Angst, die aus seinem Mund drangen, gegen die Wände des Tunnels prallten und als Echos durch die unheimliche Röhre zitterten.

Die Gestalt, die neben dem Kopf des Franzosen stand, hob ihren rechten Fuß. Im nächsten Augenblick spürte der Mann den Druck auf seiner Brust, und das Schreien verstummte.

Dafür schaute er zu, wie sein Wagen verbrannte.

Nichts blieb übrig.

Zwar fauchten, loderten und tanzten die unheimlichen

Flammen, aber sie ließen kein ausgebranntes Wrack zurück, wie es eigentlich hätte sein müssen.

Das Feuer fraß die Spuren!

Der Druck auf seiner Brust wich, als Leduc nicht mehr schrie, sondern auf das starrte, was von seinem Wagen übrig blieb.

Nur Rauch. Der Lancia verflog, als hätte es ihn nie gegeben.

Das begriff der Mann nicht, während er zuschaute, wie sich eine der vier Gestalten von seinem Fleck löste und durch die Reste der Flammen schritt.

Auch die anderen drei veränderten ihre Standorte so, dass sie einen Kreis um Jean Leduc bildeten.

Der lag auf dem Rücken.

Er schaute hoch, sah das Tanzen der Flammen, den schimmernden Widerschein auf dem Beton, und das kalte Entsetzen kroch in ihm hoch. Obwohl die vier Unheimlichen im Moment nichts unternahmen, wusste er dennoch, dass seine Todesstunde gekommen war.

Die vier nickten sich gegenseitig zu.

Ein Zeichen!

Dann hoben sie jeweils die rechten Arme. Die Feuerzungen zuckten in eine andere Richtung und tanzten jetzt über dem Körper des einsam liegenden Mannes.

Sein Gesicht wurde zu einer Maske der Angst!

Es hatte sich schrecklich verzerrt. Das Grauen stand in seinen Augen und vermischte sich mit der Panik, während durch seinen Körper ein regelrechter Schüttelfrost der Todesangst lief.

Einen saugenden letzten Atemzug tat er, denn er wollte noch schreien, obwohl es sinnlos war, aber vielleicht konnte er sich durch diesen Ruf Erleichterung verschaffen.

Dann fielen die Peitschen nach unten.

Vier lange Flammenzungen wirbelten ihm entgegen, vereinigten sich dicht über ihm zu einer einzigen, die auf seinen Körper fiel und ihn erfasste.

Jetzt mussten die Schmerzen kommen.

Sie blieben aus!

Und er verbrannte nicht.

Es war eine schaurige, grauenhafte Szene, die sich auf dem Beton der Tunnelstraße abspielte. Leduc war zu einem hellen, flackernden Bündel geworden, ohne jedoch zu verbrennen.

Der Franzose starb nicht. Er wurde nur zu dem, was auch schon die anderen waren.

Ein schwarzer, widerlich anzusehender Körper, der damit in den Kreis der Hölle eintrat …

Der Renault federte ein wenig nach, als er abgebremst und mit dem letzten Rest der Laufgeschwindigkeit an den rechten Straßenrand gelenkt wurde.

»Wir sind da«, sagte Inspektor Tonio Brel, zog den Zündschlüssel ab und stieß den Wagenschlag auf. »Kommen Sie, Messieurs! Steigen Sie aus – und sehen Sie sich die verdammte Scheiße mal an.«

Der Inspektor war ein seltsamer Mensch. Ein brummiger Typ, kurz vor der Pensionsgrenze stehend, immer grantig, oft wütend und mit Kraftausdrücken um sich werfend. Er hatte in Marseille sein Handwerk gelernt, sich mit den brutalsten Gangstern der Küste herumgeschlagen, und das hatte abgefärbt. Auf eigenen Wunsch war er schließlich nach Cannes versetzt worden, doch ein ruhigeres Leben hatte er kaum. Vor allen Dingen nicht, seitdem fünf Menschen spurlos verschwunden waren und man ihn mit dem Fall betraut hatte.

Aber nicht nur ihn allein.

Da gab es noch zwei Männer, die sich Gedanken machen sollten, und diese beiden waren keine Franzosen, sondern Engländer.

Ich spreche von Suko und mir.

Über Interpol waren wir eingeschaltet worden, denn es hielt sich das Gerücht, dass diese fünf Menschen und deren Fahrzeuge nicht ›normal‹ verschwunden waren. Weder von den Menschen noch den Wagen hatte man je wieder etwas gefunden, und da existierte auch noch die Zeugenaussage eines Hirten, der in der Nacht an einem bestimmten Tunnel etwas Schreckliches gesehen haben wollte.

Die Franzosen kannten uns. Vor nicht allzu langer Zeit hatten wir in diesem Land schon mehrere Fälle gelöst, und an den verantwortlichen Stellen erinnerte man sich daran.

So waren wir also nach Frankreich geflogen, um der rätselhaften Sache auf den Grund zu gehen. Wir gerieten an Inspektor Tonio Brel, der uns zwar nicht gerade als Eindringlinge ansah, aber Engländer irgendwie nicht leiden konnte.

»Nichts gegen Sie persönlich«, gab er uns schon am Flughafen zu verstehen, »das stammt noch aus dem letzten Krieg, den ich leider mitmachen musste.«

So hatte jeder seine Vorurteile.

Vom Hotel aus waren wir direkt zum Tunnel gefahren.

Es war kühl in den Bergen. Zwar hatten wir schon Ende März, und erste Knospen waren aufgeplatzt, doch mehr in den Tallagen und nahe dem Meer. In den Bergen dagegen hielt sich der Winter noch.

Brel hatte sich ein wenig von seinem Dienstwagen entfernt. Er stand auf der Straße. Polizisten hatten die Fahrbahn weiter talwärts schon gesperrt und an der anderen Seite ebenfalls.

Wir schauten uns den Inspektor an. Er ähnelte ein wenig dem viel zu früh verstorbenen Louis de Funès.

Von der Größe her war Brel durchaus mit ihm zu vergleichen. Aber Brel hatte Übergewicht, dabei einen seltsam langen Kopf mit traurigen Mundwinkeln, blassen Augen und einer sich nach unten weitenden Nase, wobei die Nasenflügel ein wenig abstanden, weswegen seine Untergebenen ihm den Spitznamen ›Pferd‹ gegeben hatten. Sein Haar war dünn und faserig. Bei jedem Windstoß musste er Angst haben, dass ihm auch die letzten Reste wegflogen.

»Das ist er also«, sagte Brel, als wir neben ihm stehen blieben.

Ich schaute auf die Öffnung. Sie sah völlig normal aus. Ein großer Halbkreis war aus dem Felsen geschlagen und an den Rändern durch Steine und Beton verstärkt worden.

Über der Einfahrt ›wuchs‹ das normale Gestein. Es war kantig, zerklüftet, zeigte hervorspringende Nasen und Spalten, eine richtige Wand für Bergsteiger, die vor einem großen Klettermarsch im Hochgebirge noch einmal üben wollten.

Und dann sah ich noch etwas.

Auf der Spitze des Berges, hoch über der Tunnelöffnung, wo sich ein Sattel gebildet hatte, da entdeckte ich die Umrisse eines Gebäudes. Es musste ein großes Haus sein. Wie ich wusste, gab es in den Bergen oft kleine Schlösser oder Landgüter, die dem internationalen Geldadel gehörten oder den Filmstars als Verstecke dienten, wenn sie vor Reportern ihre Ruhe haben wollten.

»Was ist das für ein Haus?«, fragte ich.

Der Inspektor sah mich an und winkte ab. »Eine im Landhausstil aufgemotzte Luxusbude, die einem Filmstar gehört.«

»Wie heißt der Mann?«

»Gordon Kencey.«

»Der Horror-Darsteller?«

»Ja, glaube ich. Der spielt ja nur in diesen verrückten Filmen mit und mimt immer den Mörder. Ich habe noch keinen Streifen von ihm gesehen. Sie?«

»Ja, einen.«

»Und?«

Ich hob die Schultern. »Vom Sessel gerissen hat er mich nicht. War mir zu blutig.«

Der Inspektor lachte meckernd. »Das müssen Sie gerade sagen, wo Sie mit diesen Dingen ja zu tun haben.«

»Wir sind eben Menschen geblieben«, sagte Suko.

Brel hob die Schultern. »Mir gelingt das schwerlich.« Dann rammte er seine Hände in die Manteltaschen und schritt auf die Tunnelöffnung zu. Wir folgten ihm.

Rechts und links der Öffnung standen zwei Uniformierte. Sie grüßten, als Brel vorbeischritt. Der Inspektor nickte nur und beugte seinen Rücken.

Als wir die Wächter passierten, fielen ihre Arme wieder nach unten. Wir hätten natürlich auch mit dem Wagen in den Tunnel hineinfahren können, doch das wäre nur schwerlich durchzuführen gewesen, denn es standen in der Tunnelröhre einige Fahrzeuge der Polizei kreuz und quer. Man war darangegangen, den Tunnel Meter für Meter genau zu untersuchen. Deshalb hatte man noch ein paar starke Scheinwerfer aufgestellt, deren gleißende Helligkeit die Deckenleuchten des Tunnels geradezu verblassen ließen. Es blendete uns manchmal so stark, dass wir schützend die Hände vor die Augen halten mussten.

Auch hielt uns der typische Tunnelgeruch umfangen. Eine Mischung aus Abgasen, Gummi und drückender Luft. Je tiefer wir in den Tunnel hineingingen, umso schlimmer wurde es.

»Haben Sie hier keine Entlüftung?«, fragte ich den mürrischen Inspektor.

Brel warf mir nur einen schiefen Blick zu. »Wir sind hier nicht in der reichen Schweiz, sondern in Frankreich.«

»Gehen wir durch den ganzen Tunnel?«, fragte Suko.

»Nein, nur bis zur Mitte.«

»Gibt es einen Grund?«

»Ja.«

Suko warf mir einen Blick aus verdrehten Augen zu. Himmel, war dieser Inspektor ein Griesgram. Was hatten wir getan, um an solch einen Mann zu geraten?

In einer Kurve, und zwar fast an deren Scheitelpunkt, blieb der Inspektor stehen. »Hier ist es«, sagte er, streckte seinen Arm aus und deutete zu Boden.

Brel hob den Arm und schnippte so laut mit den Fingern, dass ein in der Nähe stehender Beamter es hören konnte. »Kommen Sie mal mit der Lampe her, Mann!«

Der Polizist rannte herbei. Brel wies ihn an, wohin er zu leuchten hatte, und erst als das helle Licht auf die Erde fiel, da sahen wir, was der Inspektor gemeint hatte.

Auf dem Boden befand sich ein Ölfleck. Nun, das war nicht ungewöhnlich, aber dieser Fleck war ziemlich frisch und noch nicht eingetrocknet. Er musste von einem Wagen stammen, der hier gehalten hatte.

Ich krauste die Stirn. Das war wirklich ein Fragezeichen wert. Der Ölfleck konnte eine völlig normale Ursache haben, brauchte es aber nicht, und wir hatten vor ihm auch dunkle Gummispuren der Reifen entdeckt, doch hinter dem Ölfleck keine mehr. Auch nicht von anderen Fahrzeugen. Vielleicht ein Beweis, dass der Wagen, der hier gehalten hatte und zu dem der Ölfleck gehörte, stark gebremst worden war.

»Das ist der Fünfte«, murmelte Brel.

»Wie?«

»Der verschwunden ist, Sinclair. Der fünfte Wagen und auch der fünfte Fahrer. Alle sind reingefahren, aber nicht mehr herausgekommen.«

»Sie haben ein Gefühl, aber keine Erklärung«, stellte ich fest.

»Die sollen Sie ja liefern.«

Es ist immer leicht, einem anderen den schwarzen Peter zuzuschieben. Das hätte ich auch gern getan, doch an mir blieb der Mist meistens hängen.

Inspektor Brel baute sich breitbeinig auf und stemmte die Hände in die Hüften. »So, Sie großer Magier, dann zeigen Sie mal Ihre Kunst! Erklären Sie mir, wohin der Wagen verschwunden sein könnte. Dass er sich aufgelöst hat, daran glaube ich nicht.«

»Nicht direkt«, meinte Suko.

»Sondern?«

»Es könnte ja sein, dass man ihn zerstört hat.«

»Verbrannt?«

»Zum Beispiel.«

Damit war der französische Kollege überhaupt nicht einverstanden. »Nein«, sagte er, »auf keinen Fall verbrannt. Wir hätten Spuren finden müssen. Und die sind nicht da.«

»Bis auf den Ölfleck«, sagte ich.

»Genau.«

Ich furchte die Stirn. Aus den Augenwinkeln schielte ich zu Brel hin. Dabei konnte ich mich täuschen, glaubte es jedoch nicht, denn Brel lächelte. Er gönnte uns die ›Niederlage‹, aber wir waren erstens keine Zauberer und zweitens keine Hellseher. Was reine Polizeiarbeit anging, konnten wir durch Magie nichts ändern oder vorantreiben.

Ich verließ meinen Platz und schritt ein wenig im Kreis umher, von den Blicken meines Freundes Suko und denen des Inspektors begleitet. Überall schaute ich hin, sah mir die Tunnelwände an, ebenfalls die leicht gewölbte Decke, aber da war nichts zu sehen. Nicht einmal die Tür eines Notausgangs, durch den unsere Gegner hätten verschwinden können.

»Bin gespannt, wann Nummer sechs verschwindet«, gab der Inspektor seinen bissigen Kommentar.

Ich ging darauf nicht ein, sondern fragte: »Hatten Sie nicht von einem Zeugen gesprochen?«

»Ja, einem Schäfer.«

»Können wir mit dem noch einmal reden?«

»Meinetwegen. Obwohl ich kaum glaube, dass der Schäfer jetzt mehr sagen wird als früher. Wir haben sowieso das meiste nur aus der Zeitung erfahren.«

»Wieso denn das?«

»Der Schäfer, er heißt übrigens Cuccu, ist furchtbar geldgierig. Der hat alles den Pressefritzen erzählt und dafür kassiert. Von dem Geld, so hörte man, hat er sich Wein gekauft und ihn zu seiner Hütte schaffen lassen. Dort sitzt er nun und besäuft sich.«

»Den Weg kennen Sie?«

»Ja.«

Die letzte Antwort war das Zeichen zum Aufbruch. Ich war froh, den Tunnel verlassen zu können. Draußen atmete ich erst einmal tief durch.

Suko tat es mir nach. »Widerlich, dieser Tunnelgestank«, murmelte er.

»Da sagst du was.«

Inspektor Tonio Brel sprach noch mit den Leuten von der Spurensicherung. Er gab ihnen ein paar Anweisungen, bevor er wieder zu uns trat und wir gemeinsam zum Wagen gingen.

Als Brel aufschloss, warf ich noch einen Blick zurück. Dieses Gebäude oben auf dem Berg faszinierte mich irgendwie. Wer konnte schon so verrückt sein und sich dort ein Haus hinstellen?

Ein Filmstar, sicherlich. Und ein Mann, der Gruselfilme drehte. Gordon Kencey. Seltsam war nur, dass dieses geheimnisvolle Verschwinden der Autos samt Fahrer praktisch in der senkrechten Verlängerung seines Hausbodens stattgefunden hatte.

Ob es da einen Zusammenhang gab?

Ich konnte es nicht sagen. Möglich war alles. Wir hatten schon die tollsten Dinge erlebt. Erst einmal jedoch wollten wir uns um den Schäfer kümmern.

»Träumen Sie, Sinclair?« Inspektor Brel hockte bereits im Wagen und rief mir die Worte zu.

»Nein, nein«, antwortete ich und stieg ein. Suko hatte es sich bereits auf dem Rücksitz bequem gemacht.

Der Inspektor startete mit durchdrehenden Reifen und gab Gas, als wollte er eine Rallye gewinnen …

Die Sperren hatten wir hinter uns gebracht. Im Nachhinein musste ich dem Inspektor Recht geben, dass er sie überhaupt hatte errichten lassen, denn an der Sperre hatten sich die zweibeinigen Hyänen aufgebaut. Damit meine ich die Reporter und Fernsehleute.

Brel kannte das Spiel bereits. Er hatte Gas gegeben, und wir duckten uns, um dem Blitzlichtgewitter zu entkommen. Es folgte uns niemand. Derjenige hätte uns auch sehr schnell verloren, denn Brel steuerte nicht bis ins Tal hinab, sondern bog von der prachtvollen Küstenstraße ab in einen schmalen Weg hinein, der in die Berg hinaufführte. Asphaltiert war er nur bis zu den Plätzen, wo einige Villen und Landhäuser standen. Dann wurde er zur Schotterpiste und führte durch ein karges Gelände.

Hier oben blühte noch nichts, aber die Sicht war klar, und wir schauten hin bis zu den schneebedeckten Seealpen. Sie boten ein herrliches Panorama. Ich konnte die Leute verstehen, die dort in den Alpen am Morgen Wintersport betrieben, um anschließend mit dem Wagen an die Küste zu fahren, damit sie im Meer baden konnten.

Der Inspektor fluchte unentwegt. Allerdings nicht mit oder über uns. Diesmal war die Zielscheibe seines Ärgers der Weg, den wir zwangsläufig fahren mussten, um in die Berge zu gelangen.

Wir befanden uns auf einem Kamm. Rechts konnten wir bis zur Küste schauen und sahen das Meer als einen blaugrauen Teppich am Horizont mit dem Himmel zusammenwachsen.

Links erinnerte mich die Gegend an eine Alm, auf der das braungrüne Wintergras wuchs. Es sah aus wie ein langer Teppich, der allmählich anstieg.

»Das ist schon Cuccus Weide«, erklärte Tonio Brel.

»Und wo sind die Schafe?«, fragte ich.

»Keine Ahnung.«

Wir sahen sie, als der Weg Schlangenlinien beschrieb und sich gleichzeitig neigte, sodass er in eine Mulde hineinführte, zu einer Hütte.

Die Tiere konnten zwar in Ruhe grasen, waren jedoch eingekreist. Der Schäfer hatte mehrere Zäune gezogen und einige Karrees gebildet, in denen sich seine Tiere aufhielten. Seine Hütte stand zwischen den Gattern.

Der Weg gabelte sich kurz vor dem Eingang. Bis fast vor die Haustür war er mit grauen Steinen belegt worden. Ein alter R 4, versehen mit zahlreichen Aufklebern, wahrscheinlich, um Rostflecken zu verdecken, parkte vor einem Fenster.

Der Schäfer selbst ließ sich nicht blicken, obwohl er uns eigentlich hätte sehen und hören müssen.

»Wahrscheinlich schläft er seinen Rausch aus«, meinte der Inspektor, stoppte und deutete auf die zahlreichen leeren Weinkisten, die hinter dem R 4 lagen. »Das Zeug hat er sich vom Geld der Pressefritzen gekauft.«

Wir stiegen aus. Hier war der Wind noch kälter. Es gab keine hohen, schützenden Felsen, und an einigen Stellen der weiten Hänge entdeckte ich Schneefelder.

Inspektor Brel stiefelte auf die Tür zu und hämmerte mit der Faust gegen das Holz.

»He, Cuccu, öffne!«

Keine Reaktion.

»Versuchen Sie mal, ob es offen ist«, schlug ich vor, als sich Brel zu mir umdrehte.

»Cuccu ist ein Lumpenhund. Giftzwerg kann man auch sagen. Wenn wir ohne Anmeldung bei ihm eindringen, bringt er es fertig und jagt uns eine Schrotladung in den Bauch.«

»Sagen Sie ihm doch, dass wir von der Polizei sind«, meinte der Chinese.

»Dann schießt er erst recht.« Brel hob die runden Schultern. »Weil Sie es sind«, sagte er und legte seine Hand auf die Klinke. Er brauchte sie nicht nach unten zu drücken. Ein leichter Stoß mit dem rechten Knie reichte aus, um die Tür nach innen zu schieben, wobei sie mit der Unterkante hässlich über den Boden schabte. Ich verzog das Gesicht.

Hatte ich mich vorhin über den Geruch im Tunnel beschwert, so konnte man ihn im Vergleich zu dem, was uns jetzt entgegenströmte, noch als angenehm bezeichnen.

Wir atmeten einen Mief, der kaum mehr zu beschreiben war. Menschliche Ausdünstungen, vermischt mit saurem Wein, altem Mief aus feuchten Kleidern und dem Gestank von Erbrochenem.

Der Raum, den wir betraten, diente dem Schäfer zum Aufenthalt ebenso wie zum Schlafen. Wir sahen ein Lager. Es bestand aus einem eisernen Bettgestell, auf dem eine Matratze lag. Eine Feuerstelle sahen wir, Regale, einen alten Schrank, Tisch und Stühle.

Aber auch Waffen.

Die beiden Schrotflinten hingen an der Wand. Sie schienen die einzig gepflegten Dinge in diesem Haus zu sein.

Als ich tiefer in die Hütte hineinschritt, sah ich die zahlreichen leeren Flaschen. Sie schauten mit den Hälsen oder den Böden unter dem Bett hervor.

Ausgetrunken bis auf den letzten Tropfen.

Der Mann konnte wirklich einen Stiefel vertragen, nur ihn selbst entdeckten wir nicht.

»Wo kann der sich nur verkrochen haben?«, murmelte

Inspektor Brel, wobei er gleichzeitig Sukos Finger mit seinem Blick folgte. Mein Freund wies auf eine zweite Tür.

»Wo geht es dorthin?«, fragte er.

»In einen Anbau oder Stall, nehme ich an.«

»Schauen wir nach«, sagte ich, drängte mich an Suko und dem französischen Kollegen vorbei und zog die Tür auf.

Sie war nicht abgeschlossen. Dennoch hatte ich Mühe, sie aufzuziehen. Schließlich hatte ich die Tür aufgewuchtet, zog sie herum und stand vor Schrecken starr.

Jeder von uns sah Cuccu, den Schäfer.

Seine verbrannt wirkende Leiche hing an der Tür. Sie wurde von einem Messer gehalten!

Jean Leduc war ein anderer geworden. Ein Diener der Hölle, das Mitglied einer verschworenen, furchtbaren Gemeinschaft, die es sich zum Ziel gesetzt hatte, einem Dämon zu gehorchen.

Er sah aus wie ein Monster, und doch lebte er.

Er konnte sich frei bewegen: Er ging, er setzte sich und fühlte sich relativ wohl.

Nur undeutlich konnte er sich an die ersten Stunden seiner Verwandlung erinnern. Man hatte ihn in den großen Wagen gepackt und weggefahren. Wohin, das konnte er nicht sagen. Die Zeit war ihm jedoch nicht lang vorgekommen. Sie mussten also in der Nähe des Tunnels sein. Dann hatten sie ihn aus dem Wagen geholt und in einen seltsamen Kellerraum eines großen Hauses geschafft.

In dem befand er sich noch immer.

Es war ein Zimmer mit acht Ecken. Das allein konnte man schon als ungewöhnlich bezeichnen, doch jede Wand bestand aus einem Spiegel. Es waren keine normalen Spiegel, sondern solche, die seltsam schwarz schimmerten. Da sich Jean Leduc in der Mitte des Raumes aufhielt und sich dabei drehte, konnte er jedesmal in einen anderen Spiegel schauen.

Sein Körper wirkte verschwommen und weich. Längst

nicht so klar wie bei einem normalen Spiegel, und er fragte sich, ob er es überhaupt war, der sich auf den Flächen abzeichnete.

Und überhaupt, wo kam das seltsame blaue Licht her, das ihn einhüllte?

An den Wänden sah er keine Lampen. Deshalb legte er den Kopf in den Nacken und blickte in die Höhe.

Da sah er die Quelle.

Das Licht wurde von der Decke abgestrahlt. Solch eine Decke hatte er ebenfalls noch nie gesehen, denn sie bestand – obwohl es kaum glaubhaft war – aus Spiegelglas; dahinter mussten sich kleine Lampen befinden, die das Licht abgaben.

Und noch etwas fiel ihm auf.

Es war ein Hocker mit schwarzer Sitzfläche. Er stand mitten im Raum. Auf der Sitzfläche lag ein Gegenstand, den Jean Leduc bereits bei seinen Entführern gesehen hatte.

Es war eine Peitsche.

Wie magisch wurden seine Blicke von der Peitsche angezogen. Er fühlte das seltsame Kribbeln in seinem Innern.

Es war ein Drang, der ihn zu der Peitsche hinführte, und er ging mit zögernden Schritten darauf zu. Vor dem Stuhl blieb er für einen Moment stehen, senkte danach den Arm, und seine rechte Hand umklammerte den Griff, der sich seltsam hautfreundlich anfühlte, etwa wie warmes Leder.

Vorsichtig hob er die Peitsche an. Obwohl er so ein Instrument noch nie in der Hand gehabt hatte, fühlte er sich wohl, als er es festhielt, und er bewegte seinen Arm, sodass der Peitschenriemen zur Seite schnellen konnte.

Noch in der Bewegung geschah es. Plötzlich wurde aus dem Riemen eine Flamme, die zuerst hochzuckte und sich wenig später in einen armlangen Strahl verwandelte, der tanzend über den Boden glitt und ihn mit seinem Widerschein erhellte.

Bisher hatte der Verwandelte noch nicht gesehen, aus welchem Material der Boden bestand, nun aber sah er es.

Abermals war er überrascht, als er feststellte, dass er sich auf einem gläsernen Untergrund bewegte. Diesmal war es kein Spiegel, sondern schlichtes Glas, und das ließ den Blick in die Tiefe zu.

Allerdings nur so weit, wie auch der Widerschein des Feuers reichte. Dort verschmolz er mit einer Dunkelheit.

Jean Leduc wunderte sich über nichts mehr. Er machte sich auch keine Gedanken darüber, wie es möglich war, dass eine Flammenzunge die Peitsche verlassen konnte.

Er nahm alles hin. Die äußere Umgebung und seine Veränderung, denn er sah sich nun besser im Spiegel. Vom Flammenschein der Peitsche umhüllt, war er stehen geblieben und schaute sich an.

Ein Monster blickte ihm entgegen.

Ein verbrannter, dennoch lebender Mensch!

Wo früher Haut gewesen war, war nur noch eine schwarze Fläche, die jemand mit Kohle gefärbt zu haben schien. Seine dunkelblonden Haare waren nicht mehr vorhanden, die Ohren zeigten sich als Klumpen, die Nase ebenfalls, das Gesicht war flach geworden, und als er öffnete, was einmal ein normaler Mund gewesen war, da entstand innerhalb des schwarzen Gesichts eine rosafarbene Höhle.

Er sah durch seine Augen. Sie waren noch vorhanden, doch sie hatten sich verändert.

Waren es Kristalle?

Fast kam es ihm so vor. Außerdem schimmerten sie in einem seltsamen Blau, das irgendwie kalt und gnadenlos zu sein schien. Es zeigte sich so groß wie normale Pupillen, allerdings weniger glatt, denn seine Augen schienen einen Facettenschliff erhalten zu haben, damit sie diese Kälte ausströmen konnten.

Er lachte.

Jean Leduc schüttelte sich dabei, und er freute sich, dass es so aussah. Ihm machte es nichts aus. Spielerisch leicht bewegte er seine rechte Hand mit der Peitsche, schlug feurige Ringe in die Luft, fabrizierte Fragezeichen und dachte nicht mehr daran, dass er einmal ein normaler Mensch gewesen war.

Jetzt gehörte er einem anderen!

Als er über sich das Knacken und gleichzeitige Rauschen vernahm, zuckte er zusammen und schielte gegen die seltsame Spiegeldecke mit ihrer blaudunklen Fläche.

Nichts hatte sich verändert. Von ihm war nur das seltsame Geräusch wahrgenommen worden, dessen Bedeutung er Sekunden später erfuhr. Die Töne waren aus einem Lautsprecher gedrungen, aus dem im nächsten Moment eine blechern klingende Stimme schallte und ihn begrüßte.

»Willkommen bei den Flammenbrüdern!«, hörte er das menschliche Stimmorgan. »Du bist der Fünfte, den wir uns ausgesucht haben, und du wirst nicht der Letzte sein, aber du hast die ehrenvolle Aufgabe, mit uns zusammen die anderen herbeizutreiben.«

Leduc ging ein paar Schritte nach hinten. Er glaubte, so besser sehen zu können, irrte sich jedoch. Seine Frage hielt er nicht zurück. »Was hat das zu bedeuten?«

»Wir sind eine Bruderschaft, die einem Dämon dient, der es zu einer großen Macht gebracht hat und sie auch weiterhin behalten will, obwohl er einmal geschlagen worden ist. Ich habe ihm die Chance gegeben, sich neu zu formieren, und er hat diese Chance genutzt. Aus der Erde kam er, in die Erde wurde er zurückgeschmettert, aber er ist nicht getötet worden und wartete auf einen günstigen Moment. Der ist nun gekommen. Wir werden ihn hervorholen aus seinem Abseits und die ersten großen Diener sein. Die magischen Flammen halten uns zusammen. Es sind die Peitsche und der Gedanke an ihn, die uns verbinden. Deshalb rate ich dir, die Peitsche niemals aus der Hand zu geben, denn sie ist deine wichtigste Waffe. Du hast die Verwandlung erlebt, hast das Feuer des Dämons zu spüren bekommen, und damit wurden dir sein Atem und sein dämonisches Leben eingehaucht. Bis zu deiner Vernichtung bist du an ihn gekettet und wirst dafür Sorge tragen, dass er neue Diener bekommt und seine Feinde vernichtet werden.«

Jean Leduc hatte zugehört. Er saugte die Worte regelrecht auf. Sie waren Balsam für ihn, aber er wusste noch immer nicht, welchem Dämon er eigentlich diente.

»Hast du bisher alles verstanden?«, wurde er gefragt.

»Ja, das habe ich. Aber ich möchte gern wissen, wem ich diene und wer du bist.«

Ein spöttisches Lachen erklang. »Wer ich bin, spielt keine Rolle. Auch ein Diener des Größeren, aber ich kann dir sagen, wer dein und auch mein Herr ist. Willst du es wissen, Leduc?«

»Ja, rede!«

Der andere ließ sich mit der Antwort einen Moment Zeit, bevor er erwiderte: »Es ist Belphégor, der Hexer mit der Flammenpeitsche ...«

Selbst Inspektor Brel vergaß das Fluchen, als er das Bild sah. Es war ein Anblick, der uns schüttelte und bis in den letzten Nerv traf. Ein furchtbares Bild.

Der Gluthauch eines Feuers musste über den Mann hinweggeweht sein. Da die Tür nachzitterte, übertrug sich dies auch auf den Körper des Toten, der von einem Messer gehalten wurde.

Ich löste die Klinge. Suko half mir dabei. Wir schafften die Leiche in den Nebenraum und legten sie auf das Bett. Brel rieb sich die Augen, als er flüsterte: »Eigentlich hätte ich es wissen müssen.«

»Was?«, fragte ich.

»Dass er sich in Gefahr befindet. Aussagen in der Presse sind für Zeugen immer gefährlich. Deshalb versuchten wir ja, die Reporter abzuschütteln und wegzulassen, aber die Hundesöhne finden immer einen Weg. Ich sage Ihnen, eigentlich haben wir den Mann auf dem Gewissen.«

Wenn die Sache wirklich so abgelaufen war, wie Brel meinte, musste ich ihm Recht geben. Durch seine Aussagen hatte sich Cuccu tatsächlich in Gefahr begeben.

»Eins wundert mich nur. Wenn er verbrannt wurde, weshalb sehen wir hier keine Spuren?« Brel schaute mich fragend an.

Die Antwort gab Suko. »Es ist möglich, dass man ihn woanders getötet hat.«

»Ja, das kann stimmen.«

Obwohl es mir schwer fiel, kniete ich mich neben dem Bett nieder und schaute mir den Toten genauer an. Dabei schüttelte ich ein paarmal den Kopf, sodass Suko sich erkundigte, was mit mir wäre.

»Der ist nicht normal verbrannt«, erklärte ich.

»Wieso nicht?«

Ich peilte Suko im Hocken von unten her an. »Wie oft haben wir Menschen gesehen, die durch Feuer umgekommen sind. Durch normales, meine ich. Die sahen irgendwie anders aus als dieser Schäfer hier. Zudem scheint er kaum zusammengeschrumpft zu sein. Er hat seine normale Größe behalten. Da stimmt was nicht.«

»Haben Sie eine andere Erklärung?«, fragte Brel.

Ich kam wieder hoch und hob die Schultern. »Noch nicht. Bisher ist Cuccu nicht mehr als eine Spur, die wir allerdings konsequent weiterverfolgen müssen. Sie wird uns zu den Mördern führen.«

Brel schüttelte den Kopf. »Mir ist das alles zu hoch«, gab er ehrlich zu. »Für mich ist der Mann verbrannt worden, und zwar auf eine scheußliche Art und Weise. Ich kenne Gangstermethoden aus Marseille. Die Banden haben ihre Feinde ebenfalls auf solch eine Art und Weise aus der Welt geschafft. Mit Benzin übergossen und verbrannt – fertig. Eine scheußliche Art zu sterben.«

Er erntete von uns keinen Widerspruch.

»Ich werde mal mit den Kollegen telefonieren«, erklärte er. »Die Mordkommission muss her.«

»Gehören Sie ihr nicht an?«, fragte ich.

»Auch. Habe gleichzeitig aber Sonderaufgaben.«

»Wegen der Verschwundenen?«

»Richtig.«

Wir verließen die alte Hütte. Draußen empfing uns der scharfe Wind. Als ich mir eine Zigarette anzünden wollte, blies es mir zweimal die Flamme aus. Beim dritten Mal klappte es.

Der Inspektor beugte sich in seinen Renault. Suko war

neben mir stehen geblieben. Wie ich schaute er hoch zu den gewaltigen Wolkenbergen, die, vom Wind getrieben, über unseren Köpfen segelten. »Hast du dir schon deine Gedanken gemacht?«

Ich grinste schief. »So in etwa.«

»Ist was dabei herausgekommen?«

»Eigentlich nicht.«

Suko nickte und kickte mit der Fußspitze einen kleinen Stein zur Seite. »So sehe ich das auch, John. Wenn es nicht so verrückt wäre, hätte ich da schon eine halbe Lösung.«

»Raus mit der Sprache!«

Mein Freund winkte ab. »Nimm es erst einmal als Spinnerei oder als eine nicht bestätigte Theorie hin.«

»Fang schon an!«

»Feuer ist nicht gleich Feuer«, philosophierte er. »Das haben wir schon des öfteren erlebt. Wir kennen weiß- und schwarzmagisches Feuer. Mit Letzterem haben wir gerade in Frankreich unsere Bekanntschaft gemacht. Erinnere dich an die Flammenpeitschen ...«

»Belphégor!«

»Richtig, John.«

Ich atmete tief ein. Was Suko da gesagt hatte, war nicht so einfach von der Hand zu weisen. Auch meine Gedanken hatten sich in ähnliche Richtungen bewegt. Ich dachte an den gewaltigen Kampf in den französischen Alpen, als wir, zusammen mit dem Eisernen Engel gegen Izzi, Lady X, Xorron und Belphégor kämpften. Izzi war getötet worden, der Eiserne Engel hatte das magische Pendel bekommen, und Belphégor war von Suko gewissermaßen erledigt worden. Das heißt, er hatte sich aufgelöst. Ich war nicht dabei gewesen, deshalb fragte ich meinen Freund noch einmal danach.

»Ich hatte ihn mit der Peitsche attackiert, und es hat ihn buchstäblich zerrissen.«

»Aber die Teile waren nicht erledigt?«

»Nein, das ist es ja. Belphégor bestand aus zahlreichen Würmern. Ich sehe noch seinen Fuß und seinen Arm. Beide bewegten sich über den Boden, und die Würmer verschwanden im Erdreich ...«

»Wobei jeder von ihnen den Keim des Bösen in sich tragen könnte«, vollendete ich.

Suko nickte.

»Wir können vielleicht damit rechnen, hier wieder auf Belphégor zu stoßen.«

»Und welche Rolle spielt der Tunnel?«, fragte mich Suko.

»Das weiß ich noch nicht. Vielleicht baut man dort eine Falle. Wie ich Belphégor kenne, hat er sich bestimmte Helfer geholt. Ich brauche nur an Paris zu denken, wie nach der Premiere des Films ›The Wall‹ die Menschen verrückt gespielt haben.«

»Mal den Teufel nur nicht an die Wand, John!«

»Ich weiß es nicht.«

Brel kam zurück. Sein Gesicht zeigte wieder den grantigen Ausdruck. »Ich habe den Kollegen Bescheid gegeben.«

»Kommen Sie?«

»Klar.« Brel grinste. »Die haben zwar geflucht, aber sie müssen ja auch in die Berge.« Er klaubte sich eine Schwarze aus der Packung. »Ist Ihnen inzwischen eine Lösung eingefallen?«

Ich dachte darüber nach, ob ich Brel ins Vertrauen ziehen sollte, und entschloss mich, es zu tun. »In gewisser Weise schon«, erwiderte ich. »Wir kamen zu der Überzeugung, dass dieser Mord von einem alten Bekannten ausgeführt worden ist.«

Brel zuckte zusammen. »Wirklich? Dann brauchen wir ihn ja nur zu holen.«

Ich winkte mit beiden Händen ab. »So einfach ist das nicht, mein lieber Inspektor. Dieser Gegner ist nicht so leicht zu finden. Er ist kein Mensch, sondern ein gefährlicher Dämon, und er kann sich innerhalb der Erde verborgen halten.«

Als ich diese Worte sagte, sah der Inspektor tatsächlich fast aus wie Louis de Funès, als er von der Arbeit seiner Politessen erfuhr und einen Wutanfall erlitt. »Meinen Sie das im Ernst?«

»Klar, Monsieur. Spaß kann ich nicht vertragen.«

»Aber das ist doch Blödsinn. Ein Mann kann sich nicht in der Erde verbergen, es sei denn, er wohnt in einer Höhle.«

»Ich habe von keinem Mann gesprochen, sondern einen Dämon gemeint. Das ist der Unterschied.«

»Trotzdem, Monsieur. Das sehe ich ganz anders, wirklich. Hier waren Killer am Werk.«

»Wie im Tunnel, nicht?«

»Auch da.«

»Dann finden Sie mal die Killer.«

Im selben Augenblick hörten wir hinter uns das Geräusch. Es passte einfach nicht hierher, alarmierte uns, und wir wirbelten herum.

Das heißt, Suko und ich, während der Inspektor langsamer reagierte. Er befand sich noch in der Bewegung, während wir bereits auf die offene Tür starrten.

Und dort stand die verbrannte Leiche.

Bewaffnet mit einer Schrotflinte!

Wenn diese Abart von einem Zombie abdrückte, konnte uns die Ladung auf die geringe Entfernung regelrecht durchsieben. Das war uns beiden klar, und wir reagierten dementsprechend.

Ich hechtete nach rechts, während Suko, der näher an Inspektor Brel stand, den Beamten mit einem harten Tritt von den Beinen säbelte.

Beide befanden sich noch in der Luft, als der Zombie abdrückte. Vor der Mündung schien ein Ausschnitt der Welt regelrecht zu explodieren. Armlang war die Rauch- und Flammenwolke, die aus der Waffe schoss und begleitet wurde von einem widerlichen Schrothagel, der wie ein mörderisches Gewitter und tödlicher Hagelschauer über uns hinwegwischte, wobei er so weit geschleudert wurde, dass er noch in die Karosserie des Renault hieb.

Wir vernahmen diese prasselnden Geräusche. Da wurde viel Blech zerstört. Wir blieben zum Glück verschont.

Vielleicht hätte uns der Zombie dennoch getroffen,

wenn er nicht ein wenig zu hoch gehalten hätte. So pfiff die Ladung eben nicht in unsere Körper.

Suko und ich kannten Situationen wie diese.

Wir hatten, so rasch es ging, unsere Waffen gezogen und feuerten beide fast gleichzeitig auf die Tür, wobei ich um eine Idee schneller war.

Das geweihte Silber hackte ins Holz, denn der verbrannte Zombie hatte die Tür gedankenschnell wieder zugezogen, sodass Suko und ich das Nachsehen hatten.

Wir fluchten.

Ich sprang auf die Füße und rief dem französischen Kollegen zu, sich eine Deckung zu suchen, während mein Freund und ich die wenigen Schritte zum Haus im Zickzack zurücklegten und uns gegen die brüchige Wand warfen, sodass das gesamte Gebäude erzitterte.

Brel lag noch immer. Er hatte seine Dienstwaffe gezogen und zielte auf die Tür.

Ich winkte mit einer Hand. »Weg, Mann! Laufen Sie!«

Geduckt kam er hoch. »Nein. Glauben Sie vielleicht, ich hätte Angst? Schießen kann ich, das habe ich oft genug bewiesen.«

»Aber Sie haben die falschen Kugeln!«

Er wollte nicht hören, lief auf mich zu, und dann schoss der lebende Tote zum zweiten Mal.

Diesmal war keiner da, der den Kommissar aus der Schussrichtung schleudern konnte. Er sah selbst noch die Mündung, machte einen grotesken Sprung nach rechts. Wir hörten das Donnern der Flinte, die diesmal durch den Türspalt geschoben wurde, und den Inspektor erwischte es mitten im Sprung.

Seine Bewegung schien sich zu verzögern. Für einen Moment riss er die Arme hoch, sein Gesicht verglaste. Ich sah das Blut an seiner linken Körperhälfte, dann krachte er zu Boden, während Suko ohne Rücksicht auf Verluste vorstürmte und die Tür auftrat.

War Brel tot?

Ich wusste Suko bei dem Zombie und beugte mich über den Inspektor. Stöhnend lag er am Boden. Die Schrotkörner hatten einen Teil seines Mantels zerfetzt.

Der Stoff qualmte und rauchte, und ich sah die zahlreichen Wunden, die die Ladung gerissen hatte.

»Verdammt, Sinclair, damit hatte ich nicht gerechnet.«

Vorhaltungen wollte ich ihm nicht machen, sondern griff zu und zerrte ihn in Deckung. Hinter dem Renault blieb er liegen. Er musste wahnsinnige Schmerzen haben, aber er hielt sich tapfer und hatte die Lippen aufeinandergepresst, während sein Gesicht eine kalkig-bleiche Farbe annahm. Wahrscheinlich würde er ohnmächtig werden.

Das geschah in den nächsten Sekunden.

Jetzt hatte ich Zeit, mich um die lebende, wie verbrannt wirkende Leiche zu kümmern, und ich war inzwischen sicher, dass Belphégor hinter allem steckte, denn so etwas deutete auf seine Handschrift hin.

»Suko!«, rief ich.

»Okay, John, ich habe so ziemlich alles unter Kontrolle.«

Ich stieß die Tür auf. »Und wo steckt Cuccu?«

»Nicht hier.«

Damit meinte mein Freund den großen Raum, in dem er sich aufhielt. Unser Gegner hatte sich in den kleineren, den Anbau, verzogen, wo wir ihn auch gefunden hatten.

Mit einer Kopfbewegung deutete Suko dorthin, wo die zweite Schrotflinte an der Wand gehangen hatte.

Wohlgemerkt hatte, denn nun war sie verschwunden.

»Die hat er noch mitgenommen«, flüsterte der Inspektor. Er kniete hinter dem umgekippten Tisch, den er als Deckung benutzte.

»Brel ist verletzt«, erklärte ich, als ich ebenfalls nach unten tauchte.

»Schwer?«

»Sieht jedenfalls nicht gut aus.«

»Verdammt auch! Warum hat er das alles nur auf die leichte Schulter genommen?«

»Er ist eben ein zu großer Skeptiker«, sagte ich resignierend. »Ewig können wir hier nicht warten. Brel braucht Hilfe. Ein Hubschrauber muss her!«

Suko nickte verbissen und begann damit, den umgekippten Tisch in Richtung zweiter Tür vorzuschieben. Die Idee war gut. Ich half ihm dabei, und wir hatten kaum die Hälfte der Strecke zurückgelegt, als die Tür langsam geöffnet wurde.

Sofort hielten wir inne.

Irgendwie war es ein gespenstisches Bild. Wir sahen unseren Gegner nicht, doch der Spalt vergrößerte sich zusehends. Dann erschien der blanke Waffenlauf.

Suko peilte links um den Tischrand, ich rechts. Beide hielten wir die Pistolen schussbereit. Die Mündungen wiesen auf die Tür, und ich wollte noch einen Moment warten, bevor ich abdrückte.

Der Zombie machte uns einen Strich durch die Rechnung. Er wuchtete die Tür auf. Die verbrannte, unheimliche Gestalt flog in das Zimmer, tauchte nach rechts weg und drückte ab.

Im Donnern seiner Waffe ging das Krachen unserer Berettas unter. Der schwere Tisch mit der dicken Platte erzitterte, als er von der Schrotladung getroffen wurde, aber er hielt.

Wir trafen ebenfalls.

Der Zombie wurde von den geweihten Silberkugeln bis an die Wand zurückgeschleudert. Sein Sprung wirkte wie die groteske Bewegung eines Kaspers, dann krachte er gegen die Holzbohlen, rutschte daran herunter und verlor seine Waffe.

Wir erhoben uns. Nach wie vor zielten die Mündungen auf das schwarzmagische Wesen, das keinen Halt mehr hatte und immer tiefer einsackte, denn – und jetzt folgte das Schreckliche – seine Beine gaben nach.

Sie schienen zu Pudding zu werden und lösten sich gleichzeitig auf. Das heißt, sie veränderten sich. Wir sahen bei ihm das, was ich bereits von Suko gehört hatte, als er von Belphégors ›Ende‹ berichtete.

Die Leiche löste sich in zahlreiche Würmer auf!

Es war ein widerliches Bild, wie das Getier über den Boden kroch. Es erinnerte mich an einen dunklen Teppich, der sich bewegte, als würde er von nicht sichtbaren Händen geschoben.

Das war ein Krabbeln und Gleiten, während immer mehr Würmer hinzukamen.

Wir sahen von ihm nur noch den Kopf, die Schultern und den Hals. Aber auch sie wurden nicht verschont.

Erste Würmer bewegten sich bereits in der Nähe meiner Schuhspitzen. Ich hob das rechte Bein und trat zu.

Unter der Sohle vernahm ich ein Knacken, als hätte ich eine Schale zertreten, und als ich den Fuß wieder zurücknahm, blieb auf dem Boden ein dunkler Fleck zurück.

»Das war mal einer«, sagte Suko.

Im selben Augenblick löste sich auch der Kopf des Zombies auf. Da war alles in Bewegung geraten, und der kleine, noch vorhandene Berg fiel zu einem Wurmhaufen zusammen, der augenblicklich seine Form änderte, um sich in den anderen widerlichen Wurmteppich einzureihen.

»Anzünden müsste man den Wahnsinn!«, flüsterte Suko und gab damit das Signal zum Handeln.

Ich ging zurück, denn ich hatte in einer Ecke Zeitungen gesehen. Es waren die Blätter, die groß über die Zeugenaussagen des Schäfers Cuccu berichtet hatten.

Ein paar von ihnen nahm ich, holte mein Feuerzeug hervor und zündete das Papier an. Es war ziemlich trocken. Die Flammen fanden Nahrung, leckten hoch, sodass ich die brennenden Zeitungen wegschleudern musste. Sie flatterten auf den Wurmteppich und fielen hinein.

Durch die Hitze schrumpften die Würmer, und sie kamen mir vor wie kleine Krabben, erhielten Auftrieb und wurden in die Luft geschleudert, sodass sie einen glühenden Regen bildeten.

»Da brennt uns gleich die Hütte ab«, sagte Suko.

Ich winkte ab. »Wäre nicht schade drum.« Es war jedoch nur so dahergesagt. Ich wollte kein Großfeuer, und wir erwischten auch nicht alle Würmer. Ein Großteil von ihnen machte sich aus dem Staub und verschwand in zahlreichen Ritzen und Spalten.

Die letzten noch brennenden zertraten wir heftig.

»Dann lass uns diese ungastliche Stätte verlassen«,

sagte Suko und hustete, weil ihm der Rauch in die Kehle gedrungen war. Es stank wirklich penetrant.

Einen letzten Blick noch warfen wir zurück. Die Flammen hatten wir gelöscht. Einige Würmer, die es überstanden hatten, verkrochen sich noch und entschwanden unseren Blicken.

Suko drückte die Tür auf. Seite an Seite verließen wir das windschiefe Haus und blieben gleichzeitig überrascht stehen, denn wir hatten Besuch bekommen.

Vor dem Haus stand jemand, dessen Ankunft wir auf keinen Fall erwartet hatten.

Es war der Eiserne Engel!

Bis auf den tiefsten Winter war in Cannes eigentlich immer etwas los. Wenn keine Festspiele liefen, sodass sich der Trubel bis ins Unendliche steigern konnte, dann wurde eben was losgemacht. Dazu trugen auch diejenigen bei, die in der Gegend ihr Domizil aufgeschlagen hatten. Wie der Horror-Star Gordon Kencey!

Er, der gebürtige Engländer, war von der nebligen Insel in den sonnigen Süden geflüchtet und fühlte sich am Mittelmeer sauwohl, wie er selbst immer sagte.

Hier konnte er aufdrehen, seine Schau abreißen und bekam Beifall dafür, kein müdes Grinsen wie in London. Der Frühling war eingeläutet worden. Die Sträucher und Gewächse an der großen Promenade zeigten bunte Blüten und hoben sich damit farbig von den hellen Glas- und Betonfronten der Hotelpaläste ab.

Auf der breiten Straße herrschte bereits Betrieb. Da fuhren die ersten Wagen mit offenem Verdeck. Die Girls schwirrten wie Bienen aus ihren Höhlen, führten Frühjahrsmode spazieren, und im ersten lauen Wind wirbelte der dünne Stoff modischer Minikleider.

Auf den Terrassen der großen Hotels und Restaurants stellte man die Stühle und Tische nach draußen, denn es gab genügend Leute, die die Märzsonne genießen wollten. Es war wirklich ein wettermäßiger Unterschied zu den Temperaturen in den Bergen. Nur die Nächte wurden noch kühl, aber da vergnügte man sich in Bars und Discos.

Ans Meer war auch Gordon Kencey gekommen. Beim Skilaufen in St. Moritz hatte er sich vor drei Wochen eine neue Flamme aufgegabelt. Einen blonden Tiger namens Pamela Sanders. Sie gab vor, Schauspielerin aus Los Angeles zu sein, und lauerte auf einen Vertrag für die berühmte Serie Dallas. Bisher erfolglos. Bis zu einem Abschluss wollte sie sich die Zeit an der Côte d'Azur vertreiben.

Gordon hatte nichts dagegen. Er stand auf langbeinige und langmähnige Frauen, die einem Mann das Weiße aus den Augen holten, wie er immer zu sagen pflegte, und Pamela Sanders hatte es tatsächlich als eine der wenigen geschafft, länger als zwei Wochen bei ihm zu bleiben. Normalerweise wechselte Gordon seine Freundinnen schon nach wenigen Tagen. Sein letzter Film war abgedreht. Die beiden nächsten sollten erst später in Angriff genommen werden, sodass Kencey Zeit hatte, einige Wochen in Cannes zu genießen.

Gegen Mittag war er gekommen. Auf die halbrunde Terrasse eines Hotelpalastes hatte er eingeladen, denn er wollte den hier herumhängenden Typen eine besondere Überraschung präsentieren. Eine große Einladung zur Superparty im Schloss.

Und das lag in den Bergen, direkt über einem Straßentunnel ...

An der Hotelbar hatte Kencey seinen ersten Drink genommen. Einen sauber gerührten Martini mit einer grünen Olive, die an der Oberfläche schwamm und die er zuerst aß. Kencey sah aus wie immer. Er blieb seinem Image treu und trug die dunkle Sonnenbrille, deren Gestell nicht nur goldfarben schimmerte, sondern aus Gold gefertigt war. Sein Gesicht zeigte noch die Winterbräune. Es gab zahlreiche Frauen, die diese hart wirkenden, manchmal brutal erscheinenden Züge liebten. Hinzu kam das schwarze Haar, das Gordon locker hatte fönen lassen, sodass es sanft bis über den Kragen seines goldfarbenen Hemdes fiel.

Gold war die Modefarbe, und in der hatte er sich bei einem Italiener zehn Hemden schneidern lassen.

Dazu trug er einen weißen Anzug, einen ›goldenen‹ Gürtel, allerdings keine Schuhe in dieser Farbe, sondern normale Treter aus hellem Leinen mit roten Streifen.

Auf der Terrasse warteten bereits die Gäste. Gordon wusste überhaupt nicht, wer alles kommen würde, das war ihm auch egal, seine Partys galten in eingeweihten Kreisen immer als etwas Besonderes, und am Abend sollte ein erster Höhepunkt gesetzt werden.

Kencey grinste, als er daran dachte. Sie ahnten nichts, er hatte keinem etwas gesagt, nicht einmal Pamela Sanders, die auch in die Bar kommen wollte, sich aber verspätet hatte.

»Noch einen Drink, Monsieur?«, fragte der Mixer.

Gordon schüttelte den Kopf. »Bauen Sie draußen die Getränke auf. Hier hält mich nichts mehr.«

»Es ist alles fertig.«

»Gut, Tim, gut. Und die Gäste?«

»Warten schon.«

»Wie viele sind es?«

»Zwanzig …«

»Frauen?«

Der Mixer spitzte die Lippen und gab einen schnalzenden Laut von sich. »Könnten zurzeit der Hochkonjunktur nicht besser sein, Monsieur. Sie werden viel Spaß bekommen.«

»Klar, den will ich auch. Und auf dein Urteil kann ich mich ja verlassen, Tim.« Er lachte blechern und rutschte vom Lederhocker.

Die Bar war noch geschlossen, während auf der Terrasse schon bedient wurde.

Tim wieselte um seinen Tresen herum, holte den Schlüssel hervor und lief zur großen Glastür. Er hatte noch nicht die Hälfte der Strecke überwunden, als Pamela erschien.

Sie kam durch den Eingang, der ins Innere des Hotels führte, und hatte einen Auftritt wie eine Göttin.

Tim, der Keeper, glaubte, sich für einen Moment in den

Film ›Goldfinger‹ versetzt zu sehen, denn Pamela Sanders sah fast so aus wie das tote, mit Gold bestrichene Mädchen aus dem Streifen.

Sie hatte sich in der Farbe der Kleidung ihrem Freund angepasst, und sie trug einen hautengen, goldfarbenen, als Trikot geschnittenen Hosenanzug, der ihren Körper wie eine zweite Haut umspannte. Der Ausschnitt stach wie ein scharf aufgetrenntes V nach unten, ließ den Ansatz der Brüste erkennen und endete eine Handbreit über dem Nabel.

Hinzu kam die lange Mähne. Sie konnte wirklich einem Raubtier gehören, denn sie fiel hinter dem Kopf bis weit auf den Rücken der Frau und breitete sich an ihrem Ende schleierförmig aus.

Gordon Kencey pfiff durch die Zähne, als er seine Freundin so sah. Er war von ihr wirklich einiges gewohnt, aber so hatte er sie noch nie gesehen.

Der anerkennende Pfiff schien Pamela gefallen zu haben, denn ihr etwas breitflächiges Gesicht mit den grüngrauen Augen verzog sich zu einem Lächeln. »Gefalle ich dir?«

»Doch, irre.« Er nickte. »Du bist eine Wucht. Du machst mich an. Ich steh auf Gold.«

»Und auf mich?«

»Immer.«

Lässig schwenkte Pamela Sanders ihr Nerzjäckchen, das sie am Zeigefinger der rechten Hand aufgehängt hatte. Sie trug eine Tasche mit langem Schulterriemen, die locker in Höhe der Hüfte baumelte.

Die Frau strotzte vor Sex!

Selbst der abgebrühte Filmstar Gordon Kencey musste hart schlucken, und irgendwie erfüllte es ihn mit Stolz, dass er sagen konnte: Dieses Weib gehört mir.

»Kann ich aufschließen?«, fragte Tim.

»Sicher, Mann, geh in Action.« Kencey hatte sich einen Jargon angewöhnt, von dem er glaubte, dass er ankam.

Tim schloss auf. Als die beiden ihn passierten – Gordon hatte einen Arm um die Schultern seiner Flamme gelegt –, vollführte er eine Verbeugung.

»Küss nur nicht den Teppich«, sagte der Schauspieler.

Natürlich war ihre Ankunft von den auf der Terrasse sitzenden Gästen bemerkt worden. Da gab es keinen, der still auf seinem Platz sitzen blieb. Sämtliche Köpfe drehten sich dem Paar zu, und mancher Frauenblick erstrahlte dabei vor Neid, während die schönen männlichen Nichtstuer von Cannes das gewisse Glitzern in den Pupillen hatten, das sie sonst nur in lauen Sommernächten vorzeigten, wenn es am Strand hoch herging.

Gordon fühlte sich verpflichtet, ein paar Worte zu sagen. Er blieb stehen und versenkte lässig seine linke Hand in der Hosentasche. »Falls jemand von euch Pam Sanders nicht kennt, so will ich gleich sagen, wer sie ist. Ein Girl aus den Staaten, kommt aus L.A., und sie wird eine Chance in Dallas kriegen, wobei sie groß rauskommt. Ist das klar?«

»Bravo!« Einige klatschten. Sie machten auf fröhlich, wobei sie Pam sicherlich in die Gosse gewünscht hätten.

Sie nahm den Beifall lächelnd hin, während Gordon sie zu dem Tisch mit den Getränken schob.

»Was willst du trinken?«

Pam hängte ihr Nerzjäckchen über die Schulter. Es schimmerte weiß mit rosa eingefärbten Streifen, denn solche Pelze waren momentan auch ›in‹. »Ist mir eigentlich egal, nur nichts Hartes.«

»Das kriegst du am Abend«, sagte Gordon doppeldeutig.

Pam Sanders kicherte und schaute zu, wie Gordon Martini und Wodka zu einem Longdrink mixte. Zwei Hotelangestellte kamen noch, die die übrigen Gäste bedienten. Sie hatten sich inzwischen von ihren Stühlen erhoben und hinter den beiden Gastgebern aufgebaut.

Gordon nahm roten Sekt, der schillerte wie Blut, in dem kleine Luftperlen aufstiegen.

Mit den Gläsern in der Hand gingen Pam und Gordon zu ihren Plätzen. Für sie war eine kleine Bank reserviert worden, die eine geschwungene Rückenlehne hatte. Auf grünen Kissen nahmen sie Platz. Gordon holte eine Zigarette mit Goldmundstück hervor und zündete sie an.

Pam rauchte nicht. Nur wenn sie bei Feten zu hoher Form auflief, griff sie mal zu einem Stäbchen.

Gordon Kencey genoss es, im Mittelpunkt zu stehen. Durch die dunklen Gläser seiner Brille schaute er die Leute an. Sie alle waren Schmarotzer. Viele von ihnen lebten nur in den Tag hinein, vor allen Dingen die Mädchen, die noch immer von großen Filmrollen träumten, sich aber, wenn es hochkam, als Modelle durchschlugen und ansonsten von einem Bett zum anderen wanderten.

Das war Cannes, das waren die ehernen Regeln dieser Stadt, und niemand nahm Anstoß daran.

Gordon Kencey war, wenn er ehrlich sich selbst gegenüber sein wollte, keine große Berühmtheit. In seiner Branche und bei einem bestimmten Publikum besaß er zwar einen gewissen Bekanntheitsgrad, doch wenn in Cannes Hochsaison war, gingen die Schnorrer lieber zu den Feten der Weltstars.

Unter den Gästen erkannte Gordon auch Chiko Thorn. Ein eiskalter Typ, den er bezahlte und der für ihn spionierte. Chiko kam aus dem Baskenland, hatte mal gerungen, war im terroristischen Untergrund tätig gewesen und hatte in Marseille Killeraufgaben übernommen. Bis ihm der Boden dort zu heiß wurde und er sich nach Cannes absetzte, wo er in Kenceys Dienste trat. Er sorgte manchmal auch für weiblichen Nachschub, und Chiko war wirklich nicht zimperlich, wenn es um Frauen ging.

Sein Haar war ihm ausgefallen. Er lief mit einer Glatze herum und hatte einen Körper, der nur aus Muskeln zu bestehen schien. Im Gegensatz dazu stand sein schmales Gesicht, dessen Augen immer einen lauernden Zug zeigten.

Chiko kniff ein Auge zu. Das war für Kencey das Zeichen, dass alles in Ordnung war und die Sache lief.

Jeder hatte jetzt etwas zu trinken. Darauf hatte Gordon gewartet, denn er musste noch eine kleine Rede halten. An sich nahm er von so etwas Abstand. An diesem Tag jedoch fühlte er sich dazu animiert.

»Also, Freunde«, rief er und wartete, bis es still geworden war. »Ich freue mich, dass ihr gekommen seid, vor allen Dingen zu dieser frühen Stunde, wo man ja noch gern mit dieser oder jener das Bettchen hütet oder die Dusche teilt.«

Das waren Sätze, die gefielen, und die auf der Terrasse sitzenden Gäste lachten.

»Aber das alles ist nicht der Grund meiner kleinen Party hier. Sie soll nur ein Vorgeschmack sein auf das, was ich vorbereitet habe. Vielleicht hat es sich schon herumgesprochen, vielleicht auch nicht. Deshalb lasst es mich erklären. Ich habe mir vorgenommen, für meine Freunde am heutigen Abend in meinem Landhaus in den Bergen ein kleines Fest zu geben. Nichts Großes, dafür sehr einfallsreich, denn es wird ein Kerzenfest sein. Das elektrische Licht bleibt abgestellt. Wir sind also unter uns und sehr intim. Na, wie gefällt euch das?«

Der Beifall bekundete, wie sehr die Idee ankam. Erste Hochrufe durchdrangen die Luft, und man trank auf den spendablen Gastgeber.

Der fühlte sich in seinem Element. Nur gut, dass hinter den dunklen Gläsern der Brille niemand seine Augen sah. Mancher hätte sich bestimmt vor dem kalten Ausdruck gefürchtet, denn Gordon Kencey betrachtete seine Gäste so mitleidlos wie eine Schlange das vor ihr sitzende Kaninchen. Das Lächeln des Mundes jedenfalls erreichte die Augen nicht.

Auch Pamela Sanders fürchtete sich in manchen Augenblicken vor diesem Mann an ihrer Seite. Er konnte ein zärtlicher Liebhaber sein, auf der anderen Seite jedoch kalt und gefühllos wie ein Roboter. Ein Mann, der das Grauen brachte und Menschen nur als Figuren ansah. Figuren, mit denen er spielte.

Pamela dachte auch daran, wie lange sie noch das Leben an seiner Seite führen konnte. Wurde es wärmer und kam erst einmal der Sommer, dann strömten aus allen Teilen Europas die Mädchen an die blaue Küste. Und darunter gab es Girls, die noch jünger und noch attraktiver waren.

Auf diese Zeit musste sich Pam einstellen. Bis es so weit war, wollte sie das Leben genießen und ihre bohrende

Angst immer wieder unterdrücken. Die Sache mit Dallas stimmte auch nicht. Man hatte ihr keine Rolle angetragen, aber so etwas machte immer Eindruck. Mit der Wahrheit nahm es niemand hier genau.

Sie trank. Ihre Kehle schien plötzlich ausgedörrt zu sein, und sie kippte das Gemisch aus Wodka und Martini mit einem Ruck hinunter. Im Magen breitete es sich warm aus.

Lässig hockte Gordon neben ihr. Er hatte die Beine übereinandergeschlagen. Sein rechter Arm lag zum Teil auf der Banklehne, und die Finger seiner Hand spielten mit den langen Haaren des Mädchens.

Da er die Getränke spendierte, sprachen seine Gäste dem Alkohol eifrig zu. So dauerte es nicht lange, bis die Ersten von ihnen glasige Augen hatten.

Auch Pamela Sanders spürte die Wirkung des Alkohols. Sie hatte so gut wie nichts gegessen, nur eine dünne Scheibe Toast, dazu zwei Tassen Kaffee getrunken. Jetzt spürte sie die wohlige Wirkung des Alkohols, und sie kam sich vor, als würde man sie auf Wolken hinweggetragen, obwohl sie weiterhin auf der Bank saß.

Ihr klarer Blick veränderte sich, und sie schüttelte den Kopf, um die Benommenheit zu vertreiben.

Auch Gordon merkte, was los war. »He!«, sagte er. »Was ist mit dir, Kleine?«

»Ich glaube, ich …« Sie kicherte. »War wohl ein wenig viel, dein großes Mixgetränk.«

»Ja, ich nehme immer reichlich Wodka.«

»Das habe ich bemerkt.« Sie warf dem neben ihr sitzenden Mann einen Blick zu. Obwohl sie leicht angetrunken war, bemerkte sie die Veränderung in seinem Gesicht.

Aus den Nasenlöchern und unter den Rändern der Sonnenbrille her krochen vier schwarze Würmer.

Pamela Sanders schrie wie am Spieß!

Ich konnte es kaum fassen. Und als ich Suko ansah, entdeckte ich auf seinen Zügen das gleiche Erstaunen, das mich bannte. Mit dem Eisernen Engel hatten wir nicht gerechnet, obwohl es eigentlich in gewisser Hinsicht auf der Hand lag, denn der Eiserne war ein Feind großer Dämonen. Er stammte aus Atlantis, hatte den großen Untergang wie Myxin und Kara ebenfalls überlebt und war in der Gegenwart aufgetaucht, um da weiterzumachen, wo er in der fernen Vergangenheit aufgehört hatte.

Und er besaß das, was er so lange gesucht und nach dem er unermüdlich geforscht hatte.

Das magische Pendel!

Er trug es bei sich, denn es hing, an einem ledernen Band befestigt, um seinen Hals. Das Pendel selbst bestand aus einem Tropfen, der, wenn er eine starke Magie spürte, eine dunkelrote Farbe annahm, sodass er wie ein zu Eis erstarrter Blutstropfen wirkte.

»Ich grüße euch«, sagte der Eiserne, wobei sich sein graubraunes, manchmal an Bronze erinnerndes Gesicht zu einem breiten, herzlichen Lächeln verzog.

Wir nickten nur, und es dauerte etwas, bevor ich eine Frage stellen konnte.

»Wo kommst du her?«

»Es ist eine etwas längere Geschichte«, antwortete er. »Ich werde sie euch später erzählen.« Er drehte den Kopf und deutete auf den verletzten Inspektor. »Muss er nicht weggebracht werden?«

»Ja, schon.«

»Dann sorge dafür.«

Ich lief zu Brels Dienstwagen und telefonierte vom Autotelefon mit der Dienststelle des Beamten. Ich erklärte die Lage in Stichworten. Ein Hubschrauber würde kommen. Zudem erfuhr ich noch, dass sich die Mordkommission ebenfalls auf dem Wege befand.

Als ich zurückging, nahm ich mir die Zeit, unseren Helfer zu betrachten. Der Eiserne Engel war überdurchschnittlich groß. Er ragte wie ein Denkmal in die Höhe. Auf seinem Rücken wuchs ein gewaltiges Flügelpaar, das jetzt zusammengelegt war. In Atlantis hatte er über die Vogelmenschen regiert. Die allerdings gab es schon längst nicht mehr, nur der Eiserne hatte die Katastrophe überlebt.

Je nachdem, wie das Licht auf ihn fiel, schimmerte er manchmal wie poliertes Kupfer. In seinem Gesicht regte sich kaum etwas. Er kam mir tatsächlich vor wie aus Metall gegossen. Eine Waffe trug er ebenfalls. In einer langen Scheide an seiner linken Seite steckte ein gewaltiges Schwert, das er mit einer spielerischen Leichtigkeit handhabte und das seine Feinde fürchteten.

Wir jedoch hatten ihn zum Freund und waren froh darüber, dass sich das magische Pendel in seinem Besitz befand. Zuvor hatte es der Höllenwurm Izzi gehabt und viel Unheil damit angerichtet. Wir glaubten nämlich, dass er mit Hilfe des magischen Pendels Belphégor aus der Mikrowelt zurückgeholt hatte.

Das Auftauchen des Eisernen überzeugte mich davon, dass wir es in diesem Fall tatsächlich mit Belphégor und dessen Zauber zu tun hatten, und ich war gespannt, was er uns zu erzählen hatte.

Suko hatte noch nicht mit ihm gesprochen. Er wartete erst meine Ankunft ab.

»Kommt der Hubschrauber?«, fragte er.

»Ja, sie schicken ihn.«

»Das ist gut.«

Ich schaute den Helfer aus einer fernen Vergangenheit an. »Du wirst einen Grund gehabt haben, zu uns zu kommen«, bemerkte ich. »Ist es schon soweit, dass du eingreifen musst?«

»Fast«, erwiderte er mit seiner sonoren Stimme, die uns volltönend entgegenklang. Sein Blick schweifte von uns ab und schien sich in unendlichen Fernen zu verlieren. »Ich habe damals schon nicht geglaubt, dass Belphégor vernichtet war, als Suko ihn mit der Dämonenpeitsche angriff. Er konnte sich auflösen, und seine Gestalt aus zahlreichen Erdwürmern, durch deren magische Kräfte zusammengesetzt, fand auch wieder zusammen. Er verlor sich in der Tiefe, und zwar in einer Tiefe, wo die unheimlichen Geister der Erde hausen. Verbannte Gestalten aus längst vergessenen Zeiten, die eigene Reiche gebildet haben und die Belphégor als einen der ihren aufnahmen. Er ist praktisch ihr Schützling, und sie gaben ihm die neue Kraft und das Feuer der Hölle, damit er wieder zurückkehren und Diener finden konnte. Belphégor ist besessen von seinem Hass. Zu vergleichen schon mit dem Teufel, und seine Magie ist immens. Wieder gehorcht ihm die Flammenpeitsche, und sie gehorcht ihm so, dass ihr Feuer andere Menschen zwar verbrennt, sie dennoch am Leben lässt und zu seinen Dienern macht. Tatsächlich aber gehören sie den Erdgeistern, denn wenn sie es wollen, werden sie die Menschen in die unvorstellbaren Tiefen und Schlünde ziehen, um sie zu versklaven. Belphégor braucht die Menschen. Er will, dass wieder ein Kult um ihn herum aufgebaut wird, und er hat in diesem Land bereits Diener gefunden. Es gibt immer Personen, die ihm hörig sind und seinen Kult ausweiten wollen.«

»Wer ist es?«, fragte ich.

»Ich kenne die Namen nicht, denn das Pendel hat mich zu spät gewarnt. Ich weiß nur, dass sie unterwegs sind und neue Opfer finden.«

»Der Tunnel«, murmelte Suko.

Daran dachte ich auch. Wahrscheinlich lauerten sie dort und überfielen nichtsahnende Autofahrer.

Belphégor schien diesen Tunnel magisch aufgeladen und in seine Gewalt gebracht zu haben.

»Wir entdeckten eine Leiche«, erklärte ich dem Eisernen Engel. »Verbrannt und …«

Er unterbrach mich zuerst mit einer Handbewegung und danach mit Worten.

»Der gehörte zu seinen Opfern.«

»Nicht zu den Dienern?«

Der Eiserne gestattete sich ein schmales Lächeln. »Er wäre ein Diener geworden.«

»Warum hat man ihn dann getötet?«, fragte Suko.

»War es wirklich ein Tod?«

Nein, das mussten wir zugeben. Mit dem normalen Tod hatte das nichts zu tun. Belphégor und seine Diener sorgten schon auf grausame Art und Weise für Nachschub.

»Was können wir tun?«, fragte ich konkret.

»Es ist nicht schwer«, erklärte daraufhin der Eiserne. »Ihr müsst die Spur der Diener aufnehmen.«

»Das ist leicht gesagt …«

»Sie wissen sicherlich über euch Bescheid. Vielleicht seid ihr sogar Lockvögel. Alles konzentriert sich auf einen Mann, der Belphégor zu einer gewaltigen Größe verhelfen will. Das habe ich bereits herausgefunden.«

»Und wer ist es?«

»Ihr werdet den Namen vielleicht gehört haben. Der Mann nennt sich Gordon Kencey.«

»Der Schauspieler!«, zischte Suko.

»Ob er es ist, weiß ich nicht, aber über ihn führt die Spur zu Belphégor. Ihr solltet euch mit ihm befassen.«

»Und du?«, fragte ich. »Was machst du?«

»Ich muss andere Aufgaben übernehmen, denn ich will nicht, dass Belphégor durch die Geister der Erde noch mehr Unterstützung erhält. Versteht ihr? Ich bleibe im Hintergrund.«

Wir verstanden es zwar nicht genau, doch was sollte es? Wir konnten dem Eisernen Engel nichts befehlen.

Dann hörten wir ein typisches Hubschraubergeräusch. Das Echo schallte über das Land, und das Dröhnen veränderte sich rasch. Es wurde lauter, und wir vernahmen das Dröhnen der Rotorflügel. Der Hubschrauber kam.

Für uns wurde es Zeit. Das wusste auch der Eiserne Engel. »Ihr werdet mit mir fliegen«, sagte er, wartete unsere Antwort nicht ab, sondern hakte Suko und mich unter.

Es war wie in einem Märchen, als er seine gewaltigen Flügel ausbreitete und mit uns wie ein Komet zwischen den Höhenrücken der Berge verschwand.

Der Schrei alarmierte auch die anderen.

Pamela Sanders saß wie ein erstarrtes Wesen auf der Bank. Ihr verzerrtes Gesicht drückte den Ekel aus, den sie empfand, und sie hatte die Hände mit den langen Fingern gespreizt, als wollte sie unsichtbare Angreifer abwehren.

Jeder der Gäste starrte auf die beiden.

Und keiner wusste so recht, was eigentlich geschehen war und weshalb die Frau so schrie.

Auch Gordon Kencey wurde mit dem Problem nicht fertig. Er ließ die Frau sekundenlang schreien und reagierte erst dann.

Sein Arm schwang hoch und fuhr dann blitzschnell schräg nach unten, wobei die Hand haargenau das Ziel erwischte.

Sie klatschte gegen die Wange des Girls. Pam wurde herumgedroschen und wäre fast von der Bank gekippt. An der Lehne hielt sie sich fest. Der Schrei brach ab, ein Wimmern blieb, und sie starrte aus ihrer Haltung hoch in das Gesicht des Mannes, der ebenfalls aufgesprungen war.

»Würmer!«, ächzte sie. »Es sind ...«

»Halt dein Maul!«, fuhr Gordon sie an, wobei er ein Bein hob, als wollte er zutreten, was er dann aber doch nicht tat. Stattdessen drehte er sich um, zauberte ein Filmlächeln auf sein Gesicht und wandte sich an die verstört dastehenden Gäste.

Nichts war auf seiner Haut zu sehen. Kein Wurm, keine Raupe. Glatt und makellos präsentierte er den Leuten sein Gesicht.

»Freunde«, rief er, »es tut mir Leid, dass ich zu solchen Maßnahmen gezwungen worden bin, aber man ließ mir einfach keine andere Wahl. Ihr habt selbst erlebt, wie hysterisch Pamela plötzlich reagierte. Wahrscheinlich hat sie zu schnell getrunken oder sich schon so sehr auf den Abend gefreut, dass sie einfach durchdrehte.«

Diese locker dahingesprochenen Worte verfehlten ihre Wirkung nicht. Die Leute begannen zu lachen, und einen Schlag, wie er vorhin gefallen war, nahm man nicht weiter übel. Cannes und die Clique hatten da ihre eigenen Gesetze. Vor allen Dingen durfte man als Frau da nicht allzu zart besaitet sein.

»Alles okay, Freunde?«, rief Kencey.

»Sicher!« Chiko Thorn war aufgesprungen. Er wusste, was er seinem Brötchengeber schuldig war. »Alles in

Butter, Gordon. Wir sind irre glücklich und freuen uns auf deine Party.« Er hob sein Glas und drehte sich. »Lasst ihn hochleben, Freunde. Auf unseren edlen Spender. Chin-chin …«

Dieser Trinkspruch wurde begeistert angenommen. Den kleinen Zwischenfall hatte man längst vergessen, und auch Gordon Kencey tat so, als wäre nichts vorgefallen. Tatsächlich sah es in seinem Innern anders aus. Er nahm wieder Platz. Von einem Ober ließ er sich ein frisches Glas mit rotem Sekt bringen.

Er hielt es so fest in der Hand, dass seine Knöchel härter vorsprangen als normal. »Reiß dich zusammen, du Schlampe!«, zischte er seiner Flamme zu. »Sonst lasse ich dich fallen wie das letzte Stück Dreck. Ich habe hier zu sagen.«

Pam Sanders hob den Kopf. Sie hatte geweint. Man sah es ihren Augen an. Ein Teil der Schminke war verlaufen und hatte Streifen gebildet.

Gordon Kencey schaute an seiner Freundin vorbei zur Uferstraße hin, wo die Wagen entlangfuhren und ein Stück weiter Schiffe am Kai dümpelten. Trotzdem bemerkte er den Blick. »Ist was?«, fragte er kalt.

»Nein, nein, schon gut.«

»Was starrst du mich so an?«

Pamela senkte jetzt den Blick und kaute dabei auf ihrer Unterlippe. Was sollte sie sagen? Die Wahrheit? Vielleicht hätte er sie wieder geschlagen. Einmal, das ließ sie sich noch gefallen, aber ein zweites Mal wollte sie nicht unter den spöttischen Blicken der anderen Frauen leiden, deshalb schüttelte sie den Kopf.

Gordon lächelte. Zwischen den Zähnen jedoch und aus dem rechten Mundwinkel stieß er die nächste Frage hervor. »Rede, zum Henker! Was hast du?«

»Ich, ich …«

Sein Grinsen wurde süffisant, selbstgefällig, spöttisch.

»Keine Bange, Süße, ich werde dich schon nicht schlagen.«

»Okay, okay, du Prinz. Dann sage ich es dir. Ich habe Würmer in deinem Gesicht gesehen. Sie kamen aus den

Nasenlöchern und schoben sich unter dem Rand deiner Sonnenbrille hervor.«

»Würmer?«

»Ja, Würmer!«

»Wie nett, wirklich. Ich kenne eigentlich nur Leute, die weiße Mäuse sehen, aber keine Würmer. Du scheinst etwas Besonderes zu sein, Kleine, in der Tat.«

»Aber wenn es so war …«

Er tätschelte ihren Arm und ließ seine Finger dabei auch nach unten und über ihren Busen rutschen. »Klar, Süße, Würmer. Reden wir nicht mehr davon. Mischen wir uns unter die Gäste.«

»Aber mein Make-up …«

Er schaute sie spöttisch an. »Hör zu, du bist zweiundzwanzig. Da brauchst du dir noch keine Sorgen um dein Make-up zu machen. Deine Haut ist okay. Noch. Frühestens in drei Jahren kannst du heulen. Ich kenne das, Süße, habe meine Erfahrungen.«

»Du und dein Zynismus!«, flüsterte Pam. »Manchmal hasse ich beides, glaub mir.«

»Wie schön für dich«, erwiderte der Schauspieler kalt und ging. Er ließ sie einfach sitzen.

Das sahen andere Mädchen. Sie warfen sich Gordon an den Hals. Es war bekannt, dass für seinen neuen Film noch keine Partnerin feststand. Deshalb machten sich einige auf diese Rolle Hoffnungen.

Noch eine Stunde dauerte die kleine Feier. Auch Pamela Sanders fing sich wieder. In Cannes musste man eben schnell vergessen, oder man ging kaputt.

Gordon amüsierte sich köstlich. Keiner der Gäste merkte, wie abschätzend er sie taxierte und sich bereits so auf den Abend und seine große Schau einstimmte.

Schließlich ging er.

Auch schon ein wenig unsicher auf den Beinen. Und er nahm Pamela mit. Andere Mädchen vertröstete er auf später.

Arm in Arm gingen sie davon.

Tim, der Mixer, verbeugte sich wieder, als sie die Bar betraten. »Hat es gefallen?«

»Wie mans nimmt«, erwiderte der Schauspieler und ließ sich von Tim die Zimmerschlüssel holen. Er hatte Pam nicht in seinem Raum untergebracht. Das tat er nie, denn sonst fühlte er sich in seiner Freiheit beengt. Im Lift ließen sie sich in die zehnte Etage schießen. Pam hatte ihren Kopf an seine Schulter gelehnt und zuckte plötzlich zurück, als sie etwas Schwarzes auf dem weißen Ärmel des Anzugs sah.

»Ein Wurm!«, kreischte sie. Hastig ließ sie Gordon los und drängte sich mit dem Rücken gegen die Wand, Ekel im Gesicht.

»Ach, den meinst du«, sagte Kencey, nahm den Wurm zwischen zwei Finger und zerdrückte ihn.

Körnig und staubig rieselten die Reste zu Boden.

»Ich weiß gar nicht, was du immer hast«, meinte er. »Sind doch nette Tierchen. Und jetzt steig aus, Süße, wir sind da.«

Kopfschüttelnd verließ Pam den Lift. Sie hatte kein Interesse mehr daran, den Mann aufs Zimmer zu begleiten.

Kencey wollte auch nicht. Er schloss auf, betrat sein Zimmer und ging direkt ins Bad.

Dort nahm er die Brille ab, schaute in den Spiegel und lachte grausam auf.

Obwohl er sich und auch andere sehen konnte, hatte er keine normalen Augen. Die Höhlen waren mit blauen Kristallen gefüllt, und in ihnen bewegten sich zahlreiche schwarze Würmer …

Ich wusste, wo der Horror-Star abgestiegen war. Das Hotel lag nicht weit von dem unseren entfernt, sodass Suko und ich uns entschlossen, ihm einen Besuch abzustatten.

Zwar kannte ich Gordon Kencey aus einem Film, persönlich war ich ihm aber nie begegnet. Das wollte ich nachholen.

Der Eiserne Engel hatte uns an einem stillen Plätzchen abgesetzt, sodass wir ungesehen und zu Fuß in die Stadt gehen konnten.

Es war wunderschönes Wetter. Das Trübe war in den Bergen geblieben, über Cannes lag die Sonne.

Es herrschte schon ziemlich viel Betrieb. Wir sahen die sexy gekleideten Mädchen, die uns zuerst scharf und lockend anschauten, dann jedoch das Interesse verloren, denn wir sahen nicht gerade aus wie Leute, die mit dem Geld nur so um sich warfen.

Über Kencey hatte ich einige Erkundigungen eingezogen. Die Polizei war mir dabei behilflich gewesen. Viel hatte ich nicht erfahren. Gordon Kencey galt zwar als verrückter Typ, strafbar allerdings hatte er sich bisher noch nicht gemacht.

So fanden wir auch keinerlei Unterlagen über ihn. In Cannes war man sowieso ein wenig lockerer. Zog man das Ruder härter an, würden sicherlich einige Leute wegbleiben. Das tat dem Geschäft nicht gut, und irgendwie regelte sich alles von allein.

Natürlich hatten wir den Tunnel nicht vergessen. Ihn wollten wir uns am Abend anschauen, denn die vermissten Personen und Fahrzeuge waren zumeist in der Nacht verschwunden.

Nur einer im Morgengrauen.

Der Hotelpalast erschien mir wie ein nach innen gebogener Schornstein. Nur dass ich keine Backsteine sah, sondern zahlreiche Glasfenster, auf denen sich das helle Sonnenlicht spiegelte und die Fassade in eine blitzende Wand verwandelte.

Von der Uferpromenade aus gab es zwei Wege, die als Zufahrten vor den Eingang des Hotels führten. Sie umschlangen wie zwei Arme aus Asphalt ein großes Oval, das mit herrlich blühenden Frühlingsblumen bepflanzt war.

Wir gehörten wohl zu der seltenen Klasse Mensch, die zu Fuß die Auffahrt hochschritten. Dementsprechend wurden wir angestarrt, als wir unter dem blauen Baldachin her auf das breite Portal des Hotels zugingen, dessen Glastür vor uns einladend nach innen aufschwang.

In der Halle war einiges los.

Zahlreiche Menschen hatten sich dort versammelt. Wir

hörten das Lachen der Frauen, die Stimmen der Männer und sahen die Ober, die geschäftig herumwieselten, wobei sie mit allerlei Getränken gefüllte Tabletts zirkusreif balancierten.

»Scheint eine Feier zu sein«, sagte Suko, als wir uns auf die große Rezeption zubewegten.

»Zu der wir nicht eingeladen sind.«

Ein Mädchen trat auf uns zu. Es trug ein langes Kleid, das purpurfarben leuchtete. In der Hand schwenkte es ein Sektglas. »He, ihr beiden, kommt ihr heute Abend auch mit?«

Ich lächelte freundlich. »Wohin denn?«

Sie rollte mit den herrlich dunklen Augen. »Sagt bloß, ihr wisst nicht Bescheid.

»Nein, noch nicht.«

»Gordon gibt doch eine Fete. In seinem Landhaus. Nur bei Kerzenschein. Wie irre.« Sie kicherte. »Mit euch beiden könnte es ...«

»Du hältst deinen Mund, ja?« Hinter dem Girl klang die tiefe Stimme auf. Dann verzerrte sich das Gesicht des Mädchens vor Schmerz, gleichzeitig schillerten Tränen in ihren Augen.

Ich sah eine Hand, die sich von hinten auf ihre Schulter gelegt hatte, und kräftige Finger, die tief ins Fleisch drückten.

Der Kerl, dem diese Hand gehörte, war ein Glatzkopf. Breit und muskulös, aber mit einem schmalen Gesicht.

Suko griff ein. »He, Monsieur, was soll das?«

Der Glatzkopf ließ das Mädchen los. »Halt du dich raus, Chink!«

Suko steckte die Beleidigung weg, ohne darauf etwas zu sagen. Er hob nur die Schultern und lächelte dem Girl zu, das vor Schreck leichenblass geworden war. »Darf ich Sie vielleicht zu einem Glas einladen?«

»Ich ...«

»Sie lässt sich nicht einladen!«, meldete sich der Glatzkopf. »Und jetzt pack deinen Partner und haut ab, Chink.«

»Das war die zweite Beleidigung«, erwiderte Suko

ruhig. »Außerdem habe ich das Mädchen gefragt, nicht Sie.«

Der Mann stieß das Girl in meine Arme und schlug zu.

An der Schulter der Kleinen schaute ich vorbei. Der Schlag hätte Suko quer durch die Halle gefegt, doch der Chinese war darauf gefasst. Wie ein Schatten wich er aus. Die Faust streifte ihn nicht mal, und sein Konter kam so schnell, dass es den Glatzkopf fast aus den Schuhen hob.

Der Karatetritt ließ ihn zusammensacken. Der Ellenbogentreffer richtete ihn für einen Moment wieder auf, bis Suko mit der Handfläche gegen seine Stirn stieß und ihn nach hinten drückte.

Der Glatzkopf fiel auf den Rücken. Benommen, nicht bewusstlos, blieb er liegen.

Ich schob das Mädchen zur Seite, während sich Suko ein wenig verbeugte und lächelte. »War mir ein Vergnügen, Lady.«

Nicht nur das Mädchen schaute fassungslos auf den Glatzkopf, auch die anderen Gäste waren aufmerksam geworden. Sie konnten den Vorgang ebenfalls nicht begreifen.

»Sie haben Chiko erledigt«, sagte das Girl.

»Es musste leider sein.«

»Aber …«, flüsterte die Kleine. »Wie ist das möglich?«

Eine Antwort erhielt sie nicht, denn einer der Geschäftsführer oder der Oberportier kam händeringend herbei. Sein Kopf war rot angelaufen, die Lippen zitterten. »Um Himmels willen, was haben Sie da getan?«

»Er hat angefangen«, sagte Suko.

»Natürlich, ich …«

»Keine Bange, Meister.« Ich legte ihm die Hand auf die Schulter. Allerdings mit weniger Druck, als es der Glatzkopf bei dem Mädchen getan hatte. »Wir werden gehen.«

»Sie gehören nicht …?«

»Nein, Monsieur, nicht zur Clique. So berühmt sind wir nicht. Noch nicht«, sagte ich lächelnd.

Er wusste keine Antwort mehr, als wir ihn stehen ließen und über den Teppich auf die Tür zuschritten.

Bevor wir den Ausgang erreichten, drehten wir uns noch einmal um.

Der Glatzkopf versuchte gerade aufzustehen. Zwei Männer halfen ihm. Er hatte leichte Standschwierigkeiten, doch sein Blick pendelte sich auf Suko ein. Selbst aus dieser Entfernung konnten wir den Hass erkennen, der in seinen Augen stand. Der Mann würde Suko töten, wenn er ihn einmal richtig erwischte.

Ich sah allerdings noch etwas anderes.

Links von mir, wo ein großes Hinweisschild auf die Bar des Hotels im Licht der Lampen glänzte, stand ein Mann im hellen Anzug und einer dunklen Brille vor den Augen.

Er starrte in unsere Richtung.

Das war Gordon Kencey. Und er drehte sich hastig um, als er meinen Blick bemerkte.

Ich tastete unwillkürlich nach meinem Kreuz. Hatte sich das Silber erwärmt?

Nein, es reagierte nicht. Aber ich war sicher, meinen Feind gesehen zu haben.

»Was hast du?« Suko sprach mich draußen auf mein Verhalten in der Halle an.

»Ich habe unseren Freund Kencey gesehen.«

»Und?«

»Dabei entschloss ich mich, als Gast auf seine Party zu gehen, mein Lieber.«

»Und ich?«, fragte Suko.

»Du schaust dir den Tunnel an.«

»Immer auf die Kleinen«, beschwerte sich Suko und lief vor.

Eigentlich hatten wir vorgehabt, vereint zu marschieren und auch gemeinsam loszuschlagen. Das war nun nicht mehr drin. Wir mussten es von zwei Seiten versuchen und hatten uns deshalb jeder einen Wagen gemietet. Da wir das Spesenkonto unseres Arbeitgebers nicht allzu hoch treiben wollten, begnügten wir uns mit kleinen Wagen.

Suko fuhr einen Fiat, ich einen Peugeot.

Es ist schon ein komisches Gefühl, von einem Bentley auf einen Kleinwagen umzusteigen. In den ersten zehn Minuten kam ich kaum mit dem Wagen zurecht, danach hatte ich mich daran gewöhnt.

Beide hatten wir uns genaues Kartenmaterial von der Gegend besorgt. Meine Route war rot unterstrichen.

Es ist ja etwas Besonderes, die Küstenstraße in Südfrankreich entlangzufahren. Als Autofahrer muss man sich hüten, den Naturschönheiten allzu große Beachtung zu schenken, denn manche Kurven sind nur mit Vorsicht zu genießen, vor allen Dingen dann, wenn man die Strecke nicht kennt.

Es war inzwischen fast dunkel geworden. Unter mir lag Cannes. Es erstrahlte in einem wahren Lichterglanz. Ich sah auch weiter östlich einen hellen Schein am Himmel. Dort musste Nizza liegen, ein weiteres Paradies für reiche Nichtstuer.

Über mir, wo sich das Gestein und die Felswände manchmal senkrecht in die Höhe schoben, sah ich hin und wieder, wenn das Gelände es zuließ, Lichter schimmern.

Auf großen Hanggrundstücken standen dort die Villen und Ferienhäuser der Reichen. Um sie zu erreichen, waren Straßen gebaut und die Natur zerstört worden.

Nachdem ich den vierten Tunnel passiert hatte, musste ich rechts abbiegen. Die Straße war kaum zu sehen, die Kurve fast rechtwinklig, und danach ging es direkt in die Berge hinein.

Ein kurviger, ziemlich steiler Weg lag vor mir. Der Peugeot ist nicht nur ein kleiner, sondern auch ziemlich beweglicher Wagen. Er nahm die Kurven gut und sicher.

Zweimal kamen mir Fahrzeuge entgegen. Große, breite Schlitten. Dann wurde es eng, sodass ich das Gefühl hatte, mit der Karosserie die Felsen zu rasieren.

Ich dachte an Suko, der sich bestimmt auf dem Weg zum Tunnel befand oder ihn schon erreicht hatte. Irgendwie glaubten wir daran, dass unsere Feinde in der Nacht wieder zuschlagen würden. Aber diesmal wollten wir dabei sein.

Im scharf abgegrenzten Licht der Scheinwerfer sah ich, dass die Steigung der Straße hinter mir lag. Das Teerband führte jetzt normal weiter, und ich sah die schmalen Wege, die von ihm abzweigten und zu den einzelnen Häusern führten.

Auf einem weiten Plateau oder in einem Hochtal befand ich mich. In der Ferne sah ich die Hänge der Berge wie Schatten in den noch dunkleren Himmel steigen.

Ich schaute jetzt öfter auf die Karte. Dabei brauchte ich keine Angst zu haben, von den Gästen des Schauspielers überrascht zu werden. Die hatten Cannes nämlich schon alle verlassen, so viel hatten wir vor unserer Abfahrt noch mitgekriegt.

Gekennzeichnet hatte Gordon Kencey den Weg, der zu seinem Haus führte, nicht. Wer ihn aber finden wollte, der fand ihn auch. Gäste wie mich wollte er sicherlich nicht in seinem Haus haben.

Ich hatte Glück und verfuhr mich nicht. Vor einer Gabelung stoppte ich kurz, stieg aus und verglich die Karte im Licht der Scheinwerfer mit den tatsächlichen Gegebenheiten.

Ja, ich war genau richtig.

Ich stieg wieder ein, startete und fuhr den Weg entlang, der bis zum Haus führte.

So reich, ihn asphaltieren zu lassen, war Gordon Kencey wohl doch nicht. Ich musste den Peugeot über einen regelrechten Schotterpfad quälen, der rechts und links von Gebüsch und Bäumen gesäumt wurde.

Dann führte er in einen Wald.

Automatisch wurde ich an den Tunnel erinnert. Ich kam mir vor wie in einem Loch. Hart musste ich das Lenkrad umklammern, denn der Wagen wurde regelrecht durchgeschüttelt.

Nach einigen Minuten lichtete sich der Wald. Ich sah vor mir den Beginn einer großen Wiese und dahinter einen hohen Schatten.

Das Haus!

Augenblicklich löschte ich die Scheinwerfer. Da um mich herum alles dunkel war, hätte man die Lichter vom

Haus aus sehr gut erkennen können. Das wollte ich auf jeden Fall vermeiden.

Ich fuhr ein wenig nach links, sah dort die Umrisse eines großen Baums und stellte den Peugeot ab.

Als ich ausstieg, atmete ich erst einmal tief durch. Hier oben war die Luft kalt. Sie wirkte erfrischend, und ich pumpte sie in meine Lungen.

Für einen Moment blieb ich stehen und überlegte. Die Straße mit dem Tunnel musste sich, von mir aus gesehen, jenseits des Hauses befinden. Große Lust, das genau herauszufinden, verspürte ich nicht. Der Bau und seine Gäste waren wichtiger.

Stille umfing mich.

Erst später hörte ich die Geräusche der Nacht. Da waren das leise Raunen des Windes, hin und wieder ein geheimnisvolles Rascheln, manchmal auch ein Tier, das weghuschte, wenn ich in seine Nähe geriet. Das alles stellte ich fest, als ich mich über eine Wiese dem Haus näherte.

Eine Burg oder ein Schloss war es nicht, das konnte ich an dem Umriss erkennen. Vor mir lag ein viereckiger Kasten, ein Landhaus mit zwei Etagen und zahlreichen Fenstern, die wiederum im Erdgeschoss schwach erhellt waren. Kerzenlicht, wie es der Gastgeber versprochen hatte. Ich näherte mich dem Haus von der Seite her.

Vor mir glänzte etwas. Da lag noch der Geruch von Staub in der Luft, vermischt mit dem von Benzin und Abgasen. Ein Beweis, dass vor kurzer Zeit Fahrzeuge hergekommen waren. Ich entdeckte sie bald, denn ich gelangte dorthin, wo sich der Parkplatz befand.

Mehrere Schlitten der oberen Klasse standen dort kreuz und quer. Einen Aufpasser sah ich nicht. Man fühlte sich sicher, denn wer verirrte sich schon in diese Gegend?

Mir konnte es nur recht sein.

Auf leisen Sohlen bewegte ich mich weiter und ließ den provisorischen Parkplatz hinter mir. Ich war gespannt, ob Gordon Kencey an diesem Abend wirklich sein wahres Gesicht zeigen würde. Auch wollte ich erfahren, in welch einer Verbindung er zu Belphégor stand.

Ich dachte an den Eisernen Engel und hoffte, dass er uns unterstützen würde, denn gegen Belphégor zu kämpfen, war wirklich kein Zuckerschlecken.

Ich hatte jetzt die Schmalseite des Hauses erreicht und verharrte in ihrem Schatten, um zu lauschen.

An die Geräusche der Nacht hatte ich mich mittlerweile gewöhnt, sodass ich trotz der Mauern die Stimmen wahrnahm, die aus dem Haus drangen. Vor allen Dingen die der Frauen. Ihrem Klang nach schienen sie sich köstlich zu amüsieren, was darauf schließen ließ, dass die Feier erst bei dem normalen Teil angelangt war.

Das ließ hoffen …

Auf Zehenspitzen schlich ich weiter, bis ich dicht neben einer Tür und vor der Hauswand stand.

Dort wartete ich abermals.

Ich brauchte nur meinen linken Arm auszustrecken, um die Tür zu erreichen. Die Finger fassten um die Ecke herum. Ich fühlte das Holz unter den Spitzen, ging einen Schritt weiter und stand vor der Tür.

Mein Blick fiel dorthin, wo sich normalerweise die Klinke befindet. Die sah ich nicht, stattdessen stach mir ein runder Knauf ins Auge, der silberfarben schimmerte.

Ich legte meine Hand darum, fühlte die Kühle und versuchte, den Knauf zu drehen.

Das schaffte ich auch, doch öffnen konnte ich die Tür auf diese Art und Weise nicht.

Eine halbe Umdrehung nur, dann war es vorbei.

Man hatte abgeschlossen und den Gästen damit den Rückweg versperrt.

Wie sollte ich jetzt ins Haus gelangen?

Genähert hatte ich mich dem Gebäude von der Rückseite her. Der normale Eingang musste auf der anderen Seite liegen, und zwar an der, die der weit unten im Tal entlangführenden Straße mit dem Tunnel zugewandt war.

Diesmal ging ich schneller weiter, erreichte bald die Vorderseite des Hauses, huschte daran entlang und sah die breite Treppe, die einen Halbkreis vor der Eingangstür bildete.

Etwa in einer Entfernung von fünfzig Yard zur Haustür schimmerte ein Gitter, das ich von der Straße her nicht gesehen hatte.

Ich wollte hin, lief die wenigen Schritte, erreichte das Gitter und beugte mich hinüber.

Steil ging es in die Tiefe!

Im ersten Augenblick schauderte ich zusammen, denn ich hatte das Gefühl, in einen dunklen Schlund zu blicken. Die Straße konnte ich nicht erkennen. Sie musste sich jedoch irgendwo dort unten befinden, denn die vorbeihuschenden Lichtkegel der Fahrzeuge waren nicht zu übersehen.

Auch Suko befand sich dort, falls er den Tunnel nicht schon betreten hatte.

Von der rechten Seite her wehte der Wind und wirbelte meine Haare durcheinander. Das Geräusch der fahrenden Wagen drang trotz der Stille nicht bis zu mir hoch. Senkrecht schaute ich an der Felswand entlang und wurde plötzlich starr vor Entsetzen.

Etwas geschah mit dem Gestein.

Im ersten Augenblick hatte ich es für eine Täuschung gehalten, vielleicht für den Widerschein einer von mir noch nicht entdeckten Lichtquelle, doch Sekunden später wurde ich eines Besseren belehrt.

Es war ein rotes Leuchten, das auf oder in der Felswand lag, und ich glaubte, ein Gesicht oder eine Gestalt innerhalb des Gesteins zu erkennen.

Was konnte das sein?

Am liebsten hätte ich mich abgeseilt und nachgeschaut. Da dies nicht möglich war, musste ich weiterhin im Unklaren bleiben.

Ich drehte mich wieder um. Diesmal mit einem drückenden Gefühl in der Magengegend. Dieser rote, über den Felsen huschende Schein hatte mich gewarnt. Ich glaubte fest daran, dass der gemütliche Teil der Party bald vorbei sein würde.

Langsam drehte ich mich um.

Abermals fiel mir das gleiche auf wie an der Rückseite des Hauses. Der Lichtschein drang nicht voll durch die

Fenster, sondern gefiltert und immer in versetzten Streifen.

Der Sache wollte ich auf den Grund gehen. Bis zum Haus hatte ich nicht weit zu laufen. Bevor ich die große Treppe erreichte, erkannte ich schon den Grund.

Die Jalousien waren heruntergelassen worden, filterten das Kerzenlichts und sorgten auch für das Muster auf dem Boden.

Stellte sich die Frage, wie ich ins Haus gelangen sollte. Wenn es nicht anders möglich war, musste ich eine Fensterscheibe einschlagen, aber zuvor wollte ich es an der Tür probieren.

Ich hatte meinen Gedanken noch nicht in die Tat umgesetzt, als ich auf etwas aufmerksam wurde.

Der Boden veränderte sich!

Zwar war er noch fest, aber gleichzeitig bewegte er sich, wobei ich das Gefühl hatte, Schwingungen ausgleichen zu müssen. Etwa einen Schritt stand ich von der Treppe entfernt, schaute auf die Stufen, doch da tat sich nichts.

Ich blickte zurück.

Im nächsten Moment standen mir die Haare zu Berge. Mit vielem hatte ich gerechnet, damit nicht. Ich schaute nicht mehr auf eine normale Erde oder einen normalen Boden, sondern auf ein wallendes Hügelmeer, das sich bewegte und schwankte.

Im ersten Augenblick konnte man an einen Sumpf denken, durch den die Wellen eines Erdbebens liefen.

Dass dies nicht der Fall war, stellte ich sehr bald fest, als ich mit dem rechten Fuß einsackte und an meinem linken Bein die ersten widerlichen Würmer hochkrochen …

Suko empfand die Stelle als unheimlich!

Er war mit seinem Fiat bis dicht vor den Tunnel gefahren und hatte das Auto ungefähr dort abgestellt, wo auch der Inspektor zuvor seinen Wagen abgestellt hatte.

Die Absperrung war aufgehoben worden. Freie Fahrt durch den Tunnel. Und trotzdem zählte Suko nur wenige

Wagen, was ihn wunderte, denn diese Straße war auch am Abend normalerweise gut befahren. Es schien sich mittlerweile herumgesprochen zu haben, dass es gefährlich war, den Tunnel zu benutzen.

Ein Motorradfahrer rauschte noch heran. Wie eine leuchtende Rakete wischte die Maschine an Suko vorbei und verschwand im Tunnel.

Suko hörte noch das dröhnende Echo, dann hatte die Maschine den Tunnel verlassen, und das Geräusch verklang in der Dunkelheit.

Der Inspektor war wieder allein. Er verließ den Fahrbahnrand und baute sich mitten auf der Straße auf, wobei er den Kopf in den Nacken legte und oberhalb des Tunnelhalbkreises die raue Felswand hochschaute.

Viel war nicht zu sehen.

Nur dunkles Gestein, eingehüllt in die Schatten der Finsternis. Suko sah auch nicht das Ende der Felswand, und er konnte ebensowenig das Haus erkennen, das dem Schauspieler Gordon Kencey gehörte. Kein Lichtstreifen war dort oben zu entdecken.

Der Chinese dachte an seinen Freund John Sinclair. Er trieb sich wahrscheinlich schon in der Nähe des Hauses herum. Sie hatten eine Uhrzeit ausgemacht, um sich ein Zeichen zu geben. Und zwar sollte er mit seiner starken Taschenlampe hochleuchten, damit John Bescheid wusste. Bis dahin dauerte es noch etwas.

Suko wollte die Zeit nutzen. Über den Tunnel war viel geschrieben und geredet worden. Jetzt musste er sich selbst ein Bild von ihm machen. Diesmal allein, in der Dunkelheit und auch ohne Polizei.

Der Eingang gähnte wie der Höllenschlund. Dunkel, gefährlich.

Man konnte sich fürchten, wenn man hineinschaute.

Suko sah das anders. Er war kein sehr ängstlicher Mensch, hatte einiges hinter sich und machte sich entschlossen auf den Weg.

Für die Dauer von einigen Sekunden war seine Gestalt noch zu sehen, dann hatte der Tunnel sie verschluckt.

Es war natürlich riskant, sich als Fußgänger in solch

einem Tunnel zu bewegen. Wenn Wagen kamen, musste sich Suko eng an die Wand pressen. Er hakte seine lichtstarke Taschenlampe vom Gürtel los, schaltete sie ein und leuchtete den Weg aus.

Nach den ersten Schritten war die Luft noch einigermaßen zu atmen. Je tiefer er jedoch in den Tunnel hineinging, umso schlechter wurde sie. Ein widerliches Gemisch aus Benzin und Abgasen hing zwischen den Wänden, und der Chinese schüttelte sich.

Nein, das war keine Luft für ihn.

Er hielt sich an der rechten Seite. Er hatte sich ungefähr gemerkt, wo sie den Ölfleck gefunden hatten. Dort mussten der Wagen und dessen Fahrer verschwunden sein.

Er war gespannt, ob er weitere Spuren entdeckte.

Suko hätte vielleicht noch warten sollen, so aber bekam er nicht mit, dass sich über dem Eingang des Tunnels etwas veränderte. Im Gestein tat sich einiges. Es schien zu leben, sich zu bewegen, und von innen her drang allmählich ein roter Kreis hervor, der sich wiederum veränderte und zu einer Teufelsfratze wurde.

Der Tunnel war magisch aufgeladen.

Und Suko befand sich darin. Er merkte nichts.

Schritt für Schritt ging er in die Dunkelheit hinein, die Lampe in der rechten Hand tragend und immer ihrem gelbweißen Lichtstrahl folgend. Das Licht schnitt wie ein scharfes Messer durch die Finsternis, leuchtete über die Fahrbahn, und Suko sah einige Ölflecken und dunkle Bremsspuren auf dem Boden.

Im Tunnel gab es kein Telefon und auch keine Notrufsäulen. Wahrscheinlich war der Durchbruch für so etwas nicht lang genug. Und die Lampen konnte man auch vergessen. Es gab sie zwar, doch sie waren nicht eingeschaltet.

Einmal blieb Suko stehen und schaute zurück.

Noch konnte er den Eingang sehen. Als grauer Fleck hob er sich vor ihm ab. Die Entfernung hatte ihn bereits perspektivisch verkleinert.

Suko fühlte sich unwohl. Je tiefer er in den Tunnel hineinschritt, umso enger erschien er ihm.

Er hatte sich wieder umgedreht, schritt weiter und musste bald die Kurve erreichen, in deren Scheitelpunkt sie am Vormittag den Ölfleck auf dem Boden gesehen hatten.

Hatte sich etwas verändert?

Suko besaß zwar keine übersinnlichen Fähigkeiten, doch eine gewisse Erfahrung. Er stellte Strömungen fest, die ihn umgaben, und er war sicher, dass sich innerhalb des Tunnels etwas verändert hatte, ohne dass es zu sehen war.

Was lauerte dort?

Suko verhielt seinen Schritt und leuchtete in die Runde. Der Lampenkegel glitt über das Gestein, tastete sich an der glatten Betonwand entlang und erinnerte an ein gelbes, geschwenktes Auge, das immer weiter huschte, um die Finsternis zu durchdringen.

Suko richtete die Lampe auch nach oben.

Er wollte feststellen, ob sich an der Decke etwas tat, aber da war auch nichts zu sehen. Glatt und leicht gewölbt lag sie über ihm.

Wo lauerte die Gefahr?

Dass es sie gab, davon war er überzeugt. Dies konnte er irgendwie in den Fingerspitzen spüren, obwohl er nichts sah.

Noch einmal leuchtete er gegen die Decke. Dabei ließ er den hellen Kreis wandern, und er glaubte jetzt, einen Fleck unter der Decke zu sehen. Es war ein Kreis, dunkler als der Beton, und dieser Kreis lag auch nicht ruhig.

Er zitterte …

Vibrationen, die dies auslösen konnten, gab es in dem Tunnel nicht. Es musste also einen anderen Grund haben. Suko kam der Verdacht, dass nicht nur der Tunnel, sondern auch der Berg darüber verflucht war.

Er konnte sich mit dem Phänomen nicht näher befassen, denn er wurde abgelenkt.

Suko hatte etwas blitzen sehen. Aus den Augenwinkeln nahm er dies wahr.

Da kam ein Wagen!

Noch befand er sich nicht direkt auf der Zufahrt, er

musste noch die letzte Kurve nehmen. Nur das reflektierte Scheinwerferlicht war zu sehen.

Der Inspektor hörte den Motor!

Ein Brummen zuerst, dann stachen plötzlich die Lichtlanzen in den Tunnelschlund, die ein seltsam bläuliches Licht verbreiteten und Suko blendeten.

Der Fahrer fuhr mit eingeschaltetem Fernlicht!

Wenn er so weiterraste und Suko auf der Fahrbahn stehen blieb, würde ihn der Wagen überrollen.

Er musste weg!

Schon hatte der Wagen den Tunnel erreicht. Die nackten Betonwände gaben das Dröhnen des Motors als donnerndes Echo zurück. Mit den aufgeblendeten Scheinwerfern und seiner kompakten Masse an Blech schien der Wagen den gesamten Tunnel auszufüllen. Er kam dem Inspektor vor wie ein rasendes Ungeheuer, und Suko blieb nichts anderes übrig, als sich hart mit dem Rücken gegen die Wand zu pressen.

Die nächsten beiden Sekunden erlebte er wie im Zeitraffer. Alles ging unheimlich schnell.

Das Dröhnen innerhalb des Tunnels wurde zu einem Inferno. Dem Chinesen drohte das Trommelfell zu platzen. Das grelle, gleißende Licht veränderte sich zu explodierenden Wellen, die über dem Mann zusammenschlugen. Suko hatte die Lampe gelöscht und seinen Arm schützend vor die Augen gelegt.

Fuhr er vorbei?

Ja und nein!

Zuerst passierte er Suko. Ein im Licht rasender Schatten mit donnerndem Auspuff und im nächsten Augenblick auch kreischenden Reifen.

Der Wagen wurde abgebremst!

Da radierten die vier Räder über das Betonband der Fahrbahn. Ein hohles Wimmern und Schreien erklang, als würde eine Armee von Geistern ihr Elend auf einmal in die Nacht hinausrufen, und die dem Bremsvorgang folgende Stille fiel über Suko zusammen wie ein dumpfes Tuch.

Ruhe …

Trügerisch, gefährlich!

Der Inspektor ließ seinen Arm sinken, drehte den Kopf nach rechts und schaute nach, was mit dem Wagen war.

Er stand schräg auf der Fahrbahn und versperrte in dieser Haltung beide Fahrstreifen. Da konnte kein anderer Wagen mehr vor und zurück. Das schien auch nicht nötig zu sein, denn Suko hatte das Gefühl, als wäre er die Zielscheibe des Wagens gewesen.

Noch tat sich nichts.

Die Scheinwerfer leuchteten weiterhin. Ihre Strahlen stachen in die Richtung der Tunnelausfahrt und verliefen sich geisterhaft an den glatten Wänden.

Suko hatte inzwischen die Automarke des Fahrzeugs identifizieren können. Es war ein Mercedes.

Dunkel, mit ebenfalls getönten Scheiben, deshalb erkannte der Chinese nicht, wer und wie viele Personen sich im Wagen befanden.

Im nächsten Augenblick verlöschten die Scheinwerfer.

Dunkelheit!

Längst war Suko klar, dass der oder die Insassen es nicht auf irgendeinen Wagen abgesehen hatten, sondern auf ihn. Ihn wollten sie haben.

Steif blieb er stehen. Die Beretta hatte er gezogen. Noch zeigte die Mündung schräg zu Boden. Es lag kein Grund vor, einzugreifen, wobei Suko sicher war, dass sie ihm bald einen geben würden.

Nach dem Dröhnen des Motors und dem Kreischen der Reifen kam ihm die Stille bedrückend und unheimlich vor. Sie schien sich in Watte verwandelt zu haben, die den Tunnel vom Anfang bis zum Ende ausfüllte.

Suko holte flach Atem. Er hatte sich zwar gegen die Wand gedrückt und ›verschmolz‹ auch fast mit ihr, doch er war sicher, schon längst entdeckt worden zu sein.

Türen schwangen auf.

Fast lautlos geschah dies. Es wirkte gespenstisch, denn aller Technik zum Trotz wurde es im Fahrzeug nicht hell, als die Türen aufgingen.

Es blieb finster. Und aus dieser Dunkelheit schoben sich die Gestalten.

Suko sah sie nur als Schatten. Nicht einmal die Gesichter bildeten helle Flecke.

Der Chinese hob den rechten Arm. Er würde sich schon zu wehren wissen, wenn sie ihn angriffen.

Dumpfe Geräusche erklangen, als die vier Türen des schwarzen Autos wieder zuschnappten.

Suko sah die Schattengestalten vor und hinter dem schwarzen Fahrzeug.

Sie blieben nicht ruhig, bewegten sich, wurden eins mit der Dunkelheit, sodass er ihre genaue Zahl noch immer nicht feststellen konnte.

Suko war kein Übermensch. Auch er hatte Nerven. Was sich da vor ihm abspielte, war ein unheimlicher, fast lautloser Vorgang, und der Inspektor traute sich nicht, die Taschenlampe einzuschalten.

Zudem war es nicht nötig, denn es gab plötzlich Licht.

Es entstand ohne vorherige Ankündigung. Auf einmal glitten lange Feuerzungen durch die Finsternis, zuckende, tanzende Flammenfinger, die nach irgendwelchen Dingen zu greifen schienen.

Auf gespenstische Art und Weise wurde das Innere des Tunnels erhellt. Anhand der Flammen zählte Suko nach, dass er es mit fünf Gegnern zu tun hatte.

Und er wusste noch mehr.

Die Flammen waren für ihn der Beweis. Denn sie deuteten auf Belphégor und auf dessen Diener hin.

Jetzt wusste der Inspektor, wen er vor sich hatte …

Dass die Feten des Gordon Kencey immer etwas Außergewöhnliches und Besonderes waren, hatte sich in den eingeweihten Kreisen längst herumgesprochen. Da gab es die verrücktesten Feiern, die meist in irgendwelchen Orgien endeten. Wer von Gordon eingeladen wurde, rechnete damit und freute sich schon darauf.

Jede Party stand unter einem anderen Motto. Diese hier hatte der Gastgeber ›Feuer-Fete‹ genannt.

Die Gesellschaft war gespannt.

Von einem Grusel-Star musste man ja etwas Schauriges

erwarten, und Gordon enttäuschte seine geladenen Gäste nicht.

Er hatte vorgesorgt!

Schon in der großen Eingangshalle brannten die Kerzen. Sie standen in Leuchtern oder auf kleinen Tischen, brannten in Schalen und hatten ihren Platz auf den Innenseiten der Fensterbänke gefunden, wobei sie den Raum in ein geheimnisvolles, flackerndes Licht tauchten.

Die Gesellschaft war zwar nicht geschockt, dennoch seltsam berührt. Die auf der Herfahrt zur Schau getragene Fröhlichkeit verblasste allmählich, und manch einer fühlte sich in einen schaurigen Film versetzt. Das war an den scheuen Blicken zu erkennen, mit denen die Gäste in die Runde schauten.

Auch ließ sich Gordon Kencey nicht sehen. Zusammen mit Pamela war er vorgefahren. Er wollte die Gäste nicht in der Halle begrüßen, sondern in einem bestimmten Rahmen, den er sich allein ausgedacht hatte.

Die Gäste wurden trotzdem empfangen.

Es war Chiko, der zwischen ihnen stand, sie animierte, lächelte und sein blau schimmerndes Kinn überschminkt hatte. Getränke standen bereit. Cocktails waren gemixt worden, es gab Sekt, Wein und auch hochprozentige Sachen.

Die Kerzen flackerten. Sie spielten mit den Dingen, ließen sie zerfließen. Ihr Wechsel aus Licht und Schatten tanzte oft über die Gesichter der Gäste und zerstörte sie manchmal zu seltsamen Masken aus Hell und Dunkel.

Die Atmosphäre war nicht fröhlich oder gelockert. Man konnte sie sogar als angespannt bezeichnen.

Zwischen den Leuten bewegte sich Chiko. Er wirkte wie eine dämonische Gestalt mit seinem blanken Schädel, der aus der schwarzen Jacke zu wachsen schien. Es war eine Samtjacke, vorn offen, sodass jeder seine nackte Brust sehen konnte. Die Samthose lag sehr eng an, was manche Frauen als ungemein sexy empfanden. Und noch etwas fiel bei Chiko auf.

Es war der Griff einer Peitsche, der aus dem Gürtel

ragte. Die Schnur hatte er zusammengerollt und wie ein Lasso an der rechten Hüftseite befestigt.

Chiko trank nur wenig. Zumeist lehnte er an der Wand und beobachtete. Er hielt sich dabei im Schatten, beantwortete Fragen und schaute zu, wie der Alkohol bei den Gästen allmählich seine Wirkung entfaltete.

Die Stimmung lockerte sich.

Ein stadtbekannter Playboy – schon leicht angegraut – sprach ihn schließlich an. »Hat Gordon uns versetzt?«

»Nein.«

»Sollen wir immer hier stehen bleiben?«

»Auch nicht.«

»Wann geht es denn los?«

»Lass dich überraschen, Abel.«

Der Playboy schüttelte den Kopf. Seine Goldkettchen klirrten, und die braune Haut des Gesichts warf Falten. »Also, mir gefällt das alles nicht. Ich dachte, hier wäre …«

»Was wäre hier?«

»Na was los, eine Riesenfete, Highlife und so …«

»Das kriegst du schon, Abel. Darauf kannst du dich verlassen.«

»Wirklich?«

»Ja.« Der Mann beugte sich vor. Er brachte seine Lippen dicht an Chikos rechtes Ohr. »Sag mal, was passiert denn so?«

»Kein Kommentar.«

»Mir kannst du es sagen …«

Chiko nickte. »Gut, kannst du schweigen?«

Abel zuckte zurück. »Komm mir nur nicht mit diesem alten Witz an.«

»Womit sonst?«

»Ach, verdammt.«

Er wollte sich abwenden, spürte Chikos harte Hand auf seiner Schulter und drehte sich wieder um.

»Ich sage dir eins, Abel, so etwas wie heute wirst du nie mehr in deinem Leben geboten bekommen.«

»Sag das nicht. Ich habe schon manche Horror-Schau mitgemacht. Da lagen wir sogar in offenen Särgen, als wir besoffen waren.«

»Das ist doch nichts, mein Lieber.«

»Wieso?«

»Hier ist alles echt.«

Abel wollte etwas sagen. Er brachte jedoch nur ein schiefes Grinsen zustande und bemerkte gleichzeitig den Luftzug, der durch die Halle wehte, die Kerzenflammen nach einer Seite legte und ein hektisches Verwirrspiel von Licht und Schatten veranstaltete.

Jemand hatte eine Doppeltür aufgestoßen, deshalb war der Durchzug entstanden.

Auf der Schwelle stand eine Frau.

Pamela Sanders!

Sie hatte sich umgezogen, trug etwas aus schwarzer Spitze, das mit dünnen Fäden ziemlich lose zusammengebunden war und ihren Körper nur an den für Männer interessantesten Stellen soeben bedeckte. Auch sie wurde vom Licht der Kerzen umschmeichelt, wobei ihr Gesicht einen seltsam dunklen Schatten zeigte, der von violetter Schminke herrührte.

»Geht es endlich los?«, rief jemand aus dem Hintergrund.

»Ja, liebe Freunde, ihr braucht nicht mehr länger zu warten. Gordon hat mich geschickt, euch zu holen.«

»Was wird es denn geben?«

»Eine Überraschung. Ich kann nur vorwegnehmen, dass Gordon sein Haus hat umbauen lassen.«

»Wie denn?«

»Ihr werdet es sehen.« Mit diesen Worten gab Pamela Sanders den Weg frei.

Die Gäste hatten lange genug gewartet. Jetzt drängten sie auf die Tür zu. Obwohl Platz genug war, behinderten sie sich gegenseitig. Jeder wollte der Erste sein, und Chiko, der zurückblieb, schaute mit geschürzten Lippen zu, wobei seine rechte Hand auf dem lederartigen Griff der Peitsche lag.

Als die ersten Gäste die Schwelle übertreten hatten, wurden sie von den Nachdrängenden in den Rücken gestoßen. Zwei Mädchen taumelten und konnten sich gerade noch fangen.

Die Leute aus Cannes und überhaupt von der Riviera waren viel gewohnt. Sie rechneten auch mit allem, aber als sie jetzt den Raum betraten, da staunten sie doch.

Einige waren bereits in dem Haus gewesen, sie hatten einen Essraum mit kaltem Büfett erwartet und waren umso erstaunter, dass sich alles verändert hatte.

Das große Zimmer war umgebaut worden.

Es hatte acht Ecken.

Im ersten Augenblick nicht richtig zu erkennen, weil auch hier nur Kerzen brannten, die nicht so ein strahlendes Licht abgaben wie normale Lampen, doch wer sich genauer umschaute und sich dabei drehte, konnte jeden Winkel des Raums mit seinen Blicken erfassen.

Und er sah auch die geheimnisvollen Spiegel.

Jeder Spiegel nahm eine der acht Ecken ein, und die Spiegel standen auf einem gläsernen Boden, unter dem es direkt in die Tiefe ging, aber nicht ruhig war, sondern ein stetiges Kreisen und Wallen die Luft in Bewegung hielt.

Darauf achtete niemand. Für die Gäste zählte nur der seltsame Raum mit den acht Spiegeln, auf dessen unnatürlich dunklen Flächen sich das Licht der Kerzen abzeichnete und eine geheimnisvolle Atmosphäre schuf.

Selbst diejenigen, die dem Alkohol bereits reichlich zugesprochen hatten, hielten sich zurück, denn alle Gäste wurden wie von einem Bann gefangen gehalten.

Dieser Bann ging von den Spiegeln aus, die das Kerzenlicht aufzusaugen schienen und nur einen Teil davon zurückgaben, sodass die Menschen beim Betrachten der Flächen das Gefühl haben konnten, die Spiegel wären von Leben erfüllt.

Bedrückend war das Schweigen. Hin und wieder ein verlegenes Räuspern, das Scharren mit einer Schuhsohle über den glatten, gläsernen Boden, verhaltenes Atmen, und auf manch blankem Hautteil bildete sich eine Gänsehaut.

Als Pamela Sanders die Tür schloss, durchdrang das dabei entstehende Geräusch die Stille überlaut, sodass mancher Gast wie unter einer kalten Berührung zusammenzuckte.

Pamela lächelte. Wenn jemand sie genau betrachtet hätte, er wäre über ihre Augen verwundert gewesen. Die Pupillen hatten sich verkleinert, der Blick war seltsam starr.

Die Frau stand unter Drogen!

»Und nun«, sagte sie mit lauter Stimme, »Gordon Kencey!«

Er kam – es war sein Auftritt, und er übertraf alle seine Filmrollen. Für ihn war es auch wichtiger.

Kencey musste schon die ganze Zeit über im Raum gewesen sein, denn er trat aus keiner Tür, sondern hinter einem Spiegel hervor, ging gemessenen Schrittes und blieb in der Mitte des Zimmers auf der großen Glasplatte stehen.

Gesprochen wurde nicht. Dennoch schien man das Staunen der Menschen regelrecht hören zu können, und die Blicke der Gäste waren starr auf diesen Mann gerichtet.

Auch er hatte sich umgezogen. Statt des weißen Leinenanzugs trug er jetzt ein blau schimmerndes Gewand, das fast bis auf den Boden hinabreichte. Es war sehr schmal geschnitten und hatte etwa in der Mitte eine Leiste, die aus einem dunklen Stoffstreifen bestand. Das alles wunderte die Gäste zwar, dennoch lenkte das Gewand nicht von dem Gesicht des Mannes ab.

Noch immer hielt er seine Augen hinter einer dunklen Brille verborgen. Niemand konnte sie sehen, niemand sollte sie auch sehen. Diese Augen zeigte er nur, wenn er es wollte.

Beide Arme hob er. Er tat es langsam, bedächtig, sodass die Menschen das Gefühl haben konnten, einen Horrorfilm zu erleben, und er sprach mit einer kalten, völlig gefühllosen Stimme, als würde sie ihm nicht mehr gehören.

»Ich heiße euch herzlich willkommen, Freunde. In meinem und im Namen eines mächtigen Dämons. Sein Name: Belphégor!«

Die widerlichen schwarzen Würmer aus dem Erdreich krochen wie Schlangen an meinem Hosenbein hoch, und sie waren verdammt schnell, erreichten einen Augenblick später bereits meine Kniekehlen.

Ich sah nur eine Chance.

Zurück konnte ich nicht mehr. Denn da schaukelte und wallte es, als läge vor mir ein Meer.

Nach vorn.

Dort lag die Treppe!

Sie erwischte ich mit einem Sprung, obwohl es mir schwer fiel, meinen linken Fuß aus dem Wurmschlamm zu ziehen.

So richtig packte ich die Stufen auch nicht. Mit der rechten Fußseite schlug ich gegen eine Kante, bekam das Übergewicht und fiel nach vorn, wobei ich mich mit den ausgestreckten Händen rechtzeitig genug abstützte und so einigermaßen Halt fand.

Durch den Stoff meiner Hose spürte ich das Krabbeln der Würmer. Sie klebten an mir fest und drückten den Stoff gegen mein Bein.

Diese Würmer waren nicht normal. Mir fiel das Abenteuer ein, das ich im Todeslabyrinth erlebt hatte. Ich hatte mich durch Wände aus Würmern schlagen müssen.

Damals hatte ich es mit dem Schwert des Dämonenhenkers geschafft. Das existierte nun nicht mehr, und ich musste mir etwas anderes einfallen lassen.

Mit der Hand wollte ich das eklige, schwarzmagische Zeug nicht abstreifen. Deshalb holte ich meinen geweihten Silberdolch hervor und drückte die flache Seite der Klinge gegen die hochkrabbelnden Wurmwesen.

Der Vergleich zu kleinen Izzis kam mir in den Sinn, obwohl es verdammt nicht spaßig war.

Der Dolch schaffte es. Kaum hatte die Klinge Kontakt, da ringelten sich die Würmer zusammen, wurden zu leichten, knotigen Gebilden, die von meinem Bein herabfielen und als Staub zu Boden rieselten.

Noch einmal zog ich die Klinge vom Oberschenkel abwärts. Damit hatte ich auch die restlichen Würmer erledigt.

Durch meine ›Arbeit‹ war es mir nicht mehr gelungen, weiter auf meine Umgebung zu achten. Erst jetzt konnte ich einen Blick riskieren und sah, welch einer Gefahr ich entronnen war.

Da gab es keinen Boden mehr, nur noch diese wogende Masse aus Würmern, ein Meer des Ekels, das blauschwarz schimmerte und schillerte.

Ich wusste, dass ich bei diesem Fall genau ins Schwarze getroffen hatte. Und das hieß Belphégor!

Ja, es war der Dämon. Die Ereignisse hier nahmen mir auch die letzten Zweifel. Es gab keine andere Möglichkeit. Hinter der widerlichen Wurminvasion musste Belphégor stecken, der Hexer mit der Flammenpeitsche.

Was hatten sie vor?

Vor mir erhob sich die Erde. Sie türmte sich zu einer regelrechten Welle hoch, wuchs immer weiter und wurde beängstigend groß.

Nein, die konnte ich nicht stoppen – niemals!

Sie würden mich überrollen. Ich würde untergehen in einem Meer von schwarzmagischen Würmern, die nur auf den Befehl des großen Meisters Belphégor hörten.

Bereitete er auf diese Art und Weise seine Rückkehr vor? Wollte er es der Menschheit abermals zeigen?

Ich wich zurück. Einige wenige Schritte waren es bis zur Eingangstür. Was sich hinter den Mauern des Hauses tat, wusste ich nicht. Ich konnte nur spekulieren und ahnte, dass es schreckliche Dinge sein mussten, die allesamt mit Belphégor zu tun hatten.

Ich wollte ins Haus.

Vielleicht hatte ich dort noch eine Chance, denn gegen die Wurminvasion konnte ich nichts ausrichten.

Natürlich dachte ich daran, mein Kreuz einzusetzen, doch ich würde es kaum schaffen, die gewaltigen Wellen mit einem Bannspruch zu stoppen. Es waren einfach zu viele Gegner.

Dann fand ich die Klinke. Meine linke Hand drückte sie nach unten, und die Enttäuschung, dass abgeschlossen war, traf mich nicht einmal.

Damit hatte ich rechnen müssen.

Doch mein Kreuz!

Ich griff zum letzten Mittel, streifte die Kette über meinen Kopf und hielt das wertvolle Kruzifix in der rechten Hand. Ich wusste, durch welchen Spruch ich seine Kraft verstärken konnte, und ich schrie ihn hinaus gegen diese Wand aus Würmern.

»Terra pestem teneto – Salus hic maneto!«

Fiebernd wartete ich ab. Würde es etwas nutzen, oder schwappte die Welle in der nächsten Minute über mich, um mich zu verschlingen?

Sie kam!

Fünf Diener des unheimlichen Belphégor standen vor dem Chinesen. Und Suko war allein.

Er dachte an seine geweihten Silberkugeln in der Beretta und auch an die Dämonenpeitsche.

Allein war er schon, aber nicht wehrlos!

Zwei von ihnen standen vor dem Wagen. Sie hatten sich an der Fahrerseite aufgebaut, während die anderen über das Dach des Mercedes hinwegschauten, ihre Arme mit den Flammenpeitschen erhoben hatten, sodass das Feuer über das Blech des Wagens tanzte und Schatten darauf malte.

Die Kugeln reichten, und Suko war fest entschlossen, es zu versuchen.

Da geschah etwas anderes.

Durch das Erscheinen des Wagens hatte er nicht mehr auf diesen seltsamen, sich bewegenden Kreis an der Decke achten können. Nun wurde seine Aufmerksamkeit auf ihn gelenkt, denn von diesem Kreis aus fiel plötzlich ein gewaltiger Strahl nach unten, der nicht nur den Wagen erfasste, sondern auch die fünf Diener Belphégors.

In einer blauen, kalten Farbe schimmerte der Strahl. Er erlaubte Suko, sich die Gestalten vor ihm genau anzusehen.

Sie waren schrecklich. Wo keine schützende Dunkelheit mehr über ihnen lag und auch nicht das zuckende Licht der Flammen dem Betrachter etwas vorgaukelte, sah er die Gestalten wie scharfe, ausgetrennte Scherenschnitte vor sich.

Sie sahen ebenso aus wie der Schäfer Cuccu, den er und John in dessen Haus gefunden hatten.

Schwarze, teerähnliche Wesen mit menschlichen Körpern, ohne Gesichter, dafür mit seltsam blanken Augen. Da umklammerten keine Finger die Peitschenstiele, sondern nur Fäuste, und sie hatten sich wie Knäuel aus Garn darum geschlungen.

Konnten sie sprechen? Waren sie überhaupt noch zu einer menschlichen Regung fähig?

Suko wusste es nicht. Ihm wurde nur klar, dass er zu lange gezögert hatte, denn auch er war in den Bereich des seltsamen Scheins gelangt. Zwar streifte ihn dieser nur, aber er spürte bereits die Auswirkungen, die seinen Körper erfasst hielten.

Suko war nicht mehr Herr seiner Sinne.

Er wäre nicht in der Lage gewesen, abzudrücken, denn ihn erreichte ein anderer Befehl.

Automatisch ließ er seinen rechten Arm sinken. Die Beretta wies zu Boden. Und als er den nächsten Befehl vernahm, setzte er sich in Bewegung und schritt auf die fünf Gestalten mit den Flammenpeitschen zu.

Sprechen konnten sie nicht. Suko vernahm nur ihre Gedanken.

Diese hämmerten in seinem Hirn, schienen den Kopf sprengen zu wollen, und er vernahm die Stimmen wie Gongschläge.

»Belphégor wartet auf dich. Er lauert in der Tiefe der Erde, und er hat die Würmer um sich versammelt, um sich neu formieren zu können. Seinen Körper konntest du zerstören, seinen Geist nicht. Er hat neue Wege gefunden und sich einen frischen Körper geholt, den du bald sehen wirst. Und er hat nichts vergessen. Er hat sich dich gemerkt. Du stehst auf seiner Todesliste ganz oben, denn er hat dich in seinen Höllentunnel gelockt.«

Suko gab keine Antwort. Steif stand er inmitten des blauen Lichts, das so kalt und grausam war wie die Augen des Dämons Belphégor. Schon allein dieses Licht wies auf ihn hin, und Suko spürte, wie seltsame Kräfte an seinem Körper zerrten.

Im selben Augenblick rückten die fünf Diener des Belphégor noch enger zusammen. Sie zogen den Kreis, so dicht es ging, um Suko und hoben ihre Arme über seinen Kopf.

Von allen Seiten wirbelten die flammenden Peitschen, vereinigten sich und wurde zu einem Feuerring.

Suko zuckte nicht einmal zurück, obwohl die brennenden ›Arme‹ dicht an seinem Gesicht vorbeiwischten. Er spürte keine Hitze, sondern überhaupt nichts mehr.

In ihm war ein Gefühl der Willenlosigkeit, einer Leere, denn seine Seele schien den Körper bereits verlassen zu haben.

Dann waren wieder die Stimmen da.

Suko konnte nicht einmal unterscheiden, ob es ein Flüstern, Raunen oder nur Worte waren, die geistig zu ihm gesprochen wurden. Er verstand den Sinn, doch er sträubte sich nicht gegen die Anforderungen, die man ihm stellte.

»Du wirst dich jetzt erheben!«, hörte er. »Das Licht ist gekommen, das Licht wird bleiben, und es wird dich umfangen, damit du dem geopfert werden kannst, der auf dich wartet …«

Geopfert!

Ein Wort, das den Inspektor normalerweise zur Raserei gebracht hätte. Nicht in diesen Augenblicken. Die unheimliche Kraft Belphégors war einfach stärker.

Suko verließ die Fahrbahn.

Er tat nichts. Er wurde angehoben, als würde eine Platte von unten gegen seine Füße drücken. Allmählich glitt er der Decke des Tunnels entgegen, und gleichzeitig mit ihm schwebten auch die fünf Diener Belphégors in die Höhe.

Sie behielten dabei ihren Platz, und auch der Feuerring über Sukos Kopf wurde nicht auseinandergerissen. Er schwebte ebenso mit hoch wie der Chinese.

Jetzt hätte er an die Decke stoßen müssen.

Das geschah nicht. In der Mitte des sich dort abmalenden blauen Kreises schwebte er hindurch und glitt, allen Gesetzen der Physik zum Trotz, weiterhin in die Höhe und tauchte in einen ihm unendlich erscheinenden Schacht ein, der den Berg genau in der Mitte teilte.

Belphégor hatte sich mit den Urgeistern der Erde verbündet. Diese Folgen bekam Suko zu spüren …

»Belphégor!«

Er hatte ihnen den Namen regelrecht entgegengeschleudert, und sie wussten nichts damit anzufangen. Mit jeder Art von Rede hätten sie gerechnet, nur nicht mit diesem Einstieg.

Was sollte das? Wer war Belphégor? Diese Frage sprach niemand aus. Sie stand jedoch auf ihren Gesichtern zu lesen, die manchmal blass, dann wieder feurig im Licht der Kerzen leuchteten.

Gordon Kencey sprach weiter. »Belphégor!«, rief er mit wahrer Stentorstimme. »Er ist der Meister. Ein wahrer Herr der Erde, denn ihm gehorchen die Geister der Tiefe. Von den Göttern eingesetzt, wird er zu neuem Leben erwachen, und mich hat er als seinen Diener ausersehen, damit ich euch zu ihm führe.«

»Sag mal, spinnst du?« Es war der Playboy Abel, der die Worte geschrien hatte. Für ihn ging der Spaß zu weit. Er hatte sich einiges von dieser Party versprochen, wollte Frauen aufreißen, eine wilde, ungezügelte Feier erleben, aber sich nicht so ein Gequatsche anhören müssen. Deshalb drängte er sich vor, sprengte mit seinen Ellenbogen den Kreis der Menschen und blieb vor Gordon Kencey stehen. Seinen rechten Arm streckte er aus, der Zeigefinger wies auf die Brust des Mannes, als er schrie: »Bis jetzt habe ich mir deinen Mist angehört. Nun mach mal Pause, Kleiner. Wir wollen etwas erleben. Deshalb nur sind wir mitgekommen. So ein dummes Gelaber kann ich mir auch in einem Sektentempel anhören!«

»Geh zurück!«, fuhr Gordon ihn an. »Was weißt du von Belphégor, von diesem mächtigen Geist …?«

»Hör auf, Mann!« Abel hatte getrunken. Er war in Form, zudem erregt, und er wollte Kencey tatsächlich an den Kragen.

Da hörte er das Surren. Es klang hinter ihm auf, und als es lauter wurde, war es für eine Reaktion zu spät.

Gedankenschnell wickelte sich eine Peitschenschnur mehrmals um seinen Hals, mit einem Ruck wurde Abel zu Boden geschleudert. Schwer fiel er auf die Glasplatte.

Neben ihm stand Chiko. Er hielt die Peitsche fest. Sein Gesicht war verzerrt. Ein böses Grinsen zeichnete seine Züge, und er wirkte trotz seines Samtanzugs gnadenlos wie ein mittelalterlicher Henker.

Abel lag auf dem Boden. Er hatte die Beine angezogen, die Arme erhoben und versuchte, seine Finger unter die straff gespannten Peitschenschnüre zu schieben.

Es gelang ihm nicht.

Wenn ihm noch länger die Luft abgeschnürt wurde, erstickte er. Gordon Kencey hielt den Kopf gesenkt. Die Augen hinter seiner Brille starrten auf den alternden Playboy, der sich jetzt von einer Seite auf die andere warf und doch keine Chance hatte.

Ein Mädchen hielt es nicht mehr aus. Es stürzte vor und schrie: »So lasst ihn doch los, bitte!« Sie fiel auf die Knie, versuchte, die Peitsche zu lösen, und erhielt einen Schlag des Leibwächters, der sie wieder zu den anderen zurückschleuderte.

»Das ist kein Spaß mehr!«, schrie Gordon Kencey. »Ich habe euch dem Dämon versprochen, und ich werde mein Versprechen halten. Mit ihm mache ich den Anfang. Belphégor!«, brüllte er, senkte den Arm und deutete mit der Fingerspitze auf eine bestimmte Stelle am Boden. »Belphégor, hol dir das Opfer!«

Plötzlich erklang unter dem Teil des Glasbodens, wo der Mann lag, ein Rumoren. Wellen liefen durch den Raum. Die Menschen erschraken, einige schrien auf, andere bannte das Grauen.

Mit einer gedankenschnellen Bewegung löste Chiko die Riemen der Peitsche vom Hals seines Opfers, sodass der Mann jetzt frei lag und röchelnd nach Luft schnappte.

Sein Gesicht war schon leicht dunkel angelaufen. Er quälte sich furchtbar, bemerkte nicht, was um ihn herum geschah. Dafür sahen es die anderen, denn der Glasboden unter ihm schmolz, und da war plötzlich eine Masse vorhanden, die ihn verschlang.

Würmer …

Jeder Partygast schaute in den Schacht hinein, der sich vor ihren Füßen auftat und an dessen äußerem Rand Gordon Kencey stand.

Der Schacht hatte blaue Wände, die in eine Tiefe stachen, die nicht mehr zu erfassen war.

Darin brodelte und quoll es.

Tausende, nein, Millionen kleiner Würmer füllten ihn aus, und sie fielen über den Mann her.

Mit dem Kopf lag er nahe an der Öffnung. Sie waren auf einmal da, bedeckten sein Gesicht, wälzten sich weiter, drangen in Mund, Nase und Augen.

Jetzt erst begann die Panik.

Es waren zwei Frauen, die es nicht mehr aushielten und wie besessen schrien. Sie drehten plötzlich durch. Der Anblick war einfach zu viel für ihre Nerven, und sie wandten sich um, während sie ihre Fäuste einsetzten und sich den Weg zur Tür freischlugen.

Niemand konnte sie aufhalten. Es machte ihnen auch nichts aus, dass der Stoff ihrer Kleider riss, sie wollten nur weg und dem Grauen entrinnen.

An der Tür stand Pamela Sanders. Sie gehörte zu den Insidern und wusste Bescheid, obwohl man sie sicherheitshalber unter Drogen gesetzt hatte.

»Aus dem Weg!« Es war ein wildes Kreischen, das die beiden Frauen Pamela Sanders entgegenschleuderten.

Sie ging auch. Ein feines Lächeln umspielte dabei ihre Mundwinkel, denn die Tür war verschlossen.

Das stellten die beiden Flüchtlinge sehr bald fest. Sie warfen sich gegen die Klinke, drückten sie nach unten, wollten die Tür aufreißen und mussten enttäuscht die Arme sinken lassen, als sie feststellten, dass es nicht klappte.

»Zu!«, heulte eine von ihnen und trommelte mit den

Fäusten gegen das Holz. »Es ist zu!« Sie schüttelte den Kopf. Die lange Haarmähne flog, dann sank sie vor der Tür auf die Knie.

Ihre Freundin reagierte anders. Sie gab Pamela die Schuld an der Misere, fuhr herum und sprang auf sie zu. »Den Schlüssel her!«, kreischte sie. »Verdammt, wo hast du den Schlüssel?«

»Nicht hier. Ich habe ihn nicht!«

»Gib ihhhnnnn ...«

»Nein!«

Da schlug die Frau zu. Sie hatte Kraft in den Schlag gelegt. Pamela wurde an der Wange getroffen und so weit zurückgeschleudert, dass sie bis zu den anderen fiel.

Seltsamerweise verhielten die sich noch relativ ruhig. Vielleicht hatten sie auch Angst, auf die Tür zuzulaufen. Sie hatten den Frauen den Vortritt gelassen und erlebten nun, dass es denen nicht möglich war, die Tür zu öffnen.

Sie waren gefangen.

Bis einer an die Fenster dachte.

Sein Schrei zitterte durch den Raum, und er machte die Gäste mobil. Es gab mehrere Fenster. Jeder konnte es irgendwie schaffen, ins Freie zu gelangen, allerdings nur, wenn es normale Scheiben gewesen wären. Das waren diese nicht.

Sie bestanden aus Panzerglas!

Die ersten merkten es, als sie dagegenschlugen und nur die dumpfen Echos ihrer Schläge hörten, ansonsten aber nichts geschah. Kein Sprung, kein Riss befand sich in den Scheiben. Sie zitterten bei den Schlägen kaum nach.

Es war eine große Enttäuschung für die Menschen, die sie kaum fassen konnten. Bis sie es begriffen hatten, verging einige Zeit, denn die Angst hatte ihre Gehirne wie mit einem Schleier überdeckt.

Sekunden, die Gordon Kencey nutzen konnte.

Seine Stimme übertönte das Wimmern und ängstliche Schreien der Gäste, als er rief: »Ich sagte es euch schon. Es hat keinen Sinn. Ihr seid nicht nur meine Gäste, sondern auch meine Gefangenen. Belphégor will euch, und er bekommt euch.«

Es waren Worte, die den dumpfen Schleier der Angst bei den Menschen aufrissen. Sie standen da, drehten sich, schauten auf Gordon Kencey und schüttelten die Köpfe.

»Aber, aber das ist doch nicht möglich«, sagte ein junger Mann, dessen Gesicht im Schein der Kerzen rötlich glänzte, weil der Schweiß eine dicke Schicht auf der Haut gebildet hatte. Bittend streckte er die Hände vor. In seinen Augen war ein flehender Ausdruck zu lesen.

»Es ist möglich«, erwiderte Gordon Kencey kalt. »Ihr habt es selbst erlebt. Ich bin der Meister. Mir hat man die Aufgabe gegeben, Belphégor den Rückweg zu ebnen. Wer nicht für mich ist, der ist gegen mich. Schaut zu ihm!« Er streckte seinen Arm aus und deutete mit dem Zeigefinger auf den Playboy namens Abel, dessen Körper von der gewaltigen Wurminvasion überdeckt worden war.

Sie hatten von ihm Besitz ergriffen, waren überall in den Körper eingedrungen und zogen ihn in die Tiefe des Schachtes. Der Mann befand sich nicht mehr in der Lage, auch nur einen Laut von sich zu geben. Er wurde weitergezogen und würde einem schrecklichen Tod entgegengehen.

Dann verschwand er.

Es war wie ein Kopfsprung. Er bekam das Übergewicht und war plötzlich verschwunden.

»So muss es sein!«, rief Kencey und lachte schallend. »Die Erdgeister bekommen ihn. Sie holen sich alle, die nicht auf seiner Seite stehen.« Dann streckte er beide Arme aus und hielt sie über die Schachtöffnung. »Ich habe meine Diener losgeschickt, um einen Menschen zu holen, an dem mir besonders viel liegt. Er wird aus diesem Schacht in die Höhe steigen, und ihr werdet, bevor ihr ebenfalls diesen Weg geht, erleben, was meine Feinde von mir zu erwarten haben!«

Niemand konnte antworten. Die letzten Worte hatten die Gäste geschockt und gleichzeitig sprachlos werden lassen.

An einer Seite stand Chiko Thorn. Lässig, das Gesicht zu einem Grinsen verzogen. Er wusste, was folgte. Das auf dem Boden liegende Leder seiner Peitsche sah aus wie eine schwarze Schlange.

Innerhalb des Schachts rumorte es. Es war kein Donnern oder Grollen, sondern pfeifende Geräusche, die aus der Öffnung drangen, und das blaue Licht begann zu zittern und zu tanzen.

Es tat sich etwas.

Da kam jemand!

Lange brauchten die ängstlichen Gäste nicht mehr zu warten, denn ein Fremder wurde aus dem Schacht geschoben.

Aber nicht nur er. Mit ihm verließen fünf Monster die unheimliche Tiefe. Es waren schwarze, teerähnliche Gestalten, die flammende Peitschen in den Händen trugen und sich vor Gordon Kencey verneigten …

Die Formel hatte es nicht geschafft. Nicht gegen diese gewaltige Welle aus schwarzmagischen Würmern, die einer unaufhaltsamen Invasion gleich, von diesem Berg Besitz ergriffen hatten.

Sie kamen über Hindernisse und Entfernungen, die jeder Beschreibung spotteten. Eine schreckliche Kraft trieb sie an, nicht zuletzt die unheimliche Macht Belphégors, dem sie gehorchten.

Ich hatte so etwas noch nie gesehen. Trotz meiner Angst war ich von den gewaltigen Wellenbergen fasziniert. Ein widerliches, schwarz glänzendes Gewürm, das nicht zu stoppen war.

Mein Kreuz behielt ich in der Hand, während ich noch einmal versuchte, die Tür aufzustemmen.

Es war vergeblich. Mehrere Male drückte ich die Klinke nach unten. Die Tür blieb verschlossen.

Was sollte ich tun?

Ich hatte daran gedacht, eine Fensterscheibe einzuschlagen. Dann jedoch hätte ich von der Treppe gehen müssen. Und in die widerlichen Berge von Würmern wollte ich auf keinen Fall.

Sie walzten weiter vor.

Eine nicht zu stoppende, unheimliche Masse. Grauen und Ekel erregend, tödlich und alles vernichtend.

Wenn ich nach links und rechts schaute, sah ich nur Würmer. Die gesamte Hausbreite wurde von ihnen eingenommen, und ich glaubte inzwischen daran, dass dieser Berg über dem Tunnel nur noch aus unzähligen Würmern bestand.

Dabei hatte ich einmal gedacht, Belphégor wäre vernichtet. Eine verdammte Täuschung, der ich erlegen war. Dieser Belphégor war so nicht zu zerstören. Hinter ihm mussten gewaltige Wesen stehen, die ihm immer wieder ein neues Leben gaben.

Macht!

Ja, er hatte sie.

Längst hatten die Würmer die Treppe erreicht. Ich stand breitbeinig da. Den Rücken hatte ich gegen die Tür gedrückt. Trotz der Kühle war ich schweißnass. Mein Herz schlug schneller als gewöhnlich. Die Flächen meiner Hände waren so feucht, als hätte ich sie mit einer Creme eingerieben.

Ich konnte einfach nicht mehr an mich halten, zog die Beretta und schoss.

Die Kugel klatschte in den gewaltigen Teig aus Würmern, riss dort ein faustgroßes Loch und dahinter einen kleinen Tunnel, der sofort wieder von heranrückenden Würmern ausgefüllt wurde, sodass ich eine Kugel verschwendet hatte.

Nein, da war nichts zu machen.

Zu viele Gegner standen vor mir, und sie würden immer wieder Nachschub erhalten.

Plötzlich sah ich den grünen Schein.

Im ersten Augenblick wusste ich nicht, wo er herkam, bis mir mein Kreuz einfiel.

Es stellte sich auf den Angriff ein.

Weshalb?

Die Würmer waren für mich im nächsten Augenblick vergessen, das Kreuz nahm meine Aufmerksamkeit in Anspruch, und ich stellte fest, dass der Schein allmählich seine Farbe veränderte. Das grüne, fahle Leuchten trat völlig zurück. Stattdessen begann das Kreuz an den Enden, genau dort, wo die Insignien der Erzengel eingraviert waren, rot zu strahlen.

Ich schüttelte den Kopf. Eigentlich hatte ich angenommen, das Kreuz zu kennen, doch es überraschte mich immer wieder. Dieses dunkelrote Leuchten war ich von ihm nicht gewohnt.

Was konnte der Grund sein?

Seltsamerweise wurde meine Angst zurückgedrängt. Ich glaubte wieder an eine Chance, auch wenn ich sie noch nicht sah. Irgendetwas musste sich tun. Von allein reagierte das Kreuz doch nicht so.

Ich schaute auf.

Mitten in der Bewegung wurde ich zu Eis. Vor Staunen stand ich tatsächlich starr, denn vor mir und über den gewaltigen Wellen aus magischen Würmern pendelte ein roter Punkt.

Mir kam sofort ein Vergleich in den Sinn. So sah ein zu Eis erstarrter Blutstropfen aus.

Da wusste ich Bescheid.

Vor mir schwebte das magische Pendel!

Und das besaß nur einer.

Der Eiserne Engel!

Die fünf Schlamm- oder Teerwesen mit ihren verbrannten Oberkörpern und den fahl leuchtenden Augen nutzten die Schrecksekunden der anwesenden Gäste und verteilten sich gedankenschnell im Raum. Sie nahmen die strategisch wichtigen Punkte ein und bauten sich vor den Spiegeln auf, wobei sie mit den Flammenpeitschen heftige Bewegungen durchführten, die dafür sorgten, dass die Menschen noch weiter zurück- und enger zusammengetrieben wurden.

Nur Suko blieb.

Und er allein war für Gordon Kencey wichtig.

Der Inspektor befand sich nach wie vor im Bann dieses blauen Lichts, das selbst einen gewaltigen Berg durchdrungen hatte und eine der stärksten Waffen Belphégors war. Noch hatte Suko keinen direkten Kontakt mit dem Boden, er schwebte über dem Schacht. Dann schnellte der Arm des Schauspielers vor. Suko erhielt einen Hieb gegen die Brust und kippte zurück.

Wehrlos fiel er nach hinten, knallte zu Boden und blieb liegen.

Gordon Kencey lachte. Er rieb seine Hände gegeneinander und freute sich diebisch, während Chiko seine Peitsche anhob und aussah, als wolle er den bewusstlosen Suko auspeitschen.

»Lass es sein!«, befahl Kencey. »Das kommt vielleicht später.«

»Aber …«

»Hör auf!«

Da duckte sich Chiko und schwieg. In ihm tobte der Hass auf den Chinesen, denn er hatte die Demütigung in der Hotelhalle keinesfalls vergessen. Und er wollte Suko nicht nur Gordon Kencey überlassen. Chiko Thorn vergaß niemals etwas und präsentierte immer seine Rechnung.

»Du kannst ihm aber die Waffe abnehmen!«, befahl Kencey.

Thorn nickte. Neben Suko kniete er nieder und wand ihm die Beretta aus den Fingern. Am liebsten hätte er in das Gesicht des Mannes geschlagen, doch er hielt sich zurück.

»Geh wieder an deinen Platz!«

Chiko gehorchte.

Gordon Kencey aber fühlte sich in seinem Element. Er breitete die Arme aus, der Umhang blähte sich, die Falten verschwanden, und zwei seltsam graue Hände schauten aus den Schlitzen hervor.

»Ich habe meinen Feind nicht vergessen!«, rief er mit lauter Stimme. »Es hat zwar einige Zeit gedauert, doch er war so vermessen, anzunehmen, dass er den großen Belphégor schlagen könnte. Das schafft keiner. Mich kann niemand schlagen, denn ich bin der Hexer mit der Flammenpeitsche!«, brüllte er. »Ich bin Belphégor!« Ein donnerndes, unheimliches Lachen hallte durch den

Raum. Plötzlich zuckte etwas in der Hand des Schauspielers, und aus ihr fuhr eine gewaltige Flammenlanze hervor. Eine Feuerpeitsche.

Jeder hatte seine Worte verstanden, nur nicht begriffen. Sie wussten, sie kannten nichts von Belphégor, sie wussten überhaupt nichts von Dämonen und deren Hierarchie. Für die Gäste dieser schrecklichen Party war alles unfassbar und zu einem Albtraum geworden.

»Glaubt ihr mir nicht?«, brüllte Belphégor. »Ihr Narren! Weshalb sagt ihr nichts? Ich bin es doch. Ich bin der Dämon, und den Chinesen werde ich vor euren Augen vernichten. Er hat mich damals töten wollen, mit einer gefährlichen Peitsche hat er mich zerschlagen, und das zahle ich ihm zurück. Ich werde mich auf eine ähnliche Art revanchieren. Mit meiner Flammenpeitsche! Nur wird es für ihn keine Rückkehr mehr geben, das verspreche ich euch.«

Jemand fasste sich ein Herz und sprach den Mann an. »Was soll das denn, Gordon? Wir haben doch nichts getan! Reicht dir die Schau nicht? Brich das Spiel ab und lass uns gehen!«

Nach diesen Worten erfolgte ein erwartungsvolles und ängstliches Schweigen. Jeder war gespannt, was Gordon Kencey wohl antworten würde. Viel Hoffnung hatten die Menschen nicht, das war von ihren Gesichtern abzulesen.

Er beugte sich vor. Das Licht der Kerzen spiegelte sich auf den Scheiben der dunklen Brille. »Was sagt ihr da?«, flüsterte er heiser. »Ihr wollt weg? Und ihr redet mich mit Gordon Kencey an? Ich bin nicht Gordon Kencey, sondern Belphégor. Merkt euch das ein für allemal. Ich bin Belphégor!«, schrie er. »Und ich habe die Macht. Nicht nur das Haus gehorcht mir, auch der Berg steht unter meiner Kontrolle. Ich kann die Natur manipulieren. Meine Diener sind nicht nur die fünf Wesen hier, die ich zu meinem persönlichen Schutz geholt habe, nein, ich verlasse mich auf die, die millionen- und milliardenfach in den Tiefen der Erde hausen und von den mächtigen Erdgeistern mir überstellt worden sind. Ich habe lange Zeit in der Mikrowelt verbracht. Eine Zeit, die nicht ungenutzt blieb, denn dort habe ich die Erdgeister kennen gelernt. Sie stellten sich auf meine Seite. Sie gaben mir auch die Macht, und ihr werdet das Grauen erleben, denn die Würmer kommen über euch wie eine Welle. Sie lauern draußen, sie sind längst da, und sie warten nur auf mein Zeichen.«

Nach diesen Worten drehten sich automatisch die Köpfe der meisten Anwesenden den Fenstern zu.

Sehen konnten sie nichts. Die Läden versperrten ihnen den Blick.

Und der Dämon fuhr fort: »Merkt ihr nicht, wie es unter euren Füßen wallt und sich bewegt? Auch dieses Haus steht auf dem Berg, der von den Würmern beherrscht wird. Sie sind hierher gekommen und meinen Befehlen gefolgt, ihn aber wird es zuerst erwischen.« Wieder deutete er auf Suko.

Der Inspektor stand weiterhin unter dem Bann des Unheimlichen. Er lag auf dem Rücken, bewegte nicht ein Augenlid und sah auch nicht, wie sich Belphégor vorbeugte und ihn anstarrte. Die Flamme zuckte nicht mehr aus seiner Hand. Hinter der dunklen Brille war nichts von seinen Augen zu sehen, aber er hielt die Zeit nun für gekommen, sein wahres Gesicht zu präsentieren.

Er richtete sich wieder auf. Kerzengerade stand er da, umspielt vom zuckenden Widerschein des Kerzenlichts. Auf diesen Moment hatte er lange genug gewartet. Jetzt würde er den Ignoranten seine wahre Gestalt präsentieren, und sie sollten erschrecken, denn Gordon Kencey konnten sie vergessen.

»Ich bin Belphégor!«, schrie er noch einmal und öffnete mit einem Ruck sein Gewand, das er von sich fortschleuderte.

Er hatte einen vielfachen Schrei des Entsetzens erwartet. Der brandete nicht auf.

Die Menschen blieben still.

Sie hatten viel gesehen, auch mit vielem gerechnet. Was sie jetzt zu sehen bekamen, war unwahrscheinlich. Und er schleuderte nicht nur seinen Umhang zur Seite, sondern nahm auch die dunkle Brille ab.

Beides kam zusammen, vereinigte sich zu einem Anblick des Schreckens.

Vor den Gästen stand kein Mensch mehr, sondern ein gefährliches Monster.

Belphégor!

Ich starrte auf den Punkt. Vergessen waren im Augenblick die gefährlichen Würmer. Nur dieser schwingende Blutstropfen zog meine Blicke an.

Lauerte der Eiserne Engel in der Nähe?

Ich wusste es nicht, konnte es nur hoffen, starrte mir fast die Augen aus dem Kopf und sah ihn trotzdem nicht. Es war einfach zu dunkel, und wenn er sich tatsächlich in der Nähe befand, würde er mit der Finsternis verschmelzen.

Dabei konzentrierte ich meinen Blick auf eine Stelle oberhalb des Pendels. Wenn ich ihn entdecken wollte, dann sicherlich dort. Aber ich sah ihn nicht. Nur dieses verdammte Meer aus Würmern wogte vor meinen Augen.

Mir wurde die Kehle trocken. Sie hatten mich in ihrer Masse noch nicht erreicht, aber sie befanden sich bereits auf der Treppe, und erste Exemplare näherten sich schon gefährlich meinen Fußspitzen.

Reichte das Pendel?

Da erlebte ich eine weitere Überraschung. Über mir und aus dem Dunkel erklang eine donnernde Stimme. Sie war wie ein Grollen und schwang über das Meer aus Würmern.

Die Stimme gehörte dem Eisernen Engel. Er rief weder meinen Namen, noch kam er mir mit Waffengewalt zu Hilfe; stattdessen schrie er laut und deutlich, sodass ich jedes Wort verstehen konnte: »Die Erde soll das Unheil halten – das Heil soll hier bleiben!«

Mein Rücken schien zu vereisen. Ich wusste sehr wohl, was diese Worte bedeuteten.

Es war die Übersetzung des lateinischen Textes, mit dem ich mein Kreuz aktivieren konnte.

Die normalen, für mich auch verständlichen Worte also. Und der Eiserne Engel hatte sie gerufen. Er wusste Bescheid, und er hatte den Weg gefunden, der nötig war, um die Würmer zu vernichten.

Ich wurde in den folgenden Sekunden zu einem Statisten degradiert, denn nun riss das magische Pendel das Geschehen an sich, und ich erlebte zum ersten Mal seit langem seine gewaltige Kraft …

Er war kein Mensch mehr!

Nein, er hatte ihnen das Menschsein nur vorgegaukelt – und dies auf eine perfide Art und Weise.

Jetzt sahen sie seine wahre Gestalt!

Sie bestand – aus Würmern!

Tausende von ekligen schwarzen Würmern klebten aneinander, waren ineinander verschlungen, bildeten Knäuel und bekamen in ihrer Gesamtheit dennoch eine Gestalt.

Die eines Menschen!

Arme, Beine, der Oberkörper bis zum Hals – es waren nur Würmer. Bis auf die Hände. Die zeigten sich normal, wenn auch mit dunklerer Haut. Und die Würmer bewegten sich. Nie blieben sie still. Sie zuckten, sie schlängelten, sie quirlten, ohne jedoch ihre Phalanx zu verlassen und auseinanderzureißen.

Die Blicke der Menschen tasteten sich an der Gestalt hoch, erfassten das Gesicht, wobei die Gäste den zweiten Schock erlebten.

Zwar zeigte es eine menschliche Haut, aber da waren noch die Augen. Er hatte die Brille abgenommen, sie weggeschleudert und schaute aus kalten, unheimlich blauen Pupillen auf die Versammelten.

Hinter ihnen bewegte es sich. Da hockten und lauerten ebenfalls die widerlichen Würmer, und sie drangen auch aus den Nasenlöchern, wobei sie über die Lippen liefen und das Kinn erreichten.

»Ich bin Belphégor!«, schrie er. »Man kann mich nicht vernichten, auch du nicht!«

Die Gäste nahmen die Worte hin. Niemand sprach. Der Anblick und der Schreck hatten ihnen die Stimme verschlagen. Selbst Chiko Thorn war überrascht.

»Wer bist du?«, keuchte er.

Belphégor fuhr herum. »Bleib da stehen!«, herrschte er seinen Leibwächter an und schritt selbst vor. Er ging über die Öffnung und fiel nicht nach unten.

Direkt neben Suko blieb er stehen. Sein Arm fuhr in die Höhe und verwandelte sich innerhalb einer Sekunde zu einer flammenden Peitsche.

Sie fuhr den Gästen entgegen, schlug einen Kreis, und der Wurmdämon Belphégor streckte seinen freien Arm aus.

Mit dieser Geste erlöste er Suko aus seinem Bann.

Der Chinese schlug die Augen auf. Sein Blick wurde wieder klarer. Und er starrte seinem Vernichter in das schreckliche Gesicht!

Das magische Pendel!

In diesen Augenblicken dachte ich daran, welche Auseinandersetzungen es darum gegeben hatte. Und nun erlebte ich es in Aktion, wobei es von seinem wirklichen Besitzer geführt wurde.

Es schien auseinander zu fliegen.

Aus diesem roten, sternartigen Gebilde entstand eine gewaltige Wolke, die sich nach allen Seiten ausbreitete und sich wie eine Glocke über die Würmer legte.

Die Wolke zerstörte auch die Dunkelheit, und ich starrte gebannt auf den Eisernen Engel!

Inmitten dieses Gebildes war er lupenscharf zu erkennen. Er hatte sein Schwert gezogen, das er in der rechten Hand hielt, wobei die Klinge schräg nach unten deutete.

In der linken Hand hielt er das magische Pendel. Es schwang von einer Seite auf die andere. Eine Urkraft war frei geworden, die den gewaltigen Würmerberg zum Stocken brachte.

Fasziniert beobachtete ich die erstarrten Tiere. Sie rührten sich nicht mehr. Auch die am weitesten vorgedrungen waren, dicht vor meinen Zehenspitzen, zur Ruhe gekommen.

Über allem schwebte der Eiserne Engel. Durch das rote Licht des Pendels hatte sich auch seine Gestalt verändert. Sie schimmerte nicht mehr metallisch, sondern so, als hätte sie einen Bluthauch mitbekommen, und auch die Klinge seiner Waffe leuchtete in dem Rot des Pendels.

»John Sinclair!«, rief er so laut, dass ich zusammenzuckte. »Sorge dafür, dass die Würmer nicht mehr zurückkommen. Vernichte Sie! Ich werde dir dabei helfen!«

Ich war irritiert. Der Eiserne hatte gut reden. Sicher, ich hätte die Würmer gern vernichtet – nur womit?

Da warf er mir plötzlich sein Schwert entgegen. »Damit!«, rief er laut, als hätte er meine Gedanken erraten. »Mit diesem Schwert sollst du sie töten!«

Ich griff zu. Die Beretta ließ ich einfach fallen. Fast hatte ich das Gefühl, als würde der Schwertgriff genau dorthin weisen, wo ich meine geöffnete Hand hielt, und er fiel hinein.

Ich packte zu.

Ein herrliches Gefühl war es, das Schwert des Eisernen in den Händen zu halten. Es war auch nicht so schwer. Ich konnte es führen wie damals das Schwert des Dämonenhenkers.

Diese Waffe war phantastisch.

»Ich habe deine Worte gebraucht. Die Übersetzung aus dem Lateinischen«, rief der Eiserne Engel, »und mit dem Pendel zusammen konnte ich die Würmer stoppen. Dein Kreuz und mein Pendel bilden im Augenblick eine Einheit und stellen sich gegen die finsteren Geister der Erde. Trag du dafür Sorge, dass sie wieder verschwinden. Schlag ein Kreuz in die Phalanx der Würmer!«

Ich hörte die Aufforderung, hob meinen Kopf und starrte den Eisernen Engel an.

Was hatte er von mir verlangt?

»Schlag zu!«, rief er. »Die Zeit eilt. Belphégor ist bereits zurückgekehrt …«

Dieser letzte Satz war für mich das Stichwort. So etwas

wollte ich mir nicht zweimal sagen lassen. Und wie gefährlich der Hexer mit der Flammenpeitsche war, hatte ich erlebt.

So ging ich vor.

Trat hinein in diese widerliche Masse von erstarrten Würmern und dachte daran, was mir der Eiserne gesagt hatte.

Ein Kreuz sollte ich schlagen.

Das tat ich auch. Hoch hob ich das Schwert mit beiden Händen. Über meinem Kopf stellte es sich auf, dann fuhr die Klinge nach unten, jagte hinein in den Wurmhaufen und riss dort kraft seiner magischen Stärke eine tiefe Furche.

Ich wollte es kaum glauben, doch es entsprach den Tatsachen. Ich hatte den ersten Teil meiner Aufgabe geschafft. Und ich führte zwei kraftvolle seitliche Hiebe durch, während mich das Licht des Pendels umloderte.

Abermals wurden die Würmer zerstört. Sie schmolzen weg und zeichneten den Weg genau nach, den das Schwert genommen hatte.

Jetzt war das Kreuz entstanden. Wie es mir der Eiserne Engel gesagt hatte.

Rot schimmerte es zwischen den Würmern. Ich bemerkte, dass mein Kreuz ebenfalls anfing zu glühen, und an den Enden, wo die Erzengel ihre Zeichen hinterlassen hatten, schossen die roten Strahlen hervor und jagten dorthin, wo sich das andere Kreuz inmitten der Würmer abzeichnete.

Es gab eine Verbindung!

Und die vernichtete!

Pendel und die beiden Kreuze. Drei Dinge waren es, die Belphégors widerliche Diener zerstörten.

Eingetaucht in das rote Licht sah ich die gewaltige Wurmmenge verglühen. Es war ein Vorgang, der rasch über die Bühne lief. Ein Aufstrahlen innerhalb der zusammengepressten Würmer, und dann war da nichts mehr. Nur der Eiserne stand auf dem Boden, schaute mich an und streckte mir seine Hand entgegen.

Ich wusste, was er wollte, und gab ihm das Schwert.

»Wir haben es geschafft«, sagte er, als er die Waffe in die Hand nahm. »Belphégors Rückhalt ist zerstört.«

»Und er selbst?«

Der Eiserne schaute mich an. »Er selbst existiert noch, denn er hat wieder einen Körper gefunden, der alles für ihn tun würde.«

»Gordon Kencey?«

»Ja, so heißt der Mann.«

»Dann sind die anderen auch in Gefahr«, sagte ich.

»Nicht nur sie«, gab der Eiserne zu. »Auch Suko. Zwischen diesem Haus und dem Tunnel besteht eine magische Verbindung. Ein Schacht, der durch den Berg führt, im Tunnel beginnt und hier endet. Ein perfekter Fluchtweg.«

»Dann verschwinden durch ihn die Menschen«, flüsterte ich.

»So wird es sein.«

»Und Suko?«

Der Eiserne Engel erwiderte nichts. Es war für mich Antwort genug. Ich drehte mich um und konnte wieder normal laufen. Keine Würmer bewegten sich unter meinen Füßen. Ich hob die Beretta auf, stoppte vor der Tür und dachte daran, dass sie verschlossen war.

Da stand der Eiserne Engel neben mir.

Und er nahm das Schwert …

Zuerst dachte Suko an seine Beretta! Er riss den rechten Arm hoch und sah mit Entsetzen, dass seine Hand leer war. Man hatte ihm die Waffe abgenommen.

Ein böses, ein schlechtes Zeichen. Noch deprimierender war derjenige, der ihn anstarrte.

Belphégor!

Suko brauchte da nicht lange zu raten. Er sah die kalten Augen und dahinter die Bewegungen der kleinen Würmer. Aber nicht nur in den Augen befanden sich Würmer, sondern am gesamten Körper. Sie bildeten die Arme, den Oberkörper, die Beine und zeichneten in ihrer konzentrierten Form einen Menschen nach.

Einen Wurmmenschen!

Das genau war Belphégor, und er hielt in einer Hand sein Zeichen, die Flammenpeitsche.

Er schwang sie über Sukos Gesicht. Der Chinese spürte den Hauch der Flamme. Er zuckte zusammen und sah dann das irre, böse Grinsen auf dem Gesicht seines Gegenübers.

»Erinnerst du dich noch an die Szene in den Alpen, Chinese? Da hast du mich gejagt. Du hast deine verdammte Dämonenpeitsche genommen und mich regelrecht zerschlagen. Das aber war ein Fehler. Ich bin nicht so einfach zu töten, denn ich stehe unter dem Schutz uralter Erdgeister, die mich auch aus der Mikrowelt entließen. Nicht umsonst habe ich den Wurmkörper angenommen, denn in jedem kleinen Wurm steckt ein Belphégor. Der Hexer mit der Flammenpeitsche ist zurückgekehrt, um sich zu rächen!«, rief er und lachte.

Suko war Realist. Was dieser Dämon ihm da sagte, stimmte alles. Er hatte Einlass gefunden in den Körper eines Gordon Kencey, den eigentlichen Menschen zerstört und eine dämonische Kontrolle übernommen. Ein furchtbares Schicksal, denn Kencey war nur noch eine Hülle, ansonsten besessen.

Ebenso, wie die anderen Menschen in den Bann der Flammenpeitschen gerieten, die sie verbrannten und aus ihnen lebende Tote machten, teerähnliche Wesen, als Diener dem Dämon Belphégor zugeteilt.

Nein, Suko sah keine Chance für sich.

Er konnte sich zwar bewegen. Belphégor hatte den Bann gelöst, aber was nutzte es ihm?

Der Hexer mit der Flammenpeitsche war immer schneller.

Und von den Gästen dieses makabren Festes konnte er auch keine Hilfe erwarten.

Die standen unter einem Schock und würden seinem Schicksal folgen.

Plötzlich zuckte Belphégor zusammen. Irgendetwas war geschehen, und er vergaß den Chinesen für einen Moment. Sein Blick richtete sich gegen eines der Fenster, durch dessen Läden es rötlich schimmerte. Ein schwacher Schein nur, aber Belphégor war gewarnt.

Wild stieß er seinen rechten Arm in die Höhe. Die Peitsche wurde lang, zu einem regelrechten Feuerring, der gegen die Spiegelflächen fuhr und an acht Stellen gleichzeitig zu sehen war.

»Er ist da!«, schrie Belphégor plötzlich. »Er hat es geschafft!«

Niemand wusste, wen er meinte, aber Suko sah, dass mit dem Dämon einiges nicht stimmte.

Hatte er Furcht?

Der Chinese war ein Mensch schneller Entschlüsse. Wenn er eine Chance hatte, dann in diesen Augenblicken.

Suko sprang nicht auf. Das hätte ihn zu viel Zeit gekostet. Er rollte sich zur Seite.

Und diese Bewegung sah auch Chiko Thorn. Er hatte den Inspektor keine Sekunde aus den Augen gelassen.

Als Suko sich bewegte und gleichzeitig die Tür des Raumes unter gewaltigen Schlägen brach, zuckte sein Arm hoch, und die lederne Peitschenschnur nahm Kurs auf Sukos Gesicht …

Das Schwert des Eisernen Engels zerhieb die Tür, als bestünde sie nur aus Pappe.

Der ehemalige Beherrscher der Vogelmenschen schaffte sich mit dieser Waffe freie Bahn. Was ihm noch im Weg stand, räumte er mit kräftigen Tritten zur Seite.

Die erste Tür war kein Hindernis mehr, und wenig später beschäftigte er sich mit der zweiten.

Hier genügten zwei Hiebe. Die Tür brach in der Mitte auseinander. Wir hatten freie Bahn und standen plötzlich in dem Raum, wo sich alles abspielte.

Ein seltsam schauriges Bild bot sich unseren Augen.

Kerzenflackern, verdoppelt durch zahlreiche Spiegel, die in einem Achteck aufgestellt waren. Dazwischen die Menschen, die Opfer eines grausamen Dämons werden sollten, aber noch lebten, wie ich mit einem Blick feststellte.

Und dann Belphégor!

Wie hatte er sich verändert! Das war nicht mehr der Hexer mit der Flammenpeitsche, wie ich ihn von unserem letzten Fall her kannte. Nein, er bestand aus Würmern. Und wären da nicht die kalten, gnadenlosen Augen gewesen, ich hätte ihn kaum erkannt.

Wie ein Weltwunder starrte man uns an. Auch das Mädchen, das ich als Kenceys Begleiterin kannte. Doch ihr Blick war durch Drogen gezeichnet.

Suko entdeckte ich nicht. Zu viele Körper versperrten mir die Sicht, aber wir waren gesehen worden, besonders der Eiserne Engel, denn er überragte die meisten um Haupteslänge.

»Aus dem Weg!«, brüllte der Eiserne und schwang seine Waffe hoch über den Kopf. Er wollte die anderen warnen, die ihm den Weg zu Belphégor versperrten.

Diese Worte glichen einer Initialzündung. Auf einmal hatten die Menschen bemerkt, dass die Tür nicht mehr verschlossen war. Sie konnten dem Horror entfliehen, und diese Chance nutzten sie.

In den nächsten Sekunden kamen wir nicht mehr weiter. Die Menschen brandeten gegen uns. Jeder wollte den rettenden Ausgang als Erster erreichen, und so erhielt Belphégor eine Chance, seine Diener zu schicken.

Fünf verbrannt wirkende Wesen waren es. Als Waffen besaßen sie flammende Peitschen, die sie eiskalt einsetzten und dabei auch keine Rücksicht auf die letzten Flüchtlinge nahmen.

Wir hörten die Schreie, das Toben. Ich schleuderte Menschen weg, schuf mir endlich freie Bahn und kämpfte Seite an Seite mit dem Eisernen Engel gegen Belphégor und dessen Diener …

Die Peitsche hätte Suko erwürgen sollen!

Wie der Chinese seine Arme hochbekommen hatte, wusste er selbst nicht zu sagen. Jedenfalls wickelte sich die Schnur nicht um seinen Hals, sondern um die Handgelenke.

Im Hintergrund vernahm der Inspektor die Schreie der Gäste. Es war ein Chaos, um das er sich nicht kümmern konnte. Dieser Chiko Thorn war wichtiger.

Er lachte böse auf, sah sich schon auf der Gewinnerstraße, als Suko seine Kraft einsetzte und das tat, womit der andere wohl nicht gerechnet hatte.

Er riss ihn zu sich heran!

Plötzlich verlor Chiko den Halt. Da er die Peitsche nicht loslassen wollte, wurde er direkt auf den Chinesen zugewuchtet, und der empfing ihn mit einem gewaltigen Tritt, der Thorn zurückschleuderte, der nicht mehr daran dachte, die Peitsche festzuhalten. Sogar Sukos Beretta rutschte ihm aus dem Hosenbund.

Jetzt hatte Suko dessen Waffe. Chiko blieb für einen Moment stehen. Er wusste nicht mehr genau, was alles um ihn herum vorging, hatte den Überblick verloren und wurde von Sukos Hieb getroffen, der ihn wie einen Kreisel herumschleuderte.

Er schrie.

Dann folgte der Hammer.

Suko erwischte ihn voll, und es hielt Chiko nicht mehr auf den Beinen. Er flog nach hinten, kam der seltsamen Schachtöffnung immer näher, trat hinein – und verschwand.

Es war ein Sturz wie in die Hölle!

Auf einmal war von ihm nichts mehr zu sehen. Der Schacht fraß ihn regelrecht auf, und Suko vernahm noch seinen gellenden Schrei, als er in der gähnenden Tiefe verschwand.

Um sein Schicksal konnte sich Suko nicht mehr kümmern. Andere waren jetzt wichtiger. Zum Beispiel John Sinclair, dessen Ankunft er ebenfalls registriert hatte.

Suko zog seine Dämonenpeitsche, während er das Krachen der Schüsse und das Pfeifen der Schwertklinge hörte.

Fünf standen gegen uns!

Das machte dem Eisernen Engel nichts. Er war andere Dinge gewohnt, und er räumte auf.

Sein Schwert führte er mit beiden Händen. Er hielt es fest, das Gesicht war verzogen, ein Grinsen schien sich darin festgekantet zu haben, während er die Waffe von oben nach unten schlug.

Er spaltete das erste Teerwesen, das seinen Weg kreuzte.

Ich kämpfte an seiner Seite und glaubte, einen Schrei gehört zu haben, war mir jedoch nicht sicher, weil es im Krachen der Schüsse unterging.

Vor mir wurde ein Monster von der Silberkugel regelrecht zerblasen, und die Flamme der Peitsche verlosch.

Noch drei – und Belphégor!

Er wollte natürlich nicht aufgeben, weil er zu viel eingesetzt hatte, aber es war schwer für uns, an ihn heranzukommen, denn seine drei Diener versperrten den Weg.

Plötzlich wischte etwas dicht vor meinen Augen her. Es war eine der Flammenpeitschen. Ich spürte ihren tödlichen Hauch und bereute meinen Fehler, mich zu sehr auf Belphégor konzentriert zu haben.

Da vernahm ich das Klatschen!

Nicht ich hatte zugeschlagen, auch nicht der Eiserne Engel, sondern Suko.

Mein Freund war im Rücken des Wesens aufgetaucht und hatte mit voller Wucht zugeschlagen.

Die Dämonenpeitsche zerstörte den verbrannt wirkenden lebenden Toten. Sie hieb ihn entzwei, sodass die Teile von ihm in verschiedene Richtungen wegkippten.

Suko winkte mir kurz zu, dann huschte er herum, um sich Belphégor zuzuwenden.

Er stand wie ein Turm in der Schlacht. Während ich mich um die letzten schwarzen Diener kümmerte, einen mit dem Kreuz zerstörte, den anderen mit einer Silberkugel, wollte Belphégor nicht aufgeben.

Seine Flammenpeitsche wuchs zu einer riesigen Schlange heran, die nicht nur auf Suko zufauchte, sondern auch auf den Eisernen Engel.

Suko hechtete zu Boden, überrollte sich dort, und ich

sah seine Hand im Jackenausschnitt verschwinden. Wahrscheinlich wollte er seinen magischen Stab hervorholen.

Er hatte der Flamme entgehen können, nicht aber der Eiserne Engel. Sie fuhr ihm voll ins Gesicht, doch der Eiserne blieb stehen und schleuderte im selben Moment das Pendel gegen den Hexer mit der Flammenpeitsche.

Ein fürchterlicher Schrei jagte durch den Raum, als das glühende Pendel traf.

Es war eine Waffe gegen die ungeheuer starken Erddämonen, die ich nicht einmal kannte, und es zerstörte auch den, der von diesen Wesen gefördert wurde.

Belphégor explodierte!

Vor uns stand plötzlich ein gewaltiger Feuerball. Ein blendender roter Schein, in den sich das blaue Licht der so gnadenlosen Augen mischte und den Schein zu einem wirbelnden Kreisel werden ließ, wo alles zu sehen war, was einmal zu Belphégor gehört hatte.

Die Augen, die unzähligen Würmer, Hände, der Schädel – dies rotierte und wirbelte durcheinander, geriet in den gewaltigen Kreisel, der sich um die eigene Achse drehte, zu einer Spirale wurde und fauchend innerhalb der Schachtöffnung verschwand, denn der durch den Berg führende Tunnel saugte die Reste dieses gefährlichen Dämons auf.

Ein unheimliches Glosen innerhalb des Schachts war noch zu sehen, dann verlosch es, und der gläserne Boden unter uns war wieder völlig normal.

Allmählich verschwand auch das Glühen des magischen Pendels, und ich starrte auf den tropfenförmigen Stein, dessen Kraft einen Dämon wie Belphégor vernichtet hatte.

Hatte er das wirklich?

Auf meine Frage hin hob der Eiserne Engel die Schultern. »Ich glaube es, John«, erwiderte er, »denn das Pendel besitzt eine größere Kraft als Sukos Peitsche.«

Mein Partner hatte die Worte gehört. Grinsend, aber erschöpft aussehend, baute er sich neben uns auf. »Dann können wir ja tauschen«, schlug er vor.

Ich hörte nicht mehr zu, was die beiden noch sagten, sondern verließ den Raum.

Dabei passierte ich auch Pamela Sanders, die wie ein Häufchen Elend am Boden hockte. Sie hatte es ebenfalls überstanden, würde sich wahrscheinlich kaum an die Schrecken erinnern können und alles für einen Horrortrip halten, was es auch letztendlich war.

Als ich nach draußen trat, fuhren die letzten Gäste ab. Sie brausten über einen normalen Weg davon.

Es gab keine magisch aufgeladenen Würmer mehr, der Tunnel und der Berg waren befreit.

Und das war gut so …

Das gläserne Grauen

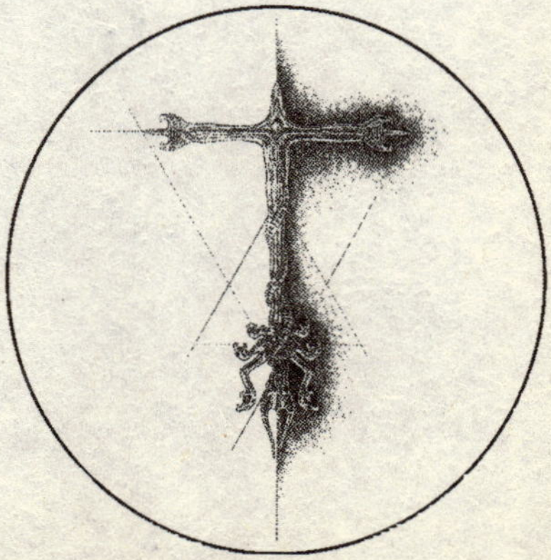

Ich sah die beiden Scheinwerfer im Innenspiegel und wusste gleich, dass der Fahrer des Wagens hinter mir viel zu schnell fuhr.

Und das bei regennasser Straße! So etwas konnte ins Auge gehen, deshalb schielte ich öfter als gewöhnlich in die beiden Außenspiegel.

Plötzlich begannen die Lichter zu tanzen. Zudem holte der Verfolger schnell auf.

Ich fuhr scharf links heran. Mein Bentley hatte schon genug abbekommen im Lauf der Zeit. Ich wollte nicht, dass so ein Idiot eine weitere Beule hineinfuhr.

Im nächsten Augenblick überholte der Fahrer. Ich konnte auch den Wagentyp erkennen, es war ein schneller Italiener, ein Lancia. Innerhalb der hochsprühenden Wasserfahne sah ich nicht nur unzählige Tropfen im Licht meiner Scheinwerfer blitzen, sondern auch eine dicke, aus dem Auspuff quellende Wolke.

Entweder war die Person hinter dem Lenkrad lebensmüde oder verrückt. Vielleicht auch betrunken. Jedenfalls stellte dieser Typ eine Gefahr für alle anderen Verkehrsteilnehmerr dar.

Ich blieb an seinen Hinterreifen kleben. Zu dieser nächtlichen Stunde herrschte kaum Betrieb. Ich war bei den Conollys gewesen und hatte mit ihnen einen gemütlichen Abend verbracht – ohne Alkohol.

Momentan führte mich mein Weg an der Themse entlang. Dieser Uferspazierweg war nur sehr schwach beleuchtet. Nur hin und wieder stand ein gelbliches Auge in der Luft.

Plötzlich sah ich ein anderes Auge.

Ein rotes!

Und es bewegte sich nicht weit vom Rand der Fahrbahn entfernt. In einem Bogen fuhr es von oben nach unten.

Ich kannte das Zeichen. Es war kein rotes Auge, sondern die Kelle eines Polizeibeamten.

Kontrolle!

Und der Lancia-Fahrer würde nicht daran vorbeikommen. Ebensowenig wie ich.

Ein schadenfrohes Lächeln umspielte meine Lippen. Sollte der Mann tatsächlich betrunken sein, würden es die Polizisten merken und entsprechende Maßnahmen ergreifen.

Ich senkte zugleich mit meinem Vordermann die Geschwindigkeit, als die Heckleuchten des Wagens vor mir aufglühten. Der Lancia rollte mit mäßiger Geschwindigkeit an den Straßenrand und wurde abgebremst.

Auch ich musste stoppen. Einer der Beamten trat hinter den Lancia und hielt mich an.

Ich ließ den Bentley ausrollen und wartete. Normalerweise ist es so, dass Polizisten, wenn sie Kontrollen durchführen, zu mehreren und dabei zwei Wagen gleichzeitig unter die Lupe nehmen können. Hier musste ich warten, denn die Männer kümmerten sich erst einmal um den Lancia; mich ließen sie warten.

Ihr Polizeifahrzeug parkte versteckt hinter dichten Sträuchern auf einem Grünstreifen.

Hoffentlich dauerte die Kontrolle nicht zu lange. Ich hatte keine Lust, großartig zu warten. Mein Bett war mir lieber.

Zwei Polizisten waren an den Lancia herangetreten. Was sie sagten, verstand ich natürlich nicht, allerdings durfte der Fahrer nicht in seinem Wagen sitzen bleiben, er musste aussteigen.

Die Tür schwang auf.

Ein wenig schwerfällig, wie mir schien, verließ der Mann sein Auto. Er schwang zuerst die Beine heraus, hielt sich am Dach fest und zog sich regelrecht in die Höhe.

Dieses Aussteigen ließ darauf schließen, dass der Mann nicht mehr sicher auf den Beinen stand und einiges getrunken hatte. Da kam er den Polizisten gerade recht.

Sie schienen längst bemerkt zu haben, was mit dem Fahrer los war, denn sie fassten ihn unter. Aber das ließ sich der Mann nicht gefallen. Mit einer wütenden Bewegung riss er sich los und schrie die beiden Polizisten so laut an, dass ich alles verstand.

»Dämliche Bullen!«, war das harmloseste Schimpfwort.

Es war nicht die feine englische Art. Was die Polizisten danach taten, konnte man ebenfalls als Überreaktion bezeichnen.

Sie packten den Mann, schleuderten ihn herum, und er fiel auf die Kühlerhaube seines Lancias.

Jetzt wurde ich mehr als aufmerksam. Alles, was recht ist, die Polizei steht manchmal unter großem Stress, ich kannte das von mir selbst, doch so zu reagieren, gehörte sich nicht. Das war wider alle Vorschriften. Jeder Bürger hat seine Rechte, und die müssen von den Polizisten respektiert werden.

Ich stieg aus.

Eingreifen wollte ich nicht direkt, nur die Kollegen ein wenig auf ihr Benehmen hinweisen, doch kaum hatte ich die Tür aufgestoßen, als sich die beiden anderen Polizisten in Bewegung setzten und auf mich zukamen. Einer fuhr wohl auf einem Motorrad Streife. Er hatte einen Helm auf. Das Sichtvisier war hochgeklappt.

Die beiden Männer bauten sich vor mir auf. Sie versperrten mir die Sicht auf ihre Kollegen und den Fahrer des Lancias, und der mit dem Helm erklärte in einem verdammt ruppigen Tonfall: »Sie sind noch nicht dran, Mister, verstanden?«

»Ja, verstehe.« Ich lächelte, weil ich mich entschlossen hatte, nicht meinen Ausweis zu zeigen, denn ich wollte prüfen, wie sie mit mir umgingen.

»Dann steigen Sie wieder in Ihren Wagen!«

»Gleich«, erwiderte ich ruhig. »Ich will nur wissen, was mit ihm geschieht.«

»Mir wem?«

»Mit dem Mann, den Sie dort – kontrollieren.«

»Das geht Sie nichts an!«

»Im Prinzip haben Sie Recht, nur die Behandlung hat mir nicht gefallen.«

Ich trat einen Schritt zur Seite, um besser sehen zu können, doch sofort versperrte mir der helmlose Polizist die Sicht.

Trotzdem konnte ich etwas erkennen. Heftige Bewegungen, und ein Mann wurde weggeschleift.

Das durfte doch nicht wahr sein! Da schleppten tatsächlich zwei Polizisten einen Verkehrssünder ins Gebüsch. Jetzt hörte bei mir der Spaß auf. »Lassen Sie mich vorbei!«, forderte ich.

»Nein!«

Ich wollte meinen Ausweis zeigen. Der Helmträger vor mir verstand die Bewegung falsch.

Seine Faust kam wie ein Rammbock!

Ich war durch die beiden anderen Polizisten einigermaßen gewarnt und hatte auch diese während des Sprechens nicht aus den Augen gelassen. Ganz konnte ich dem Schlag nicht ausweichen. Ich drehte mich noch ab, die Faust schrammte über meinen Hüftknochen, und ich fiel bis gegen meinen Bentley zurück.

»Reicht das?«, wurde ich gefragt.

»Nein!«, erwiderte ich hart. »Noch lange nicht.«

»Okay, dann weiter.« Der Helmträger erwies sich als Schläger übelster Sorte.

Er glaubte wirklich, leichtes Spiel mit mir zu haben. Als er seine Faust zum zweiten Mal auf die Reise schickte, pendelte ich den Schlag aus und konterte. Mein Hieb traf ausgezeichnet; der Mann wurde gegen seinen Kollegen geschleudert.

Die beiden verloren für einen Moment die Übersicht. Dass sich jemand wehrte, damit hatten sie wohl nicht gerechnet. Natürlich waren sie nicht erledigt, denn sie rafften sich auf und kämpften weiter.

Es ist nicht einfach, gegen zwei Cops zu fighten. Sie kannten selbst alle Tricks. Außerdem war es mir einfach zu blöd. Die Situation hier war wirklich unsinnig. Da schlug ich mich mit Polizisten herum, wobei ich selbst dazugehörte.

Ein Wahnsinn …

Dennoch ein gefährlicher, denn der Helmträger tastete nach seiner Dienstwaffe.

Jetzt war ich es leid. Bevor der Mann die Waffe ziehen konnte, hielt ich ihm meine Beretta entgegen, und ich schwenkte die Mündung, sodass sie zwischen den beiden Polizisten wechselte. »Hoch die Arme!«, befahl ich.

Die Polizisten erstarrten. Einer sagte: »Das wird dir noch Leid tun, mein Junge!«

»Glaube ich nicht«, erwiderte ich kalt. »Was Sie sich geleistet haben, reicht für eine Entlassung!«

Der Mann lachte hohl, und der Helmträger fing an zu grinsen. »Dazu wird es nicht kommen!«, wurde mir gesagt, und die beiden ließen ihre Arme sinken.

Locker standen sie vor mir.

Ich stutzte. Nerven hatten die Burschen, das musste man ihnen lassen. Zudem grinsten sie breit, denn sie glaubten wohl, dass niemand so ohne weiteres auf einen Polizisten schoss.

Da hatten sie Recht. Ich würde mich hüten, abzudrücken, und sah mich tatsächlich in die Defensive gedrängt, trotz meiner schussbereiten Pistole.

»Nun?«, fragte der Helmträger und kam auf mich zu, wobei er seine Arme ausbreitete. »Jetzt machst du nichts, wie?«

Ich schaute ihn an. Es war nicht einfach, seine Augen zu erkennen. Sie wirkten auf mich wie Glaskugeln, so ohne Leben, starr und geradeaus gerichtet.

»Bleiben Sie stehen!«, warnte ich.

Er schüttelte den Kopf.

Da sprang ich vor. Ich schlug mit dem Waffenlauf zu, traf seine Schulter, hörte das dumpfe Geräusch, und einen Augenblick später sackte der Mann zusammen.

Gleichzeitig mit dem Schlag vernahm ich ein seltsames Splittern, über das ich nicht weiter nachdachte, denn ich musste mich um den zweiten Mann kümmern.

Er hatte mich schon erreicht und versuchte, mich mit beiden Armen zu umklammern.

Ich rammte meine rechte Faust vor. Der Waffenlauf stieß hart in seinen Magen. Dicht oberhalb der Gürtelschnalle war der Polizist getroffen worden, und abermals hörte ich ein seltsames Knacken, während sich sein Gesicht verzerrte.

Er taumelte zurück.

Meine Linke explodierte an seinem Kinn.

Knirschen, das Verdrehen der Augen, und plötzlich

sah ich an seinem Unterkiefer einen Riss. Da befand ich mich bereits im Sprung, schlug abermals zu, und der Mann drehte sich vor meinen Augen in die Knie, wobei er schwer zu Boden schlug und liegen blieb.

Das wars.

Mit einem Blick stellte ich fest, dass er mir nicht großartig gefährlich werden konnte, deshalb wandte ich mich seinem Kollegen, dem Helmträger, zu und wollte ihn gerade ansprechen, als mir das Wort im Halse stecken blieb.

Was ich da zu sehen bekam, war unglaublich.

Der Polizist hatte sich auf die linke Seite gedreht. Mit der rechten Hand hielt er sein linkes Gelenk umfasst. Er stierte mich an. Ich glaubte, ihn grinsen zu sehen, und im nächsten Augenblick zog er kurzerhand seinen Arm aus dem Ärmel der Uniformjacke …

Ein Albtraum? Eine Täuschung? Oder die Wahrheit?

Letzteres stimmte.

Ich täuschte mich nicht, denn der Mann vor meinen Füßen hatte tatsächlich seinen Arm aus dem Ärmel der Jacke gezogen.

Das war doch nicht möglich!

Ich stand da und staunte. Vergessen war die Auseinandersetzung, ich sah nur den Polizisten und seinen Arm. Allmählich wurde mir bewusst, dass ich es hier nicht mit einem Menschen zu tun hatte, denn er nahm den Arm und schleuderte ihn weg.

Aus den Augenwinkeln beobachtete ich den Flug. Der Arm prallte gegen meinen Wagen. Es gab einen dumpfen Aufschlag, und noch in derselben Sekunde hörte ich das seltsame Knirschen. Dazwischen ein gläsernes Klirren.

Jetzt schaute ich genauer hin.

Er hatte es tatsächlich geschafft und seinen eigenen Arm zerstört, denn das, was da neben meinem Wagen lag, waren glasähnliche Splitter.

Ich bin wirklich nicht so leicht zu überraschen, das möchte ich mal vorwegnehmen. Aber was sich in dieser

Zeit kurz nach Mitternacht meinen Augen bot, war mehr als unwahrscheinlich.

Das durfte nicht wahr sein. Innerhalb von Sekunden schossen mir die schrecklichsten Vermutungen durch den Kopf. Eins stand für mich dabei fest: Ich hatte es hier nicht mit normalen Menschen zu tun, sondern mit fremden Wesen.

Dämonen?

Möglich, es konnten aber auch – so unwahrscheinlich sich das anhörte – Gestalten von irgendeinem anderen Planeten sein, obwohl ich diese Möglichkeit erst einmal ausschloss.

Der Arm lag vor mir, ein Beweisstück, um das ich mich gern gekümmert hätte, allerdings nicht kümmern konnte, denn da war noch der zweite Polizist, der sich rasch wieder erholte.

Noch kniete er, hatte den Kopf gesenkt und drehte ihn mir jetzt zu, sodass ich sein Gesicht und auch den Riss am Kinn sah.

Was sich in den nächsten Sekunden tat, fiel mir nicht leicht, aber ich musste es probieren.

Mit dem Waffengriff schlug ich zu. Der Knauf wischte am Ohr des Mannes vorbei und traf die Schulter.

Diesmal achtete ich genau auf das Geräusch und zuckte zusammen, als ich abermals das Knirschen vernahm.

Ich hatte auf Glas geschlagen.

Der Mann kippte zur Seite. Er rollte dabei auf seinen verletzten Arm, und einige Stellen an ihm brachen und knirschten wie Glas, auf das man tritt.

Die Lage war so verrückt, so irre, dass man sie kaum beschreiben kann. Mir fehlten die Worte. Die anderen Fahrzeuge, die über die Straße rollten, huschten vorbei. Manchmal nur streiften uns die Lanzen ihrer Scheinwerfer, dann wurde es wieder dunkel.

Der Polizist lag vor mir. An der Stelle, wo sich der andere befand, hörte ich ein dumpfes Knurren. Ich warf einen kurzen Blick hin und nahm dem Mann erst einmal die Waffe ab. Danach kümmerte ich mich um seinen Kollegen. Und zwar mit dem Kreuz.

Das hatte ich mir über den Kopf gestreift. Während ich auf ihn zuging, ließ ich das Kreuz fallen, behielt die Kette dabei zwischen zwei Fingern und vernahm das Klatschen, als mein Kreuz gegen das Gesicht des Polizisten prallte.

Es tat sich nichts.

Ich war enttäuscht, denn ich hatte damit gerechnet, dass sich die Glasmenschen, wenn ich sie mal so bezeichnen darf, auflösten oder zerschmelzen würden. Nichts tat sich. Mein Kreuz zeigte bei ihnen keinerlei Wirkung.

Allmählich wurde mir doch mulmig zumute. Ich zog das Kreuz wieder zurück und trat einen Schritt nach hinten. Dabei fielen mir die beiden anderen Polizisten ein, die den Fahrer des Lancias weggeschleppt hatten. Himmel, was würden die wohl mit dem Mann alles anstellen!

Der Schweiß brach mir aus, als ich darüber nachdachte. Mein Herz begann heftiger zu schlagen, aber was sollte ich machen? Ich konnte jetzt nicht hingehen und nach ihnen schauen, denn die beiden vor mir bildeten trotz ihrer Verletzung eine Gefahr.

Und der Polizist mit dem einen Arm erhob sich.

Mühsam stemmte er sich in die Höhe. Er stieß dabei ein drohendes Knurren aus und fixierte mich aus seinen kalten Augen.

Ich ließ das Kreuz verschwinden. Sollte ich es mit einer Kugel versuchen?

Bevor ich mich entscheiden konnte, vernahm ich den schrecklichen Angstschrei.

Der Lancia-Fahrer!, dachte ich noch und rannte los …

Lilly Tonev gehörte zu den Menschen, die erst wenige Jahre in London lebten. Sie war mit ihren Eltern aus Bulgarien gekommen und hatte in England eine zweite Heimat gefunden.

Im Gegensatz zu den Älteren gewöhnte sie sich rasch an die Hektik des westlichen Lebens. Sie fand Freunde, ging auch zur Schule und holte einen höheren Abschluss nach, während sie am Abend in einem Kino als Mädchen für alles arbeitete.

Lilly gefiel es gut in London. An ihre alte Heimat dachte sie kaum noch, dafür an ihren neuen Freund, einen jungen Polizisten, den sie vor drei Monaten kennen gelernt hatte.

Er hieß Tom Tiptree, kam aus Lancaster und wohnte ebenfalls noch nicht lange in London. In seiner Heimatstadt hatte er keine berufliche Perspektive gesehen, so war er dann nach London gegangen und in den Polizeidienst eingetreten.

Sofern es seine Zeit erlaubte, holte er seine Freundin nach der letzten Vorstellung ab. Das Kino-Center lag am Rand von Soho. Die Gegend war zwar nicht unbedingt als gefährlich zu bezeichnen, doch in der Nacht sieht vieles anders aus als am Tage.

An diesem Abend war es spät geworden. Der Film dauerte länger als gewöhnlich, zudem stimmte die Kasse nicht, und Lilly musste noch einmal nachzählen.

Es war schon nach Mitternacht, als sie den Fehler endlich fand und sich aufstöhnend zurücksinken ließ. Sie nahm die Brille ab und rieb sich die Augen. Lilly fühlte sich erschöpft. Es war manchmal ganz schön hart, wie sie ihre Brötchen verdienen musste. Sie hatte festgestellt, dass ihr auch im goldenen Westen niemand etwas schenkte und man nur durch harte Arbeit Erfolg haben konnte.

Zwanzig Jahre war Lilly jung. Ihr Haar war dunkel. Sie trug einen Mittelscheitel, dennoch fiel das Haar nicht glatt nach beiden Seiten weg, sondern widerspenstig als eine Kraushaarfrisur. Es stand ab wie die Borsten einer Bürste. Wer Lilly anschaute, bemerkte zuerst diese wilde Haarflut und erst später das schmale Gesicht mit der kleinen Nase, die das Gestell der Brille nie richtig balancieren konnte. Lilly war auch nicht sehr groß, dafür schlank, und sie steckte voller Temperament.

Als es gegen die Glasscheibe ihres Büros klopfte, zuckte sie zusammen, drehte hastig den Kopf und schaute in das lächelnde Gesicht eines älteren Mannes.

Es war der Nachtwächter, der unter anderem auch dieses Kino-Center inspizierte.

Lilly winkte ihm zu.

Der Mann verstand und öffnete die Tür. Er war ein gemütlicher Typ, hatte bereits die Pensionsgrenze überschritten, war ziemlich breit und trug einen Kugelbauch vor sich her.

»Hey, Alvin«, sagte Lilly. »Ist es schon so weit?«

»Ja, Mädchen, ja. Dass ich dich hier treffe, kann ich kaum fassen.« Er schüttelte den Kopf.

»Wieso?«

»Es ist ziemlich spät. Holt dich dein Freund denn ab?«

Lilly nickte. »Tom wartet sicherlich schon. Haben Sie ihn gesehen, Alvin?«

»Nein. Aber ich bin schon vor einer Stunde hier gewesen. War nichts Gescheites im Fernsehen.«

Lilly Tonev stand auf und lachte. »Sie sollten öfter mal ins Kino gehen.«

»Das ist doch nur was für junge Menschen. Außerdem gefallen mir die meisten Filme nicht. Immer nur Horror und Action, nein, das ist nichts für mich.«

Lilly verteidigte ihre Welt. »Es gibt auch andere. Der neue Film mit Dustin Hoffman …«

Auf dem Gesicht des Nachtwächters ging die Sonne auf. »Ja, den werde ich mir ansehen, wenn er hier läuft.«

»Ob wir ihn bekommen, weiß ich nicht.«

»Dann setz dich mal für mich ein.«

Lilly lächelte und griff nach ihrer gefütterten Jacke. »Ich werde es versuchen.«

Der Nachtwächter nickte. »Dann viel Spaß noch, ihr beiden. Und treibt es nicht zu toll.«

»Wo denken Sie hin, Alvin! Mein Freund ist bei der Polizei.«

»Das spielt keine Rolle. Wenn man jung ist, schlägt man oft über die Stränge.«

»War das bei Ihnen so?«

Da lachte der Mann und hob seinen Zeigefinger. »Ich verrate nichts, Mädchen. Jeder sollte seine Erfahrungen machen.«

»Wenn wir mal Zeit haben, erzählen Sie mir davon, ja? Vielleicht kann ich meinen Freund überraschen.«

»Werde mich hüten.«

Lilly Tonev verabschiedete sich mit einem kurzen Winken. Sie verließ den Raum, betrat die leere Halle, in der nur die Notbeleuchtung brannte, und sah rechts und links die beiden Treppen, die zu den kleineren Kinos führten.

Ihre Schritte hallten auf dem Steinboden, und sie hallten auch noch in der kleinen Passage wider, in dem das Kino-Center lag. Rechts und links des Ganges befanden sich Geschäfte. Die Schaufenster waren erleuchtet, sodass man in der Passage selbst auf Licht verzichten konnte.

Tom Tiptree wartete nicht im Wagen, sondern stand vor einer Schaufensterscheibe. Als er die Schritte vernahm, drehte er sich um, schaute auf seine Uhr und lächelte trotzdem.

Nach dem Begrüßungskuss sagte er: »Hat aber heute verflixt lange gedauert.«

»Ja, entschuldige, aber die Kasse stimmte nicht.«

»Hast du noch Lust auf einen Schluck?«, fragte er.

Lilly blieb stehen und schaute zu dem dunkelblonden Mann mit dem Oberlippenbart hoch. »Nein, Tom, jetzt nicht mehr.«

»Okay.« Er legte seine Hand um ihre Schulter. »Dann fahren wir zu mir oder zu dir.«

»Zu mir. Aber setz mich nur ab.«

»He, was ist los mit dir?«

»Ich bin einfach zu kaputt.«

Tom lachte. »Ausnahmsweise erlaube ich es dir. Aber am Wochenende habe ich keinen Dienst, da …«

»… bleiben wir länger bei mir.« Das Mädchen lachte. »Ich werde uns auch was Leckeres kochen.«

»Was denn?«

»Etwas aus meiner alten Heimat.«

»Toll, da bin ich gespannt.«

Die beiden jungen Leute hatten die Passage längst verlassen und strebten einem kleinen Parkplatz zu, wo Tom Tiptree seinen Wagen abgestellt hatte.

Er fuhr einen gebrauchten Ford, der bereits einige Jahre auf dem Buckel hatte.

Lilly Tonev hatte im Stadtteil Pimlico eine Wohnung bekommen. Nicht weit vom Ufer der Themse entfernt, in einem Altbau und für relativ wenig Geld. Die Hauswirtin war eine ältere Frau, die fünf Zimmer an Alleinstehende vermietet hatte.

Allerdings mussten sich die Mieter auch ein Bad teilen, denn in den Zimmern gab es nur fließendes Wasser.

Tagsüber wäre die Strecke von Soho nach Pimlico eine Tortur gewesen, in der Nacht kam man ziemlich gut durch, denn irgendwann musste auch die Riesenstadt London einmal Atem holen.

Zwischen Green und St. James' Park sah Tom zu, dass er auf eine der breiten Nord-Süd-Verbindungen gelangte, ließ den Buckingham Palace rechts liegen und fuhr auf der Buckingham Palace Road weiter, wo die großen Fluggesellschaften ihre Verwaltungsbauten hatten.

Sein Ziel war die Grosvenor Road, die dicht an der Themse entlangführte. In deren Nähe wohnte Lilly Tonev.

Die beiden sprachen über Gott und die Welt, während leichter Sprühregen aus den tief hängenden Wolken fiel und die Straße mit einem nassen Film überzogen hatte.

Tom Tiptree hatte vor, Lilly Tonev in den nächsten Tagen seinen Eltern vorzustellen. Er war gespannt, wie Lilly darauf reagieren würde, und sie zeigte sich ein wenig verlegen.

»Muss das sein?«

»Ja, Darling, es muss.«

»Aber …«

»Keine Widerrede. Du kommst mit nach Lancaster. Ich habe meine Eltern bereits verständigt. Sie freuen sich schon auf dich.«

»Hast du auch gesagt, woher ich stamme?«

Tom nickte heftig. »Sicher.«

»Und?« Lilly warf ihrem Freund einen gespannten Blick zu.

Der junge Polizist lächelte. »Nichts und. Ihnen ist es egal. Sie haben keine Vorurteile.«

»Das finde ich gut. Leider ist das selten.«

Sie fuhren direkt auf die Grosvenor Road zu. In der Nähe des Flusses war die Sicht schlechter geworden, weil vom Wasser her Dunst aufstieg, der als feiner Nebel über die Straße kroch. Auch aus den Gullys dampfte es. Der Qualm drehte sich zu seltsamen Gebilden, als würden Geister unter den Deckeln stecken und ihren Atem ausstoßen.

»Du hast aber einen Umweg gemacht«, sagte Lilly plötzlich und lächelte dabei.

»Wieso?«

»Wir hätten auch von der anderen Seite kommen können.«

»Die drei Minuten.«

»Und an mich denkst du nicht?«

»Immer.«

»Ich meine an meine Müdigkeit.«

Er schüttelte den Kopf. »Ich will ja noch etwas von dir haben. Morgen beginnen zwei Tage Spätschicht, und dann sehen wir uns erst am Wochenende wieder.«

»Die Vorfreude wird riesig sein.«

»Kleine Sadistin. Das Herz eines verliebten Mannes so bluten zu lassen. Schlimm, wirklich.«

»Du wirst es überstehen.«

Sie fuhren inzwischen auf der Grosvenor Road weiter. Lilly wohnte nahe des St. Georges' Square, nicht weit von der Flussdampfer-Anlegestelle Pimlico Garden entfernt.

Der Verkehr hielt sich in Grenzen. Hin und wieder kamen ihnen Wagen entgegen. Sie wurden auch überholt, und Tom fuhr langsamer, wobei er manchmal mit der linken Hand über den Körper des Mädchens strich.

»Polizisten sollen Vorbild sein«, erklärte Lilly.

»Aber keine verliebten.«

»Auch die.«

Da zog seine Hand zurück, und er sagte: »Verdammt, was ist denn da passiert?«

»Wo?«

»Da vorn. Ich sehe einen Streifenwagen vor dem Gebüsch, einen Bentley und einen Lancia.«

»Mhm.«

»Ich halte mal an.«

»Du bist nicht im Dienst, Tom, merk dir das!«

»Polizisten sind immer im Dienst. – Da liegen sogar Kollegen auf der Erde.« Tom ließ sich nicht davon abhalten, die Lage auszukundschaften.

Er fuhr an den Straßenrand und stoppte. »Bleib du sitzen«, sagte er und stieg aus.

Lilly nickte. Ein Schwall kalter Luft traf sie, als Tom den Wagenschlag aufstieß und das Fahrzeug verließ. Er hatte ein sehr ungutes Gefühl. Was er sah, war nicht normal. Irgendetwas musste mit seinen Kollegen passiert sein.

Tom sprang auf den Grünstreifen. Die Kollegen lagen in der Nähe des Bentley. Das Licht des rechten Scheinwerfers streute bis zu diesem Platz, und die auf dem Boden liegenden Glassplitter glänzten wie funkelnde Diamanen.

Tom Tiptree kannte nicht jeden Kollegen persönlich, auch die beiden hatte er noch nie gesehen, er wunderte sich nur darüber, dass einer der beiden nur einen Arm hatte. Der linke Ärmel seiner Lederjacke schaukelte leer hin und her.

Tom beschlich ein komisches Gefühl. Er ging einige Schritte zur Seite und schaute den zweiten Kollegen an.

Der grinste.

Es war ein seltsames Grinsen. Irgendwie lauernd und abwartend. Über sein Gesicht fiel ein heller Lichtreflex, und Tom erkannte plötzlich den Riss in der Haut.

In der Breite eines Fingers klaffte er auseinander, aber kein Blut quoll aus der Wunde.

Das war seltsam …

Trotzdem versuchte Tom, sich nichts anmerken zu lassen, und er fragte: »Kann ich euch helfen, Kollegen?«

»Kollegen?«

»Ich gehöre zu dem Verein. Was ist hier passiert?«

»Nichts, Junge, nichts. Wir führen nur eine kleine Kontrolle durch. Du kannst wieder gehen.«

Tom nahm als Gesetzeshüter seinen Job sehr ernst. Er

hatte auch von seltsamen Nebengeschäften einiger Kollegen gehört, und wenn er sich diese beiden so ansah, dann konnte er fast mit großer Sicherheit behaupten, dass hier etwas nicht stimmte.

»Ich werde bleiben«, erwiderte er fest, »die Kollegen in der Zentrale …«

Er sprach nicht mehr weiter, denn der Einarmige war unhörbar hinter ihn getreten.

Er hatte noch seinen linken Arm.

Und mit dem schlug er zu.

Tom Tiptree spürte den fürchterlichen Hieb, der seinen Nacken traf. Das Gesicht des Kollegen vor ihm verschwamm zu einer breiigen Masse, bevor die Dunkelheit es aufsaugte und er selbst in den tiefen Tunnel der Bewusstlosigkeit stürzte.

Er merkte nicht, dass er zu Boden prallte. Er sah auch nicht die beiden Kollegen, die ihn gefühllos anstarrten.

»Was machen wir mit ihm?«, fragte der Einarmige.

»Mitnehmen!«

»Jetzt?«

»Ja. Wir können hier nicht bleiben. Es wird zu gefährlich.« Der Mann bückte sich schon und hob Tom Tiptree hoch. »Außerdem«, so meinte er, »brauchen wir immer Nachschub.«

»Stimmt«, bestätigte sein Kollege. »Man soll das Ziel nie aus den Augen lassen.«

Wenig später fuhr ein Streifenwagen davon.

Auch die im Ford sitzende Lilly sah das Fahrzeug. Sie wunderte sich und rechnete damit, dass ihr Freund zurückkehren würde. Dass er bewusstlos auf der Rückbank lag, konnte sie nicht einmal ahnen …

Ich kannte zwar die ungefähre Richtung, aus der der Schrei aufgeklungen war, aber in der Dunkelheit war es verflucht schwer, etwas zu finden. Ich rannte an dem Streifenwagen und dem Lancia vorbei, sah eine Buschgruppe vor mir und durchbrach sie. Wenn ich etwas retten wollte, musste ich mich verdammt beeilen.

Rechts von mir zog sich ein Gitter hin. Hinter ihm lag, etwas abfallend, die Uferpromenade. Dort brannten einige Laternen. Sie gaben genügend Licht, und ich musste feststellen, dass dieser Weg leer war. Von den beiden Polizisten und ihrem Opfer war weit und breit keine Spur zu sehen.

Ich lief über einen feuchten Rasen. Buschgruppen nahmen mir einen Großteil der Sicht.

Schließlich blieb ich stehen.

Mein Herzschlag beruhigte sich allmählich, sodass ich mich auch auf die Geräusche meiner Umgebung konzentrieren konnte.

Das Rauschen des Flusses und der Wellenschlag am Ufer waren deutlich zu hören. Ebenso die vorbeifahrenden Autos.

Und ich hörte einen dumpfen Laut.

Genau vor mir.

Einen Atemzug später bewegte sich ein Schatten. Da wurden Zweige eines Busches geteilt, und ich sah mich einem Polizisten gegenüber. Er hatte mich im selben Moment entdeckt, blieb starr stehen und wirbelte dann herum.

Der Mann wollte weg.

Das ließ ich nicht zu. Er befand sich noch in der Drehung, als ich mich abstieß. Es war ein zielsicherer Sprung, und ich traf den Rücken des Beamten, als er sich halb gedreht hatte. Der Stoß beförderte ihn nicht nur nach vorn, sondern auch zu Boden. Wir brachen in einen sperrigen Busch ein. Und plötzlich lag ich auf ihm.

Sofort begann der Kampf.

Wenn er tatsächlich zu den gläsernen Menschen oder ähnlichen Geschöpfen gehörte, konnte er sich erstaunlich gut bewegen. Er beherrschte zudem die gemeinsten Tricks. Ein Stoß mit der Kniescheibe raubte mir für einen kurzen Moment die Luft. Die Zeit reichte ihm aus, um mich von sich wegzustoßen. Dann sprang er auf die Füße, griff unter seine Uniformjacke und holte einen gläsernen Stab hervor, der etwa so dick wie zwei aneinandergelegte Finger war.

Damit wollte er zustechen. Ich kannte die Funktion dieses Stabes, den ich als Waffe einstufte, nicht, war mir aber sicher, dass er gefährlich werden konnte. Mit einer raschen Bewegung erwischte ich den Knöchel des Gegners.

Der Mann flog zurück. Sein Hieb verpuffte, wobei ich noch das pfeifende Geräusch vernahm, als der Stab dicht vor meinem Gesicht vorbeifuhr.

Jetzt lag der andere wieder flach.

Ich sprang auf.

Der Schatten kam von der Seite. Es war der zweite Beamte. Er erwischte mich an der Hüfte, ich fiel über seinen Kollegen und verwandelte den Sturz in eine Rolle, bevor ich mit einem glatten Satz wieder auf die Füße gelangte.

Mit einem Angriff hatte ich gerechnet, wurde aber enttäuscht, denn die Polizisten zogen die Flucht vor.

Die Dunkelheit und das Gelände kamen ihnen entgegen. Ich hörte das Knicken der Zweige, vernahm noch Schritte, dann waren die Uniformierten plötzlich weg. Normalerweise hätte ich mich an die Verfolgung gemacht, doch ich dachte an das verschleppte Opfer. Bevor nicht feststand, was mit dem Mann geschehen war, konnte ich alles andere vergessen.

Erst einmal musste ich ihn finden.

Ich ging im Kreis und hatte schon wenig später Glück. Er lehnte am Stamm eines Baumes. Seine Umrisse sah ich, holte meine kleine Lampe hervor und leuchtete ihn an.

Mein Gesicht verzog sich. Denn was ich dort zu sehen bekam, war grauenhaft.

Die beiden Polizisten hatten auf schreckliche Art und Weise gewütet. Vom Gesicht des Lancia-Fahrers war so gut wie nichts mehr zu erkennen …

Diesen Schock musste ich erst einmal verdauen. Meine Hände zitterten, ein paarmal holte ich tief Luft, dann bückte ich mich und durchwühlte die Taschen des Mannes.

Ich fand Geld, Schlüssel, das Bild eines Mädchens und einen Ausweis. Er steckte in der Brieftasche.

Im schmalen Lichtstreifen meiner Lampe buchstabierte ich den Namen des Toten.

Er hieß Eric Wade!

Die Brieftasche steckte ich wieder weg, den Ausweis behielt ich und schraubte mich in die Höhe.

Eric Wade!

Den Namen hatte ich schon gehört. In den letzten Wochen sogar des Öfteren. Nur, in welchem Zusammenhang?

Ich dachte angestrengt nach, ging ein paar Schritte im Kreis, und plötzlich fiel es mir ein.

Natürlich, Eric Wade! Attorney Wade, Staat'sanwalt. Ein Mann, der gegen Polizisten ermitteln sollte, die in schmutzige Geschäfte verwickelt waren.

Die Fälle hatten sich in letzter Zeit gehäuft. Da waren Razzien verraten worden, ein regelrechter Hehlerring flog auf, und man sprach auch hinter vorgehaltener Hand von intimen Verhältnissen zwischen Polizisten und Dirnen.

Natürlich war die Polizei zuverlässig und sauber. Aber schwarze Schafe gab es immer, und die waren zum Teil aufgeflogen, obwohl man nur von der Spitze eines Eisbergs redete. Zudem sollte jemand im Hintergrund mitmischen und die Aktion leiten, den ich gut kannte und der zu meinen speziellen Freunden gehörte.

Logan Costello!

Mafiaboss, heimlicher Herrscher von London, King of Soho und so weiter. Der Mann, der die Fäden in den Händen hielt, denn nach seiner Pfeife tanzte die Unterwelt.

Eric Wade musste ihm in die Quere geraten sein, ohne zu wissen, dass Logan Costello einen schwarzmagischen Schutz besaß, denn er paktierte mit dämonischen Wesen.

Ich war mittlerweile zu der Überzeugung gelangt, dass es sich bei den Polizisten um dämonisch beeinflusste Kunstmenschen handelte. Vier hatte ich kennen gelernt. Costello konnte sie nicht hergestellt oder geschickt haben, dazu war er nicht fähig.

Wer aber stand hinter ihm?

Ich ließ zahlreiche Dämonen vor meinem geistigen Auge Revue passieren, eine Antwort fiel mir jedoch nicht ein. Mit Wesen dieser Art hatte ich noch nie zu tun gehabt. Wäre Dr. Mondo, der Monstermacher, noch am Leben gewesen, hätte ich ihm die Schuld in die Schuhe geschoben, so aber sah die Sache ganz anders aus. Wahrscheinlich hatte es eine völlig neue Entwicklung gegeben.

Wie viele Polizisten waren noch verseucht?

Die Frage bereitete mir Angst.

Ich kannte die genaue Anzahl der Kollegen nicht, doch bei einer Hochrechnung konnte mir schwindlig werden. Mir fielen auch die beiden anderen wieder ein, die ich verletzt hatte, und mir brannte plötzlich die Zeit unter den Nägeln.

Hastig lief ich den Weg zurück und hatte noch nicht den Platz der Auseinandersetzung erreicht, als ich nur noch zwei Wagen dort parken sah. Den Lancia und meinen Bentley. Der Streifenwagen war verschwunden. Völlig natürlich, dass die beiden seltsamen Polizisten das Weite gesucht hatten. Die Splitter entdeckte ich noch. Sie schienen mich höhnisch anzublinken. Ich nahm einige von ihnen auf und steckte sie in eine kleine Plastiktüte. Unser Labor sollte sie sofort untersuchen.

Noch in der sitzenden Haltung hörte ich die Schritte hinter mir. Ich driftete zur Seite weg, meine Hand raste zur Waffe, ich kreiselte herum und sah ein junges Mädchen, blass und ängstlich. Sie hatte ihre Hand dorthin gepresst, wo unter der Brust das Herz schlägt, und die Augen hinter der Brille waren weit aufgerissen.

Sofort steckte ich die Waffe wieder weg. »Sie können beruhigt sein«, sagte ich.

Sie unterbrach mich sofort. »Wer sind Sie?« Ihre Aussprache hatte einen harten Akzent. Ostblock, schloss ich daraus.

»Mein Name ist John Sinclair. Ich bin Oberinspektor bei Scotland Yard.«

»Auch Polizist?«

»Ja.«

»Tom Tiptree ebenfalls.«

Ich ging auf sie zu. »Wer ist das?«

»Mein Freund. Er und ich befanden uns auf dem Weg zu meiner Wohnung. Tom hat angehalten, weil er die Fahrzeuge hier stehen sah. Er stieg aus und kehrte nicht zurück. Haben Sie ihn gesehen?«

»Wie sieht er denn aus?«

Sie beschrieb ihn mir, und ich konnte mit gutem Gewissen verneinen. Trotzdem machte ich mir Sorgen. Wahrscheinlich hatte dieser Tom Tiptree seine eigenen Kollegen gestört und war ihnen voll in die Falle gelaufen.

»Haben Sie nicht gesehen, dass er vielleicht mit dem Streifenwagen weggefahren ist?«

»Nein.« Sie schaute dorthin, wo der Wagen stand. »Er fuhr zwar, doch ich konnte nicht erkennen, wer alles drin saß.«

»Darf ich Ihren Namen erfahren?«, wechselte ich das Thema.

»Lilly Tonev!«

Ich atmete tief durch. »Gut, Lilly«, sagte ich. »Da ich Ihren Freund auch nicht gesehen habe, kann man davon ausgehen, dass er mit seinen beiden Kollegen gefahren ist.«

Lilly schüttelte den Kopf. »Das verstehe ich nicht. Wie konnte er das? Tom würde so etwas nie tun.«

Freiwillig bestimmt nicht, fügte ich in Gedanken hinzu. Wahrscheinlich hatte man ihn gezwungen. Mein Blick fiel auf das Gesicht des Mädchens. Es zeigte einen gequälten Ausdruck. Sie schien sich überflüssig vorzukommen. Am besten war, sie fuhr nach Hause.

»Wo wohnen Sie eigentlich?«, fragte ich.

Mit leiser Stimme nannte sie die Adresse.

»Das ist nicht weit von hier. Ich bringe Sie hin.«

»Aber Tom …«

»Er wird bestimmt wieder auftauchen. Außerdem lasse ich ihn suchen. Einverstanden?«

Lilly Tonev schaute mich hoffnungsvoll an. »Ja, wenn Sie das tun würden …«

»Sicher.« Ich nahm ihren Arm und führte sie zum Wagen. Sie sprach kein Wort. Dann hörte ich, wie sie weinte. Da fuhren wir bereits an. Meine tröstenden Worte konnten sie nicht beruhigen, sie hob nur die schmalen Schultern, und sehr bald erreichten wir die Straße, wo das Haus stand, in dem sie wohnte.

Es war ein alter Bau mit zahlreichen Fenstern. Beim Verabschieden versprach ich Lilly, alles zu tun, was in meiner Macht stand. Und das war nicht nur so dahingesagt.

Ich wartete, bis sie im Haus verschwunden war, und griff dann zum Telefon.

Zunächst alarmierte ich die Mordkommission. Danach und trotz der späten Stunde meinen Freund und Partner Suko. Ich holte ihn natürlich aus dem Schlaf, doch der Inspektor hatte keine schlechte Laune, auch wenn er gestört worden war.

»Schwing dich auf deine Harley und komm zur Grosvenor Road.« Ich legte ihm genau dar, wo er mich finden konnte.

Suko wollte nicht wissen, was geschehen war. Wenn ich in der Nacht anrief, dann brannte es.

Als ich fast wieder an derselben Stelle anhielt, waren die Kollegen noch nicht gekommen. Sie trafen allerdings nach einer halben Zigarettenlänge ein.

Den Chef kannte ich. Er mich auch, deshalb verzog er das Gesicht. »Wieder eine Dämonenleiche?«

»Nein, diesmal ein Mensch. Machen Sie sich auf einiges gefasst. Er hat einen schrecklichen Tod gefunden.«

Wenig später war die nähere Umgebung des Platzes taghell erleuchtet. Die großen Standscheinwerfer warfen grelle Lichtinseln, und eine davon traf auch das Opfer.

»Mein Gott«, flüsterte der Kollege, »das ist wirklich ein Hammer.«

Der Arzt beugte sich über die Leiche, nachdem die ersten Aufnahmen gemacht worden waren.

»Können Sie schon etwas sagen, Doc?«, fragte ich ihn nach der ersten flüchtigen Untersuchung.

»Nein.«

»John.«

Suko sprach mich an. Er war soeben eingetroffen.

Mit meinem Partner zog ich mich zurück und besprach mit ihm Einzelheiten. Er hörte geduldig zu und schaute nur ein wenig erstaunt, als ich ihm den kleinen Plastikbeutel mit den seltsamen Glassplittern überreichte.

»Was ist das?«

»Reste eines Arms«, erklärte ich. »Fahr du zum Labor, ich komme nach, weil ich das erste Ergebnis des Docs abwarten will.«

Suko war einverstanden. Ich hätte mir keinen besseren Boten wünschen können, und normale Polizeiarbeit gehört schließlich auch zu unseren Aufgaben.

Ich schaute Suko nach, wie er davonrauschte. Das Hecklicht der Harley verschwand allmählich in der Dunkelheit wie das glühende Auge eines Zyklopen.

Ich wandte mich wieder um.

Der Arzt kam mir schon entgegen. »Ich habe Sie gesucht, Sinclair«, erklärte er.

»Und?«

Er hob eine Hand, streckte sie vor und zog sie wieder zurück. »Also, hundertprozentig sicher bin ich mir nicht, das steht fest, aber nach meinen ersten Untersuchungen kann ich sagen, dass der Mann verbrannt worden ist.«

»Wie das? Können Sie es näher erklären?«

»Schlecht«, gab er zu. »Es ist so, Mr. Sinclair. Er muss mit einem schmalen Gegenstand angegriffen worden sein, der eine ungeheure Hitze entwickelt und dem Körper das Wasser entzogen hat. Der Mensch trocknet auf diese Weise aus, er verglast …«

»Verglast?«, fragte ich.

»Ja, mir ist keine bessere Definition dafür eingefallen«, erklärte er mir.

»Da haben Sie meines Erachtens sogar ziemlich richtig gelegen, Doc. Ich glaube auch an ein Verglasen.«

»Wieso?«

»Das ist leider noch nicht spruchreif. Ich gebe Ihnen jedoch Bescheid. Vorerst bedanke ich mich für Ihre Angaben.«

»Wollten Sie nicht mehr wissen?«

Ich lächelte sparsam. »Nein.« Nach dieser knappen Antwort hatte ich es ziemlich eilig, meinen Bentley zu erreichen. Dabei dachte ich an den verschwundenen Polizisten. Dieser Mann war von den Killern mitgenommen worden. Er hatte nur geringe Überlebenschancen, denn die andere Seite kannte keine Gnade. Sie hatte es zur Genüge bewiesen.

Ich fuhr sehr schnell, verzichtete aber auf mein Rotlicht, denn London war in dieser Nieselregennacht ziemlich leer.

Suko fand ich im Labor. Der Nachtportier gab mir diese Auskunft. Ich rauschte mit dem Lift in den Keller, und bereits auf dem Flur fand ich meinen Freund.

»Es ist gut, dass du kommst!«, rief er. »Unsere Chemiker sind Hexer.«

»Was haben sie herausgefunden?«

»Die Analyse zeigt deutlich Elemente, die auf eine Glaszusammensetzung hindeuten …«

Er kroch über den kalten Boden und wusste nicht, wo er sich befand. In seinem Kopf explodierten die Schmerzen. Den Mund hatte er weit aufgerissen, und ein schwaches Stöhnen drang über seine Lippen, während er die Beine anzog und sich zu einem Fragezeichen krümmte.

Noch nie zuvor hatte Tom Tiptree einen derart harten Schlag gegen den Schädel einstecken müssen, und er kannte daher nicht das schreckliche Erwachen danach.

Jedenfalls fühlte er sich hundeelend.

Als er in der Dunkelheit die Augen öffnete, hatte er zuerst geglaubt, blind zu sein. Bis er auf dem Boden einen sehr schwachen Lichtschimmer wahrnahm. Da sein Gehirn noch nicht richtig funktionierte, überlegte er lange, was dieser Schimmer bedeuten konnte, bis er an einen Türspalt dachte und es sich bewahrheitete.

Auf ihn kroch er zu.

Jede Bewegung bereitete ihm Mühe. Bewegte er seine Arme, so spürte er die Schmerzen. Sie zuckten wie Blitze durch seinen Kopf, und er stöhnte immer wieder auf.

Zudem war ihm schlecht. Sein Magen revoltierte, er schien immer höher zu steigen, und als Tom schließlich die Stelle erreichte, wo das graue Licht unter der Türritze hervorkroch, musste er sich ausruhen.

Erschöpft blieb er in einer sitzenden Position und stützte sich mit der rechten Hand auf.

Auf seinem Körper klebte eine Schweißschicht. Tom dachte daran, was hinter ihm lag, und er konnte es nicht fassen, von seinen eigenen Kollegen überwältigt und verschleppt worden zu sein.

Welchen Grund konnten sie gehabt haben?

Er versuchte, sich auf dieses Thema zu konzentrieren, dachte an den überraschenden Angriff und auch an den einarmigen Polizisten. Der durfte doch niemals im Außendienst bei der Polizei tätig sein.

Plötzlich glaubte er, die Lösung gefunden zu haben. Er hatte es nicht mit echten Polizisten zu tun gehabt, sondern mit Gangstern in Polizeiuniform. So musste es sein, eine andere Möglichkeit konnte er sich nicht vorstellen.

Außerdem musste er aus diesem verfluchten dunklen Raum. Vor der Tür lag er schon. Wenn er sich nun aufrichtete und die Klinke fand – vielleicht war nicht abgeschlossen.

Es fiel Tom Tiptree schwer, sich auf die Knie zu stemmen. Dann brachte er mühsam seinen rechten Arm in die Höhe. Mit der Innenfläche der Hand schleifte er am Holz entlang, und er fühlte plötzlich etwas Kaltes unter seinen Fingerspitzen.

Eine Klinke war es nicht. Die Rundung ließ eher auf einen Türknauf schließen, und den konnte Tom nicht bewegen, weil ihm die Kraft dazu fehlte.

Sie hatten die Tür verschlossen. Tom sackte wieder zurück, konnte sich nicht fangen und fiel lang auf den Boden. So blieb er erst einmal liegen. Sein Schädel schien auseinanderfliegen zu wollen. Mit der Stirn berührte er die kalte Erde. Als er durch den offenen Mund atmete, bekam er Staub zwischen die Lippen und hörte es knirschen.

Und da fiel ihm Lilly ein!

Himmel, sie wusste ja nicht Bescheid. Man hatte ihn verschleppt, sie hatte im Wagen gesessen und nichts gesehen. Sein eigenes Schicksal erschien ihm in den nächsten Momenten zweitrangig. Jetzt ging es um Lilly und darum, dass er aus diesem verdammten Gefängnis so schnell wie möglich herauskam.

Er blieb für wenige Augenblicke liegen, konzentrierte sich, sammelte seine letzten Kräfte und begann zu schreien. Laut und gellend. Dabei trommelte er mit den Fäusten gegen die verschlossene Tür und hoffte darauf, dass die Echos seiner Schläge gehört wurden und sich etwas Positives für ihn ergab.

Es blieb still.

Zwangsläufig sackte Tom Tiptree wieder zusammen. Er fand nicht mehr die Kraft für einen erneuten Anlauf und blieb vor der Tür liegen.

Allmählich beruhigte sich sein Atem. Die Schmerzen aber blieben. Tom stellte nun fest, dass es doch nicht so still war, wie er angenommen hatte.

In dem Raum gab es fremde Geräusche.

Seltsam ...

Ein Schmatzen war zu vernehmen, dazwischen ein leises Blubbern, als würden irgendwelche Blasen zerplatzen.

Kalt rann es über seinen Rücken. Er hatte Angst. Die Gänsehaut wollte einfach nicht weichen. Er schüttelte sich und lauschte dabei in die Richtung, aus der er die seltsamen Geräusche vernommen hatte.

Vor ihm ...

Was befand sich dort?

Plopp! Abermals vernahm er das Platzen und andere Wasserspiele.

Tom Tiptree ärgerte sich plötzlich, dass er nie ein Feuerzeug oder Streichhölzer bei sich trug. Beides hätte er jetzt gebrauchen können. So aber musste er in der Dunkelheit hocken bleiben.

Wieder schmatzte es ...

Er hielt den Atem an und stieß ihn erst wieder aus, als

er den peitschenden Laut vernahm, als wäre ein Tropfen auf eine Wasseroberfläche gefallen.

Tom Tiptree kam nicht zurecht. Er konnte sich keinen Reim auf diese Laute machen und wurde dann abgelenkt, als hinter ihm jemand die Tür aufschloss.

Das Kratzen des Schlüssels tat in seinen Ohren weh. Er kam nicht schnell genug weg, und die aufstoßende Tür stieß mit der Unterkante hart gegen seine Körperseite.

Die Wucht war groß. Tom Tiptree rollte herum, kam auf dem Rücken zu liegen und blieb vorerst in dieser Haltung. Dabei verdrehte er die Augen und schielte nach oben.

Jetzt fiel mehr Licht in den Raum.

Er sah Beine. Uniformbeine!

Polizisten betraten sein Gefängnis. Aber nicht als Retter oder Befreier, sie wollten sicherlich das Gegenteil von dem, was er sich erhoffte. Zwei hatten ihn zuvor weggeschafft, nun waren es vier, die in sein Gefängnis drängten.

Der Letzte schloss die Tür. Bevor die Dunkelheit wieder über den Raum fallen konnte, schaltete einer das Licht ein.

Es war kein glosendes oder düsteres Licht, sondern ein knallhartes. So wie es nur von Leuchtstoffröhren abgegeben wird, und es strahlte den Raum bis in jeden Winkel aus.

Trotz seiner miesen Lage und der bohrenden Schmerzen schaute sich Tom Tiptree um. Er lag in einem Raum, den man mit dem Begriff Waschküche umschreiben konnte. Fliesen auf dem Boden, die Decke ebenso kahl wie die Wände.

Der Tür gegenüber stand ein Gefäß. Es war mit der Wand verbunden, erinnerte den jungen Mann an den Waschtrog seiner Großmutter, und er stellte sich vor, dass aus diesem Trog die seltsamen Geräusche geklungen waren.

Hineinsehen konnte er aus seiner liegenden Stellung nicht, aber er ahnte instinktiv, dass dort das Verderben lauerte.

Vielleicht auch für ihn.

Die vier Polizisten standen um ihn herum. Sie schauten auf ihn nieder.

Tom Tiptree wich den Blicken nicht aus. Die Uniformen, die diese Männer trugen, waren ihm so vertraut, von ihnen konnte keine Gefahr ausgehen, denn er hatte sich immer mit der Polizei identifiziert. Und jetzt sah alles anders aus. Das sollten plötzlich seine Feinde sein?

Nein, das wollte er nicht glauben!

Ihre Augen bewegten sich nicht. Zwei von ihnen hatte er an der Grosvenor Road gesehen, die anderen beiden waren ihm unbekannt. Aber ihre Augen hatten den gleichen starren Blick wie die seiner bekannten Kollegen. Und da war auch der einarmige Kollege, der mit nur einem Arm überhaupt keinen Dienst tun durfte. Demnach stimmte bei den Polizisten einiges nicht.

Erst jetzt sah Tom den Riss im Gesicht des zweiten ›Kollegen‹ richtig. Normalerweise hätte er eine Wunde haben müssen. Blut war nicht zu sehen. Stattdessen schimmerten Kristalle an den Rändern der Haut.

Er verspürte wieder Angst. Es war ein schleichendes Gefühl, das im Magen seinen Ursprung fand, sich ausbreitete und höher stieg.

Es kroch langsam in Richtung Kehle, beeinträchtigte seinen Atem, übte einen Druck auf sein Herz aus und ließ ihn schwindeln. Er wollte tief Luft holen, aber in seiner Kehle war plötzlich kein Platz mehr. Ein Band schien sie zugeschnürt zu haben.

Auf seiner Stirn bildete sich Schweiß. Jeder Tropfen erzählte von der Angst.

»Wie heißt du?«, wurde er gefragt.

»Tom Tiptree«, krächzte der junge Mann.

»Welche Abteilung?«

Er nannte den Bereich.

»Schutzpolizei also?«

»Ja.«

»Wie wir.« Das stellte der Einarmige fest und nickte.

Die anderen grinsten. Sie sprachen darüber, dass sie den Kollegen noch nie gesehen hatten.

»Aber ich gehöre wirklich zu euch!«, schrie Tom plötzlich. »Ich bin Polizist.«

»Das glauben wir dir«, sagte wieder der Einarmige. »Trotzdem gehörst du noch nicht zu uns.«

»Was soll das heißen?«

»Du wirst erst zu uns gehören, wenn …«

»Nein!«, schrie Tom. »Verdammt noch mal, ihr könnt mich nicht zu euren schmutzigen Geschäften zwingen.«

»Wie war das?«, wurde er unterbrochen. »Schmutzige Geschäfte?«

»Ja!«, keuchte Tiptree. »Man hört so einiges. Da scheinen verdammt üble Dinge zu laufen, das kann ich dir sagen. Sie haben sogar eine Untersuchungskommission eingesetzt. Ich bin davon überzeugt …«

»Halt deinen Mund!«, wurde er unterbrochen. »Was da läuft, hat dich nicht zu interessieren. Außerdem kümmert uns nicht, was andere Kollegen tun, wir gehen unseren eigenen Weg. Wir haben den Kollegen nur geholfen, einen miesen Schnüffler auszuschalten. Diesen verfluchten Eric Wade.«

Tom erschrak. »Das ist doch der Staatsanwalt«, sagte er.

»Er war es.«

»Habt ihr ihn …?«

»Genau!« Der Einarmige grinste bissig. »Attorney Eric Wade weilt schon längst nicht mehr unter den Lebenden. Aber das ist zweitrangig.«

Er nickte seinen Kollegen zu. »Los, schnappt ihn euch! Hoch mit ihm, er soll sehen, wie es ist, wenn er zu uns gehört.«

Die drei anderen lachten rau. Dann bückten sie sich und streckten die Arme aus. Dies geschah fast provozierend langsam, und wieder schoss die Angst in dem jungen Polizisten hoch.

Er machte abwehrende Bewegungen, sah hinter den Armen die grinsenden Gesichter seiner Kollegen, und sie kamen ihm wie Todesfratzen vor. Dünn wirkte ihre Haut, starr blickten die Augen, und als Tom die Berührungen der Hände spürte, da zuckte er nicht nur zusammen, sondern bäumte sich gleichzeitig auf.

Sie stürzten sich auf ihn. Er wollte schreien, hatte den Mund schon aufgerissen, als eine Hand zupackte und sich auf die Lippen legte.

So erstickte der Laut.

Tom wehrte sich.

Es war das verzweifelte Aufbäumen einer zu Tode geängstigten Kreatur. Er wollte nicht so werden wie seine Kollegen, trat um sich und traf die Körper.

Dumpfe Geräusche erklangen, als er an seinen Füßen den Widerstand spürte. Dann glaubte er, etwas knacken zu hören, als würde Glas brechen. Er bekam Schläge mit, empfing Tritte, sein Gesicht verzerrte sich, und plötzlich drückten zwei so hart gegen seine Schultern, dass er die Arme nicht mehr bewegen konnte.

Flach blieb er liegen.

Er schrie.

Und sie ließen ihn schreien, denn hier hörte ihn niemand. Den anderen war es egal.

Im nächsten Augenblick bewiesen sie, mit welchen Kräften sie ausgestattet waren. Die zugreifenden Hände erinnerten an Klammern, die den jungen Mann in die Höhe rissen. Als er über dem Boden schwebte, wurde seine Angst noch größer. Er warf den Körper von einer Seite auf die andere, trat um sich, doch gegen die Kräfte seiner Kollegen kam er nicht an.

Sie trugen ihn fort.

»Lasst mich los, ihr Hunde!« Tom schrie sich fast die Lungen aus dem Leib, doch es hatte keinen Sinn. Wen sie einmal hatten, den ließen sie nicht mehr aus den Klauen.

Durch die heftigen Schaukelbewegungen waren auch wieder die Schmerzen zurückgekehrt. Sie schossen durch seinen Kopf, wurden von der Schädeldecke zurückgeworfen und waren wie Blitze, die seinen gesamten Kopf ausfüllten.

Er schluckte. Für Sekunden wurde ihm schwarz vor Augen, sodass er fürchtete, wieder bewusstlos zu werden. Vielleicht war es sogar besser, wenn er die Besinnung verlor, dann konnte er das Grauen, das ihn erwartete, wenigstens nicht mehr sehen.

Die anderen kannten keinen Pardon. Sie schleppten ihn auf die seltsame Wanne zu, deren Inhalt er bisher noch nicht zu Gesicht bekommen hatte. Dann wuchteten sie ihn herum.

Im ersten Moment erschrak Tom, weil er glaubte, zu Boden zu fallen. Die anderen griffen sofort nach und hatten ihn schließlich so, wie sie ihn haben wollten.

Er lag auf dem Bauch.

Sein Blick fiel nach unten. Er stierte auf den Boden, sah die glatte Fläche, die im nächsten Moment verschwand, als er auf den Rand des Bottichs blickte.

Dann schwebte er darüber.

Nun sah er zum ersten Mal den Inhalt. Das Gluckern und Schmatzen hatte er bereits vorher vernommen. Er hatte sich keinen Reim darauf machen können – bis jetzt.

Seine Augen weiteten sich voller Entsetzen!

Großalarm!

Und das mitten in der Nacht. Aber es ging nicht anders. Auch unser Chef, Sir James Powell, war sofort in sein Büro gefahren, wo wir uns versammelten.

Wir, das waren Sir James, dann der Polizeichef, sein Stellvertreter und der Hauptstaatsanwalt, der selbstverständlich über den Mord an Eric Wade informiert worden war.

Die Männer sahen blass aus, als sie bei Sir James eintrafen. Ihre verkniffenen Gesichter spiegelten die Beklemmung wider, die sie empfanden, und sie begrüßten uns mit einem knappen Kopfnicken. Während sie schon Platz genommen hatten, schloss ich die Tür.

Zuvor hatte ich Sir James ins Bild gesetzt und ihn in all das eingeweiht, was ich in diesem Fall bisher erlebt hatte.

So brauchte ich wenigstens nicht zu reden, und der Superintendent übernahm das Wort.

Während er sprach, spürte ich die Müdigkeit, die allmählich in mir hochkroch. Die zweite Morgenstunde war inzwischen angebrochen, eine Zeit, wo bei mir der tote Punkt eintrat.

Fast wäre ich sogar eingeschlafen, hätte Suko, dem dies aufgefallen war, mich nicht angestoßen.

»Reiß dich zusammen, Alter!«

»Sorry, aber …«

Sir James warf mir einen bösen Blick zu und räusperte sich. Die anderen hatten nichts bemerkt.

Der Polizeichef und sein Stellvertreter saßen da mit mürrischen Gesichtern. Sie hatten natürlich die Vorhaltungen genau verstanden, die ihnen Sir James machte. Glashart war unser Chef auf die korrupten Polizisten zu sprechen gekommen. Er nahm kein Blatt vor den Mund, und die obersten Chefs schluckten hart.

Bis der Staatsanwalt fragte: »Hören Sie mal, Sir James. Was Sie hier erzählen, ist ja alles gut und schön, aber glauben Sie wirklich, dass Eric Wade wegen seiner Nachforschungen umgebracht worden ist?«

»Nennen Sie mir einen anderen Grund.«

»Unter Umständen haben wir es hier mit zwei verschiedenen Fällen zu tun«, bemerkte der Attorney.

»Wie kommen Sie darauf?«

»Sie haben uns von dem Untersuchungsbericht dankenswerterweise erzählt, und daran ist doch einiges seltsam, wenn ich das mal so salopp formulieren darf.«

»Inwiefern?«

»Der Untersuchungsbericht weist eindeutig darauf hin, dass wir es mit, sagen wir, nichtmenschlichen Personen zu tun haben. Oberinspektor Sinclair hat erlebt, wie sich einer der Männer selbst einen Arm abnahm. Da stimmt doch einiges nicht.«

Die Worte schwebten im Raum. Jeder wartete auf eine Erklärung, und sofort wandten sich die Blicke der Männer mir zu.

»Im Prinzip haben Sie Recht, Sir«, sagte ich. »Wenn man genauer darüber nachdenkt, kann man tatsächlich zu dem Entschluss gelangen, es mit zwei verschiedenen Fällen zu tun zu haben. Die Polizisten, die ich gesehen habe, waren nicht menschlich.«

Der Staatsanwalt setzte seinen bösen Blick auf. »Was waren sie dann?«, fragte er lauernd.

Ich hob die Schultern. »Da bleibt nur eine Möglichkeit. Sie waren oder sind Dämonen!«

Es war natürlich harter Stoff, den ich den Männern da zu kauen gab. Ich las es ihren Gesichtern ab, wie sie sich fühlten. Ziemlich mies, denn sie wurden blass und schluckten.

»Kann ich mir nicht vorstellen«, lautete ein Kommentar.

Der Polizeipräsident sagte: »Wenn ich daran denke, dass es unter meinen Leuten Dämonen gibt, möchte ich am liebsten in Pension gehen.«

»Und die schwarzen Schafe noch hinzu«, schlug sein Stellvertreter in die offene Kerbe.

»Wenn das so ist«, sagte Sir James, wobei seine Augen hinter den dicken Brillengläsern kalt funkelten, »müssen wir mit einem Großangriff auf die Londoner Polizei rechnen. Vielleicht sogar von zwei Seiten, meine Herren. Der dämonischen …«

»Und zum anderen?«, höhnte der Polizeichef, der allmählich rot anlief.

Sir James schaute ihn ernst an. »… von der Seite, die bestochen worden ist, wobei ich einen konkreten Verdacht habe.«

»Logan Costello!«, sagte der Staatsanwalt.

»Genau!«

Das war auch meine Meinung. Costello war gefährlicher als sämtliche Klapperschlangen der Welt zusammen. Und er hatte mit den Kräften der Finsternis ein Bündnis geschlossen. Sie unterstützten ihn, er unterstützte sie. Meistens klappte die Zusammenarbeit ausgezeichnet, das hatten wir leider schon oft genug erlebt.

»An Costello kommen wir nur nicht heran«, sagte ich. »Leider. Oft genug haben wir es ja versucht. Ihm ist nichts zu beweisen, und der baut auf die Hilfe schwarzmagischer Mächte, wobei ich glaube, dass beide Fälle doch zusammenhängen. Ich habe vor Jahren erlebt, wie es ist, wenn sich dämonische Kräfte der Polizei bemächtigen. Schrecklich, sage ich Ihnen.«

»Wo war das?«, fragte der Polizeichef sofort. »Hier?«

»Nein, in New York.«

»Ach so.«

»Winken Sie nicht ab, Sir. Was in New York passiert ist, kann sich hier auf ähnliche Weise wiederholen.«

»Dann müssen wir es stoppen!« Der Staatsanwalt schlug mit der Faust auf Sir James' Schreibtisch.

»Und wie?«, fragte der Superintendent leise. »Wir wissen ja nicht einmal, wer alles dazugehört.«

»Sie nicht, ich schon.« Der Attorney lächelte spöttisch. »Zum Glück hat Eric Wade über seine Nachforschungen die entsprechenden Berichte angelegt. Namen sind zwar nicht genannt worden, doch die Spuren weisen eindeutig auf Polizeireviere hin, die in Soho liegen. Dort muss es einige wenige Polizisten geben, die eng mit unseren Gegnern zusammenarbeiten und von ihnen bestochen worden sind.«

»Aber Konkretes wissen Sie nicht?«, fragte Suko.

»Nein, er ist nicht mehr dazu gekommen. Ich hätte in den nächsten Tagen Namen erhalten, aber so ...«

»Es bringt uns alles nicht weiter«, erklärte Suko. »Wir sind da in eine verfluchte Situation hineingeraten, weil wir nicht wissen, wen unsere Gegner alles unter Kontrolle haben. Es tut mir Leid, dass ich so etwas feststellen muss.«

Da wussten die Chefs der Polizei auch nichts mehr zu sagen. Man sah ihnen an, wie intensiv sie über einen Ausweg nachdachten. Der oberste Boss strich durch sein graues Haar, er wühlte die Strähnen hoch, hob die Schultern, atmete ein paarmal tief durch und konnte dennoch keine Erklärung abgeben, denn er besaß keinerlei Fakten, an denen er ansetzen konnte.

»Die Frage stellt sich natürlich, wie wir weiteres Unheil vermeiden können«, sagte Sir James. »Haben Sie Vorschläge dazu, Gentlemen?«

»Wir müssten unsere Beamten überprüfen«, schlug der Vertreter des Polizeichefs vor, ein kleiner Mensch mit Halbglatze.

»Wie lange dauert das?«, fragte ich.

»Na ja ...«

»Also, zu lange.« Ich winkte ab. »Hoffentlich hat die

Seuche nicht schon um sich gegriffen«, fuhr ich fort. »Sich an Logan Costello zu wenden, hat keinen Sinn. Dieser Mann ist verschlossen wie eine Auster. Aber es gibt unter Umständen eine andere Möglichkeit«, erklärte ich und sah die Blicke der Männer hoffnungsvoll auf mich gerichtet. »Der Fall in dieser Nacht oder der Misserfolg werden sich herumgesprochen haben. Ich glaube kaum, dass sich die Polizisten, die bereits keine normalen Menschen mehr sind, in einigen Stunden zum Dienst melden werden. Darin liegt unter Umständen unsere Chance. Filtern Sie die Personen heraus. Sie haben die entsprechenden Computer in den Personalabteilungen, die mit den Kleinrechnern in den Polizeidienststellen verbunden sind. Da müsste etwas zu machen sein.«

Der Staatsanwalt hatte mich starr angeschaut. »Ihr Vorschlag ist nicht schlecht«, sagte er schließlich. »Wir werden das überprüfen können. Aber mal was anderes, Mr. Sinclair. Sie haben doch zwei der Polizisten gesehen! Wollen Sie nicht die Beschreibung durchgeben? Dann können wir unseren Computer abrufen. Sämtliche Mitarbeiter sind ja auch bildlich bei uns registriert.«

Ich lächelte und nickte.

Der Attorney kriegte etwas bessere Laune. »Dann haben wir immerhin das Ende eines roten Fadens gefunden«, gab er zu und schaute die anderen an. »Was meinen Sie dazu, Gentlemen?«

Er hörte von uns keine negative Kritik.

Nur der Polizeichef stöhnte auf und schüttelte den Kopf. »Wenn ich daran denke, dass Polizisten in Streifenwagen durch London fahren, die keine Polizisten sind, wird mir ganz anders.«

Da konnten wir ihn gut verstehen.

Sein Stellvertreter wandte sich an Suko und mich. »Haben Sie eigentlich schon einmal darüber nachgedacht, wie es zu dieser Verwandlung kommen konnte?«

»Natürlich.«

»Und?«

»Ich muss Sie enttäuschen«, sagte ich und hob die Schultern. »Eine Erklärung kann ich Ihnen noch nicht liefern. Allerdings hoffe ich, den Fall lösen zu können.«

»Das hoffen wir alle!«

Sir James erhob sich. Es war nur ein kurzes Gespräch gewesen, aber nicht erfolglos. Uns allen stand die Sorge in den Gesichtern geschrieben, und ich machte dem Polizeichef klar, dass ich mich sofort um die Identifizierung der Beamten kümmern wollte.

Er war damit einverstanden.

Da summte das Telefon. Sir James zuckte zusammen und verzog die Mundwinkel. Ich sah, wie er zögerte, nach dem Hörer zu greifen. Wir alle waren gespannt und rechneten mit einer Hiobsbotschaft. Schließlich nahm Sir James ab, meldete sich und sagte nach einer kurzen Pause: »Ja, verbinden Sie.«

Er bekam die Verbindung. Wir schauten ihn gespannt an, doch unser Chef gab sich einsilbig. Nur ein paar Worte sprach er, bis er mir zunickte und den Hörer rüberreichte. »Für Sie, John!«

Ich ging vor. »Wer ist es denn?«

»Eine Frau. Lilly heißt sie mit Vornamen.«

Während ich den Hörer aufnahm, sagte ich: »Das ist die Freundin des jungen Polizisten Tom Tiptree, der verschleppt worden ist. Ja, Lilly, was gibt es denn?«, fragte ich.

Die Stimme klang weinerlich und auch ängstlich. »Mr. Sinclair, er ist noch nicht zurück.«

Ich redete ein wenig beruhigend auf sie ein. »Nun ja, Lilly, so schnell geht das nicht. Es sind erst gut zwei Stunden vergangen. Warten Sie noch ab.«

»Nein, Sie kennen ihn nicht.« Das Mädchen schluchzte. »Tom Tiptree ist immer pünktlich. Er hätte sich bestimmt gemeldet. Ich verstehe das nicht. Außerdem habe ich Angst. Was soll ich tun?«

»Bleiben Sie in Ihrer Wohnung und warten Sie erst einmal ab, Lilly. Alles andere wird sich bestimmt ergeben. Okay?«

»Wohl ist mir nicht.«

»Das kann ich mir vorstellen, aber wir tun wirklich, was in unseren Kräften steht. Glauben Sie mir.«

»Ja, ja …«

»Ich werde mich wieder melden, Lilly, und …«

»Sir, Mr. Sinclair!« Sie schrie meinen Namen. »Da hat es geschellt, Sir. Ich glaube, das ist er.«

Bevor ich noch etwas sagen konnte, war die Verbindung zwischen uns unterbrochen. Sehr nachdenklich drückte auch ich den Hörer auf die Gabel zurück.

Die anderen merkten natürlich, dass mir etwas quergelaufen war, und Sir James fragte: »Was ist geschehen?«

Ich erklärte es.

»Da müssten wir eigentlich hin«, sagte Suko. »Überleg mal, John. Wenn er das wirklich ist, haben wir einen Zeugen …«

»Natürlich.«

»Wie heißt das Mädchen?«, fragte der Staatsanwalt.

»Lilly Tonev.«

»Rufen Sie noch mal zurück.«

»Das hatte ich vor, aber die Nummer …«

Sie suchten wir gemeinsam. Suko fand sie, Sir James wählte, und ich nahm den Hörer.

Die Spannung lag fast greifbar zwischen uns. Ich hatte den Hörer ein wenig vom Ohr abgehalten. Jeder der im Büro anwesenden Personen hörte das Freizeichen.

Niemand hob ab.

Tief atmete ich ein, als ich den Hörer wieder auf die Gabel legte. »Da ist etwas passiert«, murmelte ich. »Verdammt, das geht nicht mit rechten Dingen zu.«

»Wir müssen hin«, entschied Suko.

»Wir können auch einen Streifenwagen vorbeischicken«, sagte der Polizeichef.

»Nein, auf keinen Fall.« Ich schüttelte den Kopf. »Wissen Sie, wer alles noch sauber ist?«

»Verdammt, da fängt es schon an.«

»Schwing dich auf deine Rakete, Alter«, sagte ich zu meinem Freund. »Und schnall dir meinetwegen noch Flügel um. Ich muss mich um die Identifizierung kümmern und komme so rasch nach, wie es geht. Alles klar?«

»Sicher«, sagte Suko und machte sich auf den Weg.

Ich nickte dem Polizeichef zu. »Gehen wir.«

Zurück blieb Sir James. Ich kannte ihn lange genug. Und es hatte nur wenige Fälle gegeben, die bei ihm ein so besorgtes Gesicht hinterließen …

Er starrte in das Bassin!

Hatten die Außenwände dieses viereckigen Bottichs dunkelgrau geschimmert, so sah er nun die widerliche Flüssigkeit, mit der das Bassin gefüllt war.

Sie war nicht weiß, auch nicht beige, sondern eine Mischung aus beidem. Und sie sah aus wie heller Sirup, der eine dünne Haut hatte. Blasen schwebten wie Halbkugeln auf der Oberfläche und zerplatzten mit einem blubbernden Laut.

Ein paar Spritzer flogen jeweils in die Höhe. Danach fielen sie zurück und vereinigten sich mit der anderen Flüssigkeit.

Zu viert hielten sie den jungen Mann fest. Noch schwebte er über dem Bassin. Seine Gesichtszüge blieben wie eingemeißelt. Sie waren im panischen Schrecken erstarrt, die Augen quollen aus den Höhlen, und er hatte das Gefühl, einem schrecklichen Tod gegenüberzustehen, der bereits seine Klauenhände nach ihm ausstreckte.

Er starrte auf die Flüssigkeit.

War da nicht ein Gesicht zu sehen?

Tom Tiptree konnte nicht sicher sein. Sein Blick wurde verschleiert, dennoch nahm er an, innerhalb der Wanne eine schreckliche Fratze schimmern zu sehen.

Einen Mund, die Augen, sogar die Nase!

Und wieder schrie er. Er hatte Angst vor dieser Flüssigkeit, vor den aufsteigenden und zerplatzenden Blasen, und er spürte den Druck der Hände, die ihn festhielten.

Sie pressten ihn nach unten.

Die Stimme des Einarmigen sagte: »Jetzt wirst du gleich einer von uns sein!« Schauriges Gelächter folgte. Es schwang noch in der Luft, als ihn die Hände losließen.

Tom Tiptree fiel.

Ein kurzer, abgehackter Ruf des Schreckens drang aus

seinem Mund, der jedoch verstummte, als er mit dem Kopf zuerst in die sirupartige Flüssigkeit hineinstieß.

Im nächsten Augenblick wurde auch sein Oberkörper überspült, und er schwamm in der Masse.

Die vier Polizisten traten zurück.

Nichts, kein Hauch von Gefühl zeichnete sich auf ihren Gesichtern ab. Sie blieben glatt und ausdruckslos. Aber sie schauten zu, was mit Tom Tiptree geschah.

Eine Säure löst Gegenstände auf. Diese Flüssigkeit war zwar keine Säure, und trotzdem sahen die Männer ihren Kollegen nicht. Es schien so, als habe ihn ein gewaltiges Maul verschlungen. Nur am Brodeln und an der Anzahl der aufsteigenden und zerplatzenden Blasen war zu erkennen, dass etwas geschah.

»Es wird nicht lange dauern«, sagte der Mann mit dem Riss am Kinn.

Seine Kollegen schüttelten die Köpfe.

Und so warteten sie.

Minutenlang tat sich nichts. Sie gingen zurück, standen schweigend nebeneinander, bis einer von ihnen plötzlich seinen Kopf hob, denn er hatte etwas gehört.

Ein schleifendes Geräusch, als wäre mit einem harten Gegenstand über den Wannenrand gekratzt worden.

»Kommt er?«

Niemand gab Antwort auf die Frage. Jeder von ihnen schaute auf das Bassin.

Noch sahen sie nicht, sie hörten nur, wie Nägel über den Innenrand kratzten.

Dann erschien die Hand.

Es waren fünf Finger, die sich über den Wannenrand schoben. Fünf normale Finger. Sie klammerten sich fest, ein Ächzen drang an die Ohren der Männer, und dann erschien der Kopf ihres neuen Kollegen.

Ein normaler Kopf.

Nichts an ihm hatte sich verändert. Er sah so aus wie vor seinem magischen Bad.

Und er kletterte aus der Wanne.

Der Einarmige lächelte. »Willkommen in unserem Club«, sagte er. »Fühle dich bei den Gorgosen wohl …«

Tom Tiptree nickte. Er schwang auch das linke Bein über den Bassinrand, blieb davor stehen, schaute sich um und sah den seltsamen Stab, den er in der Hand hielt.

»Das ist deine Waffe«, wurde ihm erklärt. »Behalte sie immer, denn sie schützt dich vor deinen Feinden.«

Er nickte.

»Wo willst du jetzt hin?«, wurde er gefragt.

Mit normaler Stimme sagte er: »Ich muss noch jemandem einen Besuch abstatten. Meine Freundin wartet.«

»Gut, du kannst gehen. Aber vergiss nicht, auf dich wartet dein normaler Dienst bei der Polizei.«

»Sicher, daran denke ich immer.« Tom machte die ersten Schritte. Er ging völlig normal. Dennoch war ein Geräusch zu vernehmen, das an ein leichtes, gläsernes Knirschen erinnerte ...

Lilly Tonev hatte sich fast die Augen ausgeweint. Sie war zwar keine Hellseherin, aber sie glaubte fest daran, dass ihrem Freund etwas zugestoßen war.

Das Zimmer, eingerichtet mit den alten Möbeln der Vermieterin, kam ihr plötzlich kalt und leer vor. So unpersönlich, so karg, ohne Leben. Es lag ganz oben, die Wände waren schräg, und zwei Fenster unterbrachen das abfallende Dach.

Dann fiel ihr John Sinclair ein. Vielleicht wusste er mehr oder konnte ihr helfen.

Sie rief ihn an, erfuhr nichts Neues und hörte plötzlich das Klingeln an der Wohnungstür.

Sofort legte sie auf. Ein freudiger Schreck durchzuckte sie. Wer um diese Zeit kam, der kannte sie, und es konnte eigentlich nur ihr Freund sein. Ins Haus gelangte man leicht. Die Tür unten schloss nicht richtig, sie sollte irgendwann repariert werden.

John Sinclair war ebenso vergessen wie der Hilferuf. Wenn tatsächlich Tom vor der Tür stand, dann ...

Lilly konnte kaum weiterdenken. Sie war innerlich aufgewühlt, schob ihre verrutschte Brille hoch und lief hin, um zu öffnen. Ihre Hand lag bereits auf der Klinke, als es erneut schellte. Trotz ihrer Erwartung zögerte sie noch und behielt die Kettensicherung bei. »Wer ist da?«, fragte sie.

»Kannst du dir das nicht denken?«

»Tom!«, jubelte sie den Namen. Ihr Arm schnellte hoch, sie löste die Kette, im nächsten Augenblick zog sie die Tür auf und breitete die Arme aus.

Tom stand vor ihr.

Er lächelte. Sein Oberlippenbart zuckte dabei. Es war ein Mienenspiel, das sie bei ihm kannte, und Tom zögerte auch nicht länger, sondern warf sich in ihre Arme.

»Großer Gott, Tom, dass ich dich wiederhabe!« Lilly stammelte die Worte, sie presste den jungen Polizisten fest an sich, schluckte ein paarmal hart und ließ sich in das Zimmer hineinführen. Mit dem Fuß schob Tom die Tür ins Schloss.

Dann standen die beiden im Zimmer.

Lilly Tonev war so glücklich, dass sie ihren Freund überhaupt nicht loslassen wollte. Auch er streichelte ihr Haar und den Rücken. Allerdings bemerkte Lilly nicht, dass es mehr automatische Bewegungen waren. Sie verrieten kein echtes Gefühl, denn normal reagierte dieses Wesen mit dem Aussehen eines Menschen nicht mehr.

Sanft drückte Tom Tiptree seine Freundin von sich. Lilly konnte sich kaum beruhigen. Abgehackt holte sie Atem, rang die Hände und flüsterte: »Du glaubst nicht, welche Angst ich um dich ausgestanden habe. Ich kann es dir nicht begreiflich machen. Wo hast du nur so lange gesteckt?«

»Ich bin mit den Kollegen gefahren.«

»So plötzlich?«

»Ja, es musste sein.«

»Was war denn los?«

»Darüber kann ich nicht reden.«

»Und warum nicht?«

»Amtsgeheimnis, meine Liebe.«

»Ach, Tom, bitte, sag es!«

»Nein.«

»Gut, dann nicht.« Lilly nickte und deutete auf einen

Sessel mit grünen Polstern. »Willst du dich nicht setzen? Ich möchte dir etwas zu trinken anbieten. Du weißt, dass meine Mutter den Schnaps selbst brennt. Sie hat mir eine Flasche gebracht. Du solltest ihn unbedingt probieren …«

»Mal sehen.« Tom nickte und nahm Platz. Lilly blieb vor ihm stehen, sie lehnte sich gegen die Tischkante. Ihr Gesichtsausdruck war noch immer freudig überrascht. Fast konnte sie es nicht begreifen, dass Tom endlich wieder vor ihr saß.

»Ich hole den Schnaps«, erklärte sie. Neben dem Waschbecken stand ein alter Schrank mit Doppeltür. In der rechten Hälfte hatte Lilly ihre Kleidung verstaut, die linke Hälfte wurde von allerlei Krimskrams in Beschlag genommen, unter anderem doppelte Filmposter, denn die anderen klebten überall an den Wänden. Im Schrank lagen auch Bücher über Stars, und sogar ein alter Projektor stand dort.

»Du hast deinen Schnaps aber gut versteckt«, sagte Tom.

»Ist auch nur für besondere Anlässe.«

»Und das hier ist einer?«

»Sicher.« Lilly hatte die Flasche endlich gefunden, stand auf und drehte sich um.

»Dann gib mal her«, forderte Tom.

»Ich hole nur zwei Gläser.«

Tom war überrascht. »Du trinkst auch einen?«

»Klar doch.«

Die Gläser standen auf einem kleinen Regal. Es hing unter einem E.T.-Poster an der Wand. Lilly stellte beides auf den ovalen Tisch mit der Häkeldecke und bedeutete ihrem Freund mit einer Handbewegung, einzuschenken.

»Gern«, sagte er und löste den Korken. Dabei musste er Kraft aufwenden, und Lilly vernahm ein seltsames Geräusch.

Es hatte sich angehört wie das Knirschen von Glas. Das Mädchen war verwundert und blickte ihren Freund an.

»Ist was?«, fragte Tom. Er zögerte noch mit dem Einschenken.

»Nein, nein, nichts.« Sie lächelte etwas scheu.

»Doch, du hast was.«

Lilly setzte sich. Sie schaute ihren Freund an, und über den Tisch hinweg trafen sich ihre Blicke. Da sich der junge Polizist etwas vorgebeugt hatte und fast unter der Lampe saß, konnte das Mädchen sein Gesicht sehr deutlich sehen.

Es wirkte auf eine unbestimmte Art und Weise seltsam, sogar ein wenig abstoßend. Nicht der Ausdruck, sondern die Haut in seinem Gesicht. Sie hatte sich verändert, war vielleicht dünner geworden, als hätte sie jemand straffer gespannt.

Auch die Augen zeigten eine Veränderung. Das waren nicht mehr die Augen, die das Mädchen kannte, nein, so starr hatte ihr Freund sie noch nie angeschaut.

Komisch, dachte sie.

Tom Tiptree drehte die Flasche in seiner Hand und kippte die Öffnung dem Glas entgegen. Der selbstgebrannte Schnaps gluckerte als dünnes Rinnsal aus dem Flaschenhals in das Wasserglas, und Lilly Tonev sagte plötzlich: »Ich habe mich übrigens mit der Polizei in Verbindung gesetzt.«

Eine explodierende Bombe hätte den Mann nicht schlimmer als diese Worte treffen können. Der rechte Arm des Polizisten, der die Flasche hielt, zuckte vor, und aus der Öffnung drang ein regelrechter Schwall, der natürlich nicht nur das Glas traf, sondern auch daneben auf die Decke floss und sie tränkte.

»Vorsicht!«, rief das Mädchen viel zu spät und sprang auf.

Tom Tiptree stellte die Flasche aufrecht hin. Dann drückte er sich in die Höhe. »Was hast du da gesagt?«, erkundigte er sich lauernd.

»Ich habe die Polizei angerufen!«

»Wen?«

»Einen Oberinspektor Sinclair. Ich traf ihn dort, wo du mich zurückgelassen hast. Da ist doch etwas passiert. Ich glaube, es war ein Mord. Ich habe die Leiche nicht gesehen, aber …« Sie verstummte, weil ihr Freund mit dem Kopf schüttelte.

»Das war dumm von dir, Lilly.«

»Was? Der Anruf?«

»Genau der.«

Lillys Lächeln misslang. »Ich weiß überhaupt nicht, weshalb du dich aufregst. Du bist doch selbst bei der Polizei. Sei froh, dass ich mir Sorgen um dich gemacht habe.«

»Das schon ...«

»Dann verstehe ich dich wirklich nicht. Tut mir Leid, Tom.«

Tiptree wiegte den Kopf. Er grinste dabei, schob die Gläser zur Seite und stand auf. Seine Hände stützte er auf die Tischplatte. Sein Blick bohrte sich in die Augen des Mädchens, das plötzlich ein gewisses Unbehagen fühlte.

Zudem hatte sie dieses Geräusch wieder vernommen, das seltsame Knirschen ...

»Tom!«, flüsterte sie. »Was ist mit dir geschehen? Du bist so anders, so komisch.«

»So? Bin ich das?«

»Ja, Tom.«

Er atmete tief ein. Wenigstens hörte sich das pfeifende Geräusch so an.

»Du hättest diesen Sinclair nicht anrufen sollen«, sagte er leise und griff in die Tasche.

»Weshalb nicht?«

»Weil ich es nicht haben will. Keine Polizei.« Er nahm die Hand aus seiner Tasche und hielt plötzlich einen seltsamen Glasstab zwischen den Fingern.

»Tom, was redest du denn da?« Lilly Tonev konnte die Veränderung ihres Freundes noch immer nicht begreifen.

»Jetzt ist es zu spät. Lilly. Es darf keine Spur auf dich hinweisen, und es soll keine Zeugen geben, deshalb muss ich dich leider umbringen, Mädchen ...«

Ich war mit zum Hauptquartier gefahren. Rotlicht und Sirene hatten wir eingeschaltet. Wie der Polizeichef wusste auch ich, dass es auf jede Sekunde ankommen konnte.

In London tickte eine Zeitbombe, die jeden Augenblick explodieren konnte.

Wie fast überall auf der Welt lief auch bei uns keine polizeiliche Arbeit mehr ohne Computer ab. Zwar war es abenteuerlich, so zu arbeiten wie der gute alte Sherlock Holmes, aber die Computer waren doch effektiver. Und sie hatten auch mir schon oft genug geholfen.

Tag und Nacht waren die Abteilungen besetzt. Der Polizeichef gehörte zu den wenigen Personen, die Zugang zu sämtlichen Daten hatten, auch zu den Personalakten.

Die Beschreibungen der infrage kommenden Personen lieferte ich ihm. Zusammen mit dem Schichtleiter gaben wir sie ein. Ich war gespannt, ob diese Angaben ausreichten. Leider hatte ich mir die Nummer des Streifenwagens nicht merken können, dann wäre es leicht gewesen, diejenigen zu finden, denen der Wagen als Dienstfahrzeug zur Verfügung stand.

Der Computer tat sein Bestes. Auf dem Bildschirm flimmerten Buchstaben. Sie setzten sich zu Namen zusammen und schrieben sie gleichzeitig auf Endlospapier.

Schon bald konnten wir den Streifen abreißen. Nach einem kurzen Überfliegen schätzte ich die Anzahl der Namen auf ungefähr hundert.

Das war noch zu verkraften.

In einem Rollarchiv befanden sich die Karteikarten der Mitarbeiter. Passbilder steckten an jeder Karte.

Jetzt musste ich suchen.

Eine halbe Stunde verging, ohne dass wir einen Erfolg verzeichnen konnten. Dann, als noch genau zweiundzwanzig Karten übrig waren, sagte ich: »Stopp.«

Das war der Erste.

Ich sah einen Mann mit blonden Haaren und kantigen Gesichtszügen vor mir. Der Einarmige!, dachte ich.

»Das ist James Webster!«, erklärte mir der Polizeichef, während ich mir die Adresse des Polizisten notierte.

Danach suchte ich weiter und hatte nur wenig später erneut Glück. Ich fand auch den zweiten Kollegen.

Er war drei Jahre jünger als Webster und hieß Brian Bellamy.

Ich atmete tief aus. »Ja«, sagte ich, »das sind die beiden Polizisten, Sir.«

Der Polizeichef schaute mich scharf an. »Okay, Mr. Sinclair, die holen wir uns.«

»Davon würde ich abraten.«

»Wollen Sie die laufen lassen?«

»Nein, aber ich will wissen, wer hinter ihnen steht. Lassen Sie mich allein fahren. Wenn sich mein Partner Suko meldet, geben Sie ihm bitte die Adresse. Wie ich gesehen habe, wohnen die beiden sogar im selben Haus.«

Der Polizeichef überlegte einen Moment. Dann grinste er. »Ich kenne Sie und Ihre Vollmachten, Sinclair. Außerdem habe ich genug von Ihnen gehört. Okay, ich vertraue Ihnen. Fahren Sie also!«

»Danke, Sir.«

»Und noch etwas, Sinclair. Räumen Sie mit dieser verfluchten Plage auf, wenn es geht.«

»Ich werde mich bemühen.«

Mein Wagen parkte hinter dem Gebäude. Wir waren mit zwei Autos hingefahren. Als ich den Bau verließ, begann es zu regnen. Leichter Nieselregen fiel auf London nieder.

Die beiden Beamten wohnten, von uns aus gesehen, jenseits der Themse, im Stadtteil Lambeth, nahe des Archbishop's Park. Diese Grünfläche liegt nicht weit von der Themse entfernt, vom St. Thomas Hospital nur durch die Lambeth Palace Road getrennt.

Ich nahm die Westminster Bridge über den Fluss. London präsentierte sich fast ausgestorben. Die Stadt lag in einer irgendwie unnatürlichen Ruhe. Ich kam vorzüglich durch, rauschte über die Brücke und hielt mich links, um in die Lambeth Palace Road einzubiegen.

Schon bald sah ich die Lichter des Krankenhauses schimmern und erreichte den Park. In ihn führten Stichstraßen hinein, die zu den drei großen Hochhäusern führten. In einem von ihnen wohnten die Polizisten James Webster und Brian Bellamy.

Die Bauten waren in den Park integriert worden. Ich fand einen großen Parkplatz, der noch zahlreiche Lücken aufwies, und stellte meinen Bentley dort ab.

Ich wusste noch nicht, wie ich reagieren würde, wenn ich den beiden gegenüberstand, hoffte nur darauf, dass mir das Richtige einfiel. Erst einmal suchte ich das Haus, es war das zweite in der Reihe.

Die Häuser standen zwar für sich, waren allerdings durch Wege und auch Treppen miteinander verbunden. In den Zwischenräumen fiel die Parklandschaft besonders angenehm auf.

Ich ging einen schmalen Weg entlang, der zu beiden Seiten von dichten Hecken gesäumt wurde. Die Laternenmasten stachen daraus hervor wie dünne Arme, und ihre Lampen glichen fahlgelben Kugeln.

Vor meinen Lippen dampfte der Atem. Der Weg endete, das konnte ich schon erkennen, an einer Treppe, die in die Höhe und damit auch zum Platz vor dem Hauseingang führte.

Ich war eine Weile als Einziger unterwegs, trug zudem Schuhe mit Gummiabsätzen, sodass meine Schritte kaum zu hören waren.

Dafür hörte ich die der anderen.

Sie klangen vor mir auf und gleichzeitig hinter der Treppe, wobei der oder die Personen noch nicht zu sehen waren.

Einem Gefühl folgend blieb ich stehen und drückte mich so eng gegen die Hecke, dass ich mit deren Schatten verschmolz.

Dann wartete ich ab, während ich nach links in Richtung Treppe schielte.

Sie kamen.

Zwei Männer erschienen am Ende der Treppe. Das Licht der Laternen reichte aus, um sie zu erkennen, denn ich hatte unwahrscheinliches Glück.

Die beiden Polizisten gingen die Stufen hinab.

James Webster, der größere von ihnen, schritt vor. Beide hatten sich umgezogen und trugen jetzt Winterjacken. Man sah Webster nicht an, dass er nur einen Arm hatte, der linke Ärmel steckte in seiner Tasche wie auch die rechte Hand.

Stufe für Stufe gingen sie nach unten, die Blicke starr geradeaus gerichtet.

Eigentlich sahen sie normal aus, bis auf die Beine. Ich wollte meinen Augen nicht trauen, als ich diese sah, denn sie bestanden nicht mehr aus Haut, sondern aus Glas und waren durchsichtig.

Kalt rann es meinen Rücken hinab. Die Männer hatten sich zum Teil verwandelt. Man konnte kaum fassen, dass es lebende Personen waren, und so etwas hatte ich noch nie gesehen.

Vielleicht hätte ich eine bessere Deckung suchen sollen, denn ich befürchtete, dass mich die beiden Polizisten zu früh sahen. Und ich wollte mich mit ihnen nicht auf einen Kampf einlassen. Sie sollten mich zu ihrem Ziel führen.

Es wurde Zeit für mich, die Luft anzuhalten, damit mich der helle Atem nicht verriet.

Schon waren sie verdammt nah, vielleicht noch zwei, höchstens drei Schritte, und sie hatten mich passiert.

Sie kamen, waren auf gleicher Höhe ...

Webster ging vorbei.

Bellamy folgte, ließ mein Versteck auch hinter sich, und ich wollte aufatmen, als er herumwirbelte, seine Hand aus der Tasche riss und einen schmalen Stab hervorholte.

Im nächsten Augenblick erlebte ich das Grauen ...

Lilly stand da, als wäre sie zu Stein geworden. Ihr kleiner Mund wollte lächeln. Sie brachte es nicht fertig, denn sie hatte die Worte genau verstanden, obwohl sie sich gefreut hätte, wenn sie nicht stimmten, und sie hakte deshalb noch einmal nach.

»Was hast du gesagt?«

»Ich muss dich leider umbringen, Mädchen. Es gibt keine andere Möglichkeit. Unser Plan darf auf keinen Fall gefährdet werden, das musst du einsehen.«

»Welcher Plan?«

»Es hilft nichts, wenn ich ihn dir verrate, Lilly. Das hat keinen Sinn. Sorry.« Er erhob sich, wobei der seltsame Stab in seiner rechten Hand auf Lilly wies.

Da schrillte das Telefon.

Beide wurden von diesem Geräusch überrascht. Lilly zuckte zusammen, drehte den Kopf und schielte zu dem schwarzlackierten Apparat hin, als wäre er der rettende Strohhalm.

Auch Tom Tiptree wusste Bescheid. Seine Augen glänzten plötzlich wie Glas, und sie strömten eine Gefahr aus. »Lass es bleiben«, flüsterte er scharf. »Lass es nur bleiben, Kind!«

Lilly wagte es trotzdem. Sie sprang vor, doch sie hatte Pech, denn ihr Fuß verhakte sich hinter dem Stuhlbein, sodass das Sitzmöbel umkippte. Das Mädchen fiel zwar nicht zu Boden, hatte jedoch Schwierigkeiten mit dem Gleichgewicht und verlor Zeit.

Diese Sekundenbruchteile nutzte Tom Tiptree. Er brauchte drei Schritte, um den Apparat zu erreichen. Daneben blieb er stehen und legte demonstrativ seine Hand auf den Hörer.

Es schellte weiter, er aber schüttelte den Kopf und grinste dabei. »Nein«, sagte er in das Klingeln hinein. »Hier wird nicht abgehoben, mein Schatz.«

»Aber, Tom, ich …«

Das Klingeln hörte auf. Der Mann nahm seine Hand wieder zurück und nickte zufrieden. »So«, sagte er, »jetzt zu uns beiden. Du weißt, was ich dir angekündigt habe …« Er schlich auf Lilly zu.

Sie stand da wie festgewachsen, die Augen auf ihren Freund gerichtet, der seine seltsame Waffe in der Hand hielt, wobei das abgerundete Ende auf Lilly Tonev wies.

Lilly wusste nicht, was dieser Stab bedeutete. Sie hatte instinktiv eine schreckliche Furcht davor. Es war eine ihr fremde Waffe, die eigentlich harmlos aussah, doch ihre Furcht wuchs so stark, dass sie anfing zu zittern.

»Deine Schuld«, sagte er. »Nur deine Schuld, Kindchen. Du hättest dich ruhig verhalten sollen …«

Er ging noch weiter. Langsam allerdings, und als er

sein Bein bewegte, hörte Lilly das Knirschen des seltsamen Gelenks, das sich auf so schreckliche Art und Weise verändert hatte.

Da klopfte es gegen die Tür.

Hart, ziemlich fordernd. Lilly zuckte ebenso zusammen wie der Mann.

Hoffnung?

Lilly Tonev schielte zur Tür. Sie schluckte dabei, hörte ihr eigenes Herz überlaut pochen. Angst breitete sich in ihrem Körper aus. Sie öffnete den Mund, um eine Frage zu stellen, doch Tom Tiptree ahnte es.

»Halt dich ruhig!«, zischte er.

Lilly schwieg tatsächlich. Sie war eben zu eingeschüchtert.

Tom aber reagierte. Er wusste, dass jemand Lilly sprechen wollte, und er war mit wenigen Schritten an der Tür. Es hatte keinen Sinn, den anderen warten zu lassen, er würde sicherlich Alarm schlagen, deshalb drückte er mit der freien Hand auf die Klinke und riss die Tür mit einem heftigen Ruck auf.

Im Hausmantel stand eine weitere Mieterin auf der Schwelle. Vielleicht zehn Jahre älter als Lilly, dunkelblond, mit kurzen Haaren und einem runden, leidlich hübschen Puppengesicht, das jetzt erstarrte, denn die Besucherin hatte sich heftig erschreckt.

Tom kannte sie. Es war Marion Findley, eine Mieterin, die nebenan wohnte.

»Komm rein«, sagte er und stellte sich so hin, dass Marion Lilly nicht sehen konnte.

»Ich meine, ich habe das Telefon …«

Da griff der Mann zu. Seine Hand bekam die Schulter der Frau zu fassen, und mit einem Ruck schleuderte er sie an sich vorbei in das Zimmer hinein, bevor er die Tür schloss und diesmal die Sicherheitskette vorlegte.

Marion Findley konnte sich nicht mehr fangen. Tom Tiptree hatte zu viel Kraft in diese Aktion gelegt. Die Frau flog bis an den Tisch, prallte dagegen, sodass die Flasche mit dem Schnaps umkippte und der Selbstgebrannte auslief.

Sie fing sich rasch. Der Mantel hatte sich vorn geöffnet und lieferte Tom tiefe Einblicke auf eine helle Haut mit zwei strammen Halbkugeln. Es war eine automatische Bewegung, mit der Marion den Bademantel wieder schloss, und ihr Gesicht lief dabei rot an.

»Sag mal«, zischte sie in einem breiten Soho-Slang, denn in dem Stadtteil arbeitete sie in einem An- und Verkaufladen, »bist du eigentlich verrückt? Was soll der Mist?«

»Das werde ich dir gleich erklären, Schlampe«, sagte der Mann leise, ohne die beiden Frauen aus den Augen zu lassen.

Marion schielte auf Lilly. »Was hat er?«

Lilly Tonev schüttelte nur den Kopf. Sprechen konnte sie nicht. Ihre Kehle war zu.

Plötzlich begriff Marion Findley, dass es überhaupt nicht gut für sie aussah.

Tom Tiptree hatte sich verändert. Er war nicht mehr der, den sie kannte, und ihr Gesicht nahm allmählich eine rote Farbe an, weil ihr das Blut zu Kopf stieg.

»Was soll das?«, fragte sie. »Sag mal, drehst du hier durch?«

»Nein, Marion. Das nicht, nur hättest du nicht kommen dürfen. So muss ich statt einer Person gleich zwei umbringen. Verstanden?«

Marion lachte. Erst kichernd, dann leise, plötzlich laut und gellend, weil sie einerseits die Drohung ernst nahm und sie auf der anderen Seite für einen Witz hielt. Sie warf dabei ihren Kopf in den Nacken, schaute zur Decke und nicht mehr auf den Mann.

Das war ihr Verderben.

Zwar hörte sie den Warnschrei Lilly Tonevs, senkte auch den Kopf, doch zu spät.

Tom Tiptree war bereits vorgesprungen, und sein Arm schnellte ebenfalls nach vorn, wobei er den seltsamen Stab in seiner Hand hielt und die Frau am Hals traf.

Ein Messer dringt durch Haut und Fleisch. Nicht dieser Stab. Er berührte nur, doch das reichte aus, um all seine schreckliche Kraft zu entfalten und diese grausame Magie, die in ihm steckte.

Lilly Tonev bekam in den nächsten Sekunden das mit, was auch ihr bevorstand.

Kaum hatte das Ende des seltsamen Stabes die Haut berührt, als sich Marion nicht mehr bewegte und es auch nicht konnte, denn sie war gebannt.

Tom Tiptree brauchte nichts mehr zu tun, er glitt zurück und schaute nur zu.

Der Tod dieser Frau wurde zu einem Grauen erregenden Schauspiel. Kein Tropfen Blut war zu sehen, keine Wunde, nicht einmal eine Verletzung, dennoch starb die Person.

Sie kristallisierte!

Genau dort, wo der Stab sie berührt hatte, begann es. Die Haut am Hals schmolz, löste sich in Nichts auf. Sie wurde dann durch eine andere Masse ersetzt, aber keine weiche und nachgiebige, sondern eine harte, spröde, die durchsichtig war, denn die Adern und das Blut waren noch zu erkennen.

Auch Tom Tiptree zeigte sich fasziniert. Zum ersten Mal erlebte er, welch eine Waffe ihm da in die Hand gegeben worden war. Seine Augen leuchteten, und er stieß flüsternd Worte aus, die er selbst nicht verstand.

Lilly Tonev wagte ebenfalls nicht, sich zu rühren. Sie hielt sogar den Atem an, und eine bedrückende Stille lag über dem Raum, wie sie nur die Stille des Todes sein konnte.

Deshalb war das Knistern genau zu vernehmen, denn mit dem Verglasen des Halses war es nicht beendet. Das Grauen, einmal eingeleitet, konnte nicht gestoppt werden, und es nahm seinen Lauf.

Die Veränderung wanderte weiter. Der Hals war bereits erfasst worden, nun kam das Kinn an die Reihe, und der Begriff ›Glaskinn‹ erhielt hier eine erschreckend reale Bedeutung.

Gläsern wurden auch die Lippen, der Mund stand offen, ein letztes, schreckliches Geräusch drang daraus hervor, ein Atemzug, bevor Marion Findley nach hinten kippte, auf den Stuhl fiel, das Übergewicht bekam und zu Boden krachte.

»Das ist die Gorgosen-Rache!«, flüsterte Tom Tiptree. »Hier sind unsere Waffen. Und niemand kann uns aufhalten. Wir sind Gorgosen, Lilly. Hast du verstanden? Gorgosen ...«

Lilly Tonev gab keine Antwort. Sie wollte nichts sagen, nichts hören, und ihr wurde nicht bewusst, dass sie sich mit Tom Tiptree praktisch allein im Zimmer befand, denn Marion zählte nicht mehr.

Lilly sah die Mieterin liegen. Während des Falls hatte sich der Bademantel wieder geöffnet. Ein entblößter Oberkörper zeigte sich den Augen des jungen Mädchens, und mit Erschrecken stellte Lilly fest, dass die Verglasung Fortschritte gemacht hatte.

Sie war nicht mehr aufzuhalten ...

Eine seltsam durchsichtige, spröde Schicht hatte sich gebildet. Sie lag auf der Haut, die immer dünner geworden war, und selbst die Haare der Frau schienen jetzt aus Glas zu bestehen. Nichts wurde verschont.

Gorgosen-Rache ...

Lilly Tonev hörte schwere Schritte. Tom Tiptree hatte es auf seinem Fleck nicht mehr ausgehalten. Er war um den Tisch herumgegangen und trat nun auf Lilly zu.

Steif stand sie auf dem Fleck.

Sie tat nichts, sie sagte nichts, sie hatte den Punkt erreicht, wo ihr alles egal war.

»Und jetzt bist du an der Reihe!«, flüsterte Tom Tiptree. »Diesmal hilft dir keiner ...«

Die Harley war schnell, aber keine Rakete!

Die hätte sich Suko gern gewünscht, so aber musste er auf der Straße bleiben und konnte leider nicht fliegen. Er duckte sich, versuchte so wenig Widerstand wie möglich zu bieten.

Der Inspektor war ein exzellenter Fahrer und ein sicherer dazu. Er fuhr sonst immer den Verkehrsregeln entsprechend, in dieser Nacht warf er sie über Bord. Trotzdem gefährdete er keinen Menschen, denn die Fahrbahnen waren so gut wie leer.

John Sinclair hatte ihm den Weg gut beschrieben. Zudem kannte sich Suko in London aus, zwar nicht so gut wie ein Taxifahrer, aber er wusste sich zu helfen.

Er fuhr sogar Abkürzungen und atmete auf, als er in die Straße einbog, wo das Mädchen wohnte.

Der Belag glänzte vor Nässe. Aus den Gullys dampfte es. Die Hausfronten waren dunkel, Fenster nicht erleuchtet. Die Scheiben wirkten wie matte Flecke.

Man schlief um diese Zeit.

Aufgereihte Mülltonnen warteten auf die Entleerung.

Suko rollte nahe an den Gehsteig, damit er die Hausnummern besser erkennen konnte.

Sein Ziel war ein schmaler Altbau, doch die Häuser ähnelten sich sehr, denn neue Häuser gab es in dieser Gegend nicht.

Vor dem Haus stoppte Suko seine Harley, bockte sie auf, nahm den Helm ab, schnallte ihn fest und tauchte in den Hauseingang.

Er wusste nicht genau, wo Lilly Tonev wohnte. Aus diesem Grunde leuchtete er mit seiner Lampe das Klingelbrett ab und entdeckte ihren Namen ziemlich weit oben.

Mit dem Knie drückte er gegen die Haustür. Der Inspektor war zufrieden, als sie aufschwang. Er warf noch einen Blick auf das Schloss. Es war defekt.

Auf leisen Sohlen huschte er in den dunklen Flur. Ein typischer Geruch umgab ihn. Leicht muffig und feucht, an Schimmel und alte Kleider erinnernd.

Je weiter sich Suko von der Tür entfernte, umso dunkler wurde es. Fenster gab es keine. Suko nahm wieder seine Lampe in Anspruch. Der helle Finger wies ihm den Weg, und der Chinese gelangte schließlich in die letzte Etage, wo sich ein Gang vor ihm auftat, der beidseitig von Türen flankiert wurde.

Der Inspektor hatte noch immer das Flurlicht nicht eingeschaltet. Im Schein der Lampe suchte er nach den Namensschildern.

Lilly Tonev wohnte hinter der dritten Tür auf der rechten Seite. Suko blieb für einen Moment stehen und lauschte.

Zu hören war im ersten Augenblick nichts. Dann glaubte er, eine Männerstimme zu vernehmen, undeutlich und leise.

Seine Waffen hatte Suko griffbereit. Er drückte auf die Klinke, konzentrierte sich und atmete auf, als er die Tür nach innen drücken konnte. Sein Optimismus wurde zerstört, als die Tür plötzlich sperrte. Die Schuld trug eine Kette, die sich in Augenhöhe spannte. Der Spalt allerdings war breit genug, um hindurchschauen zu können.

Im Zimmer war es hell. Suko sah die aus alten Möbeln bestehende Einrichtung, den Tisch und daneben die Beine eines Menschen.

Da lag jemand.

War er zu spät gekommen?

»Und jetzt bist du an der Reihe«, hörte er eine Männerstimme. »Diesmal hilft dir keiner …«

Die Worte waren von einem Mann gesprochen worden, den Suko nicht sehen konnte. Aber sie wiesen darauf hin, dass sich jemand in Gefahr befand.

Der Inspektor musste verdammt schnell sein.

Er ging zwei Schritte zurück, schielte auf Tür und Kette, sammelte seine Kräfte und stieß sich ab. Mit seinem gesamten Gewicht wuchtete Suko gegen die Tür …

Man hatte mich entdeckt.

Und dieser Brian Bellamy ließ sich auf nichts ein. Er warf sich auf mich zu. Ich sah diesen seltsamen Stab in seiner Hand und wusste, dass er mir gefährlich werden konnte.

Er hätte mich auch damit getroffen, wenn ich nicht schnell wie ein blitzartiger Gedanke zu Boden getaucht wäre, um der Attacke zu entgehen.

Über meinen Kopf hinweg fuhr der Schlag, und die Waffe rammte in die Hecke.

Da lag ich schon am Boden, überrollte mich und sprang wieder auf. Ein Zischen und Klirren ertönte. Ich riskierte einen raschen Blick zurück und erlebte die Wirkung dieses Stabes.

Die Hecke vor mir verglaste!

Es war grauenhaft, wie die natürliche Farbe verschwand und die Zweige zu milchig gläsernen Armen wurden, die sich ineinander verhakten und ein kristallines Flechtwerk bildeten.

Ähnliches hätte auch mir bevorgestanden.

Kalt rann es meinen Rücken hinab, während ich auf den zweiten, James Webster, Acht gab.

Der hatte seinen rechten Arm aus der Tasche gezogen. Auch er hielt diese Waffe in der Hand, die so harmlos aussah, aber verdammt gefährlich werden konnte.

Grinsend schlich er auf mich zu.

Von der Seite löste sich der Einarmige. Beide schritten auf ihren gläsernen Beinen, und ich vernahm manchmal ein komisches Splittern oder Knacken, dass es mir kalt den Rücken hinabrann.

So etwas hatte ich noch nie gesehen. Es gab nicht viel, wovor ich wirklich Angst hatte.

Das hier gehörte dazu.

Sie hatten mich eingekreist, wollten mich von zwei Seiten angreifen und mir keine Chance lassen.

Um wen sollte ich mich zuerst kümmern?

Mir sagte der mit dem einen Arm mehr zu. Er konnte sich sicherlich nicht so gut wehren wie der zweite Kerl, der noch völlig normal war. Nur durfte mich keiner der beiden mit diesen verdammten Stäben erwischen.

Es war ein schlechter Platz für einen Kampf. Rechts und links die Hecken, kein Platz zum Ausweichen. Da zog ich meine Beretta.

Webster lachte, bevor er sagte: »Du kannst uns nicht mit einer Kugel töten.«

»Das will ich auch nicht«, erwiderte ich und schoss.

Der Abschussknall zerriss die Stille der Nacht und rollte als Echo weiter. Ich hatte auf den rechten Arm gehalten und genau getroffen. Die Kugel hieb durch die Kleidung, ich vernahm einen satten Laut und ein Splittern.

Dann musste ich zur Seite springen, denn der Typ hinter mir war schon verdammt nah.

Sein Schlag verfehlte mich, ich jedoch pustete ihm eine Silberkugel ins Bein.

In Höhe des Knies wurde das Bein zerschmettert. Risse entstanden, ein Loch, Splitter flogen. Aber er ging weiter, auch mit einem Loch im Bein, und sein Artgenosse kam von der Seite, um mich anzuspringen. Mit einer schnellen Drehung entwischte ich ihm, schoss wieder, erzielte nur einen Streifschuss und hörte im nächsten Augenblick die Stimme eines Mannes. Vielleicht ein Nachtwächter oder Frühheimkehrer, auf jeden Fall wusste dieser Mann nicht, in welch eine Gefahr er sich begab, auch wenn er nachsehen oder helfen wollte.

Wenn er den beiden Wesen in die Arme lief, konnte es bitter für ihn ausgehen.

Auch meine Gegner hatten ihn gehört. Und sie taten etwas, das ich nicht begriff. Sie warfen sich herum und rannten davon. Und zwar den Weg entlang, den ich gekommen war.

An der Treppe erschien der Mann. Er trug eine Taschenlampe bei sich. Als er näher kam, konnte ich seine Uniform und die Waffe in seiner Hand erkennen.

Verdammt, wenn ich jetzt rannte, dann schoss der Knabe. Die anderen hatten schon einen Vorsprung.

»Bleiben Sie stehen!« Die Stimme des Polizisten hallte ihnen nach. Sie kümmerten sich nicht darum, und der Beamte war froh, wenigstens einen erwischt zu haben, nämlich mich.

»Keine Bewegung!«, fuhr er mich an und richtete sein Schießeisen auf mich.

Den Ausweis hatte ich schon zuvor gezogen. »Schauen Sie sich an, was ich in der Hand halte!«, sagte ich und wedelte mit der Legitimation.

Er trat einen Schritt näher. Wir standen zum Glück nahe einer Laterne. Er hatte gute Augen und nickte, als er sich von meiner Harmlosigkeit überzeugt hatte.

»Alles klar?«, fragte ich.

»Ja, Sir, aber hier wurde geschossen.«

»Das war ich, und ich werde die beiden verfolgen. Sie, Meister, bleiben hier!«

»Ja, Sir!« Er warf einen Blick auf die veränderte Hecke. »Hat es geschneit?«, fragte er.

»Auch das«, erwiderte ich und rannte los. Ich musste ihnen auf den Fersen bleiben, sonst war alles verloren.

Ich hatte keine Zeit für lange Erklärungen.

Meine Schuhe knallten auf dem Belag. Dieser Weg führte zum Parkplatz. Ich ging davon aus, dass die beiden dort ihren Wagen abgestellt hatten. Mein Bentley stand ebenfalls dort. Die Chancen waren nicht mal so schlecht.

Der Platz wurde von vereinzelt stehenden Lampen erleuchtet. Es sah aus, als hingen helle Kreise in der Luft, während die Masten in der Dunkelheit verschwanden.

Der große Parkplatz war schnell erreicht.

Ich hatte bisher kein Fahrzeug wegfahren sehen, und das gab mir Hoffnung. Auch als ich den Bentley erreichte, rührte sich nichts.

Neben meinem Silbergrauen blieb ich stehen und drehte den Kopf. Es war wieder still geworden. Nur der Regen nieselte aus den tief hängenden Wolken, ansonsten konnte man die Stille als Ruhe vor dem Sturm bezeichnen.

Es gab für meine Gegner zahlreiche Versteckmöglichkeiten. Sie konnten sich zwischen den abgestellten Wagen verkrochen haben und auf eine günstige Gelegenheit lauern.

Mit der Beretta konnte ich gegen sie nicht viel ausrichten, aber vielleicht mit dem Bumerang. Bei mir trug ich ihn nicht. Er befand sich in meinem Einsatzkoffer.

Der lag griffbereit im Bentley.

Ich schloss die Haube auf und öffnete meinen Koffer.

Vorsichtig hob ich den Bumerang heraus, drückte die Haube nieder und schloss sie so leise wie möglich.

Das war erledigt.

Dann hockte ich mich hin und wartete ab. Ich wollte ein so kleines Risiko wie möglich eingehen und nicht zu früh entdeckt werden.

Über dem Platz lag die nächtliche Stille. Nichts tat sich, alles blieb ruhig.

Als weitere Minuten vergangen waren, gelangte ich

allmählich zu der Überzeugung, genarrt worden zu sein. Das gefiel mir überhaupt nicht, doch im nächsten Augenblick wurde ich eines Besseren belehrt.

Sie waren noch da!

Das Anspringen eines Motors klingt in der Stille immer laut. Ich hörte links von mir dieses Geräusch. Gleichzeitig strahlten zwei gelbe Lanzen auf und strichen über den Parkplatz.

Das mussten sie sein.

Und schon schoss ein großer, dunkler Wagen aus der Parklücke, erreichte den freien Raum und wurde nach rechts gelenkt, sodass die gelben Lanzen in meine Richtung schwangen.

Es war mir egal. Ich wollte den Wagen nur stoppen und hielt meinen magischen Bumerang wurfbereit.

Es war meinem guten Gehör zu verdanken, dass ich hinter mir Schritte vernahm.

Ich kreiselte herum, der Wagen war jetzt uninteressant geworden, und ich sah plötzlich den zweiten Gegner vor mir.

Reingelegt!

Verdammt, sie hatten mich erwischt. Während nur einer im Wagen saß, war der Einarmige unhörbar in meine Nähe geschlichen, um mich zu erledigen.

Er hatte seinen Arm bereits erhoben, und der Stab schaute aus seiner Faust.

Da schleuderte ich die Waffe.

Die silberne Banane wurde aus dem Handgelenk geworfen. Ich brauchte nicht viel Kraft, die Distanz war zu gering, und die Waffe stieg schräg nach oben, wobei sie sich wie ein Drehkreisel dem Hals meines Gegners näherte.

Danach der Aufprall.

Zwischen dem herabsausenden Arm und dem Körper hatte der Bumerang seinen Weg gefunden. Er wirkte wie eine schnell rotierende Scheibe, als er sich am Hals dieses menschlich aussehenden Monsters festbiss und den Kopf vom Rumpf löste.

Dabei hörte ich ein seltsames Kirschen und Brechen,

der Gegner fiel zu Boden, rollte sich herum und blieb schließlich liegen.

Ohne Kopf.

Es war James Webster, der vor meinen Füßen lag und sich nicht mehr rührte.

Ich sprang auf ihn zu und hörte gleichzeitig, wie der Wagen beschleunigt wurde. Im Licht der beiden Scheinwerfer musste Brian Bellamy gesehen haben, was sich abgespielt hatte, und er griff zum letzten ihm möglichen Mittel. Er wollte mich überfahren.

Schon war der Wagen verdammt nah. Die Lichtkegel der Scheinwerfer explodierten um mich herum. Die Masse aus Blech, Reifen und Glas wuchtete auf mich zu, und mir blieb nur noch ein gedankenschnelles Reagieren.

Ich hechtete zurück, riss Arme und Beine hoch, landete mit einem dumpfen Dröhnen auf der Motorhaube meines Bentley und hatte noch so viel Schwung, dass ich hinunter und auf den Boden geschleudert wurde.

Der Wagen raste vorbei.

Trotz des in hohen Drehzahlen laufenden Motors hörte ich das Knacken und Knirschen.

Ich verzog die Mundwinkel, als mir klar wurde, dass Bellamy nicht mich, sondern seinen eigenen Partner, James Webster, erwischt hatte.

Dann war er weg.

Allerdings musste er einen Bogen fahren, um die Ausfahrt des Parkplatzes zu erreichen. Wenn ich Glück hatte, konnte ich ihn noch erwischen oder ihm zumindest auf den Fersen bleiben.

Zuerst musste ich meinen Bumerang holen. Er lag neben dem zerstörten James Webster.

Ersparen Sie mir bitte eine Beschreibung, es war furchtbar. Ich riss den Bumerang an mich und vergaß auch nicht den seltsamen Stab. Jetzt hatte ich eine Beutewaffe.

Mit beiden hetzte ich zurück zu meinem Wagen, schloss in fiebernder Eile die Tür auf und verfolgte dabei über das Wagendach hinweg den Weg des Fluchtfahrzeugs.

Das Auto fuhr tatsächlich einen Bogen. Durch eine Hecke wollte sich der Fahrer nicht wühlen. Ich saß blitzschnell hinter dem Lenkrad, schob den Zündschlüssel ins Schloss, eine kurze Drehung, dann startete ich.

Diesmal waren es die Scheinwerfer des Bentley, die in die Dunkelheit stachen.

Mit radierenden Reifen jagte ich in die Kurve und suchte die Heckleuchten des anderen Fahrzeugs.

Sie glühten vor mir, bereits an der Ausfahrt des Parkplatzes, und ohne abzustoppen, riss der andere sein Auto in eine scharfe Rechtskurve hinein.

Den gleichen Weg nahm ich Sekunden später auch, fand mich auf einer Geraden wieder und griff während des Fahrens zum Telefon. Mit einer Hand lenkte ich, in der anderen hielt ich den Hörer.

Ich ließ mir den Einsatzleiter geben und erklärte mit sparsamen Worten die Lage.

Mir wurde versprochen, alles Nötige in die Wege zu leiten. Ich war zufrieden. Jetzt erst konnte ich mich richtig auf die Verfolgung konzentrieren.

Brian Bellamy sollte mir nicht entwischen …

Hatte sich Suko zuvor gewünscht, eine Rakete zu sein, so konnte er sich nun damit vergleichen, denn er flog mit einer ungeheuren Wucht in das Zimmer.

Er hatte die Tür zerstört. Die Kette bestand nur noch aus Fetzen, und die Wucht katapultierte Suko in den Raum, wo er zu Boden ging, sich schulmäßig abrollte und sofort wieder auf die Beine sprang, um in Combat-Stellung stehen zu bleiben.

Die Waffe hielt er im Anschlag, und die Mündung war auf einen Mann in Polizeiuniform gerichtet, der einen seltsamen Stab in der Hand hielt, mit dessen abgerundeter Spitze er auf ein dunkelhaariges Mädchen zielte, das nur Lilly Tonev sein konnte.

Suko war buchstäblich im letzten Augenblick erschienen. Ein paar Sekunden später wäre alles vorbei gewesen.

Auch so galt die Gefahr als noch nicht bereinigt. Der

Polizist brauchte nur vorzuspringen, und alles war vorbei.

»Rühr dich nicht!«, fuhr Suko den Mann an.

Der blieb tatsächlich stehen. Dabei begann er zu lachen. »Wer bist du?«, fragte er danach, denn er hatte den Inspektor noch nicht gesehen, weil dieser in seinem Rücken stand.

»Jemand, der dich stoppen wird!«

»Tom Tiptree kann niemand stoppen. Die Gorgosen-Rache hat begonnen, und dabei wird es bleiben.«

Er ist verdammt von sich überzeugt, dachte Suko und überlegte, was der andere wohl mit dem Begriff Gorgosen-Rache gemeint haben konnte. Der Begriff war ihm unbekannt.

»Und jetzt?«, fragte Tiptree.

»Lässt du deinen komischen Stab fallen!«

»Nein!«

»Dann schieße ich!«

»Bitte«, erwiderte der Mann ruhig und drehte sich langsam um. Das Mädchen war für ihn nicht mehr wichtig, es zählte nur noch Suko.

Beide waren erstaunt, als sie sich direkt gegenüberstanden. Der Polizist hob überrascht die Augenbrauen. »Ein Chinese«, sagte er, »sieh an.«

»Und sogar bei Scotland Yard beschäftigt.«

»Hallo, Kollege«, erwiderte der andere spöttisch und verzog sein Gesicht zu einem breiten Grinsen.

Suko sprach das Mädchen an. »Verschwinden Sie, aber schnell!«

Lilly rührte sich nicht.

Der Inspektor konnte sich leider nicht um sie kümmern. Tom Tiptree war jetzt wichtiger, zudem musste er dafür sorgen, dass dieser Mann endlich seinen Stab fallen ließ.

Daran dachte Tiptree allerdings nicht. Er schaute auf ihn, und sein Gesicht verzog sich zu einem breiten Grinsen.

»Ich werde die Waffe nicht aus der Hand geben!«, flüsterte er. »Da kannst du machen, was du willst. Du hast keine Chance!«

»Möchtest du erschossen werden?«

»Aber nicht von dir.« Tiptree lachte breit. Er bewegte seinen Kopf und deutete nickend an Suko vorbei. »Hinter dir, Chink, liegt jemand. Ich habe sie mit meinem Stab berührt. Keine Chance für Menschen. Wir Gorgosen sind stärker.«

»Wieso Gorgosen?«

»Kein Kommentar. Nimm es hin, Chink, damit du weißt, wer dich töten wird!«

Suko überraschte die Sicherheit des Mannes. Und er gab zu, einen Fehler begangen zu haben. Er war mit schussbereiter Beretta in den Raum gestürmt. Dabei konnte diese Pistole mit den geweihten Silberkugeln dem anderen ja nichts anhaben. Erst jetzt fiel ihm ein, was sein Freund John Sinclair berichtet hatte.

Nein, mit magisch aufgeladenen Kugeln waren diese Wesen, die sich Gorgosen nannten, nicht zu stoppen.

Auch nicht durch das Kreuz.

Wie aber dann?

Im Nachhinein ist man immer schlauer.

Das galt auch für Suko. Er hätte nicht mit der Beretta, sondern mit seinem magischen Stab eingreifen sollen. Vielleicht reagierte dieser Gorgose auf das Wort *Topar*. Um dies auszuprobieren, reichte die Zeit leider nicht. Bis Suko den Stab hervorgeholt hatte, wären Sekunden vergangen, eine viel zu große Zeitspanne.

»Na, Chinese?«, höhnte Tiptree und schob sich langsam näher. »Willst du nicht endlich schießen?«

»Noch nicht«, erwiderte Suko.

»Wann denn?«, höhnte der andere.

Suko ging zurück. Er blieb in der Defensive, wollte den anderen in Sicherheit wiegen und auf einen Fehler warten.

Die Zeit wurde ihm knapp; er hörte vom Flur her Stimmen! Das Aufbrechen der Tür war natürlich gehört worden. Die krachenden Geräusche hatten die anderen Bewohner aus dem Schlaf gerissen. Jeder wollte wissen, was da in den frühen Morgenstunden geschehen war.

Schon erschienen die ersten Gesichter.

»Weg von der Tür!«, brüllte Suko in das hohle Kichern des Gorgosen hinein, der anschließend mit einer Fistelstimme sagte: »Opfer, Chink, viele Opfer für mich.« Er fuchtelte mit dem Stab herum und sprang plötzlich vor.

Übergroß tauchte er vor Suko auf. Den rechten Arm hatte er gesenkt. Der Stab zielte wie ein Messer auf den Chinesen, und Suko drehte sich zur Seite.

Er konnte gerade noch ausweichen. Der Stab fuhr an ihm vorbei, und er drückte selbst ab.

Die Kugel traf.

In das Echo des Schusses hinein drang das gläserne Knarren und Splittern, ansonsten geschah nichts. Die geweihte Silberkugel hatte keinerlei Schaden angerichtet.

Dafür sah der Chinese etwas anderes. Zwar hatte der Stab ihn nicht getroffen, dafür jedoch den Tisch. Und er veränderte sich, nahm eine andere Farbe an, und die Kraft dieser schrecklichen Magie verwandelte die Materie. Aus Holz wurde Glas.

Es knisterte, schmolz, wurde kurze Zeit flüssig und erstarrte schließlich.

Das hatte Suko noch nie gesehen. Er war geschockt.

Dies merkte auch sein Gegner. Tom Tiptree wuchtete sich vor. Er flog auf Suko zu und wollte es zu einem Ende bringen.

Ein Normalbürger hätte vielleicht nicht mehr reagieren können. Suko aber war austrainiert bis in die letzte Sehne. Seine Beine schnellten vor, und bevor der Gegner ihn berühren konnte, wuchtete der Inspektor seine Füße in dessen Leib.

Der Mann riss die Arme hoch. Seine Gesichtszüge erstarrten vor Wut und Enttäuschung, als er zurückflog und gegen die Wand unter einem Fenster krachte.

Suko lag noch am Boden. Er wechselte seine Waffe in die linke Hand, damit die rechte den Stab hervorholen konnte.

Ein Erbe des großen Buddha, das, wenn Suko ein bestimmtes Wort rief, die Zeit für fünf Sekunden anhielt.

Der Inspektor hatte den Stab kaum berührt, als er das Splittern der Scheibe hörte. Er schaute auf und stellte fest, dass sein Gegner nicht untätig geblieben war. Mit beiden Händen hatte er das schräge Dachfenster durchstoßen und kletterte wieselflink nach oben.

Suko verzichtete auf das magische Wort.

Fünf Sekunden waren unter Umständen zu wenig. Er musste erst auf die Luke zuspringen und hinausklettern, das hätte zu viel Zeit gekostet.

So machte er sich an eine normale Verfolgung und huschte vorbei an der bewegungslos dastehenden Lilly Tonev auf das zerstörte Fenster zu.

Die Scheibe war nicht völlig aus dem Rahmen gebrochen, einige Splitter standen wie Lanzenspitzen vor. Suko musste Acht geben, dass er sich nicht verletzte, und er musste zudem mit einem hinterlistigen Angriff des Gorgosen rechnen. Seine Chancen standen nicht gerade günstig.

Vorsichtig streckte er seinen Kopf durch die Öffnung, drehte ihn und versuchte, einen guten Überblick zu bekommen.

Er sah seinen Gegner links vor sich. Der kroch auf allen vieren das schräge Dach zum First hoch. Wahrscheinlich wollte er auf der anderen Seite hinunter.

Was der kann, das schaffe ich auch, dachte Suko und zwängte sich durch die Luke.

Regen und Wind trafen ihn. Der feine Sprüh wehte in sein Gesicht. Er behinderte die Sicht.

Vor Dächern hatte Suko einen gewissen Horror. Er war schon einmal abgestürzt, aber es gab hier keine andere Möglichkeit, an den Gegner heranzukommen.

Der Regen hatte die schwarzen Pfannen glitschig werden lassen. Es war schwer, darauf Halt zu finden. Suko musste Arme und Beine ausbreiten, um sich wenigstens etwas abstützen zu können.

Der Vorsprung des Gorgosen vergrößerte sich. Er brauchte nicht mehr weit zu kriechen, um den Dachfirst zu erreichen. Noch zwei Körperlängen, dann hatte er es geschafft.

Geschmeidig wie eine Schlange bewegte er sich. Zudem trug er keine glatte Lederkleidung wie Suko, und der Chinese hatte das Nachsehen. Er verlor immer mehr an Boden.

Das zerstörte Fenster blieb zurück. Es gab noch andere. Sie leuchteten wie viereckige Augen, und Suko sah, dass einige geöffnet wurden und Köpfe neugieriger Mieter hervorschauten.

»Bleiben Sie weg!«, brüllte Suko. Die Gaffer ahnten nicht, wie groß die Gefahr war.

Einen Anfangserfolg erzielte er. Die Köpfe verschwanden tatsächlich. Nach Sekunden jedoch tauchten sie wieder auf, die Leute konnten es einfach nicht lassen.

Der Gorgose hatte sein Ziel erreicht. Fast triumphierend hockte er auf dem First, schaute nach unten und starrte Suko dabei an.

Der Inspektor kroch ebenfalls nicht mehr weiter, obwohl der andere lockte.

»Komm schon, komm …«

Suko hob seinen rechten Arm. Er hatte die Beretta wieder gezogen und zielte genau. Wenn alles nichts half, musste er den anderen vom Dachfirst schießen.

Da senkte der Gorgose seinen rechten Arm. Und er hielt den Stab in der Hand.

Im nächsten Moment berührte die Spitze das Dach, und die schreckliche Magie bewirkte, dass sich die Materie umwandelte.

Suko schwebte plötzlich in Lebensgefahr …

Hätte ich London nicht schon vorher gekannt, so hätte ich jetzt den östlichen Teil kennen lernen können, denn wir blieben von der City aus gesehen jenseits der Themse.

Und damit fuhren wir dorthin, wohin sich Touristen selten verirrten, denn hier lebten die ärmeren Bevölkerungsschichten. Aber auch die, die durch harter Hände Arbeit ihr Geld verdienten und doch jeden Monat verzweifelten, weil die Inflation immer schneller war und sie auch nichts geerbt hatten.

Durch die Lambeth Road ging es weiter. Wir überquerten die Kreuzung Kennington Road. Der Mann vor mir fuhr wie ein Wahnsinniger. Er achtete nicht auf Gegenverkehr, kümmerte sich nicht um Ampeln, sondern raste durch. Er hatte dabei das Glück, keinen Unfall zu verursachen.

Ich fiel wieder etwas zurück, weil ich vorsichtiger fuhr. Danach begann jedesmal eine Aufholjagd.

Allmählich näherten wir uns Southwark. Und hier kannte ich ein paar gefährliche Ecken, wo Polizisten nur in Dreierstreifen gingen. Auf Ordnungshüter war man in dieser Gegend schlecht zu sprechen.

Die Gegend wurde düsterer. Weniger Laternen markierten die Fahrbahn. Wenn sie auftauchten, huschten sie schnell wieder vorbei und verschwanden wie gelbe Nebelschemen im Dunkel der Nacht.

Nahe der Union Street sah ich die ersten Bahngleise. Industrieviertel lösten sich mit Wohnsilos ab, deren Mauern grau und schwarz geworden waren.Es gab auch Straßen, in denen die Häuserblocks nicht so hoch waren.

Die Enge der Straße erlaubte kein schnelles Fahren. Zudem rollten wir hin und wieder über Kopfsteinpflaster. Neben Glatteis gibt es für die Reifen eines Wagens nichts Schlimmeres als nasses Kopfsteinpflaster.

Deshalb mussten wir vorsichtig fahren.

Als wir abermals eine schmale Straße hinter uns gelassen hatten, blickte ich plötzlich auf ziemlich freies Gelände. Die Scheinwerfer des Bentley erfassten einen glänzenden Schienenstrang. Dunst wallte darüber. Lichtmasten stachen in die Luft. Die langen Leitungen hingen wie erschlaffte Arme durch.

Wo steckte Brian Bellamy?

Plötzlich hatte ich ihn verloren!

Ich stoppte, biss mir vor Wut auf die Lippen und riskierte es, das Fernlicht anzuschalten.

Die langen Scheinwerferstrahlen durchbohrten die Dunkelheit, berührten jenseits der Gleise die Mauern von Fabrikbaracken, Kränen und Hallen.

Nur den Wagen sah ich nicht.

Ich hatte mittlerweile die Marke erkannt. Es war ein großer, dunkler Ford.

Für mich hatte es keinen Sinn, hier lange zu warten. Zurückkommen würde der Wagen nicht, also fuhr ich wieder an und suchte eine Stelle, wo ich die Gleise, ohne einen Achsenbruch zu riskieren, überqueren konnte.

Die war bald gefunden. Ich rumpelte hinüber und fand auf der anderen Seite einen schmalen Weg, den zwei eingezäunte Lagerplätze säumten.

Sogar ein Stück Rasen erschien im Licht der Scheinwerfer, und wenig später passierte ich die ersten Lagerhäuser sowie Großtanks, die als breite, zylinderförmige Gegenstände vor mir in die Höhe wuchsen und ebenso schwarz wie der Himmel waren.

Plötzlich standen mir mehrere Wege zur Auswahl, den der andere genommen haben könnte, und ich entschloss mich, die Verfolgung zu Fuß fortzusetzen. Ich stellte den Bentley in Deckung eines Gebäudes ab und stieg aus.

Der Regen nieselte auf mich nieder. Der Wind war kalt, ein unangenehmes Wetter, das dieser 30. März zu bieten hatte. Der Frühling war weit zurückgedrängt worden.

Das Gelände erschien mir in seiner Leere gespenstisch. Es regte sich kein menschliches Leben, die Baracken und Hallen wirkten wie verlassene Bauten nach einem schrecklichen Krieg, der alles Leben ausgelöscht hatte. Der Vergleich mit einer Apokalypse kam mir in den Sinn. Vielleicht lag es auch nur an meiner Stimmung, denn ich dachte unentwegt an die Gefahr, die von den Wesen ausging, gegen die ich zu kämpfen hatte. Ich konnte sie nicht einmal richtig einordnen, wusste nicht, welcher Dämonenklasse sie angehörten und ob sie überhaupt Dämonen waren.

Für mich waren sie bösartige, phantastische Wesen.

Ein Fiepen schreckte mich auf. Eine Ratte hatte es ausgestoßen. Sie huschte dicht vor meinen Fußspitzen entlang und sprang von rechts nach links über den Weg.

Hatte ich sie aufgeschreckt oder ein anderer?

Ich blieb stehen, drehte den Kopf, und meine Augen glitten über die kahlen Backsteinwände der Lagerhallen. Da regte sich nichts. Nur der Regen rann wie ein nie abreißender Schleier aus den tief liegenden Wolken.

Als ich das Ende des Weges erreichte, konnte ich zwischen zwei Richtungen wählen. Nach rechts oder links. Ich wandte mich nach rechts, weil ich links auf einem Umweg wieder zu meinem Wagen gelangt wäre, und ich wollte unbedingt den dunklen Ford finden.

Aus der Ferne hörte ich ein dumpfes Tuten. Das erinnerte mich an den Hafen. Er war nicht allzu weit entfernt.

Plötzlich sah ich den Wagen.

Als kompakter Schatten hob er sich vom ebenfalls dunklen Boden ab. Er stand schräg, als wäre er scharf gebremst worden und danach noch gerutscht.

Sofort blieb ich stehen.

Der Regen nieselte weiter. Es war schwer, etwas zu erkennen. Deshalb konnte ich auch nicht sehen, ob sich jemand innerhalb des Fahrzeugs aufhielt oder nicht.

Geduckt näherte ich mich dem Wagen. Nichts geschah.

Ich erreichte die Rückfront, schaute durch die Scheibe und fand den Innenraum leer.

Mir fiel der Stab ein, den ich meinem Gegner abgenommen hatte. Ob ich das gleiche schaffte wie er?

Ich drückte die Spitze gegen die Karosserie und war ein wenig enttäuscht, als nichts geschah.

Bei mir reagierte der Stab nicht. Da musste man wohl selbst ein magisches Wesen sein, um die Kräfte hervorzulocken.

Der Wagen war für mich uninteressant geworden, ich ließ ihn stehen und ging weiter.

Hinter ihm wuchs eine Mauer in die Höhe. Durch ein Rolltor wurde sie unterbrochen.

Das Tor stand offen.

Glück oder eine Falle?

Mir blieb jedoch keine andere Möglichkeit. Ich musste hindurch und das Gelände betreten.

Nach wenigen Schritten erkannte ich, was hinter der Mauer lag. Es war ein viereckiges Gebäude, eine Halle, errichtet aus grauem Beton, der in der Nässe heller schimmerte als die übrige Umgebung.

Nichts deutete darauf hin, dass sich irgendwelche

Personen in der Nähe aufhielten. Die Umgebung blieb still. Zu hören waren nur meine Schritte.

Die Halle hatte ein großes Tor. Beim ersten Hinschauen erkannte ich, dass es abgeschlossen war. Davon ließ ich mich nicht verunsichern, sondern schritt um die Halle herum und suchte nach einem zweiten Eingang. Der existierte auch.

Eine im Vergleich zum Haupteingang sehr schmale Tür, die nicht verschlossen war und vom Wind bewegt wurde. Sie quietschte ein wenig. Es hörte sich an wie das Schreien einer gequälten Seele.

Hatten auch meine Gegner das Geräusch vernommen?

Ich biss die Zähne zusammen und hoffte es nicht. Allmählich ergriff die Spannung von mir Besitz. Zuerst war sie nur ein kleines Feuer, vergleichbar mit einer winzigen Flamme, die immer höher flackerte und schließlich mein gesamtes Ich erfüllte.

Diese gläsernen Wesen oder Dämonen waren mir nicht geheuer. Ich stufte sie als ungemein gefährlich ein, denn ich kannte keine Waffe, mit der ich sie hätte vernichten können.

Selbst mein Kreuz reagierte nicht.

Ein kalter Atem wehte mir ins Gesicht. Es war nicht der vielzitierte Hauch der Gefahr, sondern normaler Durchzug, der erst verschwand, als ich einen vorsichtigen Schritt zur Seite getreten war und mich im toten Winkel zur Tür befand.

Hier wartete ich.

Die Halle barg hohe Regale. Bis zur Decke reichten sie, und sie waren gefüllt mit Büchern. Eingeschweißt in Plastikfolie standen sie in Paletten übereinander.

Zwischen den Hochregalen existierten Gänge, die so breit waren, dass Gabelstapler hindurchfahren konnten, ohne irgendwo anzuecken.

Befand sich hier das Hauptquartier meiner Gegner? In einer simplen Lagerhalle, wo Bücher in den Regalen verwahrt wurden und auf den Abtransport lauerten?

Es war kaum zu fassen. Jedenfalls konnten die anderen hier ungestört wirken.

Ich begann mit der Inspektion der Halle. Klein wie eine Fliege, die einem Elefanten gegenübersteht, fühlte ich mich, als ich an den Hochregalen hinaufschaute.

Dort oben hielt sich bestimmt niemand versteckt. Die Gegner mussten sich woanders verborgen halten.

Trotz der Höhe kann eine solche Halle bedrückend wirken. Mir erschien es jedenfalls so. Die Hochregale erinnerten mich an kantige Berge, die jeden Augenblick zusammenstürzen konnten. Nirgendwo gab es Licht. Nur Dunkelheit und Schatten.

Still war es auch nicht. Etwas bewegte sich immer, und wenn es nur ein leises Knacken oder Knistern war, das die Stille zerstörte. Je tiefer ich in die Halle schritt, umso größer wurden die Schwierigkeiten, etwas zu erkennen. Da floss alles ineinander, nichts blieb konstant oder an seinem Fleck. Mir wurde etwas vorgegaukelt, sodass ich hin und wieder stehen bleiben und über meine Augen wischen musste.

Mit Suko an meiner Seite hätte ich mich wohler gefühlt. Die Hälfte hatte ich durchquert, als ich einen breiteren Gang erreichte. Rechts von mir war die Sicht ziemlich frei, wenn man davon in der Dunkelheit überhaupt sprechen konnte, und ich sah schattenhaft einen länglichen Gegenstand, der auf eine Mauer zulief und mit ihr verschmolz.

Ich ging die paar Schritte vor. Der längliche Gegenstand entpuppte sich als Förderband. Es stand dicht an der Wand, die weit oben zwei fensterartige Öffnungen aufwies, durch die schwaches, graues Nachtlicht sickerte. Neben mir befand sich die Schaltanlage für das Band.

Und dahinter hatten sie gelauert.

Plötzlich waren sie da. Bevor ich noch eine Bewegung machen konnte, kreisten sie mich ein.

Einer stand hinter mir, der andere vor mir, und zwar jenseits des Förderbands, und der Dritte hielt sich rechts von mir auf, direkt neben der Anlage.

Diejenigen, die ich erkennen konnte, hielten die gefährlichen Stäbe in den Händen. Unter ihnen befand sich auch der von mir verfolgte Brian Bellamy.

Ich saß in der Tinte.

Mit geweihten Silberkugeln konnte ich nichts erreichen, mit dem Kreuz ebenfalls nichts, und die Zeit, den Bumerang hervorzuholen, hatte ich leider nicht.

Was blieb mir?

Die Aufgabe!

Bellamy sprach. Und er setzte dabei ein kaltes Grinsen auf. »In die Falle getappt, Bulle! Direkt hinein!«

»Sieht so aus!«

Die anderen schwiegen. Es waren normale Menschen, jedenfalls beim ersten Hinsehen, und ich konnte in der Dunkelheit bei ihnen keine Veränderungen feststellen.

Ihre verdammten Waffen hielten sie so, dass sie auf mich zeigten. Es war ein komisches Gefühl, wenn ich daran dachte, dass sie diese Stäbe nur ein wenig nach vorn zu bewegen brauchten, um mich in einen gläsernen Menschen verwandeln zu können.

Weshalb zögerten sie?

Eine Antwort erhielt ich sehr bald. Bellamy gab sie mir. »Wir drei sind Polizisten«, erklärte er, »und wir hatten das Glück, dem Gorgosen-Zauber zu begegnen. Es war im letzten Jahr, auf einer gemeinsamen Urlaubsreise in die Welt der Antike. Dort entdeckten wir bei unseren Wanderungen ein gewaltiges Geheimnis, eben das der Gorgosen.«

»Was sind Gorgosen?«, fragte ich.

»Du kennst sie nicht?«

»Hätte ich sonst gefragt?«

»Als Geisterjäger kennt er nicht die Gorgosen! Wir dienen Gorgos, und er gehört denen an, die du auch kennst. Erinnerst du dich wirklich nicht an deine Freunde, die Großen Alten?«

Ich hatte das Gefühl, von einem Blitz getroffen worden zu sein.

Was erzählte dieser Bellamy da?

Gorgos gehörte zu den Großen Alten? Meine Knie wurden weich, ich musste schlucken.

Es war unfassbar. Zudem fiel es mir schwer, einen normalen Gedanken zu fassen. Jetzt wurde mir allerdings klar, weshalb meine Waffen nicht reagiert hatten. Diese Wesen standen unter Gorgos' Schutz.

Obwohl ich jetzt mehr wusste, ergaben sich weitere Fragen, und die blieben vorerst ungeklärt, denn man befahl mir, auf das Förderband zu klettern.

»Was soll ich?«

Bellamy beugte sich vor, wobei der Stab in die gefährliche Nähe meines Gesichts geriet.

»Wir können dich auch als Kristallkörper hinunterschaffen!«, flüsterte er rauh. »Du hast die Wahl!«

Ich schaute in seine Augen. Da er nahe genug vor mir stand, erkannte ich sogar den gläsern wirkenden Ausdruck seiner Pupillen, und ich bewegte leicht den Kopf, was ein Nicken andeutete.

»Ja«, sagte ich, »es bleibt mir keine andere Wahl.«

»Dann rauf mit dir!«

»Und wo führt es hin?«

»Du wirst unser kleines Geheimnis kennen lernen«, erwiderte er. »Warte es ab. Wir stehen erst am Beginn, sind die Ersten, aber andere werden uns folgen.«

Das glaubte ich ihm unbesehen. Es sei denn, mir gelang es, sie auszuschalten. Wenn ich die Lage realistisch einschätzte, war daran wohl nicht zu denken.

Es blieb mir nichts anderes übrig, als auf das Förderband zu steigen. Es hatte etwa die Breite meines Körpers, ich setzte mich auf die elastische Unterlage und merkte, dass sie sich durchbog.

»Leg dich hin. Auf den Bauch!«

Dieser Bellamy wusste genau, wie man einen Menschen wehrlos machte.

Ich stützte mich zuvor ein wenig ab und nahm die Stellung ein, die er haben wollte.

»Arme ausstrecken!«

Auch das tat ich. Jetzt war ich quasi hilflos diesen verdammten Wesen ausgeliefert.

An den Bewegungen des Förderbandes stellte ich fest, dass hinter mir ebenfalls jemand auf das Band kletterte.

Brian Bellamy war es nicht, der stieg nämlich vor mir auf das Band. Er hockte sich auf die Knie nieder und grinste böse auf mich herab, als ich den Kopf hob und ihn anschielte.

In der rechten Hand hielt er den Stab.

Mit der linken gab er dem dritten Gorgosen ein Zeichen.

Und der schaltete den Motor ein.

Ein Ruck lief durch das Band. Es schien sich zu schütteln, und im nächsten Augenblick begann es zu laufen.

Für mich sollte es eine Fahrt ins Verderben werden …

Dieser Satan hatte wahrhaftig zum letzten, radikalen Mittel gegriffen. Er wollte das Dach verändern, auf magische Art und Weise verglasen, und vielleicht sogar das gesamte Haus mit seinen Menschen.

Das wurde Suko während der nächsten Sekunden klar, als er seinen Gegner auf dem Dachfirst hocken sah, wobei die Gestalt des Mannes im Sprühregen verschwamm.

Um sie herum jedoch hatte sich die Unterlage bereits verändert. Die dunkle Farbe der Pfannen war verschwunden. Sie wurden allmählich heller, schimmerten ins Graue hinein und schienen sogar Dampf oder Qualm abzusondern.

Dabei bogen sie sich, bewegten sich, zogen sich zusammen oder auseinander. Suko hatte das Gefühl, als wäre das gesamte Dach in Bewegung geraten.

Was sollte er tun?

Er musste sich in Sicherheit bringen, aber nicht nur sich allein, auch die Menschen, die in diesem Haus wohnten, denn die Materieveränderung würde bei ihnen nicht stoppen.

Wie konnte man sie aufhalten? Durch den Stab?

Ein Wort war notwendig, um Bewegungsabläufe zum Stoppen zu bringen. Und dieses Wort hatte den Inspektor schon aus mancher Gefahr gerettet. Vielleicht konnte er auch hier etwas erreichen.

Das schräg nach oben laufende Dach wurde sowohl in

der Breite als auch in der Länge gleichzeitig verändert. Und mit einer immer gleichen Geschwindigkeit rückte die Materieverwandlung vor.

Viel Zeit blieb dem Chinesen nicht mehr.

Er rutschte zurück. Die Beretta hielt er noch in der Hand. Der Gorgose hockte wie der große Sieger auf dem First, hatte einen Arm nach unten gebeugt und berührte mit diesem seltsamen Stab das Dach.

Solange die Verbindung bestand, würde die Umwandlung weitergehen.

Mit der linken Hand krallte sich der Chinese an einer Dachpfanne fest, während er den Stab quer zwischen die Zähne steckte, damit er ihn nicht behinderte. Dann stützte er sich mit dem linken Ellbogen auf, damit er in die Höhe kam, und streckte seinen rechten Arm aus, wobei die Beretta die Verlängerung seiner Hand bildete und die Mündung genau auf den Gorgosen zielte.

Der zuckte plötzlich zusammen. Er verlor einen Teil seiner Sicherheit, schien zu ahnen, was der Inspektor vorhatte, und wollte verschwinden. Er befand sich in der Drehung, als Suko zweimal abdrückte.

Das musste er tun, wollte er auf Nummer sicher gehen.

So schnell der Gorgose auch war, den beiden abgefeuerten Kugeln konnte er nicht entgehen. Sie hieben in seinen Körper. Suko hörte ein seltsames Platzen und Klirren, dann wurde das Wesen von der Wucht der beiden Treffer vom Dach geschleudert und verschwand vor Sukos Augen.

Der Inspektor hörte noch einen Schrei, der langgezogen aufklang, verwehte und abrupt verstummte.

Jetzt ist er an der anderen Seite aufgeschlagen, dachte Suko noch und blieb liegen.

Hatte er Erfolg gehabt?

Ja, es war ihm gelungen. Er brauchte seinen Stab nicht mehr einzusetzen, denn die Veränderung des Dachs schritt nicht weiter fort. Es gab keine Berührung mehr, keine Verbindung. Zurück blieb allein der große, weiße Fleck.

Erleichtert atmete Suko auf. Die unmittelbare Gefahr

hatte er bannen können. Doch war der Gegner tatsächlich vernichtet? Davon wollte er sich selbst überzeugen.

Vorsichtig verlagerte er sein Gewicht und ließ sich zurückrutschen. Er musste Acht geben, dass es nicht zu schnell ging, denn wie leicht konnte er über die Kante gleiten und irgendwo unten im Dunkel zerschmettert liegen bleiben.

Suko erreichte die Fensterluke und kletterte auf dem gleichen Weg zurück, den er vorher genommen hatte. Allerdings stach er sich an einer Scherbenspitze. Sie drang durch das Leder der Hose in seine rechte Wade.

Mit einem letzten Sprung erreichte Suko wieder festen Boden im Zimmer. Als er sich umschaute, vermisste er Lilly Tonev.

Vielleicht war sie nach draußen gelaufen oder hielt sich auf dem Flur auf, wo Stimmen erklangen.

Suko verließ ebenfalls den Raum. Er wollte so rasch wie möglich nach unten, um zu sehen, was auf der Straße geschehen war und ob dieser Gorgose noch lebte.

Im Flur standen die Mieter. Die meisten jungen Leute hatten sich hastig Bademäntel über die Nachtkleidung gestreift und redeten miteinander.

Als Suko erschien, verstummten die Gespräche. Natürlich wollte jeder wissen, was geschehen war, und zahlreiche Menschen fragten durcheinander.

Suko schüttelte den Kopf. Er wehrte die Fragen ab. Auf der Treppe traf er eine ältere Frau mit grauen Haaren. Sie lugten unter eine Schlafhaube hervor.

Zwar stellte sich die Frau als die Hausbesitzerin vor, Suko gab ihr trotzdem keine Erklärung, und er lief weiter die Treppenstufen hinab, gelangte in den Flur, wo er die Haustür weit offen sah.

Der kühle Wind wehte ihm entgegen; er peitschte Regen in das Treppenhaus, sodass die Fliesen auf einer Länge von zwei Schritten hinter dem Eingang im Flur nass wurden.

Suko hatte das Haus kaum verlassen, als er den Gorgosen bereits sah. Er lag noch auf dem Gehsteig und rührte sich nicht.

Langsam trat der Chinese näher. Neben dem Mann blieb er stehen.

Keine Waffe hatte etwas gegen ihn ausrichten können. Er hatte die Kugeln geschluckt, auch die Dämonenpeitsche wäre sicherlich nicht erfolgreich gewesen, doch der Sturz aus großer Höhe hatte den Glasmenschen buchstäblich zerstört.

Man konnte bei ihm von Scherben sprechen. Hautfarbene Scherben, die in der Nässe dieser kalten Nacht glänzten.

Es hatten sich einige Passanten versammelt. Im großen Kreis umstanden sie scheu den Toten.

Suko beugte sich nach unten. Seine Hand erfasste den nassen Uniformstoff. Er drückte ihn zusammen und hörte das Knirschen unter dem Stoff. Da wurde das Glas zusammengepresst.

Der seltsame Stab lag neben der Leiche. Suko nahm ihn an sich. Er berührte damit einen Stein und zog den Stab hastig wieder hoch. Es geschah nichts. Er konnte ihn nicht betätigen, war aber gespannt darauf, aus welch einem Material er bestand und welche Kräfte in diesem so harmlos aussehenden Stab lauerten.

Die Leiche des ehemaligen Polizisten musste weggeschafft werden. Darum sollten sich seine Kollegen kümmern. Suko wollte sie anrufen.

Seine Maschine war mit Funktelefon ausgerüstet. Er gab den Kollegen die entsprechende Nachricht, hängte ein und drehte sich um, als er das Weinen hörte.

Lilly Tonev kam auf ihn zu. Sie hatte einen Arm angewinkelt und hielt die Hand gegen ihre Augen gepresst. Dabei hatte sie den Kopf gesenkt.

Suko legte den Arm um das zerbrechlich wirkende Mädchen. Für Lilly musste eine Welt zusammengebrochen sein.

»Kommen Sie ins Haus«, sagte der Inspektor.

Lilly schluchzte auf, während sie fragte: »Ist – er tot?«

»Ja.«

»Mein Gott …«

»Es ist wohl besser so gewesen«, erklärte Suko.

Lilly riss sich plötzlich los. »Wie können Sie so etwas behaupten!«, fuhr sie Suko an und rannte ins Haus. Der Inspektor hörte sie die Treppe hochstolpern.

Auch er ging wieder zurück.

Jetzt waren die Gesichter der Menschen schreckensbleich. Wahrscheinlich hatten die Leute die Leiche entdeckt.

Lilly stand neben dem Tisch wie eine Säule. Sie starrte auf die Tote und konnte nicht sprechen. Erst als Suko hinter ihr stehen blieb, wandte sie sich langsam um.

»Er war ihr Mörder, nicht?«

Suko nickte.

»Dann haben Sie mit Ihrer Behauptung vielleicht recht gehabt«, flüsterte sie mit tonloser Stimme …

Zuerst führte das Band durch die Halle. Ein Ziel konnte ich noch nicht erkennen. Erstens, weil es dunkel war, und zweitens verdeckte der vor mir hockende Bellamy die Sicht.

Das Band lief nicht ruhig. Es schwang, es zitterte und schaukelte. Zudem spürte ich die Rollen, auf denen sich das Band bewegte.

Weiterhin lag ich auf dem Bauch. Großartig rühren konnte ich mich nicht. Ich hütete mich, eine Bewegung zu machen, die der andere missverstehen konnte. Eine Berührung mit diesem verfluchten Stab reichte aus, um mich zu erledigen. Nur den Kopf hatte ich ein wenig zur Seite gedreht, um wenigstens etwas erkennen zu können.

Meine Lage konnte ich schlichtweg als bescheiden bezeichnen. Aus eigener Kraft würde es mir in nächster Zukunft nicht gelingen, mich aus den Klauen des Gegeners zu befreien. Die Feinde hockten mir einfach zu dicht auf dem Pelz. Ich musste abwarten, was sich am Endpunkt des Bandes noch alles ergab und ob sich mir dort Möglichkeiten boten.

Die Rollen unter mir transportierten Band und Fracht weiter, sogar durch eine Kurve.

Von einem gewissen Gorgos war gesprochen worden.

Angeblich sollte er zu den Großen Alten gehören, diesen finsteren Göttern, denen ich den Kampf angesagt hatte. Die Polizisten waren in die Welt der Antike gefahren, und dort hatten sie etwas entdeckt.

Aber was?

Die Stäbe? Waren sie ein Erbe der Großen Alten? Hatten sie der Menschheit diese gefährlichen Waffen hinterlassen? Wenn ja, wo befand sich der Ort?

Die Antike oder die Welt der Antike war groß. Das konnte Griechenland sein, aber auch Italien, die Türkei und der Orient. Nein, da musste ich schon mehr wissen. Ob ich das Wissen allerdings noch verwerten konnte, stand in den Sternen.

Vielleicht würde man mir noch weitere Hinweise geben. Die Waffen hatten sie mir gelassen. Davor fürchteten sie sich nicht. Auch nicht vor meinem Kreuz, aber ich besaß noch den Bumerang. Nur durch ihn hatte ich bisher einen von ihnen erledigen können.

Meine Gedankenkette wurde unterbrochen, denn Bellamy bewegte sich vor mir. Er rückte etwas nach hinten und drückte seinen Körper dann in die Lage, die auch ich einnahm. Hinter mir geschah das gleiche, das bemerkte ich am Rucken des Bandes.

Eine Chance, mich aus dieser prekären Lage zu befreien, hatte ich trotzdem nicht, denn die stabförmigen Waffen blieben immer dicht in meiner Nähe.

Allmählich senkte sich das Band. Es ging nur langsam, jedoch stetig und ohne Rucken. Wir glitten in die Tiefe.

Es ist ein komisches Gefühl, auf einem Transportband zu liegen und selbst nichts tun zu können. Ich hatte das Gefühl, immer schneller dahinzugleiten, und es gelang mir, an meinem Bewacher vorbeizuschielen.

Vor uns lag eine Höhle.

Das Band zielte genau darauf zu.

Ein Gefühl der Beklemmung überfiel mich. Noch sah ich die Umrisse verschwommen, sie wurden allerdings klarer, je mehr wir uns dem Eingang näherten.

Im nächsten Moment saugte uns das Loch auf.

War es vorhin noch auf eine gewisse Art und Weise hell

gewesen, so wurde es jetzt rabenfinster. Ich hatte das Gefühl, durch einen schwarzen Tunnel zu gleiten.

Das Band führte weiterhin schräg nach unten, einem Keller oder anderen Räumen entgegen. Es war so finster, dass ich meine Bewacher höchstens ahnen konnte.

Wir fuhren durch eine enge Röhre. Ich fühlte dies und glaubte, manchmal von den Wänden oder der Decke gestreift zu werden.

Bellamy meldete sich wieder. »Halt dich nur ruhig, Sinclair!«, flüsterte er scharf. »Du weißt, dass ich nur zuzustoßen brauche, und damit bist du erledigt.«

»Keine Bange, ich bin hier.«

»Das will ich dir auch geraten haben!«

Ich konzentrierte mich auf mein Ziel und war gespannt, wo wir landeten. Von Gorgos hatte Bellamy gesprochen. Würde ich ihn sehen oder einen Teil von ihm?

Dann wurde es heller.

Vor mir sah ich den Schein.

Es schimmerte gelblich und sah aus wie ein viereckiges Auge. Licht bedeutete Hoffnung, auch für mich?

Nach einem Rumpeln des Bandes befanden wir uns plötzlich dicht vor dem Licht und damit auch vor der Ausfuhrluke, hinter der das Ziel lag.

Wir rollten durch.

Im ersten Augenblick war ich geblendet, denn die Helligkeit irritierte mich. Ich schloss unwillkürlich die Augen, erhielt einen Stoß und wurde vom Band zu Boden katapultiert. Damit hatte ich nicht gerechnet und konnte den Fall deshalb auch nicht abfangen.

Ziemlich hart schlug ich auf, biss die Zähne zusammen, rollte mich weiter und wollte an meinen Bumerang, als ich neben mir die gläsernen Beine sah.

Es hatte keinen Sinn.

»Versuch es nur!«, wurde mir zugeflüstert. »Wir warten darauf!«

»Okay, okay, schon gut!« Mir fielen die Worte schwer, aber da war nichts zu machen, die anderen hielten sämtliche Trümpfe in den Händen und würden sie auch ausspielen.

»Darf ich aufstehen?«

»Noch nicht!«

Auch der letzte Gorgose musste erst das Band verlassen. Danach wurde mir erlaubt, mich zu erheben.

Ich sprang geschmeidig auf die Füße und stellte durch ein rasches Umschauen fest, dass ich mich zusammen mit den anderen in einem Lagerraum befand, wo das Band in einem großen Bogen umkehrte. Das heißt, es lief nicht aus, sondern wurde auf anderen Gleitrollen wieder zurückgeführt. Innerhalb des Raumes stapelten sich zahlreiche Kisten und Kästen bis zur Decke.

Und ich sah eine schmale Tür. Auf sie musste ich mich zubewegen, während meine drei Bewacher immer dicht hinter mir blieben und dabei ihre seltsamen Stäbe in den Händen hielten.

»Sie ist offen!«, wurde mir gesagt.

Es war ein Knauf, auf den ich meine Hand legte, ihn drehte und die Tür aufzog. Sie war ziemlich schwer, an einen Trick konnte ich dabei nicht denken.

Ich gelangte in einen Gang. Er war ausbetoniert, und hier brannte Licht. Kahle Betonwände wurden von mehreren Türen unterbrochen. Vor einigen standen warnende Worte. Dahinter befanden sich wahrscheinlich die Energieanlagen dieser Halle.

»Halt!«

Als Bellamy das Wort aussprach, da hatte seine Stimme einen dröhnenden Klang, der von den Wänden als Echo zurückgeworfen wurde.

Ich befolgte den Befehl, und einer der Gorgosen passierte mich und schloss vor mir eine Tür auf und drückte sie nach innen.

Führte mich der Weg jetzt in mein Sterbeverlies?

Man bedeutete mir voranzugehen, und ich trat über die Schwelle. Ich gebe ehrlich zu, dass mir nicht wohl bei der Sache war. Mein Herz klopfte stärker als normal, ich erwartete Schlimmes und wurde angenehm enttäuscht.

Ich blickte in einen fast leeren Raum, indem es keinerlei Einrichtungsgegenstände gab, nur ein Bassin oder eine Wanne, die der Tür gegenüber an der Wand befestigt war.

Zwei Schritte musste ich noch vorangehen, dann blieb ich stehen.

Hinter mir schloss man die Tür. Das dumpfe Geräusch schnitt mir durch Mark und Bein. Ich schluckte hart und verzog dabei das Gesicht. Jetzt hatten meine Gegner erreicht, was sie wollten.

Zwei blieben hinter mir stehen, einer trat vor und stellte sich unter die kreisförmige Lampe an der Decke.

Es war Bellamy, und er schaute mich spöttisch lächelnd an, wobei sich seine Gesichtshaut über den Knochen spannte.

»Hier wirst du dein Leben beenden!«, sprach er mit dumpfer Stimme und wartete meine Reaktion ab.

Ich verfiel nicht in Panik, drehte nicht durch und ging auch nicht die anderen an, sondern konzentrierte mich auf meine Umgebung.

Ich hatte schon in alten Grüften, in Särgen und finsteren Verliesen gesteckt. All dies übte auf mich einen schlimmen Horror aus. Trotz der Helligkeit verspürte ich in diesem Kellerraum das gleiche Gefühl. Es war ein Horror, der mich da umfangen hielt, eine Beklemmung, die das Atmen erschwerte.

Meine Hände hatten sich zu Fäusten geschlossen. Zwischen den Fingern fühlte ich den Schweiß, und es war auch nicht still in dem Verlies, obwohl keiner von uns etwas sagte.

Andere Geräusche vernahm ich.

Ein Klatschen und dumpfes Blubbern. Solche Geräusche waren mir nicht unbekannt.

Ich hatte sie in Sumpf- oder Moorgegenden erlebt, aber hier drangen sie nicht vom Boden hoch, sondern aus diesem vor mir stehenden Bassin.

»Du wolltest doch bestimmt Gorgos sehen«, sagte Brian Bellamy.

»Ja.«

Er deutete über seine Schultern. »In dem Bassin, das du da siehst, befindet sich sein Erbe.«

»Nicht er selbst?«

»Nein!«

»Wieso nicht?«

Bellamy zögerte mit der Antwort. Scharf schaute er mich an, und ich versuchte, mich möglichst gelassen zu geben, indem ich beide Schultern hob.

»Was kann euch schon passieren?«, fragte ich. »Ihr wollt mich erledigen, ich kann nichts dagegen unternehmen.«

»Sehr einsichtig.«

»Richtig. Deshalb möchte ich gern wissen, wie ihr Kontakt zu den Großen Alten gefunden habt. Ist das so vermessen?«

Bellamy schaute an mir vorbei. Wahrscheinlich wollte er sich von den anderen beiden Zustimmung holen. Sie mussten wohl genickt haben, denn auch er nickte.

»Gut, Sinclair, du sollst es erfahren, denn du wirst bald zu seinen Dienern gehören. Wir haben gemeinsam einen Urlaub verbracht, und wir waren zu viert, James Webster hast du ja getötet, aber das macht nichts, noch sind wir dir überlegen. Vier Polizisten, vier Freunde. Da wir nicht in denselben Revieren arbeiteten, konnten wir auch gemeinsam in Urlaub fahren. Diese Chance nahmen wir wahr. Wir fuhren nach Sizilien. In dieser manchmal kargen Landschaft im Innern der Insel konnten wir Ruhe vor dem Alltag finden. Ruhe fanden wir nicht, dafür eine Grabstätte, die verflucht war.«

»Gorgos?«

»Ja, so hieß es. Man erzählte uns eine alte Geschichte. Eine Geschichte, die aus einer Zeit stammte, als es das Volk der Griechen nicht einmal gegeben hatte. Der Name Atlantis tauchte auf. Dann die unheimlichen Götter, die Großen Alten. Wir waren fasziniert, und wir wollten wissen, ob es noch Chancen gab, von diesem längst versunkenen Kontinent etwas zu sehen.«

»Das ist unmöglich«, sagte ich, um ihn zu provozieren.

Er schüttelte den Kopf. »Man wollte uns erst keine Antwort geben. Nach langem Fragen jedoch berichtete man uns von einem See zwischen den Steinen. Wir konnten damit nicht viel anfangen, bis wir einfach losgingen und weiterfragten. Wir legten Geld hinzu. Bei einem

Hirten hatten wir Erfolg. Er erklärte uns den Weg. Dabei gelangten wir in ein schreckliches Gelände. Urwelthaft, gebirgig, voller Gefahren, wild und gleichzeitig romantisch. Wir spürten den Atem der Vergangenheit, und wir fanden den See zwischen den Steinen. Der See war zu Kristall geworden.«

»Was habt ihr dann getan?«, wollte ich wissen.

»Zuerst waren wir natürlich enttäuscht. Bis James Webster auf die Idee kam, einen Teil der Kristalle mit nach London zu nehmen. Wir hackten eine Probe los und schafften diese nach Hause.«

»Was sagten die Einheimischen dazu?«

»Bis auf den Hirten haben wir mit keinem darüber gesprochen. Der aber floh in einer wahren Panik, nachdem er uns vor dem Erbe der Großen Alten gewarnt hatte.«

»Ihr habt nicht darauf gehört?«

»Nein, denn wir wussten aus Erzählungen, dass Gorgos ein Kristalldämon war und dass er die Kraft besaß, seine Fähigkeiten auf Menschen zu übertragen. Man musste nur in Kontakt mit ihm treten. Das gelang uns hier in London. Wir wussten von dieser Lagerhalle und richteten uns hier unten ein. In dieses Bassin, das du vor dir siehst, brachten wir unsere Beute. Wir brauchten nicht alles, was der See zwischen den Steinen hergab. Nur einen Teil, denn in jedem Kristall steckt der Geist des großen Gorgos. Durch Erhitzen schafften wir es, die Kristalle wieder zu verflüssigen. Und dann geschah das Wunder. Plötzlich lebte die Flüssigkeit. Wir sahen ein gewaltiges Gesicht. Und an bestimmten Tagen, wenn jemand von uns etwas wollte, formte sich aus der Flüssigkeit so etwas wie ein menschlicher Körper. Er sprach zu uns, er kannte unsere Gedanken und lockte uns in das Bassin, damit wir so wurden wie er.«

»Das sieht man«, sagte ich.

»Ja, wir führten den Versuch durch. Zuerst James Webster. Er stieg hinein, und als er nach dem Bad das Bassin wieder verließ, war er ein anderer, ein Gorgose, ein Kristallmensch, ein Diener des großen Gorgos. Seine

Kraft war auf uns übergegangen. Wir alle begaben uns in seine Hände und waren fasziniert. Plötzlich eröffneten sich uns völlig andere Möglichkeiten. Wir konnten normal unter Menschen weiterleben, ohne dass die anderen es wussten, wen sie vor sich hatten. Wir waren ihm gleichgesetzt. Unsere Kräfte glichen denen eines Riesen, und wir hatten eine Waffe von ihm bekommen. Ein Andenken. Diese Stäbe, die du zurecht so fürchtest, sind mit seiner Kraft geladen. Was sie berühren, gehört zu ihm, denn es wird zu Kristall. Der Stab wandelt die Materie um, er nimmt Leben …«

»Lebt ihr denn trotzdem?«, unterbrach ich ihn.

»Ja, wir leben völlig normal. Nur unsere Haut ist eine andere geworden. Sie hat den gläsernen Charakter angenommen, und wir sind darauf programmiert, Diener für Gorgos zu suchen.«

»Wie Eric Wade?«

Da lachte Bellamy. »Der Staatsanwalt? Er wollte besonders schlau sein, dieser Mann.«

»Hat euch Logan Costello den Auftrag gegeben, ihn zu vernichten?«

Erstaunt schaute er mich an. »Costello? Der Herr der Unterwelt? Nein, er hat mit uns nichts zu tun.«

»Weshalb habt ihr Wade dann getötet?«

»Weil er eine Sonderaufgabe übernommen hatte, die uns gefährlich werden konnte. Er sollte feststellen, wer bei der Polizei korrupt war, und er hatte sich, aus welchen Gründen auch immer, auf uns fixiert. In der Nacht, als wir ihn erledigten, hatte er bereits sichere Spuren gefunden. Er musste erregt gewesen sein, deshalb auch seine Fahrweise. Wir hielten ihn schon vorher unter Kontrolle und stoppten ihn dann, als er unterwegs nach Hause war, um seinen Bericht zu schreiben. Wir haben Eric Wade keine Chance gegeben. Wir hätten ihn auch in einen Kristallmenschen verwandeln können, doch die Zeit blieb nicht, so töteten wir ihn …«

»Und habt Logan Costello damit einen großen Gefallen erwiesen«, sagte ich.

»Das stimmt. Wir werden allerdings noch mit ihm

reden, denn auch bei uns ist nichts umsonst, klar?«

Ich nickte. »Sicher, jetzt bestimmt. Eine Frage hätte ich noch. Wo kann ich den See zwischen den Steinen finden?«

»Auf Sizilien.«

»Das ist eine große Insel.«

»Hast du nicht gelesen, dass der Ätna wieder ausbricht? Es ist die Folge davon. Gorgos Geist lebt weiter. Er will zurückkehren. Der See zwischen den Steinen wird noch eine große Rolle spielen, das kann ich dir versprechen.«

Das glaubte ich auch. Jetzt war ich um einiges schlauer geworden und hinkte dennoch nach, denn ich konnte nichts tun. Die anderen hielten die Trümpfe in den Händen. Ich hatte das Nachsehen.

Brian Bellamy nickte. »Es ist alles nicht weiter tragisch, John Sinclair. Bald wirst auch du ein Diener des großen Gorgos sein. Auf dich wartet das Bad ebenfalls.«

Das hatte ich mir gedacht. Es war schließlich die Folge ihrer gesamten Aktivitäten. Und eine Möglichkeit zur Befreiung hatte ich ebenfalls noch nicht gefunden.

Ich schaute auf Brian Bellamy. Er stand grinsend vor mir. Den Stab hielt er wie eine Waffe in der Hand.

Es war kaum vorstellbar, dass er mit diesem so harmlos aussehenden Stab so großes Unheil anrichten konnte. Zu vergleichen war er mit einem unterarmlangen Stück aus Glasfiber.

Er trat zur Seite. »Bitte, Mr. Sinclair«, erklärte er mit übertriebener Freundlichkeit. »Ich lasse Ihnen den Vortritt. Nehmen Sie ein Bad und spüren Sie die Kraft des großen Gorgos.«

Ich zögerte und schaute ihn an. Er stand links von mir und bildete praktisch zu mir einen rechten Winkel. Sein Gesicht war glatt und ausdruckslos. Gläsern schimmerten die Augen. So aus der Nähe betrachtet, fiel mir die dünne Haut auf, die sich über sein Gesicht spannte.

Die anderen beiden wurden unruhig. Ich hörte es am Scharren ihrer Füße. Sie wollten nicht länger warten.

Wäre es nur ein Gegner gewesen, bei Gott, ich hätte in diesen Momenten alles auf eine Karte gesetzt. So aber steckte ich in einer lebensgefährlichen Klemme. Trotz meiner Waffen, an die ich nicht herankam. Und ich hatte wieder einmal erleben müssen, dass auch mein Kreuz nicht allmächtig war. Die Magie der Großen Alten stand dagegen.

»Wenn du nicht freiwillig in diese Wanne steigst, werde ich dich mit dem Stab berühren!«, drohte Brian Bellamy. »Also?«

»Gut, ich gehe ...«

Es waren zögernde Schritte, die mich voranbrachten. Keiner sagte etwas, aber man folgte mir und hielt die Distanz gleich, sodass sie mich notfalls immer durch eine schnelle Bewegung treffen konnten.

Noch einen Schritt, und ich hatte die Wanne erreicht. In meinem Magen lag ein Klumpen. Ein paarmal schluckte ich. Meine Kehle schien zugedrückt zu sein, auf den Handflächen spürte ich den kalten Schweiß. Sollten das meine letzten Schritte gewesen sein?

Vor dem Bassin blieb ich stehen, senkte den Kopf und sah zum erstenmal, was meine Feinde mit dem See zwischen den Steinen gemeint hatten.

Im Bassin war eine beigeweiße Flüssigkeit. Sie stand nicht ruhig, sondern befand sich in einer seltsamen Bewegung. Von unten her stiegen Blasen hoch, bildeten dünne Häute und bekamen so viel Druck, dass sie mit einem Blubbern zerplatzten. Die dicke, sirupartige Flüssigkeit schien an mehreren Fäden zu hängen, die unsichtbar innerhalb der Wanne zitterten und das Zeug nie ruhig werden ließen.

Hatte Bellamy nicht von einem Gesicht gesprochen?

Ich schaute genauer nach und glaubte, tatsächlich eine Fratze in der Wanne schimmern zu sehen. Rechts von mir, am Kopf oder Fußende. Je nachdem, aus welchem Blickwinkel man das Bassin betrachtete.

Es war ein Gesicht, das keine menschlichen Züge aufwies. Trotz der Flüssigkeit wirkte es kantig und verzerrt. Augen glaubte ich zu erkennen, den Teil einer Nase und auch die Andeutung eines Mundes.

Das war schon alles.

Sah so Gorgos aus?

»Wir warten nicht mehr länger!«, sagte Brian Bellamy voller Ungeduld.

Ich konnte mir vorstellen, dass sie sauer waren. Trotz meiner miesen Lage beschäftigten sich meine Gedanken mit der Zukunft. Sollte es mir je gelingen, hier wieder herauszukommen, dann würde ich nach Sizilien fahren und diesen See zwischen den Steinen suchen.

»Sinclair!« Scharf wurde mein Name gezischt.

Ich nickte. »In Ordnung«, sagte ich. »Keine Sorge, ich steige schon in das Bassin.« Kaum hatte ich die Worte gesprochen, als ich mein linkes Bein hob und den Fuß auf den Wannenrand setzte. Auch mit der linken Hand stützte ich mich auf, während dier rechte frei war. Ich beugte meinen Rücken, holte noch einmal tief Atem und starrte auf die gefährliche Flüssigkeit.

Dann stieß ich mich ab!

Es war kalt im Leichenschauhaus von Scotland Yard. Daneben lagen die großen Obduktionsräume. Die Gesichter der beiden Männer waren fast ebenso bleich und kalkig wie die der Toten, die hier untersucht wurden.

Es waren Suko und Sir James Powell, die sich über den Fall unterhielten. Aber auch über John Sinclair, denn er war verschwunden.

»Und Sie wissen nicht, wo er stecken könnte?«, erkundigte sich der Superintendent.

»Nein, Sir.«

Powell verzog das Gesicht. »Immer diese verfluchten Alleingänge. Er hätte uns informieren müssen!«

»Er wollte die Polizisten besuchen.«

»Klar, da ist niemand zu Hause. Nur einen vernichteten Kandidaten hat er hinterlassen.«

»Dann wird der andere geflohen sein.«

»Wohin?« Scharf und fordernd schaute Sir James seinen Inspektor an.

Suko wusste die Antwort nicht. Auch er sorgte sich um den Freund. Wo sie auch hinfassten, es wurde immer ein

Griff ins Leere. Sie hatten keine Spuren, keine Anhaltspunkte. Dem Geisterjäger John Sinclair konnten sie in diesen Augenblicken mit dem gesamten Polizeiapparat des Yard nicht helfen.

Dafür sprachen sie den Fall noch einmal durch. Es fiel auch der Name Eric Wade.

»Wir haben seinen Wagen mehrmals untersucht«, erklärte Sir James, »und Unterlagen gefunden.«

»Die mit dem Fall zu tun haben?«

»Ja.«

»Eine Spur zu John?«

»Das ist die Frage. Wade sollte die Bestechungen bei der Polizei aufklären, er muss dabei auf diese Monster gestoßen sein, denn da sind einige Kapitel in seinen Aufzeichnungen, die mich haben nachdenklich werden lassen.«

»Welcher Art?«

»Nun, Wade hat selbst beobachtet, und dabei fielen ihm eben vier Polizisten auf. Sie hockten privat auch immer zusammen, und er dachte an ein Komplott.«

»Sind Sie sicher, Sir?«

Der Superintendent nickte. »So gut wie. Wir haben zwar ausschließlich handschriftliche Notizen gefunden, dennoch können wir davon ausgehen, dass Attorney Eric Wade quasi aus Zufall auf diese Wesen gestoßen ist. Er wollte die Spur weiterverfolgen. Was dabei herausgekommen ist, haben wir erlebt.«

Suko nickte. »Ja, er ist getötet und kristallisiert worden. Das muss ein schrecklicher Tod sein.«

»Der John auch bevorsteht?« Sir James war Realist.

Suko zuckte zusammen. Er suchte nach einem Strohhalm und fragte: »Konnte man denn die Unterlagen nicht auswerten?«

Sir James gab sich zwiespältig. »Sie sind nicht vollständig. Zudem handschriftlich. Zwei Experten dabei. Ich hoffe, dass etwas dabei herauskommt.«

»Und wann?«

»Das wird sich zeigen. Ich habe ihnen jedenfalls Dampf gemacht.«

Suko lächelte, denn er wusste genau, was sein Vorgesetzter mit dem Dampfmachen meinte.

Die beiden Männer verließen den Raum und gingen dorthin, wo die Leiche des Staatsanwaltes untersucht wurde.

Die Ärzte waren ratlos. Man hatte noch zwei Spezialisten hinzugezogen, und auch die konnten nur die Köpfe schütteln.

»Der Mann ist regelrecht kristallisiert«, wurde Sir James und Suko gesagt. »Ich habe keine Erklärung, und mein Kollege auch nicht. Das haben wir noch nie erlebt.«

»Wie steht es mit dem Blut?«

»Ist ebenfalls zu einer festen Kristallmasse geworden und verstopft die Adern.«

Sir James warf einen Blick auf den Toten, dessen Gesicht zerstört war. Der nackte Körper sah aus, als wäre er mit einer dünnen Glasschicht überzogen.

Jeder konnte sehen, dass sich bei Sir James Powell eine dicke Gänsehaut bildete. Auch ihn hatte dieser Anblick sehr hart getroffen.

»Dann machen Sie bitte weiter«, sagte er und gab Suko ein Zeichen. Die beiden verließen den Raum.

Eine Etage höher, aber noch immer im Keller, saßen die Männer über den Unterlagen des getöteten Staatsanwalts. Sir James hatte bereits flüchtige Blicke hineingeworfen. Der Name Logan Costello war nur ein einziges Mal als Verdachtsmoment am Anfang erschienen. Im weiteren Verlauf nicht mehr. Man konnte darauf schließen, dass der Staatsanwalt keine weiteren Spuren gefunden hatte.

»Wie sieht es aus?«, fragte Suko.

Einer der Spezialisten hob den Kopf und schob die Brille in die Stirn. »Ich glaube, da habe ich was gefunden.«

»Was denn?«

»Mr. Wade hat bei seinen Beobachtungen immer wieder ein Versteck erwähnt. Es liegt in Southwark, nicht weit von den ersten Hafenkais entfernt.«

»Und was ist es?«

»Eine Lagerhalle.«

Sir James mischte sich ein. »Werden Sie konkreter, Mann. Hier geht es um Menschenleben.«

»In der Halle sollen Bücher gelagert werden.«

»Wem gehört die Halle?«

»Einem Verlag. Present Books.«

»Die Adresse?«

»Habe ich noch nicht herausgesucht.«

»Dann beeilen Sie sich, zum Henker!«, brüllte Sir James plötzlich los.

Der Mann wurde ziemlich klein und auch blass. Er gab seinem Kollegen einen Wink, der sich sofort an die Arbeit machte.

Plötzlich wurde es hektischer. Unter den Augen von Sir James und Suko wirbelten die beiden Männer, und sie fanden die Anschrift schnell heraus.

Der Verlagsleiter wurde aus dem Bett geklingelt. Er wollte sich störrisch anstellen, geriet bei Sir James genau an die richtige Adresse und rückte schließlich mit der genauen Anschrift und Beschreibung des Weges heraus.

»Das wollte ich nur wissen«, sagte der Superintendent.

»Und jetzt, Sir?«, fragte Suko.

»Großalarm. Wäre doch gelacht, wenn wir John nicht irgendwo finden würden ...«

»Ja, Sir!«

Bei einem Menschen ist es so, dass die Konzentration bei einer Beschäftigung irgendwann einmal nachlässt. Wie die Gorgosen reagierten, wusste ich nicht, ich hoffte jedoch, dass es bei ihnen ebenso sein würde, zudem hatte ich mich in eine Haltung begeben, die eigentlich auf keinen Angriff hindeutete.

Das Gegenteil trat ein.

Ich kämpfte in diesen Momenten um alles oder nichts, schaltete die Gefühle aus und wurde fast zu einem Roboter.

Mit meinem gesamten Körpergewicht wuchtete ich mich herum, stieß mich zwar dabei ab, sprang jedoch nicht in die Wanne, sondern in eine linke Drehung und hatte dabei meinen Fuß hochgeschwungen. Genau in das Gesicht des Gorgosen.

Es gab ein klatschendes Geräusch, gleichzeitig ein Klirren, und mein Gegner wurde zurückgeschleudert. Sogar so weit, dass er gegen die Wand krachte und erst einmal außer Gefecht gesetzt war.

Die anderen beiden waren den letzten Schritt nicht mit mir vorgegangen. Ich hatte einen Sekundenbruchteil Zeit gewonnen. Als sie sich auf mich stürzten, da stand ich schon nicht mehr am selben Fleck, fiel zusammen, rollte mich über den Boden, bot somit ein kleines Ziel und gelangte aus dem unmittelbaren Gefahrenbereich, während die Gorgosen gegen das Bassin prallten.

Ich schnellte wieder hoch, denn mein Ziel war die Tür. Die anderen hatten sie nicht verschlossen. Wenn ich sie besiegen wollte, brauchte ich Bewegungsfreiheit, die war hier im Raum nicht gegeben.

Ich riss die Tür so weit auf, dass sie mit dem Knauf wuchtig gegen die Wand krachte, wieder zurückfiel, und bevor sie ins Schloss schlug, war ich bereits im Gang.

Von rechts waren wir gekommen. In diese Richtung jagte ich, denn den Weg kannte ich.

Wo der andere hinführte, wusste ich nicht, und wenn ich mich wieder mit dem Transportband in die Höhe fahren ließ, das war egal.

Mit gewaltigen Schritten durcheilte ich den Gang. Meine Füße schlugen auf den kahlen Boden, die Echos wurden von den Wänden zurückgeworfen, und ich erreichte unangefochten den Raum, in dem das Transportband die Kurve beschrieb.

Ich sprang nicht über die Schwelle, sondern drehte mich um, weil ich sehen wollte, was meine Verfolger taten.

Es war Brian Bellamy, der den Raum verlassen hatte. Er folgte mir, war schon so nahe, dass ich sein Gesicht gut erkennen konnte.

Es bot ein schreckliches Bild.

Mein Tritt hatte sein Gesicht zerstört.

Da war ein Teil nach innen gedrückt worden. Kanten

und Splitter stachen hervor; von der Stirn sah ich nichts mehr, die Augen waren ebenfalls verschwunden.

Aber er lebte.

Kopf und Körper bildeten die Einheit.

Nicht mehr lange, dafür wollte ich sorgen!

Der Gorgose musste vor Hass fast vergehen. Er hielt sich nur mühsam auf den Beinen, sein Gang glich dem eines Betrunkenen. Er schwankte von einer Seite auf die andere, berührte mal rechts die Wand, dann links. Er stieß seltsame Laute aus, die ich nicht deuten konnte; seine Arme schwangen vor und zurück. In seiner rechten Faust steckte der gefährliche Stab.

Ich besaß ebenfalls einen Beutestab, aber damit konnte ich nichts anfangen. Diese Waffen reagierten nur, wenn sie sich in den Händen der Gorgosen befanden.

In meiner Hand lag der Bumerang.

Einen Feind hatte ich bereits damit erwischt, jetzt wollte ich den zweiten haben.

Die relative Enge des Ganges gereichte mir dabei zum Vorteil. Mein Gegner hatte nicht viele Chancen, der Waffe zu entgehen, wenn ich sie einmal schleuderte.

Ich warf. Ich hatte gut gezielt. Der Bumerang fegte mit einem pfeifenden Geräusch durch die Luft, er zerschnitt sie, drehte sich, wurde fast zu einem Kreisel.

Bellamy blieb stehen.

Er ahnte die Gefahr, wollte ihr sicherlich auch entgehen, doch er war nicht schnell genug.

Die Waffe traf.

Etwas schräg angesetzt wuchtete sie auf seinen Kopf zu. Ich vernahm das Klirren und Splittern. Im nächsten Augenblick befand sich die Banane bereits hinter dem Gorgosen, drehte sich und wischte über den zusammenbrechenden Körper des Gorgosen hinweg in meine auffangbereite Hand.

Als der Torso auf den Boden krachte, da vernahm ich abermals ein schepperndes Geräusch. Jetzt zersplitterte der Gorgose. Er fiel auf die Knie. Ich sah, dass seine gläsernen Beine das Gewicht nicht mehr halten konnten und einfach wegbrachen.

Nummer zwei!

Ich wartete einen Moment. Noch hatte ich weitere Gegner vor mir, doch die ließen sich nicht blicken. Niemand peilte um den Türrahmen herum, die beiden blieben in ihrem Versteck.

Was sollte ich tun?

Stehen bleiben und warten? Nein, ich wollte sie haben, lief einige Schritte vor und hatte den von mir erledigten Gorgosen noch nicht erreicht, als ich blitzartig stoppte.

Das Verhängnis kroch aus der offenen Tür. Die beiden letzten Gorgosen mussten durchdrehen, denn sie stellten mit ihren Stäben schlimme Dinge an. Sie sorgten dafür, dass der Untergrund allmählich spröde wurde und verglaste.

So kam ich nicht an sie heran.

Ich hatte vielleicht zu lange gezögert. Jetzt war nicht der richtige Zeitpunkt, sich irgendwelche Vorwürfe zu machen. Wenn ich weiterhin wartete, erreichte mich das gläserne Grauen ebenfalls noch, und sie hatten mich da, wo sie mich haben wollten.

Zurück!

Diesmal betrat ich den Raum, wo noch immer das Transportband lief. Keiner hatte es abgestellt, und ich legte mich diesmal freiwillig darauf, um mich in die Höhe transportieren zu lassen. Dabei hoffte ich, dass sie mich nicht erwischten. Auf dem Band war ich wehrlos.

Ein wenig Angst verspürte ich schon, als ich zum Eingang des Tunnels befördert wurde. Unwillkürlich presste ich mich fest gegen das harte Gummi, zog den Kopf ein und ließ mich in das Loch schieben.

Im nächsten Augenblick verschluckte mich die Finsternis.

Diesmal führte das Band in die Höhe!

Es war nicht angenehm, in dieser absoluten Finsternis auf einem Förderband zu liegen, auch wenn ich diesmal nicht von Bewachern umgeben war.

Ich hielt meinen Blick geradeaus gerichtet, um möglichst rasch den Ausgang dieses schrägen Tunnels erkennen zu können.

Schwach sah ich ihn vor mir. Ein grauer Ausschnitt, als unten offenes Viereck zu beschreiben.

Je näher mich das Transportband zum Ausgang beförderte, umso größer wurde er.

Ein Lächeln zuckte über meine Lippen. Ich fühlte mich wieder wohler. Die Gefahr lag hinter mir.

Dachte ich!

Sekunden später bemerkte ich meinen Irrtum!

Als mich das Transportband aus dem Dunkeln wieder in die Halle verfrachtete und ich bereits das Ende erkannte, da hörte ich das seltsame Knirschen und sah einen Augenblick später die beiden Schatten, die von zwei Seiten auf mich zuhuschten und ihre tödlichen Stäbe stoßbereit in den Fäusten hielten.

Großalarm!

Und das nicht nur bei Scotland Yard. Auch Spezialisten der uniformierten Polizei wurden hinzugezogen. Und diese Männer hatten Ahnung. Sie wussten, wann es ums Ganze ging. Bei ihnen wurde keine Zeit verloren, jeder Einzelne kannte seinen Plan.

Suko saß zusammen mit Sir James in dessen Dienstwagen. Der Superintendent selbst hielt die Leitung aufrecht und gab die entsprechenden Anweisungen.

Die Einsatzwagen kamen von allen Seiten. Aber sie fuhren ohne Sirenen. Wie Phantome jagten sie durch die Nacht, und sie kesselten das große Industriegelände ein.

Diesen Ring würde kaum jemand durchbrechen!

Mittelpunkt war die Halle.

Und die Beamten rückten vor.

Sie kannten Einsätze dieser Art und waren es gewohnt, jede Deckung auszunutzen, um nicht gesehen zu werden.

Sir James ließ den Dienstwagen so nahe an die Halle heranfahren, wie es möglich war, gab Suko ein Zeichen und stieg zusammen mit dem Inspektor aus.

»Wollen Sie mit, Sir?«, fragte der Chinese und schaute zu der Halle hin.

»Warten Sie!«

Suko drehte sich. Die Männer huschten aus zahlreichen Richtungen herbei. Sie hielten Gewehre in den Händen. Die Läufe glänzten matt. Noch waren keine Scheinwerfer eingeschaltet worden, und der Regen legte über das Einsatzgelände einen feuchten Vorhang.

Sir James sprach in sein Funkgerät. Suko verstand nur Wortfetzen, hörte jedoch, wie sich der Superintendent erkundigte, ob die Halle völlig umstellt sei.

Die Antwort ließ ihn zufrieden nicken. Auf seinen nächsten Befehl hin bereiteten sich die Männer darauf vor, die Halle zu stürmen. Sie verursachten kaum ein Geräusch, bewegten sich in einer fast gespenstisch anmutenden Lautlosigkeit weiter und nahmen auch starke Scheinwerfer mit. Den Spezialisten war es gelungen, die vier Türen der Halle fast lautlos zu öffnen. Nun brauchte das Lager nur noch besetzt zu werden.

Man wartete auf das Einsatzkommando.

Sir James nahm die letzten Meldungen entgegen. Für einen Moment schien er zu wachsen, als er neben seinem Wagen stand, selbst wie eine düstere Gestalt wirkte und schließlich den Sturmbefehl gab.

Die Männer huschten in die Halle. Sie verteilten sich blitzschnell. Andere drangen auf leisen Sohlen tiefer vor, und Suko, der Partner des Geisterjägers, gehörte mit zur Spitze. Er wollte seinen Freund rausholen …

Damit hatte ich nicht gerechnet. In Bruchteilen von Sekunden wurde mir klar, dass ich erstens in akuter Lebensgefahr schwebte und dass es zweitens noch einen anderen Weg in die Halle geben musste als den, den ich genommen hatte.

Dies spielte jedoch keine Rolle mehr. Die anderen waren schon zu nahe, um mich noch zu verfehlen.

Trotzdem hechtete ich vom Förderband. Es war mehr eine Rolle, die mich zu Boden brachte, sodass ich sogar dem rechts von mir auftauchenden Gorgosen gegen die Beine prallte, mich festhielt und ihn kurzerhand von den Füßen riss.

Er kippte nach vorn, hatte Pech, fiel auf das laufende Band und wurde mitgeschleift.

Ich sprang wieder hoch.

Noch in der Bewegung trafen mich mehrere grelle Strahlen. Die Scheinwerfer, wie aus dem Nichts erschienen, konzentrierten sich auf mich und meine nähere Umgebung. In ihrem Licht sah ich den Körper des zweiten Gorgosen. Dieser Glasmensch hatte sich in die Höhe gewuchtet, er wollte über das Band – und mir entgegenspringen. Sobald er mich mit seinem verdammten Stab berührte, war es aus mit mir.

Da krachten die Schüsse. Plötzlich schien die Halle auseinanderzufliegen. Die Kugeln der Scharfschützen pfiffen an mir vorbei, ich sah und hörte die Einschläge in den Körper des Gorgosen. Das Klirren erreichte meine Ohren, da flogen regelrechte Bruchstücke aus dem Körper und wirbelten als Splitter durch die Luft.

Die Gestalt kam nicht mehr dazu, den Stab gegen mich einzusetzen. Die Kugeln trieben ihn zurück, und auch ich ließ mich fallen, denn ich hätte leicht getroffen werden können.

Kaum hatte ich den Boden berührt, als ich den zweiten, noch existierenden Gorgosen sah. Er wollte unter dem Band herkriechen und in irgendeiner dunklen Ecke verschwinden.

Dagegen hatte ich etwas.

Bevor er sein linkes Bein an den Körper ziehen konnte, packte ich zu, kriegte den Knöchel zu fassen und hielt eisern fest.

Er kam nicht mehr weiter, warf seinen Körper herum und schlug mit der gefährlichen Waffe nach mir.

Ich drehte mich zur Seite, ließ ihn dabei los, und er nutzte die Chance. Mit einem sicheren Sprung kam er auf die Füße und hüpfte im nächsten Augenblick auf das Förderband, das ihn von mir weg in Richtung Keller transportierte.

»Nicht schießen!«, brüllte ich, so laut ich konnte, denn den Letzten wollte ich selbst holen.

»Feuer halten!«

Das war Suko, der da gerufen hatte. Ich freute mich, den Freund in der Nähe zu wissen.

Der Gorgose stand auf dem Förderband. Er schaute sich verzweifelt um, suchte nach einer Fluchtchance und würde sicherlich bald seinen Stab einsetzen.

Dazu wollte ich ihn nicht kommen lassen.

Mein Bumerang war wurfbereit.

Ich holte einmal nur aus, und dann schickte ich die silberne Banane zielsicher auf die Reise.

Es war gewaltig. Zahlreiche Augenpaare verfolgten sie. Sie wurde schneller und schneller, der Gorgose riss in einer verzweifelten Geste seine Arme hoch, doch er konnte das Wurfgeschoss nicht stoppen.

Der Bumerang durchtrennte ihn und schaffte auch den Kopf.

Zur selben Zeit wurde der Torso vom Band geschleudert, landete am Boden und zerklirrte.

Damit war der letzte Gorgose erledigt.

Ich atmete auf und sah plötzlich zwei strahlende Gesichter vor mir. Eins gehörte Suko, das andere Sir James …

Wir untersuchten den Keller.

Das Bassin war leer. Auch von der Verglasung war nichts mehr zu sehen. Durch die Vernichtung der Gorgosen war dieser schreckliche Zauber gebannt worden.

Als ich nach meiner Beutewaffe, dem Stab, suchte, fand ich ihn nicht. Nur körniges Kristall. Suko erging es ebenso.

Noch in der Halle tauschten wir unsere Erfahrungen aus. Als ich über die Großen Alten sprach, wurden Suko und Sir James sehr ernst.

»Eine Spur führt nach Sizilien«, sagte ich und schaute den Superintendenten an. »Ich meine, wir sollten sie aufnehmen.«

Unser Chef hatte nichts dagegen …

Nachts, wenn der Wahnsinn kommt

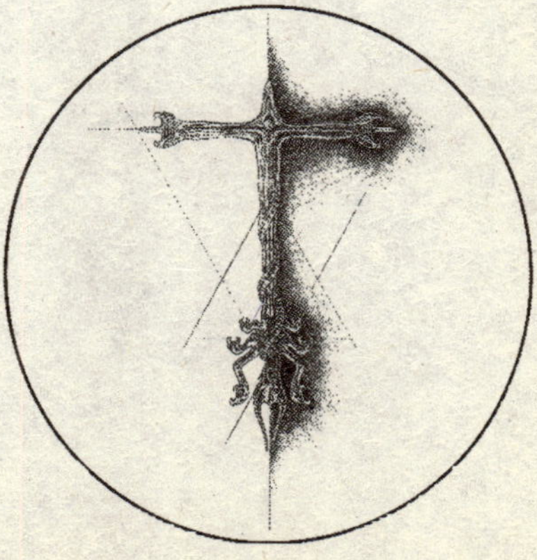

Von Anfang an war ihr das alte Haus unheimlich gewesen, aber ihre Eltern hatten darauf bestanden, dass sie die Schule besuchte, und Franca Mundi gehorchte, denn das Wort der Eltern galt noch was auf Sizilien.

Die Angst war nicht nur geblieben, sie hatte sich noch verstärkt, je länger Franca in diesem Haus lebte, das so gar nichts von einer Schule an sich hatte, sondern eine kalte Stätte war, durch die ein morbider Atem wehte. Es stand auf einem kleinen Berg. Pinienhaine umgaben das Grundstück. Von der einzigen Straße her war es kaum einzusehen, aber es hielt sich das Gerücht, dass im Garten Kameras versteckt waren, die alle beobachteten. Die angeschlossenen Monitore hatte Franca in dem Haus nie gefunden, doch es gab zahlreiche Zimmer, die von den Schülerinnen nicht betreten werden durften, und Franca hatte sich danach gerichtet.

In dieser Nacht war es besonders schlimm. Sie konnte die Angst nicht mehr unterdrücken, die wie eine Klammer ihr Herz umfasste.

Franca lag allein in ihrem Zimmer. Das gehörte zu ihren Privilegien, denn ihre Eltern hatten Geld und konnten das Einzelzimmer bezahlen, während sich andere Schülerinnen zu dritt ein Zimmer teilen mussten.

Sie war hellwach.

Das Fenster befand sich rechts von ihr. Die Vorhänge ließ sie immer offen. Deshalb konnte sie auch hinausschauen. Sie sah den dunklen Himmel, deren Farbe sie an tiefblaue Tinte erinnerte, und sie entdeckte hin und wieder ein gelbes Blitzen, wenn die Wolken weitergezogen waren und die Sterne nicht mehr verdeckten.

Franca atmete schwer und unregelmäßig.

Die dünne Decke bewegte sich ebenso wie das helle Nachthemd, das sie über ihren nackten Körper gestreift hatte. Franca bekam Herzschmerzen, ein Unding für ihre achtzehn Jahre. Zudem war sie austrainiert. Sie übte jeden Tag mehrere Stunden, um einmal perfekt tanzen zu können.

Weshalb die Angst? Womit hing sie zusammen? Vielleicht mit den alten Schauergeschichten, die man sich über diese Gegend erzählte, die verflucht sein sollte? Da war vor Jahren irgendetwas mit einem See zwischen den Steinen passiert, ein Friedhof sollte auch eine Rolle gespielt haben, und die Schule war für mehrere Monate geschlossen gewesen. Gefunden hatte man nichts, und die ganze Sache war als Hirngespinst abgetan worden.

Franca war nicht abergläubisch, aber eine andere Erklärung für ihre Angst fand sie nicht.

Plötzlich zuckte sie zusammen.

Sie hatte Schritte gehört. Nicht im Zimmer, auch nicht vor dem Haus oder unten im Garten, sondern im Gang, an dem ihr Zimmer lag.

Dort ging jemand!

Tapp, tapp, hörte sie. Eine Monotonie, die sie regelrecht erschreckte, gerade jetzt, wo es im Haus still war. Stumm blieb sie liegen, versuchte den Atem unter Kontrolle zu bekommen und lauschte nur noch.

Die Schritte wurden lauter. Sie näherten sich ihrer Tür. Würden sie stoppen? Oder ...?

Franca dachte nicht mehr weiter, denn die Schritte verklangen tatsächlich.

Genau vor dem Zimmer!

Und dann bewegte sich die Klinke. Im Halbdunkel sah es das Mädchen. Die Klinke wurde nach unten gedrückt. Sie musste bald den Punkt erreicht haben, wo die Tür aufgedrückt werden konnte, und einen Lidschlag später schwang sie tatsächlich nach innen.

Das Mädchen bewegte sich nicht. Selbst sein Zittern hatte aufgehört, und Franca hörte nicht einmal ihren Herzschlag. Starr schaute sie auf die sich immer weiter öffnende Tür.

Der Spalt wurde größer.

Jetzt erschien ein Gesicht. Blass sah es in der Dunkelheit aus, wie das eines Toten. Einer Hand war ebenfalls zu sehen. Die Finger krallten sich um die Türkante. Auf Franca wirkten sie wie die Krallen eines Raubvogels.

»Schläfst du schon?«

Es war die flüsternde, fast zischelnde Stimme der

Schulleiterin, die Franca hörte. Natürlich hatte sie die Frau längst erkannt. Trotzdem war sie nicht beruhigt. Sie fürchtete die Frau namens Elena Propow, und sie war nicht die Einzige.

Alle Mädchen hatten Angst vor ihr, wobei es nicht einmal die Strenge war, die sie zu diesen Reaktionen veranlasste, sondern der Hauch, der die Frau umgab.

Elena Propow verbreitete keine Wärme. Sie schien überhaupt kein Gefühl zu besitzen. Wer sich in ihrer Nähe aufhielt, konnte meinen, neben einem Eisschrank zu stehen.

Dabei war sie eine hervorragende Tänzerin. Auf abenteuerliche Weise war sie nach Italien gelangt, in Rom untergetaucht und hatte schließlich auf Sizilien eine Tanzschule eröffnet.

Eine Bilderbuchkarriere zeichnete sich ab. Wer von den gutbürgerlichen Familien auf der Insel etwas auf sich hielt, schickte seine Töchter in das Tanzinternat der Propow, und es gab viele Familien, die das Geld hatten, um die teure Ausbildung zu finanzieren. Manche Leute glaubten, dass die Mafia die eigentliche Eigentümerin der Schule war, denn die Mädchen konnten beruhigt ihren Tätigkeiten nachgehen. Niemand traute sich in ihre Nähe. Nicht während der Tanzstunden, weder bei den schulischen Übungen noch in der Freizeit beim Spielen am Strand.

Sie blieben unter sich.

Am Sonntag hatten sie frei. Da wurden die meisten Töchter von den Eltern besucht, die mit ihnen essen fuhren.

»Ich schlafe noch nicht, Signora«, antwortete Franca Mundi leise. »Es ist mir zu warm …«

»Du solltest aber jetzt schlafen, Kind. Es ist besser für dich. Die anderen sind nicht mehr wach. Ich habe in alle Zimmer geschaut. Die Mädchen schlafen alle fest.«

Wahrscheinlich durch Pillen oder Pülverchen, dachte Franca. Man hatte zwar nichts beweisen können, aber es hielt sich das Gerücht, dass durch heimlich verabreichte Schlafmittel nachgeholfen wurde. Zumeist während des

Abendessens wurden sie verabreicht. Hineingemixt in den Tee. Man schmeckte das Zeug nicht mal.

Franca hatte keinen Tee getrunken …

»Gute Nacht«, sagte die Propow. »Schließ jetzt deine Augen, dann kommt der Schlaf von allein. Es ist wirklich besser für dich, wirklich …« Sie sprach die letzten Worte zwar leise, dennoch mit eindringlicher Stimme, und Franca merkte dies genau.

Dann wurde die Tür wieder geschlossen. Sacht, kaum ein Geräusch war zu hören. Nur die Schritte auf dem Flur, die leiser wurden und allmählich verklangen.

Franca blieb liegen. Diesmal atmete sie tief durch. Seltsamerweise spürte sie die Angst nicht mehr so stark. Dieses Gefühl war einem anderen gewichen.

Der Neugierde!

Ja, die Worte der Schulleiterin hatten Franca neugierig gemacht. Sie wollte wissen, was hier geschah. Nicht umsonst schliefen die Mädchen schon. Da hatte man irgendetwas mit ihnen angestellt, dessen war sich Franca sicher.

Nur den Grund wusste sie nicht. Sie wollte ihn jedoch herausfinden. In dieser Schule stimmte einiges nicht, und Franca warf mit gezieltem Schwung die Bettdecke zur Seite.

Dann schwang sie ihren Körper herum und stand wenig später neben dem Bett.

Sie lauschte.

Nichts war mehr zu hören. Die Stille konnte man als absolut bezeichnen.

Auch gespenstisch …

Franca trat ans Fenster und schaute nach draußen. Dunkel lag der Garten zu ihren Füßen. Die Bäume, die im Sonnenlicht immer so kühlen Schatten boten, wirkten wie die drohenden Gestalten aus einer anderen Welt.

Eine Filmkulisse lag vor ihr. Geheimnisvoll und still, aber dennoch schien ein gewisses Leben in ihr zu lauern. Hinter dem Garten lag das Meer. Franca sah die hellen Kämme der gegen den Strand laufenden Wellen. Ansonsten bildete die See eine dunkle Fläche, die sich kaum vom Himmel abhob und fast mit ihm verschmolz.

Franca fürchtete sich plötzlich vor dem Wald, und sie zog sich hastig zurück. Das Mädchen tauchte in die Stille des Zimmers ein. Auch da fühlte es sich nicht wohl, und es verspürte den Drang, das Haus zu verlassen. Wenn dies geschah, gingen sicherlich auch ihre Ängste zurück, und das war das Wichtigste.

Sie wollte nicht mehr mit dieser Angst leben. Auf keinen Fall. Es war schlimm, denn sie hatte dabei immer das Gefühl, nicht mehr allein zu sein und einen Geist um sich herumflattern zu sehen.

War es nicht Wahnsinn, was sie vorhatte? Es würde Ärger geben, wenn sie das Haus mitten in der Nacht verließ. Signora Propow hatte ihr verboten, irgendwelche Extratouren zu unternehmen. Die Strenge der Schule wurde nicht nur während des Unterrichts praktiziert.

Und doch wollte sie raus. Die Neugierde ließ sich einfach nicht mehr zurückdrängen. Zudem hatte sie ihre Angst längst überflügelt. Und wenn sie auf leisen Sohlen ging, würde man nichts hören.

Franca reagierte bereits automatisch. Sie holte die Ballettschuhe unter dem Bett hervor und schlüpfte hinein. Wenn sie jetzt ging, hörte man sie nicht.

Ihre Schritte waren tatsächlich nicht zu vernehmen, als sie sich auf die Tür zubewegte. Es war verrückt, was sie da machte, aber manchmal brach sie eben aus, da musste sie Dinge tun, die unüberlegt zu sein schienen.

Die anderen schliefen.

Seltsam, sehr seltsam, wie Franca fand. Das passte ihr überhaupt nicht in den Kram. Sie hatte das Gefühl, als wollte die Propow einiges vor ihr verbergen. Deshalb hatte sie auch nachgeschaut, ob alle Schülerinnen ruhig waren.

Ohne sich dessen richtig bewusst zu werden, fand sich Franca Mundi im Gang wieder. Sie hatte diese Kahlheit schon immer gehasst. In der Nacht aber, wo nur die kleinen Lampen der Notbeleuchtung brannten, wirkte er wie mit einem seltsamen Leben erfüllt.

Unbewusst hielt sich Franca in der Mitte des langen Korridors auf. Sie fürchtete sich vor den Wänden, die einmal in tiefer Dunkelheit lagen und an anderen Stellen wiederum helle Flecken zeigten, wo das Licht der Notbeleuchtung hindrang.

Ihr Ziel war die Treppe.

Dieses Gebäude hatte eine an der Wand entlanglaufende, gewaltige Wendeltreppe, die unten nach der breiten Eingangstür begann und ihr Ende erst unter dem Dach fand.

Zwischen den Etagen befand sich der Schacht. Er war immer düster, auch am Tag. In der Nacht aber erschien er Franca wie ein gewaltiger Schlund, der alles zu verschlingen drohte. Sie war vor der ersten Treppenstufe stehen geblieben und schaute hinunter. Ein großer Trichter, an dessen Ende ein bläuliches Licht schimmerte.

Kalt rann es der leidlich hübschen Franca über den Rücken. Nein, es war nicht gut, wenn sie in den Schacht schaute. Da bekam sie nur erneut Furcht, und dieses Gefühl hatte sie schließlich überwinden können.

Sie nahm die Stufen. Da störte sie auch die Dunkelheit nicht, denn die Mädchen wurden jeden Tag hinuntergescheucht, wenn es in den Ballettsaal zum Üben ging. Die blonde Franca brauchte sich nicht einmal am Geländer festzuhalten. Locker und leichtfüßig lief sie die Treppe hinab.

Dabei waren ihre Sinne gespannt. Es wäre fatal gewesen, wenn man sie zu diesem Zeitpunkt entdeckt hätte. Franca kannte die Strafen. Sie waren sehr hart.

Es gab sogar Hiebe!

Als sie in der Halle stand, blieb sie für einen Moment stehen und schaute sich um.

Die große graue Tür des Ballettsaals kam ihr unheimlich vor. Man konnte sich wirklich vor ihr fürchten. Franca wollte nicht in den Saal, sondern in die andere Richtung, denn dort befand sich die Tür, die nach draußen führte.

Wenn sie Glück hatte, war sie nicht abgeschlossen.

Franca legte ihre Hand auf die Klinke. Es war offen! Bevor sie die Tür aufzog, drehte sie sich noch einmal scheu um.

Keiner lauerte in der Nähe!

Das war gut. Sie drückte die Klinke bis zum Anschlag, schlüpfte nach draußen, spürte die kühle Meeresbrise und blieb auf dem Absatz erschrocken stehen.

Das Mädchen traute seinen Augen nicht, denn was es dort vor dem Haus sah, war der nackte Horror!

Logan Costello war ein besonderer König – ein König der Londoner Unterwelt. Ihm gehorchte ein Heer von Killern und Schlägern; seine Finger hatte er in vielen Geschäften.

Besonders beim Rauschgift kassierte er groß ab. Die Prostitution ließ er natürlich auch nicht aus. Illegale Wettgeschäfte brachten ebenfalls Gewinn, und er versuchte auch, immer mehr Einfluss bei der Polizei zu gewinnen. Wo sich bei Beamten schwache Punkte auftaten, da hakte er nach, sorgte mit Geld oder Drohungen dafür, dass die Leute in seine Abhängigkeit gerieten, und nutzte ihre Lage schamlos aus. Hinzu kam, dass er mit den Mächten der Finsternis einen Pakt geschlossen hatte, das heißt, er arbeitete für sie, und sie arbeiteten für ihn, wenn es hart auf hart kam.

Das hatte so lange gut geklappt, bis Solo Morasso, den man auch Dr. Tod nannte, vernichtet wurde. Zwar war die Mordliga nicht führungslos geblieben, Lady X hatte sie übernommen, aber ein gutes Verhältnis wollte zwischen den beiden nicht aufkommen. Die Scott war eben kein Solo Morasso, sondern ein Vampir.

Das hatte sie Costello mehr als einmal spüren lassen. Sie drohte ihm oft damit, ihn ebenfalls zu einem Blutsauger zu machen, was Costello ziemlich auf den Wecker fiel. Zudem hatte er von Lady X lange nichts mehr gehört, und nicht nur insgeheim wünschte er sie so rasch wie möglich zum Teufel.

Dann gab es noch einen, den er zum Teufel wünschte. Noch mehr als Lady X, denn dieser Mann stand auf seiner Abschussliste. Er hieß John Sinclair und hatte es sich zur Aufgabe gemacht, schwarzmagische Wesen zu jagen.

Klar, dass er dabei auch mit Costello in Konflikt geriet und ihm das Handwerk legen wollte. Niederlagen hatten sich beide bereitet, es hatte allerdings nie einen endgültigen Sieg der einen oder anderen Partei gegeben.

Costello verfolgte Sinclair mit glühendem Hass. In den letzten Tagen wären sie fast wieder aneinandergeraten, denn es gab für den König der Unterwelt Ärger. Ein Staatsanwalt war beauftragt worden, Material über bestochene Polizisten zu sammeln. Costello hing natürlich drin, aber dann war der Fall doch anders gelaufen. Der Staatsanwalt war auf Polizisten gestoßen, die ebenfalls eigene Wege gingen. Dämonische Wege, denn die vier hatten bei einem Urlaub auf Sizilien eine schreckliche Magie kennen gelernt.

Die uralte Kristallmagie.

Und sie brachten das gläserne Grauen. Sie waren selbst gläserne Menschen, fürchterliche Gestalten, die lebten, obwohl sie aus einem seltsamen Material bestanden.

Costello, der ziemlich viel und auch intensiv mit Schwarzblütern zu tun hatte, wurde von Furcht gepackt, denn so etwas war ihm noch nicht über den Weg gelaufen. Zum Glück geriet der Staatsanwalt den vier Gläsernen in die Quere. Er wurde umgebracht. Seine anderen Nachforschungen waren erst einmal gestoppt, und Costello hatte die Zeit, um Gegenmaßnahmen zu ergreifen.

Das hatte er bereits getan. Er wollte sie nur noch koordinieren. Zu diesem Zweck hatte er eine Konferenz seiner wichtigsten Männer einberufen, um mit ihnen zu beratschlagen, wie es in der nahen Zukunft weitergehen sollte.

Jedenfalls mussten die entsprechenden Leute, die an den Quellen saßen, gewarnt werden. Aufgeben wollte Costello die von ihm bestochenen Beamten nicht. Wenn es auch sehr wenige waren, so hatte er dennoch viel Zeit und Mühe investiert, um sich diesen Ring aufzubauen.

Seinen Mantel hielt er bereits in der Hand, als das Telefon schrillte. Es gab nicht viele, die seine Geheimnummer kannten. Wenn man ihn anrief, dann musste es brennen.

»Sind Sie es, Logan?«

Die tiefe Bassstimme erkannte Costello sofort. Der andere brauchte nicht einmal seinen Namen zu nennen.

»Ja, was gibt es?«

»Etwas, das Sie interessieren könnte, Logan. Es haben sich neue Perspektiven ergeben.«

»Geht es um den Staatsanwalt?«

»Nein, um Ihren Busenfreund.«

Costello wusste sofort, wer damit gemeint war. Unwillkürlich fasste er den Hörer fester. Sein graues Betongesicht versteinerte, die dunklen Augen nahmen einen lauernden Ausdruck an. »Was ist mit Sinclair los?«

»Er hat London verlassen.«

»Das tut er öfter.«

»Sicher.« Jetzt lachte der andere, was Costello aufregte. »Aber er fliegt sehr selten in Ihre alte Heimat, nach Sizilien. Verstehen Sie, Logan?«

Erst glaubte der Mafioso, sich verhört zu haben. Dann aber ging die Sonne auf seinem Gesicht auf. Seine Augen begannen zu strahlen, er plötzlich kicherte und flüsterte: »Sagen Sie das nochmal.«

Sein Informant wiederholte.

»Sie sind sich völlig sicher?«

»Sicherer geht es nicht.«

»Dann bedanke ich mich bei Ihnen.«

»Keine Ursache. Meine Kontonummer kennen Sie ja.«

»Natürlich. Ihre Information ist mir eine kleine Summe wert. Wir sehen uns mal.« Nach diesen Worten legte Costello auf. Rasch durchquerte er das Zimmer, schloss einen kleinen, aber sehr sicheren Wandsafe auf und holte ein Notizbüchlein hervor. Darin standen nur Zahlen. Wichtige Telefonnummern.

Einige wenige von ihnen waren rot angestrichen. Da Costello zur Mafia gehörte und diese Organisation weltweite Beziehungen hatte, war es für Logan Costello kein Problem, die nötigen Schritte einzuleiten. Er wählte eine Nummer, die einem Mann gehörte, den er zu seinen ›Verwandten‹ zählte und der, ähnlich wie Costello in London, in Sizilien wie ein König regierte.

Sinclair würde sich wundern …

Kreuze, wohin sie schaute!

Weiß und unheimlich anzusehen, schoben sie sich aus dem Boden.

Franca hatte diese Kreuze noch nie gesehen, nicht hier und auch nicht woanders. Sie konnte sich nicht erklären, wo sie hergekommen waren, denn normalerweise existierten sie gar nicht. Da gab es nur den Weg, der zum Tor führte, aber nicht dieses stumme, unheimliche Gräberfeld, das vor ihren Augen lag.

Franca Mundi war nicht einmal mehr fähig, den kleinen Finger zu rühren. Sie stand auf dem Treppenpodest und schaute auf die weißen Kreuze, die sich wie mahnende Finger in die Höhe reckten, als hätten sie eine unheimliche Botschaft zu verbreiten.

Hinzu kam die Dunkelheit. Bläuliche Schatten lagen über dem Park an der Vorderseite. Sie verdichteten sich in der Nähe der Mauer, die zwischen dem Grundstück und der einzigen Straße entlangführte. Mondschein umschmeichelte die hellen Kreuze mit seinem fahlen Licht. Es sah gespenstisch aus.

Franca hatte keine Erklärung für dieses Phänomen. Sie wusste nur eins: Ihre Angst war berechtigt gewesen. Sie musste instinktiv gefühlt haben, dass diese Nacht ein Geheimnis freigeben wollte. Deshalb schliefen auch die anderen, nur sie nicht.

Franca gab ihre Angst ehrlich zu. Sie wäre am liebsten zurückgelaufen und hätte sich unter ihrer Bettdecke verkrochen, aber das schaffte sie einfach nicht. Jemand schien ihren Willen zu beeinflussen. Er sorgte dafür, dass sie genau das tat, vor dem sie sich eigentlich so sehr fürchtete.

Das Mädchen ging die ersten Schritte. Fast wie eine Ballettänzerin auf dem Seil, so vorsichtig bewegte sie sich auf die erste Stufe zu, erreichte sie, blieb stehen und musste sich erst einen innerlichen Ruck geben, um mit ihrem rechten Fuß die nächste Stufe zu berühren. Sogar die Zehen zitterten, und sie presste hart die Lippen aufeinander, damit ihre Zähne nicht aufeinanderschlugen und laut klapperten.

Das unheimliche Gräberfeld zog sie magisch an. Sie

konnte sich einfach nicht dagegen wehren, obwohl sie sich innerlich sträubte, doch die andere Kraft war stärker.

Schritt für Schritt nahm sie die breite Treppe, erreichte die letzte Stufe und damit auch die ersten Kugelbäume, die noch vor dem Gräberfeld standen.

Der normale Weg führte genau hinein.

Franca ging ihn. Die Stille um sie herum empfand sie als bedrückend. Selbst der Wind schien sie zu fürchten und mied diesen großen Garten, der sich auf so schreckliche Art und Weise verändert hatte.

Franca blieb in einiger Entfernung vor dem Kreuz stehen. Sie hatte plötzlich das Gefühl, beobachtet zu werden, allerdings nicht von vorn, sondern von hinten. Sie fasste sich ein Herz und drehte ruckartig den Kopf.

Jetzt schaute sie auf das große Haus.

Auf eine düstere, leere Fassade, denn hinter keinem der zahlreichen Fenster brannte Licht.

Alles schlief. Das Haus lag in einer geisterhaften Ruhe, die auf Franca trügerisch wirkte.

Sie konnte niemanden sehen, dennoch blieb bei ihr das Gefühl, von einem unheimlichen Wesen genau kontrolliert zu werden.

Die Angst kehrte zurück. Franca suchte nach Schutz. Sie wäre gern zurück ins Haus gelaufen, aber sie hatte das Gefühl, dass ihr das Gebäude keine Sicherheit bieten würde.

Es blieb nur der Weg nach vorn, zum Tor hin und damit auch zur Straße. Zwar musste sie die Mauer überklettern, aber das sollte sie nicht daran hindern, dieses unheimliche Gelände zu verlassen. Sie sah den Friedhof und fühlte sich ihres Lebens nicht mehr sicher. Franca dachte auch nicht über die Gründe nach, sie wollte die Schule nur so rasch wie möglich hinter sich lassen.

Wie stumme, drohende Denkmäler standen die unheimlichen Kreuze auf dem Weg. Ihre weiße Farbe wirkte kalt, gespenstisch und abweisend, und dieser unheimliche Eindruck nahm noch mehr zu, als das Mädchen das erste Kreuz erreichte.

Franca hatte nicht nur das Gefühl, in eine andere

Landschaft zu gehen, sondern in eine andere Atmosphäre einzutauchen. Die Luft schien dicker zu sein, sie war schwerer zu atmen. Franca glaubte, es zwischen den Kreuzen zittern zu sehen, als wären dort schlangengleiche Hände, die nach ihr greifen wollten.

Bisher hatten Kreuze für sie immer nur etwas Gutes bedeutet, in diesem Fall allerdings war es ganz anders. Da strahlten sie eine schreckliche Bedrohung aus, die dem Mädchen ungemein zu schaffen machte. Es wollte den Friedhof so rasch wie möglich hinter sich lassen.

Deshalb beschleunigte Franca ihre Schritte. Sie ruderte sogar mit den Armen, tastete ein paarmal nach den Enden der Kreuze und hatte das Gefühl, menschliche Haut berührt zu haben.

Hastig zuckte die Hand zurück.

Lebten die Kreuze?

Franca kriegte furchtbare Angst, und als sie hinter sich das krächzende Lachen hörte, fiel sie vor Schreck auf die Knie.

Der ebenfalls warme, ein wenig weiche Boden nahm sie auf. Franca hatte das Gefühl, auf einem Teppich zu knien, vernahm das immer lauter werdende Gelächter, drehte sich um, sah, was da auf sie zukam, und spürte bereits den eisigen Hauch des Todes …

Der See zwischen den Steinen!

Wir hatten davon in London gehört, als wir dem gläsernen Grauen begegnet waren.

Die vier Polizisten hatten uns auf die Spur einer unheimlichen Magie gebracht, die nicht in London ihren Anfang nahm, sondern in Sizilien, der Mafia-Insel. Dort wollten wir weiterforschen, denn die Polizisten hatten uns nicht nur von dem gläsernen Grauen berichtet, sondern auch von einer Tatsache, die ich als weitaus schlimmer empfand.

Von Gorgos, dem Kristalldämon, einem der Großen Alten!

Das war genau der Punkt.

Von Kalifato wussten wir, aber von Gorgos hörten wir zum ersten Mal. Er musste eine noch größere Kraft als das Spinnenmonster Kalifato besitzen. Die vier Polizisten hatten sich während ihres Urlaubs wirklich alle Mühe gegeben, um das Rätsel zu lüften, und sie konnten auch einen Erfolg verzeichnen. Es war ihnen gelungen, einen alten Hirten zu finden, der sie in ein unwegsames Gelände führte, wo sie den See zwischen den Steinen fanden. Und den wollten wir ebenfalls finden.

Es war kein normaler See, kein Wasser. Er bestand aus weißlichen Kristallen, die eigentlich recht harmlos aussahen. Niemand oder nur sehr wenige wussten, wie gefährlich diese Kristalle tatsächlich waren.

Uns war klar, dass wir einem Abenteuer entgegenflogen, wie es schlimmer kaum sein konnte, aber Suko und ich mussten und wollten den Vormarsch der Großen Alten stoppen, bevor er noch richtig begonnen hatte.

Wir hatten von London aus bereits einige organisatorische Maßnahmen getroffen, gewisse Leute wussten Bescheid. Ich will nichts gegen die Kollegen auf Sizilien sagen, hoffte jedoch darauf, dass unsere Ankunft nicht bis an Mafia-Ohren gedrungen war.

Der Flug war ruhig gewesen. Ziemlich früh am Morgen landeten wir in Palermo.

Die Maschine flog noch eine Schleife. Unser Blick war wegen des klaren Himmels vorzüglich, und wir konnten weit über die Berge schauen, die sich südlich von Palermo ausbreiteten und wahrscheinlich dieses urwüchsige Gelände waren, von dem die Polizisten gesprochen hatten. Da also mussten wir hin.

In London war es noch kühl gewesen. Sogar Schnee hatte es gegeben. Sizilien jedoch zeigte sich von einer herrlichen Frühlingsseite. Der strahlend blaue Himmel tat ein Übriges, um dieser Jahreszeit gerecht zu werden.

Man konnte das Gefühl haben, in das Häusermeer von Palermo einzuschweben. Dann jedoch tauchte die Landebahn auf, und der Metallvogel wurde sanft nach unten gedrückt, um dann nicht ganz so sanft aufzusetzen.

Uns rief man bereits auf, kaum dass wir die Maschine verlassen hatten. Erwartet wurden wir von einem Kommissar, der sich als Tonio Palazzo vorstellte, mir nur bis zu den Schultern reichte und einer sich immer in Bewegung befindenden Kugel glich.

Er war ein Temperamentsbündel. Fehlte nur noch, dass er uns zur Begrüßung geküsst hätte.

Zum Glück sprach er Englisch.

»Ich habe erst zweimal mit Kollegen von dem berühmten Scotland Yard zu tun gehabt«, erklärte er uns und legte seine Hände auf unsere Schultern.

»Und?«, fragte ich.

»Beide sind tot. Begraben in unserer sizilianischen Erde.«

»Reizende Aussichten«, sagte Suko.

»Ja, denke ich auch. Die Mafia, wissen Sie. Die englischen Kollegen lachten über sie. Danach lachte nur noch der Totengräber.«

Ich war stehen geblieben, und die Hand des Kommissars rutschte von meiner Schulter. Bei dem Wort Mafia reagierte ich insofern allergisch, weil ich dabei immer an meinen speziellen Freund Logan Costello dachte. »Sagen Sie mal, Meister, wer hat denn hier das große Sagen in Palermo?«

»Da gibt es viele. Der Bürgermeister, die Kirche, der ...«

»Die meine ich nicht. Sondern denjenigen, der tatsächlich die Geschäfte kontrolliert.«

Der Kommissar verzog sein Gesicht. »Das ist Luigi Bergamo. Seit drei Monaten wenigstens. Sein Vorgänger ist erschossen worden.«

»Und wie lange wird Bergamo leben?«, wollte Suko wissen.

»Das weiß niemand so genau. Aber deswegen sind Sie ja nicht hier, oder doch?«

»Nein, nein, Signore. Wir interessieren uns für andere Dinge.«

»Und ich für einen Espresso. Möchten Sie auch einen?«

»Gern.«

»Gut, kommen Sie mit.«

Wir steuerten ein kleines Café an. Durch die breiten Scheiben schauten wir auf das Rollfeld. Der Kommissar bestellte drei Espresso. Als wir den ersten Schluck getrunken hatten, lehnte sich der Kollege aus Palermo zurück, strahlte uns an und fragte: »So, nun mal raus mit der Sprache. Was wollen Sie auf unserer schönen Zitroneninsel?«

»Sagt Ihnen der Begriff See zwischen den Steinen etwas?«

Tonio Palazzo ließ seine Espressotasse los und wurde rot. Er versuchte zu lächeln. Es misslang so sehr, dass wir über sein Gesicht lachen mussten. »Natürlich sagt mir der Name etwas«, antwortete er. »Aber man sollte die alten Geschichten ruhen lassen.«

»Wieso?«

Da Suko die Frage gestellt hatte, schaute Palazzo ihn an. »Die Mafia ist schlimm, aber der See zwischen den Steinen ist schlimmer, das können Sie mir glauben.«

»Trotzdem sind wir seinetwegen hier.«

»Wollen Sie auch hier begraben werden?«

»Das haben wir eigentlich nicht vor«, erklärte Suko, und ich nickte zu seinen Worten.

»Dann fliegen Sie zurück. Sofort!«

»Nein!«

Palazzo glaubte, seinen Ohren nicht trauen zu können, als er meine Antwort vernahm.

»Es ist Wahnsinn, was Sie da vorhaben, Signore Sinclair.«

»Ich weiß es nicht. Sie müssten es mir sagen können.«

»Wir leben hier in einer Gegend, die gefährlich ist«, erwiderte er leise. »Damit meine ich nicht unsere Mafia-Probleme, sondern das Land an sich.

Ich legte meine Hände um die kleine Tasse und beugte mich vor. »Wissen Sie, Kommissar, wir sind extra nach Sizilien geflogen, um dieses Rätsel zu lösen. Und wir werden uns den See zwischen den Steinen anschauen, das können Sie uns nicht ausreden.«

Schief schaute uns der Kommissar an. »Welche Farbe sollen Ihre Särge haben?«

»Rot wie die Liebe«, sagte ich.

»Gut, ich werde sie bestellen. Das ist der letzte Dienst, den ich Ihnen erweisen kann.«

Ich war leicht sauer. Bisher war das Gespräch ja noch amüsant gewesen, nun ärgerte ich mich. »Was ist denn an diesem See zwischen den Steinen so schlimm?«, fragte ich scharf.

Tonio Palazzo hob die Schultern und sagte nur ein Wort. »Alles!«

»Darunter kann ich mir noch immer nichts vorstellen«, hielt ich ihm entgegen.

»Haben Sie nicht gehört, dass der Ätna wieder ausgebrochen ist?«, flüsterte er.

»Davon gelesen und gehört.«

»Das ist ein Zeichen, Signore. Es gehört alles zum See zwischen den Steinen. Die Erde ruht nicht. Schreckliche Geister wühlen sie auf, greifen wie gierige Hände in sie hinein und schleudern Tod und Verderben an die Oberfläche. Der Ätna stöhnt, wir haben die Folgen zu tragen.«

»Und was sagen die Wissenschaftler dazu?«, erkundigte sich Suko ziemlich locker.

»Ach die.« Der Kommissar winkte ab. »Die Leute sehen das ja alles anders. Ich eigentlich auch, aber Ihre Frage hat mich aufgeschreckt. Deshalb fliegen Sie sofort wieder zurück, wenn Sie nicht lebensmüde sind.«

»Wir sind aber lebensmüde«, erklärte ich, »und wollen unter allen Umständen bleiben. Und wir müssen den See zwischen den Steinen finden – und damit auch Gorgos.«

»Den kennen Sie?«

»Ja, Signore, den kennen wir.«

»Aber er ist furchtbar. Gorgos ist eine Sage, eine schreckliche Gestalt, von der die Alten den Kindern berichten, wenn sie sie erschrecken wollen.«

»Dem wollen wir auf den Grund gehen«, erklärte ich.

Der Kommissar schüttelte den Kopf. Er sah jetzt sehr traurig aus. »Das liegt alles sehr lange zurück«, murmelte er. »Man sagt, dass es weit, weit vor unserer Zeitrechnung gewesen ist. Einige sprechen von einem versunkenen Kontinent, auf dem Gorgos gelebt haben soll, und ich glaube nicht, dass Sizilien damals schon eine Insel gewesen ist. Vielleicht war sie mit dem versunkenen Kontinent verbunden und hat sich erst später abgespalten. Jedenfalls muss Gorgos existiert haben. Ein gläserner Götze, wie die Sagen und Legenden berichten.«

»Kennt man seinen genauen Platz?«, fragte ich.

»Nein.«

»Sie wissen es doch«, sagte Suko. »Es ist der See zwischen den Steinen, nicht wahr?«

»Man weiß es wirklich nicht genau«, erwiderte der Kommissar. »Sie wissen ja selbst, wie sich das mit Sagen und Legenden verhält. Da erzählt der eine dies und der andere das. Ich würde da vorsichtig sein.«

»Es gibt aber Menschen in London, die den See gefunden haben«, hielt ich dem Kommissar entgegen. »Und diesen Platz wollen wir auch finden.«

»Sind Sie sicher?«

»Ja, das sind wir, denn die Männer aus London sind zu Dienern des Dämons Gorgos geworden. Sie waren Gorgosen. Alles klar?«

Der Kommissar wurde blass und gab sich ziemlich verwirrt. »Nein, ich verstehe nicht.«

»Dann werde ich deutlicher«, sagte ich. »Diese Gorgosen sind schreckliche Mörder gewesen. Was sie anfassten, verglaste, auch Menschen, wenn Sie verstehen.«

Tonio Palazzo bekam den Mund vor Staunen nicht mehr zu. Vielleicht war es auch Entsetzen, und wir ließen ihn erst einmal in Ruhe.

Schließlich fragte er: »Sind Sie sicher?«

»Ja, wir haben sie selbst gesehen.«

»Und überlebt?«

»Auch das.«

Tonio Palazzo strich über seine feuchte Stirn. Er war völlig durcheinander. »Wenn ich Ihren Worten trauen darf«, sagte er nach einer Weile mit zittriger Stimme, »dann hat er bereits seine Diener gefunden.«

»So sieht es aus.«

Palazzo holte tief Luft. »Eigentlich dürfte ich gar nicht so mit Ihnen reden«, flüsterte er heiser. »Ich bin Polizist, und das, was Sie hier sagen, ist Unsinn, Quatsch, Spinnerei.«

»Für uns eine Tatsache«, sagte Suko.

»Ja, ja, klar …«

»Und wo liegt der See zwischen den Steinen?« Ich kehrte zum Grundthema zurück. »Was erzählt die Sage?«

»Nicht weit von hier in den Bergen. Aber das Gelände ist unwegsam. Den genauen Ort kenne ich nicht, doch ich weiß aus den Sagen, dass der See zwischen den Steinen wandert.«

»Wie das?«

»Ganz einfach. Wenn die Vulkane toben und die Erde bebt, dann drückt diese Kraft den See weiter. So jedenfalls habe ich es in einer alten Sage gelesen. Das kann stimmen, muss aber nicht.«

Ich lächelte. »Wenn wir von Ihnen den ungefähren Ort wissen könnten, wäre uns sehr geholfen.«

»Ja, das können Sie.«

»Bitte.«

»Fahren Sie in südliche Richtung.« Er schüttelte den Kopf. »Nein, es hat keinen Sinn, wenn ich es Ihnen erkläre. Ich weiß es selbst nicht genau.«

»Kennen Sie jemanden?«

»Ja. Einen – wie sagt man bei Ihnen? – Heimatforscher!« Palazzo lächelte. »Ihn müssen Sie fragen.«

»Was hält uns dann noch, Signore?«

»Nichts mehr.« Der Kommissar stand auf und winkte der Bedienung.

Auch wir erhoben uns. Viel hatten wir nicht erfahren. Immerhin waren wir so neugierig geworden, dass wir es kaum erwarten konnten, dem See zwischen den Steinen zu sehen.

Wir hatten an vieles gedacht. Nur eine Tatsache hatten wir vergessen. Dass die Mafia einen sehr langen Arm hat …

Es war grauenhaft!

Franca Mundi erlebte etwas, das es gar nicht geben konnte. Höchstens in Albträumen, aber sie träumte nicht, denn was sie sah, war eine Tatsache.

Vor ihr hockte ein Monster!

Ein riesiger Vogel.

So einen hatte sie noch nie gesehen, den gab es überhaupt nicht in Wirklichkeit. Das war ein Geschöpf dämonischer Fantasie. Franca stand zwischen den unheimlichen Kreuzen, starrte auf den Vogel und wedelte mit den Händen.

»Weg!«, flüsterte sie. »Geh weg! Du kannst nicht hier sein. Dich gibt es nicht ...«

Der Vogel stand stumm vor ihr. Nein, es war kein Vogel, sondern eine Ausgeburt der Hölle. Gelb der lange, spitze Schnabel. Darüber zwei grausame, gefährlich blickende Augen mit Mordlust in den Pupillen. Der Kopf schimmerte rötlich. Er war mit Schuppen bedeckt. Dahinter begann der ebenfalls schuppige Körper, der allerdings einen violetten Ton zeigte, wie auch die gewaltigen Flügel, deren Spannweite die eines Adlers bei weitem übertrafen. Der grauenhafte Vogel hockte auf dem Boden zwischen den Grabkreuzen, und er fixierte das Mädchen mit einer tödlichen Entschlossenheit.

Den Schnabel hielt er geöffnet. Im nächsten Augenblick peitschte eine lange Zunge hervor, zu vergleichen mit der einer Schlange, und sie wischte dicht am Gesicht der entsetzt dastehenden Franca Mundi vorbei.

Dieser Zungenschlag glich einem Startsignal. Franca verlor ihr stummes Entsetzen, riss den Mund auf, und ein Schrei zerschnitt die Stille des unheimlichen Friedhofs.

Franca Mundi brüllte all ihre Not und Angst heraus. Ihr verzerrtes Gesicht wirkte wie eine eingefrorene Maske des Schreckens. Sie schüttelte plötzlich den Kopf, warf sich auf dem Absatz herum und wollte fliehen.

Vielleicht gelang es ihr trotz allem, dem unheimlichen Vogel zu entkommen, wenn sie nur schnell genug war.

Ein Irrtum.

Zwar bewegten sich die Grabkreuze nicht, aber sie bildeten keine gerade Reihe, sondern standen versetzt. Und das wurde Franca zum Verhängnis.

Sie konnte nicht zwischen ihnen hindurchschlüpfen. Die waagerechten Balken waren wie sperrige Arme. Ihr Nachthemd bauschte sich auf, und der Stoff verfing sich an den Enden, sodass er der Gewalt nicht mehr standhalten konnte. Er riss.

Franca hörte das Geräusch. Ein großer Fetzen des Nachthemds wurde von der Schulter aus bis hin zur Hüfte herausgerissen, und die weiße Haut des Körpers schimmerte im Licht des Mondes.

Franca spürte den Ruck.

Plötzlich war sie frei. Aber sie hatte zu viel Kraft in ihre Aktion gelegt, wurde nach vorn geschleudert, verlor die Balance und fiel zwischen den Grabkreuzen zu Boden.

Für die Länge einer Sekunde blieb sie einfach liegen. In ihrem Kopf hämmerte und brauste es. Das Blut schien zu einem rauschenden Fluss geworden zu sein, der durch ihre Adern toste. Die Angst steigerte sich ins Unermessliche, und Franca war chancenlos.

Nicht nur das Blut rauschte in ihrem Kopf, sie hörte auch noch ein anderes Geräusch.

Ein dumpfes Brausen, ein Klatschen der breiten Schwingen.

Der Monstervogel kam …

Franca warf sich auf den Rücken. Sie wollte sehen, ob sie sich getäuscht hatte. Es war nicht der Fall, denn plötzlich schwebte der Vogel über ihr.

Wie angeleimt stand er in der Luft. Seine Flügel bewegte er nur an den Enden, die erbarmungslosen Augen fixierten das auf der weichen Erde liegende Mädchen. Die Zunge schnellte vor und zurück, während Franca ihre Arme ausbreitete und mit ihren Händen jeweils die senkrechten Stäbe der Kreuze umfasste.

Das Holz fühlte sich seltsam warm an, als würde Leben in ihm stecken. Auf einmal waren die Stimmen da.

Flüsternde, wispernde Stimmen, die von allen Seiten auf sie eindrangen.

Sie riefen ihren Namen.

»Franca!«, so zischelte es. »Franca Mundi. Auch du wirst bald zu uns gehören, der Totenvogel holt dich. Die Erde ist verändert. Das Grauen steigt empor, der Alte ist nicht vergessen. Er sorgt dafür, dass der Friedhof voll wird. Komm zu uns, Franca, komm her ...«

»Nein!«, keuchte sie. »Nein, ich will nicht.« Sie schüttelte den Kopf. Ihre langen Haare schlugen auf der Erde hin und her. Dreck spritzte in ihr Gesicht. Er klebte an ihren Wangen. Sie spürte die Feuchtigkeit des Bodens, und es gelang ihr mit letzter Kraft, sich in die Höhe zu wuchten.

Darauf hatte der unheimliche Totenvogel gewartet.

Wie ein Pfeil stieß er hinab.

Plötzlich konnte Franca nichts mehr sehen. Ihr Blickfeld wurde von dem Vogel eingenommen. Sie sah noch einmal die gewaltige Zunge, die ihr entgegenschnellte und die immer länger zu werden schien.

Wie eine Schnur war sie.

Und sie wickelte sich um den schmalen Hals des Mädchens. Franca spürte den heftigen Ruck. Im Bruchteil einer Sekunde wurde ihr die Luft abgeschnürt, und eine gewaltige Kraft riss ihren Oberkörper in die Höhe. Fast gelangte sie dabei in eine sitzende Stellung.

Als es so weit war, da jagte der Schnabel wie die gekrümmte Spitze eines Messers nach unten.

Francas Leben erlosch im nächsten Augenblick. Sie hörte nicht mehr die Stimmen, die wisperten: »Jetzt gehörst du uns, Mädchen. Endlich.«

Das folgende leise Lachen der unheimlichen Geisterstimmen verwehte mit dem Nachtwind ...

Wo die Gassen so eng waren, dass kein Wagen mehr hindurchpasste, wohnte der Mann, den wir besuchen wollten. Auf der Fahrt zu ihm hatte uns der Kommissar seinen Namen verraten.

Er hieß Bricci!

Ein anerkannter Wissenschaftler war er nicht. Wohl ein Mann, der Land und Leute kannte und sich mit seinen siebzig Jahren schon überall auf der Insel herumgetrieben hatte. Viele Menschen holten sich bei ihm Rat. Es waren die Bauern aus den Bergen, die Menschen aus der Stadt, selbst Mafiosi hatten schon den Weg zum alten Bricci gefunden.

Wir hatten das Fahrzeug stehen lassen müssen. Auf einem kleinen Platz in der Altstadt, nahe eines malerischen Brunnens, und der Kommissar hoffte, dass man ihm den Fiat nicht klaute. Da half auch nicht das Polizeischild, das hinter der Frontscheibe klebte.

»Manche machen sich einen Spaß daraus, den Wagen eines Polizisten zu stehlen«, erklärte er uns. »Kennen Sie das? Waren Sie schon einmal in Sizilien?«

Ich nickte. »Wir waren schon hier.« Dabei dachte ich an den Fall der schwarzen Engel.

»Und?«

»Nichts und. Wir sind heil nach London zurückgekehrt.«

Palazzo nickte. »Das wünsche ich Ihnen jetzt auch.«

Ich wunderte mich in den südlichen Ländern immer über die Männer, die tagsüber vor ihren Häusern saßen und diskutierten. Zu arbeiten brauchten sie wohl nicht, jedenfalls brachten sie immer viel Zeit mit.

Außerdem ist Sizilien ein Entwicklungsland,maß man es mit europäischen Maßstäben. Diese Tatsache begegnete uns auf Schritt und Tritt. Viele Besucher finden die Altstadt von Palermo malerisch. Vielleicht muss man hier Urlaub machen, um so etwas zu denken. Ich jedenfalls sah überall den Verfall.

Die Gassen waren sehr eng. Oft stiegen sie steil an. Da gab es dann Treppen mit breiten Stufen. Hin und wieder sahen wir steinerne Brücken, die über die Straße hinweg Häuser miteinander verbanden. Wie bunte Fahnen flatterte oft genug die Wäsche über unseren Köpfen, und auf kleinen Erkern oder offenen Balkonen standen Frauen, die sich lautstark unterhielten.

Und auf den Haup-straßen mit den hohen Mietshäusern rauschte ununterbrochen der Verkehr. Die Lärmkulisse, das viele Hupen und die unkonventionelle

Art, seinen Wagen zu steuern, verrieten die südländische Mentalität.

Ich hatte inzwischen die Orientierung verloren und kannte mich überhaupt nicht mehr aus. Wir gingen durch die engen Gassen, stiegen Treppen hoch, mussten einmal einen stinkenden Abwasserkanal überqueren und erreichten schließlich eine Straße, die vor uns ziemlich steil anstieg. Hier standen die alten Häuser nicht mehr so dicht. Man konnte zwischen ihnen hindurchgehen, und als wir das Ende der Straße erreichten, staunte ich doch.

An der Wand eines Hauses vorbei fiel der freie Blick auf den Hafen von Palermo.

Eine wunderschöne Aussicht, die uns für alle Mühen des Weges belohnte. Tonio Palazzo bemerkte unsere Überraschung. »Ja«, sagte er, »das ist doch etwas. Auch Palermo hat schöne Seiten.«

»Stimmt«, gab ich zu und schaute aufs Meer hinaus. Mein Blick fiel über die Kronen grüner Bäume. Ich sah Zitronenhaine und große Anlagen, in denen Apfelsinenbäume wuchsen.

»Aber wo lebt Bricci?« Suko dachte da etwas realistischer.

»Nur ein paar Schritte noch.«

Eine Treppe führte zu einem Hauseingang hinunter, den wir von der Straße aus nicht gesehen hatten. Es wurde dämmrig. Wir sahen den Schimmel an der Fassade nicht nur, wir rochen ihn auch, und wir erreichten eine alte Tür, vor der wir stehen blieben und gegen die der Kommissar mit der Faust schlug.

Dabei rief er: »Ich bin es. Tonio Palazzo!« Er schaute uns an und flüsterte: »Bricci ist eigen. Er öffnet nämlich nicht jedem, sonst würde er …«

Was er würde, erfuhren wir nicht, denn die Tür wurde aufgezogen, und vor uns erschien ein Mann in feierlichem Schwarz. Er trug ein weißes Hemd, und auf seinem Kopf saß ein schwarzer Hut. Sein Gesicht darunter war kaum zu erkennen. Wir sahen nur ein längliches Etwas, aus dem uns zwei Augen fragend und gleichzeitig unwillig anstarrten.

»Du bist nicht allein, Tonio!«

»Nein, Bricci, ich habe zwei amici mitgebracht.«

»Freunde?«

»Ja, von der Polizei aus London.«

Bricci sah nicht so aus, als wolle er uns in sein Haus lassen. Er schien verärgert zu sein. Sein Mund bewegte sich, ohne dass ein Wort über seine Lippen drang.

»Lass uns mit dir reden«, verlangte Palazzo.

»Ich habe nicht die Zeit«, sagte er mit leiser Stimme. »Ich muss weg. Man hat mich gerufen.«

»Zu wem?«

»Luigi Bergamo möchte etwas von mir.«

»Ha!«, entfuhr es Palazzo. »Dieser verdammte Gauner. Was ist er mehr als wir? Nichts …«

»Ich wäre auch nicht sofort losmarschiert, aber es geht um seine einzige Tochter Carla.«

»Ist sie krank oder …?«

»Nein.«

»Was ist dann?«

»Das werde ich bei ihm erfahren.«

Palazzo nickte. »Sollst du auch, Bricci. Sollst du alles. Aber erst sprichst du mit uns.«

»Luigi wird sauer auf mich sein.«

»Schieb alles auf mich, mein Freund. Sag ihm, dass Tonio Palazzo seinen Freunden beweisen will, wie sehr man ihn schätzt. Mehr als die Mafia.« Er lachte, und Bricci hob die Schultern. Eine Geste, die sein Einlenken andeutete. Er trat zur Seite und gab den Weg in seine Wohnung frei.

Der Kommissar warf uns einen triumphierenden Blick zu. Doch noch geschafft, sollte das wohl heißen.

Wir ließen ihm den Vortritt. Ich hatte ein kleines Zimmer als Wohnung erwartet, war jedoch angenehm enttäuscht, als ich den großen Raum sah und erkannte, wie er eingerichtet war. Da standen zahlreiche alte Möbelstücke, wertvolle Antiquitäten. Offene Durchgänge führten in die anderen Zimmer der Wohnung.

Ich kam aus dem Staunen nicht mehr heraus. Bricci musste ziemlich wohlhabend sein. Zudem stand das

Haus mit der Rückseite an einem Abhang, denn durch die drei Fenster fiel unser Blick bis hin zum Hafen.

Der Kommissar stellte uns vor.

Bricci nahm die Namen zur Kenntnis und nickte. Mehr sagte er nicht, deutete auf ein Sofa und bat uns mit dieser Geste, Platz zu nehmen.

Wir setzten uns und sanken tief ein.

Wie die Hühner auf der Stange hockten wir nebeneinander, denn Tonio Palazzo hatte sich ebenfalls auf die Couch geklemmt, während Bricci wie ein Herrscher in einem hohen Ohrensessel hockte, wobei er die Arme auf die Lehnen gelegt hatte.

Er schaute uns scharf und misstrauisch an. Sein Gesicht wirkte wie eine graue, flächige Maske. Den Hut hatte er nicht abgenommen. Er fragte, was wir wollten.

»Den See zwischen den Steinen«, erwiderte ich.

Selten in meinem Leben habe ich einen Menschen so rau und kratzig lachen gehört wie diesen Bricci. Es klang, als hätte er seine Kehle mit Sandpapier gesäubert. Er lachte, hustete und krächzte, bevor er den Kopf schüttelte. »Was wollt ihr denn von dem See zwischen den Steinen?«

»Ihn finden«, erklärte Suko lakonisch.

»Das wollten viele.«

»Und?«

Bricci schaute den Chinesen an. »Sie sind nie zurückgekehrt. Der See ist stark. Stärker und älter als die Menschheit. Deshalb lasst ihn ruhen.«

Ich schüttelte den Kopf. »Nein, wir wollen Gorgos!«

Mit einem weiteren Lachen rechneten wir, doch der Mann vor uns wurde seltsam ernst.

»Ich weiß vieles über Gorgos. Er ist so gefährlich, dass ich es nicht auszusprechen wage. Gerade in der letzten Zeit merken wir, dass sich etwas tut. In vielen Sagen steht etwas über ihn und über den Vulkan. Wenn er ausbricht, dann zürnt Gorgos. Und er ist ausgebrochen. Der Ätna kocht, die Erde wird aufgewühlt, und der See zwischen den Steinen ist gewandert. Er befindet sich nicht mehr da, wo er einmal gewesen ist. Gewaltige Kräfte schieben ihn weiter, er wird sich einen anderen Ort suchen, um dort sein Grauen zu verbreiten.«

»Kennst du den Ort?«, wollte Palazzo wissen.

»Nein, aber ich habe Angst, dass der gläserne Götze alles frisst. Auch die Menschen.«

»Er hat bereits Menschen in seinen Bann gezogen«, sagte ich. »Landsleute von mir haben ihn gesehen und sein Erbe nach England gebracht. Es war das gläserne Grauen. Sie sind zu Gorgosen geworden, und wir wollen ihn zerstören.«

»Gorgos?«

»Genau!«

Bricci lachte wieder. Diesmal jedoch lautlos. Er warf seinen Kopf zurück, hob seine Hände mit den langen Fingern und klatschte sie gegeneinander. »Nein«, sagte er. »Nein und abermals nein. Der gläserne Götze kann von keinem Menschen besiegt werden.«

»Weil er aus Atlantis stammt?«, fragte ich.

Bricci beugte sich hastig vor. »Ja. Er gehört zu einer uralten Generation von Götterdämonen. Habt ihr schon etwas von den Großen Alten gehört, die in den Legenden und Sagen der Mittelmeervölker immer wieder erscheinen?«

»Wir kennen sie.« Ich nickte. »Kalifato haben wir bereits gesehen. Du siehst, dass wir Bescheid wissen.«

»Und jetzt wollt ihr zu Gorgos?«

»Wir werden ihn stoppen.«

»Das kann niemand. Der See zwischen den Steinen hat sein eigentliches Leben aufgegeben. Er wandert, und er sucht nach einem Ort, um die Tiefen der Erde zu verlassen.«

»Hat er ihn gefunden?«, fragte Suko.

»Es ist möglich.«

»Aber du weißt es nicht genau?«

»Nein«, antwortete Bricci und sah plötzlich müde aus. »Ich weiß nicht Bescheid, ich habe nichts bemerkt, ich kann nichts Genaues sagen. Wir müssen abwarten.«

»Das wollen wir auf keinen Fall!«

»Sie können nichts tun. Die Gefahr ist da, und sie sucht

sich eine Stelle, wo sie auf die Erde gelangen kann. Sie hat lange genug in der Tiefe gelegen.«

»Dann nehmen Sie also an, dass Gorgos erscheinen wird?«, erkundigte ich mich.

»Vielleicht.«

Für mich waren es zu viele Unklarheiten. Ich dachte an mein Abenteuer in der Leichenstadt, an die Gräber der Großen Alten. Wie sollten sie plötzlich nach Sizilien gelangen?

Eine Lösung wusste ich nicht. Auch der alte Mann konnte sie mir nicht geben, aber ich wollte einen Anhaltspunkt von ihm haben und erkundigte mich danach, wo ich Gorgos zu suchen hatte.

»Er lag tief in der Erde, aber er wird gewandert sein. Es ist schwer, fast unmöglich, genau den Punkt zu finden, wo er wieder zum Vorschein kommt. Vielleicht solltet ihr durch das Land fahren, mehr kann ich euch nicht raten.«

Diese Worte gaben uns zu verstehen, dass er das Gespräch für beendet hielt. Er dokumentierte es auch dadurch, dass er sich aus dem Sessel in die Höhe stemmte.

Uns blieb nichts anderes übrig, als seinem Beispiel zu folgen. Auch Tonio Palazzo stand auf. Seinem Gesicht lasen wir ab, dass er mit dem Ausgang des Gesprächs nicht zufrieden war. Er sagte aber nichts. Bricci reichte uns zum Abschied die Hand und wünschte viel Glück. Das konnten wir wirklich brauchen.

Als wir aus dem dunklen Haus traten, blendete uns die Helligkeit draußen. Trotzdem sahen wir den großen, dunklen Wagen, der nahe des Hauses parkte.

Wo er hergekommen war, konnte wohl niemand sagen, aber allein seine Anwesenheit machte einen gefährlichen Eindruck auf uns. Die Scheiben waren getönt, die Scheinwerfer erinnerten mich an gewaltige Glotzaugen.

Ich war stehen geblieben. Die anderen liefen fast gegen mich, und ich drehte mich zu Palazzo um. »Ist das unser Empfangskomitee?«, fragte ich ihn.

Der Kommissar hob die Schultern. »Das sieht mir ganz nach einer Abordnung der Mafia aus«, gab er zu.

Und er hatte Recht. Denn plötzlich schwangen vier

Türen auf, und vier Männer verließen den Wagen.

In London hätten sie sich dies kaum erlauben können, aber in Palermo war man wohl daran gewöhnt, dass Männer auf offener Straße mit Maschinenpistolen herumliefen …

»Verdammt, das gilt uns«, sagte Suko, und er hatte Recht, denn im nächsten Augenblick begann das mörderische Feuerwerk …

Carla Bergamo war ein hübsches Mädchen. Ihr edles Gesicht mit den großen Rehaugen glich dem eines Engels, auch wenn ihr Vater ein Teufel war.

Von den Augen wanderte der Blick des Betrachters zumeist auf den Körper des Mädchens. Es war schlank, fast schon zu schlank, und insgesamt wirkte Carla zerbrechlich wie eine kostbare Porzellanpuppe.

Doch der Engel hatte Energie. So schmal und zierlich sie auch wirkte, in Carlas Körper steckte eine Kraft, die niemand unterschätzen sollte. Was sie sich einmal in den Kopf gesetzt hatte, das führte sie auch durch. Ihr Wille war ungebrochen. Wahrscheinlich hatte sie ihn von ihrem Vater geerbt, denn Luigi Bergamo war der große Mann in Palermo. Der Capo, der Herr über viele Menschen. Ob Killer oder Zuhälter, sie alle gehorchten Luigi Bergamo.

Er hing sehr an seiner Tochter. Für Carla hätte er alles gegeben, und sie konnte auch mit ihrem Vater machen, was sie wollte. Wenn es jemand schaffte, den eisenharten Mann um den Finger zu wickeln, dann war es seine Tochter Carla.

Sie hatte es oft genug versucht und ihm dabei stets ins Gewissen geredet. Carla war nicht dumm. Sie wusste, woher das Geld in der Familie stammte, und sie empfand es als abscheulich. In die Schule allerdings war sie freiwillig gegangen, das heißt, man hatte sie nicht allzu lange überreden müssen, doch auch hier spürte sie den langen Arm des Capo, und selbst die Lehrkräfte begegneten ihr mit einem gewissen Respekt, sodass sich Carla trotz der Mitschülerinnen ziemlich einsam fühlte.

An diesem Vormittag herrschte eine gedrückte Stimmung unter den Mädchen. Es gab keines, das die Lautsprecherstimme der Propow nicht gehört hatte. Jedes Zimmer war mit einem Lautsprecher ausgerüstet. Oft wurden am Abend die Aufgaben für den nächsten Tag durchgegeben, und kaum dass die Mädchen aus den Betten waren, mussten sie noch vor dem Frühstück im Ballettsaal antreten.

Da standen sie nun.

Zweiundzwanzig junge Mädchen. Die meisten von ihnen schon in der Arbeitskleidung. Sie alle trugen Trikots, hatten entweder Schals um die Hälse geschlungen oder sich dünne Pullover um die Schultern gelegt.

Sie waren alle ziemlich nervös, und bei einigen stach auch die Müdigkeit ins Auge.

Carla Bergamo fühlte sich ebenfalls nicht gerade wohl. Sie konnte sich selbst in der großen Spiegelwand gut erkennen, da sie in der ersten Reihe stand. Das schmale Gesicht wirkte grau, als hätte sie die ganze Nacht durchgemacht und nicht tief und fest geschlafen.

Ja, tief hatte sie geschlafen. Sie konnte sich kaum erinnern, dass sie ins Bett gefallen und eingeschlafen war. Den anderen Mädchen war es ähnlich ergangen, wie sie vor dem Antreten flüsternd erzählten.

Der Ballettsaal war kalt eingerichtet. Da verschönerte kein buntes Bild die kahlen Wände. Hier roch es nach Arbeit. Ein schwarzer Flügel stand aufgeklappt nahe der großen Doppeltür des Eingangs. Rechts von ihm zog sich die Stange an der freien Wand hin. Sie war das Arbeitsgerät der Mädchen, und hier wurden die meisten Schweißtropfen vergossen. Der Parkettboden federte leicht nach, wenn die Mädchen tanzten, und über sich sahen sie ein Dach aus Glas.

Noch ließ sich die Propow nicht sehen. Die Schülerinnen flüsterten miteinander. Jeder fragte sich, welchen Grund es für dieses frühe Antreten geben könnte.

Bis jemand rief: »Da fehlt ja Franca!«

Für einen Moment war es still. Die Mädchen schauten sich an. Erst fragend, verständnislos, schließlich besorgt.

»Hat jemand von euch Franca gesehen?«
Kopfschütteln.
»Du auch nicht, Carla?«
»Nein.«
»Aber sie ist doch deine Freundin.«
»Wir haben aber nicht zusammen geschlafen.«
Nach dieser Antwort begannen zwei Mädchen zu kichern, bis Carla zischte: »Hört auf, ihr dummen Gänse!«
Da verstummten sie.
»Vielleicht kommt sie noch«, wurde gesagt.
»Ihr kann auch schlecht geworden sein.«
»Sicher, das wird es sein.«
Die Gesichter der Mädchen entspannten sich nach diesen Vermutungen wieder. Sie kamen auch nicht mehr dazu, noch großartig zu diskutieren, denn die rechte Hälfte der großen Schwingtür wurde aufgestoßen, und Elena Propow betrat den Ballettsaal.
Augenblicklich standen die Mädchen still. Diese Frau hatte es tatsächlich geschafft, eine Disziplin in die Reihen der Schülerinnen zu bringen, wie sie beim Militär üblich war. Jede wusste genau, wie sie zu stehen hatte, und sie bauten sich in einer Doppelreihe auf, ausgerichtet dabei nach den Fußspitzen der Nachbarin.
Für einen Moment blieb die Propow an der Tür stehen. Sie fühlte die Blicke der Mädchen auf sich gerichtet, und in ihrem Gesicht regte sich kein Muskel. So etwas war sie gewohnt, das nahm sie kalt und ziemlich gelassen hin.
Die Propow war nicht nur streng, sie dokumentierte dies auch anhand ihrer Kleidung. Das Kostüm, das sie trug, zeigte einen klassischen Schnitt. Der Stoff schimmerte braungrau. Sie trug dicke Seidenstrümpfe und klobige Schuhe. Die Bluse, die im Ausschnitt der Kostümjacke weiß leuchtete, war frisch gestärkt. Das dunkle Haar hatte die Propow glatt nach hinten gekämmt, im Nacken bildete es einen Knoten.
Die Propow hatte ein knochiges Gesicht. Obwohl sie mit den Mädchen nicht tanzte – sie überließ dies den Lehrkräften –, wirkte sie noch immer ausgezehrt. Man

sagte ihr nach, dass sie des Nachts heimlich trainierte und den Ballettsaal dann als Bühne ansah, wobei sie sich das Publikum denken musste.

Die Musterung war kurz, doch sehr intensiv. Anschließend nickte die Frau und trat langsam näher. Vor den aufgestellten Schülerinnen blieb sie stehen.

Jede Einzelne hatte das Gefühl, als würde die Propow nur sie allein anschauen. Ihr stechender Blick war gefürchtet.

»Buon giorno!«, sagte sie knapp.

»Guten Morgen!«, wurde ihr im Chor geantwortet.

»Es hat einen Grund, dass ich euch vor dem Frühstück zusammengetrommelt habe. Es ist nämlich etwas passiert.« Nach dieser Einführung legte sie eine kurze Sprechpause ein und sah die Spannung in den Gesichtern der Mädchen anwachsen.

»Was denn?«, rief jemand.

»Dazu werde ich jetzt kommen. Ihr habt vielleicht bemerkt, dass eine von euch fehlt. Eure Mitschülerin Franca Mundi. Sie ist in der Tat nicht mehr da. Franca hat die Schule am späten Abend verlassen. Sie ist von ihren Eltern abgeholt worden. Dies ist der Grund, weshalb ich euch zusammengerufen habe.«

Die Mädchen schwiegen. Zuerst schauten sie noch zu Boden, dann hoben sie langsam ihre Köpfe und warfen sich gegenseitig fragende Blicke zu. Die Worte lagen ihnen auf der Zunge. Es war jedoch niemand da, der die Fragen zu stellen wagte.

Nur eine ließ sich nicht einschüchtern. Carla Bergamo. Sie drehte sich hastig um und ging einen Schritt vor. Mit lauter Stimme sagte sie: »Ich kann nicht glauben, dass Franca die Schule so Hals über Kopf verlassen hat. Tut mir Leid.«

Elena Propow kniff nur leicht die Augenbrauen zusammen. Das war ihre einzige Reaktion, bevor sie fragte: »Willst du mich als Lügnerin bezeichnen?«

»Davon habe ich nichts gesagt, nur etwas festgestellt.«

»Es kommt auf dasselbe raus. Wenn ich sage, dass Franca unsere Schule verlassen hat, dann stimmt das.«

Die meisten nickten, nur Carla schüttelte den Kopf. »Ich glaube Ihnen nicht, Signora. Auf keinen Fall.«

»Hüte deine Zunge, Mädchen.«

»Wenn Franca die Schule hätte verlassen wollen, dann hätte sie mir etwas davon gesagt.«

»Man trifft hin und wieder spontane Entscheidungen«, hielt ihr die Propow entgegen.

Das forderte Widerspruch bei Carla heraus. Sie war eben eine Tochter des Luigi Bergamo, der ebenfalls ziemlich heftig reagieren konnte. »So plötzlich kann keine Entscheidung kommen«, sagte Carla wütend. »Daran glaube ich nicht.«

»Woran denn?«

Sie lächelte kalt, bevor sie eine Antwort gab. »Kann ich dir genau sagen ...«

Jetzt lief die Propow rot an. »Wie redest du denn mit mir? Du wagst es, mich zu duzen?«

Carla merkte, dass sie den Bogen ein wenig überspannt hatte. »Entschuldigen Sie, Signora, das ist mir so rausgerutscht. Trotzdem bleibe ich bei der Behauptung, dass Franca nicht grundlos verschwunden ist.«

Die anderen Mädchen hörten dem Disput der beiden staunend zu. Es kam so gut wie überhaupt nicht vor, dass jemand Widerspruch einlegte. Und schon gar nicht bei der Propow.

Carla riskierte viel, wenn sie so etwas tat, und die Schülerinnen waren gespannt, wie die Ausein-andersetzung weiterging.

Die Propow lachte hart und trocken auf. »Natürlich hatte sie einen Grund. Sie ist abberufen worden.«

»Von wem?«

»Ihre Eltern holten sie.«

Die möchte ich anrufen!, hätte Carla beinahe gerufen, verschluckte den Satz jedoch und lenkte ein. »Na, wenn das so ist, dann kann man nichts machen.«

»Sehr richtig, Carla, da kann man nichts machen.« Ein schmales Lächeln huschte um die strichdünnen Lippen der Frau, bevor sie den Kopf hob und ihre Blicke über die Reihe der Schülerinnen gleiten ließ. »So, es ist genug geredet worden. Wir werden den Tag so beginnen wie immer. Mit Gymnastik.«

Hier sagte man noch Gymnastik, nicht Aerobic.

Eine Viertelstunde war vor dem Frühstück eingeplant, damit der Körper in Schwung kam.

Die Propow nahm am Flügel Platz. Sie saß auf dem runden Klavierhocker wie eine Statue. Kalt und unnahbar wirkte sie, wie eine Erzieherin aus dem letzten Jahrhundert. Auf die Tasten brauchte sie nicht zu schauen. Sie schaute über den Flügel hinweg, während sie die ersten Töne anschlug, und jedes Mädchen hatte das Gefühl, als galten ihr allein die Blicke.

Es begann mit Lockerungsübungen. Zwischen den Rhythmen erklangen die harten Anweisungen der Frau. Sie glichen Befehlen, und die Mädchen folgten ihnen.

Auch Carla bewegte ihren Körper. Sie tat dies automatisch. Die Übungen waren jeden Morgen die gleichen. Die kannte sie auswendig, sie wusste immer, was kam.

Carlas Gedanken jedoch drehten sich um das Verschwinden der Freundin. Sie konnte sich einfach nicht vorstellen, dass Franca so ohne weiteres die Schule verlassen hatte. Das glich schon einer Flucht, und sie hätte ihr zumindest etwas davon berichtet.

Carla Bergamo war fest davon überzeugt, dass ihrer Freundin etwas zugestoßen war. Überhaupt empfand sie diese Schule als nicht normal. Von den strengen Richtlinien und der militärischen Ordnung wollte sie einmal absehen. Beides musste manchmal sein, denn es war nicht leicht, zwanzig Mädchen zu beaufsichtigen, aber es gab noch andere Dinge, die sie störten.

Die verschlossenen Räume, zum Beispiel.

Im Keller der Schule war es besonders schlimm. Da durfte nur ein bestimmter Trakt betreten werden, andere Räume waren tabu und auch immer abgeschlossen.

Es kursierten natürlich Gerüchte. Man sprach von unheimlichen Dingen, die hinter den alten Grundmauern des Gebäudes versteckt lagen, doch niemand wusste so recht, was da tatsächlich war.

Vielleicht Franca? Carla Bergamo konnte sich gut vorstellen, dass ihre Freundin von der Neugierde gepackt worden war und nachschauen wollte.

»Und – Schluss!«, rief die Propow. Ihre Stimme unterbrach die Gedankenkette des jungen Mädchens.

Die Schülerinnen richteten sich wieder auf. Schwitzend und heftig atmend standen sie auf dem Fleck, bogen ihre Körper durch und holten tief Luft.

Die Propow erhob sich vom Hocker. Neben dem Flügel blieb sie stehen, einen Arm locker an der linken Seite herabhängend. Mit dem anderen stützte sie sich auf dem Musikinstrument ab. »Das wars dann«, sagte sie. »In einer Stunde beginnt das Training. Bis dahin könnt ihr frühstücken und euch erholen.«

Die Mädchen nickten. In Zweierreihen verließen sie den Saal, wobei manche Blicke zu Boden gerichtet waren.

Auch Carla schaute die Frau nicht an. Sie hatte sich jedoch einen Plan zurechtgelegt, den sie unbedingt durchführen wollte.

Der Frühstücksraum lag nicht weit vom Ballettsaal entfernt. Es war bereits gedeckt. Frauen aus dem Dorf hatten diese Arbeit übernommen. Sie waren auch für die Putzerei und für die Verpflegung der Mädchen verantwortlich. Es gab Trinkschokolade und frische Milch. Dazu Brot, Butter, Konfitüre. Jedoch keine Wurst oder Käse.

Die Mädchen sprachen nicht. Jede wusste, wohin sie sich zu setzen hatte. Die Stimmung während des Frühstücks war nie besonders gut. An diesem Morgen jedoch empfand jede sie als bedrückend. Das plötzliche Verschwinden einer Schülerin beschäftigte doch die meisten. Zudem hielt sich auch die Propow im Frühstücksraum auf. Das tat sie nur selten. Sie kam den Schülerinnen wie eine Überwachungsperson vor, was sie wahrscheinlich auch sein sollte.

Man aß schweigend. Wenn geredet wurde, dann nur flüsternd. Viele Blicke richteten sich auf Carla Bergamo, die überhaupt nichts sagte, sondern mit sich und ihren Gedanken allein blieb.

Sie hatte nie mit der Macht ihres Vaters spekuliert, weil

sie die einfach ablehnte, aber an diesem Morgen war sie zu dem Entschluss gelangt, dass ihr Vater eingreifen musste.

Er sollte herausfinden, was mit Franca geschehen war. Wenn es einer schaffte, dann er.

Dabei wollte sie sich absichern. Luigi Bergamo sollte eine Doppelnachricht erhalten. Einmal durch sie per Telefon, zum zweiten eine schriftliche Notiz.

Carla hatte unter dem Personal eine Vertraute. Es war Maria, die Küchenhilfe. Eine herzensgute Frau, für die Carla so etwas wie eine Tochter war.

Die beiden hatten sich angefreundet. Maria hatte nur am Morgen Dienst. Sie würde dafür sorgen, dass Luigi Bergamo die Nachricht schon früh genug erhielt und entsprechende Maßnahmen einleiten konnte.

Carla gehörte zu den Ersten, die mit dem Frühstück fertig waren. Danach hielt sie nichts mehr auf ihrem Platz. Sie stand auf und verließ den Saal.

Dabei musste sie an der Propow vorbei, sah deren scharfen Blick auf sich gerichtet. »Willst du schon gehen, Carla?«

»Ja.«

»Du bist aber pünktlich!«

»Sicher, Signora.«

Hastig verließ Carla den Raum. Draußen atmete sie tief durch. Sie war froh, nicht mehr bei den anderen sein zu müssen, wandte sich der großen Treppe zu und lief leichtfüßig hoch zu ihrem Zimmer. Sofort stieß sie die Tür auf, drückte sie rasch hinter sich zu und lehnte sich mit dem Rücken gegen das Holz. Erst jetzt merkte sie, wie sehr sie zitterte. Die Vorfälle waren auch an ihr nicht spurlos vorübergegangen. Reine Nervensache war das alles.

Sie zog eine Schublade des kleinen Schreibtisches auf und holte ein Blatt Papier hervor. Hastig schrieb sie ein paar Zeilen, überflog den Text noch einmal, nickte zufrieden und knüllte das Papier dann zusammen, sodass sie es in der Faust hielt, als sie ihr Zimmer wieder verließ.

Diesmal war sie vorsichtiger. Sie schaute sich um, fand

den Gang leer und lief wieder auf die Treppe zu. Während sie die Stufen nach unten stieg, hielt sie sich dicht an der Wand. So konnte sie wenigstens nicht so schnell gesehen werden.

Unten angekommen, atmete sie auf. Jetzt musste es ihr noch gelingen, von der Propow ungesehen in die Küche zu schlüpfen, wo sich Maria zumeist aufhielt.

Auch das schaffte sie.

Maria trug wie immer einen weißen Kittel und drehte ihr den breiten Rücken zu. Sie stand über eine Spüle gebeugt und zuckte zusammen, als Carla sie ansprach. Dann wirbelte sie herum. Ihr rundes, mütterlich wirkendes Gesicht war rot angelaufen, und sie presste beide Hände auf den wogenden Busen.

Zum Glück befanden sich die beiden allein im Spülraum. Das konnte sich sehr schnell ändern, deshalb beeilte sich Carla auch so. »Sag jetzt nichts, Maria«, flüsterte sie, »und hör mir nur zu.«

»Ja, ja, Kind, was ist denn?«

Carla Bergamo drückte ihr den Zettel in die Hand. »Ich möchte, dass du diese Nachricht meinem Vater zukommen lässt, Maria. Hast du verstanden?«

»Ja.«

Das Mädchen nickte erleichtert.

»Es soll dein Schaden nicht sein, und mein Vater wird dich auch zu sich lassen …«

»Der große Capo?«

»Ja, der große Capo, denn es geht um seine Tochter.«

»Gut, wenn du meinst.« Sie ließ den Zettel in der Kitteltasche verschwinden.

»Das werde ich dir nie vergessen, Maria!«, flüsterte Carla und huschte hinaus, denn sie hatte bereits Schritte gehört. Die anderen kamen und wollten helfen.

In der Halle blieb Carla stehen und wischte sich den Schweiß von der Stirn. Das war geschafft. Jetzt allerdings folgte der schwierigste Teil des Plans. Sie musste ihren Vater zusätzlich anrufen. Und das Telefon stand im Büro der Propow.

Es lag ebenfalls unten. Ziemlich dicht am Eingang.

Eigentlich war es nie abgeschlossen. Carla hoffte, dass sie auch jetzt Glück haben würde. Im Treppenhaus hörte sie die Stimmen der übrigen Mädchen. Auf leisen Sohlen huschte sie auf das Büro zu und atmete auf, als sie die Tür aufstoßen konnte.

Das alte Telefon stand auf dem Schreibtisch. Wenn jemand telefonierte, konnte er direkt aus dem Fenster vor den Eingang schauen und hatte so einen guten Überblick.

Carla Bergamo zitterte, als sie nach dem Hörer fasste und ihn anhob. Bisher hatte sie sich gut gehalten und ihre Nerven einigermaßen unter Kontrolle gehabt, nun aber sah die Sache anders aus. Die Angst war da, sie ließ sich nicht wegleugnen. Wenn sie ihren Vater anrief, kam dies nach den Regeln der Schule einem Verrat gleich.

Sie wählte die Nummer. Dabei musste sie sich konzentrieren, um den Finger nicht in das verkehrte Loch der Wählscheibe zu stecken. Immer wenn die Scheibe zurückrollte, zuckte sie zusammen, und sie horchte gleichzeitig in Richtung Tür.

Da blieb alles ruhig!

Endlich ertönte das Freizeichen. Sie hatte die Geheimnummer ihres Vaters gewählt. Einen Anschluss, den nur wenige Menschen kannten. Wenn dieser Apparat klingelte, konnte der Don sicher sein, dass es ein wichtiger Anruf war.

Er hob auch ab.

Ihr Vater meldete sich nie mit Namen. Er schmetterte stets ein »*Si pronto?*« in den Hörer.

»Ich bin es, Papa!«

Ein scharfer Atemzug folgte. »Du, Carla?«

»Ja, Papa, denn hier geht etwas Unheimliches vor. Franca, eine Mitschülerin, ist verschwunden. Ich habe das Gefühl, von einer schrecklichen …« Sie sprach nicht mehr weiter, denn plötzlich war die Leitung tot.

Eine Unterbrechung?

»Papa, Papa!«, rief sie.

Ihr Vater gab keine Antwort. Die Verbindung war unterbrochen worden.

Carla starrte auf den Hörer. Tränen schimmerten in

ihren Augen. Da war eine Hoffnung zerplatzt. Der rettende Strohhalm, an den sie sich hatte klammern wollen, war verschwunden. Jetzt gab es nichts mehr, und sie stand allein.

Carla hatte Mühe, den Hörer auf die Gabel zu legen. Er wäre ihr fast aus der schweißnassen Hand gerutscht, und sie atmete tief durch, als er endlich auf der Gabel lag. Deutlich zeichneten sich Schweißflecken auf dem Kunststoff ab.

Sie drehte sich um. Ihr Gesicht wirkte kalkig. War diese Unterbrechung ein normaler Zwischenfall, oder hatte sie jemand bewusst herbeigeführt?

Carla traute keinem Menschen mehr in diesem Haus, das für sie auf einmal wie ein Gefängnis war. Über ihren Rücken rann ein kalter Schauer. Auf der Oberlippe spürte sie den salzigen Schweißgeschmack. Dann ging sie mit steifen und dennoch zittrigen Knien auf die Tür zu, legte ihre rechte Hand auf die Klinke, zog die Tür mit einem Ruck auf und schrie leise auf.

Vor ihr stand Elena Propow!

Ich kannte die tödliche Melodie.

Dieses hässliche Hämmern der Maschinenpistolen, das widerliche Pfeifen der Kugeln, die harten, klatschenden Einschläge und das Spritzen von Stein und Mauerwerk.

Zudem standen wir ungünstig. Wenn wir uns in Deckung warfen, behinderten wir uns gegenseitig.

Ich tauchte gedankenschnell unter, riss den Kommissar mit, während sich Suko um Bricci kümmerte. Auch die beiden gingen zu Boden. Wir knallten allesamt auf die Stufen der Treppe und rollten sie hinunter.

Heftige Schläge trafen unsere Körper. Allerdings nicht von den Geschossen, sondern von den harten Kanten der Stufen, und als wir schließlich unten lagen, da hatten sich zwei der vier Killer am Ende der Treppe aufgebaut.

Sie standen da wie finstere Todesboten. Dunkle Kleidung trugen sie, die Maschinenpistolen in ihren

Händen hielten sie gesenkt. Die Mündungen glotzten uns an wie tödliche Augen.

Ich erwartete jeden Augenblick die mörderische Garbe, die unser Leben auslöschte. Schließlich wusste ich genug über die Mafia, die sich nicht scheute, Menschen auf offener Straße umzubringen.

»Die sind wahnsinnig!«, hörte ich Suko flüstern. Er hatte es ebenfalls nicht geschafft, eine Waffe zu ziehen. Zudem wurden wir von den beiden anderen eingeklemmt.

Dann hörten wir die Stimme. Sie klang kalt und hart. Jemand sprach ein so schnelles Italienisch, dass ich kaum etwas verstand. Der Kommissar übersetzte flüsternd.

»Sie wollen uns nicht töten«, wisperte er, »sondern mit uns reden, glaube ich.«

»Wer – die?«

Der Killer redete wieder. Ich verstand das Wort Capo, und mir wurde einiges klar.

Luigi Bergamo wollte also etwas von uns. Meinetwegen, sollte er. Ich war gespannt, wie die Sache weiterging, und ich spürte jetzt starkes Herzklopfen, wo die unmittelbare Gefahr vorbei war.

»Lassen Sie die Hände oben, wenn Sie aufstehen!«, riet Palazzo, und wir befolgten seinen Rat.

Suko und ich erhoben uns zur selben Zeit. Bricci blieb noch liegen. Er schimpfte fürchterlich. Sogar verständlich, so, wie sich die Killer benommen hatten.

Suko blieb dicht hinter mir, als ich die Stufen nach oben schritt, wo die beiden Killer zur Seite traten, um uns durchzulassen. Nun bedrohten sie uns von zwei Seiten.

Die anderen beiden Männer lehnten am Wagen. Ihre lässige Haltung täuschte. Die schweren Waffen in ihren Händen redeten eine deutliche Sprache.

Wir konnten nichts tun. Jetzt etwas zu unternehmen, wäre Selbstmord gewesen. Dafür waren wir nicht nach Sizilien gefahren. Wie Verbrecher wurden wir zum Wagen geführt. Ich sah an den Fensterlöchern der Häuser zahlreiche Menschen, die auf die Straße schielten. Die

Leute zeigten sich allerdings nie offen, und Zeugen hätte es im Normalfall nicht gegeben.

Ich hörte zudem den Kommissar schimpfen. Er legte sich mit den Mafiosi an, sie aber ließen ihn kalt abfahren.

Da die Straße leicht abfiel und meine Sichtperspektive erst jetzt besser geworden war, sah ich auch den zweiten Wagen, der hinter dem ersten parkte.

Da standen ein Mercedes und ein Renault 30.

Wir wurden aufgeteilt. Ich musste mich auf die Rückbank des Mercedes setzen, während Suko in den zweiten Wagen stieg. Zusammen mit Bricci. Dafür bekam ich Palazzo als Begleiter.

Der zweite Wagen war mit zwei Männern besetzt. Wir fanden alle Platz, und selbst auf der Fahrt ließ mein Bewacher neben mir den Finger nicht vom Abzug. In der Enge des Fonds stach die Mündung unangenehm hart in meine Rippen.

So rollten wir an.

Und zwar in die entgegengesetzte Richtung, wobei ich das Gefühl hatte, als wolle der Fahrer den Abhang hinuntersteuern. Kurz zuvor schlug er das Lenkrad hart ein, geriet auf einen schmalen Weg und fuhr ihn dicht am Abgrund entlang.

So rollten wir weiter, bis wir die Hauptstraße nach Palermo erreichten.

»Das wird den Don teuer zu stehen kommen!«, regte sich Palazzo auf. »Wisst ihr, was das ist? Entführung, Signori. Das ist eine astreine Entführung, kann ich Ihnen sagen.«

Die Männer kümmerten sich nicht um den Kommissar. Ich merkte zum ersten Mal, wie hilflos die Polizei in Sizilien war. Hier herrschte nur das Gesetz der Mafia.

Wir fuhren in die Innenstadt. In das moderne Viertel. Die Straßen wurden breiter, der Verkehr nahm zu, und vor einem großen Gebäude stoppte der Fahrer.

»Sie können aussteigen, Kommissar.«

»Vor dem Präsidium?«

»Ja.«

»Das ist ja die Höhe!« Er schnappte nach Luft.

»Wir wollten Ihnen nur einen Gefallen tun. Keine Entführung, Kommissar. Bitte sehr!«

Palazzo beugte sich vor. »Ich weiß, dass ihr meine Gäste ...«

»Der Don wird sie um einen Gefallen bitten«, erklärte man dem Kommissar. »Mehr nicht. Wir haben ihnen auch nicht die Waffen abgenommen. Es ist wie in einer Familie.«

Dem konnte ich zwar nicht zustimmen, doch die Angst um mein Leben war mir genommen.

Tonio Palazzo verließ den Mercedes. Bevor er ging, drehte er sich noch einmal um. »Signor Sinclair, wenn Sie irgendetwas ...«

»Schon gut«, unterbrach ich ihn. »Gehen Sie ruhig. Ich werde mir genau anhören, was der Don zu sagen hat.«

»Aber sehr genau.« Der Kommissar verschwand wutschnaubend, und wir fuhren weiter.

Auf Sizilien gingen die Uhren halt so, wie die Mafia es wollte. Ein unerträglicher Zustand.

Wir fuhren los.

In der Stadt blieben wir nicht. Wieder ging es in die Berge, doch welch ein Unterschied.

Wir rollten dorthin, wo die Reichen ihre Häuser und Landsitze haben. Es war eine herrliche Gegend. Waldreich, hügelig und zu vergleichen mit einer perfekt angelegten Parklandschaft. Von den Häusern waren oft nur die Dächer zu sehen. An ihrer Größe konnten wir ermessen, wie gewaltig diese Landsitze manchmal waren.

Wir rollten durch die Kurven. Oft sahen wir schmale Stichstraßen, die zu den einzelnen Grundstücken führten und zumeist vor irgendwelchen Schutzmauern endeten.

Über allem stand eine kräftige Frühlingssonne, die warm in den Wagen schien.

Auch wir rollten in eine der Stichstraßen. An ihrem Beginn hatte ich ein Schild gesehen. Es besagte, dass Unbefugten oder nicht Angemeldeten die Zufahrt zum Grundstück verboten war. Schon jetzt säumte eine weiße Mauer die Fahrbahn. Sie reichte bis an das breite Tor heran, das aus Schmiedeeisen bestand und eigentlich keinen sicheren Eindruck machte. Wer höher schaute, sah die elektronischen Augen der Kameras. Da wurde jeder genau registriert.

Das Tor öffnete sich automatisch. Wir hörten kein Geräusch, als es zurückschwang und die beiden Wagen in einen herrlichen Park rollten.

Wenn ich an der linken Seite des großen, gewaltigen Hauses vorbeiblickte, sah ich in der Ferne ein türkisfarbenes Schimmern.

Es war das Meer.

Luigi Bergamo hatte sich in der Tat einen himmlischen Flecken Erde für sein Haus ausgesucht.

Der Teufel im Paradies, so kam es mir vor.

Wir stoppten vor einem großen Garagenkomplex und mussten aussteigen. Die Leibwächter führten uns ins Haus. Dann mussten wir warten.

Suko, Bricci und ich standen beisammen. Hinter uns hatten sich zwei Leibwächter aufgebaut. Die Mündungen der Waffen zeigten nach wie vor auf uns.

»Bin gespannt, was der von uns will«, meinte Suko und drehte sich Bricci zu. »Wissen Sie es?«

»Nein.«

»Er scheint Hilfe zu benötigen.«

Als ich diese Worte sagte, schaute mich Suko überrascht an. »Der und Hilfe?«

»Ja, warum nicht?«

»John, der kann sich doch allein helfen.«

»Scheinbar nicht in allen Lebenslagen«, erwiderte ich. »Mal sehen.«

Wir brauchten nicht mehr lange zu warten. Einer der verschwundenen Leibwächter erschien wieder und winkte uns von einer offenstehenden Tür aus zu.

Ihr näherten wir uns. Es war eine prächtige Tür, mit handwerklich hervorragendem Schnitzwerk versehen, und hinter ihr lag ein Arbeitszimmer, in dem ein Einfamilienhaus von der Grundfläche her sicherlich Platz gefunden hätte. Gewaltig.

Und gewaltig war auch der Blick auf das Meer mit seinen türkisfarbenen Wogen.

Luigi Bergamo fiel kaum auf. Er war wesentlich kleiner als ich, aber wir hörten seine Stimme, die metallisch durch das Zimmer klang. Er stand hinter seinem Schreibtisch und sagte: »Willkommen in meinem Haus, Signori!«

So hatte ich mir die Begrüßung durch einen Mafiosi nicht vorgestellt. Wenn ich da an Logan Costello aus London dachte …

Der Don hatte dunkles Haar, das an den Stirnseiten einen silbrigen Schimmer zeigte, und seine Nase fiel besonders auf, weil sie die Form eines indianischen Kriegsbeils hatte, so schmal und gekrümmt.

Luigi Bergamo trug einen blauen Blazer und eine fast weiße Hose. Auf eine Krawatte hatte er verzichtet. Dafür blitzte ein Goldring an seiner linken Hand.

Wir nickten.

Auch Bricci hielt sich zurück. Er kannte die Regeln der Mafia und sprach nur, wenn er gefragt wurde.

Ein kaltes Lächeln umspielte die Lippen des Capo, als er sagte: »Wissen Sie eigentlich, dass ich Ihnen das Leben gerettet habe, Signori?« Er sagte es so lässig dahin, dass wir uns erstaunt anblickten.

»Wie das?«, wollte ich wissen.

Luigi Bergamo löste sich von seinem Schreibtisch. Er schritt auf eine große, fahrbare Hausbar zu und nahm ein gefülltes Glas mit rotem Wein. Uns bot er nichts an. Während er das Glas zum Mund führte und uns über den Rand hinweg anschaute, sagte er: »Ich habe einen Anruf aus London erhalten. Von einem alten Freund. Sie erinnern sich bestimmt an den Namen …«

»Costello«, sagte ich.

»Genau, Signor Geisterjäger. Logan Costello. Er wusste von Ihrer Reise nach Sizilien. Und er war es, der mich bat, Sie umzulegen. Sie und Ihren chinesischen Freund.« Der Capo lächelte schmal. »Ich habe Ihnen ja meine Macht demonstriert, als ich die Leute vor Briccis Haus schickte. Sie hätten keine Chance gehabt. Überhaupt keine!«, zischte er und trank das Glas leer.

Der Mann hatte Recht. Daran gab es nichts zu rütteln. Er hätte uns tatsächlich wegpusten können, trotz Polizeischutz. Kein Zeuge hätte sich gemeldet und gegen seine Leute ausgesagt.

»Sie haben es nicht getan«, stellte ich fest. »Aber bestimmt nicht aus Menschenfreundlichkeit.«

»Da liegen Sie richtig, Sinclair.« Der Don stellte sein leeres Glas weg. »Ich habe es nicht getan, und ich hatte dafür einen Grund.« Er atmete tief ein, schluckte dabei, drehte den Kopf und schaute mich an. »Ich will nämlich«, und jetzt ließ er die Katze aus dem Sack, »dass Sie mit mir zusammenarbeiten …«

Da stand die Propow. Eckig, lauernd, lächelnd.

Carla Bergamo prallte zurück. Das Mädchen spürte, dass es rot im Gesicht wurde. Wie eine ertappte Sünderin kam sich Carla vor.

Elena Propow sprach nicht. Sie schaute das Mädchen nur an. Spöttisch, wissend, wie eine Schlange, die sicher ist, dass ihr die Beute nicht mehr entrinnen kann.

Was dem Mädchen nie passiert war, geschah jetzt. Carla Bergamo stotterte. »Ich, ich wollte nur …«

»Sag es, Kind!« Die Stimme klang überfreundlich. Und wenn die Propow so redete, hielt sie zumeist einen Trumpf in der Hinterhand.

»Nur mit Ihnen reden wollte ich.«

»Du hättest mir Bescheid sagen müssen. Oder kennst du die Regeln nicht mehr?«

»Schon, aber …«

Elena Propow streckte den Arm aus. »Bitte«, sagte sie, »geh in mein Büro, da können wir uns unterhalten.«

Während sich die Frau hinter ihren Schreibtisch setzte und die Hände auf die Platte legte, blieb Carla stehen. »Was wolltest du also von mir, Kind?«

»Es geht um Franca.«

»Du glaubst mir nicht, wie?«

»Nein, ich …«

Elena Propow hob die Schultern, streckte den Arm aus, griff den Telefonhörer und reichte ihn dem Mädchen. »Bitte, du kannst Franca Mundis Eltern anrufen.«

»Aber das Telefon funktioniert nicht.« Jetzt hatte sie sich verraten, und Carla schlug sich hastig auf den Mund.

»Wieso?« Die Frau lächelte. »Was ist mit dem Telefon?« Elena Propow spielte ihr eine Komödie vor. Sicherlich wusste sie genau Bescheid, doch sie tat so, als würde sie von der Störung erst jetzt erfahren. Die Propow hielt den Hörer gegen das Ohr und nickte. »Das ist ein Ding«, sagte sie. »Es ist tatsächlich nicht in Ordnung. Kein Freizeichen, nichts.« Sie schüttelte den Kopf. »So was. Dann werde ich mal dem Fernmeldeamt Bescheid geben lassen.« Sie blickte zu Carla hoch. »Ich schätze, dass du erst gegen Abend oder sogar erst morgen Franca und ihre Eltern anrufen kannst. Bist du damit einverstanden?«

»Es bleibt mir wohl nichts anderes übrig.«

»Ja, mein Kind, das sehe ich auch so.« Elena Propow warf einen Blick auf das Zifferblatt ihrer schmalen Armbanduhr. »Es wird Zeit für dich, Carla. Die anderen haben bereits mit dem Training begonnen.«

Sie nickte. »Ja, ich gehe dann.«

Das Mädchen war schon an der Tür, als die Stimme der Frau es einholte. »Carla!«

Sie drehte sich um. Elena hockte hinter dem Schreibtisch und hatte die Lippen verzogen.

»Ich gebe dir einen Rat, Kind. Mach dich hier nicht unbeliebt. Dann hilft dir niemand, auch dein Vater nicht. Verstehst du?«

Carla stellte sich extra stur. »Nein, Signora Propow, ich verstehe nicht.«

Die Frau beugte sich vor. »Sei froh, dass du nicht verstehst, sei froh, Kind, denn hier lauern Kräfte, denen wir beide nichts entgegensetzen können. Und sie sind die wahren Beherrscher dieser Schule. Denk immer daran.« Nach diesen eindringlichen Worten setzte sich die Leiterin des Internats wieder so hin, als wolle sie weiterarbeiten. Für sie war das Gespräch beendet. Carla Bergamo verließ deshalb das Büro.

An diesem Vormittag stand Tanztraining auf dem Programm. Am Nachmittag begann die Schule.

Es war ein verflixt hartes Pensum, das die Schülerinnen zu erledigen hatten. Freizeit gab es kaum. Wenn, dann wurde sie durch intensives Schlafen genutzt.

Doch Carla Bergamo wollte keinen Mittagsschlaf halten. Sie hatte die Worte der Frau genau verstanden. Sie waren eine Warnung gewesen, und Carla war fest entschlossen, sich dieses Haus einmal näher anzusehen. Besonders die Räume, die für Schüler tabu waren ...

Ich glaubte, mich verhört zu haben. Was wollte dieser Verbrecher? Mit uns zusammenarbeiten?«

Das musste ein Witz sein.

Ich sagte es dem Mann auch.

»Nein«, erwiderte er kalt, »es ist kein Witz. Sie werden auf meiner Seite stehen. Es bleibt Ihnen nichts anderes übrig, denn es geht um ein oder vielleicht um zwanzig Menschenleben.«

»Sind Sie nicht stark genug, um den Tod der Menschen verhindern zu können?«, fragte ich.

»In diesem Falle nicht.« Plötzlich klang seine Stimme müde. Er senkte den Kopf und hob die Schultern. Fast hilflos wirkte diese Geste.

Mitleid mit einem Killerboss? Sollte ich das haben? Schließlich hatte mir der Mann zu verstehen gegeben, dass er uns töten wollte und nur aus bestimmten Gründen Abstand davon genommen hatte.

Es dauerte Sekunden, dann hatte er sich wieder gefangen, und er sagte: »Sie sind hergekommen, weil Sie einen Fall aufklären wollten. Dieser Fall liegt auch in meinem Interesse. Ich habe die Erdbeben genau verfolgt und kenne auch die alten Geschichten, dass es sich dabei um einen Dämon handeln soll, der in der tiefen Erde liegt. Gehen wir davon aus, dass es stimmt und dieser See zwischen den Steinen tatsächlich existiert, dann muss er gewandert sein, wie mir auch Bricci bestätigte, als wir darüber sprachen. Und Bricci wusste mehr. Er hat herausgefunden, wohin der See unter der Erdoberfläche gewandert ist. Und zwar in ein Gebiet, das ungefähr vierzig Kilometer Luftlinie von hier entfernt liegt und sich innerhalb vulkanischer Berge befindet. Kannst du das bestätigen, Bricci?«

Der alte Mann nickte nur.

»Bene. Gut. Also weiter. Der See zwischen den Steinen muss zur Ruhe gekommen sein. In dem Landstrich, von dem ich sprach. Und dort befindet sich ein Haus, eine Schule, ein Internat. Mädchen werden dort ausgebildet. Sie bekommen einen normalen schulischen und einen tänzerischen Unterricht. Meine Tochter ist auch in diesem Internat. Sie schwebt in höchster Gefahr, wenn Sie verstehen.«

Ich lächelte knapp. »Das glaube ich Ihnen sogar, Bergamo. Aber wäre es für Sie nicht ein Leichtes, Ihre Tochter aus der Schule zu holen? Sie brauchen doch nur ein paar Männer loszuschicken.«

Er winkte barsch ab. »Natürlich, das ist alles richtig. Nur will ich die Gefahr gebremst sehen, das ist es. Der See zwischen den Steinen soll nicht mehr weiterwandern können. Die Entfernung zu Palermo ist gering. Und dann schweben Tausende von Menschen in höchster Lebensgefahr. Eine Stadt würde zerstört werden. Die Menschen würden vielleicht Diener eines schrecklichen Götzen werden. Ich weiß von meinem Freund Logan Costello, dass es Dinge gibt, die man verstandesmäßig kaum erfassen kann, obwohl sie existieren. Dazu zähle ich auch diesen See. Sie sind deswegen gekommen, aber holen Sie auch meine Tochter heraus!«

»Sie trauen uns viel zu«, sagte Suko.

»Das macht Ihr Ruf. Er ist bis nach Sizilien vorgedrungen. Und haben Sie nicht schon in unserem Land einen Fall gelöst?«

»Das stimmt«, gab ich ihm Recht.

»Dann lösen Sie diesen hier auch!« Bergamo schlug mit der Faust auf den Tisch. »Und jetzt werden wir etwas trinken. Was meinen Sie?«

Ich hatte wirklich Durst und nahm den Fruchtsaft gern an.

Als wir die Gläser in den Händen hielten, saßen wir wie Geschäftsleute in einer Sitzecke zusammen und redeten über den Fall. Bei mir war es ein Novum, mit einem Mafiaboss so lässig zu plaudern.

»Können wir dann Einzelheiten besprechen?«, wandte ich mich an Luigi Bergamo.

Der Capo nickte. »Selbstverständlich«, erwiderte er, drückte auf einen Knopf unter dem Tisch, und ein Butler in weißer Livree erschien. »Die Unterlagen!«

Der Knabe verschwand. Er kehrte wenig später mit einem Aktenordner zurück und legte ihn auf den Tisch zwischen uns. Bergamo nickte und drapierte seine Hand auf die Unterlagen.

»Lesen Sie sie in Ruhe durch und sagen mir anschließend, was Sie benötigen. Ihnen steht zur Verfügung, was Sie brauchen. Nur – holen Sie meine Tochter zurück!« Er schaute uns jetzt scharf aus seinen gletscherkalten Augen an. »Sollten Sie es nicht schaffen, werden Sie in Siziliens Erde begraben. Mein Wort darauf!«

Das heiße Wasser jagte aus den Duschtassen, strömte auf die nackten Körper der Mädchen und produzierte mächtige Dampfwolken, in denen sie sich regelrecht versteckten. Durch das Prasseln waren hin und wieder die hellen Stimmen der Schülerinnen zu hören. Sie klangen allerdings nicht so lustig wie an den übrigen Tagen. Das Verschwinden von Franca Mundi hatte doch seine Schatten hinterlassen.

Carla Bergamo beeilte sich. Sie war sonst immer eine der Letzten beim Duschen, doch an diesem Tag hatte sie es eilig.

Wenn die anderen Mittagsruhe hielten, um sich für den am Nachmittag folgenden Unterricht vorzubereiten, wollte sie auf Entdeckungsreise gehen. Sie war zwischendurch in der kleinen Werkstatt gewesen, hatte sich eine Taschenlampe besorgt und einen Dietrich, mit dem man normale Schlösser öffnen konnte. Die Türen, die ihr bisher in diesem Hause verschlossen geblieben waren, wollte sie nun öffnen.

Die frische Kleidung lag bereit. Eine helle Leinenhose,

ein rotes T-Shirt und Turnschuhe, in denen sie fast lautlos laufen konnte.

Das war vor allen Dingen wichtig, denn niemand sollte sie hören, wenn sie durch die Gänge schlich.

Ohne dass die anderen es bemerkten, verdrückte sich Carla Bergamo. Sie schlüpfte aus dem Duschraum, lief den langen Gang entlang und wandte sich der Küche zu, um dort noch einen Blick hineinzuwerfen. Die beiden großen Spülmaschinen liefen. Zwei Frauen in hellblauen Kitteln standen daneben und räumten schon gesäubertes Geschirr in die Regale.

»Ist Maria nicht da?«, fragte Carla.

»Nein, sie ist weg.«

»Danke, das wollte ich nur wissen.« Carla lächelte befreit. Gut, dass sie die zweite Sicherung eingebaut hatte. Diese Elena Propow sollte sich wundern.

Von der Küche aus gab es einen Verbindungsgang zum Keller. Er war nicht sehr lang. An seinem Ende führten ein paar Stufen auf das Niveau hinunter, auf dem auch die Kellertür lag.

Das Mädchen huschte hinunter, fand die normale Kellertür offen und stand schon in einem Gewölbe. Hier unten gab es elektrisches Licht. Sie benötigte deshalb die Taschenlampe im Moment nicht. Carla schaute sich vorsichtig um.

Keine der Schülerinnen ging gern in den Keller. Allen war er unheimlich. Vielleicht lag es an den dicken Mauern, die immer feucht glänzten. Auch fielen hin und wieder dicke Wassertropfen von der Decke, die auf dem Boden nasse Flecken hinterließen.

Der Keller diente als Warenlager. Die Schule hatte reichlich eingekauft. Da waren Regale voller Konserven. In verschlossenen Paketen lag neue Bettwäsche. Zwei große Kühltruhen standen hier, und hinter unzähligen Gläsern schimmerte Eingemachtes.

Carla Bergamo wusste, wohin sie sich zu wenden hatte. Sie verließ den normalen Keller und blieb vor einer schmalen Holztür stehen, die zu dem Trakt führte, der zum verbotenen Areal gehörte.

Carla hatte Herzklopfen, als sie vor der Tür stehen blieb. Sie schluckte ein paarmal, horchte, ob auch niemand kam, nahm den Dietrich in die rechte und die Taschenlampe in die linke Hand, um das Schloss anzuleuchten. Die elektrische Beleuchtung hatte sie kurz zuvor ausgeschaltet.

Das Metall schimmerte nicht, da es starken Rost angesetzt hatte. Dann schob sie den Dietrich in das Schloss und begann mit ihrer Arbeit.

Noch nie hatte Carla auf diese Art ein Schloss geöffnet. Dementsprechend hatte sie Schwierigkeiten. Sie drehte den Diebshaken abwechselnd nach links, dann nach rechts, doch das Schloss schnappte nicht auf.

Zwischendurch legte sie kleine Pausen ein, auch, um sich den Schweiß von der Stirn zu wischen und zu lauschen. Sie hörte nichts. Carla Bergamo befand sich ganz allein in dem düsteren Keller.

Sie machte weiter.

Diesmal noch konzentrierter. Und dann geschah es. Das Türschloss sprang auf!

Carla atmete tief ein. Sie spürte, wie es ihr kalt den Rücken hinabrann. So dicht vor dem Ziel bekam sie starkes Herzklopfen, und sie fragte sich, was wohl hinter der Tür liegen würde.

Die Klinke hatte zwar Rost angesetzt, dennoch ließ sie sich nach unten drücken. Sie ächzte förmlich, und die Tür schrammte mit dem Unterteil über den Boden, als Carla Bergamo sie schließlich aufzog.

Sie zuckte zusammen, als sie das Geräusch hörte, schloss sekundenlang die Augen, und als sie sie wieder geöffnet hatte, war der Weg frei.

Endlich!

Man hatte den Mädchen sicherlich nicht ohne Grund verboten, diesen Trakt des Kellers zu betreten, aber sie wollte Gewissheit haben. Zudem hatten sie die Worte der Propow neugierig gemacht.

Die Tür war von ihr so weit aufgestoßen worden, dass sie hindurchschlüpfen konnte. Sie rechnete damit, in die wattige Schwärze eines dunklen Kellers hineinzustoßen, sah sich aber getäuscht, denn aus dem hinter der Tür liegenden Raum leuchtete ein seltsames Licht.

Es schimmerte bläulich weiß.

Sehr seltsam war das alles …

Carla überlegte, was sich in dem Gang befinden konnte. Mit eingezogenem Kopf und beinahe lautlos ging sie die ersten Schritte, ließ die Tür hinter sich offen und schaute erst jetzt nach vorn.

Vor ihr lag ein Gang!

Aber was für einer.

Weit, unendlich weit schien er sich in den Keller hineinzuschieben. Wenn sie ihn entlangblickte, hatte sie das Gefühl, eine von milchigem Licht erfüllte Röhre würde bis in die Unendlichkeit vorstoßen. So etwas hatte Carla noch nicht gesehen. Der Gang war tatsächlich eine Röhre. Wände, Decke und Boden waren rund.

Wie war so etwas möglich?

Das fragte sich Carla, bevor sie sich in Bewegung setzte und die ersten Schritte ging.

Plötzlich hörte sie Stimmen. Es war ein fernes Wispern, ein leises Raunen und eine Verlockung zugleich.

»Komm zu uns, Carla, komm, wir erwarten dich! Die Gorgosen sollen stärker werden. Du gehörst zu ihnen, unsere Zeit ist reif. Wir werden zurückkommen.«

Das Mädchen erschrak zutiefst. Es duckte sich zusammen, zog die Schultern ein, legte trotzdem den Kopf in den Nacken und blickte in die Runde.

Sie sah nur die Wände der Röhre und dieses seltsame Licht, das auch von der Decke fiel. Menschen konnte sie nicht entdecken, dennoch hatte sie die Stimmen gehört. Sie waren keine Täuschung gewesen. Demnach mussten sich die Sprecherinnen hier versteckt halten.

»Wo seid ihr?« Flüsternd drangen die drei Worte über die Lippen der Carla Bergamo, und sie erhielt auch Antwort.

»Hier, hier, hier!«

Von allen Seiten drangen dieses Zischen, Flüstern und Wispern auf sie ein. Immer wieder vernahm sie die Worte. Lauter und lauter wurden sie, sodass Carla sie schon nicht mehr mit anhören konnte, ihre Arme hob und die Handballen gegen die Ohren presste.

Sie blieb nicht auf dem Fleck stehen, sondern taumelte tiefer in den Gang hinein und wurde von den wispernden Stimmen weiterhin begleitet.

Irgendwann geriet sie aus der ursprünglichen Richtung, trudelte nach links und berührte die Wand.

Für einen Moment erschrak sie. Es war, als wäre sie gegen ein Federbett gefallen, so weich und nachgiebig war die Wand. Dann drehte sie sich wieder, ließ die Hände sinken, schaute nach vorn und sah einen Schatten.

Im ersten Augenblick glaubte sie an eine Täuschung.

Der Schatten schwang näher, und er sah so aus, als würde er an einem Seil von der Decke herabhängen.

Plötzlich sah sie, dass es sich bei ihm um einen Menschen handelte – um eine Frau.

Eine erhängte Frau.

Maria, die Küchenhilfe!

Carla Bergamo schrie, was ihre Kehle hergab. Sie konnte und wollte sich überhaupt nicht beruhigen. Dieser Schock, der sie da getroffen hatte, saß zu tief.

Die Schreie klangen seltsam dumpf, als würden sie von einer Wattewand gedämpft oder verschluckt werden.

Carla konnte sich einfach nicht beruhigen. Sie starrte die Gehenkte an, die vor ihr pendelte.

Das Gesicht hatte einen seltsamen Ausdruck angenommen. Es war bleich und blass, zudem schimmerte es bläulich. Der Mund stand offen, wie zum letzten Schrei.

Für Carla brach eine Welt zusammen. Das Mädchen konnte sich nicht mehr halten. Die Knie wurden ihr weich, sie verlor den direkten Kontakt mit dem Boden und fiel hin.

Genau über ihr schwebte die Gehenkte. Und sie hörte wieder die Stimmen. »Wir freuen uns, dass du gekommen bist, Kleine. Wir freuen uns wirklich. Schau nach unten, dann kannst du uns sehen.«

Carla hörte die Worte zwar, dachte aber nicht darüber nach. Ihr fehlte einfach das Auffassungsvermögen. Sie war nicht in der Lage, irgendetwas zu unternehmen, stierte auf den Boden und entdeckte plötzlich, dass er sich bewegte.

Unter der Fläche tat sich etwas.

Schlieren hatten sich gebildet, die hin- und herwanderten. Erst jetzt wurde Carla klar, dass sie sich auf einem durchsichtigen Glasboden befand.

Wo schaute sie hin?

Carla hatte die Hände sinken lassen. Sie stützte sich auf dem Boden ab, ihre Augen waren so groß, als wollten sie aus den Höhlen quellen. Nein, da waren nicht nur Schlieren, etwas anderes entdeckte sie ebenfalls, etwas furchtbar Grauenvolles, denn was da dicht unter dem Boden herschwebte, waren wie Glas wirkende Körper.

Menschliche Körper.

Gesichter schauten zu ihr hoch.

Junge Gesichter – Mädchengesichter.

Und eines kannte sie genau.

Es gehörte Franca Mundi!

Fast den halben Nachmittag hatten wir geredet, bevor wir uns auf einen Plan einigten. Dem unwegsamen Gelände wollten wir uns von der See her nähern.

Suko war auf die Idee gekommen, nachdem wir uns die Karte genau angeschaut hatten. Ja, von der Seeseite hatten wir gute Chancen, das Internat unbemerkt zu erreichen.

Allerdings ließen wir die Warnungen des Capo nicht außer Acht. Er kannte das Gelände ebenso wie die Schule. Auch die Küste war ihm nicht unbekannt. Sie war zwar leicht anzufahren und hatte einen Sandstrand, aber das zum Meer hinführende, rückwärtige Gelände des Schulgrundstücks wurde von Kameras überwacht. Ihnen durften wir uns nicht zeigen.

Zum Hafen wurden wir gebracht, und man stellte uns ein Boot zur Verfügung, nach dem sich so mancher Seelord die Finger geleckt hätte. Ein Werk des großen italienischen Bootsbauers Riva. Schnittig, schnell, vom Styling her atemberaubend. Man sah die Hand des Meisters.

Der internationale Jet-Set kaufte bei Riva ein und bezahlte für diesen Luxus nicht zu knapp.

So gut auch alles organisiert war, nichts konnte verdecken, dass wir unter Erfolgszwang standen und in einer Falle steckten. Es war eine gewaltige Falle; die Riesenhand des Mafioso schwebte als gefährliche Kralle über uns und würde erbarmungslos zuschlagen, wenn wir versagten und ihm seine Tochter nicht herbeischafften.

Ein Bild der Carla Bergamo hatten wir ebenfalls erhalten. Die Kleine war leidlich hübsch. Bei ihr fielen besonders die dunklen Augen in dem ansonsten schmalen Gesicht auf.

Schwierigkeiten mit dem schnittigen Kahn hatten wir nicht. Er gehörte zu der kleineren Kategorie der Riva-Erzeugnisse. Wir konnten dafür wegen des geringen Tiefgangs dicht an den Strand fahren.

Suko spielte den Kapitän. Auf seinen Lippen lag ein glückliches Lächeln, als er den schützenden Hafen verließ und wir die offene Bucht ansteuerten.

Natürlich war der schnittige Flitzer mit Funk ausgerüstet. Auf dem Dach des Steuerstandes wippte eine blitzende Antenne. Manchmal drückte sie der Wind wie einen Bogen durch.

Ich hielt mich am Heck auf. Mehrmals hatte ich bereits meine Waffen überprüft und war zufrieden. Das konnten wir auch mit der See sein. Sie lag ruhig vor uns. Am Himmel stand nach wie vor die Sonne, jedoch neigte sie sich bereits stark gen Westen.

Stolz sahen die großen Schiffe aus, die den Hafen von Palermo anliefen. Gegen sie fühlten wir uns unendlich klein.

Bergamo meldete sich ziemlich schnell. Ich stand neben Suko und hielt den Hörer des Funktelefons, während vor uns die helle Bugwelle hochschäumte und Spritzer gegen die Sichtscheibe klatschten.

»Alles klar, Sinclair?«

»Soweit ja.«

»Ich habe immer noch keine Nachricht von meiner Tochter. Seit dem Anruf ist die Leitung tot.«

Das hatte er uns bereits ein paar Mal gesagt. Dieser verstümmelte Hilferuf seiner Tochter hatte den Mafioso ziemlich aus dem Konzept gebracht. Er, der wirklich harte Kämpfe gewohnt war, wusste nicht so recht, wie er sich verhalten sollte. Andere Probleme löste oder ließ er mit der Waffe lösen. In diesem Fall hatte der Capo Furcht, denn es spielten Dinge mit, die er verstandesmäßig nicht erfassen konnte. Da nutzte keine Maschinenpistole. Auf diese Art und Weise konnte er seine Tochter nicht zurückholen.

Dafür hatte er uns.

Ich muss ehrlich zugeben, dass mir die Sache nicht gefiel. Es gab da mehrere Gründe.

Erstens arbeite ich nunmal nicht gern für einen Mafiaboss, und zweitens kannte ich die Gefährlichkeit der gläsernen Dämonenmagie. Ich glaubte nicht daran, dass Carla eine Chance hatte, wenn sie in den tödlichen Kreislauf hineingeraten war.

Sie würde vernichtet werden.

Was dann geschah, daran wagte ich kaum zu denken. Die Killer des Capo würden uns hetzen, wobei es auf der ganzen Insel wohl keinen Fleck gab, wo wir vor ihnen sicher waren.

Nein, zu beneiden waren wir nicht. Wenn Suko auch lächelnd am Steuer stand und die Fahrt mehr genoss als ich.

»Haben Sie uns auch alles mitgeteilt?«, erkundigte ich mich noch einmal.

»Ja.«

»Die Leiterin der Schule – kennen Sie die persönlich?«

»Natürlich. Ich musste meine Zustimmung geben. Sie ist eine Halbrussin. Man sagt, dass die Propow strenger als der Kommandeur einer Eliteeinheit von Soldaten ist.«

Ich lachte leise. »Vielleicht muss sie das auch. Oder wollten Sie zwanzig Mädchen hüten?«

»Nein, nur das nicht.«

»Wir melden uns wieder«, erklärte ich, denn ich hatte keine Lust, mich mit dem Killerboss länger als nötig zu unterhalten.

Wir blieben in Sichtweite der zerklüfteten Felsenküste. Sie lag links von uns.

Hohe Felsen schimmerten zur Wasserseite hin fast weiß. Gischt sprühte in langen Fontänen an dem Gestein hoch. Strand sahen wir nicht.

Das änderte sich sehr bald, als die Landschaft an der Küste wechselte.

Die schroffen Felsen verschwanden. Der Strand nahm eine gewisse Breite ein. Erste Urlauber sonnten sich. Boote dümpelten auf dem Wasser. Die Wellen rollten sanft auf dem flachen Sandstrand aus.

Statt nacktem Fels bot sich unseren Augen eine fast lieblich zu nennende Hügellandschaft. Die einzelnen Erhebungen waren bewaldet. Das dunkle Grün der Bäume stand im Kontrast zur Farbe des Strandes. Hin und wieder entdeckten wir Häuser, seltener eine Kirche.

Ich schaute auf die Karte. Sie war sehr gut. Jede Bucht konnten wir mit dem Original vergleichen, und ich nickte ein paarmal, was Suko auffiel, und er fragte: »Hast du was, John?«

»Ja, wir müssen gleich da sein.«

»Soll ich mit dem Tempo runter?«

»Noch nicht.«

Ich hoffte, dass man unsere Ankunft nicht bemerkte. Trotz elektronischer Überwachung. Von Bergamo wussten wir, dass die Mädchen keinen freien Nachmittag hatten, sich also nicht am Strand aufhielten.

Es gab einen ins Meer führenden Anlegesteg. Er befand sich in einem günstigen Winkel zum Haus, sodass er von dem Gebäude nur schlecht eingesehen werden konnte. Vielleicht gelangten wir ja unbemerkt in das Internat.

Die Surfer sahen wir nicht mehr. Auch die Segler waren zurückgeblieben. Wir näherten uns dem Ufer.

Schließlich tat sich am Ufer eine große Bucht auf. Sie erinnerte mich an ein gewaltiges Maul, in das wir hineinfuhren. Allerdings verschwanden wir nicht in einem dunklen Schlund, sondern fuhren auf direktem Kurs dem Strand entgegen.

Mit dem Fernglas suchte ich die Küste ab.

Ja, das Haus war deutlich zu sehen.

Selbst auf diese Entfernung wirkte es düster. Nur graue Mauern, kein freundliches Weiß, keine hellen Farben. Davor lag der große Garten. Zum Strand hin fiel er leicht ab. Palmen und Pinien wuchsen dort und bildeten ein dichtes, schon waldreich zu nennendes Gebiet.

Ich sah den Steg auf der Backbordseite. Meinem Freund Suko gab ich die entsprechenden Kursänderungen durch, die er prompt ausführte.

Beide drückten wir uns die Daumen. Das Fernglas war so gut, dass ich auch die Fenster hatte näher heranholen können. Bewegungen hinter den Scheiben konnte ich nicht feststellen. Deshalb hoffte ich, dass man uns nicht entdeckte.

»Wie sieht es aus?«, fragte Suko.

Ich ließ das Glas sinken. »Ziemlich günstig. Fahr mal an den Steg.«

»Okay.«

Ich verließ den Ruderstand und begab mich zum Heck des Bootes, wo die Leinen lagen. Man hatte sie sorgfältig aufgerollt. Ich hoffte, das Boot gleich nach dem ersten Wurf festmachen zu können.

Mit irgendwelchen Strudeln oder gefährlichen Klippen, die dicht unter der Wasserfläche lagen, brauchten wir nicht zu rechnen. Das hatten wir erfahren.

Wir näherten uns dem Steg. Er lag ziemlich hoch. Von den Wellen wurde er nicht überspült, wenn sich das Meer normal wie jetzt zeigte.

In einem schrägen Winkel fuhren wir den Steg an. Mit dem Tau in der Hand fühlte ich mich wie ein Cowboy, der einen Stier einfangen will. Nur dass sich mein Ziel nicht bewegte.

»Achtung, John!«, vernahm ich Sukos Stimme.

Ich schleuderte das Tau und sprang auf den Steg. Das Tau legte ich halb um den Poller, zog das Boot näher und machte es fest. Die Gummireifen zwischen Boot und Steg glichen die Schwankungen des Bootes aus.

Unsere Waffen hatten wir natürlich mit von Bord

genommen. Ich trug unter anderem meinen Bumerang, denn ich hatte nicht vergessen, was er mir in London für Dienste gegen die gläsernen Monster geleistet hatte.

Inzwischen hatte sich die Sonne im Westen versteckt. Erste Schatten lagen über dem Garten. Sie wirkten durchsichtig wie getöntes Glas.

Der Sand war weich und speicherte noch die Wärme des Tages. Eine Strandhütte sahen wir ebenfalls. Sie war zum Wasser hin offen und hatte ein Dach aus Stroh.

In dieser Hütte suchten wir erst einmal Schutz.

»Ob wir wirklich unbemerkt geblieben sind?«, fragte Suko und schaute skeptisch.

Ich zuckte mit den Schultern.

Da die Sicht zum Haus hin durch die Hüttenwand verdeckt war, verließen wir den Unterstand. Unsere Blicke glitten zum Haus. Es lag ruhig.

»Da rührt sich nichts«, sagte ich und drehte mich, um Suko anzuschauen.

Der hatte für mich keinen Blick. Er stand da, schüttelte den Kopf und starrte gleichzeitig zu Boden.

»Was hast du?«, fragte ich ihn.

»Verdammt, John, mir kommt der Sand spanisch vor.«

»Sag lieber italienisch.«

»Meinetwegen auch das. Aber sieh ihn dir mal an. Ich habe so ein komisches Gefühl.«

Ich wollte Suko den Gefallen tun, bückte mich und stoppte in der Bewegung.

Mein Freund und Partner hatte Recht. Mit dem Sand stimmte etwas nicht. Er war nicht mehr so feinkörnig. Zudem befand er sich in Bewegung. Nun liegt der Sand eines Strandes nie still, allein der Wind sorgt schon dafür. Diese Bewegungen allerdings waren andere. An bestimmten Stellen und nie sehr weit voneinander entfernt, klumpte der Sand zusammen und bildete regelrechte Stücke oder Kugeln, die nicht mehr wie Sand schimmerten, sondern wie Glas.

Das genau war es. Und mit Glas hatten wir unsere Erfahrungen gemacht. Noch unternahmen wir nichts, standen nur da und schauten zu Boden.

Von unten her schien er bewegt zu werden. Als gäbe es dort für uns nicht sichtbare Hände, die ihn zusammenklumpten und ihn dann an die Oberfläche schoben.

Das allerdings geschah nicht nur in unserer unmittelbaren Nähe, sondern am gesamten Strand.

Hier tat sich etwas.

»Bricci hat Recht«, sagte Suko leise. »Dieses unterirdische Grauen wandert tatsächlich und hat jetzt den Strand erreicht.«

Die Klumpen wurden größer. Als sie ihre vorgesehene Größe erreicht hatten, veränderten sie ihr Aussehen. Waren sie zuvor noch sandig beige gewesen, so schmolzen die Körper plötzlich zusammen, sodass sie zu gläsernen Kugeln wurden.

Ich dachte an die Geschehnisse in London. Wenn ich diese unheimlichen Vorgänge beobachtete, wurde ich wieder daran erinnert.

Hart musste ich schlucken.

Auch hier begegnete uns das gläserne Grauen, und hier am Strand hatte es vielleicht seinen Ursprung gehabt.

Ich atmete tief ein. Schweiß perlte auf meiner Stirn. Ein paarmal musste ich schlucken. Mein Blick wanderte, und ich erkannte, dass überall auf dem Strand das Gleiche geschah.

Auch direkt vor meinen Fußspitzen bildete sich eine Kugel. Ich sah es nicht nur, ich hörte es auch. Wenn sich der Sand veränderte und aus der Kugel ein Glasklumpen wurde, dann knackte und knirschte es, als würde das Glas jetzt schon brechen.

Suko war ein paar Schritte zur Seite gegangen. Er schlug vor: »Wir sollten den Strand verlassen, John.«

»Weshalb?«

»Der Boden verändert sich auch.«

Ich war so von dem unheimlichen Phänomen gefangen gewesen, dass ich darauf nicht geachtet hatte. Jetzt konzentrierte ich mich darauf und musste Suko Recht geben.

Der Untergrund hatte sich verändert. Er war härter geworden, und als ich die ersten Schritte in Richtung

Haus ging, hörte ich unter meinen Schuhsohlen ein bekanntes Geräusch. Knirschen …

Für mich endgültig ein Beweis, dass der Boden allmählich verglaste. Ich dachte schon weiter. Würde diese Verglasung am Strand stoppen oder sich ausbreiten?

Letzteres wäre fatal gewesen, und plötzlich drängte die Zeit. Wenn wir sahen, dass die magische Verglasung fortschritt, mussten wir die Mädchen aus der Schule holen.

Es würde hart werden, und um diese Aufgabe waren wir wohl beide nicht zu beneiden.

In Deckung der ersten bis dicht an den Strand heranwachsenden Palmen blieben wir stehen. Unser Blick fiel auf den vor uns liegenden Strand, und im nächsten Augenblick sahen wir etwas Unheimliches.

Die kleine Hütte stand nicht mehr still. Zuerst zitterte sie nur, und dieses Zittern pflanzte sich vom Boden aus fort, bis es das Dach erreicht hatte. Es wurde stärker. Die gesamte Strandhütte vibrierte plötzlich heftig. Die vier Stäbe, die sie hielten, sanken in den veränderten Boden und wurden von ihm verschlungen.

Dies geschah mit einer gewissen Lautlosigkeit, die uns erschreckte. Als die Hütte bis zur Hälfte eingesunken war, wurde sie von einem regelrechten Stoß erschüttert, sodass das provisorische Dach herabfiel.

Es blieb für einen Moment auf dem Strand liegen und sank dann allmählich ein.

Nicht nur Suko war leicht blass geworden, auch meine Gesichtsfarbe hatte sich in diese Richtung verändert.

»Gut, dass wir hier stehen«, flüsterte der Inspektor.

»Wobei ich hoffe, dass sich die Verglasung nicht noch weiter ausbreitet.«

»Dann drück uns mal die Daumen.«

»Das tue ich schon die ganze Zeit.«

Wir schauten weiter. Der Strand kam uns wie ein gefräßiges Untier vor. Sand war kaum noch zu sehen. Vor uns lag eine gläserne, leicht durchsichtige Fläche.

Dicht unter ihrer Oberfläche schimmerte die eingesunkene und halb zerstörte Strandhütte.

Etwas anderes sahen wir nicht. Keine Spur irgendwelcher kristalliner Lebewesen unter dem Glas, aber wir stellten fest, dass die Veränderung nicht zur Ruhe kam.

Sie breitete sich aus.

Zunächst auf der gesamten Strandbreite, und sie würde auch unsere Richtung nicht verschonen.

Ich hatte keine Lust, hier noch länger stehen zu bleiben. Suko erging es ähnlich. Er stieß mich an und nickte mir zu. »Los, John, wir gehen zum Haus!«

»Und müssen die Mädchen herausholen.«

Mein Freund nickte. »Wird uns wohl nichts anderes übrig bleiben.«

Da das Gelände vor uns anstieg und zudem mit Wald und dichten Büschen bedeckt war, konnten wir von dem Haus nichts mehr erkennen. Das dicht wachsende Grün nahm uns die Sicht. Wir suchten nach einem Weg, fanden ihn auch und sahen vor uns einen schmalen Pfad, der sicherlich erst am Haus zu Ende war.

Wir betraten den Pfad, blieben nach ein paar Schritten stehen und schauten zurück.

Zitterten nicht schon die ersten Stämme der Palmen?

Mir rann es kalt den Rücken hinab. Mein Blick glitt zu Boden, und ich stellte mit Erschrecken fest, dass sich der gläserne Untergrund weiterhin ausbreitete.

Die Magie stoppte nicht.

Sie war unheimlich und erschreckend lautlos. Und ich wusste kein Mittel, um gegen sie vorzugehen.

Nachdem die Sonne untergegangen war, wurde es rasch kälter.

Dieser kleine Teil der Welt veränderte sich. Die uralte Gorgosen-Magie war gewandert.

Hatte sie ihren Endpunkt gefunden?

Wir mussten höher hinauf. Der Pfad war ziemlich schmal. Manchmal führte er steil in die Höhe. Wir atmeten durch den offenen Mund. Zweige streiften uns, und plötzlich hatte ich das Gefühl, es zwischen den Zähnen knirschen zu hören.

Sofort blieb ich stehen.

Suko, der meinen Rücken deckte, tat einen großen

Schritt und wäre fast gegen mich gelaufen. »Was hast du, John?«

Ich hob die Schultern und schaute gegen die dicht stehenden Bäume, deren Zweige sich im Wind bewegten. »Das kann ich dir nicht recht sagen, Suko, aber ich hatte das Gefühl, auf Glaskrümel zu beißen.«

Der Inspektor erwiderte nichts. Er lächelte auch nicht. Dazu war die Lage viel zu ernst. Er hob jedoch die Hand und führte sie langsam durch die Luft.

Ich wusste genau, was er mit diesem Test bezweckte. Er versuchte, an seiner Haut irgendwelche Berührungen zu spüren. Wenn es Fäden waren, dann würden sie sacht über die Härchen auf Sukos Handrücken streichen.

Einige Sekunden vergingen. Keiner von uns sprach. Wir standen in einer fast bedrückenden Stille, wobei ich das Anrollen der Wellen gegen den Strand nicht mehr registrierte.

Dann nickte Suko. »Du hast Recht, John, da ist etwas. Fäden, so dünn, dass man sie nicht sieht.«

»Die unter Umständen dicker werden.«

»Damit müssen wir rechnen.«

Ich schüttelte mich, und als Suko nickte, ging ich weiter. Dabei achtete ich jetzt bewusst auf gewisse Berührungen und zuckte zusammen, als etwas seidenweich über meine Stirn glitt.

Wieder blieb ich stehen, hob die Hand in Kopfhöhe und griff ungefähr dort zu, wo ich die Berührung verspürt hatte.

Ich bewegte meine Hand von rechts nach links und stellte fest, dass etwas in den Ballen schnitt.

Rasch öffnete ich die Faust.

Hauchdünn war der Blutstreifen auf meinem Handballen. Mich packte tatsächlich das Entsetzen.

Was da fast unsichtbar in der Luft schwebte, das konnte man mit gutem Gewissen als Glasfäden bezeichnen, die eine gewisse Widerstandsfähigkeit aufwiesen.

Sie waren scharf.

Und wenn sie dicker wurden, glichen sie sicherlich gefährlichen Messern, die uns verletzen konnten.

»Zum Haus!«, drängte ich.

Den weiteren Weg legten wir beide ein wenig geduckt gehend zurück. Dabei hatten wir unsere Arme angewinkelt und hielten sie in Gesichtshöhe, sodass eventuelle Glasfäden zuerst in unsere Kleidung schnitten und nicht in die Haut.

Zum Glück brauchten wir nicht mehr so steil hochzusteigen. Das Gelände wurde jetzt flacher. Unter unseren Füßen befand sich manchmal Rasen. Der Wald öffnete sich. Wir sahen eine Wiese vor uns und blieben, wie vom Donner gerührt, stehen.

Überall auf der Wiese wuchsen weiße Kreuze!

Carla Bergamo erlebte das Grauen!

Sie kniete auf dem gläsernen Boden, stierte gegen die Unterlage und sah die Gesichter.

Mädchengesichter!

Franca Mundi hatte Augen und Mund aufgerissen. Der starre Blick des Todes richtete sich gegen die Augen des schaudernden Mädchens, und es sah auch den Körper der Freundin, der nicht mehr als menschlich zu bezeichnen war, denn er hatte eine seltsame Schlierenform, die ebenfalls gläsern wirkte.

»Franca!«, flüsterte Carla Bergamo erstickt. »Mein Gott, das darf nicht wahr sein.« Sie zuckte wieder hoch und stieß mit dem Kopf gegen die Füße der toten Maria.

Diese Berührung mit der Toten glich einem Stromstoß, der durch den Körper von Carla Bergamo schoss. Sie fürchtete sich plötzlich so sehr, dass sie zitterte und ihren gesamten Körper nicht mehr ruhig halten konnte.

Selbst die Zähne schlugen aufeinander, während sie auf dem Boden kniend zur Seite rutschte, um der schief in der Schlinge hängenden Frau zu entgehen.

Franca war wichtiger.

Sie schwebte unter dem Boden. Inmitten der anderen Toten glitt ihr Körper dahin, und in einer verrückt anmutenden Reaktion klopfte Carla hart gegen die Unterlage.

Franca hörte nicht oder konnte nicht hören. Sie reagierte jedenfalls nicht. Das Gesicht blieb seltsam starr und wirkte wie eingefroren.

Die Tochter des Mafioso hielt es nicht mehr aus. Sie schüttelte wild ihren Kopf. Ihre Haare flogen, während sie schrie: »Franca, bitte, melde dich endlich!«

Franca konnte nichts mehr sagen. Sie bewegte sich nur, wurde ein wenig höher geschoben, und ihr Gesicht stieß gegen die gläserne Unterlage. Der Druck presste die Nasenspitze nach innen, der Mund berührte ebenfalls das Glas und wurde dabei zu einem rötlichen Klumpen geformt.

Ein Horrorgesicht!

Carla schüttelte sich. Ein paarmal schluckte sie. Tränen quollen aus ihren Augen.

Die Angst ließ sie nicht mehr los, und tief in ihrem Unterbewusstsein formierte sich ein Gedanke.

Franca lebt nicht mehr. Sie ist tot. Vernichtet – ermordet! In diesem verdammten Tunnel, der hinter der Tür begann und in die Unendlichkeit hineinstieß.

Wie sehr bereute Carla Bergamo ihren Schritt. Wäre sie doch nur bei den anderen geblieben und hätte ihre Neugierde gezügelt. So aber musste sie mit dem Grauen fertig werden und damit rechnen, dass ihr das gleiche Schicksal widerfuhr.

Nein, das wollte sie nicht. Noch bestand die Chance, diesem geisterhaften Tunnel zu entfliehen.

Carla sprang hoch. Ihre Bewegungen wirkten nicht hölzern, sondern elastisch. Das Training machte sich bezahlt. Sie wollte zwar keinen Blick mehr auf die Tote werfen, doch sie sah die in der Schlinge hängende Maria und deren verdrehte Augen anklagend auf sich gerichtet.

Voller Panik schleuderte sie ihren Körper herum und brüllte vor Angst und Entsetzen, denn vor ihr stand jemand, der sie nicht mehr entkommen lassen würde.

Elena Propow!

Kreuze auf der Wiese!

Dazu in einer seltsam weißen, milchigen Farbe, wie ich sie noch nie gesehen hatte.

Es war schlimm, denn gerade in ihrer Schlichtheit erweckten die Kreuze einen gespenstischen Eindruck. Sie standen dicht an dicht, bildeten zwei Reihen und waren trotzdem noch versetzt aufgebaut, sodass es wie ein Irrgarten aussah.

In unserer langen Laufbahn hatten wir zahlreiche Friedhöfe gesehen. Neue, alte, verfluchte und normale. So ein Friedhof, wie er sich uns hier präsentierte, war uns noch nie begegnet, und wir begriffen ihn nicht. Das war auch Sukos Kopfschütteln zu entnehmen.

Leise fragte er: »Weißt du, John, was dieser Friedhof zu bedeuten hat?«

»Nein.«

Mehr sprachen wir vorerst nicht miteinander, denn wir schauten zu, wie die Wiese allmählich verschwand. Sie hatte ein sattes Grün gezeigt. Nun aber wurde die Farbe blasser. Das Gras wirkte auf uns grau und stumpf. Dabei jedoch blieb es nicht. Auch dieser Farbton verschwand. Er ging über in ein milchiges Weiß, das ein gläsernes Aussehen annahm.

Der Friedhof wurde zu Glas!

Jetzt standen die Kreuze nicht mehr auf dem Rasen, sondern auf einer Unterlage, wie wir sie vom Strand her kannten. Sie kippten nicht. Wie stumme Wärter hatten sie sich aufgebaut, den Betrachter mahnend und gleichzeitig erschreckend.

»Sollen wir rüber?«, fragte Suko.

»Wird uns wohl nichts anderes übrig bleiben!« Ich wollte sehen, was mit den Kreuzen los war. Wir konnten schließlich nicht immer den bequemen Weg gehen, sondern mussten einmal mit unseren Gegnern in eine direkte Konfrontation treten.

Das wollten wir jetzt.

Suko gab durch sein Nicken das Startzeichen. Gemeinsam setzten wir uns in Bewegung.

Noch war der Boden unter unseren Füßen normal beschaffen. Das änderte sich rasch, als wir den ersten Fuß auf den gläsernen Friedhof setzten.

Wir spürten die Härte, hörten allerdings kein Knirschen. Ein Beweis, dass weder Reste noch Splitter zwischen den unheimlich wirkenden Kreuzen lagen.

Es geschah nichts.

Wir betraten den kleinen Friedhof, ohne dass wir angegriffen wurden. Die Dämmerung senkte sich über das Land. Sie bildete große Schatten, die als Hauben nach unten schwebten, den Wald umflorten, verschleierten, aber die Helligkeit der Kreuze besser hervorhoben. Sie bildeten einen Kontrast zur allmählich dunkler werdenden Umwelt.

Etwa in der Mitte des Friedhofs blieb ich stehen. Suko verhielt ebenfalls seinen Schritt. Er stand schräg versetzt vor mir zwischen zwei Kreuzen.

Während mein Freund zu Boden schaute, hob ich den Blick und sah mir das Haus an.

Es stand auf dem Hügel und hatte von seiner düsteren Art nichts verloren. Nach wie vor wirkte es auf mich unfreundlich. Ich konnte mir kaum vorstellen, dass sich dort jemand wohl fühlte. Die Mädchen mussten in Depressionen verfallen, wenn sie jahrelang in diesem Bau ausharrten.

Die Scheiben der Fenster wirkten wie viereckige tote Augen. Was hinter den Mauern lauerte, wusste keiner von uns. Wir mussten es herausfinden.

Hinter mir hörte ich Suko reden. Er sprach leise und sagte: »John, ich habe die Kreuze einmal gezählt. Es sind genau zweiundzwanzig.«

»Und?«

»Fällt dir nichts auf?«

»Nein.«

»Denk an die Worte des Mafioso. Er hat doch von über zwanzig Mädchen gesprochen. Zwar weiß ich nicht die genaue Zahl, doch es könnte sein, dass sie mit der Anzahl der Kreuze übereinstimmt.«

Ich zuckte zusammen. »Verdammt, du kannst Recht haben.«

»Das glaube ich auch.«

Bisher hatte ich noch kein Kreuz berührt. Das wollte ich nun nachholen. Behutsam hob ich meine rechte Hand an, bewegte die Finger und drückte die Spitzen auf einen waagerecht verlaufenden Kreuzbalken.

Nein, das war kein Holz. Dieses Material fühlte sich anders an. Nur wusste ich selbst nicht genau, woraus die weißen Kreuze bestanden. Möglicherweise aus Glas oder einem ähnlichen Material, das ziemlich hart war.

Gläserne Kreuze auf einem unheimlichen Friedhof und aus einem fast gläsernen Boden wachsend.

Wo lag die Erklärung?

Sie musste mit Gorgos und dem See zwischen den Steinen zusammenhängen.

Ich senkte den Blick, schaute mir den Glasboden näher an und hatte das Gefühl, in eine grundlose Tiefe schauen zu können.

Bis zum Mittelpunkt der Erde ...

Allein der Gedanke daran ließ mich erzittern. Aber die Tiefe lag nicht ruhig vor mir. In ihr bewegte sich etwas. Zwar nicht direkt unter der Oberfläche, sondern tiefer und kaum zu erkennen. Ein gewaltiges Etwas, eine unheimliche Gestalt oder Wolke quoll und wölkte durch den Raum.

Im ersten Moment fiel mir der Vergleich mit dem Spuk ein, aber der war es nicht. Zudem schimmerte er nicht grau, sondern pechschwarz. Was ich jedoch unter mir sah, war grau.

Zudem wurde es größer. Ich machte Suko auf dieses Phänomen aufmerksam. Mein Partner nickte. Er hatte es auch gesehen.

Größer wurde es nicht, sondern stieg nur höher, deshalb die erste Täuschung bei mir.

Dann sah ich es besser.

Und erschrak.

Mir fielen die Worte des Londoner Polizisten wieder ein, der innerhalb der Kristalllösung des Öfteren ein Gesicht hatte schimmern sehen. Und solch ein Gesicht sah ich hier auch.

Es stieg der Oberfläche entgegen.

War das Gorgos? Sah ich nun diesen unheimlichen Kristalldämon vor mir? Einen der Großen Alten? Oder war ich einem gewaltigen Bluff aufgesessen? Mich erinnerte das flächige Gesicht unter dem Glas an eine riesige, fahlgraue Knetmasse.

Ich dachte dabei an einen anderen Dämon. An Kalifato. Auch von ihm hatte ich zuerst nur das Gesicht gesehen, bis ich seine ungeheure Grausamkeit kennen lernte.

Gorgos war ebenfalls schrecklich.

Wenn er die Menschen zu willenlosen, gläsernen Figuren umfunktionierte, die nur ihm gehorchten, dann war das ebenso schlimm wie das alles verschlingende Maul des Spinnenmonsters Kalifato.

Der graue Koloss unter mir kam zur Ruhe. Da wallte kein Nebel mehr, bewegten sich keine Schlieren. Die Magie hatte eine abwartende Haltung eingenommen.

»Es ist Ruhe«, sagte auch Suko.

»Die vor dem Sturm.«

Suko dachte ein wenig weiter. »Du musst ins Haus, John. Ich bleibe hier. Wir können dieses Gebiet hier nicht aus den Augen lassen.«

Zu zweit waren wir zwar stärker, aber Suko hatte Recht. Es wäre unverantwortlich gewesen, diesen unheimlichen Friedhof nicht mehr zu kontrollieren.

Ich stimmte meinem Partner zu.

»Dann geh und sieh zu, dass du die Mädchen aus dem Gebäude holst. Ich befürchte das Schlimmste.«

Das genau befürchtete ich auch …

Elena Propow stand vor ihr, und Carla wusste genau, dass sie ihre Feindin war.

Noch nie hatte das Mädchen für die Leiterin der Schule Sympathien empfunden, aber als Feindin hatte sie die Propow nicht angesehen. Bis zu dieser Minute.

Sie stand vor ihr wie eine Eins!

Noch immer trug sie das strenge Kostüm mit den eckigen Schulteransätzen. Sie wirkte dabei sehr breit.

Allerdings hatte sie eine schmale Taille, sodass ihr Oberkörper die Form eines Dreiecks aufwies. Aus dem Schalkragen lugte das Gesicht. Die Augen hatte sie ein wenig verengt, sodass die Blicke einen lauernden Ausdruck annahmen. Unter der schmalen Nase war der Mund noch geschlossen. Die beiden Lippen bildeten fast einen Strich.

Carla Bergamo hatte sich wieder gefangen. Das erste Entsetzen war überwunden.

Ihr Vater gehörte zu den mächtigsten Männern des Landes. Vielleicht war er sogar der Mächtigste, und um an die Spitze zu gelangen, braucht man nicht nur Raffinesse, sondern auch eine gehörige Portion Härte, Brutalität und Rücksichtslosigkeit.

Das hatte der alte Bergamo natürlich, und ein Teil dieser Veranlagung war übergegangen auf seine Tochter.

Carla Bergamo hatte trotz ihrer Angst die Kraft, um ihre gewisse Härte zu mobilisieren. Sie wollte nicht mehr das kleine Mädchen sein, das nur gehorchte.

Nein, sie würde kämpfen!

Carla schluckte. Ihr Gesicht veränderte sich. Steif wurden die Züge, die Augen verengten sich. Sie ballte die Hände zu Fäusten und sagte: »Geh mir aus dem Weg!«

Die Propow schüttelte den Kopf. »Nie, kleine Carla. Hier bin ich die Stärkere. Ich hatte dich gewarnt, du hast nicht auf mich gehört. Jetzt musst du die Folgen tragen!«

»Hau ab, du Mörderin!«

Da lachte die Propow. »Hast du das deinem Vater auch schon ins Gesicht gesagt?«

Carla ließ sich nicht beirren. Sie stand nicht eben auf der Seite ihres Erzeugers. In diesem Falle jedoch spürte sie ein Zusammengehörigkeitsgefühl, und das sagte sie dieser Propow auch.

»Mein Vater ist kein Vorbild, weiß Gott, aber mit der Sache hier hat er nichts zu tun. Dafür bist du allein verantwortlich. Ich weiß nicht, was du hier treibst und mit welchen schrecklichen Mächten du hier zusammenarbeitest, aber mich kriegst du nicht. Ich werde diesen Tunnel verlassen. Geh mir aus dem Weg!«

»Nein!«

Carla Bergamo wusste nun, dass Worte nichts mehr halfen. Sie musste zu anderen Methoden greifen. Und wenn Worte nichts mehr nützten, gab es nur noch die Gewalt.

Die setzte sie auch ein!

Der Angriff wirkte im ersten Augenblick tänzerisch, als Carla ihr rechtes Bein in die Höhe schwang. Sie wollte jedoch keinen Turnschritt ausprobieren, sondern das Gesicht der Frau treffen.

Das schaffte sie.

Sie hörte sogar das Klatschen, als die Sohle des Turnschuhs unter das Kinn hieb. Die Frau wurde zurückgeworfen. Sie ruderte mit den Armen, hatte mit dem Gleichgewicht große Mühe. Sie stolperte, fand allerdings in derselben Sekunde wieder Halt und fing den nächsten Tritt des Mädchens mit beiden Händen ab.

Gedankenschnell schlangen sie sich um den rechten Knöchel der Carla Bergamo. Die Propow wuchtete den Fuß herum, und Carla hatte nicht die Geistesgegenwart ihrer Gegnerin.

Sie prallte zu Boden. Er war zum Glück nicht so hart, dämpfte den Fall, und das widerliche Weibsstück hinter Carla lachte auf.

»So entgehst du mir nicht, kleine Carla!«, zischte sie. »Ich werde dich vernichten, so wie ich auch die anderen vernichtet habe. Gorgos wartet, und du sollst eine Gorgose werden, das verspreche ich dir!« Während dieser Worte hatte sie sich nach vorn und auf Carla geworfen, wobei sie ein angewinkeltes Knie in den Rücken des Mädchens drückte.

Carla spürte den Schmerz. An einer empfindlichen Stelle war sie getroffen worden. Ohne dass sie es wollte, verließ ein Schrei ihre Kehle.

Die Propow lachte. »Ja, schrei nur!«, keuchte sie. »Schrei, denn dich hört hier niemand. Das ist sein Reich. Hier befiehlt er. Hier werden ihm Opfer dargebracht!«

Carla hörte die Worte der Frau. Allein, sie wollte sich nicht danach richten. Noch lebte sie, und sie hatte sich noch nie unterkriegen lassen. Deshalb gab sie auch nicht auf, versuchte sich auf der Erde abzustemmen, doch das Gewicht der Propow ließ es nicht zu. Je mehr Druck das Mädchen aufbrachte, umso stärker wurde der Gegendruck des Knies und damit auch der Schmerz.

»Du kleines Biest!«, tönte die Propow lachend. »Glaubst du eigentlich, dass du mich besiegen kannst?« Sie wuchtete ihre Arme nach vorn, die Hände packten die Schultern der Schülerin, griffen zu wie Zangen, und dann schüttelte die Propow sie durch.

Auch Carlas Kopf blieb nicht verschont. Die Propow setzte eine so große Kraft ein, dass er nach vorn gedrückt und gleichzeitig das Gesicht gegen die seltsame Nase am Boden gepresst wurde.

Carlas Laute erstickten.

Elena Propow war besessen von ihrem Hass. Sie dachte an nichts anderes mehr als an die Vernichtung des Mädchens und an das Opfer für ihren Dämon.

»Gorgos wird dich holen! Der Kristalldämon hat sein Ziel erreicht!«, keuchte sie. »Die lange Wanderung ist endlich vorbei. Endlich ...« Nach diesen Worten hörte das Schütteln auf.

Carla lag noch immer auf dem Boden, hob den Kopf und starrte nach vorn.

Dort tat sich etwas.

Bisher hatte sie unter der toten Maria oder an ihr vorbei in den Tunnel hineinschauen können. Er war ihr unendlich erschienen. Dies hatte sich geändert.

Carla sah ein Ende.

Darauf jedoch hätte sie verzichten können. Zuerst hielt sie es für eine Täuschung. Als sie beim zweiten Hinschauen die ganze Wahrheit erkannte, wurde ihr fast schlecht vor Angst.

Weit vor ihr wallte und bewegte sich eine graue, unheimlich wirkende Masse. Sie schob sich vor und verursachte dabei kein Geräusch. Lautlos glitt sie näher, breitete sich zu den Seiten hin und in die Höhe aus, sodass sie den Gang völlig ausfüllte.

Da gab es keinen Spalt mehr, durch den auch nur eine

Fliege hätte entwischen können, geschweige ein Mensch.

Das Grauen näherte sich mit einer erschreckenden Lautlosigkeit. Nicht einmal ein Schmatzen oder Schleifen war zu vernehmen. Carla Bergamo hatte das Gefühl, Nebel auf sich zuwallen zu sehen.

Es war kein Nebel.

Das erklärte ihr die Propow mit hasserfüllter Stimme. »Gorgos schickt seinen Vorboten!«, flüsterte sie. »Er wird dich vernichten und in seinen unmittelbaren Kreis ziehen. Gorgos entkommt niemand, auch du nicht, Carla Bergamo!«

Dann schlug sie ihr gegen den Kopf.

Carla hatte das Gefühl, von zahlreichen aufblitzenden Sternen umschwirrt zu werden. Sie bemerkte überhaupt nicht, dass sich die Propow von ihrem Rücken erhoben hatte. Zu sehr war Carla mit sich selbst beschäftigt und den heftigen Explosionen, die unter ihrer Schädeldecke stattfanden.

Bewusstlos wurde sie nicht. Der Schlag war nicht heftig genug geführt worden. Allerdings hatte er sie so lange außer Gefecht gesetzt, wie die Propow brauchte, um zu verschwinden.

Carla hörte ihre Schritte nicht. Sie war nur plötzlich weg und durch die Tür gehuscht.

Der Überlebenswille erwachte in Carla, so schmal und zerbrechlich sie auch wirkte. Doch wer sie jetzt schon aufgab, der hatte ihre Zähigkeit bei weitem unterschätzt.

Carla kämpfte. Und sie kämpfte sich hoch.

Erst jetzt nahm sie richtig wahr, dass es den Druck auf ihrem Rücken nicht mehr gab. Sie konnte sich wieder bewegen. Die Propow hatte sie freigegeben, und Carla tat das einzig Richtige.

Auf dem Absatz machte sie kehrt, rannte zur Tür, hieb beide Hände auf die Klinke und schluchzte verzweifelt auf, als sie feststellen musste, dass die Tür von außen verschlossen war.

Dieser Fluchtweg war zu.

Sie saß in der Falle!

Carla Bergamo drehte sich um. Jetzt waren ihre Bewegungen langsamer geworden. Die Erschöpfung breitete sich aus. Sie spürte die Schmerzen im Kopf wieder deutlicher, hob den Blick und richtete ihn nach vorn in den Tunnel hinein.

Ihr Gesicht verzerrte sich. Vertan die Chance, denn vor ihr wallte der lautlose Tod heran.

Es war nur eine Frage der Zeit, wann er sie erreichen würde …

Ich stürmte die Stufen hoch.

Wenig später stand ich vor der verschlossenen Haustür. Ein schräger Schatten fiel über die große Tür und erinnerte mich an einen dunklen Balken.

Ich schaute noch einmal zurück.

Zwischen den Kreuzen wirkte Suko wie eine makabre Gestalt. Sie verschwamm bereits in den graublauen Tüchern der Dämmerung. Er hatte meinen Blick allerdings bemerkt und hob die Hand zum Gruß.

Ich winkte kurz zurück. Dann kümmerte ich mich um den Eingang. Für eine Hintertür war sie ziemlich groß, und ich hoffte, dass ich sie geöffnet fand. Das war nicht der Fall. Allerdings sah mir das Schloss nicht gerade stabil aus. Ein gewisses Besteck trug ich stets bei mir, um es in bestimmten Notlagen einzusetzen. Das probierte ich auch hier.

Es war eine Sache von weniger als einer halben Minute. Danach konnte ich das Haus betreten.

Zuerst wunderte ich mich über die Kühle. Die dicken Steine hatten die Wärme des Tages nicht gespeichert, sondern die Kälte der Nacht noch festgehalten. Vor mir lag eine große Diele. Nicht eine Lichtquelle brannte. Ein wenig erhellt wurde die Diele nur von dem durch die großen Fenster fallenden Licht.

Es tauchte niemand auf, um mich zu begrüßen. So hatte ich Muße genug, die Atmosphäre der Halle auf mich einwirken zu lassen.

Ich ging die ersten Schritte. Unwillkürlich trat ich leiser auf. Das tut man automatisch, wenn man sich allein in einem großen Gebäude befindet und eine gewisse Andacht nicht stören will.

Mit Andacht hatte dies zwar nichts zu tun, aber die herrschende Stille schien greifbar zu sein.

Auch die Atmosphäre dieser Eingangshalle empfand ich als seltsam. Ich erinnerte mich daran, dass ich mich in einem Internat befand.

Schulen haben oft einen typischen Geruch an sich. Wenigstens die alten. Das kannte ich noch von meiner Kindheit her. Da roch es immer nach Bohnerwachs oder Schmierseife.

Hier stellte ich auch einen penetranten Geruch fest. Nur eben keinen, den ich mit dem einer Schule vergleichen konnte.

In diesem Internat roch es nach Kälte, nach Verfall, vielleicht auch nach Moder. Die Mauern strömten etwas Unheimliches aus. Ich gelangte zu der Überzeugung, dass hier kein guter Geist herrschte. Das Gegenteil war der Fall.

Als beherrschend empfand ich auch den gewaltigen Treppenschacht, um den sich die Stufen der Treppe in die Höhe wanden. Ich trat an das Geländer, beugte den Kopf darüber, legte ihn in den Nacken und schaute zuerst in die Höhe.

Der Schacht verschwamm im Dunkeln.

Danach blickte ich nach unten.

Das gleiche. Auch hier war kein Ende abzusehen. Keine Tür, kein Boden, nur noch Dunkelheit.

Von zweiundzwanzig Mädchen hatte Bergamo gesprochen. Wo steckten sie?

In einer Schule oder in einem Internat hört man Stimmen, doch in dieser Schule herrschte eine geisterhafte Stille, als wäre das Gebäude ausgestorben.

Daran wollte ich nicht glauben. Es mussten Schülerinnen in der Nähe sein. Allerdings gab es noch eine zweite Möglichkeit, die ich als erschreckend und grausam empfand.

Vielleicht war es den Kräften des Bösen gelungen, die Mädchen schon zu opfern.

Würde ich dann Tote finden? Oder lagen sie längst auf dem unheimlichen Friedhof?

Diesen Gedanken verdrängte ich rasch. Ich löste eine Hand vom Geländer, drehte mich auf der Stelle und wandte mich der Treppe zu, die in die Höhe führte. Zumeist lagen die Zimmer der Schüler immer in den oberen Stockwerken.

Auch hier unten gab es Räume. Die Zeit, sie zu durchsuchen, nahm ich mir noch.

Das ging sehr rasch. Die Echos meiner schnellen Schritte hallten von den Wänden zurück. Ich stieß die Türen auf, schaute in die Zimmer, sah auch ein Büro und fand es ebenso leer wie die anderen Räume.

Niemand hielt sich hier auf.

Auch keine Lehrperson.

In die Küche blickte ich ebenfalls. Leer auch sie. Dabei hing noch der Spülgeruch in der Luft.

Als ich wieder zurück in der Halle war, hörte ich die ersten Geräusche. Von oben her klangen sie auf. Es war das Klappen einer Tür. Ich blieb dicht am Geländer stehen, peilte nach oben und hörte, dass sich die Geräusche wiederholten.

Eine Tür nach der anderen wurde aufgedrückt und zugeschmettert.

Die Geräusche deuteten darauf hin, dass die Mädchen ihre Zimmer verließen. Nur musste dies lautlos geschehen, denn Stimmen vernahm ich nicht. Dafür Schritte.

Gleichklang.

Und sie kamen die Treppen herunter.

Jetzt wurde es spannend. Ich hatte es im Gefühl, dass ich vor einer Entscheidung stand, vor der großen Wende, und ich wollte als stummer Beobachter sehen, wie sich diese vollzog.

Nach einer Deckung schaute ich mich um, peilte in das Büro der Leiterin. Die Tür hatte ich nicht wieder geschlossen und huschte hinein. Von diesem Zimmer aus hatte ich den besten Überblick, weil es am günstigsten lag.

Zunächst tat sich nichts. Die Tür hatte ich bis auf einen Spalt fast völlig zugezogen. Dieser kaum fingerbreite

Zwischenraum ließ einen guten Blick zu, sodass ich die Treppe, wo die Personen herunterkommen mussten, genau im Blickwinkel hatte.

Sekunden vergingen.

Bei mir wuchs die Spannung. Dieser Fall hatte sich mehr und mehr zu einer unheimlichen, bedrohlichen Sache entwickelt. Da gab es nichts, wogegen wir hätten kämpfen können, keine brutale, sichtbare Gewalt. Alles spielte sich im Geheimen ab.

Dann sah ich die Ersten.

Zunächst nur die Füße und die Beine der Menschen. Normale Kleidung trugen sie nicht. Flache Schuhe und Trikots, die eng auf durchtrainierten Körpern lagen.

Die Mädchen gingen in Zweierreihen.

Zuerst hatte ich gedacht, sie wären allein, bis ich die Begleiter entdeckte, die zu beiden Seiten der Reihen die Treppenstufen hinabschritten.

Es waren nur Frauen.

Drei zählte ich. Eine davon schien mir kaum älter als die Schülerinnen zu sein.

Kein Wort wurde gesprochen. Nur die Tritte waren zu hören. Manchmal auch ein sanftes Klatschen, wie bei den Pfoten einer davonhuschenden Katze.

Die Schülerinnen veränderten weder ihren Laufrhythmus noch ihre Geschwindigkeit. Sie blieben auch in ihrer Haltung gleich. Die Körper ziemlich steif, die Rücken durchgebogen.

Ich war gespannt auf ihr Ziel.

Als die Ersten die Treppe hinter sich gelassen hatten, wandten sie sich nicht dem Ausgang zu, sondern schritten in die Hallenmitte hinein. Für einen Moment war ich der Ansicht, dass sie das Büro betreten wollten, in dem ich mich versteckt hielt, doch meine Sorge wurde in den nächsten Sekunden abgeschwächt, denn die Mädchen blieben in der Hallenmitte stehen und verteilten sich.

Sie bauten keinen Halbkreis, sondern stellten sich in einer zweigliedrigen Reihe auf, die Lehrer am Anfang und am Ende der Reihen daneben.

Das sollte verstehen, wer wollte. Ich jedenfalls nicht.

Wir waren doch nicht beim Militär.

Stille senkte sich über die Halle. Es war wieder ein wenig dunkler geworden. Nur noch sehr schwach fiel das Licht durch die Fenster, malte Schatten auf den Boden, die, je nach Fensterform, breiter oder schmaler waren.

Fast eine Minute verging, bis sich etwas tat.

Im Hintergrund quietschte eine Tür. Ein Geräusch, das die Stille überlaut durchschnitt. Ich wurde noch gespannter und vergrößerte den Türspalt um eine Idee.

Jetzt war mein Sichtwinkel besser. Ich konnte einen weiteren Teil der Halle überblicken.

Wieder erklangen Schritte. Diesmal jedoch nicht weich, sondern hart und fordernd. Derjenige, der sich aus dem Dämmer löste, wusste genau, was er wollte, denn er ging mit einer Zielstrebigkeit voran, die Selbstvertrauen dokumentierte.

Ich dachte daran, was mir Luigi Bergamo über den Leiter der Schule berichtet hatte. Es war eine Frau. Propow hieß sie. Und diese Frau hatte ich bisher noch nicht zu Gesicht bekommen, was sich allerdings in den nächsten Sekunden änderte.

Trotz der miserablen Lichtverhältnisse erkannte ich, dass es ein Typ war, mit dem nicht gut Kirschenessen war. Sie machte einen strengen, herrischen Eindruck, und so blieb sie auch vor den Schülerinnen stehen.

Ich ließ meinen Blick wieder über die Mädchen gleiten und versuchte, in den fleckenhaft wirkenden Gesichtern das der Carla Bergamo herauszufinden. Es war mir nicht möglich.

Die Propow räusperte sich. Es war ein kurzes, trockenes Geräusch, und die Augen der Schülerinnen richteten sich auf sie. Dann begann sie mit ihrer Rede.

Schon der Stimme konnte ich entnehmen, dass sie Gefühle kaum zeigen würde. Vielleicht hatte sie auch keine. Zudem sprach sie von Gorgos und dessen Erweckung.

»Gorgos«, sagte sie mit zischender Stimme, »Gorgos wird euch holen. Er hat lange gewartet, seine Wanderung ist nun beendet. In den Tiefen der Erde begann es zu rumoren, die Vulkane setzten ein Zeichen. Sie wollten nicht mehr. Der See zwischen den Steinen musste einmal zur Ruhe kommen. Das ist geschehen. Gorgos, der Kristalldämon, kann sich befreien, und er wird sich Diener und Dienerinnen holen. Ihr seid die Ersten, die ihm gefallen haben.«

Die Mädchen hörten die Worte, aber sie reagierten nicht. Starr und ausdruckslos blieben ihre Gesichter. Sie bewegten weder Arme noch Beine. Die Körper verharrten in der steifen Haltung.

Das konnte ich durch den Türspalt genau erkennen. Meiner Ansicht nach mussten sie unter Drogen stehen.

Die Frau sprach weiter. »Ihr werdet diesen Raum gleich verlassen und nach draußen auf einen Friedhof gehen. Ihr kennt diesen Friedhof nicht, nur wenige wissen von ihm. Er ist aus der Erde des Unheils entstanden. Die weißen Kreuze stehen für die Opfer, die Gorgos bereits in all den langen Jahren verschlungen hat. Es gab Menschen, die den See zwischen den Steinen fanden, aber nicht auf die Warnungen hörten. Gorgos hat sie verschlungen, und sie führten in der Tiefe der Erde ein Leben weiter, das ihr mit dem Tod umschreibt. Sie vergingen aber nicht, ihr Fleisch löste sich nicht auf. Als Kristallmenschen schwammen sie weiter und wanderten mit ihm bis zu diesem Punkt. Ich bin die Hüterin des großen Gorgos und fast so alt wie er, bin zuerst zurückgekehrt und habe dafür gesorgt, dass dieser Friedhof hier angelegt wurde. Ich wusste, wann er erscheinen würde. Ich habe den Keller der Schule umbauen lassen. In ihm gibt es einen direkten Zugang zu Gorgos. Ich habe euch immer verboten, bestimmte Räume des Kellers zu betreten. Das tat ich nicht ohne Grund, denn dort befinden sich die Wege. Stollen in die Unendlichkeit, in die Unterwelt. Gorgos kommt, und er wird alles verändern. Die Kristallmenschen werden regieren. Ihre Macht breitet sich aus. Seid froh, dass ihr ihm dienen könnt. Eine aber«, und jetzt erhob die Propow ihre Stimme, »hat nicht auf mich gehört. Es war eure Freundin Carla Bergamo. Sie wollte mehr wissen und betrat den Keller. In diesen

Augenblicken ist ihr etwas vergönnt, was euch noch verschlossen bleibt. Sie sieht Gorgos.«

Ich erschrak zutiefst. Carla Bergamo sollte diesem Dämon gegenüberstehen?

Das überlebte sie nicht. Ich dachte nicht nur an das Mädchen, sondern auch an uns. Wenn wir zurückkehrten und dem Capo von dem Unglück berichteten, war auch unser Leben verwirkt.

Der Schweiß brach mir aus. Die nächsten Worte der Frau hörte ich wie durch einen Filter, während ich verzweifelt darüber nachdachte, wie ich die Lage noch umkehren konnte.

»Aber auch Franca Mundi hat sich nicht an die Regeln gehalten. Während ihr in der vergangenen Nacht tief geschlafen habt, hat sie das Haus verlassen. Es war ein Fehler, denn sie entdeckte den Friedhof zu früh. Er verschlang sie, und ich habe dabei geholfen, wie ich schon immer dafür sorgte, dass Gorgos nichts geschehen kann. Ich stand stets auf seiner Seite. Schon in der Urzeit war ich bei ihm und konnte die Entwicklungen sehen. Auf euch wartet der Friedhof ebenfalls. Ihr werdet hingehen und euch an die Kreuze stellen. Jedes steht für ein Opfer des großen Gorgos. Und es soll auch für euch gelten, denn die Kreuze haben seine Magie aufgenommen. In ihnen wird sich das widerspiegeln, was sie einmal waren.«

Ich hatte verstanden und begriff dennoch nicht. Sicher war nur, dass die Mädchen den Friedhof betreten würden. Daran konnte ich sie nicht hindern, allerdings hoffte ich, dass mein Freund Suko die Lage genau erkannte und auch richtig reagierte.

Ich musste mich trotz allem um Carla Bergamo kümmern. Vielleicht war sie noch zu retten. Die Propow hatte etwas von einem Keller gesagt, von unterirdischen Gängen. Die mussten doch zu finden sein.

Gesehen hatte mich bisher niemand. Das Überraschungsmoment lag also auf meiner Seite.

Das wollte ich ausnutzen.

Behutsam zog ich die Tür auf, während die Propow

ihre ersten Befehle gab. Sie forderte die Mädchen auf, sich umzudrehen.

Die Lehrkräfte taten dies ebenfalls. Niemand sprach. Steinern blieben die Gesichter.

Nun sah ich nur noch die Rücken der Schülerinnen. Ein kurzer Befehl erklang, dann gingen die Mädchen auf die Tür zu.

Die Propow wartete ab.

Ich verließ meine Deckung noch nicht. Wenn die Mädchen verschwunden waren und sie weiterhin noch hier blieb, war es besser für mich. Dann stand ich nur einem Feind gegenüber.

Die Haustür wurde aufgezogen. Kühlere Luft strömte in die große Diele. Draußen war es fast dunkel geworden. Einen Teil der Bäume sah ich als kompakte Schatten.

Dann verschwanden die Mädchen.

Der Reihe nach verließen sie die Halle und wurden von der Dunkelheit geschluckt.

Zurück blieb die Propow. Sie schaute zur Tür, stand dabei im schrägen Winkel zu mir und drehte mir den Rücken zu. Wie ein Scherenschnitt hob sich ihre Gestalt ab. Sie wirkte in diesem Kostüm fast wie eine geometrische Figur.

Als das letzte Mädchen verschwunden war, zog ich die Tür auf. Die Propow schien einen siebten Sinn zu haben, denn sie wirbelte plötzlich auf der Stelle herum.

Da aber hatte ich bereits den Raum verlassen …

»Guten Abend«, sagte ich kalt.

Bisher hatte sich die Frau immer unter Kontrolle gehabt. Die entglitt ihr im nächsten Augenblick, ihr Gesicht zuckte, und sie schnappte krampfhaft nach Luft. Mit meinem Auftauchen hatte sie nicht gerechnet. »Was … was …?« Sie schluckte und hob die Schultern.

»Sie gestatten, dass ich mich vorstelle«, sagte ich. »Mein Name ist John Sinclair.«

Ihr Gesicht nahm einen anderen Ausdruck an. Ich konnte ihn wegen der schlechten Lichtverhältnisse nicht genau erkennen, glaubte aber, so etwas wie Erstaunen darin zu lesen.

»Sie waren so nett, von Carla Bergamo zu reden«, sagte ich. »Genau dieses Mädchen suche ich.«

»Dann werden auch Sie Gorgos entgegengehen.«

»Das ist beabsichtigt.«

Sie lachte schrill. »Wollen Sie sich gegen ihn stellen?«

»Das habe ich in London schon getan. Indem ich seine Diener …«

»Dann warst du das! Ich hörte ihre Schreie, aber ich wusste nicht, was geschehen war. Wir standen in Verbindung. Sie hatten den See gefunden, sie wurden zu Dienern …«

»Wo steckt Carla?«

Sie sprach nicht mehr weiter. Meine Frage war in ihren Wortschwall hineingeschossen.

»Du willst sie noch immer?«

»Ja.«

»Sie lebt nicht mehr.«

Ich ging einen Schritt vor. »Davon möchte ich mich selbst überzeugen.«

Meine drohende Haltung schien nicht ohne Eindruck auf sie geblieben zu sein, denn sie hob die Schultern und sagte: »Bitte, meinetwegen. Ich kann Sie nicht hindern.«

»Das glaube ich auch.« Bei mir drängte die Zeit. Ich musste unbedingt etwas erreichen, deshalb zog ich meine Beretta.

Die Propow lachte nur. »Damit können Sie mir nicht imponieren. Was sind schon die Dinge der Technik gegen die Waffen der Urvölker aus den alten Reichen? Tut mir Leid …«

»Gehen Sie jetzt!«, forderte ich sie auf.

Die Propow nickte. »Sicher, ich gehe. Sie können Gorgos sehen, Ihnen wird es vergönnt sein.« Die Frau kicherte hohl.

Ihre Sicherheit machte mich nachdenklich. Einem Teil von Gorgos war ich auf dem seltsamen Friedhof begegnet. Würde ich jetzt alles von ihm sehen?

Ich dachte an die Kreuze, und die Propow schien

meine Gedanken erraten zu haben, denn während sie ging, sagte sie: »Ja, die Kreuze. Ich habe sie aufgestellt. Sie sind Zeichen des Todes. Ein Zeichen für Gorgos, der nun weiß, wo er das Ende seiner Wanderung gefunden hat. Hier wird er erscheinen und die Insel in seinen Besitz nehmen. Viele Opfer habe ich ihm schon dargebracht. Die Schule war ideal. Hin und wieder verschwanden Mädchen. Auch Badegäste. Der See zwischen den Steinen konnte sie gebrauchen, und er hat sie konserviert, um sie heute freizugeben, damit sie für Gorgos kämpfen.«

Während dieser Worte waren wir in der Düsternis der Halle verschwunden und wandten uns dorthin, wo der Eingang zum Keller lag. Ich sah die Umrisse einer Tür.

Die Propow blieb stehen. »Darf ich Licht machen?«, fragte sie.

»Sicher!«

Sie drückte auf einen Knopf, den ich bisher nicht gesehen hatte, und über der Tür leuchtete eine Lampe auf.

In diesem Augenblick hörte ich etwas.

Ein Wimmern, auch leise Rufe der Angst. Kalt rann es mir über den Rücken. Carla Bergamo lebte noch. Sie musste sich hinter der Tür befinden.

Ich geriet in Wut und stieß den Lauf der Beretta in den Rücken der Frau. »Schließen Sie auf, verdammt!«

»Sicher, sicher.« Den Schlüssel hielt sie bereits in der rechten Hand, drehte sich und schob ihren Arm dem Schloss entgegen.

In diesem Augenblick geschah es. Ich wurde von den Ereignissen völlig überrascht, denn damit hatte ich nicht gerechnet.

Genau dort, wo die Propow stand, zuckte ein greller Blitz in die Höhe, der mich blendete. Ich sah nichts, taumelte instinktiv zurück und hörte das blecherne Lachen.

Weit riss ich die Augen auf. Der Blitz war verschwunden, dafür sah ich grauen, wallenden Rauch und in dem Rauchpilz eine schreckliche Gestalt.

Elena Propow hatte sich verwandelt.

Nicht mehr die Frau stand vor mir, sondern ein menschengroßer, schrecklicher Monstervogel!

Suko sah seinen Freund John Sinclair verschwinden und wartete. Sehr wohl war ihm bei der Sache nicht. So blieb er wachsam und angespannt, denn er wollte sich nicht überraschen lassen.

Immer wieder schaute er in die Runde. Die Dämmerung nahm stetig zu, sodass eine Sicht immer schwerer wurde. Nur über dem Meer schimmerte es ein wenig heller, aber das nutzte ihm nichts. Dort wollte er nicht hin. Ihn interessierte der unheimliche Friedhof und dessen nähere Umgebung.

Der Chinese wusste, wie gefährlich dieser Kristalldämon war. Seinem Expansionsdrang konnte man kaum etwas entgegensetzen. Der Dämon würde erscheinen und sich ausbreiten. Das Land sollte ihm gehören, und mit diesem Garten machte er den Anfang.

Es war nicht still. Der Abendwind fuhr in die Büsche, bewegte Blätter und Äste, spielte mit ihnen, wobei er sie zu einem geisterhaften Tanz aufforderte.

Suko befand sich inmitten einer unheimlichen Gegend. Und er hörte seltsame Laute.

Da war ein leises Knirschen zu vernehmen. Hin und wieder auch ein Knacken, das seinen Ursprung jedoch nicht im dichten Gebüsch hatte, sondern am Boden, sodass sich der Inspektor gezwungen sah, seinen Blick zu senken.

Nach wie vor stand er auf dem wie Glas wirkenden Untergrund. Der Friedhof hatte sich verändert, und es würde dabei bleiben, aber das Knacken war auch woanders aufgeklungen.

Tiefer im Garten.

Wanderte Gorgos noch immer?

Suko schaute auf die Bäume. Zuerst glaubte er an eine Täuschung, danach wurde ihm abwechselnd heiß und kalt. Was er sah, konnte man eigentlich nicht als erschreckend bezeichnen, für ihn jedoch sah die Sache anders aus. Suko erkannte nämlich, dass sich ein Teil der Blätter und auch der Palmenwedel nicht mehr bewegten.

Sie standen still, obwohl der Wind nach wie vor durch den Garten wehte.

Das musste einen Grund haben, und Suko wusste auch, welchen.

Die Bäume und Pflanzen waren zu Glas geworden.

Er hatte es zwar noch nicht selbst erlebt, aber John hatte ihm berichtet, wie die beiden Polizisten mit ihren gläsernen Waffen gegen die Sträucher geschlagen und diese zu kristallinen Gebilden verändert hatten. Das passierte auch hier.

Die Verglasung war nicht aufzuhalten, und sie würde bald alles erfasst haben.

Auch ihn?

Noch hatte der Inspektor eine Galgenfrist. In seiner unmittelbaren Nähe zeigten sich die Bäume nach wie vor normal. Die Veränderung begann weiter hinter ihm, Richtung Strand, von wo er gekommen war.

Etwas brach klirrend ab und fiel mit einem hellen Klang zu Boden. Demnach bestand der Untergrund auch nur noch aus Glas.

Suko schluckte.

Seine Kehle war auf einmal trocken. Der Hemdkragen wurde ihm eng, und er hörte in seinem Rücken plötzlich Schritte.

Scharf wandte er sich um. Sein Blick zuckte hoch zum Eingang des Hauses. Dort sah er sie kommen.

Mädchen erschienen da. In einer Prozession näherten sie sich. Sie gingen in Doppelreihen, die Gesichter starr und an helle Flecken erinnernd. Begleitet wurden sie von Lehrpersonen, die ebenfalls steif wie Marionetten wirkten.

Suko war sofort klar, dass sie unter einem Bann standen. Ob man ihn entdeckt hatte, wusste er nicht. Jedenfalls wollte er nicht warten, bis es soweit war.

Er duckte sich und glitt zwischen den aufgestellten Kreuzen zur Seite. Der Inspektor ahnte, dass sich diese Mädchen den Friedhof als Ziel ausgesucht hatten, und da wollte er keinesfalls im Wege stehen.

Sie schlugen tatsächlich diese Richtung ein. Normal konnten sie nicht sein. Suko glaubte sogar, dass sie unter Drogen standen, denn so reagierte sonst niemand.

Die Lehrpersonen führten die Mädchen die breite Treppe hinunter, sodass sie auf den schmalen Pfad gelangten, der direkt zu diesem unheimlichen Friedhof führte.

Schon hatten sie den Glasuntergrund erreicht, und der Klang ihrer Schritte veränderte sich. Er wurde dumpfer, tappender. Der Boden vibrierte.

Würde er brechen? Nein, er hielt.

Der Inspektor stand hinter einer Palme in Deckung. Sie war noch normal, aber die schreckliche Veränderung war nicht zu stoppen.

Suko hörte nach wie vor das seltsame Knirschen.

Er geriet ins Schwitzen. Lange konnte er nicht mehr warten, dann würde es auch ihn erwischen. Und er wollte nicht in einem Wald aus Glas gefangen sein.

Er bewegte den Kopf vor und spürte einen stechenden Schmerz an der Stirn. Etwas war in seine Haut geschnitten. Wieder einer dieser hauchdünnen Fäden, die er nicht sehen konnte.

Er schüttelte sich, hob den Arm an und wischte sich das Blut von der Stirn.

Auf seinem Finger blieb ein dunkler Fleck zurück.

Dem Chinesen war längst klar, dass er etwas unternehmen musste. Er konnte einfach nicht untätig hier herumstehen und die Schülerinnen in ihr Verderben laufen lassen.

Die ersten hatten inzwischen die Kreuze erreicht. Wie Mondsüchtige bewegten sie sich zwischen den weißen Gegenständen, berührten mal hier ein Kreuz, dann an einer anderen Stelle und tasteten sich so weiter voran. Jede wusste anscheinend ganz genau, wohin sie sich zu wenden hatte, denn sie blieben an den Kreuzen stehen.

Hinter ihnen bauten sie sich auf und legten ihre Hände auf die waagerecht verlaufenden Balken.

Dort verharrten sie.

Eine halbe Minute verging. Die Stille wurde durch das Tappen der Füße unterbrochen.

Suko schaute nach unten.

Noch immer drängte und wallte es tief in der Erde.

Gorgos' Ankunft stand unmittelbar bevor, und er würde seine Opfer holen, dessen war sich Suko sicher.

Ob sie ihn entdeckt hatten oder nicht, das wusste Suko nicht. Es spielte auch keine Rolle. Für ihn zählte jetzt die unmittelbare Zukunft, und er fragte sich, wie Gorgos an die Mädchen herankommen wollte.

Da hörte er über sich das Knacken.

Sofort hob er den Blick. Sein Gesicht verzog sich, denn er sah genau den Palmwedel, der sich zu einem Kristallgebilde verändert hatte.

Es wurde Zeit!

Suko bewegte sich vor. Die Mädchen hatten ihre Plätze eingenommen, während die sie begleitenden Lehrkräfte ein wenig verloren wirkend neben dem Friedhof standen.

Plötzlich veränderten sich die Kreuze. Die äußere Form behielten sie bei, aber an den Schnittstellen zwischen den beiden Balken tat sich etwas.

Das Holz geriet in Bewegung. Dabei blieben die Kreuze starr, doch Suko sah deutlich die Gesichter, die sich plötzlich innerhalb des Materials zeigten.

Mädchengesichter!

Nur nicht diejenigen, die zu den Schülerinnen gehörten.

Nein, das waren andere.

Suko hatte sie noch nie gesehen. Vielleicht gehörten sie zu den Opfern, die sich Gorgos bereits geholt hatte.

Er vernahm die zarte, dennoch klare Stimme, die die herrschende Stille unterbrach.

»Wir sind gekommen, um eure Paten zu werden, ihr Geister der Toten, ihr Dienerinnen des großen Gorgos. Wir wollen bei euch sein und zu dem werden, was Gorgos von uns verlangt. Wir möchten das gleiche Schicksal erleiden wie ihr. Er soll uns verändern. Wir wollen ihm unser Leben weihen und in den Kristallzustand eingehen.«

Das Mädchen, das diese Worte gesprochen hatte, stand von Suko nicht sehr weit entfernt. Es hatte seine Hände auf das Kreuz vor ihm gelegt, den Kopf erhoben, seinen Blick ins Unendliche gerichtet und die Gedanken auf Gorgos konzentriert.

Ein fast vollkommen gläserner Wald lag vor ihr.

Und sie wollte das gleiche Schicksal erleiden.

Suko wollte das verhindern, auch wenn er sich so unendlich klein gegen die anderen Kräfte vorkam.

Da verzog sich das Gesicht der Sprecherin. Suko hörte ein Knirschen aus ihrer Richtung, die Gesichter auf den Kreuzen bewegten sich. Sie stimmten einen leisen, unheimlich klingenden Begleitgesang für ihre Paten an.

In diesem Augenblick verließ Suko seine Deckung. Er setzte alles auf eine Karte und sprang wieder auf den unheimlichen Friedhof …

Selten hat mich ein Schock so getroffen. Was ich in diesem Augenblick vor mir sah, war ein wahres Monster. Widerlich anzusehen, ein Fabeltier mit buntem Gefieder, gewaltigen Flügeln, einem mörderischen Schnabel, langer Zunge, erbarmungslosen Augen und knallrotem Kopfgefieder.

Die Propow und der Vogel waren ein und dieselbe Person! Jetzt hatte sie sich in ihrer wahren Gestalt gezeigt, wobei mir ihre Worte einfielen. Hatte sie nicht selbst davon gesprochen, eine Dienerin des Dämons Gorgos zu sein?

Ja, so war es gewesen.

Als Dienerin musste sie die Gestalt des Vogels angenommen haben.

Für mich gab es da keine andere Möglichkeit.

Auf einen langen Kampf konnte ich mich nicht einlassen. Es ging um das Leben des Mädchens und um die Existenz der anderen. Deshalb zog ich meine Waffe, legte kurz an und feuerte.

Dreimal drückte ich ab.

Wenn ich schon so hart reagierte, dann wollte ich auch einen Erfolg sehen.

Das Krachen der Schüsse schwang durch den Raum. Fahl leuchtete das Mündungslicht. Die Kugeln schlugen in den monströsen Körper des Vogels, wobei ich hoffte, dass sie ihn zerstören würden.

Das geschah zu meinem Entsetzen nicht.

Die Einschläge schüttelten das Tier zwar durch. Es warf seinen Schädel hoch und breitete auch teilweise die Flügel aus, mehr erreichten die Kugeln leider nicht.

Es blieb auf den Beinen – und am Leben!

Das genau störte mich, denn wenn dieses Monster lebte, dann griff es auch an.

Das taten sie im nächsten Augenblick.

Ich konnte wieder besser sehen. Nichts war von der Blendung zurückgeblieben, und ich sah den wuchtigen Körper, wie er auf mich zuschoss.

Die Flügel sahen plötzlich wie gewaltige Arme aus, die mich von beiden Seiten umschlingen wollten. Dazwischen befand sich der spitze Schnabel. Er stand offen. Eine gierige Zunge leckte daraus hervor, die auf meinen Hals zielte und mich dabei an eine Peitsche erinnerte.

In London hatte ich erfahren müssen, dass mir das Kreuz nicht gegen diese uralte und schreckliche Magie half. Hier würde es nicht anders sein. Deshalb ließ ich das Kreuz stecken und versuchte, mich auf eine andere Art zu wehren.

Bevor mich die gefährliche Würgezunge erreichen konnte, tauchte ich zu Boden. Hart fiel ich hin, rollte mich ab. Die Zunge fuhr über meinen Kopf hinweg, dafür traf mich ein harter Flügelschlag in die Seite.

Ich hatte das Gefühl, von einem Stück Eisen erwischt worden zu sein. Der Treffer tat weh. Ich biss die Zähne zusammen, hob beide Arme und krallte eine Hand in das Gefieder.

Es fühlte sich rau und schuppig an. Ich hielt eisern fest, und dem Monstervogel schien es nicht zu gefallen, denn er schlug wild um sich und schüttelte mich durch.

Ich ließ nicht los.

Das Tier gab Laute von sich, die ein Mittelding zwischen Krächzen und Schreien waren.

Es drehte den Kopf zur Seite, bückte sich tiefer und wollte mich mit dem verdammten Schnabel erwischen.

Ich zog meinen Körper noch mehr zusammen und hatte unwahrscheinliches Glück.

Der Schnabel traf nicht mich, sondern den Boden neben mir, und es erklang ein hartes Geräusch.

Trotz dieser gefährlichen Situation verlor ich nicht die Übersicht. Ich erkannte meine Chance, denn ich konnte an dem Vogel vorbeisehen. Zwischen Flügel und Bein gab es eine Lücke.

Hastig ließ ich los.

Der Monstervogel hatte damit wohl nicht gerechnet. Bevor er sich auf die neue Lage einstellen konnte, wischte ich geduckt durch die Lücke und lief davon.

Ich floh!

Im ersten Augenblick sah es jedenfalls so aus. Es war keine richtige Flucht. Ich wollte mich nur nicht in der Enge hier mit diesem Tier herumschlagen, sondern mehr Platz haben.

Den fand ich in der Halle.

Jetzt kam es darauf an, wer schneller war. Ich hatte einen kleinen Vorsprung gewonnen, weil sich der unheimliche Vogel erst noch drehen musste.

Diesen Vorsprung wollte und musste ich unter allen Umständen halten. Deshalb rannte ich mit raumgreifenden Schritten auf die Eingangshalle zu.

Unterwegs warf ich einen Blick über die Schulter.

Natürlich war das mutierte Tier nicht stehen geblieben. Es hatte die Verfolgung aufgenommen, und es war verflucht wendig, obwohl es wegen der Enge seine Flügel nicht ausbreiten und fliegen konnte.

Wer war schneller?

Durch die Küche huschte ich, erreichte die rettende Tür, warf mich dagegen, riss sie auf und torkelte in die große Halle hinein, wo ich noch ein paar Schritte lief, um das Monster zu erwarten.

Diesmal nicht waffenlos, sondern mit meinem Bumerang bewaffnet. Ihm hatten auch die gläsernen Polizisten in London nichts entgegensetzen können, und ich hoffte, dass ich diesen Vogel auf die gleiche Art und Weise erledigen konnte.

Ich hatte so ein hohes Tempo drauf, dass ich kaum stoppen konnte. Ich rutschte aus und hatte Balanceschwierigkeiten. Ich fing mich, drehte mich und zog während der Drehung meinen Bumerang.

Der Monstervogel war bereits so nah, dass er mich hätte angreifen können. Das allerdings überlegte er sich. Vielleicht war es auch mein Bumerang, der ihn von der Attacke abhielt. Jedenfalls griff der Vogel nicht auf dem direkten Weg an, sondern bewegte sich in einem Zickzackkurs auf mich zu, sodass er ein schlechtes Ziel bot.

In der Halle war genügend Platz. Da konnte er wirbeln, ohne sich mit seinen ausgebreiteten Flügeln irgendwo zu stoßen. Der Raum um mich herum war erfüllt von den wütenden und schreienden Lauten dieses Monstervogels. Er brüllte wie verrückt, und seine wütenden Schreie jagten mir eine Gänsehaut über den Rücken.

Es stand noch längst nicht fest, dass ich den Kampf gewinnen konnte, denn er drehte sich einmal nach rechts, zuckte dann nach links, ich geriet sogar gefährlich in seine Nähe, und seine Zunge schnellte ringelnd und sich drehend wie eine Peitsche aus dem weit aufgeklappten gefährlichen Schnabel.

Ich stand geduckt da. Allerdings nicht starr, sondern ebenfalls in pendelnder Bewegung. Hart fixierte ich den dämonischen Vogel. Meine Blicke saugten sich an dem Monster fest, und ich suchte nach einer Chance, den Bumerang zu schleudern.

Immer wieder entwischte mir das Tier. Dann peitschte mir wieder seine Zunge so gefährlich entgegen, dass ich den Kopf zur Seite drehen musste, um nicht getroffen zu werden. Das war knapp gewesen.

Und die Zeit drängte. Ich dachte an Carla Bergamo. Ihr Schreien und Wimmern hatte ich vernommen. War sie noch am Leben, oder kam ich zu spät?

Meine Nerven vibrierten. Ich zitterte innerlich. Schweiß perlte auf meiner Stirn. Die Angst drückte mir fast das Herz zusammen. In meinem Magen lag ein Stein.

Dann bewegte ich mich. Meinen rechten Arm schleuderte ich vor, ohne allerdings die silberne Banane loszulassen.

Der Monstervogel warf seinen Kopf in die Höhe. Er zuckte zurück, die Flügel schlugen einen rasenden Wirbel, denn er rechnete mit dem Wurf der Waffe.

Das geschah nicht. Ich hatte ihn getäuscht, kam im nächsten Augenblick noch näher an ihn heran, was auch für mich gefährlich war, doch mir blieb keine Wahl mehr.

Den rechten Arm hob ich an und streckte ihn gleichzeitig quer zu meinem Kinn. Ich wollte einen Rückhandwurf probieren und hoffte, dass er mir gelang.

Von der Seite her sollte der Bumerang den Schädel vom Körper trennen.

Plötzlich jagte mir die Zunge entgegen!

Gleichzeitig schleuderte ich die Waffe.

Ich sah noch ihr Blitzen, als sie auf die Reise ging, und mich erwischte es ebenfalls.

Die Zunge des Monsters wickelte sich wie die Schnur einer Peitsche um meine Kehle.

Mir wurde augenblicklich die Luft abgeschnürt. Ich röchelte, und die Kraft des Monstervogels wuchtete mich nach vorn, sodass ich mich nicht mehr auf den Beinen halten konnte und seinem gefährlich aufgerissenen Schnabel immer näher kam.

Aber da war noch der Bumerang!

Und er hatte getroffen.

Als ich fast hilflos dem gefräßigen Schnabel ausgeliefert war, geschah es. Der Kopf fiel ab!

Der Vogel war durch meinen Bumerang in zwei Teile gespalten worden. Neben meine Füße rollte der widerliche Kopf und blieb dort liegen, während sich die Zunge nicht nur von meinem Hals löste, sondern auch grau wurde und verfaulte.

Ich hatte die Propow geschafft!

Aber das war nicht mehr die Frau. Vor mir lag ein geteilter Monstervogel, dessen violett und gelblich rot schimmerndes Gefieder allmählich verblasste.

Es wurde grau wie Asche. Die Flügel fielen ab, und als ich mir den Kopf mit dem langen Schnabel anschaute, da glaubte ich, für einen Moment hinter der Haut das Gesicht der Frau schimmern zu sehen.

Es interessierte mich nicht mehr.
Etwas anderes war wichtiger.
Carla Bergamo!

Die Tochter des Mafioso stand Todesängste durch. Die Tür war hinter ihr verschlossen. Sie hatte alles versucht. Mit den Fäusten gegen das Holz geschlagen, geschrien, geweint, gejammert. Ohne Erfolg. Niemand kam, um ihr zu helfen.

Doch das Grauen näherte sich.

Es walzte heran. Ein unheimlicher, gefährlicher Berg, der, je näher er kam, für Carla immer durchsichtiger wurde. Er war nicht nur grau. Es gab Flecken in seinem Körper, in die man hineinschauen konnte, denn sie wirkten so wie der Boden unter den Füßen des Mädchens.

Die Walze war nicht aufzuhalten.

Carla konnte sich ausrechnen, wann auch sie erreicht und verschlungen wurde.

Jetzt befand sich der unheimliche Kristalldämon nur noch einen Schritt von der erhängten Frau entfernt. Der Körper pendelte leicht hin und her. Carla konnte nicht erkennen, woran das Seil an der Decke befestigt war. Die Tatsache, eine Tote dort baumeln zu sehen, genügte ihr.

Die Masse war nicht zu stoppen. Der gläserne Dämon wollte sein Opfer, und er würde es sich holen.

Maria erhielt einen Schlag. Genau zu dem Zeitpunkt, als sie von der wallenden Masse berührt wurde. Sie pendelte erst ein wenig, und dann fiel der Kristalldämon über sie her.

Er füllte den gesamten Tunnel in seiner Länge, Breite und Höhe aus. Es gab keinen Spalt, durch den jemand hätte entweichen können. Was sich ihm in den Weg stellte, wurde verschlungen.

Carla Bergamo hätte ihren Blick gern abgewendet. Sie konnte es nicht. Der Schrecken faszinierte sie trotz ihrer Todesangst.

Sie stand da, zitterte um ihr Leben und schaute aus weit aufgerissenen Augen zu.

Maria hing nicht mehr an der Decke. Eine unheimliche Kraft hatte das Seil kurzerhand abgerissen, und die graue, leicht durchsichtige Masse saugte den Körper in sich auf.

Carla weinte und jammerte. Das Bild hatte einen so großen Schrecken für sie, dass es über ihre nervliche Kraft hinausging. Zudem war sie körperlich fertig. Es gelang ihr nicht einmal, sich auf den Beinen zu halten, und während sie leise schrie, sank sie in den Knien zusammen.

Dabei glaubte sie, hinter der Tür Stimmen zu vernehmen. Vielleicht hätte ihr dies noch einmal Kraft gegeben, doch sie hatte die Hoffnung bereits aufgegeben. Aus diesem Grund achtete sie auch nicht mehr auf andere Einflüsse.

Die graue, leicht kristallin erscheinende Masse rollte und wallte weiter voran. Maria befand sich noch in ihr. Sie war herumgeworfen worden. Ihr Körper schwebte jetzt waagerecht innerhalb des widerlichen Dämons.

Und er wurde weiter in Richtung Tür geschoben. Gorgos war bereit, noch mehr zu verschlingen. Er nahm all das mit, was sich ihm in den Weg stellte.

Die Wand wurde größer und höher.

Carla starrte mit Schrecken auf sie. Wie ein Gebirge erschien sie ihr. Ihre Angst konnte man nicht mehr beschreiben. Sie schaffte es nicht einmal, die Entfernung zu diesem Dämon abzuschätzen.

Waren es drei Schritte – oder vier?

Auf jeden Fall war er zu nahe, und der unheimliche Dämon wartete bereits auf das nächste Opfer …

Suko hastete zwischen die Kreuze.

Er hatte gesehen, dass den Mädchen noch nichts geschehen war. Bis auf das eine.

Die Schülerin, die gesprochen hatte, verzog plötzlich das Gesicht, als hätte sie Schmerzen. Der Inspektor konnte es deshalb so gut erkennen, weil er schon näher heran war, aber er lief dabei in eine Falle. Bisher hatte er sich nur auf die Mädchen konzentriert, die Kreuze jedoch außer Acht gelassen. Deshalb sah er auch nicht die dünnen Fäden, die wie Netze und Fallen die einzelnen Kreuze miteinander verbanden.

Und die waren etwas dicker.

Zudem scharf wie Glas.

Sie schnitten durch Sukos Kleidung. Wie kleine Messerschneiden drangen sie in die Haut an seinen Beinen, der Hüfte, in die Oberschenkel, und selbst die Handrücken wurden nicht verschont.

Die Sprecherin drehte dem anstürmenden Suko ihren Kopf zu. Groß wurden die Augen, und so etwas wie ein gläserner Triumph leuchtete in den Pupillen.

Trotz der hemmenden Stricke gelang es dem Inspektor, das Mädchen zu erreichen.

Er musste sich allerdings vorbeugen, um es zu fassen, denn er fühlte sich wie in Gummiseilen hängend.

Suko streckte seinen rechten Arm aus und griff zu. Seine Hand legte sich auf die Schulter des Mädchens. Er presste die Finger zusammen, sah, wie sich das Gesicht des Girls verzerrte, und hörte gleichzeitig ein unheimliches Geräusch.

Es war ein Knirschen und Knacken.

Dieses Geräusch drang ihm unter die Haut. Aber Suko brach keine Knochen, sondern Glas.

Er hatte keinen Menschen attackiert, nur ein Monster, das sich bereits in den Klauen des Dämons Gorgos befand.

Zwischen Sukos Fingern krümelte es. Er schnitt sich nur wenig, denn der Stoff hielt die meisten kleinen Scherben ab. Dafür spürte Suko den Schmerz in Höhe der Beine.

Eine Stimme erklang. Sie hallte über den Friedhof, und jeder konnte sie verstehen.

»Wollt ihr ihn das zerstören lassen, was der große Gorgos aufgebaut hat? Wollt ihr das?«

Erst jetzt wurde dem Chinesen klar, dass dieses gläserne Mädchen gerufen hatte. Als es seinen Kopf drehte, fingen die Nackenwirbel an zu knirschen.

Diese Gorgose wollte die anderen aufhetzen. Und gegen sämtliche Feinde stand der Inspektor auf verlorenem Posten, das war klar.

Deshalb musste er sich etwas einfallen lassen. Seine Dämonenpeitsche holte er hervor. Diese Chance hatte man ihm noch gelassen, und es gelang ihm, einen Kreis über den Boden zu schlagen.

Die Riemen rutschten aus der Öffnung.

Bei den anderen Mädchen waren die Worte der Sprecherin auf fruchtbaren Boden gefallen. Sie drehten sich um und machten nun Front gegen den Inspektor.

Suko zählte sich zu den Realisten. Er sah ein, dass er gegen die Übermacht keine Chance hatte.

Wenigstens nicht mit den Fäusten. Deshalb nahm er die Peitsche, und hoffte, den anderen demonstrieren zu können, dass die Macht des Kristalldämons doch nicht so groß war.

Suko schlug zuerst gegen die hauchdünnen Fäden. Widerstand spürte er nicht, aber sie waren gerissen. Das merkte er sehr schnell, denn er konnte seine Beine besser bewegen.

Während des Hiebes pfiffen die Riemen durch die Luft. Auch die anderen hörten das Geräusch und sahen zu, wie Suko seinen rechten Arm in die Höhe schwang und mit der Dämonenpeitsche auf die gläserne Gestalt des Mädchens einschlug.

Es war ein wuchtig geführter Hieb. Zuerst klatschte er nur gegen den Körper, dann waren das Reißen und Splittern zu hören. Im nächsten Augenblick kriegte die Gestalt einen Riss, der sich quer über das Gesicht des Mädchens zog, tiefer und breiter wurde, sodass ein Spalt entstand und aufbrach.

Nicht nur ein Riemen hatte getroffen, auch die anderen beiden waren voll im Ziel gelandet.

Die Schultern wurden ebenfalls nicht verschont. Knirschend brachen sie, und die Gestalt wurde buchstäblich zu einem Scherbenhaufen, als sie zusammensackte.

Suko drehte sich den anderen zu.

Sie waren nicht mehr weitergegangen. Stumm standen

sie da und schauten auf die Überreste zu Sukos Füßen.

Der Inspektor verzog sein Gesicht zu einem breiten Grinsen. »Habt ihr das gesehen?«, schrie er. »Habt ihr genau gesehen, was passiert ist? Hoffentlich, ihr verdammten, dämonischen Kreaturen! Ich bin stärker als Gorgos. Meine Peitsche wird ihn das Fürchten lehren und die vernichten, die sich gegen mich stellen.«

Sie zögerten. Es war nicht zu übersehen, dass die Worte des Chinesen bei den wartenden Mädchen Wirkung zeigten.

Sie dachten nach.

Währenddessen blieb Suko nicht untätig. Er schlug weiter. Und diesmal nahm er sich die Kreuze vor.

Der Inspektor wütete wie ein Berserker. Die Peitsche klatschte gegen die weißen, makabren Kreuze und traf sie dort, wo Gesichter zu sehen waren.

Magie gegen Magie!

Vielleicht war die des Kristalldämons prinzipiell stärker, aber sie hatte sich noch nicht so weit entfalten können, und Suko stellte die der Peitsche dagegen.

Er kämpfte.

Und er sah, wo die Riemen trafen. Da klatschte und blitzte es! Die Gesichter in den Kreuzen verzerrten sich, wurden zu verlaufenden Masken, als wären sie aus Talg, den jemand allmählich erhitzte.

Das erste Kreuz kippte.

Es fiel auf den grauen Boden, zerstört, in mehrere Teile zerhauen.

Irgendwie riss der Bann.

Die Mädchen warfen sich herum und jagten davon. Ihr Ziel war dabei das Haus, wo sich der letzte Akt des Dramas abspielte …

Schüsse peitschten!

Ich hatte gefeuert und auf das Schloss gezielt. Einen Schlüssel sah ich nicht, und die Tür war abgeschlossen. Ich musste es auf die harte Art und Weise versuchen.

Normalerweise opferte ich nicht gern Silberkugeln.

Hier jedoch blieb mir keine andere Wahl. Ich musste es tun, sonst war alles verloren. Natürlich wusste ich, wo man ungefähr ansetzen musste, und ich hatte damit Glück.

Die Tür wurde durch diese Gewalt geöffnet.

Zuerst zitterte sie nur in den Angeln. Ich riss sie ganz auf und sah die grauenhafte, widerliche Masse, die sich vor mir in dem Gang wie ein gläserner, leicht durchsichtiger Berg auftürmte und ein dunkelhaariges, auf dem Boden liegendes, angststarres Mädchen vernichten wollte.

In dem Glasberg schwamm eine Tote. Doch erst einmal musste ich mich um Carla kümmern.

Ich war tatsächlich in allerletzter Sekunde aufgetaucht. Kaum hatte ich sie unter den Achseln gepackt und weggezogen, als die Masse den Platz erreichte, wo Carla Bergamo noch vor einer Sekunde gelegen hatte.

Ich nahm Carla auf die Schulter und rannte los.

Carla Bergamo war zum Glück ein Leichtgewicht. Ich hatte nicht viel zu schleppen und schaute mich um, als ich einige Schritte gelaufen war. Überrascht öffnete ich die Augen.

Damit hatte ich nicht gerechnet.

Die Masse zog sich zurück. Sie verfolgte uns nicht, sondern kroch wieder zurück, tiefer in den Tunnel hinein.

Zuerst lächelte ich, dann wurde es ein leises Lachen, das bald in ein schallendes Gelächter überging.

Eigentlich trug Suko die Schuld. Er hatte mit seiner Dämonenpeitsche sämtliche Kreuze zerstört und dem Kristalldämon damit die Existenzgrundlage genommen.

Gorgos zog sich zurück.

Wohin, das wusste keiner von uns.

Vielleicht in die Tiefen der Erde, wo er sicherlich versuchen würde, sich erst einmal auszuruhen, um danach einen erneuten Anlauf zu nehmen. Wann das geschah, wusste niemand.

Aber er hatte seine Spuren hinterlassen. Nicht nur bei

den geschockten und geretteten Mädchen, sondern auch im Garten am hinteren Ende des Hauses. Wir trauten uns nicht hinein, blieben auf der Treppe stehen und schauten zu, wie der Garten verödete.

Die gläsernen Bäume und Sträucher brachen zusammen. Der gesamte Garten war von einem Knacken und Knistern erfüllt. Das Glas splitterte und riss. Gläserner Staub fiel wie Schnee zu Boden.

Auf einen normalen Boden, denn Gorgos hatte sich auch hier zurückgezogen.

Er würde weiter in der Tiefe der Erde existieren.

»Das hätte auch in die Hose gehen können«, meinte Suko, und damit hatte er ein wahres Wort gesprochen.

Eine Stunde etwa dauerte die Auflösung. Als wir dann neben den sprachlosen Schülerinnen standen, lag eine andere Landschaft vor uns.

Ein kahler, völlig entlaubter Garten, dessen Grund mit einer fußhohen Schicht aus winzigen Glaskristallen bedeckt war. Unter diesen Partikeln befand sich auch der Körper des von Suko zuerst angegriffenen Mädchens. Von ihm würden wir ebenso wenig hören wie von der toten Küchenhilfe Maria.

Auch die Leiterin der Schule hatte bezahlen müssen. Sie lag in der großen Diele.

Als gläserner Staub …

Etwas möchte ich noch nachtragen.

Luigi Bergamo hielt sein Wort. Er schloss seine Tochter in die Arme und ließ uns abfliegen.

Sicherlich würde Logan Costello sehr bald erfahren, dass es uns nicht erwischt hatte.

Als ich mir sein Gesicht vorstellte, konnte ich mir ein schadenfrohes Grinsen nicht verkneifen …

ENDE

Herren der Nacht

Mit einer Gesamtauflage von 250 Millionen ist ›*Geisterjäger John Sinclair*‹ die erfolgreichste Horror-Serie der Welt, und Jason Dark zählt zu den meistgelesenen Autoren deutscher Sprache. In dieser Taschenbuchausgabe erscheinen acht seiner atemberaubenden Romane:

Mein Grab in der Teufelsschlucht
Pandoras Botschaft
Xorron – mein Lebensretter
Die Tochter des Totengräbers
Judys Spinnenfluch
Treffpunkt Leichenhaus
Die Gefangene der Teufelsinsel
Der Zombie aus dem Kerkerschloss

ISBN 3-404-73932-9

BASTEI LÜBBE

Schlangenküsse

Der Mann lebte noch, als wir ihn in seinem Auto liegend fanden. Er hatte den Oberkörper eines Menschen und den Unterleib einer Schlange.
Suko und ich waren entsetzt. Bevor der Mann sich später in eine Riesenschlange verwandelte, entlockten wir ihm noch einen Tipp. Er sprach von den Schlangenküssen und von einer geheimnisvollen Frau, die eine Sekte gegründet hatte. Aber auch sie war nur Mittel zum Zweck, denn in Aibon, dem Paradies der Druiden, versuchte der mächtige Dämon Guywano durch einen Schlangenzauber das Land endlich unter seine Kontrolle zu bringen.
Wir stellten uns der Brut entgegen, nicht ahnend, wie tödlich Schlangenküsse sein können …

3–404–73247–2

BASTEI
LÜBBE

Kate McDonald hat in ihrem Leben viel erreicht: Ihre Ehe mit einem erfolgreichen Anwalt ist glücklich, der Job als Sozialarbeiterin in einer Klinik füllt sie aus, und ihr acht Monate alter Sohn Alex ist ihr ganzer Stolz. Doch dieses Glück ist nicht von Dauer: Eines Tages erscheint auf ihrem Computer-Monitor eine ominöse Botschaft. ›Dein Kind wird sterben‹, lautet der Text, der innerhalb weniger Sekunden wieder vom Bildschirm verschwindet. Derartige Nachrichten häufen sich, und Kates Leben verwandelt sich in einen Albtraum …

ISBN 3-404-14598-4

BASTEI
LÜBBE

›Dann sah ich: Das Lamm öffnete das erste der sieben Siegel ...‹ *Offenbarung des Johannes*

Im Hudson Valley nahe New York werden ein Mann und eine Frau brutal ermordet. – In Nordkorea wird ein Dorf buchstäblich von der Erdoberfläche gebombt. Als der einzige Überlebende Tage später aufgegriffen wird, stammelt er etwas von einer Frau. – In der norwegischen See bahnt sich ein Eisbrecher den Weg zu einer kleinen Insel. An Bord ist ein Wissenschaftlerteam, das die Leichen von fünf lange verstorbenen Bergleuten exhumieren will. Aber als sie an ihr Ziel kommen, finden sie die Gräber bereits geöffnet vor ...
Frank Daly, Reporter der *Washington Post*, wittert die Story seines Lebens, als er den Zusammenhang zwischen diesen drei unheimlichen Ereignissen erkennt. Doch überall stößt er auf eine Mauer aus Schweigen. In einem atemlosen Wettlauf gegen die Zeit führt ihn die Spur schließlich zu einer fanatischen Gruppe, deren Glaubensbekenntnis Apokalypse heißt ...

ISBN 3-404-14565-8

BASTEI
LÜBBE

Das verwunschene Alpental GLENRAVEN kommt nicht zur Ruhe. Callion ist entkommen und hegt nun düstere Rachegedanken. Diesmal spinnt er seine Intrigen von Kalifornien aus. Wieder sind es zwei Frauen, eine aus Glenraven, die andere aus Los Angeles, die zwischen ihm und einer Schreckensherrschaft stehen, wie sie die Welt noch nicht gesehen hat – weder unsere, noch die Glenravens …

›Magisch-romantisch:
nicht nur für eingefleischte Fantasy-Fans.‹
freundin

ISBN 3-404-14554-2

BASTEI LÜBBE